【美国】路易莎·梅·奥尔科特 / 著
胡　杨 / 编译

小妇人

XIAOFUREN

 南京大学出版社

图书在版编目(CIP)数据

小妇人 / 胡杨编译. – 南京:南京大学出版社,2010.6(2018.1 重印)

(青少年课外阅读系列丛书)
ISBN 978 – 7 – 305 – 06993 – 2

Ⅰ.①小… Ⅱ.①胡… Ⅲ.①长篇小说 – 美国 – 近代 – 缩写本 Ⅳ.①I712.44

中国版本图书馆 CIP 数据核字(2010)第 077257 号

出版发行	南京大学出版社	
社　　址	南京市汉口路 22 号	邮　　编　210093
出 版 人	金鑫荣	

丛 书 名	青少年课外阅读系列丛书
书　　名	小妇人
著　　者	〔美国〕路易莎·梅·奥尔科特
编　　译	胡　杨
责任编辑	杜　松　　　编辑热线　025 – 83207098
审读编辑	荣卫红

照　　排	南京新洲印刷有限公司
印　　刷	南京新洲印刷有限公司
开　　本	787 × 1092　1/16　　印张　24　　字数　352 千
版　　次	2010 年 6 月第 1 版　　2018 年 1 月第 4 次印刷

ISBN 978 – 7 – 305 – 06993 – 2

定　　价　31.80 元

网　　址	http://www.njupco.com
官方微博	http://weibo.com/njupco
官方微信	njupress
销售咨询热线	025 – 66665152

序

那么去吧,我的小书,去向一切

欢迎并终将接受你的人,

展示你深藏于内心的东西;

愿你的所有展示

能使他们永远受益,

并引导他们成为比你我更好的朝圣者。

向他们讲述朝圣者"慈悲"的故事,

她的朝圣历程很早就已开始。

呵,让年轻的姑娘们向她学习

珍视将要到来的世界,并变得明智;

因为旅途上的少女能够追随上帝,

沿着留有神圣足迹的道路,前进。

————改编自约翰·班扬①

  伴随着这首浅显易懂的小诗,路易莎·梅·奥尔科特为我们揭开了一个故事的序幕,那是一个有关成长和爱的故事。

  马奇一家生活在 19 世纪的美国。他们是生活不富裕但很温馨的一家人。马奇先生为了道义不仅捐献了所有的财产,而且自己也投身于军旅之中,留下慷慨善良的马奇夫人和他们的四个女儿。这四个姐妹性格迥异:老大梅格美丽端庄,温驯善良;老二乔自由独立,渴望成为作家;老三贝思善良羞怯,热爱音乐;老四艾美聪慧活泼,爱好艺术。她们还是年轻的小女孩,所以她们会面对生活中的种种矛盾、种种挣扎与不如意,然后,她们要选择、要坚强地面对,并最终由一名青涩的少女走向成熟。这种蜕变的过程是痛苦的,却是幸福的。

---

  ① 约翰·班扬:英国作家、清教徒牧师,代表作为《天路历程》。

《小妇人》的第一部讲述的是这四个姐妹少女时代的故事。她们在这个时段里既有母亲的谆谆教诲，又有善良的邻居劳伦斯老人的关怀，所以虽然有些小小的矛盾和困惑，但总有长辈们帮助她们排忧解难。不过，她们自己也在尽着努力，改掉虚荣、懒散、羞怯、任性的坏毛病，让自己成为一个合格的小妇人。总之，这是一个可爱的故事。

大姐梅格因为家境贫寒，所以不得不早早地放弃学业，在富裕人家里当家庭教师。作为一个十六岁的美丽少女，梅格没有与她长相相般配的美丽服饰，而她的朋友们却可以尽情享受舞会与香槟，这不能不让梅格嫉妒。所以她曾努力掩饰自己的贫穷，挖空心思使自己看起来像一个贵族小姐。然而，在一次她真正成为焦点的舞会之后，她的想法彻底改变了。她发现，她拥有了美丽的服饰，却失去了自我，变得像一个虚有外表的洋娃娃。于是，这个少女开始用一种新的眼光看这个世界，不再怀着单一的对金钱的渴望，并在最后不顾富有的姑妈的反对，毅然嫁给了深爱着她但却很贫穷的家庭教师布鲁克。或许，她懂得了真正的生活其实很丰富。

老三贝思是个富有爱心的孩子，她收养流浪猫和被遗弃的布娃娃，并每天耐心地料理它们。她还差点因为照顾感染了猩红热的孩子而失去自己的生命。她也是一个羞怯的孩子，甚至羞怯到不敢上学。她想弹劳伦斯家的钢琴，却又不敢说出口。最后，在亲人和朋友们浓浓的爱意滋润下，可爱的小贝思也终于敢表达自己的想法了。或许，她懂得了这个世界总会有人帮助她，她其实不必害怕。

老四艾美因为长相姣好，八面玲珑，而总是认为自己是最棒的，并一心想借助自己的优势进入上流社会。与三个姐姐比起来，她可能更为自私、虚荣一点。但在最后，随着年龄的渐大、阅历的丰富，她终于学会了为他人着想。虽然她最小，但是总有一天她会和姐姐们一样出色，也许会更出色。

最后不得不提的，是这个家里的二姐——乔。她是以本书的作者奥尔科特为原型创作的形象，也是许多读者喜欢的人物。乔是一个爽朗的女孩，拥有男孩子一样的兴趣和性格。她粗心、冲动，也坚强、独立。与她的姐妹们不同的是，乔从未以嫁给一个有钱人作为终极目标，而是以独立养家为己任。乔爱好文学，对舞会和华丽衣服丝毫不感兴趣。在家庭困难的时候,她没有求助于任何人,而是将自己的长发卖掉换钱;她认识了富家公子劳里,并和他成为好朋友,却没有想过和劳里成为情侣,而是尽力想把他介绍给自己的姐妹,全然不顾劳里对她的一片深情。有时候,可能读者会认为,乔实在有些太固执了,甚至可以算得上偏执。她的想法也很矛盾,她与周围社会格格不入。但是,这些成长中必经的道路以及需要付出的代价,难道不也在我们每个人的身上有所体现吗?

第一部已经算是个完美的故事了,所以许多人认为第二部完全没有出场的必要了。在他们看来,充满遗憾与错过的第二部破坏了阅读的心情。但是,只有在读过第二部之后,你才会觉得这个故事完整了,也会有更多的感慨。

第二部的故事从第一部结束的三年之后开始,一直持续了约十年的时间。

梅格在成家之后才发现生活不只是浪漫,还有各种现实问题。贝思的病尽管好了,但身体无法像原来一样健康。她仍然像以前那样富有爱心,但身体却一天天衰弱下去。即使再深切的关怀,也挽救不了她年轻的生命。艾美出国旅游之后,阅历进一步丰富,思想及行事更为成熟。乔的小说一部部发表了,然而她并没有达到她的目标,还曾有一段时间为了攒够带贝思旅游的钱,而极力迎合粗俗的市场,使得小说流于庸俗;她的固执使她没有察觉到自己对劳里的爱,而坚决拒绝了劳里的求婚,结果只能在劳里与艾美结婚之后独自垂泪,虽然最终她也寻找到了自己的真爱。

年少时,四姐妹都有自己的"空中楼阁",而长大之后,她们却发现这些美好的东西被现实一一击得粉碎。但梅格还是逐渐适应了作为布鲁克夫人的虽不宽裕却幸福的生活,并且成为了一个勤俭持家的妇人。艾美主动放弃了艺术家梦想,却得到了一位堪称完美的夫君劳里,结果比她能想象的还要好。乔也有了巴尔教授填补感情的空白。教授虽然没有劳里年轻英俊,但是他博学温和、待人宽厚。最后,一家人重新聚在一起,虽然贝思的死使家庭有些缺憾,但他们还是一个完整幸福的家。

作者简介:

路易莎·梅·奥尔科特(Louisa May Alcott,1832－1888),美国作家。

1832 年 11 月 29 日出生于宾夕法尼亚州的杰曼镇。她的父亲布朗逊·奥尔科特是马萨诸塞州康科德市一位自学成才的哲学家、教育改革家和乌托邦主义者。他一生沉迷于对理想的追求，以至于无力担负家庭生活。维持生计的担子先是落到他的妻子身上，继而又落到他那富有进取精神的二女儿路易莎·梅·奥尔科特身上。路易莎年轻时在学校教过书，当过女裁缝、护士，做过洗熨工作，十五岁时还出去做过佣人。

路易莎十岁时便热心于业余戏剧演出，十五岁时写出了第一部情节剧，二十一岁开始发表诗歌及小品文。

1868 年，一位出版商建议她写一部关于"女孩子的书"，她便根据孩提的记忆写成《小妇人》。书中把她把自己描写成乔，她的三个姐妹分别成为梅格、贝思、艾美。书中的许多故事取材于现实生活，不过现实生活中的奥尔科特家的经济状况远不如她笔下的马奇一家。

出乎作者意料的是，《小妇人》一问世就打动了无数读者，尤其是女性读者的心弦，成为公认的世界名著。一百多年来，世界上已有数十种不同语言的译本，上世纪三十年代此书也风靡了中国，先后有四五种不同的译文问世。

路易莎成名之后，继续撰写小说和故事，并投身于妇女选举运动和禁酒运动。美国南北战争期间她在华盛顿做过军队的救护人员，后来她还担任过一家儿童刊物（*Robert Merry's Museum*）的编辑。她于 1888 年 3 月 6 日在波士顿去世。

目　录

第二部

第一部

第一章　朝　圣

"没有礼物的圣诞节该怎么过?"乔躺在小地毯上咕哝。

"贫穷真是可怕!"梅格望着身上的旧衣服,发出一声叹息。

"有些女孩子生下来就享有荣华富贵,有些却一无所有,我认为这不公平。"艾美鼻子轻轻一哼;语气倒更像出于嫉妒。

"但我们有父母姐妹。"坐在一角的贝思不完全同意三位姐妹的观点。

这句令人愉快的话很快使炉火映照下的四张年轻的脸庞明亮起来。"我们没有父亲,很长一段时间里都将没有。"乔伤心地说。听到这句话,大家的脸又黯淡了下去。她虽没说"可能永远没有",但每个人心里都已经把这句话悄悄说了一遍,同时想起远在战场的父亲。

大家一时无言。一会儿梅格换了个声调说:"你们知道妈妈为什么建议今年圣诞节不买礼物吗? 因为寒冷的冬天就要来了,而我们的父亲正在军营里受苦受难,我们不应该花钱寻乐。虽然我们能力有限,但至少可以在这方面做点牺牲,而且应该高高兴兴才对。不过我可并不高兴。"梅格摇摇脑袋。一想到那些梦寐以求的漂亮礼物,她就感到遗憾不已。

"我看我们那点儿钱也帮不上什么忙。我们每人只分了一元钱,献给部队也没多大用处。我们不要期待妈妈给什么礼物了,不过我真的很想买一本《水中女神》,那本书我早就想要了。"乔说。她是个蛀书虫。

"我本来打算买些新乐谱。"贝思轻轻地叹了口气说,声音轻得谁也听不到。

"我想买一盒精致的费伯氏画笔,我真的很需要。"艾美干脆地说。

"妈妈没说这钱该怎么花,要是看我们两手空空,她可能也不会高兴的。我们倒不如各自买点自己喜欢的东西。为挣这些钱,我们花了多少心血啊!"乔大声说道,而且蛮有绅士风度地审视着自己的鞋跟。

"可不是嘛——差不多一天到晚都得教那些让人讨厌的孩子,现在多想回家轻松一下啊!"梅格又开始抱怨了。

"你怎么有我辛苦呢?"乔说,"想想好几个小时跟一个吹毛求疵、神经质的老太太在一起,被她使唤得团团转,她却永远不会满意,把你折腾得真想从这个世界上消失或者干脆大哭一场,你会怎么样?"

"虽然怨天尤人并不好,但我真的觉得洗碗打扫房子是世界上最痛苦的事情。这让我脾气暴躁还不算,双手也变得僵硬,连琴也弹不了了。"贝思望着自己显得粗糙的双手,叹了一口气,这回每个人都听到了。

"我不相信有谁会比我更痛苦,"艾美嚷道,"因为你们都不用上学。你们不知道,那些女孩子粗俗无礼,如果你不懂功课,她们就会让你下不了台。她们笑话你的衣着穿戴,爸爸没有钱要被她们标价①,鼻子长得不好看也要被她们侮辱。"

"你是说'讥讽'吧?别念成'标价',好像爸爸是腌菜瓶子似的。"乔边笑边纠正。

"我知道我在说什么,你不必'冷嘲日(热)讽',用好的字眼没有什么不对,这有助于增加'字(词)汇'。"艾美义正辞严地反击。

"别斗嘴了,姑娘们。乔,难道你不想我们拥有爸爸在我们小时候失去的钱财吗?哦,如果我们没有这些烦恼,该有多幸福啊!"梅格说。她还记得过去的美妙时光。

"但前几天你说我们比起那些贵族小姐们要幸福多了,因为她们虽然有钱,却只会整天明争暗斗,烦恼不休。"

"我是这么说过,贝思,嗯,就是现在也还这么想。因为,虽然我们不得不拼命干活,但我们可以互相开心地嬉戏,就如乔所说,是蛮快活的一伙。"

"乔就是喜欢用这些粗俗的字眼!"艾美抨击道,用一种谴责的目光望着躺在地毯上的乔。乔立即坐了起来,双手插进衣袋,吹起了口哨。

---

① "标价"的英文读音与"讥讽"很相近,这里艾美把它们念混了。

"别这样,乔,只有男孩子才经常这样做。"

"所以我才吹。"

"我憎恨粗鲁、没有淑女风范的女孩!"

"我讨厌虚假、矫揉造作的毛丫头!"

"'小巢里的鸟儿'一致同意。"和平使者贝思唱起了歌儿,脸上的表情滑稽有趣。刚刚还尖着嗓门的两人化为一笑,"斗嘴"就此结束。

"我说姑娘们,你们两个做的都不对,"梅格开始以姐姐的身份教导,"约瑟芬,你已经长大了,不应该再玩男孩子的把戏,应检点一些。如果你还是小姑娘倒没什么,但你现在已长这高了,而且网起了头发,就得记住自己是个年轻的女士。"

"我不是!如果网起头发就把我当女士的话,我宁愿就梳两条辫子,直到二十岁。"乔大声叫起来。她拉掉发网,披落下一头栗色的厚发。"我恨我得长大,去做马奇小姐。我恨穿长礼服,去做故作正经的漂亮小姐。我喜欢玩男孩子的游戏、男孩子的活儿以及男孩子风度,却偏偏是个女孩儿,真是倒霉透了。做不成男孩让我特别地失望,可现在比以往任何时候还要糟,因为我是那么想同爸爸一起参加战斗,却只能待在家中做女工,像个没有生命气息的老太太!"乔抖动着蓝色的军袜,把里面的针弄得铮铮作响,线团也滚落到一边。

"可怜的乔!真是不幸,但是有什么办法呢?你只好把名字改得男子气一些,扮演我们姐妹的哥哥,找点安慰吧。"贝思一面说,一面用柔软的双手去轻轻抚摸着靠在她膝上的头发蓬乱的脑袋。

"至于你,艾美,"梅格接着说,"你过于讲究,太一本正经。你的神态现在看上去虽然挺有趣,但长大后一不小心就会变成个装模作样的小傻瓜。如果不故作姿态,你的言谈举止倒是十分优雅的,不过你那些荒谬的言语和乔的傻话却是半斤八两。"

"如果乔是个假小子,艾美是个小傻瓜,那么请问,我是什么?"贝思问道。

"你是个乖宝贝,再没别的。"梅格亲昵地答道。此话无人反驳,因为这位"小胆鼠"确实是全家人的宠儿。

由于年轻的读者们喜欢知道"人物的样貌",我趁此机会把坐在黄昏的余晖下做针线活的四姐妹大略描述一下。此时屋外的雪花正轻轻飘落,屋内炉火噼啪作响。虽然这间旧房子铺着已经褪了色的地毯,摆设也甚为简单,但却显得十分舒适:墙上挂着两幅雅致的图画,壁凹内堆满了各种书本,窗台上是几盆绽放的菊花和圣诞花,屋里洋溢着一片宁静和温馨的气氛。

大姐玛格丽特,十六岁,出落得十分标致。她体态丰盈,皮肤光洁,大大的眼睛,甜甜的笑容,一头棕发又浓又厚,双手白皙,这令她颇为自负。十五岁的乔身材颀长,皮肤黝黑,见了会使人想到一匹小公马,因为她长长的四肢相当碍事,她似乎总是不知道该如何处置它们。她嘴巴刚毅,鼻子俊俏,灰色的眼睛里充溢着敏锐,似乎能看穿一切,眼神时而炽烈,时而平静,时而又像在沉思。浓密的长发使她显得格外美丽,但为了方便,长发又通常被她束入发网。她双肩圆润,长手大脚,穿着宽大的衣服。正迅速成长为一个成熟的女性,但心里却又极不情愿,因此常常流露出这个阶段的女孩所特有的尴尬。伊丽莎白,人称贝思,十三岁,肤色红润,秀发亮泽,目如秋水。她举止腼腆,声音羞怯,神情安静,被父亲称为"小宁静",此名也确如其人,因为她似乎总是生活在自己的伊甸园中,只敢出来会会几个最亲近、最信任的人。艾美虽然最小,却也是个十分重要的人物,至少她自我感觉如此。她生得俏丽端庄,肌骨晶莹,一双蓝眼睛,金黄色的头发卷曲地披落在肩头,言谈举止十足是一个讲究风度的年轻女士。四姐妹的性格如何,我们后面再一一道来。

时钟敲了六下,贝思已经打扫干净壁炉地面,把一双便鞋放到上面烘干。看到这双旧鞋子,姑娘们想起妈妈很快就要回家了,心情明朗起来,准备迎接妈妈。梅格停止了训话,点上了灯;艾美主动地离开了安乐椅;乔则坐起来把鞋子挪近火边,一时忘掉了疲倦。

"鞋子太破旧了,妈妈得换双新的。"乔说。

"我想用自己的钱给她买一双。"贝思说。

"不,让我来买!"艾美嚷道。

"我最大。"梅格刚一开口,就被乔坚决地打断了——"爸爸不在家,我就算是家里的男子汉了,鞋子我来买。因为爸爸说过,他不在家的时候要我好好地照顾妈妈。"

"我看这么着,"贝思说,"我们各自给妈妈送件圣诞礼物,自己什么都别要了。"

"这才像你!好妹妹,你说送什么好呢?"乔嚷道。

大家都认真想了一会儿,梅格也许从自己漂亮的双手得到启发,宣布道:"我要送给妈妈一副精致的手套。"

"最好送双军鞋。"乔大声说道。

"我要送个镶边的小手帕。"贝思说。

"我会送一小瓶古龙香水。因为妈妈喜欢,而且不会太花钱,我还可以省下点给自己买铅笔。"艾美接着说。

"我们怎么个送法呢?"梅格问妹妹们。

"把礼物放在桌子上,把妈妈带进来,让她在我们面前拆开礼物。你忘记我们是怎样过生日的吗?"乔回答道。

"每当我头戴花冠坐在那张大椅子上,看着你们一个个送上礼物,吻我一下时,心里真是紧张得很。我喜欢你们的礼物和亲吻,但如果要在众目睽睽之下把礼物打开,我就吓得心里直打鼓儿。"贝思说,边烘茶点,边取暖。

"先别告诉妈妈,让她以为我们是为自己准备的,给她一个惊喜。我们明天下午就得去买礼物,梅格,圣诞夜的话剧还有许多事情要准备呐。"乔倒背着手,仰着头,来回踱步。

"演完这次,以后我就不演了。我年龄大,该退出了。"对"化装游戏"一直童心未泯的梅格说。

"你不会停止的,我敢打赌,只要你能够披下头发,戴上金纸做的珠宝,身披白长裙拖曳而行,你就不会的。因为你是我们家的最佳演员,如果你退出,那么一切都完了。"乔说,"我们今晚应该彩排一下。来,艾美,试演一下晕厥那一幕,你演这幕时生硬得像根拨火棍。"

"有什么办法!我从来没见人晕倒过,也不想像你一样直挺挺地摔倒,弄得自己青一块紫一块的。如果我可以轻轻地倒在地上,我就这样倒下,否则,还不如体面地倒在椅子上。即使雨果真的拿枪指着我也是这句话。"艾美回答。她的表演天赋并不怎么样,被选派这一角色主要是因为她年纪小,发出碰上歹徒的尖叫声更可信。

"这样来:两手像这样握着,摇摇晃晃地走过房间,发狂般地喊叫:'罗德力戈! 救救我! 救救我!'"乔做着示范,夸张地尖叫一声,令人毛骨悚然。

艾美跟着模仿,但她伸出的双手姿势僵硬,发出的尖叫声与情景也相差万里。她那一声"啊!"不像是感到极度恐惧和痛苦,倒像是被针戳了一下。乔失望地叹了口气,梅格却放声大笑,贝思看得有趣,把面包也烤糊了。

"无可救药! 演出时只有尽力而为了,如果观众笑你,别怪我。来吧,梅格。"

接下来就顺利得多了。唐·佩德罗一口气读下两页挑战世界的宣言;女巫黑格把满满一锅蟾蜍放在火上炖,妖里妖气地给它念了一道可怕的咒语;罗德力戈力拔山河般地扯断锁链,雨果"哈! 哈!"狂笑着在悔恨和砒霜的折磨下死去。

"这是演得最好的一次。"当"死去"的反角坐起来揉擦肘部时,梅格说。

"乔,你能写出这么好的剧本,而且导演得这么出色,简直不可思议!你真是莎士比亚再世!"贝思喊道。她深信姐妹们个个才华横溢,无所不能。

"过奖了,"乔谦虚地回答,"《女巫的咒语,一个歌剧式的悲剧》虽然也挺不错,不过我还是最想演《麦克佩斯》,如果我们能给班柯一扇活地板门的话。我一直想扮演刺客这一角色。'我眼前看到的是一把刀吗?'"乔轻声朗诵,就像她所见过的一位著名悲剧演员那样,转动着眼珠,双手抓向空中。

"错了,这是烧烤叉,你刚放上去的不是面包,而是妈妈的鞋子。贝思看入迷了!"梅格叫喊起来。众姐妹大笑不已,彩排也随之结束。

"看到你们这么快乐我真高兴,我的宝贝们。"门口传来一串愉快的声音,屋里的演员和观众转过身来,迎接一位高高个儿、充满母性的女士。她神情可亲、令人愉快,衣着虽不华丽,但仪态高贵。在姐妹们的心目中,这位身披灰色外套、头戴一顶过时的无边小圆软帽的女士是普天下最优秀的母亲。

"小宝贝们,今天过得怎样?我事情太多,要准备好明天就得发出去的箱子,没能回家吃饭。有人来过吗,贝思?你感冒好点了没有,梅格?乔,你看上去好像累极了,来吻吻我吧,宝贝。"马奇太太慈爱地一一询问,一面换下湿衣物,穿上暖和的拖鞋,坐在安乐椅中,把艾美拉到膝边,准备享受繁忙一天中最幸福的时光。姑娘们纷纷忙活起来,各显身手,尽量把一切都布置得舒适。梅格摆好茶桌;乔搬木柴并放椅子,却不小心把柴丢落一地,椅子也打翻了,弄得咔嗒直响;贝思在客厅和厨房之间匆匆来回穿梭,安静地忙碌;而艾美则袖手旁观,发号施令。

大家都聚到茶桌边的时候,马奇太太说:"吃完饭后,我有好东西给你们。"她的脸上透露出一种异乎寻常的快乐。

姐妹们立即呈现出如阳光般灿烂的笑容。贝思顾不得手里拿着的饼干,拍起了手掌,乔把餐巾一抛,嚷道:"信!信!爸爸万岁!"

"是的,是一封令人愉快的长信。他一切都好,冬季也不会熬得很苦,让我们不必担忧。他祝我们圣诞快乐,事事顺心,并特别问候你们这些姑娘们。"马奇太太边说边用手摸着衣袋,似乎里头装的是珍宝。

"快点吃饭!别停下来弯起你的小手指傻笑,艾美。"乔嚷道。她因为急不可耐地要听信,被茶噎了一口,涂了奶油的面包也掉到了地毯上。

贝思不再吃了,她悄悄走到幽暗的屋角坐下,默默地想着那即将到来的欢乐,直到大家吃完。

"爸爸已超过了征兵年龄,身体也不适宜当兵,我认为他去当一名随军牧师真是太好了。"梅格热切地说。

"我真想去当个鼓手,或者当个——什么来着?或者去当个护士,这样就可以在他身边帮帮忙。"乔大声说道,一边哼了一声。

"睡帐篷,吃粗糙的食物,用大锡杯喝水,这一定十分难受。"艾美叹道。

"他什么时候能回家,妈妈?"贝思声音微颤地问道。

"不出几个月,亲爱的,除非他在那病倒。他在军队一天就会尽忠职守一天。我们也不应该要求他提早一分钟回来。现在来读信吧!"她们都围近炉火边,妈妈坐在大椅子上,贝思偎在她脚边,梅格和艾美一边一个靠在椅子的扶手上,乔则故意倚在背后,这样读到信中感人的地方时别人就不会觉察到她表情的变化。

在那个艰难的日子里,信,尤其是父亲们写回家的信,往往都会催人泪下。但这封信却很少谈及受到的艰难险阻和心中压抑的乡愁,描述的都是些生动的军营生活、行军情况和部队见闻,读了令人振奋,只是在信尾才展露出一颗深沉的慈父之心以及渴望回家和妻女们团聚的愿望。

"给她们献上我所有的爱和吻。告诉她们我天天都在想念她们,夜夜都为她们祈祷,每时每刻都从她们的爱中得到最大的安慰。要见到她们可能还要等上漫长的一年,但请告诉她们我可以在等待中工作,不虚度这段难忘的日子。我知道她们会牢记住我的话,做好孩子,忠实地做好她们该做的事,坚强地生活、战斗,善于自我控制。等到我重返家园的时候,我的四个小妇人一定会变得更可爱,更令我感到骄傲。"

读到这段,每个人都抽泣鼻子,乔任由大滴的泪珠从鼻尖滚落,艾美顾不得一头鬈发会被弄乱,把脸埋在妈妈的肩头,呜呜咽咽地说:"我是个自私的女孩!但我一定会努力进取,不让爸爸失望。"

"我们都会努力!"梅格哭着说,"我太注重衣着穿戴,而且讨厌工作,以后一定尽量改正。"

"我会学着做个'小妇人',就像爸爸总爱这么叫我的那样,改掉粗野的坏脾气,做好自己的分内事,不再胡思乱想。"乔说,虽然心里明白在家管好自己的脾气比在南方对付两个敌人还要困难。

贝思没有说话,只是用深蓝色的军袜抹掉眼泪,拼命地埋头编织。她不浪费点滴时间,而且从身边的工作做起,并暗下决心,一定要让爸爸回来欢聚的时候如愿以偿。

马奇太太用愉悦的声音打破了乔说话之后的沉默:"你们还记得表演《天路历程》的情形吗?那时候你们还都是些小孩子。你们最喜欢我把布袋绑到你们的背上做担子,再给你们帽子、棍子和纸卷,让你们从屋里走到地窖——就是'毁灭城',又再往上一直走到屋顶,在那里你们可以获得许多好东西,这就是'天国'了。"

"那多好玩啊,特别是我们走过'狮子群',大战'地狱魔王',路过'妖怪谷'的时候!"乔说。

"我喜欢包袱掉下来滚落楼梯这个环节。"梅格说。

"我最喜欢的是我们走出来,上到平坦的屋顶,满眼都是鲜花、乔木和美丽的东西,我们站在那里,在灿烂的阳光下,放声欢歌。"贝思微笑着说,好像又重新回到了那些美好的时刻。

"我记得不大清楚了,只记得我挺害怕那个地窖和黑漆漆的入口,还有就是最喜欢吃屋顶上的蛋糕和牛奶。如果不是年龄太大的话,我倒挺想再演一回。"年仅十二岁思想却已显得成熟的艾美开始谈论告别童真了。

"演这出戏永远没有年龄之限,亲爱的,其实我们一直都在扮演,只是方式不同而已。我们重任在肩,道路就在眼前,追求善美、追求幸福的愿望引导着我们跨越无数艰难险阻,最后踏入神圣之地——真正的'天国'。来吧,往'天国'进发的小旅客们,再来一次吧。不是做戏,而是真心实意地去做,看看爸爸回来时你们走了多远的路。"

"真的吗,妈妈? 我们的重任在哪里?"缺乏想象力的年轻女士艾美问道。

"刚才你们各人都把自己的重任说了出来,只有贝思除外。恐怕她没有哩。"母亲答道。

"有啊,我也有。锅、碗、瓶、盆,扫帚、抹布,嫉妒有漂亮钢琴的女孩,害怕陌生人,这些都是。"贝思的包袱如此有趣,大家听了直想笑,不过都没有笑出来,因为这样会伤害她的自尊心。

"做这些有什么不好呢?"梅格沉思着说,"这其实也是追求善美,只是说法不同而已。而这个故事可以启发我们,因为尽管我们都有追求善美的心,但因为做起来很困难,我们便又都忘掉了,不去尽力而为。"

"今晚我们本来处于'绝望的深渊',妈妈像书中的'希望'一样来把我们拉了出去,我们应该像基督徒一样有几本指导手册。这事该怎么办好呢?"乔问,并为自己的想象力给沉闷的任务添加了几分浪漫色彩而有些自鸣得意。

"圣诞节早上起来看看你们的枕下,就会找到指导手册了。"马奇太太说。

罕娜嬷嬷收拾桌子时,大家开始讨论新的计划,然后取出装活计的小篮子,姐妹们开始飞针走线,为马奇太太缝制被单。针线活可是个沉闷的活儿,不过今晚谁也没有抱怨。她们采纳乔的建议,把长长的缝口分为四段,分别叫做欧洲、亚洲、非洲和美洲,这样果然缝得快多了。她们一边缝一边谈论针线穿越的不同国家,更觉得进展神速。

九点钟的时候大家停下了活儿,像平时那样先唱歌再去睡觉。家里有架老掉牙的钢琴,除了贝思,其他人都不大会弹。她轻轻触动着泛黄的琴键,大家随着悠扬的琴声唱了起来。梅格的声音像芦笛一样动听,她和母亲共同担任这支小演唱队的领唱。艾美歌声清脆,如同蟋蟀的鸣叫。乔则任由歌声在空中飘荡,而且总是在不适宜的时候冒出个颤音或怪叫出来,把最深沉的曲调给糟蹋掉。打从咿呀学语的时候开始,她们就一直这样唱:

小星星,亮晶晶……

如今这项活动已成了家里的惯例,因为她们的母亲就是个天生的歌唱家。她们早上听到的第一个声音往往就是她在屋子里走动时,唱出的如云雀般婉转的歌声。到了晚上,她那轻快的歌声又成了一天的尾声。这支美妙的摇篮曲姑娘们百听不厌。

点评:

第一章的情景描写展现了四姐妹的性格及志趣。梅格漂亮懂事,受姐妹们拥戴,但不可否认地带有一些虚荣心。当然,在她那花一般的年龄,每个女孩子都有像花儿一样开放的梦想,这完全可以理解。乔有着男孩子一样的个性,打扮全无淑女风范,喜欢叉着手吹口哨,做一些男孩子常做的事情。同样,她也有男孩子一样的坚强个性,独立自主精神。她对一般的女孩子所追求的漂亮衣物不感兴趣，却一刻也不能离开书，这也为她日后发表一部部作品积累了丰富的知识。贝思是个"和平使者"，温柔恬静，与人无争，富有爱心。但她也很羞怯，甚至因害怕见陌生人而不去上学，所以只好在家里自学。艾美年龄最小，但个性鲜明。她想要做个能进入上流社会的淑女，因此很不喜欢二姐乔毫无女士风范的言行与打扮。虽然刚刚开始学习，经常拼错单词，对待与人争论却从不示弱。

总之，开篇的描写向我们展示了马奇家四姐妹的形象，虽然有争吵，有不和，但总体上她们相处得很好，互相友爱，懂得让步与体谅，在一起幸福地生活。

第二章　圣诞快乐

圣诞节一早,天才蒙蒙亮,乔便第一个醒来。她看到壁炉边没有挂着袜子,不禁深感失望。多年以前,她的小袜子因为糖果塞得太满而掉落在地上,她也曾这样失望过。稍后她想起母亲的诺言,便悄悄把手伸到枕头下,果然摸出一本绯红色封皮的书。她十分熟悉这本书,因为里面记载的是历史上最优秀人物的经典故事。乔觉得这正是所有踏上漫长征途的朝圣者所需要的"圣经"。她一声"圣诞快乐"把梅格叫醒,让她看看枕头下面有什么。梅格掏出一本绿色封皮、带有相同插图的书,妈妈在上面写了留言,使这件礼物倍添珍贵。不一会儿,贝思和艾美也都醒来了,翻寻到各自的小书——一本乳白色,另一本蓝色——四姐妹坐着边看边讨论,不觉东方已泛起朝霞,新的一天又开始了。

玛格丽特虽然有点爱慕虚荣,但她天性温柔善良,所以颇得姐妹们的敬重,特别是乔,更是深深地敬爱着自己的姐姐,对她言听计从,因为她无论说什么都总是温声细语的。

"姑娘们,"梅格郑重地说,看看身边头发蓬乱的一位,又看看屋子另一头戴着睡帽的两个小脑袋,"妈妈希望我们珍爱这些书,读好这些书,我们应该立即行动起来。虽然我们以前做得还算认真,但自从爸爸离家后,战乱频繁,我们忽略了许多事。你们爱怎样我不管,但是我要把书放在这张桌子上,每天早上一醒来就读一点。因为我知道,这样会有好处的,它将伴我度过以后的每一天。"说完她就打开新书读了起来,乔与她并肩而读,从不安分的脸上露出少见的宁静。

"梅格真好! 来,艾美,我们也一起开始读吧。我帮你解释生词,我们不懂的地方就让她们来讲解好了。"贝思轻声说。她被漂亮精致的小书和两位姐姐专注的模样深深感动了。

"真开心,我的封皮是蓝色的。"艾美说。接下来,除了轻轻的翻书声外,屋子里一片宁静。这时,冬日的阳光悄悄潜入屋内,轻柔地抚摸着她们亮丽的头发和庄重的脸庞,向她们致以圣诞节的问候。

"妈妈去哪儿了?"半个小时后,梅格和乔跑下楼,要向妈妈道谢。

"上帝才知道。一些穷人来讨东西,你妈妈马上就去看他们需要什么。她是天底下心肠最软的女人。"罕娜嬷嬷答道。老嬷嬷自梅格出生以来就一直和她们家生活在一起,尽管她只是个佣人,大家都拿她当朋友。

"我想她很快就会回来的,你先煎饼,把东西准备好。"梅格一边说话一边又把装在篮子里的礼物看了一遍。礼物放在沙发下面,准备在合适的时候拿出来。"咦,艾美的那瓶古龙香水呢?"她接着又问,因为篮子里没有那个小东西。

"她刚刚拿走了,要系根丝带或者什么小玩意儿。"乔答道。她此刻正在屋子里蹦来跳去,要把硬邦邦的军鞋穿软和。

"我的小手帕漂亮极了,对吧?罕娜把它们洗得干干净净的,还熨过了,上面的字都是我亲手绣的。"贝思边说边骄傲地看着那些她费了许多工夫绣成的歪歪扭扭的字体。

"哎呀!她把'马奇太太'绣成'马奇妈妈'了,真有趣!"乔拿起一条手帕嚷道。

"这样不可以吗?我原以为这样会更好,因为梅格名字的首写字母也是 M.M.,而这些手帕我只想让妈妈用。"贝思的神情显得有些不安。

"这样挺好,亲爱的,而且主意不错,因为这样就不会弄错了。妈妈一定会高兴的。"梅格说着,对乔皱皱眉,又向贝思一笑。

"妈妈回来了,快藏好篮子!"乔叫起来。门呼的一响,大厅传来了杂乱的脚步声。

艾美急匆匆地走进来,看到姐姐们都在等她,显得很不好意思。

"你到哪儿去了,后面藏的是什么?"梅格问。看到艾美穿戴整齐,她不由诧异这个小懒虫竟然这么早就出去了!

"别笑我,乔!我并不是有意要瞒你们的,我只是把全部的钱花掉将小瓶的古龙水换成大瓶的,我真的不想再那么自私了。"艾美边说边给大家看她用原先的便宜货换回来的大瓶古龙水。她努力克服自私,显得诚恳而谦恭,梅格一把抱住了她,乔直嚷她是个"大好人",贝思则跑到窗边摘下一朵玫瑰花来装饰这个漂亮的大瓶子。

"你们知道,今天早上大家一起读书,又谈到怎么要做好孩子,我为自

青少年课外阅读系列丛书

己的礼物感到羞愧,所以起床后马上就跑到附近把它换过来。我真高兴,因为现在我的礼物成了最漂亮的啦。"

临街的大门又响了一下,篮子再次被藏到沙发下面,姑娘们都围坐在桌子边,等着吃早餐。

"圣诞快乐,妈妈!谢谢您送给我们的书。我们读了一点,以后每天都要读。"姐妹们齐声说道。

"圣诞快乐,小姑娘们!真高兴你们马上就开始学习了,可要坚持下去哦。不过坐下之前我想说几句话,离这儿不远的地方,躺着一个可怜的妇女和一个刚生下来的婴儿,还有六个孩子为了不被冻僵而挤在一张床上,因为他们没有火取暖。他们没有吃的,最大的孩子告诉我他们又冷又饿。姑娘们,你们愿意把早餐送给他们当圣诞礼物吗?"

姑娘们刚才等了差不多有一个小时,现在正饿得慌,有一阵子大家都默不作声——就那么一小阵子,接着只听乔冲口而出道:"我真高兴,早餐还没开始呢!"

"我去把东西拿给那些可怜的孩子好吗?"贝思热切地问道。

"我来拿奶油和松饼。"艾美接着说,英雄似的放弃了自己最喜欢吃的食物。

而梅格已动手把荞麦盖上,把面包堆放到一个大盘子里。

"我早料到你们会这么做,"马奇太太舒心地微笑道,"你们都去帮我,回来后早餐吃点牛奶和面包,到正餐的时候再补回来。"大家很快准备妥当,队伍出发了。幸亏时候尚早,她们打后街穿过,没几个人看到她们,也没有人取笑这支奇怪的队伍。

这是一个满目凄凉的贫寒之家,四壁萧索,门窗破败。屋里没有炉火,床上被褥褴褛,病弱的母亲抱着正啼哭的婴儿,一群面黄肌瘦、饥肠辘辘的孩子披着一张破被子缩成一团。

看见姑娘们走进来,他们惊喜得瞪大了眼睛,咧开冻得发紫的嘴唇笑起来!

"哎呀,老天爷,善良的天使看望我们来了!"那个可怜的女人欢喜得叫起来。

"是戴帽子和手套的奇怪天使。"乔说道,逗得他们都笑起来。

这情景真让人错以为是好心的神灵在显圣呢。罕娜用带来的木柴生起了炉火，又用一些旧帽子和自己的斗篷挡住破烂的窗户。马奇太太一边为做母亲的端茶，一边安慰她宽心，又像对待自己的亲生骨肉一样温柔地为小宝宝穿上衣服。姑娘们摆好餐桌，把孩子们安顿到火炉边，像喂一群饥饿的小鸟一样喂他们吃饭，并跟他们说笑，尽力猜明白他们有趣而又蹩脚的英语。

　　"真系(是)好！""这些天使好心人！"可怜的孩子们边吃边把发紫的小手伸到温暖的火炉边暖和着。

　　姑娘们还是第一次被人称作小天使，都觉得非常惬意，尤其是乔，她自生下来就被大家当作"桑丘"①，因此更为得意。虽然她们没有吃上一口早餐，心里却感到无比的惬意。当这四个小姑娘把温暖留给别人，自己饥肠辘辘地走在回家的路上时，我想全城里再没人比她们更幸福了。她们在圣诞节的早上把最好的早餐送给穷人，宁愿自己吃面包和牛奶。

　　"这就是所谓爱别人胜过爱自己，我喜欢这样。"梅格说。

　　她们趁母亲到楼上为贫穷的赫梅尔一家收集衣物时把礼物摆了出来。

　　这些小礼物并不贵重，但都经过了精心的包装，从中可见一片深情。一只高高的花瓶立在桌子中间，里面插着红色的玫瑰和白色的菊花，衬着几缕垂蔓，给房间平添一份雅致。

　　"她来了！开始演奏，贝思！开门，艾美！为妈妈欢呼三声！"乔大声喊叫欢呼着，梅格则上前把妈妈接到贵宾席位。

　　贝思弹起了欢快的进行曲，艾美拉开门，梅格俨然是一位护花使者。马奇太太既惊讶又感动，含笑端详着她的礼物，读着附在上面的小纸条，噙满泪水的眼中又充溢着笑意。她当即穿上便鞋，把一条散发着古龙水香味的手帕放入衣袋，然后把那朵玫瑰花别在胸前，又称赞别致的手套"绝对合适"。

―――――――――――

　　①　桑丘：即西班牙作家塞万提斯著名小说《堂吉诃德》中的桑丘·潘沙，堂吉诃德的侍从。他虽然没有文化，却有丰富的实际经验，与喜欢幻想的堂吉诃德形成对比。

青少年课外阅读系列丛书

大家笑着、吻着、解释着，这种简单却充满着爱意的方式增添了家里的节日气氛，其温馨之情让人永久难忘。然后，大家又投入了工作。

早上的慈善活动和小庆典花了不少时间，余下的时间便都用来准备晚上的欢庆活动。由于年龄太小，不经常上戏院，又因为经济拮据，支付不起参加业余表演的大笔费用，于是姑娘们便充分发挥才智——需要是发明之母——需要什么，她们便做什么。她们做的东西有些还挺有创意——用纸板做的吉他，用旧式牛油瓶裹上锡纸做成的古灯，用旧棉布做的鲜艳的长袍，上面镶着从一家腌菜厂拿来的亮晶晶的小锡片，还有镶有同样钻石形小锡片的盔甲，这些被派上用场的小东西是腌菜厂做罐头剩下的边角料。屋子里的家具常被弄得乱七八糟，大房间就是现成的舞台，姑娘们在台上天真无邪地尽兴表演。

由于不收男士，乔便尽情地扮演男角色。她对那双黄褐色的长筒皮靴尤为满意。因为靴子是她的一个朋友赠送的，这位朋友认识一位女士，而女士又认识一位演员。这双靴子、一把旧的钝剑，还有某个不知姓名的艺术家用来画过几幅画的开衩背心，这些便是乔的主要宝藏了，任何场合都得登台亮相。因为剧团规模小，两个主要演员必须分别扮演几个角色。为此她们需要同时学习三四个不同角色的表演，飞快地轮番换上各式各样的戏服，同时还要兼顾幕后的工作，其努力精神确实值得称道。

这种有益身心的娱乐可以很好地锻炼她们的记忆力，并可以打发时间，排遣寂寞，减少无聊的社交。

圣诞之夜，十二个女孩子挤在花楼——一张床——的上面，坐在黄蓝色混合的磨光印花帘幕前面，翘首以盼话剧的开始。幕后灯光朦胧，不时传来沙沙的响声和悄悄的话语，偶尔还会传来容易激动的艾美在兴奋之中发出的咯咯笑声。不一会儿铃声响起，帘幕拉开，《歌剧式的悲剧》开始了。

几株盆栽灌木、铺在地板上的绿色厚毛呢，以及远处的一个"洞穴"构成了节目单上的"阴森树林"，"洞穴"用晒衣架做洞顶，衣柜做墙壁，里面有一个熊熊燃烧着的小炉子，一个老巫婆正弯着腰把弄炉上的一个黑锅。舞台阴森黑暗，熊熊的炉火营造出了良好的舞台效果。女巫揭开锅盖，锅里冒出阵阵蒸气，情景令人叫绝。第一阵高潮过后，歹徒雨果大步上场。

他嘴上蓄着一撮黑胡子，头上歪戴着一顶帽子，脚蹬长靴，身披神秘外衣，腰间佩着一把当啷作响的宝剑。他焦躁不安地来回踱了几步，猛然一拍额头，放声高歌，唱他对罗德力戈的憎恨、对莎拉的爱恋，以及要杀掉仇人、赢得莎拉的心愿。雨果粗哑的嗓音和感情爆发时偶尔发出的一声大喝给观众留下了极其深刻的印象，他刚停下要歇口气，观众便报以热烈的掌声。他习以为常地鞠躬谢过，又走到洞穴，大模大样地命黑格出来："哒！低下的奴才！出来！"

梅格出来，脸上挂着灰色的马鬃，身穿黑红色长袍，手持拐杖，大衣上画着神秘的符号。雨果向他索取两种魔药，一种可以使莎拉爱他，另一种可以用来毒死罗德力戈。黑格唱起优美的歌儿，答应把两种魔药都送给他，接着把送魔药的小精灵叫出来。戏文唱道：

来吧，来吧，空中的精灵。

我命你从家里过来！

你玫瑰生成，雨露裹腹，

可知道怎样配制魔药？

快速速给我送来，

我要的香馥药儿，

要调配得又浓又甜，药力神速，

快回答我吧，小精灵！

轻柔的音乐奏起来，接着洞穴后面现出一个小身影：金色的头发，一身乳白色的衣裳，两只翅膀闪闪发亮，头上戴着玫瑰花环。它挥舞着魔杖唱道：

来了，我来了，

从我虚无缥缈的故园，

那遥远的玉色月亮。

把魔药拿来，

并放在适当的地方，

不然它的魔力就会很快失去！

小精灵把一个金光闪闪的小瓶子扔到女巫脚下，随之消失。黑格再次施用魔法唤来一个幽灵。只听呼的一声，一个丑陋的黑色小魔鬼出来了。它用阴森的声音作了回答，然后把一个黑色瓶子扔给雨果，冷笑一声，消失得无影无踪。雨果用颤抖的声音道过谢，把两瓶魔药放进靴子里，转身离去了。这时黑格告诉观众，因为雨果以前曾杀死过她的朋友，所以她给他下了魔咒，准备挫败他的计划，向他复仇。接着帷幕落下，观众们一边休息和吃糖，一边评论。

帷幕迟迟没有拉开，里面传来好一阵锤打声。不过当舞台布景最终出现在眼前时，观众们谁都顾不得抱怨刚才耽误时间了，因为布景实在太美了，简直巧夺天工！只见一座塔楼耸入屋顶，塔楼上面露出一扇亮着灯光的窗户，在白色的帷幕后面，莎拉身穿一套漂亮的银蓝色裙子在等待着罗德力戈。罗德力戈盛装走进。他一头栗色鬈发，上面戴一顶插着羽毛的帽子，身披红色外衣，手拿吉他，脚穿长靴。当然啦，他单膝跪在塔下，柔情万分地唱起一支小夜曲。莎拉用歌声回答他，歌声中表示愿意私奔。接下来是这出话剧的大场面。罗德力戈拿出一张有五个梯级的草绳软梯，把一端抛到窗口，请莎拉下来。莎拉含羞从花窗格子爬下来，手扶着罗德力戈的肩头，正要优雅地往下跳，突然观众大叫起来："哎呀！哎呀！莎拉！"原来一不留神，她的长裙被窗户绊住了。塔楼摇晃着向前倾斜，轰的一声，把这对倒霉的恋人埋在了废墟里！

观众尖叫起来，只见黄褐色的皮靴伸出废墟使劲乱摇，一个金发脑袋探出来吼道："我早就告诫过你会这样！我早就告诫过你会这样！"那位冷酷的父亲唐·佩德罗头脑极为冷静，他冲进去把自己的女儿拖出，一把拉向身边。

"别笑！继续演，就当什么事也没发生过！"他命令罗德力戈站起来，盛怒而又轻蔑地将他驱逐出去。虽然被倒塌的塔楼砸得不轻，罗德力戈并没有忘掉自己的角色，他不理睬这位顽固的老绅士，就是不动身子。这种勇敢的精神启发了莎拉，她也不理睬父亲。唐·佩德罗于是命令两人一起下到城堡最底层的地牢里。一位胖胖的小侍从手持锁链走进来，神色慌张地把他们带走，显然，他把讲的台词忘掉了。

第三幕是城堡的大厅，黑格在此处出现，准备解救这对恋人并杀掉雨果。她听到雨果走进来便迅速藏起来，看着他把魔药倒进两个酒杯，又听他吩咐那位腼腆的小侍从："把酒端给地牢里的囚徒，告诉他们我一会就来。"小侍从把雨果带到一边说了几句话,黑格趁机把两杯药酒换成两杯没有药性的。"奴才"费迪南多把酒带走了,黑格把原来要给罗德力戈的毒酒放回去。雨果在唱完一支冗长的歌后感到口渴,便喝下那杯毒酒,顿时失去了神智,拼命挣扎一会后,挺直身子倒地而死。这时黑格用热烈优美的曲调唱了一首歌,说明自己刚才使用了什么手段。这真是震撼人心的一幕,虽然有人或许会认为突然跌落的一把长发使歹徒之死显得有些失色。

歹徒应观众的要求领着黑格走到幕前彬彬有礼地谢幕。黑格的歌声被认为是全场戏的点睛之作。

第四幕大家看到罗德力戈听说莎拉背弃了他,万分绝望下准备自杀。他刚刚把剑对准心脏,突然听见窗下传来优美的歌声,告诉他莎拉并没有变心,但身处险境,需要他去把她救出来。接着外面扔进一把钥匙。把门锁打开后,罗德力戈狂喜地挣断锁链冲出门外,去营救心爱的姑娘。

第五幕开场时,莎拉和父亲正闹得不可开交。唐·佩德罗要她进修道院,她坚决不肯,并伤心欲绝地求他开恩,正在她快晕倒时,罗德力戈闯入并向她求婚。唐·佩德罗不答应,因为罗德力戈没有钱。两人于是大吵大闹一番,互不相让。最后,罗德力戈正要把筋疲力尽的莎拉背走,羞怯的小侍从拿着黑格交给他的一封信和一个布袋走了进来,黑格此时神秘地消失。

这封信告诉大家她把一大笔财富赠给这对年轻恋人,如果唐·佩德罗破坏他们的幸福,必定遭到厄运。接着布袋被打开,大把大把的锡币洒落下来,堆在台上闪闪发亮,景象极为壮观。"狠心的父亲"这时才软下心肠,一声不响地默认了。于是众人齐声欢唱,一双恋人以极优雅浪漫的姿态跪下,接受唐·佩德罗的祝福,帘幕也随之降下。

接下来响起了热烈的掌声,而此时那座用作花楼的帆布床突然折拢,把热情的观众全部压倒。罗德力戈和唐·佩德罗飞身前来抢救,众人都没有伤着,倒在那里笑得说不出话来。大家刚刚恢复神态,罕娜进来说:"马奇太太致以演出成功的祝贺,并请女士们下来用餐。"大家一阵惊喜,连演员也不例外。看到桌子上摆着的东西,她们高兴得彼此对望,同时都感到十分奇怪。妈妈平时也会弄点吃的犒劳她们,不过自从告别了宽裕

青少年课外阅读系列丛书

的日子以来,这样的好东西还是第一次见。桌子上摆着雪糕——而且是两碟,一碟粉红色,一碟白色——还有蛋糕、水果和令人垂涎的法式夹心糖,桌子中间还摆着四束美丽的鲜花!

这情景使她们惊讶不已。她们看看饭桌,又看看自己的母亲,母亲也显得十分高兴。

"这是小仙女做的吗?"艾美问。

"我想是圣诞老人。"贝思说。

"肯定是妈妈干的!"脸上挂着白胡子白眉毛的梅格笑得又香又甜。

"是马奇婶婶心血来潮送给我们的。"乔灵机一动叫道。

"全都不对,是劳伦斯老先生送来的。"马奇太太回答道。

"那男孩的爷爷!他怎么会想起我们的呢?我们和他素不相识呀!"梅格嚷道。

"罕娜把你们早上的事告诉了他的一个佣人。这位脾气古怪的老绅士听后很高兴。他多年前就认识我的父亲,今天下午便给我送了张十分客气的字条,说希望我能允许他向我的姑娘们表示他的善意,送上微不足道的圣诞礼物,我不便拒绝,所以就给你们晚上开个小宴会,作为对面包加牛奶早餐的补偿。"

"一定是那男孩出的主意,准没错!他是个很不错的小伙子,愿意跟我们交朋友,只是有点怕羞,而梅格又一本正经,我们路过时也不让我跟他说句话。"这时碟子传过来,雪糕已开始融化了,乔一边说一边呵哈呵哈地吃得津津有味。

"你们说的是住在附近那座大房子里的人吗?"一个姑娘问,"我妈妈也认识劳伦斯先生,但说他非常高傲,不喜欢与邻居们交往。他把自己的孩子关在家里,逼他用功读书,闲的时候也只让他跟着家庭教师骑马散步。我们曾经去邀请他参加我们的晚会,但他没来。妈妈说他很不错,虽然他从不跟我们女孩子说话。"

"一次我家的猫不见了,是他送回来的。我们隔着篱笆谈了几句话,相当投机——谈的都是板球一类的东西——他看到梅格走过来,便走开了。我终有一天要认识他的,因为他很需要乐趣,我肯定他很需要。"乔自信地说道。

"他举止文雅，令人喜爱。如果时机适宜，我不反对你们交个朋友。他今天亲自把鲜花送过来，我本来应该请他进来的，但因为不知道你们在楼上干什么，就没邀请他进来。他走的时候似乎还闷闷不乐，若有所思；他听到你们在玩闹，而显然他自己没什么好玩的。"

"幸亏没有叫他进来，妈妈！"乔望着自己的靴子笑道，"不过以后我们会演一出他可以看的戏。或许他还可以跟我们一起演出呢。那岂不更有趣？"

"我从未收到过这么漂亮的花束！真是美丽极了！"梅格饶有兴致地审视着自己那束鲜花。

"花儿是漂亮！不过依我说贝思的玫瑰花更香。"马奇太太闻着插在腰带上那快要凋零的花朵说道。

贝思依偎到她的身边，轻声低语道："我真希望把我的那束花送给爸爸。我想他圣诞节恐怕过得没我们这么快乐呢。"

点评：

圣诞快乐！对于一个富有爱心的家庭来说，没有什么比帮助他人更让人开心的事了。对于一个富有感恩之心的家庭来说，也没有什么比在节日里向一直默默奉献的母亲送上充满爱的礼物更好的事情了。她们的付出也得到了即刻的回报，在这一件件事情的感化中，原本无亲无故的人们变得亲密了，原本自私的人变得慷慨无私了。这样的一个圣诞节，有谁会不感到快乐呢？

第三章　劳伦斯家的男孩

"乔！乔！你在哪里？"梅格站在楼梯脚下叫道。

"在这里！"上面一个嘶哑的声音答应道。梅格跑上去，只见自己的妹妹身上裹着一条羊毛围巾，坐在靠近向阳窗户的一张旧三脚沙发上，一边吃苹果一边抹着眼泪读《莱德克里夫的继承人》。此处是乔最钟爱的庇护所，她喜欢带上五六个苹果和一本好书来这里逍遥，享受宁静以及和爱鼠做伴的滋味。爱鼠名叫扒扒，就住在近处，对她全无顾忌。看到梅格走来，扒扒飞窜入洞。乔抹掉脸上的泪珠，看有什么事情。

"多有趣！加德纳夫人邀请我们参加明天的晚会。你瞧，这是邀请书！"梅格一边叫一边扬扬那张宝贝纸条，以女孩子特有的兴致读了起来。

"'加德纳夫人真诚邀请马奇小姐和约瑟芬小姐参加新年除夕的小舞会。'妈妈也同意我们参加，只是我们穿什么衣服好呢？"

"问这个有什么意义？你知道我们只有府绸衣服，别无选择。"乔嘴里塞得满满的，答道。

"如果我有一件丝绸衣服就好了！"梅格叹息道，"妈妈说等我到十八岁时或许会有，但还要等上两年，真是遥遥无期。"

"我敢说我们的府绸衣服看上去就像丝绸的一样，我们穿上也挺漂亮的。你的就跟新的一样，我倒忘了，我那件给烧坏了，而且还裂了个大口子。这可该怎么办呢？那块焦痕很明显，而我又拿不出其他的衣服来。"

"你只有老老实实地坐着不动，不要把背部给人看到，前面是不成问题的。我要用一条新丝带扎住头发，妈妈会把她的珍珠发夹借给我，我的新鞋子很漂亮，手套虽没有我希望的那么漂亮，但出出场面也算可以了。"

"我那双手套被柠檬汁糟蹋了，我又拿不出新的，到时候就不戴了。"乔说。她向来不太注重打扮。

"你一定要戴上手套，否则我就不去了。"梅格断然地说，"手套比什么都重要，不戴就不能跳舞。如果你不带，我可要羞死了。"

"那么我就不跳好了。我不大喜欢跟别人跳舞。这么故作姿态地转来转去没趣得很。我喜欢随意走动,轻松地谈笑。"

"你不能叫妈妈买新的,因为太贵了,你又这么粗心。你弄脏了那双手套的时候她就说过今年冬天不该再给你买。你能拿旧的凑合着使吗?"梅格焦虑地问。

"我可以把手套揉成一团捏在手里,这样就没人知道它们有多脏了,我只能做到这样。不!不如这样——我们俩各戴上一只好的,拿着一只脏的,这样行吗?"

"你的手比我的大,准会把我的手套撑坏的。"梅格说道。她视手套如心肝宝贝一样。

"那么我就不戴好了。我可不在乎别人怎么说!"乔一边说一边拿起书来。

"你可以戴我的,没问题!只是别把它弄脏了,而且一定要言行检点。不要把手放在身后,不要瞪着眼看人,不要说'我的天哪!'好吗?"

"别担心。我会尽量板着脸孔,不去闯祸,如果我能做到的话。你现在去给人家回个信吧,让我把这个精彩的故事看完。"梅格于是去写她的"万分感谢地接受您的邀请"等话,把衣服再过了一次目,又愉快地唱着歌把网眼花边镶好。这边乔读完故事,吃掉了四个苹果,又和扒扒嬉戏了一番。

除夕,客厅里显得特别安静,两个姐姐在专心致志地做异常重要的事情——"为晚会做准备",两个妹妹则帮助她们化妆。虽然化妆并不复杂,姐妹们还是跑上跑下,忙得不亦悦乎,有一阵子屋子里弥漫着一股浓烈的烧焦头发的异味。梅格想弄几缕卷曲的刘海,乔便将她的头发用纸片包住,再用一把烧热的火钳夹起来。

"头发这样会冒烟吗?"贝思倚在床上问。

"这是湿气在蒸发呢。"乔答。

"味道真奇怪!像是烧焦了的羽毛。"艾美一边评论一边自豪地摸着自己美丽的曲发。

"好了,我把纸片拿开,你们就可以看到一堆小鬈发了。"乔说着放下火钳。

她确实拿开了纸片，但却不见了那堆小鬈发，因为头发都断在纸片里了。发型师吓坏了，把一段烧焦的发束放在受害人前面的柜子上。

"噢，噢，噢！天哪！你都干了些什么呀？全完了！叫我怎么见人！我的头发，噢，我的头发！"梅格绝望地盯着额前参差不齐的头发疙瘩，失声痛哭起来。

"唉，又倒霉了！你本来就不应该叫我来弄。我总是把事情弄得一团糟。真对不起，火钳太烫，所以我弄坏了。"可怜的乔低声哼哼，望着那些黑色的烧饼，心中懊悔万分，泪水夺眶而出。

"没有完哩，你把头发卷曲起来，上面扎根丝带，在靠近额前的地方打个结，这样看上去就像是最时髦的发型一样。我看到很多女孩子都这样打扮的。"艾美安慰道。

"真是活该，谁让自己臭美，如果我不去碰自己的头发不就没事了。"梅格使着性子哭道。

"我也这么想，可惜了这一头秀发，不过很快就会长出来的。"贝思边安慰边走过来亲吻这头被剪了毛的小羊。

又经历了一连串的小意外后，梅格终于打扮好了，经过家人的共同努力，乔也弄好了头发，穿上了衣裳。虽然衣饰简单，她们却显得楚楚动人———梅格身穿银灰色斜纹布衣裳，佩戴蓝色天鹅绒发网，喱士饰边，还有珍珠发夹；乔穿一身栗色衣裳，配一件笔挺的男式亚麻布衣领，身上唯一的佩饰是两朵白菊花。

两人各戴了一只精致干净的手套，拿一只污手套，众人都一致称赞这种效果"既自然又优美"。梅格的高跟鞋太紧了，脚被夹得生疼，她却又不愿承认；乔的十九个齿的发夹似乎要插入她的脑袋，令她非常的不自在；不过，嘿，不美丽，毋宁死！

"玩得开心些，宝贝！"马奇太太对优雅着走下人行道的两姐妹说，"晚餐不要吃得太多，十一点钟就回家，我让罕娜去接你们。"大门在她们身后砰地关住了。这时窗子里又传来了喊声——

"姑娘们，姑娘们！都带着漂亮的小手帕了吗？"

"带着了,漂亮极啦,梅格的还洒上了古龙香水呢。"乔大声答道,一边走着又笑了一声,"我想就算我们遇上地震狼狈而逃,妈妈也要这样问的。"

"这是妈妈的一种高雅品味,而且相当合乎体统,因为根据洁净的靴子、手套和手帕可以看出一个人是不是真正的淑女。"梅格回答。她本身就颇具这些"高雅品味儿"。

"现在记住不要把烧坏了的一面让人看到,乔。我的腰带这样束行吗?头发看上去是不是很糟?"梅格在加德纳夫人的梳妆室里对镜理妆,好一会儿才转过身来说道。

"我知道我一定会忘掉一些嘱咐的。如果你看到我做错了什么事,就朝我眨眨眼睛,好吗?"乔说着把衣领一拉,又匆匆地理理头发。

"不行,眨眼不是淑女所为。如果你做错了我就抬抬眼眉,如果做对了就点点头。现在挺直腰,走小步。把你介绍给别人时,不要去握手:那不合规矩。"

"这些规矩你都是怎么学来的?我就是老学不会。听,音乐好轻快!"姐妹两人略带羞怯地走进去。虽然这只是个非正式的小舞会,对于她们来说却是件大盛事。加德纳夫人是位神态端庄的老太太,有六个女儿。她和蔼可亲地接待了姐妹俩,并把她们交给大女儿莎莉。梅格和莎莉相熟,所以很快便不再拘束,而乔呢,对女孩子和女孩子的闲谈一向不大在意,只得小心翼翼地背靠着墙站着,觉得自己就像一匹被关在花园里的小野马,很不得要领。五六个快活的男孩子在房间的另一头大谈溜冰,她心痒难耐,恨不得也走过去参与讨论,因为溜冰是她生活中的一大乐趣。她把心头愿望向梅格表露,但梅格的眉毛抬得老高,令她不敢随心所欲。没有人过来跟她说话,身边的一群人也渐渐散去,最后只剩下她孤零零一个。因为怕露出烧坏了的衣服,她不敢四处随意走动去寻找乐趣,只好可怜巴巴地站在那里盯着别人看。这时舞曲已经响起,梅格马上被请进了舞池。她步态轻盈,笑脸依依,没有人会想象到她的双脚正被那双鞋子折磨得生疼。乔看到一个大个子红头发的年轻人向她走过来,担心他会请她跳舞,便赶快溜进一间挂着帘幕的休息室,准备独自一人悄悄欣赏。谁料到另一个害羞的人已先看中了这个庇护之处：当帘幕在身后落下，乔发现自己正与"劳伦斯家的男孩"面对着面。

"噢，对不起，我不知道这里有人！"乔张口结舌，准备转身跑出去。

但男孩笑了，愉快地说："不用管我，你要喜欢就待着吧。"尽管他看上去也有点吃惊。

"我会打扰到你吗？"

"一点也不。我进来是因为这里有很多人我不认识，你知道一开始总有点陌生感的。"

"我也一样。请不要走开，除非你真的想出去。"

男孩又坐了下来，低头望着自己的那双浅口无带皮鞋。乔尽量轻松地用礼貌的口吻说："我想我曾幸会过阁下。阁下就住在我们家附近吧？"

"隔壁。"他抬起头，笑出声来，因为他想起了那次把猫送回她家时两人在一起谈论板球的情景。相比之下，乔这副一本正经的神态显得十分有趣。

乔也笑着轻松下来。她诚挚地说："你送来的圣诞礼物真令我们开心极了。"

"是爷爷送的。"

"但这应该是你出的主意，没错吧？"

"你家的猫好吗，马奇小姐？"男孩试图表现得严肃一点，但黑色眼睛里却闪着调皮的光芒。

"很好，谢谢你，劳伦斯先生。不过我不是什么马奇小姐，我叫乔。"年轻的女士答道。

"我也不是劳伦斯先生，我叫劳里。"

"劳里，劳伦斯，——这名字可真怪！"

"我的原名是西奥多，但我不喜欢，因为伙伴们总把我叫做多拉，所以我让他们改叫劳里。"

"我也不喜欢我的名字——多么伤感！我希望别人都叫我乔，而不是约瑟芬。你是怎么使那些男孩不再叫你多拉的？"

"揍他们。"

"我不可以揍马奇婶婶，所以我只好随她怎么叫。"乔失望地叹了口气。

"你喜欢跳舞吗，乔小姐？"劳里似乎认为这个称呼挺适合她。

"如果场地开阔些，大家也都兴高采烈，我倒是挺喜欢的。但是这样的场合我总会弄翻点东西，踩着别人的脚趾头，或者出一些糟糕的洋相，所以我不会去，只让梅格去跳。你跳舞吗？"

"有时也跳。我在外国生活了好多年，在这里交友很少，还不大熟悉你们的生活方式。"

"外国！"乔叫道，"呵，给我讲讲吧！我最爱听人家谈自己的旅游见闻了。"

劳里似乎不知道该从何说起，但是见乔问得热切，便也打开了话匣子，谈起他在韦威①的学校生活，告诉她那边的男孩子从来不戴帽子，而且他们在湖上有一队小船，休假时大家可以跟老师们一起划船过瑞士，等等。

"如果我也能去该有多好！"乔叫道，"你去过巴黎吗？"

"去年我们曾在那里过冬。"

"你会讲法语吗？"

"在韦威只讲法语。"

"讲几句吧！我可以读，却不会说。"

"Quel nom a cette jeune demoiselle en les pantoufles jolis?"劳里友好地说。

"说得妙极了！让我想想——你说的是：'那位穿着漂亮鞋子的年轻女士是谁'，对不对？"

"Oui，mademoiselle。"（法语：对，小姐。）

"是我的姐姐玛格丽特，你早就知道的！你说她很漂亮吗？"

"漂亮。她使我想起了一位德国姑娘，她看上去美丽娴雅，舞姿也很优美。"听到一个男孩子这样赞美自己的姐姐，乔高兴得脸上直放光，忙把

_____

① 韦威：瑞士的一个城市。

青少年课外阅读系列丛书

这些话记在心里，待回家转告梅格。他们悄悄地看着舞池，边指点边交谈，彼此都觉得似乎熟知已久。劳里很快便不再感到害羞，乔的男孩儿气使他感到十分轻松，乔也倍感快乐，因为她忘掉了自己的衣裳，而且现在也没有人对她抬眼眉了。她对"劳伦斯家的男孩"越发感到喜爱，不禁再认真地观察了几眼，准备回家后把他描述给姐妹们，因为她们没有亲兄弟，也没什么表兄弟，对男孩子几乎一无所知。

"卷曲的黑头发，棕色的皮肤，黑色的大眼睛，挺拔的鼻子，牙齿洁白，手脚不大，比我略高些，显得温文尔雅，又不乏风趣。只是不知道他多大年纪？"

乔正要开口问，却又及时收住，转而机智地换了一种委婉的口吻。

"我想你很快就要读大学了吧？我看到你在啃书本——不，我是说用功读书。"乔为自己冲口说了个不文雅的"啃"字而涨红了脸。

劳里并没有在意，微笑着耸耸肩回答："这一两年内应该都不会，要到十七岁我才能念大学。"

"你才十五岁吗？"乔望着这位高个的小伙子问。她以为他已经十七岁了。

"下个月满十六岁。"

"如果我可以读大学就好了！而你似乎不大喜欢呢。"

"我讨厌读大学，只是一味灌输和玩乐。我也不太喜欢这个国家的生活方式。"

"你喜欢什么呢？"

"住在意大利，按自己的方式做事情。"

乔非常想知道他自己的方式是什么，但见他锁起了双眉，样子变得极为严肃，便一边用脚踏着节拍，一边换了个话题："这支波尔卡舞曲美妙极了！你为什么不去跳？"

"如果你也一起来的话。"他说着，并颇有修养地轻轻一躬身子。

"我不能，因为我跟梅格说过我不跳，因为——"乔欲言又止，思量着是否要说出来。

"因为什么？"劳里好奇地问。

"你不会说出来吧?"

"绝对不会!"

"是这样,我有个坏习惯,总喜欢站在炉火前烘衣服,一次便把这件衣服烧坏了,虽然后来经过精心缝补,还是可以看出来。梅格要我别乱动,这样就不会让人看到了。你要笑就尽管笑吧,我知道这很好笑。"

但劳里没有笑,他低头沉思了一会儿,带着令乔诧异的神情轻声说:"不要紧,我告诉你一个好办法:那边有一个长长的走廊,我们可以在那尽兴起舞,没有人会看见我们的。请来吧。"

乔谢过他,高兴地走了过去。看到舞伴戴着精致的乳白色手套,她恨不得自己也有两只干净的手套。走廊里空无一人,他们在那里尽兴地跳了一曲波尔卡舞。劳里跳得很好,他教乔怎么跳德国舞步,这种舞步活泼轻快,乔十分喜欢。音乐停下来后,他们坐在楼梯上歇口气,劳里跟乔谈着海德堡①的学生庆祝会。梅格过来找妹妹,她招招手,乔不情愿地跟着她走进了一个侧间,却看到她一下坐在沙发上,手托着脚,脸色苍白。

"我脚踝扭伤了。那只讨厌的高跟鞋一歪,把我狠狠地扭了一下。真痛呵,我都几乎站不稳了,不知道该怎么走回家。"她一边说一边痛得直摇动。

"我早就料到那双笨鞋会弄伤你的脚的。我很难过,但我想不出什么法子,除非去叫一辆马车来,或者在这里过夜。"乔答道,边说边轻轻地擦着梅格那受伤的脚踝。

"叫一辆马车要花不少钱,再说也根本叫不到,因为大多数人都是坐着自己的马车来的。这里离马厩有好长一段路,也找不到人去叫。"

"我去。"

"千万别去!现在已经过九点了,外面黑漆漆一片。我不能一直待在这,因为满屋子是人。莎莉有几个女孩子陪着。我就在这里等罕娜来,到时候再尽我所能吧。"

"我去叫劳里,他能去的。"乔说。想到这个主意,她松了一口气。

———————————

① 海德堡:位于德国西部的一座城市。

"求求你,不要去!我不想让人知道。把我的橡胶套鞋给我,把这双鞋子放到我们带来的包袱里。我不能再跳了,晚饭一吃完就看罕娜来了没有,她一到马上通知我。"

"他们现在都出去吃饭了。我陪着你,我愿意这样。"

"不,亲爱的,快到那边给我弄点咖啡吧。我累得要命,简直快不能动了!"梅格说完斜靠在沙发上,把橡胶套鞋藏得恰到好处,乔接着便跌跌撞撞地朝餐厅跑去。她闯入了一个地方,原来是放瓷器的小房间;又推开一扇房门,却发现加德纳先生正在那里独自小憩,最后才找到了餐厅。她冲到桌边好不容易倒好咖啡,匆忙中又把它给弄溅了,把衣服的前幅搞得跟后幅一样糟糕。

"噢,天哪,我真是个冒失鬼!"乔叫道,忙用梅格的那只手套擦拭,谁知又赔上了一只手套。

"我可以帮什么忙吗?"一个友善的声音问。原来是劳里。他一手拿着装得满满的杯子,另一手拿着放有冰块的小盘子。

"我正想倒点咖啡给梅格,她累坏了。不知谁碰了我一下,便成了这副狼狈样。"乔说着沮丧地看着弄脏了的裙子,又看看变成了咖啡色的手套。

"真是够糟糕的!不过我手里的东西正要送给人,可以拿给你姐姐吗?"

"噢,那真是谢谢你!东西还是你拿着吧,我来带路。我拿着准会闯祸的。"乔说完便在前面引路。

劳里似乎习惯于侍候女士,他拉过来一张小桌子,又再走一趟为乔取来了咖啡和冰块,十分殷勤周到,梅格虽然挑剔,也不禁称赞他"不错的小伙子"。大家愉快地吃着各种糖果,跟两三个刚进来的年轻人安安静静地玩一种"霸士"游戏。这时罕娜来了,梅格忘了脚痛,猛地站起身,痛得叫了一声,赶紧扶住乔。

"嘘!别吭声。"她悄悄地说,接着放大嗓门,"没什么,我的脚稍微扭了一下,小事情。"说完她一瘸一拐地走到楼上收拾包袱。

看到梅格的情况后,罕娜不住地心疼着责骂,梅格伤心地哭。乔不知所措,最终决定亲自收拾残局。她一溜烟地跑下楼,找到一个佣人,问他是否能帮忙叫辆马车。偏巧这位佣人是刚雇来的侍者,对周围情况一无所知,乔正东张西望地找人,劳里听到她叫车,走过来,对她说他爷爷的马车刚到,准备接他回家,她们可以乘用这辆车子。

"时间还早呢!你不是这么早就走了吧?"乔问,她松了一口气,但又犹豫是否该接受这份人情。

"我总是提早走的——真的,不骗你!让我送你们回家吧。反正是顺路,你知道。再说,他们说外面还下着雨呢。"事情就这样定下来了。乔接着把梅格的灾难告诉他,感激不尽地接受了他的好意,又跑上去把其他人带了下来。罕娜跟猫一样讨厌下雨,所以都顺顺当当上了车。她们乘着豪华的封闭式四轮马车回家,觉得极为高雅,内心十分得意。劳里坐在车夫的座位上,腾出位置让梅格把脚架起来,姐妹俩毫无顾忌地谈论着刚才的晚会。

"我玩得开心极了。你呢?"乔问,说着把头发弄乱,使自己舒服一些。

"开心,直到把脚扭伤。莎莉的朋友安妮·莫法特很喜欢我,请我随莎莉到她家住上一个星期。莎莉准备在春天歌剧团来的时候去,如果妈妈也让我去就太美了。"梅格答道。想到这里她也愉快起来。

"我看到你跟我躲开的那个红发小伙子跳舞,他人好吗?"

"噢,好极了!他的头发是红褐色的,不是红色。他非常有礼貌,我和他跳了一个漂亮的瑞多瓦①呢。"

"他学跳新舞步的时候像个痉挛的草蜢。我和劳里都忍不住笑了起来,你听到了吗?"

"没有,但这样做非常无礼。你们一晚上藏在那里干什么?"

乔便把自己的经过告诉她,讲完时恰好到家了。她们谢过劳里,又互相道了晚安,悄悄溜进门去,不想去惊动任何人。但随着门吱呀一声,两个戴着睡帽的小脑袋突然冒了出来,用困乏但热切的声音喊道——

"说说舞会!说说舞会!"

---

① 瑞多瓦:一种波西米亚舞蹈。

尽管梅格认为这样"极没规矩",乔还是给两个妹妹带了几块夹心糖；她们听了晚会最有趣的情节后,很快便安静下来。

"我敢说,晚会后有马车送回家,穿着晨衣坐在家中有女仆侍候,上流社会的年轻女郎也不过如此。"梅格边说边让乔在她脚上敷上药,并给她梳头发。

"虽然我的头发被烧掉了,衣裳又破又旧,手套也不成双,紧鞋子又把脚踝扭伤了,但我相信我们比上流社会的年轻女士要玩得开心多了。"

点评:

　　本章的重点是乔和劳里的相见。没有温馨的环境和美丽的鲜花,两人的相见是在一个十分尴尬的氛围中开始的。两个逃避舞会的人局促地挤于一室,最终却因为相投的志趣与个性而翩翩共舞。作为一个富家公子,劳里的热诚坦率、真挚善良与乐于助人显示了他在这个阶层中的另类,这也是乔欣赏他并接受他做朋友的前提。一心想要在舞会上出彩的梅格尽管表面上达到了这一目的,却也付出了扭伤脚踝的代价,作为成长的小小代价,这是必要的。

第四章　负　担

"唉！又得背着担子往前走了，生活真是一种磨难。"晚会的第二天早上梅格这样叹息。过节时痛快玩了一周，现在又要从事不喜欢的工作，她心里相当地不情愿。

"但愿每天都过圣诞节或者过新年，那该多好玩。"乔说着懒洋洋地打了个哈欠。

"我们能过上现在的这种日子已经是三生有幸了。但是如果能经常参加一些宴会舞会，有鲜花马车，每天读书休息，而不用工作，那该有多好。你知道有些人就是有这样的福气，我总是羡慕这些女孩子，我这人就是有点向往奢华。"梅格说。她正在比较两条破旧的长裙，看哪一条稍好一点。

"毕竟我们没有这种福气，还是别发牢骚了，挑起担子，像妈妈一样乐观地向前走吧。我敢肯定马奇婶婶就是我的冤家对头，但我想只要我能学会忍受，不去埋怨，她就会被丢到脑后，或者变得不值一提。"

这主意让乔觉得挺好玩，心情也随之愉快起来，但梅格却仍然不是很高兴，因为她的担子——四个被宠坏了的孩子——现在显得异常沉重。她甚至没有心情像往常一样在领口打上蓝丝带，也没有心绪对镜理妆。

"一天到晚都对着几个调皮鬼，我打扮得这么漂亮会有谁来看？又有谁来理会我漂亮不漂亮？"她嘟囔道，把抽屉猛地一推关上，"我将终生忙碌，只能偶尔得到一点欢乐，逐渐年老变丑，变得尖酸刻薄，这一切就是因为我穷，不能像其他女孩子一样享受生活。这真是个耻辱！"梅格说完走下楼去，脸上带着一种受伤的表情，吃早餐时也全无心绪。大家似乎都有些不对劲，个个脸上阴霾密布。贝思头痛，躺在沙发上，试图从那只大猫和三只小猫中寻找安慰；艾美烦躁不安，因为她没有弄懂功课，而且找不到橡皮；乔真想大吹一阵口哨；马奇太太正忙着写一封急信；罕娜因为不喜欢大家晚起，在不停地抱怨。

"我从来没见过全家人这么火爆！"乔喊道。她打翻了墨水瓶后，弄断了两根靴带，又坐到自己的帽子上，终于发起了脾气。

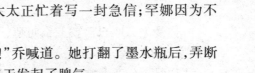

"你是最火爆的一个!"艾美回击道,用滴落在写字板上的泪水抹去算错了的数目。

"贝思,如果你不把这些讨厌的猫放到地下室里去,我就把它们淹死。"梅格一面愤怒地大叫,一面力图摆脱一只爬到她背上不肯走的小猫。

乔大笑起来,梅格责备着,贝思央求着,艾美因为想不起九乘以十二等于多少而哭起来。

"姑娘们,姑娘们,安静一会儿吧! 我必须赶在第一个邮班前把信寄出,你们却乱哄哄地吵得我心神不安。"马奇太太叫道,一边划掉信中第三个写错的句子。

众人一时都安静下来,这时罕娜大步走进来,把两个热腾腾的卷饼放在桌上,又大步走出去。这两个卷饼是家里的惯例,姑娘们称其为"手笼",因为她们觉得寒冷的早上手里笼着个热饼挺暖和。罕娜无论多忙或多么牢骚满腹也不会忘记做上两个,因为路远天寒,两个可怜的姑娘经常要在两点以后才回到家里,卷饼便权当她们的午饭。

"抱上你的猫,头痛很快就会好了,贝思。再见,妈妈。我们今早真是一帮小坏蛋,不过等我们回家时一定还是平日的小天使。走吧,梅格!"乔迈开步伐,觉得她们的"天国之旅"从一开始就没有走好。

她们在转过拐角之前总要回头望望,因为母亲总是倚在窗前朝她们点头微笑,挥手道别。不这样她们一天就似乎过得不踏实,因为无论心情如何,她们最后一起所看到的母亲的面容无异于缕缕阳光,令她们欢欣鼓舞。

"即使妈妈不向我们挥手道别,而是挥起拳头,我们也是罪有应得,因为我们是天底下最不知道感恩图报的小坏蛋。"乔在寒风萧瑟的雪路上大声忏悔。

"不要用这么难听的字眼。"梅格说。她用头巾把自己裹得严严实实的,看上去就像一个厌世的修女。

"我喜欢强有力而且有意义的好字眼。"乔答道,用手抓着几乎要被风吹落的帽子。

"你爱怎么叫自己就怎么叫吧,但我可不是坏蛋,也不是混账,也不喜欢人家这么叫我。"

"你是个伤心落魄人,今天这么怒气冲冲是因为你不能整天置身于花团锦簇之中。可怜的宝贝，等着吧，等我赚了钱，你就可以享受马车、雪糕、高跟鞋、花束，以及和红发小伙子一起跳舞了。"

"乔，你真荒唐！"梅格不由被这些荒唐话逗笑了。

"幸亏是我！如果我也像你一样一副忧郁相，我们可都成了什么样子？谢天谢地，我总能找到一些有趣的东西来令自己振作。别再牢骚了，高高兴兴地回家吧，这就对了。"

分手时，乔鼓励地拍拍姐姐的肩膀。两人分头而行，各自揣着暖烘烘的小卷饼，都想尽量使心情愉快起来，尽管寒风刺骨、工作辛苦，尽管一颗年轻的、企盼幸福的心没有得到满足。

当年马奇先生为帮助一位落难的朋友而失去财产时，他的两个大女儿请求让她们出去找点工作，这样她们至少可以负担起自己的生活。考虑到应该早些培养她们的进取精神和自立能力，父母便同意了。

姐妹俩带着美好的心愿投入工作，相信虽然困难重重，最后一定会取得成功。玛格丽特找到的工作是幼儿家庭教师，薪酬虽少，对她来说却也是一笔大数目。如她自己而言，她"向往奢华"，她的主要烦恼便是贫穷。由于她还记得童年时的华屋美服、轻松快乐、无忧无虑的时光，因而比起其他姐妹更难接受现实。她也曾试图知足、试图不嫉妒别人，但年轻姑娘爱美、爱交友、希望成功和过无忧无虑的生活却是天性使然。在金斯家里，她天天都能看到她想要的东西，因为孩子们的几位姐姐刚开始学着参加社交活动。梅格不时能看到精致的舞会礼服和美丽的花束，听到她们热烈地讨论戏剧、音乐会、雪橇比赛等各种娱乐活动，看到她们挥金似土，花钱如流水。可怜的梅格虽然很少抱怨，但一股不平之气却令她对这里的每个人都怀有恨意。她还不明白其实她是多么的富有，因为祝福本身就能让人过上幸福的生活。

乔刚好被马奇婶婶看中了。马奇婶婶由于跛了腿，需要找一个勤快的人来侍候。刚跛腿时这位没有子女的老太太曾向马奇夫妇提出要收养一个姑娘为养女，却被婉言拒绝了，心里十分不高兴。一些朋友对马奇夫妇说他们错失了被列入这位阔太太遗嘱继承人的机会，可超尘脱俗的马奇夫妇却说——

"我们不能为了钱财而放弃女儿。不论贫富，我们全家都要厮守在一起，共享天伦之乐。"

老太太有一段时间都不愿意跟他们说话，但一次她在朋友家里偶然见到了乔。乔言谈风趣，举止直率，很合老太太的心意，她便提出让乔跟她做个伴。乔开始并不乐意，但她找不到更好的差事，便答应了下来。出人意料的是，她跟这位脾气暴躁的亲戚相处得非常好。但偶尔也会遇到些狂风骤雨，一次乔便气呼呼地跑回了家，宣布自己忍无可忍，但马奇婶婶很快收拾了残局，急匆匆地派人请她回去，令她不忍拒绝。其实，她内心对这位火辣的老太太也颇有好感呢。

不过猜想真正吸引乔的是一个装满了精美图书的大藏书室，这个屋子自马奇叔叔去世后便积满了灰尘和蜘蛛网。乔记得那位和蔼可亲的老绅士常常让她用大部头的字典堆起铁道桥梁，跟她讲拉丁文书中那些古怪插图的故事，在街上碰到她时还会给她买姜饼。藏书室里还有舒适的椅子、精致的地球仪，最妙的是，几个半身人像从书架上俯视地面。书籍被凌乱地堆放着，乔可以毫无顾忌地随意走动翻阅，这一切使藏书室成了乔的天堂。每当马奇婶婶打盹儿或忙着跟人闲聊时，乔便会匆匆走进这个平静之处，像名副其实的"蛀书虫"一样大嚼诗歌、浪漫故事、游记、漫画书，等等。不过这种令人陶醉的美妙享受却总是不能持久，每当她看得入神，读到精彩之处时，必定会传来一声尖叫："约瑟——芬！约瑟——芬！"这时她便不得不离开自己的小天堂，出去绕纱线，或者给卷毛狗洗澡，或者朗读波尔沙的《随笔》，忙个不停。

乔的理想是做一番宏大的事业，但这番事业究竟是什么她却一直毫无头绪，自己也不急于搞清楚；她觉得自己现在最大的痛苦是不能够尽兴读书、跑步和骑马。她是个急性子，言语尖刻，内心躁动不安，经常将自己推入困境，因此她的生活经历总是悲喜交集，甜酸苦辣，五味杂陈。不过，她在马奇婶婶家里受到的磨炼正是她所需要的，而一想到这份工作可以使自己独立，她就无比高兴，即使是马奇婶婶那没完没了的"约瑟——芬！"也似乎变得微不足道了。

贝思因为过于胆小羞怯而没有上学。她也曾进过学校，但感到极度痛苦，只得辍学在家，跟着父亲读书。父亲随军走后，母亲也被派去为"士兵援助会"服务，贝思仍坚持不懈，尽自己的最大努力自学。她是个贤妻良母型的小姑娘，帮助罕娜把家里打理得整洁舒适，从不希求回报，只要被人爱着便心满意足。她静悄悄地度过漫漫长日，从不会感到孤独，也从不懒散，因为她的小天地从不乏虚构出来的朋友，而她天生就是个勤快的小蜜蜂。每天一早贝思都要给她的六个玩具宝宝穿衣装扮，因为她还是个孩子，仍然喜欢玩偶。她的小宝贝原来都是"弃儿"，个个残缺不全，都是两个姐姐长大后不要而给她的，因为这些又旧又丑的东西艾美是不会要的。正因为如此，贝思对它们呵护有加，专为这些摇摇摆摆的小宝贝设了个医院。她给这些布娃娃们一丝不苟地打针，给它们喂饭、穿衣、护理，从不打骂它们，并从不忘奉上深情的一吻，即使是最丑陋的玩偶也不会被忽略。一个残旧不堪的"宝宝"原是乔的旧物，经过乔暴风骤雨的生活洗礼后，变得四肢不全，五官不整，最后被弃置在一个破袋子里头，贝思把它从那破旧的包袱里解救了出来。因为它的头顶不见了，她便扎上一顶雅致的小帽，四肢没有了，便把它裹在毯子里，把缺陷遮掩起来，并把最好的床让给这位长期伤员。如果有人知道她是如何无微不至地照料这个玩具娃娃，我想他们即使发笑，也一定会深受感动的。她给它送花、读书，把它裹在大衣里，带它出去呼吸新鲜的空气，给它唱摇篮曲，睡觉前总要吻吻那脏脸儿，并柔声细语说："祝你晚安，可怜的宝贝。"

贝思像她的姐妹们一样也有自己的烦恼，她并非什么不食人间烟火的天使，也是个普通的小姑娘。用乔的话来说，她常常"哭鼻子"，因为不能去上音乐课，因为家里也没有一架好钢琴。她酷爱音乐，学得异常用功，并且极有耐心地用那架丁当作响的旧钢琴练习弹奏，似乎真该有人（并非暗指马奇婶婶）来帮她一把。然而没有人帮助她，也没有人看到她悄悄地把落在五音不全的黄色琴键上的眼泪抹掉。她像只小云雀般为自己的工作歌唱，为妈妈和姐妹们伴奏，永不言累，每天都满怀希望地对自己说："我知道有一天我会学好音乐的，只要我乖。"世界上有许许多多个贝思，腼腆而平静，默默居于一角，需要时才挺身而出，乐于为别人牺牲自己。人们只看到她们脸上的笑容，却很少意识到她们所作出的牺牲，直到炉边的小蟋蟀停止了吟唱，和美的阳光消散而去，空剩下一片寂静的黑暗。

如果有人问艾美生活中最大的痛苦是什么，她肯定会立即回答："我的鼻子。"当她还是婴儿时，乔一次不小心把她摔落在煤斗里头。艾美执意认定那次意外毁掉了她的鼻子。她的鼻子既不大也不红，只是有点儿扁，无论怎样捏或怎样夹也弄不出个贵族式的鼻尖儿。其实除了她自己外,并没有人在意,而且她的鼻子长势也极好,但她总认为自己的鼻梁不够直,便画了一大堆美鼻画儿来聊以自慰。

"小拉斐尔"①正如她的姐姐们所称,极有绘画的天分。她最大的幸福莫过于描摹鲜花、设计小仙女,或用古怪的艺术形象解释故事。她的老师抱怨说她的写字板不是用来做算术的,而是画满了动物,地图册上的空白版面也被她摹满了地图,她的书本一不小心便会弄出许多荒唐滑稽的小漫画。她的学习成绩相当拔尖,言行举止也被大家视为楷模,并因此而逃过许多次惩戒。她性情随和,深谙取悦别人之道,在学校深得人心。她姿态略有些做作,但多才多艺,除了绘画外,还会弹十二首曲子,善于钩织,读法文时读错的字不会超过三分之二,令人十分羡慕。她在说"爸爸有钱的那个时候我们如何如何"这句话时,悲哀婉转,令人动情,她拖长了的发音被姑娘们视为"优雅之极"。

艾美差不多给大家宠坏了,她的虚荣和自私也成正比例增长。但是有一件事却刺伤了她的虚荣心:她得穿表姐的衣服。由于表姐弗洛伦斯的母亲毫无艺术品味,艾美大受其苦。帽子该配蓝色的却配上了红色,衣服与她很不协调,而围裙又过于讲究。其实这些衣物全都不错,做工很精细,磨损也极少,但依艾美的艺术眼光却不能忍受。尤其是这个冬天,她所穿的暗紫色校服布满黄点还没有饰边。

"我唯一的安慰,"她对梅格说,眼中泪光泛泛,"是妈妈不像玛莉亚·帕克的妈妈,在我淘气玩耍时不会把我的裙子卷起来。哎呀,那真是糟糕透顶了。有时玛莉亚的长裙子被卷到了膝盖上面,不能来上学,当我想到这种屈辱时,我觉得我的扁鼻子和那件黄火球紫色衣服也可以忍受了。"梅格是艾美的知己和保护人,也许是一种性格上的异质相吸吧,乔和温柔的贝思又是一对。腼腆的贝思独独喜欢跟乔倾诉心事,通过这位高大、冒失的姐姐,她在不知不觉间对全家形成举足轻重的影响。两个姐姐互相间十分要好,但都各以各自的方式照管着一个妹妹——她们称之为"扮妈妈"——并出于一种小妇人的天然母性对两个妹妹呵护有加。

"你们有什么有趣的事儿吗?今天闷死了,讲点什么来轻松一下。"那天晚上她们坐在一起做针线活时,梅格这样问。

---

① 拉斐尔:意大利文艺复兴时期的著名画家,这里指艾美。

"今天我和婶婶之间有个不寻常的插曲，因为这次我占了上风，所以讲给你们听。"爱讲故事的乔首先说道，"我像往常一样用既单调又沉闷的声音读永远读不完的波尔沙，婶婶很快就被我打发入梦乡了，我趁机拿出一本好书，如饥似渴地看起来，当她醒来的时候我已觉得困了。她问我为什么把嘴巴张得这么大，足足可以把整本书一口吞进去。

"'真能这样倒还不错，正好把它做个了结。'我说，尽量不冲撞她。

"她对我的劣行好一顿训斥，并叫我在她'养神'的时间里认真思过。她很快又进入了梦乡，头上的帽子像朵头重脚轻的大丽花一样摇摇摆摆。见此情景，我立即从口袋里抽出《威克菲尔德牧师传》①读起来，一只眼看书，一只眼留意着婶婶。刚刚读到书中人物全跌入水中时，我一时忘情，笑出了声。婶婶醒过来，心情好像很不错，叫我读一点听听，看这本书究竟如何轻薄，竟能把她那本富有教育意义的宝书波尔沙比下去。我尽力而为，她听得津津有味，但嘴里却说——

"'我不明白这本书讲的是什么。从头再读一次，孩子。'

"我从头再读，并尽量读得绘声绘色。读到扣人心弦之处，我故意停下来小声说：'我担心你会厌烦呢，夫人，要不要停下来？'

"她把刚才从手中掉落的编织活计拾起，透过眼镜片狠狠瞪了我一眼，用一贯简洁的口吻说：'把这章读完，小姐不得无礼。'"

"她承认她喜欢这本书了吗？"梅格问。

"哦，告诉你吧，不承认，但她把波尔沙扔到了一边！我今天下午跑回去拿手套时，见她正全神贯注地读那本牧师传，我高兴得在大厅里跳起了快步舞，并笑出声来，她竟全然不觉。其实只要她愿意，她可以过多么愉快的生活啊！尽管她有钱，我却并不羡慕她。我想穷人有穷人的烦恼，富人也有富人的苦闷。"乔接着说。

"我也想起一件事来，"梅格说，"虽不如乔的故事有趣，但它让我回家想了很久。今天我瞧见金斯家里的人个个都慌慌张张，一个孩子说她们大哥犯了件大事，爸爸把他赶走了。我听到金太太在哭，金先生在骂，格莱丝和艾伦走过我身边时也扭过脸，免得红红的眼睛被我看到。当然我

---

① 《威克菲尔德牧师传》：英国著名作家奥利佛·格尔斯密的代表作，1776 年出版。

什么也没有问,但我替他们难过,同时也很庆幸自己没有这样可恶的兄弟,令家人蒙受耻辱。"

"坏男孩固然可恶,但在学校蒙受耻辱则更加令人难受。"艾美摇晃着脑袋说,似乎已经饱经沧桑,"苏茜·巴金斯今天戴着一枚精致的红玉戒指来上学,我羡慕得不得了,恨不得自己也有一个。嘿,她给戴维斯先生画了一幅漫画,怪鼻子,驼背,嘴里还冒出一串话:'年轻的女士们,我的眼睛在盯着你们!'我们正在大笑,不料戴维斯先生的眼睛果真盯上了我们。他命令苏茜把画板带上去。她吓懵了,但还是走了上去。噢,你们猜他怎么着?他揪着她的耳朵——耳朵!想想这有多恐怖!——把她揪到背书台上,让她在那里站了半个小时,并举着画板让大家看。"

"姑娘们有没有笑那幅画?"乔问,想象着那尴尬的局面。

"笑?谁敢!她们像老鼠一样一声不吱地静静坐着,苏茜泪如雨下,可怜的人儿。那时我不再羡慕她了,因为我觉得如果是这样,即使有再多的红玉戒指也不能使我幸福。我永远永远不会忘记这种刻骨铭心的耻辱。"然后艾美继续做她的针线活儿,并为自己的品行和成功地一口气说出两串长长的词组而自鸣得意。

"我今早看到一件我喜欢的事情,原本吃饭时要说的,却给忘了。"贝思边说边整理乔乱七八糟的篮子,"我去为罕娜买些鲜蚝,看到劳伦斯老先生也在鱼店里,但他没有看到我,因为我站在一个水桶的后面,他又忙着跟渔夫卡特先生说话。这时一个穷苦女人拿着桶和刷子走进来,问卡特先生能否雇她干些洗刮鱼鳞的活儿,因为她的孩子们都饿着肚子,她自己又揽不到活计。卡特先生正忙着,毫不客气地说了声'不'。这个又饥饿又难过的女人正要离开,劳伦斯先生用自己的手杖弯柄勾起一条大鱼递到她的面前。她又惊又喜,忙把鱼抱在怀里,不住地道谢。他叫她趁鲜赶快回去把鱼煮了,她便高高兴兴地走开了。劳伦斯先生真是个大好人!噢,她当时的模样也真逗人,抱着滑溜溜的大鱼,口里祝福劳伦斯先生在天堂的大床'虚虚(舒舒)服服'。"

大家听了贝思的故事全笑起来,又请母亲也来一个。马奇太太略微想了想,严肃地说:"今天我在工作间里裁剪蓝色天鹅绒大衣时,非常挂念你们的父亲,我想如果万一他有什么不测的话,我们将多么孤独无援啊。这样想很傻,但我不能自已。这时一位老人走进来交给我一张衣服订单。

他在我旁边坐下来,我看他模样像个穷苦人,显得既焦虑又疲倦,便和他攀谈起来。

"'您有儿子在部队吗?'我问,因为他带来的条子不是给我的。

"'有,夫人。有四个,但两个战死了,还有一个在监狱,我现在去看另一个,他在华盛顿医院,病得很厉害。'他平静地说。

"'您为国家作出了巨大贡献,先生。'我说,这时我对他不再感到怜悯,而是肃然起敬。

"'应该如此,夫人。如果用得上我的话,我也会去的。既然用不上,我就献上我的孩子们,无偿地献上。'

"他声调愉快,神情诚恳,似乎奉献自己的一切是一件大乐事,我不禁暗自惭愧。我献出一个人便思前想后,他献出了四个却无怨无悔。我在家里还有四个好女儿来安慰我,他唯一能见到的儿子却远在数英里之外,可能还是等着跟他道永别!想到上帝赐给我的恩典,我觉得自己已经很富有,也很幸福。于是我给他打了个漂亮的包裹,又给他一些钱,并由衷地感谢他给我上了一课。"

"再讲一个,妈妈——讲个带有哲理的,就像这个一样。我喜欢听完之后再回味一遍,如果故事真实可信,而且又没什么说教味道的话。"乔沉默了一会后说。

马奇太太笑笑,马上又讲开了。她跟这班小听众讲了这么多年故事,知道怎样迎合她们。

"从前,有四个姑娘,她们衣食无忧,安逸舒适,有好心的朋友和深深爱着她们的父母,然而她们却并不满足。"这时听众们狡黠地互相交换个眼神,又继续飞针走线。

"这些姑娘们都想做个好孩子,并立了许多宏图大志,但总是不能持久。她们老说:'如果我们有这些东西就好了。'或者'如果我们能够这样该多好。'完全忘记了自己其实已身处福中。于是她们问一位老妇人有什么魔法可以使她们感到幸福。老妇人说:'当你们感到不满足时,去想想自己所拥有的东西,并为此而心存感激。'"(这时乔抬起头来,似乎有话要说,但想到故事还未结束,便把话咽了回去。)

"姑娘们都是聪明人,决定采纳这个建议,不久便惊奇地发现她们是多么的富有。一个姑娘发现,金钱并不能使有钱人免受羞辱和痛苦;另一

青少年课外阅读系列丛书

个发现虽然自己没有钱,但却拥有青春的活力和健康的身体,远比愁眉苦脸、年老体弱又不会享受生活乐趣的人好;第三个发现下厨做饭虽然不是件痛快事,但被迫去乞讨的滋味更难接受;第四个发现美好的品行比红玉戒指更加珍贵。于是她们不再牢骚满腹,而是尽情地享受已经拥有的一切,并力图报答,唯恐失去而不是更多地享有它们。我相信她们没有后悔接受了这位老妇人的建议。"

"呀,妈妈,你好狡猾,用我们自己的故事来对付我们,不讲故事,却讲起大道理来了!"梅格嚷道。

"我喜欢这种大道理,爸爸以前也经常这样讲。"贝思沉思着说,把针插入乔的针垫里。

"我的怨言没有别人那么多,但从今天开始也要更加小心,否则苏茜的下场就是榜样。"艾美颇有哲理地说。

"我们正需要这么个启示,而且不能忘记。如果我们忘了,你就学《汤姆叔叔的小屋》里的科洛艾那样,冲我们说:'想想上天的恩赐吧,孩子们!想想上天的恩赐吧!'"乔情不自禁地从这个小布道中发掘出一点乐趣,尽管她也像其他姐妹一样把它记在心中。

点评:

从本章中我们可以看出,19 世纪的美国社会已是相当的开明和自由。对于一个在当时大部分国家的妇女还要依附男性而生活的时代,女性的独立更显得意义非凡。工作既使人在经济上独立,又能补贴家用。对于一个不太宽裕的家庭来说,家庭成员工作赚钱既是必要的,也是培养孩子及早适应社会的良策。

第五章　友邻睦居

　　"你究竟准备去干什么,乔?"梅格问道。时值午后,雪花漫飞,她看到妹妹脚蹬胶靴,头戴雪帽,披着旧布袋,一手拿着扫帚,一手提着铁锹,正大步走过大厅。

　　"出去锻炼下。"乔答,眼睛调皮地一眨一眨。

　　"今天早上散了两次步,还不够吗?外面又冷又闷,我劝你还是待在火炉边暖和暖和,就像我一样。"梅格说着打了个冷颤。

　　"不接受意见!我不想一整天都安静地待着,我又不是小猫咪,不喜欢在火炉边打盹儿,我喜欢探险,这就打算出去。"

　　梅格走回去烤脚,读她的《艾凡赫》,乔则开始使劲地挖路。积雪不厚,她很快便用扫帚绕着花园扫出了一条小道,这样,太阳出来时,贝思便可以在这里散步,并把病娃娃抱出来呼吸新鲜空气了。马奇家的院子和劳伦斯家的只有一园之隔。两座宅院地处市郊,颇有乡村风味,周围是草皮、小树林、大花园,还有安静的街道。一道低矮的树篱将两户人家分隔开来。树篱的一边是一所破旧的棕色房子,显得荒芜颓败,夏天盖在墙上的藤叶和绕屋的鲜花早已凋零。另一边是一栋很有气派的石楼,内设大型的马车房和植物温室,地面保持得干干净净。透过华丽的窗帘,隐约可以看到漂亮精致的家居布置,一望就知里面的主人过着安逸豪华的生活。然而这栋房子似乎总是孤单寂寞、缺乏生气,草皮上没有孩子在玩耍,窗边也见不到母亲的笑脸,门庭冷落,进进出出的只见到老绅士和他的孙子。

　　在富有想象力的乔眼里,这栋气派的楼房就像是一座幻想中的宫殿,流光溢彩,富丽堂皇,但可惜无人欣赏。她早就想看看里面究竟藏着些什么宝物,并结识那位"劳伦斯家的男孩"。他看来也有意交个朋友,只是不知该从何做起。自从那次晚会之后,她这种愿望变得尤其强烈,心里盘算了许多种与他交朋友的方法,但最近他却很少露面。乔以为他出了远门,一天却突然发现对面楼上一扇窗边露出一个脸孔,若有所思地望着她们的花园,花园里贝思和艾美正在一起玩雪球。

"这个男孩子没有朋友,没有欢乐,"她心里说,"他爷爷不知道他需要什么,总是把他一个人关在屋里。其实他很需要和一班快乐的小伙子来玩,需要和活泼有朝气的年轻人做伴。我真想走过去把这些话告诉那位老绅士!"想到这里乔有些乐了,她是个有胆识的姑娘,常常做出一些出其不意的事情,令梅格震惊不已。"走过去"这个计划一直在乔的脑海里盘算,这天下午雪花飘落时,她决定采取行动。她看到劳伦斯先生坐车出了门,便开始挖路,一直挖到了树篱边,这才停下来望望。四处悄无声息——楼下的窗户帘幕低垂,佣人也全无踪影,独见楼上窗边露出的那个黑色鬈发的脑袋靠在纤薄的手掌上。

"他在上头呢,"乔想,"多可怜的人儿!这么阴沉的日子孤独一人,闷闷不乐。简直岂有此理!我要抛个雪球上去,引他望过来,跟他好好说上几句话。"

乔抛出一捧软绵绵的雪花,楼上的人马上转过脸来,无精打采的神情一扫而光,大眼睛闪闪发亮,嘴角露出笑意。乔点头笑着,挥舞着手中的扫帚叫道——

"你好吗?你是不是病了?"

劳里打开窗,像只渡鸦般嘶哑着嗓子答道——

"好点了,谢谢你。我得了重感冒,在屋里待了一个星期了。"

"真遗憾,那你有什么消遣吗?"

"没有,这里面闷得像个坟墓。"

"你不看书吗?"

"不怎么看,他们不让我看。"

"没有人念给你听吗?"

"爷爷有时会念一点,但我的书他不感兴趣,我又不愿意老是叫布鲁克来念。"

"那么叫人来看望你吧。"

"我不耐烦见他们。男孩子们吵闹起哄,我头痛受不了。"

"不能找个好女孩来陪你念书消遣吗？女孩子天性文静,而且会照顾别人。"

"可我不认识。"

"你认识我们呀。"乔提醒他,然后笑起来,又赶忙停下。

"可不是吗! 我能请你过来吗?"劳里叫道。

"我不文静,也不是什么好女孩,但是如果妈妈允许的话,我就过去。我去问问她。你乖乖地关上窗子,我一会儿就来。"

言毕,乔肩扛扫帚走进屋里,一面思忖着大家会怎么说。劳里想到将有人做伴,欣喜不已,立即四处奔忙做准备。正如马奇太太所说,他是个"小绅士",为表示对客人光临的敬意,他特地把卷曲的头发梳理一遍,换上一条干净领带,并试着整理房间——虽说有六个佣人,房间仍然零乱不堪。不一会,铃声大作,一个沉着的声音请求见"劳里先生",满脸疑云的佣人跑上楼来,对劳里说有一位小姐求见。

"好极了,请把她带上来,那是乔小姐。"劳里边说边到他的小客厅门前迎接乔。乔走进来,脸色绯红,亲切可人,一手拿个盖着盖的碟子,一手捧着贝思的三只小猫,神态相当自然。

"我带着全部家当来了,"她爽快地说,"妈妈谨致爱意,若我能为您效劳的话,她深感高兴。梅格要我送上她做的牛奶冻,她做得好吃极了。贝思认为她的小猫咪可以安慰你。我想你一定会取笑它们,但我不能拒绝,她是这么想帮助别人。"

贝思想得不错,她借出的小猫咪还真管用,劳里被这种奇特有趣的礼物逗得大笑,他顾不得害羞矜持,马上变得活跃起来。

"做得太精美了,真叫人舍不得吃。"看着乔揭开碟子的盖儿,露出牛奶冻,里面围着一圈绿叶和小艾美最喜爱的绛红色天竺葵花朵,他快乐地笑了。

"这不值什么,只是她们的心意而已。叫女佣人拿去给你做茶点好了,区区一物,不必客气。这东西又软又滑,喉咙酸痛吃下去也不碍事。你这房间真舒服!"

"如果打理妥当,倒是挺舒服的,但女佣们都懒,我又不知道怎样才能让她们用心。这事令我挺伤脑筋呢。"

"我两分钟就可以把它弄妥,其实只需要扫扫壁炉和地面,这么着——把壁炉上的东西竖起来,书放在这边,瓶子放到那边,沙发不要直对光线,枕头鼓满一点。行了,一切妥当。"

真的一切妥当。因为谈笑之间,乔已经把东西收拾得干净整洁,并给房间带来了一种特别的气氛。劳里恭敬地默默注视着她,直到她示意他坐到沙发上。他坐下来满意地舒了一口气,感激地说道——

"你心地真好! 房间的确需要这么收拾一下。现在请坐到这张大椅子上来吧,让我为我的客人效劳点什么。"

"不,是我来为你效劳。我来朗读好吗?"乔热切地望着近处几本诱人的书。

"谢谢你! 不过那些书我都已读过,如果你不介意,我倒更愿意交谈。"劳里回答。

"当然不介意。如果你愿意听,我可以谈上一天。贝思常说我从不懂得适可而止。"

"贝思是不是经常待在家里,有时提着个小篮子出来,脸色红润的那一位?"

"对,那就是贝思。十足的乖乖女,我最疼爱她了。"

"漂亮的那位是梅格,鬈发的叫艾美,对吗?"

"你是怎么知道的?"

劳里涨红了脸,不过还是坦白回答:"嗯,你知道,我常听到你们叫唤对方。当我在楼上孤零零一个人时,就忍不住朝你们的院子望,你们似乎总是玩得很开心。请原谅我如此无礼,但有时你们忘记拉下摆着鲜花的那扇窗户的帘子,灯亮时简直就像是在看一幅画,炉火下你们和母亲绕桌而坐,她的脸正好对着我,在鲜花的掩映下显得十分甜美,我忍不住要看。我没有妈妈,你知道。"劳里的嘴唇忍不住轻轻抽搐了一下,赶紧捅捅炉火借以掩饰。

劳里孤独、渴望的眼神直刺入乔炽热的心。她受到的教育十分单纯,心中从无一丝杂念,年届十五,却仍像孩子一样天真无邪。劳里有病且孤独,极羡慕她享有家庭的温暖和幸福,她也很想与他一同分享。她神情十分友好,尖嗓子也变得异乎寻常的轻柔,说——

"那个窗的帘子我们以后不再拉上,你尽可以看个够。不过,我希望你能过来看望我们,而不是只偷偷观望。我妈妈非同凡响,你一定会受益良多;贝思可以唱歌给你听,如果我提出请求的话;而艾美可以为你跳舞,我和梅格可以给你看我们有趣的舞台道具,让你乐一场。我们一定会玩得很开心。你爷爷会让你来吗?"

"如果你妈妈跟他说,我想他会的。他心地最善良了,只是不表露出来。可以说他相当纵容我,只不过担心我会妨碍着陌生人。"劳里说,神情越发地亢奋。

"我们不是陌生人,我们是邻居,所以你不必见外。我们想认识你,我老早就想这么做了。我们在这里住得不算久,但我们邻近的人家都认识,就差你家了。"

"爷爷就喜欢看书,对外面发生的事情不大关心。我的私人教师布鲁克先生又不住在这里,没有人跟我一起玩,所以我只能待在家里自己过。"

"太可惜了。如果有人邀请,你应该多外出拜会,这样可以交许多朋友,去许多有趣的地方。别老是害羞,你不想它就没事了。"劳里的脸又红了起来,但却没有生气。虽然乔言语唐突,责备他害羞,但言谈之间的那一番真情实意,却令他非常感激。

"你喜欢你的学校吗?"劳里凝视着火光停顿了一会儿,然后换了个话题问道。

乔正四下打量着,显得非常开心。

"我没有上学,我是个实干家——我的意思是实干女孩。我侍奉我的叔母,一个既可爱又专横的老太太。"乔回答。

劳里刚要张口再问,猛然想到打探别人太多的私事不礼貌,便闭口不言,神态显得颇不自然。乔喜欢他这样有教养,但又觉得谈谈马奇婶婶的趣事并无妨,便绘声绘色地跟他谈起那位烦躁不安的老太太,她的胖卷毛狗,会讲西班牙语的那只叫鹦哥的鹦鹉,还有自己最喜爱的藏书室。劳里听得如痴如醉,她说到一次一位庄重的老绅士来向马奇婶婶求婚,正当他

青少年课外阅读系列丛书

甜言蜜语时,鹦哥扯下了他的假发,令他大为懊丧。劳里听到这时身子向后一仰,笑得眼泪都流了出来,引得一个女佣探进头来看个究竟。

"啊! 真是有趣得很,请接着再说。"劳里从沙发上抬起头来,脸上兴奋得红光闪闪。

乔为自己的成功洋洋得意,便接着谈她们的话剧、计划、她们对父亲的盼望和担心,以及她们姐妹中有趣的事儿。接着他们谈起了书,乔高兴地发现劳里跟她一样爱读书,而且读得比她还要多。

"如果你这么喜欢书,下来看看我们家的吧。爷爷出去了,你不用害怕。"劳里边说边站起身。

"我什么也不怕。"乔答,把头一抬。

"这话我相信!"男孩说道,并羡慕不已地望着她,虽然心中暗想如果遇上老人心情不佳,她也一定会有一点害怕的。

整座屋子里的气氛与夏天无异,劳里领着乔沿房间逐一观赏,遇到乔感兴趣的地方便驻足观摩看一番。这样走走停停,最后来到了藏书室,乔旋即高兴得手舞足蹈,一如她平日特别兴奋时那样。藏书室里头一层一层地摆满了书本,放着图画、雕塑、装满了钱币和古玩的小橱柜,还有《睡谷传奇》①里的椅子、古怪的桌子和青铜器,最令人称绝的是一个用精致的花砖砌成的敞开式大壁炉。

"你家真是富有!"乔赞叹道,身子一歪重重地坐在一张天鹅绒椅子上,神情极为满足地凝望周围。

"西奥多·劳伦斯,你应该是世界上最幸福的孩子。"乔接着说,神态让人难忘。

"人不能光是靠书活着。"劳里摇摇头说,坐在对面的一张桌子上。

他正要说下去,门铃响了,乔飞快地站起身,慌张地叫道:"哎呀! 是你爷爷!"

"咦,是他又如何? 你不是说不害怕吗?"男孩调皮地说。

"我想我是有点怕他,但我不知道为什么会这样。妈妈说我可以过来

---

① 《睡谷传奇》:美国作家欧文·华盛顿所著的一部奇幻小说。

玩,我也觉得这样对你没坏处。"乔定定神说,眼睛却一直望着房门。

"你来我精神好多了,真是感激得很。我只怕你跟我谈话累着了呢,这样交谈令人愉快极了,我简直不想停下来。"劳里真诚地说。

"医生要见你,少爷。"女佣向劳里招手道。

"我走开一会儿行吗? 看来我得见他。"劳里说。

"不用管我。我在这里快乐得像个蟋蟀。"乔答道。

劳里走出去,留下客人独个儿自娱自乐。她正站在那位老绅士的肖像前,门又忽地打开了,她没有回头,自信地说:"现在我肯定不会怕他。虽然他的嘴唇很冷峻,但他有一双善良的眼睛,看样子很有个性。虽然他不及我的外公英俊,但我喜欢他。"

"承蒙夸奖,女士。"一个生硬的声音从她身后传来,原来进来的是劳伦斯老人。乔窘得恨不能找个地缝儿钻进去。

可怜的乔脸色红得不能再红,想到自己方才说的话,心里怦怦乱跳。她一开始很想马上跑掉,但又想那是懦夫的行为,姐妹们一定会嘲笑她,于是决定按兵不动,尽自己的能力摆脱困境。她又望了一眼老人,发现灰白色浓眉下面的两只眼睛比起相片上的更加善良,目光中还闪着一丝狡黠,心里不禁轻松了许多。突然,老人打破了可怕的沉默,用更为生硬的声音问道:"这么说你不怕我,嗯?"

"不是很怕,先生。"

"你觉得我不如你外公英俊吗?"

"是的,先生。"

"我很有个性,是吗?"

"我只是说我这么认为。"

"但尽管如此,你还是喜欢我?"

"嗯,是这样的,先生。"

这个回答显然使老人很高兴。他笑一笑,跟她握手,然后用手指托着她的下巴,把她的脸抬起来,认真地细看一回,放下手点头说道:"虽然你没有继承你外公的相貌,但是你继承了他的精神。他是个好人,孩子;但更为难得的是,他勇敢正直。我为自己是他的朋友而自豪。"

青少年课外阅读系列丛书

"谢谢您,先生。"乔现在觉得舒服多了,因为这话非常中听。

"你对我这孩子做了什么,嗯?"他接着不客气地问道。

"只是尽量做个好邻居而已,先生。"乔接着便把来龙去脉说了出来。

"你觉得他需要振作一点,对吗?"

"是的,先生,他似乎有点孤独,年轻的伙伴可能会对他有好处。我们虽然是女孩子,但如果能够帮上忙的话,我们会很高兴,我们可没有忘记您送给我们的圣诞大礼。"乔热切地说。

"啧!啧!啧!那是劳里做的事。那个可怜的女人过得还好吗?"

"过得挺好,先生。"乔接着便一口气说了赫梅尔一家的情况,并告诉他母亲已说服了比她们更富有的人来关心此事。

"她父亲也是这么乐善好施的。改日我要去登门拜访,把这话告诉她。用茶的铃声响了,为了劳里的缘故,我们很早就吃茶点。下来继续做好邻居吧。"

"如果您喜欢的话,先生。"

"如果我不喜欢,就不会邀请你了。"劳伦斯先生说着行旧式礼节,向她伸出手臂。

"不知梅格对此会有何话说?"乔一边走一边猜测,想象到自己在家里讲这个故事的情景,眼睛高兴得直忽闪。

这时劳里跑下楼梯,看到乔居然和他那令人生畏的爷爷手挽着手,吓得不禁怔住了。

"嘿!怎么了,你这家伙到底怎么了?"老人问。

"我不知道您回来,先生。"他开口说。乔得意地跟他使个眼色。

"显然如此,看你冲下楼梯的样子就知道。快过来吃茶吧,先生,放斯文一点。"劳伦斯先生怜爱地扯扯男孩的头发,又继续往前走,劳里在他们身后傻乎乎地发呆,逗得乔差点忍不住大笑。

老人喝了四杯茶,两个年轻人很快就谈得像对老朋友,老人看在眼里,却并不多言,孙子的变化更逃不过他的眼睛。现在男孩的脸上红润生动起来,他神态活泼,笑声里充满真正的快乐。

"她说得对,小伙子是太孤单了。我倒要看看这小姑娘能为他做些什么。"劳伦斯先生一面看他们说话一面想。他很喜欢乔，因为她与众不同，她那古怪、率直的方式很合自己的脾气，而且她似乎非常理解这孩子，简直就像是他身上的一分子。

假如劳伦斯一家真的如乔原来所想的那样"既严肃，又冷漠"的话，乔也不可能和他们相处下去了，因为这种人总是使她感到羞怯和尴尬。但现在她却发现他们很随和，和他们在一起，自己感觉很轻松，谈笑自如，给主人留下了良好的印象。当他们站起来的时候，她提出告辞，但劳里说还有些东西要给她看，随之把她带到了温室。温室里专为她而点亮了灯。乔在走道上流连往返，在柔和的灯光下仔细欣赏墙边盛开的鲜花，以及周围千姿百态的藤蔓灌木，尽情呼吸湿润清新、芳香怡人的空气，仿佛置身于神仙境界。她的新朋友剪下满满一捧亮丽的鲜花，然后扎起来，带着令她愉悦的神情说："请把它交给你妈妈，说我很感激她送给我的'药'。"

他们看到劳伦斯先生站在大客厅的炉火前，但乔的注意力却被一架打开着的钢琴牢牢吸引住了。

"你弹琴吗？"她望着劳里问道，脸上现出敬佩的神情。

"偶尔弹一点。"他谦虚地回答。

"能弹一曲吗？我现在想听听，回去告诉贝思。"

"你先请吧。"

"不会弹。太笨了学不会，但我喜爱音乐。"

于是劳里弹琴，乔把鼻子深深埋在天荸荠花和香水月季里留神凝听。劳里弹得妙极了，而且毫不矫作。乔对这位"劳伦斯家的男孩"更添了一层敬意。她想如果贝思也能来听就好了，但却没有说出来，只是对他赞不绝口，夸得他很不好意思。爷爷连忙过来解围："行了，行了，小姐。甜言蜜语太多他吃不消的。他的音乐是不错，但我希望其他更重要的事情他也能一样干好。要回去了？好吧，我非常感谢你，并希望你能再来。问候你母亲。晚安，乔医生。"

他慈爱地跟她握手，但神色似乎有些不快。当他们步入大厅时，乔问劳里是不是自己说错了话，劳里摇摇头。

"没有，原因在我，他不喜欢我弹琴。"

青少年课外阅读系列丛书

"为什么?"

"以后我会告诉你。约翰送你回家,恕我不能再送了。"

"用不着,我不是娇小姐,而且只有一墙之隔。多多保重,好吗?"

"好的,你会再来吧,我希望。"

"如果你答应病好后就来看望我们的话。"

"我会去的。"

"晚安,劳里!"

"晚安,乔,晚安!"

听了乔这个下午的奇遇后,全家人都感到有必要全体作一次拜访,因为大家都觉得树篱那边的大房子有一种说不出的魅力。马奇太太想跟老人谈谈自己的父亲,因为老人还没有忘记他,梅格想到温室里走走,贝思为那架大钢琴而叹息不已,艾美则很想瞧瞧那些精致的图画和雕塑。

"妈妈,为什么劳伦斯先生不喜欢劳里弹琴?"爱寻根究底的乔问。

"我也不是很清楚,但我猜是因为他的儿子,劳里的父亲娶了位意大利女子——一个音乐家,这事令自尊心极强的老人相当不快。其实那个女子贤淑可亲,而且多才多艺,但老人不喜欢她,他们婚后他便不再见儿子。劳里还很小的时候,他父母便去世了,爷爷把他接回家。劳里在意大利出生,身子骨不大壮实,我想老人是害怕失去他,因此格外小心。劳里像他母亲,天生就热爱音乐。我敢说他爷爷害怕他有当音乐家的念头。不管怎样,他的琴艺使老人想起了自己不喜欢的那个女人,所以他'怒目而视',就像乔所说的那样。"

"哎哟,多么浪漫!"梅格叫道。

"多傻!"乔说,"如果他愿意做个音乐家就让他做去,他不喜欢念大学就别把他送到里面受折磨。"

"我想,正因为如此,他才有一双漂亮的大眼睛和优雅的举止。意大利人总是风度翩翩。"有些多愁善感的梅格说。

"他的眼睛和举止你知道什么吗?你几乎都没跟他说过话。"乔嚷道。她可并不多愁善感。

"我在晚会上见过他,你讲的故事也说明了他言谈得体。他说的有关妈妈送给他的药那几句话真有意思。"

"我猜他指的是牛奶冻。"

"真是个笨姑娘！他指的是你，肯定没错。"

"是吗?"乔睁大眼睛，似乎以前从来没有这样想过。

"我从来没有见过这样的笨女孩！人家恭维你还不知道。"梅格说，仿佛她对这种事情无所不知。

"我认为这事荒唐之极。你别傻，别扫我的兴，我便多谢了。劳里是个好男孩，我喜欢他，但我不要听什么情呀意呀之类的话。我们都要对他好，因为他没有母亲。他也可以经常过来看我们，您说对吗，妈妈?"

"对，乔，非常欢迎你的新朋友，我也希望梅格记住，儿童就应该天真无邪。"

"我认为自己不能算儿童，我还不到十岁呢。"艾美说，"你说呢，贝思?"

"我正在想我们的'天路历程'。"贝思回答。她一句话也没有听进去。"我们怎样下定决心做个好孩子，走出'深渊'，穿过'边门'，努力爬上险坡;也许那边那座装满漂亮东西的屋子便是我们的'丽宫'吧。"①

"我们得先走过'狮群'。"乔满怀憧憬地说。

点评:

如果没有乔的那一团雪球，男孩子劳里的青少年时代可能会是另一番模样。严肃的劳伦斯老先生其实心地善良、和蔼可亲，但他不懂得少年时代的孩子们最渴望什么。可以说，乔所抛掷的那一道弧线宛如一座彩虹之桥，将劳里和马奇四姐妹彼此带入了对方的生活中，给他们孩提时代的生活都增添了绚丽的光彩。

---

① 在《天国之路》中，深渊、边门均象征着通往天国之路的种种魔障，丽宫则是最终到达的天堂。

青少年课外阅读系列丛书

第六章 贝思发现了丽宫

那座大楼的确是个"丽宫",不过众人颇费时日才全部走进去,贝思更是觉得很难走过"狮群",劳伦斯先生就是最大的狮子。不过,自他到她们家拜访、跟众姐妹逐个谈笑一番并和她们母亲叙谈旧事后,大家便不再害怕他了,只有腼腆的贝思除外。另一头狮子是两家贫富悬殊这个现实,这使她们总是不好意思接受她们报答不了的恩惠。不过,后来她们发觉他反而把她们视为恩人,他对马奇太太的亲切款待,对姐妹们的温馨情意,以及他在那座简陋的屋子里所得到的温暖深表感激。于是她们便不再自卑,更加亲热往来,不再理会谁付出的更多。

新的友谊像春草一样苗壮成长,各种新生的美好事情都在那个时候发生。人人都喜欢劳里,他也悄悄告诉他的私人教师"马奇家的姑娘们十分出众"。充满热情的姑娘们把孤独的男孩带进她们的圈子里,对他悉心照料。她们心地善良而单纯,劳里在这种天真无邪的交往中感到陶醉。由于他从小就失去母亲,又没有姐妹,因此很快便感受到她们给他带来的影响。她们忙碌、活跃的生活使他对自己的懒惰感到羞愧。他现在厌倦学习,发现与人交往极有乐趣。布鲁克先生几次非常不满意地向劳伦斯先生告状,因为劳里常常逃学跑到马奇家去玩。

"不要紧,给他放个假,以后再补回来。"老人说,"邻居那位好太太说他读书太用功,需要年轻人做伴,需要有娱乐活动。我想她说的是对的,我一直溺爱这小子,都像他奶奶了。只要他快乐,爱干什么就干什么吧。他在那边的小尼姑庵里不会捣蛋的,马奇太太比我们更能管教他。"

这样的时光多么美好!他们一起演话剧,一起滑雪,一起在旧客厅里度过愉快的夜晚,有时也在大楼举办快乐的小晚会。

梅格可以随意地进入温室,采摘大捧大捧的鲜花;乔在新藏书室里贪婪地阅读,向老人发表她的高见;艾美摹绘图画,尽情地沐浴在美的享受中;劳里则非常可爱地扮演着"庄园主"的角色。

只有贝思,虽然对大钢琴朝思暮想,却鼓不起勇气走进那间被梅格称为"极乐大厦"的房间。她也曾随乔进去过一次，但老人不知她天性懦弱，浓眉下的一双眼睛紧紧地盯着她，大叫一声"嗨"，吓得她"双脚在地板上乱颤"——这是她后来告诉妈妈的——她夺路而逃，并宣布以后再也不踏足此地，对大钢琴也忍痛割爱了。大家百般哄劝无效，后来，劳伦斯先生不知从哪里听到了这事，亲自着手弥补。在一次短暂的拜会中，他巧妙地把话题扯到了音乐，大谈他所见所闻的歌唱家和美妙琴曲等奇闻趣事。待在远远一角的贝思听得入了迷，忍不住渐渐靠拢上来，站在他椅子背后悄悄地聆听，眼睛瞪得极大，脸颊因自己不寻常的举动而羞得通红。劳伦斯先生对此假装视而不见，继续谈劳里的功课和教师，一会儿，他似乎突然想起了什么，对马奇太太说——

"那孩子现在不大理会音乐了，我倒挺高兴，因为他原来喜欢得有点过了头。不过钢琴闲置着太可惜，你家姑娘们愿不愿意时常过来弹弹，免得荒废了。你说呢，夫人？"

贝思不由上前一步，双手紧紧握住才没有拍起掌来。这个诱惑真是不可抗拒，想到能在那架漂亮的钢琴上弹奏，她真是又惊又喜。没等马奇太太回答，劳伦斯先生又古怪地轻轻点点头，微笑道——

"她们用不着跟人说，随时都可以过来。因为我总待在屋子另一头的书房里，劳里常常不在家，而九点钟后佣人也从不走近客厅。"

说到这里他站起来，似乎要告辞了。贝思下定决心要说两句话，因为最后的安排完全称了她的心意。"请把我的话转告给年轻的女士们，要是她们不想来，嘿，那就算了。"这时一只小手塞进他的手里，贝思一脸感激地仰头望着他，诚恳而腼腆地说——

"喔，先生，她们想的，非常非常想！"

"你就是那个弹琴的姑娘？"他问道，没有吓人地"嗨"，而是非常慈爱地望着她。

"我是贝思。我很喜欢音乐。如果您肯定真的没有人会听到我弹琴——被我打搅的话，我会来的。"她接着说，唯恐自己出言不敬，边说边因自己的勇敢而颤抖。

"不会有人被打搅，亲爱的。屋子有半天空着，你尽管过来吧，我非常欢迎你。"

"您真是菩萨心肠,先生!"贝思被他和善的眼光看得面红耳赤,不过她现在已不再害怕。因为找不到合适的话来感谢他送给自己的珍贵礼物,便感激地把那只大手紧紧攥住。老人轻轻拨开她额前的头发,俯下身来吻了一下,用一种少有的温柔声调说——

"我曾经也有个小姑娘,眼睛和你的一模一样。上帝保佑你,亲爱的孩子!再见,夫人。"说完他匆匆离去。

贝思与母亲狂喜一番后,因为姑娘们都不在家,便冲上去把好消息告诉给那班残破不堪的布娃娃。那天晚上她兴奋得唱个不停,半夜里在睡梦中甚至在艾美的脸上弹钢琴,把艾美闹醒,逗得姐妹们大笑不已。第二天,贝思看到一老一少两位绅士出了门,犹豫再三后,从侧门走进去,轻手轻脚地朝放置着钢琴的客厅走去。当然啦,钢琴上"碰巧"摆着几张简单而动听的乐谱,贝思不时地四面窥探,终于用颤抖的手指弹响了琴键,旋即便忘掉了所有恐惧,忘掉了自己和周围的一切。音乐声仿若一位挚友的声音,给她带来难以言表的快乐。

她一直弹到罕娜过来带她回家吃饭,但她全无食欲,只是坐在一边,无比快乐地看着大家痴笑。

从此以后,一个戴着棕色小帽的身影几乎每天都会溜过树篱,一个静悄悄的音乐精灵常常在那间大客厅里出没。她不知道劳伦斯先生经常会打开书房门聆听他喜欢的旧曲;没有看到劳里在大厅前放哨,提醒佣人们不要走近;也从不怀疑乐器架上的练习书和新曲是特地为她放置的。劳伦斯先生在家里跟她讨论音乐,使她大获裨益,她也以为他只是出于好心而已。

因此她尽情地陶醉在音乐的天地中,有时甚至觉得自己已经得偿了毕生之愿。也许正因为她对这种恩赐常怀有感激之心,更多的恩赐接踵而来,但无论如何,她都受之无愧。

"妈妈,我想为劳伦斯先生做一双便鞋,他对我这么好,我要感谢他,而其他方法我又不会。您说可以吗?"贝思问母亲。

这时距老人那次的重要拜访已有好几个星期。

"可以,亲爱的。他会非常高兴的,这是感谢他的好办法。姐妹们会帮你做,缝制费用由我来出。"马奇太太答道。她特别乐于答应贝思的要求，因为她很少为自己要求什么。

贝思跟梅格和乔郑重讨论后，选定了图案，接着便去购买材料，开始动工。大家都一致认为紫黑色底衬着一丛庄重而生机勃勃的三色堇最为合适漂亮。贝思夜以继日地缝制，只是遇到难做的部分才偶尔要人帮忙。她做缝纫活儿心灵手巧，众人还未感到厌倦时鞋子便完了。然后她写了一张简单的便条，一天早上趁老人还未起床，让劳里帮她悄悄地捎到书房，放在书桌上。

此后，贝思怀着紧张的心情等待着老人的反应。当天无事发生，第二天中午仍然毫无声息，她开始担心自己是否冒犯了那位怪僻的朋友。下午，她出去办点事，并带乔安娜——一个残破的洋娃娃，去做日常锻炼。回来走到大街时，她看到三个，不对，是四个人在客厅的窗边探头探脑。看到她走过来，她们一起招手，快乐地尖声高叫——

"老先生来了一封信！快，快过来读吧！"

"噢，贝思，他送你——"艾美抢先说，笨拙地使劲打着手势，不过她没能再往下说，因为乔砰的一声关上窗户，把她的话堵了回去。

贝思悬着一颗心加快了脚步，刚到门边，姐妹们便一把将她抓住，众星拱月般地把她拥到大厅，一起指着说："看呐！看呐！"贝思定睛一看，惊喜得脸色发白。原来地上摆着一架小巧精致的钢琴，光滑的琴盖上还放着一封信，像个招牌一样摆着，上面写着"致伊丽莎白·马奇小姐"。

"给我的？"贝思气喘吁吁，她扶着乔，觉得自己像要跌倒。这事毕竟来得太突然了，令她难以承受。

"对，就是送给你的，我的宝贝！他是不是棒极了？你说他是不是天底下最可爱的老头？这是信里头的钥匙。信我们没有拆，但我们都急着想知道他会怎么说。"乔喊道，紧紧地搂着妹妹，把信递上。

"你念吧！我念不了，我觉得头晕目眩！呵，简直太美了！"贝思把脸埋在乔的围裙里，她被这件美妙的礼物搅得六神无主。

乔展开信笺，不由笑出声来，因为首先映入眼帘的几个字是——

"马奇小姐：
亲爱的女士——"

"动听极了！但愿会有人这样跟我写信！"艾美说。她一直认为旧式称呼非常优雅。

"我一生中穿过无数双鞋子,但没有哪一双像你做的那么适合我。"

乔接着往下念,

"三色堇是我最喜欢的花,它将会使我永远记住温柔的赠花人。我想报答你的恩惠,我知道你会允许'老绅士'为你送上这件一度属于他失去了的小孙女的礼物。谨致诚挚的谢意和美好的祝愿。

"衷心感激,并愿效犬马之劳。

詹姆斯·劳伦斯"

"嘿,贝思,这绝对是件值得骄傲的光彩事儿!劳里跟我说过,劳伦斯先生最疼爱他那死去的孙女了,把她用过的东西一一小心地保存起来。想想看,他竟把她的钢琴送给了你。那是因为你有一双蓝色的大眼睛,而且热爱音乐。"乔说,试图使兴奋得发抖的贝思冷静下来。

"你看这些精致的烛台,这些折叠得整洁漂亮的绿绸子,中间还镶着一朵金色玫瑰,再看漂亮的凳子和架构,简直完美极了。"梅格一面说一面打开钢琴向大家展览。

"'愿效犬马之劳,詹姆斯·劳伦斯。'多有绅士风度!要是我告诉学校的姑娘们,她们一定会赞不绝口。"艾美说,她十分欣赏那封信。

"弹一曲吧,小乖乖。让大家听听这架钢琴的声音。"罕娜说。她一向和她们一家人甘苦与共。

贝思弹起来,众人齐称这是有史以来听到的最美妙的琴声。钢琴显然刚刚调校了音调,并收拾得十分齐整。贝思脚踩亮油油的踏板,轻抚着漂亮的黑白色琴键,众人把头聚拢到琴边,脸上洋溢着无限的幸福,此情此景,真是动人心弦。

"你得去谢谢他哩。"乔半开玩笑地说。她并没有想到贝思真的会去。

"是的,我要去。我现在就去,再犹豫就会害怕了。"说罢,贝思竟然不慌不忙地走过花园,穿过树篱,从劳伦斯家的门口走了进去,令一家人大为惊讶。

"上帝啊!我发誓我从没有见过这么离奇古怪的事情!小钢琴弄得她神魂颠倒了!如果她脑子正常的话,绝不会去的。"罕娜喊道,呆呆地目送她走进去,姐妹三人也惊诧得不能言语。

　　如果她们看到贝思随后做的事情一定会更加惊异。真的，她径直走到书房门口，毫不思索地叩响了门。一个生硬的声音叫道："进来！"她果真走了进去，走到大吃一惊的劳伦斯先生面前，伸出手，声音微颤着说："我来谢谢您，先生。谢谢您——"一语未毕，劳伦斯先生慈爱友善的目光令她忘记了想要说的话，她只记得他失去了最心爱的小孙女，于是便伸出双臂抱住他的颈部，吻了他一下。

　　即使此时屋顶突然飞落，老人也不会这么震惊，但他真的非常欢喜——啊，真的，欢喜得难以言喻！那真情流露的轻轻一吻使他深为感动、非常愉快，他彻底软化了。他把她放在膝上，把自己布满皱纹的脸颊贴住她玫瑰色的脸庞，仿佛自己又寻回了心爱的小孙女。贝思从那一刻起再也不怕他，她坐在那里与他亲密地交谈，仿佛从一生下来就已经认识了他一般，因为爱可以驱除恐惧，感激可以征服自尊。她回家时劳伦斯先生一直把她送到家门口，跟她诚挚地握手，往回走时又轻触帽檐向她致意，身板挺直，神态庄重，活像个英俊潇洒的老绅士，而事实也正是如此。

　　看到这一幕，乔跳起了快步舞，来表达心里的快慰；艾美惊讶得简直要摔出窗户；梅格则高举双手大叫："呵，我真以为世界末日到了！"

点评：

　　贝思是四姐妹中性情最温柔、胆子最小的一个，她像一只柔弱的小鹿，用清澈胆怯的目光打量着周围的世界，但一有动静便会撒腿而逃。她热爱音乐，却因害怕劳伦斯老人而不敢走进那个放置钢琴的大厅。好在劳伦斯老人及时了解了这一切，并以巧妙的说辞使她不再害怕、尽兴而为，还与她交流音乐，使她大获裨益。为报答老人的恩赐，她用心为他缝做了一双布鞋，却得到了他更为慷慨的回赠———架精致的小钢琴。老人真诚的慈爱彻底消弭了她的最后一丝胆怯，除了家人以外，劳伦斯先生成了她无话不谈的朋友，而他也将她当成了最亲爱的小孙女。

青少年课外阅读系列丛书

第七章 艾美的耻辱谷

"那男孩子真像希腊神话中的独眼巨人,你说呢?"艾美说。这时劳里正骑马而行,经过时还把马鞭一扬。

"你怎能这样说话? 他一双眼睛完整无缺,而且漂亮得很。"乔叫起来。她容不得人家说她的朋友半点坏话。

"我并没有说他的眼睛怎么了,我也不明白你怎么会一下火冒三丈,我只是羡慕他的马上功夫而已。"

"噢,上帝! 这小傻瓜的意思是骑马高手,却把他说成了独眼巨人。"乔爆发出一阵大笑,叫道。

"你不用这么无礼,这只是戴维斯先生说的'口吴(误)'而已。"艾美反驳道,用拉丁语把乔镇住。"我真希望我能拥有一丁点儿劳里花在骑马上的钱。"她仿佛自言自语,但却希望两个姐姐都听到。

"为什么?"梅格好意问道。乔却因为艾美第二次用错词而再次大笑起来。

"我负了一身的债,急需用钱,但我还要等一个月才能领到钱。"

"负债,艾美? 怎么回事?"梅格神色严肃地问。

"哦,我至少欠下了一打腌酸橙。你知道我得有钱才能还清。因为妈妈不许我们在商店赊账。"

"把事情详细说来。现在时兴酸橙了吗? 以前可都是刺橡胶块来做圆球。"梅格尽量不动声色,而艾美则一本正经。

"哦,是这样的。姑娘们整天都买酸橙,你也得跟着买,除非你想让别人觉得你小气。现在只有酸橙时兴,上课时人人都埋在书桌下哑酸橙,课休时用它交换铅笔、念珠戒指、纸娃娃等物。如果一个女孩子喜欢另一个,就送她一个酸橙;如果她讨厌她,便当着她的面吃一个酸橙,不叫她哑一口。她们轮流做东,我得了人家不少,至今没有还礼,而我理当偿还,因为那是信用债。"

"还差多少钱才能使你恢复信用?"梅格一面问,一面掏出钱包。

"二角五分就足够了,还可剩几分钱给你买一点。你不喜欢吃酸橙吗?"

"不怎么喜欢,我那份给你吧。给你钱。省着点用,钱不多,你知道。"

"噢,好姐姐!有零花钱真是太好了!我要犒赏下自己,这星期还没有尝过酸橙味儿呢。我不好意思再要她们的,因为怕自己还不起。现在我可想得要疯了。"

第二天,艾美到学校时已经不早,但却抵挡不住诱惑,颇为得意地把一个濡湿的棕色纸包炫耀一番,这才把它放进书桌的最里头。不消几分钟,艾美·马奇带了二十四个美味酸橙(她自己在路上已吃了一个)并准备和朋友们一起分享的小道消息在她的"同伙"之中便不胫而走,朋友们对她刮目相看。凯蒂·布朗当场邀请她参加下次的晚会;玛丽·金斯利坚持要把自己的手表给她戴到下课;珍妮·斯诺,一个曾经尖刻粗俗地挖苦过艾美的年轻女子,立即息兵止战,主动提供某些难题的答案。但是艾美并没有忘记斯诺小姐说过的刺心话:"有些人鼻子虽然扁,却仍闻得到别人的酸橙味儿;有些人虽狂妄自大,却仍得求人家的酸橙吃。"她用令人泄气的言辞把那位斯诺小姐的希望当场击个粉碎:"你用不着一下子这么殷勤,因为你半个酸橙也捞不着。"

那天早上恰好有一位重要人物访问学校,艾美的地图画得十分好,受到了赞扬。斯诺小姐对敌人的荣誉怀恨在心,马奇小姐因此更是摆出一副自命不凡的架势。不过,唉!骄兵必败!斯诺小姐报仇心切,她反戈一击,打了场完全彻底的漂亮仗。一等到客人照例讲一番陈词滥调的客套话躬身出去后,珍妮立即佯装提问,悄悄告诉戴维斯先生,艾美·马奇把腌酸橙藏在书桌里头。

原来戴维斯先生早已经宣布酸橙为违禁品,并郑重发誓要把第一个违禁者绳之以法。这位功业相当不朽的仁兄曾经发动过一场激烈持久的战争,成功地取缔了口香糖,烧掉了没收的小说画报,镇压了一所地下邮局,并禁止了做鬼脸、起诨名、画漫画等一类的事情,竭尽全力要把五十个反叛的年轻姑娘们训导得规规矩矩。上天作证,男孩子已经使人大伤脑筋,但是女孩子更难以伺候,这对于脾气粗暴、缺乏教学天才的人来说更是如此。戴维斯先生对希腊语、拉丁语、代数以及各门学科无所不通,被公认为好老师,而言行、道德、情操及表率却被认为和学识不符。珍妮心里明白,这个时候告发艾美活该她倒霉。戴维斯先生那天早晨显然喝了冲得太浓的咖啡,东风又似乎刺激了他的神经痛。而他的学生竟然在这种时候给他脸上抹黑,用一位女同学虽不优雅但相当贴切的话来说:"他紧张得像个女巫,粗暴得像头黑熊。""酸橙"两字犹如引爆炸药的导火索。他把黄脸孔憋得通红,使劲地敲击讲台,吓得珍妮飞速地溜回座位。

"年轻的女士们,请你们注意!"

这么厉声一喝,叽喳声戛然而止,五十双蓝色、黑色、灰色,以及棕色的眼睛全都乖乖地盯住他那可怕的脸容。

"马奇小姐,到讲台来。"

艾美依令起来,她虽然外表镇静,内心却是惊慌失措,因为酸橙压得她心里沉甸甸的。

"把你书桌里的酸橙带过来!"她尚未走出座位,又接到第二道出乎意料的命令。

"不要全都带去。"坐在她身边的那位女士头脑相当冷静,悄声说道。

艾美匆忙抖出六只,把其余的都放在戴维斯先生面前,心想任何一个铁石心肠的人闻到那股喷香的味道都会软下来。不幸的是,戴维斯先生对这种时髦腌果的味道特别讨厌,他越发勃然大怒。

"就这些吗?"

"还有几个。"艾美结结巴巴地说。

"马上把其余的都拿来。"

她绝望地望了一眼那班伙伴,顺从了。

"你肯定再也没有了吗?"

"我从不撒谎,先生。"

"那好,现在把这些讨厌的东西两个两个地拿起扔出窗外。"眼看着最后一丝希望也破灭了,到了嘴边的东西又被夺走,姑娘们都发出一阵叹息。艾美又羞又窘,脸色涨得通红,忍辱来回走了足足六趟。每当有一对倒霉的酸橙——哎!多么饱满圆润——从她极不情愿的手中落下时,街上便传来一阵欢呼。姑娘们简直心碎欲绝，因为欢呼声告诉大家美食落在了她们不共戴天的敌人——爱尔兰小孩的手上，成为了他们的美餐，令他们欢喜雀跃。这——这简直不能忍受。众人向冷酷无情的戴维斯先生投去气愤而恳求的目光，一位热忱的酸橙爱好者忍不住热泪暗流。

当艾美扔掉最后一个腌酸橙走回来时，戴维斯先生令人颤栗地"哼"了一声，然后装腔作势地训斥道——

"姑娘们，你们记得我一星期前说过的话吧。发生了这种事我很遗憾，但我绝不会姑息这种违反纪律的行为，而且绝不食言。马奇小姐，伸出手来。"

艾美吓了一大跳，把手藏在背后，用祈求的眼神望着他，说不出半句话来，其情真堪怜悯。她本来就是"老戴维斯"颇为得意的门生，如果不是某一个姑娘"嘘"了一声以泄怨愤的话，我个人相信，戴维斯先生完全有可能破例食言。但那嘘声尽管细若游丝，却激怒了这位脾气暴躁的老绅士，并决定了犯禁者的命运。

"伸出手来，马奇小姐！"这一命令便是对她无声恳求的答复。自尊好强的艾美不愿哭求，她紧咬牙关，对抗地把头向后一甩，任由小手掌挨了几下笞打。虽然打得不重，但这对她来说并没什么不同。她平生第一次挨揍，这就像他把她击倒在地上一样，是一种奇耻大辱。

"现在站到讲台上，直到下课为止。"戴维斯先生说。既然开了头，他就决心做个彻底。

这实在是太可怕了。走回座位，看朋友们怜悯的目光和个别敌人的痛快脸色已经糟糕透顶了，而要面对全班同学，含羞忍辱，她简直没办法做到。刹那间她觉得自己就要摔倒在地上，伤心痛哭，但那种刺心的屈辱和对珍妮·斯诺的恨使她挺住了。她踏上那个不光彩的位置，下面仿佛成了人的海洋。她两眼死死地盯着火炉烟囱管，一动不动地站在那里，面如白纸。

姑娘们面对这么个心碎欲绝的人物，也再无心思上课。

此后的十五分钟，这位自尊敏感的小姑娘尝尽了刻骨铭心的耻辱和痛苦的滋味。别人或许觉得不过小事一桩，荒唐好笑而已，而她却觉得伤透了心。她有生十二年来，一直与宠爱为伴，从未领教过这种打击。而一想到"回到家我不得不把这件事说出来，她们一定会对我失望之极"，她连

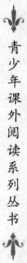

青少年课外阅读系列丛书

手掌和心灵的痛苦也顾不上了。

这十五分钟就如一个小时那么漫长，但最后还是走到了尽头，她终于盼到"下课"的命令。

"你可以走了，马奇小姐。"戴维斯先生说。看得出，他心里头很不自在。

艾美横了他一眼，眼光里充满谴责，令他不敢轻易忘怀。她一声不吱，径直走近课桌，一把抓起自己的东西，心里狠狠发誓：永远离开这个伤心之地。回到家里她仍伤心不已。

不久，姐妹们相继归来了，一个义愤填膺的会议随即召开。马奇太太虽然神情激动，但没有多说话，只是无限温柔地安慰自己受了伤的小女儿；梅格边掉泪边用甘油涂洗艾美那遭受笞打的手掌；贝思觉得即使可爱的小猫咪也安慰不了如此深重的痛苦；乔怒发冲冠，提议戴维斯先生应当立即逮捕；罕娜对那"坏蛋"抡起拳头，捣土豆做饭时也敲打得劈啪作响，仿佛那个"坏蛋"就躲在她的捣杵下面一样。

除了她的几个伙伴外，没有人注意到艾美没有来上学，但眼尖的姑娘们还是发现戴维斯先生下午变得相当宽厚，而且格外紧张。快要放学时，乔露面了。她神情严峻，大步走近讲台，把母亲写的一封信递了上去，然后收拾起艾美的物品，转身离开，在门垫上狠狠蹭掉靴子上的泥土，似乎要把这儿的脏物全从脚上抖干净。

"好了，你可以放个假，但你每天都必须和贝思一起学点东西。"那天晚上马奇太太说，"我不赞成体罚，尤其是对于女孩子。我不喜欢戴维斯先生的教学方式，不过你结交的女孩子也都不是什么益友。我要先征求下你父亲的意思，再把你送到别的学校。"

"太好了！我希望姑娘们全部走掉，毁掉他的旧学堂。一想到那些令人垂涎欲滴的酸橙，我就气得发疯。"艾美叹息着，神情像一个殉难者。

"你失去酸橙我并不难过，因为你违反了纪律，应该受到惩罚。"母亲严厉地说。一心只想得到同情的年轻女士，听到这话颇为失望。

"您的意思是说我当着全班同学的面受辱您很高兴了？"艾美喊道。

"我不会选择这种方式来纠正错误，"母亲回答，"但我不敢说换一种温和点的方式你就会从中得到教训。你现在过于自大了，亲爱的，应该着手改过来。你有很多天赋和优点，但不必故意摆出来展览，因为自命不凡会把最优秀的天才毁掉。真正的才华或品行不怕被人长期忽视，即使真的无人欣赏，只要你知道自己拥有它，并妥善使用它，你就会感到心满意足。虚怀若谷才能使人充满魅力。"

"完全正确！"劳里叫道。他正在跟乔下象棋。"我曾认识一个女孩，她音乐天赋极高，却并不自知，从不知道自己作的小曲有多么美，即使别人告诉了她，她自己也不会相信。"

"我要能认识那位好女孩就好了，她或许可以帮我，我这么笨。"贝思说，此时她正站在劳里身边。

"你确实认识她，她也比任何人都更能帮你。"劳里答道，快乐的黑眼睛狡黠地望着她。贝思霎时飞红了脸，把脸埋在沙发里，被这出乎意料的发现弄得不知所措。

乔让劳里赢了棋，以奖励他机智地称赞了她的贝思。贝思经这么一夸，再怎么也不肯出来弹琴了。于是劳里便一展身手，他边弹边唱，心情显得特别愉快，因为他在马奇一家面前极少流露自己的忧郁性格。在他走后，整个晚上一直都郁郁寡欢的艾美似乎若有所思，突然问道："劳里是否能称得上多才多艺？"

"当然，他接受过优等教育，又有天赋，如果没有宠坏，他肯定会成为一个出色的人才。"她母亲回答。

"而且他不自大，是吗？"艾美问。

"一点也不。这便是他这么富有魅力的原因，也是我们全家都这么喜欢他的原因。"

"我明白了。多才多艺、举止淑雅固然很好，但要向人炫耀或翘着尾巴就不好了。"艾美若有所思地说。

"如果态度谦虚，这些气质总会在一个人的言行中自然流露出来，无须向人卖弄。"马奇太太说。

"譬如你一下子把全部的帽子、衣服、饰物等都穿戴出来，唯恐别人不知道你有这些东西，这样自然不妥。"乔插话道。

大家随之笑起来，教导于是到此结束。

点评：

艾美至少做错了两件事，一是与同学攀比，二是气度狭小。她本身有很多优点，比如言行得体、多才多艺，但这些优点一旦附上矫揉造作、虚荣自大的毛病，就都变得不可爱起来。坦言之，马奇家四姐妹中我最不喜欢的就是艾美，幸亏她有一个良好的家庭，否则她即便日后凭借美貌或心机进入了上流社会，也不过是个庸俗轻佻的小妇人。不过戴维斯先生的处罚也的确有些过重，对待尚未明谙事理的小姑娘来说，有辱自尊心的惩罚并不适宜。

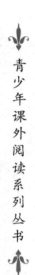

青少年课外阅读系列丛书

第八章　乔遇上了恶魔

"姑娘们，你们到哪儿去?"这是一个星期六的下午，艾美走进房间，发现两位姐姐正准备悄悄溜出去，便好奇地问道。

"别管闲事，小孩子不应该多嘴。"乔尖薄地回答。

如果有什么东西能让我们年轻人伤心，那就是听到这类说话;如果我们听到"走开，亲爱的"，可能更加难受。艾美听到这句刺心话便发起怒来，决意即使是纠缠一个小时也要弄清楚这个秘密。她转向一贯喜欢迁就她的梅格撒娇道:"告诉我吧! 我知道你们会让我一起去的，因为贝思只顾着弹钢琴，我无事可做，孤单死了。"

"不行，亲爱的，因为没有邀请你。"梅格说道。

但乔不耐烦地打断她:"嗨，梅格，别说了，不然你会把事情给弄糟。你不能去，艾美，别像个三岁小孩一样，嘀嘀咕咕的。"

"你们要和劳里一起出去，我知道是这样的。你们昨晚在沙发上又说又笑，见我进来就不吭声了。你们是不是要跟他去?"

"对，是跟他去;现在别做声了，不要老缠着我们。"艾美住了嘴，但眼睛却在观察，她看到梅格把一把扇子塞进了衣袋。

"我知道了! 我知道了! 你们是要上剧院看《七个城堡》!"她喊道，接着又坚决地说，"我也要去，妈妈说这出戏我可以看;再说我也有钱。你们不早点告诉我，可真够卑鄙的。"

"乖乖听话吧，"梅格安慰道，"妈妈不想让你这个星期去，因为你的眼睛还没有完全恢复，不能受这个童话剧的灯光刺激。下星期你可以跟贝思和罕娜去，痛痛快快地玩。"

"那怎么比得上跟你们和劳里一起去有意思，还是让我去吧。我感冒了这么久，老关在家里，都闷得要发疯了。让我去吧，梅格! 我一定乖乖听话。"艾美祈求道，一副楚楚可怜的样子。

"假如我们带她去，只要给她穿暖和点，我想妈妈也不会生气。"梅格说。

青少年课外阅读系列丛书

"如果她去我就不去了,如果我不去,劳里就会不高兴,这样很不礼貌。他原本只请了我们两人,我们却非要拉上艾美。她该知趣一点,不要去涉足自己不受欢迎的地方。"乔生气地说。她想痛痛快快地看场戏,不愿费神看管一个坐立不安的孩子。

她的声调和神态显然激怒了艾美,她开始穿靴子,用最使人恼火的口吻说:"我就是要去,梅格都说了我可以去。如果我自个儿付钱,这事就与劳里毫不相干。"

"你不能和我们一起坐,因为我们的座位都是预定的。而你又不能一个人坐,因为那样劳里就会把他的位子让给你,这就扫了大家的兴。要不他就会另外给你找座位,这样也不合适,因为人家原来就没有请你。你一步也别动,好好待着吧。"乔责备着,忙乱中她把手指扎伤了,更加生气。

艾美穿着一只靴子坐在地上,放声大哭,梅格软语相劝,这时劳里已经在下面叫她们,两位姑娘赶忙下了楼,留下妹妹在那里号啕大哭。这位妹妹有时会忘掉自己的大人风度,表现得像个被宠坏了的孩子。就在三人正要出发之际,艾美倚在楼梯扶手上,用威胁的口吻叫道:"你一定会后悔的,乔·马奇,等着瞧吧!"

"废话!"乔回敬道,砰的一声关上了门。

《钻石湖的七个城堡》精彩绝伦,那天他们一起度过了一段十分迷人的时光。不过,尽管红色小魔鬼滑稽有趣,小精灵熠熠生辉,王子公主貌比天仙,乔的快乐心情中却总是夹杂着一丝歉意:看到美貌的王后一头黄色鬈发,她便想到了艾美,幕间休息时便猜想艾美会采取什么行动来令她"后悔"。到底会采取什么行动呢? 她和艾美在生活中曾发生过多次小冲突,两人都是急性子,惹恼了都会发怒。艾美挑衅乔,乔激怒艾美,凡此种种,纠缠不清,极偶然便会爆发出雷霆般的风暴,事后两人都会追悔不已。乔虽然年长,却最不善于控制自己的情绪。她的刚烈性格屡屡使她惹祸上身,她为了驾驭这匹脱缰的野马吃了不少苦头,她的怒气总是消得很快,一旦乖乖地认了错,她便诚心悔改,努力补偿。姐妹们常说她们倒挺喜欢把乔逗得勃然大怒,因为在狂风骤雨之后她便成了无比温顺的天使。可怜的乔拼尽全力要做个好孩子,但深藏在心中的敌人总是随时跳出来,把她打倒。经过数年的耐心努力之后,这匹野马才逐渐被驯服。

　　回到家时,她们看到艾美在客厅看书。她们进来时她装出一副很受伤的神情,眼睛抬也不抬,也不问一句话。若非贝思在跟着问长问短,听两位姐姐热情洋溢地把话剧描述一番,艾美也许就会顾不得怨恨,自己跑去问个明白了。乔上楼去放她最好的帽子时,首先望望衣柜,因为上次吵架后艾美把乔的顶层抽屉倒个底朝天,借以出气。幸好,一切都原封不动。匆匆扫了一眼自己各式各样的衣橱、袋子、箱子等物后,乔自信艾美已经原谅了自己,忘记了她的过错。

　　乔这回可想错了。第二天她发现少了一样东西,于是一座火山倾然爆发。傍晚时分,梅格、贝思和艾美正坐在一起,乔冲入房间,神情激动,气喘吁吁地问道:“有谁拿了我的书稿没有?”梅格和贝思马上回答:“没有。”觉得十分惊讶。艾美则捅捅火苗,一言不发。乔发现她脸色通红,好一会才恢复常态。

　　“艾美,是你拿了?”

　　“不,我没拿。”

　　“至少你知道书稿在哪里?”

　　“不,我不知道。”

　　“你撒谎!”乔嚷道,两手抓住她的肩膀,神态凶猛,足以吓倒一个比艾美还大胆的孩子。

　　“我没拿,我不知道它在什么地方,也不想知道。”

　　“你一定心中有数,最好马上说出来,否则就让你尝尝我的厉害。”乔轻轻摇了她一下。

　　“你想骂就骂个够吧,你永远也不会再看到那本无聊的旧书了。”艾美叫道,也激动起来。

　　“为什么?”

　　“我已经把它烧掉了。”

　　“什么! 我最最心爱的小书,我呕心沥血想赶在爸爸回家之前写完的小书? 你真的把它烧掉了吗?”乔问道,脸色变得煞白,双目炯炯,两手神经质地把艾美抓得紧紧的。

　　“对,烧掉了! 你昨天那样对我发脾气,我说过要让你后悔的,我这样做了,所以——”

艾美不敢往下再说了，因为乔早已怒发冲冠，她一面发狠地猛摇艾美，把她弄得牙齿格格作响，一面悲愤交加地哭叫道——

"你这个狠心、歹毒的女孩！我再也写不出这样的书来了，我这辈子都不会原谅你！"梅格飞身上前营救艾美，贝思也赶忙上来安抚乔，但乔仍然怒不可遏，给妹妹一记耳光作为临别纪念，然后冲出房间，跑上阁楼，坐在那张旧沙发上，独个结束这场战争。

楼下的风暴已逐渐停息。马奇太太回来后听到这件事，三言两语便使艾美深刻认识到自己做了伤害姐姐的错事。乔的书稿是她心中的骄傲，也被一家人视为极有前途的文学萌芽。书里虽只写了六个神话小故事，但却都是乔的精心耕耘所得。她把全身心投入工作，希望能在写好后出版。她刚刚小心翼翼地把故事誊写好，并毁掉了草稿，因此艾美的一把火便把她的数年心血毁于一旦。这对于别人来说可能只是个小损失，但对乔来说却是灭顶之灾，她觉得无论怎样补救都无济于事。贝思犹如死掉了一只小猫一样沉痛哀悼；梅格拒绝帮自己的宠儿说话；马奇太太神色严峻，伤心万分；艾美后悔不迭，心想如果自己不主动向乔道歉，就再也没有人爱她了。

喝茶的铃声响起时，乔露脸了。她冷冰冰地板着脸，对谁也不瞅不睬，艾美鼓足勇气，细声细气地说道——

"原谅我吧，乔，我真的非常、非常抱歉。"

"我绝对不会原谅你！"乔硬邦邦地抛出一句。从那一时刻起她完全不再理会艾美。

大家对这件糟糕的事情绝口不提——连马奇太太也不例外——因为大家早已总结出一条经验，但凡乔情绪如此低落时，说什么都没有用，最明智的方法是等一些偶然的小事或她本身宽容的禀性来化解怨恨，治愈创伤。这天晚上虽然她们如往常一样做针线活，母亲照样朗读布雷默、斯歌特、埃奇沃思的文章，但气氛总是不对劲儿，大家都毫无心情，原来温馨甜蜜的家庭生活泛起了波澜。到了唱歌时间，大家的感觉更为难受，贝思只是默默抚琴，乔呆立一旁，活像个石头人，艾美失声痛哭，只剩下梅格和母亲孤军奋战。但是，虽然她们力图唱得像云雀一样欢快，银铃般的嗓音已失去往日的和谐，全都走了调儿。

当乔接受晚安吻别时，马奇太太温柔地抱住她低语道："亲爱的，别让愤怒的乌云遮住了太阳，互相原谅，互相帮助，明天再重新开始，好吗？"乔想把头埋在母亲怀里，哭去一切悲伤和愤怒，但"男儿"有泪不轻弹，而且，她觉得受到的伤害如此之深，实在不能轻易原谅。因此她拼命地眨巴着眼睛，摇摇头。她知道艾美在一旁听着，便硬绷绷地说："这种事情卑鄙之极，她罪无可恕。"言毕她大步走回卧室。那个晚上姐妹们没有像往常一样说笑，也没有讲悄悄话。

艾美因自己主动示好反遭严厉拒绝，不禁恼羞成怒，后悔自己太低声下气，以致受到了前所未有的伤害。于是她故意摆出一副高姿态，令人十分恼火。乔的脸上依旧阴云密布，这一天事情全都出了岔儿。早晨冷风飕飕，乔的卷饼掉落到沟里，马奇婶婶大发脾气，梅格郁郁寡欢，贝思在家里一副心事重重的样子。艾美则大发宏论，批评某些人口里常说要做个好孩子，现在人家已为他们树立了榜样了，却又不愿意去做。

"这些人个个可恨，我要找劳里溜冰去。他心地善良，幽默风趣，一定会使我恢复情绪的。"乔心里想着，便走了出去。

艾美听到溜冰鞋发出的响声，向外一望，不由急得大叫起来。

"瞧！她答应过下次带我去，因为这已是最后一个冰期了，但叫这么个火爆性子带上我，什么都等于白说。"

"别这样说。你也确实太过分了。你烧掉了她的宝贝书稿，要她原谅可不那么容易。不过我想现在她或许会这样做，只要你在适当的时候试探下她，我想她会心软的。"梅格说，"跟着他们，什么也别说，就等乔跟劳里玩得情绪好转了，你再静静上前去给她一吻，或是做些什么讨她喜欢的事情。我敢说她会真心实意原谅你的。"

"我一定会努力。"艾美说，觉得这个忠告正中下怀。她一阵风似的收拾一番，向他们追过去，两位朋友正渐行渐远，背影逐渐消失在山的那面。

这里离河不远，两人在艾美到来前已做好准备。乔看到她走来，别过身去。劳里却没有看见，他正小心翼翼地沿岸边滑行，探测冰块的声音，因为刚才冰川雪地之间好像袭来一股暖流。

"我去第一个弯口看看情况，没有问题我们再开始竞赛。"艾美听他说完，就见他如离弦之箭般飞驰而去，一身毛边大衣和暖帽衬得他活像个俄

青少年课外阅读系列丛书

罗斯小伙子。

乔听到艾美跑得气喘吁吁,一面跺脚吹手指,一面试图把溜冰鞋穿上去,但乔就是不回头,而是沿河慢慢作之字形滑动,心里对妹妹遇到的麻烦感到一种苦涩和不安的快意。她的一腔怒火早窝在胸中,渐积渐深,使她失去了理智,就好比邪恶的想法和感情一样,如不立即发泄,必会酿成祸患。劳里在弯口转弯时,回头大声喊道——

"靠岸边走,中间不安全。"乔听到了,但艾美正使劲地穿鞋,一个字也没有听到。

乔转头望了一眼,藏在心里的小魔鬼在她耳边使劲地唤道——"不论她有没有听到,让她自己去照顾自己吧!"劳里绕过弯口便消失了身影,乔来到弯口边,远远地跟在后面的艾美正迈步向河中间较为平滑的冰面走去。乔呆立一会,心中升起一种奇怪的感觉,接着她决定继续向前走,但一种莫名其妙的感觉使她停下脚步。她转过身来,正好看见艾美举起双手,身子往下跌,破裂的冰块嘎嚓一响,水花四溅,同时传来一声尖叫,吓得乔心脏几乎都停止了跳动。她想喊劳里,声音却不听使唤;她想冲上前去,双脚却疲软无力;有一小会儿工夫,她只是一动不动地呆立着,死死盯着黑色冰面上的那顶小蓝帽,惊恐得脸上变了颜色。这时,一个身影从她身边疾驰而来,只听劳里大声喊道——

"拿根横杆来。快,快!"

她不知道自己是怎么做的,但接下来的几分钟她犹如着了魔一样,盲目地听从劳里吩咐。劳里相当镇静,他平卧下去,用手臂和曲棍球棒拉住艾美,乔从栅栏拔出一根栏杆,两人齐心协力,把艾美弄了出来。艾美伤势不重,只是这一惊吓非同小可。

"来吧,我们得赶快送她回家。把我们的衣服披在她身上,待我把笨重的溜冰鞋脱掉。"劳里边叫边使劲扯开衣服,用自己的大衣裹住艾美。

两人打着冷颤送艾美回到家,水珠儿泪珠儿一起往下滴。一阵手忙脚乱之后,艾美裹着厚毛毯在暖和的炉火前睡着了。乔自始至终几乎一言不发,只是团团乱转,脸色苍白,衣饰凌乱不堪,裙子也撕破了,双手被冰块、栅栏和坚硬的衣扣刮得青肿了起来。当艾美舒舒服服地睡着后,屋里也安静了下来,马奇太太坐在床边,把乔叫过来,给她包扎弄伤了的双手。

"您肯定她没事吗?"乔悄声问道,悔恨交加地望着那个险些在冰层下永远从她视线中消失的金发脑袋。

"没有事,亲爱的。她没有受伤,我想也不会患上感冒的,你用衣服包着她,把她立即送回家,做得十分明智。"母亲舒心地答道。

"这些都是劳里做的,我当时只是生死由她。妈妈,如果她会死,我真是无可饶恕了。"乔痛悔不已,涕泪交流,重重地坐在床边,把事情经过讲了一遍,痛责自己当时心肠太狠,呜咽地说自己差一点受到严厉的惩罚,幸亏事情最后化险为夷。

"都怪我的坏性子!我想努力把它改正,我以为已经改好了,谁知发作起来,还是不可收拾。哦,妈妈,我该怎么办?我该怎么办?"可怜的乔绝望地叫道。

"提防和祈祷吧,亲爱的,千万不要气馁,不要以为你的缺点不可征服。"马奇太太说着,把乔头发蓬乱的脑袋靠在自己的肩上,无限温柔地吻了吻她湿漉漉的脸颊,乔哭得越发伤心。

"您不知道,您都想象不出我性子有多坏!我发火时似乎可以无所不为,变得毫无人性,可以做出伤害别人的事,而且还乐在其中。我担心有一天我会做出可怕的事情,把自己的一生毁掉,使天下人都憎恨我。哦,妈妈,帮帮我吧,千万帮帮我!"

"我会的,孩子,我会的。别哭得这么伤心了,但要记住这一天,并且千万不要再让这种事情重演。乔,亲爱的,我们都会遇到诱惑,有些甚至比这种大得多,我们常常要用一生的时间来征服它们。你以为自己的脾气是天下最坏的,但我的脾气以前就跟你的一样。"

"您有脾气,妈妈?可您从来都不生气啊!"乔惊讶得忘掉了悔恨。

"我努力地改了四十年,现在才刚刚控制住。我过去几乎每天都生气,乔,但我学会了不把它表露出来。我现在希望学会不把它感觉出来,虽然可能又得花上四十年的工夫。"

她深爱的母亲的脸上流露出一种忍耐和谦卑,乔觉得这比最振振有词的训导和最严厉的斥责都更加有说服力。母亲的安慰和信任使她心里好受多了,知道自己的母亲也有和自己一样的缺点,并且努力地改正,她觉得自己更要下决心改正过来,虽然四十年对于一个刚刚十五岁的少女来说似乎相当漫长。

"妈妈,当马奇婶婶责骂您或者有人烦扰您时,您有时会紧闭双唇走出屋外,那是不是在生气?"乔问道,觉得自己跟妈妈比以前更加亲近了。

"是的,我学会了收住冲到嘴边的气话,每当我觉得这些气话要违背意志冲口而出时,我就走开一会,为自己的暴躁而反省,让心情平复下来。"马奇太太叹口气,笑了笑,边说边把乔散乱的头发理好。

"您是怎样学会保持冷静的?我正是为此而饱受折磨——刻薄话总是趁我还没反应过来时就飞出嘴巴,说得越多,就越口不择言,最后终于恶语伤人,才觉痛快。告诉我您是怎样做的,亲爱的妈妈。"

"我的好妈妈过去总是帮助我——"

"就像您帮助我们一样——"乔插嘴说道,感激地献上一吻。

"但我在比你稍大一点的时候就失去了她。我自尊心极强,不愿意在别人面前暴露弱点,因此多年来只能独自挣扎。我失败过好多次,乔,并为此洒下了无数痛苦的泪水,因为尽管我非常努力,似乎总是毫无进展。后来你父亲出现了,我沉浸在幸福之中,发现改好并非难事。但后来,当我膝下有了四个小女儿,家道却中落时,老毛病又犯了,因为我天生缺乏耐力,看到自己的孩子缺衣少食,心里便觉得十分受煎熬。"

"可怜的妈妈!那是什么帮助了您?"

"你们的父亲,乔。他从不失去耐性——从不怀疑,从不怨天尤人——而是乐观地企盼、工作和等待,我只有不断向他学习,才不至自惭形秽。他帮助我,安慰我,让我知道如果我希望自己的小姑娘拥有高尚的道德,自己就要为人师表,因为我就是她们的榜样。想到为你们努力,而不是只为自己,事情就变得简单了。每当我言语粗暴,你们向我投来又惊又怕的目光时,我便感到羞愧难当。我努力地以身作则,赢得了自己孩子的热爱、尊敬和信任,这就是最美好的报偿。"

"呵,妈妈,如果我及得上您的一半,就心满意足了。"乔深受感动地说道。

"我希望你会比我做得更好,亲爱的,但你得时时提防你'藏在心中的魔鬼',正如你爸爸所说,不然,即使它没有毁掉你的一生,也会使你终身痛苦。你已经得到了教训，要把它牢记在心头，竭力控制自己的暴躁脾气，以免酿成更大的悲剧，令自己抱憾终生。"

"我一定努力，妈妈，真的。但您得帮助我，不断提醒我，防止我乱发脾气。我以前看见爸爸有时会用手指按住嘴唇，用异常亲切而严肃的眼光望着您，您便紧咬双唇，或是走出门去，他这样是不是在提醒您？"乔轻轻问道。

"是的。我叫他这样帮助我，他也从来没有忘记过。看到那个小小的手势和亲切的目光，我的脾气便发作不出来了。"

乔看到母亲的一双眼睛泪水晶莹，讲话时嘴唇轻颤，担心自己说得太多了，便赶紧轻声问道："我这样看着您，跟您谈这个话题合适吗？我并非有意冒犯，可是跟您诉说心事我就觉得非常的畅快，坐在这里我就感到又安全又幸福。"

"我的乔，你可以向母亲随时倾诉衷肠。我的女儿向我诉说心里话，并明白我是多么地爱她们，这对我来说是最可喜最可骄傲的事情。"

"我以为我使您伤心了呢？"

"不，亲爱的。只是谈起了父亲，我便想到自己有多么想念他，多么感激他，多么应该忠实地为他照顾四个小女儿，使她们生活得平安幸福。"

"但是您却叫他上前线去，妈妈，他走时您没有掉泪，现在也从不埋怨，似乎您从不需要帮助一样。"乔不解地说。

"我把自己最美好的东西献给心爱的祖国，一直到他走后才让眼泪流出来。我为什么要埋怨呢？我们两人只是为保卫祖国尽了自己应尽的责任而已，而且最终也一定会因此而更加幸福。我似乎不需要帮助，那是因为我有一个比你们父亲更好的朋友①在安慰我、支持我。孩子，你生活中的烦恼和诱惑才开始露头，以后可能还会有许多，但只要你感受到天父的力量和慈爱，正如你感受到的平凡的父爱一样，你就能战胜它们，超越它们。你对天父的爱越深、信任越大，你越觉得与他接近，受世俗的束缚就越小。天父的慈爱和关怀永远与你同在，它是人类和平、幸福和力量的源泉。坚守这个信念，向天父尽情倾诉自己的种种烦恼、希望、悲伤和罪过

---

① 指天父。

吧,就像你向妈妈倾诉一样。"

乔紧紧地拥抱着母亲,无限真诚地默默祈祷,此后心中一片宁静;在那既悲又喜的时刻,她不但咀嚼到悔恨绝望的痛苦滋味,也品尝到了自我否认和自我控制的甜蜜感受。天父对儿童的爱胜似天底下的任何父母,在母亲的带领下,她与这位"朋友"靠得更近了。

艾美在睡梦中动了动身子,叹了口气,乔旋即抬头望去,脸上露出一种从未有过的温情,似乎恨不得马上就弥补过错。

"我在气头上让乌云遮住了太阳,不肯原谅她。今天,如果不是劳里,一切都会太迟了!我怎么会这样邪恶?"乔说出声来,俯身看着妹妹,轻轻地抚摸着披散在枕上的湿发。

艾美好像听到了声响,她睁开眼睛,伸出双臂,向乔一笑,令乔刻骨铭心。两人一言不发,只是隔着毯子紧紧抱在一起。在衷心的一吻之下,所有恩怨全都烟消云散了。

点评:

冲动是魔鬼。但这个魔鬼不仅仅属于艾美,也属于乔。艾美烧掉了乔费尽几年心血写成的书稿,乔则对艾美掉进冰洞视若无睹,险些酿成了毕生的憾事。如何控制自己的情绪,对这两个姐妹而言是必须要学习的人生之课。马奇太太以自己为例,深刻地影响着乔的思想。至于艾美,她的自身调节能力本来就很强,相信经历了这次刻骨铭心的事情后,她也不会再如此冲动和莽撞了。

第九章　梅格踏足名利场

"那班孩子刚好出了麻疹,真是再幸运不过了。"梅格说。时值四月,她站在自己的房间里往大皮箱装行李,姐妹们围在她身边。

"安妮·莫法特没有忘记自己的诺言,这实在是太棒了。足足两个星期让你尽情快活,该有多么痛快。"乔一面搭话儿,一面用长胳膊把几件裙子折叠起来,形象颇像个风车。

"而且天气晴朗,我真喜欢这样。"贝思边说边利索地从自己的宝贝箱子里挑选出几条围巾和丝带,供姐姐出席盛会。

"但愿我也能过去好好玩玩,把这些漂亮东西全穿戴上。"艾美说。她嘴里衔了一根针,巧妙地插进姐姐的针垫里。

"我真希望大家都能去,既然不能,那就等我回来再跟你们讲讲遇到的奇闻趣事吧。你们对我这么好,把东西借给我,帮我收拾行李,我一定尽此绵力的。"梅格说着环视房间,眼光最后落在行装上面。这套行装虽然十分简单,但在她们眼中却几乎十全十美。

"妈妈从那只宝箱里拿出什么给你了?"艾美问。马奇太太有个杉木箱子,里头装着几件曾经辉耀一时的旧物,准备在适当的时候送给四个女儿。那天打开箱子时,艾美恰好不在场,所以有此一问。

"一对丝袜,一把精美的雕花扇子,还有一条漂亮的蓝色腰带。我本来想要那件紫罗兰色的真丝裙子,但却没时间改制了,只好穿我那条旧塔拉丹薄纱裙。"

"这比我的新薄纱裙子还要好看呢,衬上腰带就更加漂亮了。我真后悔我的珊瑚手镯给弄坏了,不然你就可以戴上它了。"乔说。她生性豪爽大方,只是她的衣物大都破旧不堪,派不上什么用场。

"箱子里有一套珍贵的旧式珍珠首饰,但妈妈说鲜花才是年轻姑娘最美丽的饰物,而劳里答应把我要的花全都送来。"梅格回答,"来,让我看看,这是我的新灰色旅行衣——把羽毛卷进我的衣帽里,贝思——那是星

青少年课外阅读系列丛书

期天和参加小型晚会穿的府绸裙子——春天穿显得沉了些,是不是？如果是紫罗兰色的丝绸裙子就好了,唉!"

"不要紧,你参加大型晚会还有塔拉丹裙子呢,再说,你穿白衣裳就像个天使。"艾美说道,凝神欣赏着那一小堆漂亮的衣饰。

"可它领口太高了,拖曳感也不够,但也只好这样应付了。我那件蓝色家居服倒是挺好的,翻了新,并刚刚镶了饰边,跟新的一样。我的丝绸外衣一点也不时髦,帽子也不像莎莉那顶,我原本不想多说,但我对自己的伞真的失望极了。我叫妈妈买一把白柄的黑伞,她却忘了,带回一把黄柄的绿伞。不过这把伞结实雅致,因此我不该抱怨,但如果把它跟艾美的那把金顶丝绸伞摆在一起,我就要羞死了。"梅格不满意地审视着那把小伞叹息。

"把它换过来。"乔提议。

"我不会这么傻,妈妈为我花钱已经相当不容易了,我不想伤她的心。这只是我的荒唐想法罢了,我不会不识好歹的。幸好我的丝袜和两对新手套可以应付场面。你把自己的借给我,真是好妹妹,乔。我有两对新的,旧的也都洗得干干净净,我觉得已经十分气派了。"梅格又朝她放手套的箱子看了一眼。

"安妮·莫法特的礼帽上头有几个蓝色和粉红色的蝴蝶结,你可以帮我打上几个吗?"她问,这时贝思拿来了一堆刚刚从罕娜手中接过的雪白薄纱。

"不,我不想打,因为太醒目的帽子,配没有饰边的素洁衣服不好看。"乔断然说道。

"我哪一天才能穿上锁有真花边的衣服,戴上打了蝴蝶结的帽子?"梅格不耐烦地说。

"那天你曾说只要可以去安妮·莫法特家,你就心满意足了。"贝思轻声提醒她。

"我是这样说过!喔,我很满足,也不会为此烦恼,不过似乎人得到的越多,野心也就越大,对不?噢,行了,行装收拾好了,一切齐备,只剩我的舞会礼服了,那要等妈妈来收拾。"梅格说着,眼光从已装得半满的行李箱落到熨补过多次、被她郑重地称为"舞会礼服"的白色塔拉丹薄纱裙上,心情变得愉快起来。

第二天天气不错,梅格体面地辞别大家,准备体验十四天新奇愉快的生活。马奇太太一开始并不同意这次出行,担心梅格回来后会比去时更添一层不满。但梅格纠缠不休,莎莉也答应会照顾好她,而且,干了一个冬天的烦闷活儿后,到外面玩玩也是一大乐事,母亲便答应了下来,让女儿去品尝下上流社会的生活滋味。

莫法特一家确实非常富有。楼宇富丽堂皇,主人举止优雅,单纯的梅格一开始吃惊不小。不过,尽管莫法特一家生活奢华,但他们都是善良人家,很快便使客人轻松了下来。但不知为什么,梅格隐隐觉得他们并非特别有教养,也并非特别聪明,尽管衣着华丽,其实内中也不过是一介俗人而已。生活奢侈,乘坐豪华马车,每天穿漂亮的衣服,除享乐之外无所事事,这种生活自然十分惬意,这也正是梅格所思慕的生活。她很快便模仿起身边那些人的言谈举止,摆点小架子,装点腔势,说话时搭上一句半句的法语,把头发弄卷曲,把衣服弄窄,并学着评论流行的服式。安妮·莫法特的漂亮东西她见得越多,就越是嗟叹不已。如今家在她的心目中已经变得沉闷无趣、不值一钱,工作变得比任何时候都要艰苦。她觉得自己是个一贫如洗、自尊心受到严重伤害的姑娘,即使有两对新手套和丝袜也无济于事。

不过,她并没有多少时间来烦恼,因为三位年轻姑娘忙着打发"快乐时光"。她们整日里逛商店、骑马、散步、探访朋友,晚上则到剧院或留在家里嬉戏。安妮结交了不少朋友,熟谙待客之道,她的几个姐姐也都是十分漂亮的年轻女子,一个已订婚,而订婚是极为有趣而浪漫的,梅格想。莫法特老先生是个体胖、快活的绅士,认识她的父亲马奇先生;莫法特太太也是一位体胖、快活的老太太,跟自己的女儿一样十分喜欢梅格。一家人都很宠爱她,"黛茜",如他们所言,被惯得有点头脑发热。

临到"小型晚会"那天晚上,她发现那件府绸裙子压根应付不了场面,因为其他姑娘全都穿着薄薄的裙子,个个打扮得貌若天仙;于是塔拉丹丝裙出动了,但跟莎莉簇新的裙子一比,立即相形见绌,显得寒酸不堪。梅格看到姑娘们扫了它一眼后，都互相交换了个眼色，双颊顿时烧得通红。她虽然性格温柔，但自尊心却极强。大家对此并没有说什么，不过莎莉主动提出帮她梳理头发，安妮帮她扎腰带，贝儿，那位已订了婚的姐姐，则称赞她洁白的双臂。虽然大家全都出于好意，但梅格看到的只是对贫穷的怜悯而已。她独自站在一旁，心情十分沉重，而姑娘们则又说又笑，像披着薄纱的一群蝴蝶一样到处跑来跑去。正当梅格心酸难受之际，女佣人突然送过来一箱鲜花。未等她说话，安妮已经把盖子打开，众人随即发出一阵惊呼，原来里面装的全是绚丽的玫瑰、杜鹃和绿蕨。

"准是送给贝儿的，乔治常常会送她一些，不过这些可真是太美了。"安妮喊道，深深地闻了一下。

"那位先生说，这些花是送给马奇小姐的。这里还有张字条。"女佣人插话说，并把字条递给梅格。

"多有趣，是谁送的？不知道你还有个情人呢。"姑娘们叫嚷起来，围着梅格转来转去，显得十分惊讶好奇。

"字条是妈妈写的，鲜花是劳里送的。"梅格简洁地回答，暗暗感激劳里没有忘掉自己。

"噢，原来如此！"安妮怪模怪样地说了一句。梅格接着把字条塞进口袋，把它当作一种抵御嫉妒、虚荣和伪自尊的护身符。里头寥寥数语，一片慈爱真情，梅格看后精神为之一振，而美丽的鲜花也使她心情好转起来。

梅格几乎恢复了愉快的心情，她取出几支绿蕨和玫瑰留给自己，随即将其余的分成几把精美的花束，分送给朋友们点缀在胸前、头发和衣裙上。

她做得既愉快又得体，大姐卡莱拉不禁称赞她为"她所见到的最甜美的小东西"，众人也十分赞赏她的小心意，这一善举把她的沮丧心情一驱而散。其他人都跑到莫法特太太跟前展览去了，她独个儿把几支绿蕨插在发髻上，又把几朵玫瑰在裙子上别好。这时裙子在她心目中变得也没有那么难看了，临镜一照，看到了一张喜气洋洋、双目明朗的脸孔。

那天晚上她尽兴起舞，玩得十分开心。大家都非常友善，她还被人奉承了三次。安妮让她唱歌,有人称赞她声音十分甜美。林肯少校问"那位水灵灵的美目女士"是谁,莫法特先生坚持要和她跳一支舞,因为她"舞步轻快有力",他很有风度地说。这一切都使她的心情十分愉悦,不料,她后来不经意间听到了几句闲话,情绪顿时一落千丈。那时她正坐在温室里面,等着舞伴给她带冰块过来,突然听到花墙的另一面传来一个声音——

"她多大了?"

"十六七岁吧,我想。"另一个声音回答道。

"这将对那群姑娘们的其中一个大有好处,你说是吧?莎莉小姐说她们现在关系很密切,老人挺宠爱她们。"

"我敢说马奇太太早有计划,而且一定马到功成,虽然这事早了一点,那姑娘显然也还没有往这方面想过。"莫法特太太说。

"她刚才撒了个小谎,好像真的知道纸条是她妈妈写的一样,鲜花送进来时还飞红了脸。可怜的人儿!如果她打扮得再时髦一点,肯定漂亮极了。你说,如果我们提出借条裙子给她星期四穿,她会生气吗?"另一个声音问。

"她是有些傲气,但我不相信她会介意,因为那条邋遢的塔拉丹裙就是她的一切。她大可今天晚上把它撕破,到时就有借口给她送条体面的了。"

"走着瞧吧。我要特意为她邀请小劳伦斯,那就有好戏看了。"这时梅格的舞伴走了回来,看到她面红耳赤,情绪相当激动。她确实是个很傲气的姑娘,也幸亏如此,她才忍住了没有发作。虽然她对刚才的闲话感到又羞又气、十分憎恶,因为无论她多么天真无邪,也不至于不明白这种闲话的意思。这些话挥之不去,一直在她耳边萦绕:什么"马奇太太早有计划""撒了个小谎",还有什么"邋遢的塔拉丹"等等。她真想大哭一场,冲回家去倾诉烦恼,寻求忠告。无奈这是不可能的事,她只得强作笑颜。由于掩饰得好,她一点也没有露出破绽,没有人想象得出此刻她心里正在翻江倒海。终于盼到人散灯灭,她静静地躺在床上,千思百想,愤愤不平,一直弄得脑袋生疼,又洒下几滴清泪,凉丝丝地落在烧得火热的脸颊上。那些没有恶意的无聊谈话为梅格开辟了一个新天地,把她一直以来生活着的纯真、平静的旧天地搅得涟漪阵阵。她和劳里纯真无邪的友谊被无意听来的闲话蒙上了一层阴影,她对妈妈的信心也被以小人之心度君子之腹的莫法特太太的"早有计划"几个字而产生了一点动摇。她原以为自己是清贫人家的女儿,衣着简朴是无可非议的事情,所以一向知足,岂料这帮姑娘们看到旧裙子就如同看到普天下最大的灾难一样,滥发同情之心,她不禁也对自己的信念产生了一丝怀疑。

可怜的梅格一夜无眠,起床时眼皮沉重,心情极糟。她既埋怨自己的朋友无事生非,又羞愧自己不敢坦诚说出真相,以正视听。那天早晨姑娘们全都慵慵懒懒,直到中午时分才提起劲儿做毛线活。梅格马上意识到她的朋友们神色异常:她们待她更加敬重,对她的言谈举止十分关注,并且用好奇的眼光看着她。这一切令她既惊奇又得意,只是有些摸不着头脑。最后,贝儿把头从书本里抬起来,嗲声嗲气地说——

"黛茜,亲爱的,我给你的朋友劳伦斯先生送去了一份请帖,请他星期四过来。我们也想认识下他,这可是特意为你而请的哟。"梅格红了脸,但她突然想捉弄一下这些浅薄的姑娘们,于是装作一本正经地回答:"你们的心意我领了,只是我恐怕他不接受邀请。"

"为什么,亲爱的?"贝儿小姐问。

"他太老了。"

"我的孩子,你说什么?他究竟有多大年纪了?"卡莱拉小姐嚷道。

"差不多有七十吧,我想。"梅格答道,假装数数打了多少针毛线,拼命忍住笑。

"你这狡猾的家伙!我们指的当然是那个年轻的。"贝儿小姐笑着喊道。

"哪里有什么年轻人!劳里只是个小男孩而已。"姑娘们听到梅格如此形容自己的"情人",不禁互相使了古怪的眼色,梅格见状也笑了。

"和你年纪相仿?"南妮问。

"和我妹妹乔差不多,我八月份就十七岁了。"梅格把头一仰,答道。

"他真棒,懂得给你送鲜花,对吧?"不识趣的安妮还想试探下。

"不错,他经常送花给我们全家人,因为他们家里多的是,而我们又这么喜欢鲜花。我妈妈和劳伦斯先生是朋友，你们知道，两家孩子在一起玩是相当自然的事情。"梅格希望她们能就此住口。

"显然黛茜还没有参加过社交。"卡莱拉朝贝儿点点头说。

"确实够天真无邪的。"贝儿小姐耸耸肩说道。

"我准备出去给我家姑娘们买点东西，各位小姐要我捎点什么吗？"穿着一身镶边丝绸裙子的莫法特太太像头大笨象一样缓步走进屋来，问道。

"不用费心了，夫人，"莎莉回答，"我有一条粉红色的新丝绸裙子留在星期四穿，不需要什么了。"

"我也不——"梅格话到嘴边又缩了回去，因为她想到自己确实想要几样东西，但却得不到。

"你那天穿什么？"莎莉问。

"还是那条白色的旧裙子，要是我能把它补得能见人的话，昨晚不小心给撕破了。"梅格尽量想讲得自然一点，但却感到很不自在。

"为什么不捎信回家再取一条？"不善察颜观色的莎莉问。

"我只有这么一条。"梅格好不容易才说出这话。

但莎莉仍然没有明白过来，友好地惊叫起来："只有那么一条？真好笑——"她的话只说了半截，因为贝儿小姐赶紧朝她摇头，插进来友善地说——

"这并没有什么；她又不出去参加社交，要这么多衣服有什么用？即使你有一打，黛茜，也不必给家里要。我有一条漂亮的蓝色真丝裙子，穿着嫌小了些，白白搁在一边，倒不如你来穿上，也遂遂我的心意，好吗，亲爱的？"

"谢谢你的好意，但如果你们不介意，我倒不在乎穿我的旧裙子，像我这样的小姑娘这么穿挺合适。"梅格说。

"请一定让我把你打扮得气派点，我喜欢这样做。打点一番后，你准是个标准的小美人。我要把你装扮好才让你去见人，然后我们像参加舞会的灰姑娘和仙女一样突然出现在大家面前。"贝儿用富有说服力的声音说。

梅格无法拒绝如此友好的提议，因为她也非常想看看自己在打扮后

青少年课外阅读系列丛书

是否会变成个"小美人",于是点头同意,把原来对莫法特一家的不满抛诸脑后。

星期四晚上,贝儿把自己和女佣霍丹斯关在房间里,两人合力把梅格打造成一位绝代佳人。她们把她的头发烫曲,在她的颈脖和胳膊上扑上一种香粉,在她的双唇抹上珊瑚色的唇膏,使它们显得更红润,如果不是梅格反抗,霍丹斯甚至还会加上"一点点胭脂"。她们把她裹进天蓝色的裙子里,裙子又紧又窄,弄得她几乎透不过气来,领口开得极低,向来矜持的梅格对着镜子羞得满脸红晕。一套银丝首饰也被戴上了:手镯、项链、胸针,甚至还有耳环,因为霍丹斯用一条看不出来的粉红色丝线把它们系了起来。一丛点缀在胸前的月季花蕾和一条花边褶带衬得梅格一双玉肩优美动人,一双高跟蓝色丝靴也使她的最后一道心愿得到满足。一条镶边手帕、一把羽扇和一束银枝礼花,终于把她打扮完毕。贝儿小姐得意地审视着自己的杰作,就像一个小姑娘在看一个刚刚打扮好的洋娃娃。

"小姐真 Charmante①, trèsjolie②, 不是吗?"霍丹斯极为做作地拍手欢叫。

"出去让大家看看吧。"贝儿小姐一边说一边领着梅格去见在房间里等着的姑娘们。

梅格拖曳着长裙跟在后面,裙子窸窣有声,耳环一摇一晃,鬈发上下波动,心儿怦怦乱跳。刚才那面镜子已明明白白地告诉了她自己是个"小美人",她似乎觉得她的"好戏"真的已经开始了。朋友们热情四溢,不断地称她为"小美人",她站在那里,好像是寓言里的寒鸦,尽情地享受着自己借来的羽毛,其他人则像一群喜鹊,叽叽喳喳地叫个不停。

"趁我换衣裳,南妮,你教她怎样走步,别让她被裙子和法式高跟鞋绊倒了。卡莱拉,你用银蝴蝶发夹把她左边的那缕长发夹起来。你们谁也别弄糟了我这一手漂亮功夫哦。"贝儿说着匆匆走开,对自己的成功显得相当满意。

---

① 法语:迷人。
② 法语:漂亮极了。

"我有些害怕,我觉得头晕目眩,身子僵硬,好像只穿了一半衣服。"梅格对莎莉说。此时铃声响起,莫法特太太派人来请年轻的女士们立即赴会。

"你完全变了个样子,不过这样很漂亮。我在你身边简直没法站了,都亏贝儿品味高,当然你也相当有法国味。就让你的花儿这么随意挂着吧,小心不要绊倒。"莎莉答道,努力不去在意梅格比自己漂亮这个事实。

梅格牢牢记着这个教导,安然步下楼梯,款款地走进客厅,莫法特夫妇和几个早到的客人已经在那里等着。她很快发现华丽的衣饰有一种魅力,就是能吸引那么一些人,赢得他们的尊敬。几位以前没怎么正眼瞧过她的年轻小姐突然变得十分亲热;几个上次舞会上只是盯着她看的年轻绅士们现在不只盯着她看,还要求介绍介绍,而且向她极尽殷勤,说了许多愚不可及但十分中听的话;几位坐在沙发上指指点点的老太太饶有兴趣地打探她是何方人氏。梅格听到莫法特太太回答其中一个说——

"黛茜·马奇——父亲是部队的上校——我们家的远亲,可惜时运不济,你知道,劳伦斯先生家的密友;甜姐儿,告诉你吧;我家内德对她很是着迷哩。"

"噢!"那位老太太戴上眼镜又把梅格再次细看一遍。听到莫法特太太谎话连篇,梅格只装作什么都没有听见,也并不震惊。

那种"头晕目眩"的感觉仍然没有消失,但她想象自己正在扮演着这一新角色,倒也觉得十分愉快。不过,她的两胁被紧身裙勒得隐隐有些作痛,双脚不断踩到长裙,还老得提防着那对耳环,担心它们会突然甩出来,弄丢或摔破了。她正手摇折扇,娇笑着听一位卖弄诙谐的年轻人讲并不诙谐的笑话,突然止住了笑声,显得手足无措。原来,她看到劳里正站在对面。他紧紧盯着她,毫不掩饰内心的惊愕,还有些不快,她想。因为他虽然躬身致礼,面带微笑,但坦诚的眼睛却流露出一种目光,令她羞红了脸,只恨没有穿上自己的旧裙子。她看到贝儿用肘子碰碰安妮,两人的目光从她身上移到劳里身上,更加心乱如麻。幸亏劳里看上去孩子气十足,而且十分羞涩,她这才稍微安下心来。

"无聊的东西,把这种念头埋进脑子里,我可不在乎,该怎样做就怎样

青少年课外阅读系列丛书

做。"想到这里，梅格一路窸窸窣窣地响着走到房间对面和她的朋友握手。

"你来了我真高兴，我还担心你不来呢。"她摆出一副大姐姐的神态说。

"乔希望我能来，并告诉她你的情况，我便来了。"劳里回答，他对她那副老成持重的腔调感到有点滑稽，但并不正眼看她。

"你会告诉她什么呢？"梅格问。她很想知道劳里对她的看法，然而却第一次觉得在他面前很不自然。

"我会说我不认识你了，因为你看上去这么成熟，一点都不像你自己，我挺害怕的。"他摸着手套上的纽扣，说道。

"你真荒谬！这群姑娘们把我打扮成这个样子，只是为了好玩，我也挺乐意的。你说乔看到我这样会不会把眼睛瞪直了呢？"梅格说，想引他说出他是不是觉得现在的自己更好看。

"我想她会的。"劳里严肃地回答。

"你不喜欢这个样子吗？"梅格问。

"是的，不喜欢！"回答得干脆直率。

"为什么不？"声调甚为着急。

他扫了一眼她那披着鬈发的脑袋、坦露的双肩，以及镶着漂亮花边的裙子，那种神情把她窘得无地自容，接着他的回答也一反平日彬彬有礼的风度。

"我不喜欢轻浮炫耀。"

这话出自一个比自己还年轻的小伙子口里，叫梅格何以忍受。她转身就走，一面恨恨地说："我从来没有见过像你这样无礼的男孩子。"她又气又恼地走近一扇窗户，站在无人之处，让自己的双颊凉下来，因为紧身裙箍得她头昏脑胀，很不舒服。这么呆站着时，林肯少校从她身边走过，不一会儿，她听到他跟他的母亲说道——

"她们是在愚弄那个小姑娘。我原想让您见见她的，但她们把她全毁了！她今天晚上一无是处，只是一个洋娃娃。"

"噢，上帝！"梅格叹息道，"如果我理智一点，穿上自己的衣服，就不会那么令人厌恶，也不会生出这般烦恼，自惭自愧。"

她把额头靠在冰凉的窗棂上，任由窗帘半掩着自己的身影，平日最喜欢的华尔兹已经开始,她也仿佛全然不觉。这时,一个人碰了碰她,她转过身来,看到了劳里。他一脸悔色,郑重其事地向她鞠了个躬,伸出手来——"请恕我刚才一时无礼,来和我跳个舞吧。"

"恐怕这会委屈了您呢。"梅格试图装出一副生气的样子,却一点儿也装不出来。

"绝对不会,我真心地想跟你跳呢。来吧,我不会惹你生气的。我虽然不喜欢你的衣服,但真的觉得你——反正漂亮极了。"他挥了挥手,似乎语言不足以表达他的仰慕之情。

梅格一笑,心软了下来。当他们站在一起等着和上音乐的节拍时,她悄悄说道:"小心我的裙子把你绊倒,它使我受尽了折磨,我穿上它可真是个傻瓜。"

"把它围着领口别起来就好了。"劳里说着,低头看看那双小蓝靴,显然对它们相当满意。

他们敏捷而优雅地迈着舞步,由于在家里练习过,这对活泼的年轻人配合得相当默契,给舞场平添了快乐的气氛。他们欢快地旋转起舞,觉得经历了这次小口角之后,彼此反而更加接近了。

"劳里,我想你帮我个忙,好吗?"梅格说。她刚跳一会儿便气喘吁吁地停下来,也不解释,劳里便站在一边替她摇扇子。

"那还用说!"劳里欣然答应。

"回到家里千万别告诉她们我今天晚上的装扮。她们不会明白这是个玩笑,妈妈听到后会担心的。"

"那你为什么要这样做?"劳里的眼睛显然是在这样问。梅格急得又说——

"我会亲自把一切都告诉她们,向妈妈'坦白'我有多么傻。但我宁愿自己来说,你别说,行吗?"

"我向你保证绝不会说,只是她们问我时我该怎样回答?"

"你就说我看上去挺好,玩得很开心。"

"第一项我会全心全意地说的,只是第二项怎么说? 你看上去玩得并不开心,不是吗?"劳里盯着她,那种认真神情促使她悄声说道——

"是,刚才是不开心。不要以为我那么讨厌。我只是想开个玩笑而

青少年课外阅读系列丛书

已，但我发现这种玩笑毫无益处，我已经开始厌倦了。"

"内德·莫法特走过来了，他想来干什么？"劳里边说边皱起眉头，仿佛并不欢迎这位年轻的主人。

"他认下了三场舞，我想他是来找舞伴的。烦死人了！"梅格说完摆出一副怠倦的神情，把劳里也逗乐了。

他一直到晚饭时候才有机会再跟她说上话，当时她正跟内德和他的朋友费希尔一起喝香槟。劳里觉得那两人表现得像"一对十足的傻瓜"，他觉得自己有权力像兄弟一样监护马奇姐妹，必要时要站出来保护她们。

"如果你喝多了，明天就会头痛得厉害。我可不愿这样做。梅格，你妈妈不喜欢你这样，你知道。"他在她椅边俯身低声说道，此时内德正转身把她的杯子重新斟满，费希尔则弯腰捡起她掉的扇子。

"今天晚上我不是梅格，而是个轻狂的'洋娃娃'。明天我就会收拾起这副'轻浮炫耀'的嘴脸，重新做个好女孩。"她佯笑一声答道。

"那么，但愿明天已经到来。"劳里咕哝着，快快地走开了。

看到她变成了这副样子，他心里很不高兴。

梅格一边跳舞一边调情打俏，嘀嘀咕咕地聊着傻笑着，跟别的姑娘们一样。晚饭后她跳华尔兹舞，自始至终跌跌撞撞，那条长裙子也差点把她的舞伴绊倒。劳里见到她这种乱蹦乱跳的模样心生反感，他一边看着，心里想好了一番忠告，但却没有机会说给她，因为梅格总是躲着他，一直到他过去道晚安为止。

"记住！"她说道，勉强地笑笑，因为剧烈的头痛已经开始了。

"Silence à la mort。"①劳里回答，使劲地挥挥手，转身离去。

这小小的一幕激起了安妮的好奇心，但梅格累得不想再扯闲话，她走上床，觉得自己像参加了一场化装舞会，但玩得却并不开心。她第二天整天都昏昏沉沉的，星期六就回家了。

两个星期的玩乐弄得她筋疲力尽，她自觉在那个"繁华世界"里已经待得太久。

"安安静静，不用整天客套应酬，这才是令人舒心的日子。家是个好

---

① 法语：严守秘密。

地方,虽然它十分简陋。"星期天晚上梅格跟母亲和乔坐在一起,悠然四顾着说道。

"你这样说我很高兴,亲爱的,我一直担心你在这番阅历后会把家看得又穷又破。"妈妈答道。那天她不时担心地望一眼女儿,因为孩子脸上的任何变化都逃不过母亲的眼睛。

梅格快乐地跟大家讲述了她的经历,并一再说她玩得十分痛快,但她的情绪似乎仍有点不对劲。当两个小妹妹睡觉之后,她坐在那里若有所思地盯着炉火发呆,沉默不语,神情焦虑。时钟敲过九下,乔也说要睡觉了,梅格突然离开坐椅,拿起贝思的小凳,双肘靠在母亲的膝头上,勇敢地说道——

"妈妈,我想'坦白'。"

"我料到了,是什么事,亲爱的?"

"要我走开吗?"乔知趣地问。

"当然不要。我什么事情瞒过你了? 在两个妹妹面前我没脸说出口,但我想把我在莫法特家干的那些好事向你们全抖落出来。"

"说吧。"马奇太太微笑着,不过神情有点焦虑。

"我说过她们把我打扮一新,但我没告诉你们她们还给我涂脂抹粉,烫曲头发,给我穿紧身裙,把我装扮得像个时髦人儿。劳里虽然嘴里没说,但我知道他心里也认为我太不像话,有一个人甚至叫我是'洋娃娃'。我知道这样很蠢,但她们奉承我,说我是个美人儿什么的,我便任凭她们摆布了。"

"就这些吗?"乔问,马奇太太则默默注视着女儿那张美丽而沮丧的脸,不忍心责备她干的那些傻事。

"不,我还喝香槟,乱蹦乱跳,学着人家调情卖俏,总之丑态百出。"梅格内疚地说。

"还有一些什么吧,我想。"马奇太太抚摸着女儿滑嫩的脸颊。梅格突然间涨红了脸,慢慢答道——

"是的。虽然这很无聊,但我想说出来,因为我痛恨人家这样猜度和议论我们与劳里间的关系。"

接着她便把在莫法特家听到的流言飞语告诉她们。乔看到母亲一面

青少年课外阅读系列丛书

听一面紧闭双唇，似乎十分气愤，居然有人把这种肮脏的念头塞进梅格天真无邪的脑子里。

"哎呀，我第一次听到这样无耻的话！"乔气愤地说，"你为什么不当场走出来说个明白？"

"我做不到，这太窘了。起初我是无意间听到的，但后来我又怒又羞，倒没想起该走开了。"

"待我见到安妮·莫法特，你就知道我会怎样解决这种荒唐事！什么'早有计划'，什么对劳里好是因为他们家有钱，以后会娶我们！如果我告诉他那些无聊东西是怎样议论我们穷孩子的，他不叫起来才怪！"乔说着笑了起来，似乎这种事情想深一层也不过是个大笑话而已。

"如果你告诉劳里，我决不原谅你！她不能说出去，对吗，妈妈？"梅格焦虑地说道。

"对，千万不要再重复那种愚蠢的闲话，并尽快把它们忘掉。"马奇太太严肃地说，"我让你置身于那群我了解甚少的人们中间，真是很不明智的——虽然他们并不算心肠很坏，但精于世故，缺乏教养，对年轻人满脑子都是粗俗念头。我对这次出访可能对你造成的伤害说不出有多难过，梅格。"

"不要难过，我不会因此而受到伤害的。我会把坏的抛诸脑后，只记住好的，因为我确实也玩得很高兴，很感谢您让我去。我不会因此而伤心，也不会不知足，妈妈。我知道自己是个傻姑娘，我会留在您身边，直到能够自己照顾自己。不过，被人家夸赞心里真是美滋滋的。我还是忍不住要说我挺喜欢哩。"梅格说道，对自己的坦白显得有点不好意思。

"这十分自然，如果这种喜欢不过分，不会导致你去做些傻事或去做女孩子不该做的事，那就对你一点都没有害处。要学会认识和珍惜有价值的赞美，用谦虚和美丽来去激发优秀的人们对你的敬意，梅格。"

玛格丽特坐着思考了一会，乔则背手而立，专注的神情带着几分迷惑。她看到梅格红着脸谈论爱慕、情人等诸如此类的东西，感觉十分新鲜。乔觉得自己的姐姐似乎在那两个星期里令人惊奇地长大了许多，从她身边飘走，飘进了一个她不能跟随的世界。

"妈妈，您有没有莫法特太太说的那类'计划'？"梅格含羞问道。

"有，亲爱的，有很多呢。每个母亲都会有自己的计划，但我的恐怕跟莫法特太太所说的会有些不同。我会告诉你其中一部分，是到了该跟你严肃地谈一谈的时候了，把你的小脑袋里的浪漫念头拨到正道上来。你虽年轻，梅格，但也不至于不明白我的话。这种话由母亲来跟你说最合适不过了。乔，也许很快就要轮到你了，也一起来听听我的'计划'吧。如果觉得是好计划，就帮我一起执行。"

乔走过来，坐到椅子扶手上，看上去似乎她以为她们就要参加到什么极其严肃的事情中一样。马奇太太握着两个女儿的手，若有所思地望着两张年轻的面孔，语调严肃而轻快地说——

"我希望我的女儿们美丽善良，多才多艺；受人爱慕，受人敬重；青春幸福，婚姻美满。愿天父垂爱，使她们尽量无忧无虑，过一种愉快而有意义的生活。被一个好男人爱上并选为妻子是女人一生最大的幸福，我热切希望我的姑娘们可以体会到这种美妙的经历。考虑这种事情是很自然的事，梅格，期望和等待也是对的，但明智之举是做好准备，这样，当幸福到来时，你才会觉得自己已准备好承担责任，无愧于这种幸福。我的女儿们，我对你们寄予厚望，但并不是要你们瞎冲乱撞——仅仅因为有钱人的豪门华宅，或出手阔绰，便嫁给他们，这些豪宅并不是真正的家，因为里面没有爱情。金钱是必要而且宝贵的东西——如果用之有道，还是一种高贵的东西——但我绝不希望你们把它看作首要的东西或者唯一的奋斗目标。我宁愿你们成为拥有爱情、幸福美满的穷人的妻子，也不愿你们去做没有自尊、没有安宁的皇后。"

"贝儿说，如果不主动一些，穷人家的姑娘就永远不会有机会。"梅格叹息道。

"那我们就做老处女好了。"乔决绝地说。

"说得好，乔，宁愿做快乐的老处女，也不做伤心的怨妇或不正经的女人，四处乱跑找丈夫。"马奇太太用坚定的口吻说，"不要烦恼，梅格，一对情到深处的恋人是不会轻易被贫穷吓倒的。我所知道的一些最优秀、最高贵的女士原本也是出身贫寒，但丘比特神并没有遗忘这些可爱的女士们。耐心地等待吧，让我们的家充满幸福，这样，当你们自己有一个家的时候，才可以承担起责任；如果没有，便在这里知足常乐地度过一生。好

孩子,记住:妈妈随时都是你们倾诉心事的知己,爸爸也是你们的朋友。无论你们结婚还是单身,我们都希望自己的女儿们能够成为我们生活中的骄傲和安慰。"

"我们一定能!妈妈,一定!"姐妹俩异口同声地叫道。马奇太太说毕和她们道了晚安。

点评:

穿上华丽衣服的梅格并没有得到与之相配的评价,反而被人说成是虚有其表的洋娃娃,她的媚俗、轻佻举动更是被人猜测是马奇太太的"预谋"。其实,如果她能冷静一点、理智一点,穿上适合自己的衣服,就不会招来这么多的烦恼和厌恶。还好,她有一个理智的母亲,乐意与女儿们交流思想。在母亲的引导下,梅格对金钱与爱情有了正确的认识。

第十章　匹克威克社和邮箱

冬去春来，一套新游戏又开始流行起来，春日渐长，下午也有了更多的时间进行劳作和游戏。院子也该整理了，四姐妹各有一小块地皮，可以按照自己的心思料理。罕娜常说："只要我从窗口一看，就知道哪块地是属于谁的。"她说得不错，因为姐妹们的趣味就如她们的性格一样，各不相同。梅格的地里种满了玫瑰、长春花，还有一棵小橙树。乔喜欢做实验，园圃里每季都必定会换个新花样，今年种的是蓬勃向上的向日葵，葵花子全送给了科克尔托婶婶和她的小鸡吃。贝思的园子则是传统式样，种着各种芬芳扑鼻的鲜花——甜豌豆、木犀草、飞燕草、石竹、三色堇、香蒿，还有给小鸟吃的繁缕。艾美的园子弄了个小花荫，虽然弯弯扭扭的，倒也不难看，上面攀满了一圈圈色彩斑斓的忍冬花和牵牛花，一朵朵、一串串，煞为可观，还有高高的白百合、娇嫩的草蕨等奇花异草，临风盛开，争奇斗妍。

天气晴朗时，她们或是浇花培土、散步，或是出去采花，下雨时则待在家里玩游戏——一些是旧游戏，一些是新游戏——全都颇有创意。其中一种游戏叫做"匹克威克社"，因为时下流行组建神秘社团，她们认为也该建一个；又因为姐妹们都崇拜狄更斯，便把社命名为"匹克威克社"①。虽然偶有几次中断，但这个社团坚持了足足一年。每到星期六晚上，她们便来到大阁楼聚会，举行社团仪式，平时三张椅子并排摆在一张桌子的前面，桌上则摆着一盏灯和四个白色会徽，上面各印着不同颜色的"匹克威克"几个大字，还摆放着一份名为《匹克威克文选》的周报。四姐妹都是这份社报的撰稿人，编辑则是酷爱舞文弄墨的乔。七点整，四位社员登上阁楼，把会徽绑在头上，庄严坐下。梅格最大，号称"塞缪尔·匹克威克"；富有文学才思的乔号称"奥古斯都·斯诺格拉斯"；胖乎乎、肤色红润的贝思号为"特雷西·托曼"；做事总是不自量力的艾美则号称"纳撒尼尔·温克尔"。② 主席"匹克威克"宣读社报。社报里头写满了匠心独运的故事、诗

---

① 源于英国著名作家狄更斯25岁时发表的第一部成功作品《匹克威克外传》。

② 这四个称号均来自于《匹克威克外传》中的人物。

青少年课外阅读系列丛书

歌、当地新闻、有趣的广告,以及对各人缺点的善意提示。这天,"匹克威克"先生戴上一副没有镜片的眼镜,敲一下桌子,清清嗓子,使劲瞪一眼斜靠在椅子上的"斯诺格拉斯"先生,等他坐正了,才开始读:

《匹克威克文选》

18—,5,20

诗人角

周年纪念颂

今晚,我们再次相聚在匹克威克会堂。
庄严肃穆,头戴徽章,
庆祝我们的第五十二个辉煌。
又看到一张张熟悉的脸孔,
又握紧了友谊之手;
我们全部聚齐,
个个精神抖擞。

我们恭敬地问候,
恪尽职守的匹克威克,
他鼻子上架着一副眼镜,
朗读我们精彩的报纸。
虽然感冒使他声音嘶哑,
我们还是听得津津有味,
因为他读出的字句,
全都充满了智慧。

六尺的斯诺格拉斯高高地盘踞,
优雅的姿势透露出一股傻气,
棕色的面孔快乐无比,
向伙伴们传达笑意。

诗歌的火焰燃亮了他的眼睛,
他勇敢地抗争着自己的命运。
他的眉宇间写着凌云壮志,

青少年课外阅读系列丛书

鼻子上却沾了一块墨渍！

接下来是我们文静的托曼，
他是多么红润、丰满、可爱，
听到俏皮话乐得说不出话来，
竟还从椅子上滚了下来。

严肃的小温克尔也在这里，
他的每根头发都摆弄得有条有理，
十足是一个礼仪典范，
虽然她最恨洗自己的脸蛋。

岁月如梭，一年已逝，
我们仍然团结一致，
欢笑与共，奇文共赏，
在文学的殿堂里翱翔。

愿我们的社报能长盛不衰，
愿我们的社团永不中断，
愿来年把祝福赐给——
朝气蓬勃的匹克威克社。

A. 斯诺格拉斯

青少年课外阅读系列丛书

戴面具的婚礼
威尼斯传奇

船儿一艘接一艘地摇过来，停靠在大理石台阶下，衣饰华丽的人们从船舱里鱼贯而出，走进阿德隆伯爵富丽堂皇、宾客如云的大厅，融会到人海里，军官、贵妇人、小精灵、小侍从、僧侣及卖花女，全都兴高彩烈地随着乐曲起舞。软语飘荡，妙韵飞扬，化装舞会正在欢笑声和音乐声中举行。

"陛下今晚见到维奥拉小姐了吗？"一位殷勤的行吟诗人问正靠在他臂膀上、在大厅里翩翩起舞的女王。

"见到了，真是位绝世佳人，虽然看上去神色忧伤！她的裙子也是精心挑选的,因为一星期后她就要嫁给安东尼奥伯爵——一个她一点都不爱的人了。"

"说实话,我真有些嫉妒他。他从那边走过来了,打扮得像个新郎,只是戴着黑色的面具。摘下面具后,我们就知道他对那位并不喜欢他但却被严厉的父亲逼着嫁给他的漂亮小姐有什么看法了。"行吟诗人说。

"有消息说她爱上了一位年轻的英国艺术家,小伙子把她家的门槛都踏破了,但却遭到嫌贫爱富的老伯爵的轻蔑拒绝。"女王边舞边说。

当一个牧师出现时,舞会达到了高潮。牧师把这对年轻人带到了挂着紫色天鹅绒帘幕的壁龛前,示意他们跪下。欢乐的人群立刻安静下来,四面静悄悄一片,只听到喷泉的水声和橙林在月光下发出的沙沙声。这时阿德隆伯爵说道:

"各位嘉宾,请原谅我设下此计请你们来参加我女儿的婚礼。神父,我们恭候仪式开始。"

众人把眼光一起投向新郎和新娘,人群中响起了一阵惊奇的低语声,因为两位新人都没有摘下面具。大家心里异常惊讶,但出于礼仪都没有做声。一等到神圣的婚礼结束,性急的观众便围着伯爵追问根由。

"我也在莫名其妙呢,还以为这是我生性害羞的维奥拉想出来的怪点子,我也只好由着她了。好了,我的孩子们,游戏到此为止,请摘下面具接受我的祝福吧。"

但两人并没有跪下来,年轻的新郎摘下面具,出现在众人面前的是艺术家情人费迪南德·德弗罗那张气质高贵的面孔。他胸佩一枚闪闪发亮的英国伯爵星徽,美丽的维奥拉幸福地倚在他的怀里,艳光四射,神采飞扬。新郎回应他的口吻震惊四座:

"大人,您轻蔑地叫我等到和安东尼奥齐名并变得和他一样有钱的那一天再来娶您的女儿。您太低估我了,即使您的欲望再大,也拒绝不了德弗罗和德维尔伯爵。他的姓氏悠久、高贵,家财富可敌国,为了和这位漂亮的姑娘,也即我的妻子缔结姻缘,他不惜献出这一切。"

老伯爵如泥塑木雕一般站在那里,费迪南德转向疑惑不解的人群,带着胜利的喜悦说道:"勇敢的朋友们,我祝愿你们的求婚也能像我一样马到成功,祝福你们也能用这种戴面具的婚礼娶到和我的新娘一样美丽的姑娘。"

S.匹克威克

为什么匹克威克社像一盘散沙？因为它的成员们全都无规无矩。

南瓜记

从前，有个农夫在自己的园子里种下一粒小种子，不久种子破土而出，长成一株藤蔓，上面结了许多南瓜。十月，瓜儿成熟了。他摘下一个带到市场上卖，一个菜场商贩把瓜买下，放在自己的商店里。这天早上，一个戴着棕色帽子、穿蓝色裙子的圆脸扁鼻小姑娘来替妈妈把南瓜买去。她把瓜抱回家，切好，放在大锅里煮；把其中一些拌上盐和牛油捣烂，用作晚餐时吃；其余的加上一品脱牛奶、两个鸡蛋、四调羹糖、肉豆冠和些许饼干，然后放在盘子里烘焙，直到色泽金黄、清香扑鼻为止。第二天，南瓜便被名为"马奇"的一家人吃掉了。

T.托曼

匹克威克阁下：

我与阁下讨论罪行的问题罪人是个名叫温克尔的小子他发出笑声给匹社制造麻烦有时甚至不愿意为这份好报写稿子我希望您能原谅他的罪行让他送上一则法国寓言因为他笨头笨脑而且还有许多功课要做所以脑袋不能用得太尽以后我一定抓紧时间准备一些 Commy la fo（意思是像样的作品）来请恕我行笔匆匆因为上课时间又到了。

你尊敬的 N.温克尔

［上文对自己平素的劣行供认不讳，此种男子气概值得嘉奖。如果我们这位年轻的朋友学习过如何分行断句的话，那就更好了。］

一次不幸的事故

上星期五，我们被地窖里一下强烈的震动声和紧接而至的痛苦喊声吓得胆战心惊。我们一起冲进地窖，发现尊敬的主席大人正倒在地上，原来他在搬木柴时摔了一跤。我们看到遍地狼藉，因为匹克威克先生跌倒时把头和肩膀插进了一桶水里，强壮的身躯带翻了一小桶软皂，衣服也被撕烂了。把他救出险境后，我们发现他并未受伤，只是擦破了几处皮而已。现在，我们可以高兴地告诉大家他一切正常。

编辑

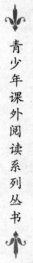

青少年课外阅读系列丛书

痛失爱猫

我们有责任把这件痛苦的事记录下来：我们珍贵的朋友雪球·帕特·鲍太太突然神秘地失踪了。这只又漂亮又可爱的猫是一大班仰慕她的热心朋友的宠儿，她的美丽引人瞩目，她的优雅姿态和良好品德也赢得了大家的欢心。众人无不为失去她而深感痛惜。

最后一次看到她时，她正坐在门边，盯着屠夫的运货马车。据推测，可能是某个歹徒垂涎于她的美色，卑鄙地把她偷走。几个星期已经过去了，猫儿依然无影无踪。我们放弃了一切希望，在她的篮子上系上黑绸带，把她的盘子放在一边，并为失去她而痛哭流涕。

一位富有同情心的朋友送来如下美文：

挽歌
致S.B.帕特·鲍

我们悲悼小猫的失去，
叹息她不幸的命运，
火炉边看不到她的身影，
门边也没有她淘气的痕迹。

她的孩子气息的小坟，
是栗子树下的一抔净土；
但我们却不能在她的坟前洒泪，
因为不知道她魂归何处。

她空着的床，闲置的球，
再也见不到主人的归来；
轻柔的步伐，悦耳的喵叫，
不再从门边传来。

另一只猫来抓老鼠，
那可是个脏脸孔；
她不像我们的爱猫那般机灵，
玩的姿势也比不上她雅致。

她在雪球玩过的大厅，
悄悄地溜来溜去。
但她对狗只是呼噜怒叫，
而雪球却能勇敢地把它们赶跑。

她温顺尽力，也能派得上用场，
但模样却登不上大雅之堂；
你在我们心目中的位置，亲爱的，
她怎能够比上？

A. S.

广　告

奥伦丝·布拉格小姐，成功的独立见解演讲人，将于下周晚的例行活动之后在匹克威克大厅演讲其著名专题"论妇女及其地位"。

每周例会将在厨房举行，教导年轻的女士们如何烹调。主讲人罕娜·布朗，诚邀全体成员参加。

"畚箕协会"将于下周三集合，列队开进"社屋"的顶层。所有队员需穿工作服，带扫帚，并于九点整准时会齐。

贝思·邦斯太太将于下周展览她的新式玩偶女帽。最新款的巴黎式样现已到货，欢迎订购。

一场新话剧将于数周后在巴维尔剧院举行，该剧将超越美国舞台上所上演过的任何戏剧。该剧震撼人心，剧名为：《希腊奴隶，或复仇者康斯坦丁》！

提　示

如果 S. P. 洗手时少用点肥皂，早餐便不会总是迟到；请 A. S. 不要在街上吹口哨；T. T. 请不要忘记艾美的手帕；V. W. 不必为裙子上有几道横褶而烦恼。①

<hr />

<h2 style="text-align:center">一周总结</h2>

梅格——良。

乔——差。

贝思——优。

艾美——中。

主席读完报(请读者相信,这是当年一帮 bona fide② 的女孩子用 bona fide 写出的报纸)后,社员发出一阵掌声,接着斯诺格拉斯先生起身提议。

"主席先生,各位先生,"他郑重其事地摆出一副国会议员的架势说,"我提议接纳一位新会员——一位实至名归、能够将本社精神发扬光大、提高社报文学价值的快乐有趣的人士。我提议西奥多·劳伦斯先生成为匹克威克社的名誉会员。来吧,欢迎他吧。"看到乔突然改变了音调,姑娘们都笑了起来,但大家都显得有些顾虑,斯诺格拉斯落座时大家都不做声。

"我们投票决定吧,"主席说,"赞成这项提议的请说同意。"斯诺格拉斯首先大叫一声,令众人吃惊的是,贝思接着也羞羞答答地表态赞成。

"持反对意见的请说不。"

梅格和艾美表示反对。只见温克尔先生站起来,优雅地说道:"我们不想要男孩子,他们只会取笑我们,而且会淘气捣蛋。这是个女子社团,我们希望名副其实,不受外人的干扰。"

"我担心他会取笑我们的报纸,进而笑话我们。"匹克威克扯着额前的一小绺鬈发说道。她拿不定主意的时候便总是这副样子。

斯诺格拉斯一跃而起,十分着急地说:"先生,我以一个绅士的名义向你保证,劳里绝不会做出这种事情。他喜欢写作,他会使我们的稿件另添一种格调,让我们不用猜测疑惑,你明白吗? 他帮了我们许多忙,我们无以为报。我想我们至少可以在社里为他提供一席之地,欢迎他加入。"

这番演讲使得托曼站起身来,他似乎下定了决心:"对,我们应该这

<hr />

① 这四个人名分别是匹克威克社四个社员名字首字母的缩写形式。

② 法语:真诚。

样,哪怕我们有所担心也好。依我说,不仅他可以入社,他爷爷也可以,如果他愿意的话。"

贝思充满感情的几句话使社员们个个动容,乔离座赞许地与她握手。"好了,再投一次票。请大家记住这是为我们的劳里,赞成的说同意!"斯诺格拉斯激动地叫道。

"同意!同意!同意!"三姐妹异口同声答道。

"好极了!上帝保佑你们!现在,请允许我请出我们的新会员。"众人尚在迷惑之中,乔已一把拉开柜门,只见劳里坐在一个破布袋上,脸色通红,强忍住笑,两眼闪闪发亮。

"你这淘气鬼!"

"你这叛徒!"

"乔,你怎么可以这样?"

三个姑娘喊道。斯诺格拉斯得意洋洋地把她的朋友带上来,拿出一把椅子和一个会徽,很快把他安置妥当。

"你们两个坏家伙真是冷血动物。"匹克威克试图皱起蛾眉,却化作温柔一笑。

不过,新成员善于随机应变。他站起来,向主席感激地行个大礼,风度翩翩地上前说道:"主席先生和女士们——请原谅,先生们——请允许在下作自我介绍:山姆·维勒,愿为各位效犬马之劳。"

"好!好!"乔把靠着的旧取暖气把手碰得叮当作响,叫道。

"我忠实的朋友和高贵的恩人,"劳里接着说,"那位不遗余力地把我介绍给诸位的人,不应为今晚的卑鄙行径而受到责备。这是我出的主意,经我软磨硬泡她才作了让步。"

"算了,别包揽一切了,你知道藏在柜子里是我的主意。"斯诺格拉斯先生打断他的话,觉得这个玩笑十分有趣。

"别尽信她的话,我才是罪魁祸首,先生。"新成员向匹克威克先生行了个维勒式的点头礼,说道,"不过我以名誉担保,以后绝不故伎重演,并且从此以后我要为这个不朽的社团竭尽全力。"

"听呐!听呐!"乔叫道,把取暖器的盖子当作铙钹乱敲一气。

"往下说,往下说!"温克尔和托曼说道,主席则宽厚地躬一躬身子。

"我只想说,承蒙厚爱,不胜惶恐,为表示感激之情,并为加强我们邻里间的友好关系,我在花园低矮一角的树篱里设置了一个邮箱。那是间宽敞漂亮的小屋子,各道门都上了锁,书信往来,方便之极。它原是一间旧燕屋,但我已经把门堵上,把屋顶打开,这样便可以取各种物件,以节省我们的宝贵时间。信件、手稿、书本、包裹等,都可以在那里传递,我们两家各拿一把钥匙,我相信这样一定妙趣横生。请允许我献上这把社匙,并衷心感谢各位的厚意。"

当维勒先生把一把小钥匙放在桌上退下时,掌声热烈响起,取暖器当当作响,乱作一气,秩序好一会儿才恢复过来。接着是长时间的讨论,大家充分发挥,个个的表现都出人意料。会议开得异常活跃,足足近一个小时,最后才在为新成员发出的三下欢呼声中结束。对于吸收山姆·维勒先生入社,大家从不感到后悔,因为他富有献身精神,表现极为出色,活泼快乐,堪称社员的典范。他无疑发扬光大了各项会议的"精神",给社报增添了一种新的"格调"。他的演说震撼人心,他的文笔优美清新,富有爱国热忱,而且幽默生动,从不多愁善感,乔甚至觉得这些文章堪可媲美培根、弥尔顿、莎士比亚的大作。

邮箱确实妙不可言,它的业务十分繁忙,其作用足以与真正的邮局相媲美,因为各种各样光怪陆离的东西都经那里传递:乐器、姜饼、胶擦、邀请函、训斥信,还有小狗,等等。连劳伦斯老人都觉得有趣,也跟着送一些古怪包裹、神秘字条和滑稽的电报来凑热闹。而他那位拜倒在罕娜石榴裙下的园丁,竟还送了一封情书让乔转达。当秘密泄漏时大家笑得前仰后合,绝没有想到这个小小的邮箱以后还会容纳多少情书!

点评:

美国人一直有结社的传统,他们的社团大致相当于中国社会的宗族+圈子。对一个在成人后血亲关系并不浓厚的社会来说,社团是他们在社会中彼此支持、共同发展的依托。不过,马奇家四姐妹的匹克威克社显然是她们跟风而动、心血来潮的结果。因为这个社团虽然像模像样,但新鲜劲一过,便荒废了下来。相比较而言,邮箱的功用更大,不仅承载着礼物、信件的传递,更进一步沟通了彼此的心灵,加深了友谊。

第十一章　试　验

"六月一号！明天金斯一家要到海滩去,我自由了。三个月的假期——我一定会玩得很开心!"梅格叫道。这天天气和暖,她回家时发现乔疲惫不堪地躺在沙发上,贝思帮她脱下沾满尘土的靴子,艾美则正在做柠檬汁为大家提神。

"马奇婶婶今天走了,噢,我真高兴!"乔说,"我很害怕她会叫我一起去,如果她开口,我就会觉得自己也应该去,但梅园却跟教堂的墓地一样死寂,你知道,我宁可她放过我。我们慌慌张张地打发老太太起程,每次她开口跟我说话,我心里都要打个愣儿,因为我为了早点做完事,干得特别卖力,所以怕她反而离不开我了。她终于上了马车,我这才松了一口气。谁知车子正要开拔时,她伸出头来说:'约瑟芬,你能不能——?'这一吓可真是非同小可,我转身撒腿就逃,下面的话也没听清楚,一直跑到拐角处才放下心来。"

"可怜的乔!她进来时的样子就像身后有只熊在追她似的。"贝思像慈母一样抱着姐姐的双脚说道。

"马奇婶婶真是个海蓬子①,对吗?"艾美一边评头论足一边挑剔地品尝着她的混合饮料。

"她是说吸血鬼,不是海草,不过也无伤大雅。"乔咕哝道。

"你们这个假期怎么过?"艾美问,巧妙地转移话题。

"我要躺在床上,什么也不做。"梅格坐在摇椅深处回答,"我这个冬季每天一早就要被唤醒,整天为别人操劳,现在我要随心所欲,美美地睡个好觉。"

"不成,"乔说,"这种养神功夫不适合我。我搬了一大摞书,我要躲到那棵苹果树上充实我的好时光。"

"我们别做功课了,贝思,让我们玩个痛快,好好歇歇吧,女孩子们应该这样。"艾美建议。

---

①　海蓬子的发音和吸血鬼相近,这里艾美又念错了。

"嗯,如果妈妈没意见的话。我想学几首新歌,夏天到了,我的宝贝们也要添置点东西,它们衣服短缺,一派混乱。"

　　"行吗,妈妈?"梅格把头转向做针线活的马奇太太,问道。

　　"你们可以试上一个星期,看看滋味如何。我想到了周六晚上你们就会发现,光玩不干活和光干活不玩一样难受。"

　　"噢,哎哟,不会的! 我肯定这样一来我们会其乐无穷。"梅格美滋滋地说。

　　"现在我提议大家干一杯。永远快乐,不再辛劳!"这时柠檬汁传了过来,乔站起来,举杯在手,叫道。

　　大家快乐地一饮而尽,于是试验开始,那天的剩余时间便被懒洋洋地打发了过去。第二天早上,梅格睡到十点钟才露面。她独个儿吃早餐,却食之乏味。由于乔没有在花瓶里插上鲜花,贝思也没有打扫,艾美又把书撒得满地都是,房间显得空空荡荡,十分零乱,只有马奇太太仍然跟平常一样井井有条,令人愉快。梅格便坐在那里,"休息读书"——也就是说一面打呵欠一面胡思乱想,心里盘算着用自己的薪水买什么样的漂亮夏装。乔在河边和劳里玩了一个早上,下午则爬到苹果树上读《大世界》读得泪流满面。贝思从洋娃娃们居住的大衣柜里头把东西全部翻出来整理,未及一半便疲倦了,于是把她的宝贝们横七竖八地放在一边去弹钢琴,暗暗庆幸自己不用再洗碗碟。艾美把花荫收拾了一番,穿上漂亮的白色上衣,把鬈发梳理一遍,坐在忍冬花下画画,希望有人能看到她,询问这位年轻美丽的艺术家是谁。可惜只来了一只好事的长脚蜘蛛,饶有兴趣地审视着她的作品,她只好去散步,却遭大雨淋了一顿,回家时像个落汤鸡。

　　到了喝茶的时候,她们互相交流心得,一致认为今天过得相当愉快,只是日子似乎显得格外长。

　　梅格下午到街上买了一幅"漂亮的蓝薄纱",把幅面裁开后才发现这种布根本不经洗,这一小小的不幸令她脾气有点暴躁。乔划船时不小心晒脱了鼻子上的皮,长时间看书又害得她脑子生疼。贝思因衣柜混乱不堪而忧心忡忡,一下子学三四首歌又力不从心。艾美淋湿了上衣,后悔不迭,因为第二天就是凯蒂·布朗的晚会了,现在,她就像弗洛拉·麦克弗里姆西一样,"没有衣服可穿了"。不过,这些都只是小事,她们告诉母亲进展顺利。母亲笑了笑,和罕娜一起把姐妹们丢下的工作全接过来,把家操持得整齐舒适,使家庭机构顺利运作。

这种"休息和享乐"所产生的结果出人意料:大家都有一种奇怪的、极不自在的感觉。日子变得越来越长,天气也跟她们的脾气一样变幻无常,大家心里全都纷乱无绪,空空落落。而魔鬼撒旦可不会让你白闲着,他总会找出一些事来让你做。作为最高享受,梅格把一些针线活拿出去让人做,但接下来便发现时间十分沉闷,熬不住又操弄起裁剪活,结果在莫法特家刷新衣服时因为用劲太大而把自己的衣服弄坏了。乔书不离手,一直读得两眼昏花,见书生厌,脾气也因此变得异常烦躁,连性子极好的劳里也和她吵了一架,她于是伤心落泪,只恨未能早跟了马奇婶婶去。贝思倒是过得相当安稳,因为她常常忘记了这是只玩不工作时间,不时地重新操起旧活,但大家的情绪感染了她,性子一向温柔平和的她也变得有些烦躁不安——一次甚至把可怜的宠儿乔安娜摇了几下,骂她是"怪物"。最难受的要数艾美了,她的娱乐圈子窄,三位姐姐把她丢下,让她自己去玩并自己照顾自己,她很快发现自己这个多才多艺、举足轻重的小人儿实际上是个大包袱。她不喜欢洋娃娃,童话故事又太幼稚,而人也不能一天到晚只画画。茶会没什么意思,野餐也不过尔尔,除非组织得极好。"如果能有一栋漂亮的大房子,里头住满了善解人意的好姑娘,或者外出旅游,这夏天才会过得开心。但跟三个自私的姐姐和一个男孩子待在家里,(圣)神人也会发火。"我们的错词小姐心里抱怨道。这几天她充分感受了欢乐、烦恼,继而厌倦无聊的况味。

没有人愿意承认自己对这个试验感到厌倦,但到了星期五晚上大家都暗暗地松了一口气,窃喜一个星期的时间终于熬到了头。富有幽默感的马奇太太为了加深她们对这个教训的印象,决定用一种恰如其分的方式来结束这个试验。她给罕娜放一天假,让姑娘们充分享受光玩不干活的滋味。

星期六早晨姐妹们一觉醒来,发现厨房里没有生火,饭厅里没有早餐,母亲也不见了踪影。

"哎呀!出了什么事?"乔嚷道,惊愕地瞪大眼睛四处看。

梅格跑上楼,很快便折回来,神态不再紧张,但却显得颇为惭愧。

"妈妈没生病,只是说非常累,要在自己房间里静养一天。这真奇怪,一点都不像她平时的作为。但她说这个星期她干得很辛苦,所以请我们别发牢骚,自己照顾自己。"

"那还不容易!这正合我的心思,我正愁没新玩法。"乔飞快地接了一句。

事实上,此时此刻,做一点儿工作对她们来说是一种很好的放松。她们决心把活干好,但"做家务可不是儿戏",她们很快便会体验到罕娜这话的实际意义了。食品柜里有很多东西,贝思和艾美摆桌子,梅格和乔做早餐,一面做一面还奇怪思索为什么佣人说家务难做。

"虽然妈妈说我们不用管她,她会照顾自己,我还是要拿一些早餐上去。"梅格说。她在厨房里忙活,觉得挺像回事儿。

于是她们先匀出一碟,乔把碟子连同厨师的问候一同送了上去。虽然茶烧得又苦又涩,鸡蛋煎得焦糊,饼干也被小苏打弄得斑斑点点,马奇太太还是愉快地接过了她的早餐,并表示赞赏和感谢。乔走后,她由衷地笑了。

"可怜的小家伙们,恐怕她们会十分扫兴呢,不过这样对她们有益无害。"她取出了早已备好的食物,把煮坏的早餐悄悄丢掉,免得伤害了她们的自尊心——这是一种令她们十分感激的母亲式的小蒙蔽。

下面则是怨声一片,大厨师面对失败委屈极了。"不要紧。午饭我来弄,我做仆人,你做女主人,别弄脏了手,你陪着客人,发号施令就成了。"对烹饪的认识比梅格还要糟糕的乔说。

玛格丽特高兴地接受了这个提议,退到客厅,把沙发下面乱七八糟的东西扫掉,把窗帘拉上以省却打扫灰尘的麻烦,三两下便把客厅收拾干净。乔对自己的能力深信不疑,她想弥补因吵架而造成的隔阂,于是当即写下一张字条,邀请劳里来吃早饭。

"你最好先看看有什么好吃的再请人吧。"梅格获悉后说道。

"噢,这里有咸牛肉,还有土豆,我去买些芦笋,买个大螯虾,换个口味。我们可以弄些莴苣做色拉,我虽不会做,但这里有烹调书。再弄些牛奶冻和草莓做甜点。如果你想高雅一点还可以搞点咖啡。"

"不要好高骛远,乔,因为你做的东西只有姜饼和糖还可以吃得下去。这个宴会我是洗手不干的,既然是你要请劳里,那就你来款待他好了。"

"我不要你做什么,你只需招呼客人,帮我做布丁就行了。如果我遇到麻烦,你再来指教我,怎么样?"乔受到了不小的打击。

"可以,但除了面包和几种小玩意外,我其他都不大会做。你做之前最好先征求妈妈同意。"梅格谨慎地说。

"那当然,我又不是傻瓜,"乔说完走开。居然有人怀疑自己的能力,她感到十分不快。

"你们喜欢怎样就怎样吧,别来打扰我。我要出去一下,不能为你们分忧。"马奇太太对前来讨教的乔说,"我一向不喜欢家务,今天我要休个假,读书、写字、串门儿,好好乐乐。"看到平常忙碌的母亲一早优游自在地坐在摇椅上读书,乔觉得就好像发生了什么异常的自然现象,因为即使日食、地震或者火山爆发什么的也不会比这奇怪多少。

"怎么搞的,事情全都古里古怪。"她一面想着一面走下楼梯,"贝思在那边哭,不用说,我们家里肯定出了什么事情。如果艾美敢烦我,我一定狠狠摇她几下。"乔心里很不舒服,她匆忙走进客厅,发现贝思正对着她的金丝雀呜咽。小鸟直挺挺地躺在笼子里,显然已经饿死,可怜的小爪向前伸出,似乎在乞求食物。

"都是我的错——我把它给忘了——饲料一粒不剩,水也一滴没有。噢!噢!我怎么能这么残忍?"贝思哭道,把可怜的小鸟放在手里,试图把它救醒。

乔瞄瞄小鸟半开的眼睛,摸摸它的心脏,发现它早已冰冷,于是摇摇脑袋,主动提出拿自己的衣盒来给它装殓。

"把它放在炉边,或者会苏醒过来。"艾美满怀希望地说。

"它是饿坏的。既然已经死了,就不要再去烤它了。我要给它做一件寿衣,把它葬在园子里。我以后再不养鸟了,再也不了,我不配。"贝思低声哭诉着,双手捧着鸟坐在地板上。

"葬礼今天下午举行,我们都会参加。好了,别哭了,贝思。这事大家都不好受,但这星期事情全乱了套,匹普是这个试验的最大牺牲品。给它做好寿衣,把它放在盒子里,我们举行一个隆重的小葬礼。"乔开始尝到了苦头。

她让梅格、艾美留下安慰贝思,自己则走进厨房,里头乱七八糟,一片狼藉。她系上大围裙开始干活,刚堆好碟子准备洗,却发现炉火又熄了。

"真是形势大好!"乔咕哝道,砰地打开炉门,使劲捅里面的炉渣。

把炉火重新捅着后,她想趁烧水的工夫上一趟市场。这么一走动,兴致又上来了。她买了一只十分幼小的大螯虾,一些老了的芦笋,还有两盒酸溜溜的草莓。因为做成了这几笔廉价交易,她心中十分得意,于是跑步回家。待她收拾好后,午饭也备齐了,炉子也烧红了。罕娜走前留下了一盘要发酵的面包,梅格早早便把面包做好,放在炉边再发酵一次,然后便把它给忘掉了。她正在客厅里招呼莎莉·加德纳,门突然飞开,一个身上沾满面粉和煤屑、头发蓬乱的怪物露出来,赤红着脸尖叫道——

"嘿,面包不沾盘子是不是已经发酵好了?"莎莉被逗笑了,梅格点点头,把眉毛抬得要多高有多高,怪物见状立刻消失,赶紧把酸面包放到炉上。贝思坐在一边做寿衣,将心爱的鸟儿放在衣盒里任人凭吊。马奇太太出来瞧瞧情况,安慰了贝思几句,然后出门而去。当母亲那灰色的帽子消失在拐角处时,姑娘们突然有一种奇怪无助的感觉。没隔几分钟,克拉克女士来访,并说是来吃午饭,姑娘们简直陷入了绝望的境地。这位女士是位又黄又瘦的老姑婆,脸上镶着一个尖鼻子和一双好奇的眼睛,绝不错过任何芝麻绿豆的小事,看到什么都要去饶舌鼓噪一番。她们并不喜欢她,但马奇太太要她们友善接待,只因她年老家贫,又没有什么朋友。梅格于是把安乐椅让给她,并尽量去跟她拉家常,她则在一边问这问那,指指点点,说东道西。

那天早上乔被弄得焦头烂额、精疲力尽,个中滋味真是一言难尽,她做的午餐成了一个不折不扣的大笑话。因为不敢再向梅格请教,她独个儿使出浑身解数,发现做厨师光凭一股子兴头和良好的心愿并不够。她把芦笋煮了一个小时,痛苦地发现笋头全都烂掉了,主茎却变得更硬。面包烤得乌黑,因为她做色拉时把味道调得一塌糊涂,一急之下,决定对一切都听之任之,直到自信面包已经不能再吃为止。大螯虾神秘地变成了猩红色,她捶开虾壳,把里头的肉捅出来,那一丁点儿肉落到莴苣叶堆里便寻不见了。土豆得快点煮,不能让芦笋等得太久,结果根本没有煮熟。牛奶冻结成一团一团,草莓被手段高明的小贩做了假,看上去已经熟透,吃起来却酸溜溜的。

"如果他们肚子饿的话,牛肉、面包和牛油倒也可以吃得下去,只是白忙活了一整个上午,岂不丢死人了。"乔想着拉响开饭铃。这顿饭比平时足足晚了半个多小时,乔又热又累,垂头丧气,站在那里审视着为劳里和克拉克小姐准备的盛宴,要知道这两位客人一个是养尊处优的公子,一个是绝不错过任何笑料、专爱搬弄是非的饶舌妇。

菜被一一尝过,然后又被搁置在一边,可怜的乔恨不得钻到桌子底下。艾美咯咯直笑,梅格表情凄惨,克拉克小姐�’起嘴,劳里拼命说笑,试图活跃气氛。乔的拿手好戏是水果，因为她放糖放得恰到好处，而且和上了一大罐香喷喷的奶油。当精致的玻璃盘子逐一摆上席面时，乔炽热的脸颊才清凉了一点，并长长地舒了一口气。大家望着浸在奶油里的玫瑰色的小山堆，全都垂涎欲滴。克拉克小姐先尝了一口，做了个鬼脸，急忙喝水。乔看到水果上桌后很快便所剩无多，唯恐不够，于是自己不吃，她瞅了一眼劳里，见他正勇敢地继续吃下去，但嘴巴却在微微噘着，眼睛一直盯着自己的盘子。喜欢美食的艾美满满舀了一调匙，却呛了一口，用餐巾掩着脸，仓促离席而去。

"噢，怎么回事？"乔颤抖着问道。

"你放的是盐，不是糖，奶油也变酸了。"梅格悲痛地打了个手势回答道。

乔呻吟了一声，瘫倒在椅子上，方想起最后放糖的时候自己仓促间把厨房里放着的两个盒子随手拿了一个，匆匆往草莓上一撒了事，牛奶也忘记放冰箱了。她脸色涨得通红，忍不住就要哭出来。正在这时，她与劳里恰好四目相对。

尽管劳里努力摆出一副英雄样，但眼神却仍然透着一股活气劲儿。她突然觉得这件事十分滑稽，于是放声大笑，笑得眼泪都流了出来。在座的各位，包括被姑娘们称为"呱呱叫"的老小姐克拉克也全都笑了起来。这顿不幸的午餐最后在愉快的气氛中结束。

"我现在没心思洗碗，为了严肃气氛，我们为小鸟举行个葬礼吧。"乔看到大家站起来便说道。克拉克小姐一心赶着要在下一个朋友的餐桌边编排这个新故事，便向大家告辞。

为了贝思，他们全都严肃下来。劳里在丛林里的蕨草下面挖了个小墓穴，匹普被安放在里头，它那柔情的女主人哭得成了个泪人儿。墓穴盖上了苔藓，上立一块石碑，碑上挂一个用紫罗兰和繁缕编成的花圈，并刻了墓志铭。铭文是乔做饭时想出来的：

这里躺着匹普·马奇，它于六月七日死去；黯然断销，伤心憾事，永难忘记！

仪式一结束，贝思便回了自己的房间，心情十分沉重；但她却找不到地方休息，因为几张床全都没有收拾，她只得把枕头拂拭干净，把各样东西收拾整齐，这样心里才好受了一些。梅格帮乔收拾碗碟，用了半个下午才洗完。两人都疲惫不堪，于是一致赞成晚饭只吃茶和烤面包。酸奶油似乎对艾美的脾气有种不好的影响,劳里便做好事,把她带出去骑马散心。

马奇太太回家时发现三个大女儿竟然都在午间辛勤工作,再瞅一眼壁橱,便明白试验已经成功了一部分。

几位小主妇还未及休息,便有几位客人来访,于是急忙准备招呼客人;接着又是泡茶,跑腿买东西,一两件非做不可的针线活只得放到最后。

黄昏带着雨露悄悄降临,姐妹们陆续聚集到门廊,门廊周围开满了六月的玫瑰,花蕾朵朵,十分俏丽。大家坐下时或哼哼一声,或叹一口气,似乎筋疲力尽,又似乎烦恼无尽。

"今天倒霉透了!"通常第一个说话的乔首先开口。

"日子好像没有平时长,但却很难熬。"梅格说。

"一点都不像个家的样子。"艾美接着说。

"没有妈妈和小匹普,家似乎就不成样子了。"贝思叹口气,深情地望一眼挂在上面的空鸟笼。

"妈妈在这里呢,亲爱的,你明天可以再养一只鸟儿,如果你想的话。"马奇太太边说边走过来,看样子,她的假日也并不比她们的愉快多少。

"这个试验你们满意吗,姑娘们?要不要再试一个星期?"她问。这时贝思已经依偎到她的身边,其余三姐妹也把头转向她,脸上放光,犹如鲜花朝向太阳。

"我不要!"乔坚决地喊道。

"我也不要。"其他人一齐回答。

"那么,你们的意思是担负一些责任,替别人着想一下为好,对吧?"

"总是闲耍毫无益处,"乔评论道,摇摇脑袋,"我腻透了,真想现在就做点什么。"

"建议你去学做饭,这个本事很有用,女人都得学会。"马奇太太说。想到乔的宴会,她无声地笑了,因为克拉克小姐早就把故事告诉她了。

"妈妈,您出去什么也不管,是不是故意看我们怎么做?"梅格叫起来。她一整天都在怀疑这事。

"是的,我想让你们明白,只有每个人都恪尽职守,大家才能过舒服日子。当我和罕娜替你们工作时,你们过得不错,但我看你们并不高兴,也并不领情;所以我想给你们一个小教训,看如果人人都只想着自己时结果会如何。只有彼此帮助,承担工作,生活才会更愉快,休闲起来也才有意思。你们同意吗?"

"同意,妈妈,我们同意!"姑娘们齐声喊道。

"那么,我建议你们再一次挑起自己的小担子。虽然有时担子似乎很沉重,但对于我们有好处,如果学会了怎么挑,担子就会变轻。工作是一件好事,而每个人都有许多工作要干;工作有益于身心健康,使我们不会感到空虚无聊,不会干坏事。比起金钱和时装来,它更能给我们一种能力感和独立感。"

"我们会像蜜蜂一样辛勤工作,并且热爱工作,看着吧!"乔说,"我要把做饭当成我的假日任务来学,下一次宴会一定会成功。"

"我要帮爸爸做件衬衣,而不用您来操劳,妈妈。我能做到的,也愿意这样做,虽然我并不喜欢针线活。"梅格说。

"我要每天做功课,不再花这么多的时间弹琴和玩洋娃娃。"贝思下定了决心。

艾美则学着姐姐们的样子大声宣布:"我要学会开纽孔和区分各种词类。"

"很好!既然这样,我对这个试验结果感到很满意,看来我们不必再做一次了,只是不要走到另一极端,操劳过度。要定时作息,使每一天都过得充实,你们明白时间是无价之宝,那么就更要善于利用时间。这样,即使我们没有钱,青春也会充满欢乐,生活也会美满成功,年老时也不会有什么遗憾了。"

"我们会记住的,妈妈!"她们也确实把这些话记在了心上。

点评:

工作虽辛苦但却使人充实,闲暇无事短时间还可以,时间久了就会使人空虚、倦怠,进而引起情绪上的冲动、暴躁。马奇姐妹一直以为什么都不要做是最幸福的,而一星期的试验给了她们一个深刻的教训。在生活中,休息自然是必要的,不会休息就不会工作。但如果走极端,一味休息或一味工作,都只能会南辕北辙、适得其反。劳逸结合、张弛有度才是理想的生活状态。

第十二章　劳伦斯营地

贝思是个邮政局长,因为她在家的时间最多,可以定时收寄邮件,而且她也十分喜欢每天打开那扇门,分派信件。七月的一天,她双手捧得满满地走进来,像个真邮递员一样,满屋子派发信件包裹。

"这是您的花,妈妈!劳里总是把这件事记在心上。"她边说边把鲜花插进花瓶里。那位感情细腻的男孩子每天都要送上一束鲜花供她们插瓶。

"梅格·马奇小姐,一封信和一只手套。"贝思继续把邮件分递给坐在妈妈身边缝衣袖口的姐姐。

"咦,我在那边丢了一双,怎么会只有一只?"梅格望望灰色的棉手套。

"你是不是把另一只丢在我们园子里头了?"

"我保证没有,因为邮箱里就只有一只。我讨厌单只手套!不过不要紧,另一只肯定会找到的,我的信只是我要的一首德语歌的译文。我想是布鲁克写的,因为不是劳里的笔迹。"

马奇太太瞅一眼梅格,只见她穿着一件方格花布晨衣,额前的小鬈发随风轻轻飘动,显得美丽动人。她坐在堆满整整齐齐的白布匹的小工作台边哼着歌儿飞针走线,脑子里只顾做着五彩斑斓的少女美梦,一点儿也没有觉察到妈妈的心事。马奇太太笑了,感到十分满意。

"乔博士有两封信,一本书,还有一顶奇怪的旧帽子,把整个邮箱都盖住了,还伸出外面。"贝思边说边笑着走进书房,乔正在书房里写作。

"劳里真是个狡猾的家伙。我说要是流行大帽子就好了,因为我每到天热就会把脸给晒焦。他说何必管它流行不流行?就戴一顶大帽子,别难为了自己!我说如果我有就会戴,他就送了这顶奇怪帽子来试我。我偏要戴上它,让他知道我不在乎流行不流行的。"乔把这顶旧式阔边帽子挂到柏拉图的半身像上,开始读信。

一封是妈妈写的,她读着便飞红了双颊,眼睛也湿润了,因为信上说——

　　亲爱的：我写几句话告诉你，看到你为控制自己的脾气所作出的巨大努力，我感到由衷高兴。你对自己的痛苦、失败或成功只字不提，可能以为除了那位每天都给你帮助的"朋友"外（我相信是你那本封面卷了角的指导书），没有人会注意到这一切。不过，我也一一看在眼里，而且完全相信你的决心，因为它已经开始结果了。继续努力吧，亲爱的，耐着性子，鼓足勇气，记住有一个人比其他任何人都更关心你，更爱护你，她就是你亲爱的妈妈。

　　"这些话对我很有好处，它抵得上万千金钱和无数溢美之辞。噢，妈妈，我确实是在努力！在您的帮助下，我一定会不屈不挠地坚持下去。"

　　乔把头埋在双臂上，为这小小的罗曼史洒下了几滴热泪。她原以为没有人看到和欣赏她的努力，现在却意外地受到了母亲的表扬，她一向最敬重母亲，因此这封信显得更加珍贵、更加鼓舞人心。她把纸条当作护身符放在上衣里面，以便时刻提醒自己，更增加了征服困难的信心。她接着打开另一封信，准备接受这个不知是好还是坏的消息，展现在眼前的是劳里笔走龙蛇的大字——

亲爱的乔，呵！

　　几个英国女孩和男孩明天来看我，我想好好玩玩。如果天气好，我准备在长草坪上搭起帐篷，一起划船过去吃午饭，玩槌球游戏——点篝火，野餐，以及自由戏耍，享受天然野趣。布鲁克也一起去，看管我们这班男孩子，凯特·沃恩则照看女孩子。恳请你们各位光临。请无论如何不能漏了贝思，没有人会烦扰她的。不用担心野餐食物——一切由我来负责——千万要出席，这才是好朋友呢！

请恕行笔匆匆，

你永远的劳里。

　　"好消息！"乔叫道，冲过去向梅格报讯。

　　"我们当然可以去，妈妈，对吧？这样还可以帮劳里的忙呢，因为我会划船，梅格可以做午饭，两个妹妹也多少可以帮上点忙。"

　　"我希望沃恩姐弟不是拘泥古板、成熟世故这一类人。你了解他们

青少年课外阅读系列丛书

吗,乔?"梅格问。

"我只知道他们是四姐弟。凯特年纪比你大,弗雷德和弗兰克(双胞胎)年纪跟我相仿,还有个小姑娘(格莱丝)约莫十岁。劳里是在国外认识他们的,他喜欢那两个男孩子,我想。他不怎么赞赏凯特,因为他谈起她便总是一本正经地抿起嘴巴。"

"我真高兴我的法式印花布服装还算干干净净,这种场合穿正合适,又好看!"梅格喜滋滋地说,"你有什么出得了场面的吗,乔?"

"红、灰两色的划艇衣就行了。我要划船,到处跑动,只想穿随便一点。你也来吧,贝思?"

"那你得别让那些男孩子们跟我说话。"

"一个也不让!"

"我不想扫劳里的兴,我也不怕布鲁克先生,他是个大好人;但是我不想玩,不想唱,也不想说话。我会埋头干活,不去打扰别人。要是你来照看我,乔,那我就去。"

"这才是我的好妹妹,你在努力矫正自己的害羞心理呢,我真高兴。改正缺点并不容易,这我知道,而一句鼓励的话就能使人精神一振。谢谢您,妈妈。"乔说着感激地吻了一下母亲瘦削的脸,这一吻对于马奇太太来说比任何东西都要珍贵。

"我收到一盒巧克力糖和我想要的图画。"艾美说着把她的邮件打开给大家看。

"我收到劳伦斯先生的一张字条,叫我今晚点灯前过去弹琴给他听,我会去的。"贝思接着说,她跟老人的友谊进展得非常快。

"我们马上行动起来吧,今天干双倍的活,明天就可以玩得无忧无虑了。"乔说道,边放下笔杆,拿起扫帚。

第二天一早,当太阳把头探进姑娘们的闺房,向她们预告好天气时,它看到了一幅妙趣丛生的景象:姐妹们个个下足功夫,为野营盛会做好充分的准备。梅格的前额排列着一排小卷发纸;乔在晒焦了的脸上涂了厚厚的一层冷霜;贝思因为即将和乔安娜分离,把她带到床上共寝以弥补损失;艾美更是令人忍俊不禁,她用衣夹夹住鼻子,试图把令人烦恼的扁鼻梁夹高。这种夹子正是艺术家们用来在画板上夹画纸的那种,用在这里尤其合适。这幅滑稽图显然把太阳公公也逗乐了,它笑得喷出万道金光,把乔照醒。看到艾美这副尊容,她禁不住大笑出声,遂把众姐妹都闹醒了。

阳光和笑声是野营盛会的吉兆。两家屋子的人都开始活跃忙碌起来。贝思第一个准备停当,她靠在窗前不断报告邻居的最新动态,把正在梳妆打扮的三姐妹弄得越发紧张忙碌。

"一个人带着帐篷出来了!我看到巴克太太把午饭放入一个盖箱和大篓里。现在劳伦斯先生正仰头望望天空和风标,但愿他也一起去。那是劳里,打扮得像个水手——真是个帅小伙子!噢,啊呀!一整车的人——一个高个的女士,一个小姑娘,还有两个可怕的男孩子。一个跛了腿:可怜的人!他拄着拐杖,劳里没跟我们提过。快点,姑娘们!时间不早了。呀,那是内德·莫法特,没错。你瞧,梅格,这不是那天我们上街时向你打招呼的那个人吗?"

"果然不错。他怎么也来了?我还以为他在山里面呢。那是莎莉,真是太好了,她回来得正是时候。你看我这样行吗,乔?"梅格焦急地问道。

"漂亮极了。提起裙子,把帽子戴正,这样斜翘着看上去会有种感伤情调,而且风一吹便要飞走。好了,我们出发吧!"

"噢,乔,你不是要戴这顶糟帽子去吧?这真荒唐,你不该把自己弄得像个男人。"梅格劝道。此时乔正把劳里开玩笑送来的那顶旧式阔边意大利草帽用一根红丝带围系起来。

"我正是要戴着去,它棒极了——又遮阴,又轻,又大。戴上它会更添情趣,再说,只要舒服,我不在乎做个男人。"乔说完迈步就走,姐妹们紧跟其后——每人穿一身夏装,戴着一顶逍遥自在的帽子,春风满面,十分好看,俨然一支活泼快乐的小队伍。

劳里跑上前来迎接她们,十分热情地把她们介绍给各位好友。草坪成了会客厅,大家在那里逗留了一小会,气氛十分活跃。梅格看到凯特小姐虽然年届二十,穿着打扮却相当简朴,心里松了一口气,因为这种风格美国的姑娘们不费吹灰之力就能学会。她听内德先生一再声明自己是特为见她一面而来，心里更加受用。乔终于明白劳里为什么一提起凯特就"一本正经地抿起嘴巴"，因为这位女士神态孤高冷傲，不像其他姑娘那样无拘无束、轻松随和。贝思观察了一下新来的几个男孩子，认为跛足的这位并不"可怕"，反倒很温顺柔弱，她因此想善待他。艾美觉得格莱丝是个举止优雅、活泼快乐的人儿，她俩默默地对视了几分钟后，马上成了十分要好的朋友。

帐篷、午饭、槌球等游戏用具先行送走后，大家随即登上小艇。两叶轻舟并驾齐驱，岸上只剩下挥舞着帽子的劳伦斯先生一人。劳里和乔共划一艘艇，布鲁克和内德划另一艘，而淘气反叛的双胞胎兄弟弗雷德·沃恩则使劲地划着一只单人赛艇，像只受了惊的水蝎一样在两叶小舟之间乱冲乱撞。乔那顶风趣的帽子用途十分广泛：它一开始便打破隔膜，引得众人欢笑；她划船时帽子上下摆动，扇出阵阵清风，如果下起雨来甚至还可以给全班人马当作一把大伞用，她说。凯特对乔的一举一动都觉得十分新奇，她丢掉船桨时大叫一声："我的妈哟！"而劳里就座时不小心在她的脚上绊了一下，他说："我的好伙伴，弄痛了你没有？"这些更叫她纳罕不已。戴着眼镜把这位奇怪的姑娘审视好几遍后，凯特小姐认定乔"古怪，但挺聪明"，于是便远远对着她微笑起来。

另一只艇上的梅格舒舒服服地坐在两个桨手的对面，两个小伙子喜不自胜，各自使出浑身解数，把艇划得十分稳当。布鲁克先生是个严肃的年轻人，声音悦耳动听，一对棕色的眼睛明亮有神。梅格喜欢他性格沉静，把他看作一部活的百科全书，里头装满了各种有用的知识。他跟她不大讲话，但眼光却常常落在她身上，梅格肯定他对自己并不反感。内德是位大学新生，当然摆足派头。他并不特别聪明，但性情随和，不失为野营的好伙伴。莎莉·加德纳一面打足精神护着自己的白裙子，以免被水弄脏，一面和乱冲乱撞的弗雷德交谈。弗雷德不断做出各式各样的恶作剧，把贝思吓得胆战心惊。

长草坪相隔并不远，他们到达时帐篷早已搭好了，三柱门也支了起来。这是一片令人心旷神怡的绿草地，中间挺立着三棵枝繁叶茂的橡树，还有一块用来玩槌球用的平滑狭长的草坪。

"欢迎光临劳伦斯营地!"大家登上绿地,高兴得发出赞叹的时候,年轻的主人说道。

"布鲁克任总指挥,我任军需官,其他各位男士任参谋,而你们,女士们,则是陪同。这个帐篷专为你们而搭建,那棵橡树是你们的客厅,第二棵是餐室,第三棵是营地的厨房。好了,天还未热,我们先玩个游戏,然后再来做饭。"弗兰克、贝思、艾美和格莱丝坐下观看其他八人玩游戏。

布鲁克选择了梅格、凯特和弗雷德;劳里则选择了莎莉、乔和内德。英国孩子打得不错,但美国孩子打得更精彩,而且冲劲十足。乔和弗雷德几次发生了小冲突,一次还几乎吵了起来。乔过最后一道三柱门时失了一球,很是恼火。弗雷德紧跟其后,这回轮到他先发球,接着才轮到乔。他把球一击,球打在了三柱门上,然后停了下来,离球门仅有一英寸之距。大家离得比较远,于是跑上来看个究竟。他狡猾地用脚指头把球轻轻一碰,球便顺势滑进了球门。

"我进了!哈,乔小姐,我把你击败了,第一个进球。"年轻人挥舞着球棍喊道,准备再击一球。

"你推了球,我亲眼看见的。"乔厉声说。

"我发誓,我没动它。球也许滚了一点,但这并不犯规,还是请站开一点,让我好好击球吧。"

"我们美国人从不作弊,但如果你们喜欢,你们可以。"乔十分生气。

"美国佬最有手段,这谁还不知道。去你的球吧!"弗雷德回击道,把她的球打出老远。

乔张口要骂,却又忍住了,只觉得热血直冲脑门,她怔了一下,用尽全力把一个三柱门捶倒,而弗雷德则击中了目标,狂喜地宣布自己胜出。乔走过去拾球,好一会功夫才在矮树丛里把球找到。但她走回来,神态冷静,一言不发,耐心地等着发球。她打了好几次球才追回到原来的位置。当她追上时,对方差不多都要赢了,因为凯特的球是倒数第二个,正停在目标旁边。

大家围上来观看最后一战,弗雷德紧张地叫道:"啊呀,我们完蛋了!不用击打了,凯特。乔小姐欠我一球,因此你完了。"

"美国佬的手段是对敌人宽容大度。"乔说着看了他一眼，小伙子的脸腾地红了起来。"尤其是当他们打败敌人的时候。"她接着说，并不去动凯特的球，而是把自己的球漂亮一击，赢得了比赛。

劳里兴奋地把自己的帽子向空中一扔，却突然想起败方是自己的客人，不可太过张扬，于是赶紧收住喊出嘴边的喝彩声，悄悄跟自己的朋友说："做得对，乔！他确实作了弊，我也看到了；但我们不能跟他直说，不过他下次不敢再犯了，相信我吧。"

梅格把她拉到一边，假装帮她夹起一绺松脱下来的辫子，赞赏地说："这事的确叫人怒不可遏，但你竟忍住了，没有发脾气，我真高兴，乔。"

"别夸我，梅格，我这会还想揍他一个耳光呢。我刚才在蓖麻树丛里待了许久，压下一腔怒火才没有出声，否则，早就火冒三丈了。我的火这会还旺着呢，所以他最好离我远点。"乔答道，紧咬双唇，从那顶大帽子下面狠狠地瞪了弗雷德一眼。

"到吃午饭时间了，"布鲁克先生看看手表说，"军需官，你去生火、打水，我跟马奇小姐、莎莉小姐一起去布置饭桌，怎么样？哪位擅长煮咖啡？"

"乔会。"梅格高兴地推荐妹妹。乔知道自己最近学会的烹饪技术不会给自己丢脸，便走过去煮咖啡，两个小姑娘捡来干树枝，男孩子们生起火，从附近一个水泉打来清水。凯特小姐写生，贝思编结几个灯心草小垫子来做盘子，弗兰克在一旁跟她拉话儿。

总指挥和他的助手们很快便在餐桌上摆满了各式诱人的食物和饮料，并用绿叶点缀得十分雅致。乔宣布咖啡已经煮好，于是众人各就各位，坐下饱吃一顿。年轻人消化力强，再加上做了运动，所以胃口特别好。这顿午餐吃得十分愉快，一切似乎都新鲜有趣，大家谈笑风生，差点惊走了在近处吃草的一匹老马。饭桌凹凸不平，常常弄得杯碟东倒西歪，十分逗趣，橡树子掉进了牛奶里头，小蚂蚁们不请自来，一起分享美点；爱管闲事的毛毛虫从树上晃荡下来，想看看发生了什么事。三个白发小孩子隔着篱笆探头探脑，一只讨厌的狗在河对面向他们汪汪狂吠。

"这里有盐，要不要来一点？"劳里给乔递上一碟草莓，笑着说。

"多谢了,我倒宁可要蜘蛛。"她回答道,挑起两只不小心被奶油淹死了的小蜘蛛。"你还敢提那次糟糕透顶的午餐? 你自己的办得有声有色,倒过来取笑我?"乔又说,于是两人都笑了起来,由于瓷碟不够,便凑着用一个碟子一起吃。

"我那天玩得特别开心,至今仍意犹未尽。不过这顿午饭我可不敢贪功,你知道,我什么都没做,是你和梅格、布鲁克他们做的,我对你们真是感激不尽呢。我们吃饱后该玩什么?"劳里问。吃罢午饭,他觉得下面没花样了。

"玩游戏,直到天气凉下来,我带来了'作者'游戏卡。凯特小姐也一定有些好玩的新花样,去问问她吧,她是客人,你应该多陪陪她。"

"你就不是客人了? 我原以为她和布鲁克能合得来,但他却老跟梅格说话,凯特只是透过她那副古怪眼镜一个劲儿地瞪着他们。我去了,你也不用跟我讲什么礼节规矩,因为你自己就做不来,乔。"

凯特确实知道几种新式游戏,因姑娘们不愿再吃,男孩们又不能再吃,大家便移到"客厅"去玩"废话连篇"的游戏。

"一人起个头,给大家讲故事,内容、长短均不限,但要注意一到紧要关头便要停下,第二个人立即接上,如法炮制。如果玩得好,这个游戏十分有趣,里头故事杂乱无章,或喜或悲,令人遐想。请起个头,布鲁克先生。"凯特用一种命令式的口气说。梅格对这位私人教师十分敬重,把他跟其他几位男士一样看待,见状不禁十分惊讶。

草地上,布鲁克先生躺在两位年轻小姐的脚边遵命地起了个头,漂亮的棕色眼睛凝视着披满阳光的小河。

"从前,一个武士穷得只剩下一把剑和一张盾牌,于是出去闯世界想建立功名。他历尽艰辛,周游了差不多二十八年,最后来到了一个好心的老国王的宫殿。老国王有一匹心爱的小马,漂亮无比,但却桀骜不驯,他颁令如有人把这匹马驯好,将获得一笔丰厚的奖金。武士同意试一试,这匹雄壮的马儿很快就和骁勇的新主人建立了感情,虽然它性子暴烈,狂野不羁,但还是慢慢地被驯服了。每天训练时武士都骑着国王的宝马穿过闹市,边走边四处寻找一张在他梦中出现过无数次的漂亮脸孔,但一直没找到。一天,当他策马走过一条寂静无人的街道时,在一座废弃的城堡的窗口里看见了那张动人的脸孔。他惊喜万分,便询问是谁住在这座旧城

青少年课外阅读系列丛书

堡里面,原来是几个被掳来的公主,她们被施了魔咒,关在城堡里,夜以继日地纺纱织布,以蓄钱赎取自由。武士非常希望能把她们都解救出来,但他一贫如洗,只能每天走到那里,盼望着那张美丽的面孔能再次出现,期望公主能够出来走到阳光下面。最后他决定闯入城堡,看看怎样才能帮助她们。他走过去敲门,大门马上打开,他看到了——"

"一位绝色佳人,她狂喜地大叫一声,高喊道:'盼到啦!盼到啦!'"凯特接上故事,她读过许多法国小说,喜欢那种风格。

"'是她!'古斯塔夫伯爵叫道,欣喜地跪在她的脚下。'啊,起来!'她伸出纤纤玉手说道。'不!除非你答应告诉我怎样才能把你救出樊牢。'武士跪在那里发誓。'呵,残酷的命运之神把我囚在这里,暴君不死,我就永无出头之日。''那个恶棍在哪里?''在紫红色的大厅里。去吧,勇敢的人儿,快把我救出绝境。''遵命,我一定与他决一死战!'说完这几句豪言壮语后,他冲了出去,砰的一声打开紫红色大厅的大门,正要走进去,却突然遭到——"

"一下痛击,一个披着黑衣的老家伙向他下了手,"内德说,"爵士马上回过神来,奋力搏斗,把暴君扔出窗外,转身去与佳人相会。他顶着额头上的大包,凯旋而归,但却发现门被锁上了,只好撕破窗帘做了一张绳梯,下到半途绳梯突然断裂,他一头栽进了六十英尺下面的护城河。好在他熟谙水性,涉水绕城堡而行,最后来到一扇有两个壮汉守着的小门。伯爵把两个脑袋互相对碰,直碰得格格作响,接着,毫不费劲便破门而入,走上一段石阶,上面积满了一尺厚的灰尘,癞蛤蟆跟拳头一样大,蜘蛛能把人吓得歇斯底里尖叫。在石阶上头,他蓦地看到了一东西,不禁大惊失色,毛骨悚然,他看到——"

"一个高高的身影,身穿白色衣服,脸上蒙了一条纱,瘦骨嶙峋的手提着一盏灯,"梅格续上去,"它招招手,无声无息地沿着一条像坟墓一样黑暗冰凉的走廊前行。披着盔甲的塑像阴森森地立在两边,周围一片死寂,灯火喷出幽幽蓝光,鬼影不时向他转过脸来,两只恐怖的眼睛透过白色面纱发出闪闪萤光。他们走到一扇挂了帘子的门前,门后面突然响起悦耳的音乐。他跳上前要走进去,幽灵却把他拽了回来,威胁地在他面前扬着一个——"

"鼻烟盒,"乔阴声阴气地说,众人听得寒毛倒竖,"'有劳了。'武士礼貌地说,一面拈了一撮,随即重重地打了七个大喷嚏,震得脑袋都掉了下来。'哈!哈!'鬼魂发出哭嚎般的笑声。恶鬼透过钥匙孔看到公主们仍在纺线,便捡起它的牺牲品,把他放进一个大锡箱子里,箱子里头还密密麻麻地塞了十一个无头武士,他们全站起身来,开始——"

"跳号笛舞,"弗雷德趁乔停下时插进来,"他们跳舞时,废旧的城堡变成了一艘风帆的战船。'向风打三角帆,收紧中桅帆的扬帆索,背风转舵,开炮!'船长吼道。此时,一艘前桅飘着一面黑旗的葡萄牙海盗船正驶入视线。'冲啊,伙伴们!'船长说,于是一场大战开始了。当然最后是英方打赢啰,他们向来都是赢家。"

"不对!"乔在一边叫道。

"把海盗船长给俘虏后,战船直驶过纵帆船,纵帆船甲板上堆满了尸体,鲜血从排水孔流出来,因为他们的命令是'宁死不屈'!'副水手长,拿根索绳儿来,如果这坏蛋不招供,就把他干掉。'英舰的船长说道。但那葡萄牙人像条好汉一样紧咬牙关,于是让他走跳板①。快乐的水手们欢呼若狂,但那狡猾的家伙潜伏在水中,游到战船下面,把船底凿穿,扬满风帆的船儿沉了下去,'往海底,海,海,'那儿——"

"噢,天啊!我该说些什么?"莎莉叫道。此时弗雷德收住了他的连篇废话,这些乱七八糟的水手用语和生活场景描写全取材于他最喜欢的一本书。

莎莉整理思绪续道:"唔,他们全都沉落海底,一条美丽的美人鱼迎接他们,看到装着无头武士的箱子,美人鱼十分伤心,便好心地把他们腌存了起来,希望能发现他们的秘密,因为她是个女人,女人的好奇心都很强。后来,有个人潜下水,美人鱼便说:'如果你能把箱子拿上去,我便把这箱珠宝送给你。'她很希望这些可怜的武士重获新生,但自己却无力举起这个沉重的箱子。潜水者便把箱子举了上来,打开一看,里头并无珠宝,大为失望,便把箱子丢弃在一片人迹罕至的荒野里,被一个——"

"小牧女发现了。小姑娘在这片地里养了一百只大肥鹅,"艾美在莎莉才思枯竭时接着说,"她很替这些武士们难过,便请教一位老妇人怎样

---

① 17世纪西欧海盗残杀俘虏的一种方法:让俘虏蒙着眼在突出船舷外的板上行走而落入海中。

才能帮助他们。'你的鹅儿们会告诉你的,它们无所不知。'老妇人说。她接着又问旧脑袋掉了该用什么再装上去做新脑袋,只见那一百只鹅儿张开嘴巴齐齐尖叫——"

"'卷心菜!'"劳里立即接过去,"'就是它了,'姑娘说道,马上跑到自己的园子里摘了十二个大卷心菜。她把卷心菜放上去,武士们马上又复活了,谢过小牧女后,欣喜上路,并不知道自己换了脑袋,因为世界上跟他们一样的脑袋太多了,谁也不会想到自己的有什么不同。我感兴趣的那位伯爵武士走回去找佳人,得悉公主们已纺纱赎回自由,除了一个外都已全部出嫁。武士听罢心潮起伏难平,跨上一直与他患难与共的小马,冲到城堡,看看留下来的到底是谁。他隔着树篱偷窥,看到他心爱的公主正在花园里赏花。'能给我一朵玫瑰吗?'他问。'你得自己过来拿。我不能主动走近你,这样有失体统。'佳人柔声说道。他试图翻越树篱,但它似乎越长越高;他想冲破树篱,但它却越长越稠密。他一筹莫展,于是耐心地把细树枝一枝一枝地折断,开了一个小洞,从洞口望进去,哀求道:'让我进来吧!让我进来吧!'但美丽的公主似乎并不明白,依旧平静地赏她的玫瑰,任他孤身奋战。他最后有没有冲进去呢?弗兰克会告诉大家。"

"我不会,我从来没有玩过。"弗兰克说道。他不知道怎样才能把这对荒唐的恋人从感情的困境中解救出来。贝思早躲到了乔的身后,格莱丝则睡着了。

"这么说可怜的武士就被困在树篱一边了,对吗?"布鲁克先生眼睛仍然凝视着小河,手里把弄着插在纽孔上的野玫瑰,问道。

"我想后来是公主给他一束玫瑰,并把门打开。"劳里说,笑着向他的家庭教师掷橡树子。

"看我们凑了篇什么样的废话!多实践的话我们或许能搞出点名堂呢。你们知道'真言'吗?"当大家笑过自己编的故事后,莎莉问。

"但愿我知道。"梅格认真地说。

"我是说一个游戏。"

"怎么玩?"弗雷德问。

"哦,这样,大家把手叠摞起来,选一个数字,然后轮流抽出手,抽到这个数字的人得老实回答其他人提出的任何问题,很好玩的。"

"我们试试吧。"喜欢玩新花样的乔说。

凯特、布鲁克、梅格和内德退出了。弗雷德、莎莉、乔和劳里开始玩这个游戏，结果劳里抽中了。

"谁是你的偶像？"乔问。

"爷爷和拿破仑。"

"你觉得这里哪位女士最漂亮？"莎莉问。

"玛格丽特。"

"你最喜欢哪位女士？"弗雷德问。

"乔，那还用说。"

劳里回答得一本正经，大家全笑起来。乔轻蔑地耸耸肩，说："你们问得真无聊！"

"再玩一次，'真言'这个游戏挺不错。"弗雷德说。

"对你来说是个好游戏。"乔低声反驳。这回轮到她了。

"你最大的缺点是什么？"弗雷德问，借此试探她是否诚实，因为他自己正是缺乏这种品格。

"性格急躁。"

"你最希望拥有什么？"劳里问。

"一对靴带。"乔一面揣测他的用心，一面挫败了他的目的。

"回答不诚实，你必须说出你真正最希望的是什么。"

"智慧。难道你不希望你可以给我吗，劳里？"她望着他那张失望的脸狡黠地一笑。

"你最敬慕男士的什么品格？"莎莉问。

"勇敢真诚。"

"现在该轮到我了。"弗雷德说道，他最后抽中了。

"我们来问问他。"劳里向乔耳语，乔点点头，立即问——

"槌球比赛时你有没有作弊？"

"嗯，唔，是有那么一点点。"

"很好！你的故事是不是取自《海狮》？"劳里问。

"有些是。"

"你是不是认为英吉利民族完美无瑕？"莎莉问。

"那是肯定无疑。"

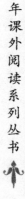

"真是条不折不扣的约翰牛①。好了,莎莉小姐,现在轮到你了,不必等抽签。我要先问你一个问题,折磨一下你的感情。你觉得自己是不是有点卖弄风情?"劳里说。乔则向弗雷德点点头,表示和解。

"好个鲁莽的小伙子! 当然没有。"莎莉叫道,那种做作的神态说明事实正好相反。

"你最讨厌什么?"弗雷德问。

"蜘蛛和稻米布丁。"

"你最喜欢什么?"乔问。

"跳舞,还有法国手套。"

"哦,我看'真言'其实是个无聊透顶的把戏,不如换个有意思的,我们玩'作者'来提提神吧。"乔提议。

内德、弗兰克和几个小姑娘也加入了这个游戏,三个年长一点的则坐到一边闲扯。凯特小姐又拿出她的写生本,梅格看着她画画,布鲁克先生则躺在草地上,手里拿着一本书,却又没在看。

"你画得真好看! 真希望我也会画。"梅格说道,声音夹杂着仰慕和遗憾。

"那你为什么不学学? 我认为你有这方面的鉴赏力和才华。"凯特小姐礼貌地回答。

"我没有时间。"

"可能是你妈妈希望你别有建树吧,我想,我妈妈也一样,但我还是悄悄学了几课,把我的才华证明给她看,她便同意我接着学了。你也一样可以跟着自己的家庭教师悄悄学啊?"

"我没有家庭教师。"

"我倒忘了,美国姑娘们大多都上学堂,跟我们不一样。爸爸说,那些学校都很气派。我猜你上的是私立学校吧?"

"我根本不上学。我自己便是个私人家庭教师。"

"噢,是吗?"凯特小姐说,但她倒不如直接说:"天啊,真丢人!"因为她的语气分明是这个意思。她脸上的神情使梅格涨红了脸,直懊悔自己刚才太坦诚了。

────────

① 约翰牛:对英国或英国人的一种诙谐称呼。

　　布鲁克先生抬起头，机智地说："美国姑娘们跟她们的祖先一样热爱独立，她们自食其力，并因此而受到尊重。"

　　"噢，不错，她们这样做的确很好、很正当。我们也有不少体面的年轻女士这样做，受雇于贵族阶层。你知道，作为绅士的女儿，她们都很有修养和建树。"凯特小姐用一种居高临下的腔调说道，这话使梅格的自尊心受到了极大伤害，使她的工作不但变得更加讨厌，而且更加丢人了。

　　"那首德文歌曲合你的心意吗，马奇小姐？"布鲁克先生打破令人尴尬的沉默，问道。

　　"哦，当然！那支歌棒极了，我十分感激替我翻译的那个人哩。"梅格阴云密布的脸孔在说话时又有了生气。

　　"你不会念德文吗？"凯特小姐装作惊讶地问。

　　"念得不太好。我父亲原来教我，但现在他不在家，我自个儿进展不快，因为没有人纠正我的发音。"

　　"不如现在就念一点，这里正好有一本席勒的《玛丽·斯图亚特》，还有一位愿意教你的家庭老师。"布鲁克先生把他的书放在她的膝上，向她粲然一笑。

　　"这本书太难了，我不敢试。"梅格说道。她十分感激，但在一位多才多艺的年轻小姐面前又感到很不好意思。

　　"我先读几句来鼓励你。"凯特小姐说着把其中最优美的一段朗诵一遍，读得一字不差，但却毫无表情，并且十分呆板。

　　布鲁克先生听完后不置可否，凯特小姐把书交回梅格，梅格天真地说道："我想这是首诗歌。"

　　"有些是，读读这段吧。"布鲁克先生把书翻到可怜的玛丽的挽歌那一页，嘴角挂着一丝罕见的微笑。

　　梅格顺着她的新教师用以指点的长草叶羞涩地慢慢读下去。她的声音悦耳轻柔，那些生涩难读的字句竟然也变得如诗如歌。绿草叶一路指下去，把梅格带到哀怨悲凄的境界，她旋即忘掉了自己的听众，旁若无人地读起来，读到不幸的女王说的话时，声调带了一点哽咽。假如她当时看到了那对棕色眼睛，她一定会突然停下的，但她没有抬头，这堂课于是得以圆满结束。

　　"精彩至极！"布鲁克先生待她停下来时说道。其实她读错了不少单

青少年课外阅读系列丛书

词,但他全忽略不提,俨然一副"愿意教"的模样。

凯特小姐戴上眼镜,把眼前的小场面研究了一下,然后合上写生本,屈尊说道:"你的口音挺优美,日后可以做个伶俐的朗诵者。我建议你好好学一学,因为德语对于教师来说是一种很有价值的建树。我得去照看格莱丝了,她在乱蹦乱跳呢。"凯蒂小姐说着慢慢走开了,又自言自语地耸了耸肩,"我不可是来陪一个女家庭教师的,虽然她确实年轻貌美。这些美国佬真奇怪,劳里跟她们一起兴许会学坏了呢。"

"我忘了英国人瞧不起女家庭教师,不像我们美国人那样对待她们。"梅格望着凯特小姐远去的身影懊恼地说。

"可悲的是,据我所知,男家庭教师在那边的日子也不好过。对于我们做这行的来说,再也没有比美国更好的地方了,玛格丽特小姐。"布鲁克先生的样子显得满足快乐,梅格也不好意思再哀叹自己的命运了。

"那我真高兴我生活在美国。虽然我不太喜欢这个工作,但还是从中得到了很大的满足,所以我不会抱怨,我只希望我能像你一样喜欢教书。"

"如果你有劳里这样的学生,我想你会喜欢的,可惜我明年就要失去他了。"布鲁克先生边说边在草坪上猛劲地戳洞。

"上大学是吗?"梅格嘴里这样问,眼睛却在说:"那你自己怎么打算呢?"

"是的,该上大学了,他已经准备好了。他一走,我就去参军,部队需要我。"

"我真高兴!"梅格叫道,"我也认为每一个年轻人都应该这样考虑,虽然留在家里的母亲和姐妹们会感到担心。"她说着伤心起来。

"我没有母亲姐妹,在乎我命运的朋友也寥寥无几。"布鲁克先生有点苦涩地说道。他心不在焉地把蔫了的玫瑰放到戳好的洞里,把它像座小坟墓似的用土盖上。

"劳里和他爷爷就会十分在乎。如果万一你受了伤,我们也会很难过的。"梅格真心地说道。

"谢谢,听到你这样说我真的很高兴。"布鲁克先生振作起来,说道。

一语未毕,内德骑着那匹吃草的老马笨拙地走过来,在女士们面前炫耀他的骑术,于是场面大乱,这一天再也没有安宁。

"你喜欢骑马吗?"格莱丝问艾美,她俩刚刚和大家一起跟着内德绕田野跑了一圈,这时站着在歇气。

"爱得不得了,我爸爸有钱的那时候我姐姐梅格常常骑,但我们现在没有马了,只有'爱伦树'。"

"'爱伦树'是一头驴子吗?"格莱丝好奇地问。

"嗯,你不知道,乔爱马爱得发疯,我们也一样,但我们没有马,只有一个旧横鞍。我们园子外有一棵苹果树,长了一个漂亮的低树丫,乔便把马鞍放了上去,在翘起处系上缰绳,我们什么时候来了兴致,便跳上'爱伦树'去骑。"

"真有趣!"格莱丝笑了。"我家里有一匹小马,我几乎每天都和弗兰德还有凯特一起去公园骑马,这是一种享受,因为我的朋友们也都会去,整个罗瓦都是绅士淑女们的身影。"

"哎呀,多好!我真希望能有一天到国外走走,但我宁愿去罗马,不去罗瓦。"艾美说。她压根不知道罗瓦是什么,也不愿向人请教。

坐在两个小姑娘后面的弗雷克听到了她们的谈话。看到生龙活虎般的小伙子们在做各种各样有趣的体操动作,他不耐烦地一把推开自己的拐杖。贝思正在收拾乱作一地的"作者"卡片,闻声抬起头来,羞怯而友好地问:"我想你累了吧,我能为你效劳吗?"

"跟我说说话吧,求你了,一个人枯坐着闷死了。"弗兰克回答。显然他在家里被悉心照料惯了。

对于羞怯胆小的贝思来说,即使让她发表拉丁语演讲也不会比这更难受;但她现在无处可逃,乔不在身边,可怜的小伙子又眼巴巴地望着她,她只好勇敢地决心试一试。

"谈什么好呢?"她边收拾卡片边问,正要把卡片扎起来,却又洒落了一半。

"嗯,我想听听板球、划艇和打猎这类的事情。"弗兰克说道。他尚未懂得自己的兴趣应该视身体状况而定。

"上帝!我该怎么办?我对这些全都一无所知。"贝思想,仓皇间忘记了小伙子的不幸。她想引他说话,便说:"我从来没见过打猎,不过我猜你对它应该很在行。"

"以前是。但我再也不能了,我跳越一道该死的栅门时弄伤了腿,再也不能骑马打猎了。"弗兰克叹息一声说。

贝思见状直恨自己粗心,说错了话。

"你们那的鹿儿远比我们丑陋的水牛美丽。"她说道,转身望着大草原寻找灵感,很庆幸自己曾读过一本乔十分喜欢的男孩子读物。

事实证明水牛还具有镇静功能,而且十分中听。贝思一心一意要让弗兰克快乐起来,心里早没有了自己。乔、梅格、艾美看到她竟和一个原本躲避不迭的可怕的男孩子谈得滔滔不绝,全都又惊又喜,贝思对此却浑然不觉。

"好心的人儿!她可怜他,所以对他好。"乔说道,从槌球场那边冲着她微笑。

"我一向都认为她是个小圣人。"梅格用不容置疑的口吻说。

"我很久都没有看到弗兰克这样开心了。"格莱丝对艾美说。此时她们正坐在一处,边谈论玩偶,边用橡果壳做茶具。

"我姐姐贝思是个喜欢'吹毛求疵'的姑娘,只要她愿意。"艾美对贝思的成功深感满意,说道。她的意思实际上是"富有魅力"。不过好在格莱丝也不知道这两个词的确切意思,"吹毛求疵"听起来也满入耳,因此留下了良好印象。

下午大家看了一场狐狸与野鹅的即兴表演,又举行了一场槌球友谊赛,不觉红日西沉,于是动手拆除帐篷,收拾盖篮,卸下三柱门,装上船只,全班人马乘着船儿沿河漂流,一路放声高歌。内德动了情,用柔和的颤音唱起一首小夜曲,只听他唱那忧郁的迭句——

孤独,孤独,呵!哦,孤独,

又唱歌词——

我们风华正茂,各自怀有一颗多愁善感的心,呵,为什么要拉开如此冷漠的距离?

他望着梅格,像个泄了气的皮球一样无精打采,梅格忍不住扑哧一笑,把他的歌打断了。

"你怎能对我这样冷漠?"他咕哝道,声音湮没在众人活泼的歌声里,"你一整天都和那个古板的英国女人混在一起,这会儿又让我过不去。"

"我并非故意,只是你怪模怪样的,我实在忍不住。"梅格答道,把他第一句的责备略过不提。说真的,她的确整天都在躲他,因为她对莫法特家的晚会以及后来的闲言碎语记忆犹新。

　　内德动了气,转头向莎莉寻求安慰,他使着小性子说道:"你说这位姑娘是不是一点风情也不懂?"

　　"半点也不懂,不过她确实是个可人儿。"莎莉回答,虽然坦白了朋友的缺点,却也维护了朋友。

　　"总之不是个容易吃的果仁儿。"内德想说句俏皮话,无奈初出茅庐的年轻人功力不济,难免弄巧成拙。

　　这支小队伍在草坪上告别,诚挚地互道晚安,又互说再见。当四姐妹穿过花园回家时,凯特小姐在后面望着她们说:"尽管美国姑娘们感情外露,但一旦你了解了她们,便知道她们还是十分迷人的。"这时她已收起了居高临下的腔调。

　　"我完全赞同。"布鲁克先生说。

点评:

　　劳伦斯营地上,有傲慢,有冲突,但更多的是真挚的友谊和款款的深情。相对于凯特小姐,梅格完全不必懊恼,她有才华,有美貌,并能自食其力地生活。除了古板和傲慢外,凯特小姐无论哪个方面都比不上她。乔则用她刚学到不久的大度征服了要诈的对手,并获得了相应的尊重。有时候,宽容比强硬更能征服人心。

第十三章　空中楼阁

　　一个热烘烘的九月下午,劳里舒服地躺在吊床上摇来晃去,很想知道邻居姐妹们在干什么,却又懒得跑去弄清楚。他正在闹情绪,因为这天过得既无意义又不舒心,他很想从头再来。炎热的天气使他懒洋洋的,书也不想读了,惹得布鲁克先生忍无可忍;又花了半个下午的时间弹琴,弄得爷爷很不高兴;还恶作剧地暗示他的一只大狗即将发疯,吓得女佣们几乎神经错乱;接着又毫无根据地指责马夫疏忽了他的马儿,和马夫吵了一架;之后便跳上吊床,怒火中烧,认定世人全都愚不可及,不可理喻。

　　夏日的明媚,四周的宁静,使他在吊床上不知不觉地安静了下来。盯着头上绿荫荫的七叶树,他做开了形形式式的白日梦。正想象着自己在海洋上颠簸作环球航行,突然一阵声响传来,转瞬间便把他带回到岸上。透过吊床的网孔一望,他看到马奇姐妹们走出来,好像要去进行什么探险似的。

　　"这个时候那些姑娘们要去干什么?"劳里想,一面睁开睡意惺忪的双眼看个究竟,因为他的邻居们的打扮是那么古怪。每人戴一顶悬垂着边儿的大帽,肩头上斜挎一个棕色的亚麻布小袋,手拿一根长棍。梅格带着一个垫子,乔拿了本书,贝思提个篮子,艾美夹个画夹。她们静悄悄地走过花园,出了后院小门,开始攀登位于屋子和小河之间的一座小山丘。

　　"好啊!"劳里自言自语道,"去野餐竟然不叫我! 她们不会是去乘那只艇吧? 可她们没有钥匙哎。我把钥匙带给她们,看看是怎么回事。"虽然帽子有半打之多,他花了不少工夫才找出一顶合适的;接着又四处翻找钥匙,最后发现原来就在自己的口袋里。这么一来,当他跃过围栏追过去时,姑娘们已经消失得无影无踪了。

　　他抄近路来到停放小艇的地方,却不见她们过来,便爬到小山丘顶上张望。小山丘的一面被松林掩映着,绿林深处传来一个声音,其清脆怡人胜似松叶蝉鸣。

　　"真是风景这边独好!"劳里暗自赞叹一句。这果然是一幅漂亮的小图画,只见四姐妹一起坐在树荫的一角,斑驳的日影在她们身上摇曳不定,清风撩起她们的发梢,吹凉她们炽热的面颊,林子里的另外几个小孩子全都继续忙着自己的事情,似乎她们是老朋友而不是陌生人。梅格穿了一身粉红色衣裙,坐在她带来的垫子上,用白皙的双手灵巧地穿针引线,林木青青,更显得她如玫瑰花般娇艳。贝思在挑拣铁杉树下堆了厚厚一层的松果,用来做精致的小玩意儿。艾美对着一丛蕨类植物写生,乔则一面编织一面大声朗读。劳里望着她们,脸上闪过一丝乌云,他觉得自己应该识趣走开,因为人家并没有邀请自己,但却徘徊不去,因为他的家十分孤寂乏味,而林中这个宁静的队伍又牢牢地吸引着他那颗不安分的心。他呆呆地静立一旁,一只忙着觅食的小松鼠从他身旁的一棵树上溜下来,突然发现了他,吓得往后一跳,尖叫了起来。贝思闻声抬起头,看见了白桦树后那张若有所思的脸,于是展颜一笑,向他致意。

"我可以过来吗?会不会令人讨厌?"他问,慢慢走过来。

梅格抬起眉头,但乔对着她把眼睛一瞪,随即说道:"当然可以,我们早应该叫上你,只是我们以为你不会喜欢这种女孩子的游戏。"

"我一向喜欢你们的游戏,但如果梅格不愿意我过来,那我就走开。"

"我不反对,如果你愿意干点活儿的话,懒惰是违反这里的规矩的。"梅格严肃而又不失优雅地回答。

"万分感激。如果你们让我逗留一会儿,我什么事情都愿意做,因为那边闷得像撒哈拉沙漠。我该做针线活、朗读、拣松果呢,还是画画?或者统统一起做?请吩咐吧,我恭敬从命。"劳里言毕坐下来,神情毕恭毕敬,令人愉快。

"趁我弄鞋的时间把这个故事帮我读完吧。"乔说着把书递给他。

"遵命,小姐。"他优雅地回答,一面极其认真地读起来,以证明自己对有幸成为"繁忙的蜜蜂社"的成员而感恩戴德。

故事并不长,读完后,他斗胆提出几个问题,以犒赏下自己。

"请问,女士们,我能否知道这个富有魅力和教育意义的社团是不是个新组织?"

"你们愿意告诉他吗?"梅格询问三个妹妹。

"他会笑的。"艾美警告道。

"管他呢!"乔说。

"我想他会喜欢的。"贝思赶紧接着说。

"我当然会喜欢!并保证不会笑你们。说出来吧,乔,别害怕。"

"害怕你?哦,你知道我们过去经常玩'天路历程'。我们一直都没有中断,整个冬季和夏季都热诚地投入进去。"

"是的,我知道。"劳里机灵地点点头。

"谁告诉你了?"乔问。

"小精灵。"

"不,是我。那天晚上你们都不在,他心情不好,我便告诉了他,跟他解闷。他很喜欢呢,所以你别骂我,乔。"贝思怯怯地说。

"你守不住秘密。不过算了,现在倒用不着再解释了。"

"说吧,求你了。"劳里看到乔开始专心做起了活儿,样子有点不高兴,便说。

"噢,她没告诉你我们的这个新计划吗?是这样的,为了不虚度假期,我们每人都定下一个任务,并全力执行。现在假期即将结束,我们定下的工作也全都完成了,我们很高兴自己没有虚度光阴。"

"不错,做得不错。"劳里想到自己无所事事地打发时间,十分后悔。

"妈妈赞成我们多到户外活动,我们便把活计带到这里来,过得开开心心。为了使这个活动增添趣味,我们便把东西放在这些布袋里头,头戴旧帽,手持登山用的棍子,扮演游客,就跟我们几年前玩的一样。我们把这座山叫做'快乐山',因为从这里可以远远望到我们日后希望居住的地方。"乔用手指过去,劳里坐起来凝神观望。透过林中的空隙,可以看到宽阔、碧蓝的河流,沿河青青的草地,以及草地之外一望无际的原野。极目之处,一抹绿色的山脉耸入云霄。时值秋季,夕阳西斜,天边霞光万道,蔚为壮观。山顶云雾缭绕,在阳光的辉映下,银白色山尖金光灿烂,仿如传说中"天国"的苦尖。

"真美!"劳里轻声赞叹。

"那边的景色常常都这样令人陶醉,我们很喜欢眺望,因为它从不雷同,但总是这样迷人。"艾美说,恨不得把这道风景绘下来。

"乔说的我们日后希望居住的地方——她指的是真正的乡村,里头有猪有鸡,还可以翻晒干草。这自然令人神往,不过我倒希望山顶上那个美丽的地方是真的,我们可以真的置身其中。"贝思沉思道。

"还有一个比这更加美好的地方,我们什么时候积满了德行,就可以进去了。"梅格柔声说道。

"那我们还要走漫漫长路,还要付出巨大的劳动。我真想此刻生出一双翅膀,像燕子一样飞翔,飞进那扇金碧辉煌的大门。"

"你会飞到那里的,贝思,迟早都会的,用不着担心,"乔说,"但我却要奋斗、工作,还要攀登、等待,而且有可能永远也进不去。"

"那我会陪着你,只要你愿意。我还要走许多许多路才能看到你们的'天国'。如果我迟到了,你会替我说句好话,是吗,贝思?"小伙子那副郑重的神情令他的小朋友心慌意乱,但她用平静的眼睛注视着变幻的云彩,兴致勃勃地说:"只要一个人真心想去,而且毕其一生不懈地努力,我想他就可以进去。我不相信'天国'之门上了锁,也不相信门口有卫兵把守。我总是把它想象得如图画里的一样:光彩照人的众神伸出双手,迎接从渡河里上来的可怜的基督徒。"

"如果我们营造的空中楼阁都能成真,而且我们可以住进里面,那不是很有趣吗?"沉默一会之后,乔说道。

"我的楼阁多得数不清,选一个还真难。"劳里躺在地上说,一面向暴露了他的那只松鼠扔松果。

"你要选最喜欢的一个,是什么呢?"梅格问。

"如果我说出来,你也会把你的说出来吗?"

"可以,只要她们也说。"

"我们会的。说吧,劳里。"

"等我们把世界游个遍后,我想在德国定居下来,尽情欣赏音乐。我自己要做个著名的音乐家,全世界的人都跑来听我演奏。我不用牵挂什么金钱、生意,而是尽情地享受生活,爱怎么生活便怎么生活。这便是我最喜欢的空中楼阁。你的呢,梅格?"

玛格丽特似乎觉得自己的有点儿不好说,她用一枝蕨在面前扇扇,似乎要赶走并不存在的小昆虫,一边慢吞吞地说道:"我想要一栋漂亮的房子,里面装满了各种各样奢侈的东西——美味的食物、漂亮的衣服、典雅的家具、合心意的人,还有一堆堆的钱。我自己是屋子的女主人,可以随意支配一切,还有许多佣人,这样我便什么活儿也不用干。我一定活得有声有色!我不会闲待着的,我会做善事,让每个人都深深爱着我。"

"你的空中楼阁里不要一个男主人吗?"劳里狡黠地问。

"我说了'合心意的人',你知道。"梅格一面说话一面十分仔细地绑好鞋带,以免大家看到她的脸孔。

"你为什么不说你要一个既聪明又体贴的好丈夫,还要几个天使般的小孩?你明知没有他们你的空中楼阁就不会完美。"直性子的乔说。她尚处于天真蒙昧的阶段,很看不起儿女之情,除非是在小说里头。

"你就只会要马匹、钢笔和小说。"梅格生气地回击。

"这有何不好?我要一个养满阿拉伯小马的马厩,还要几间堆满书的房子,再要一枝生花妙笔来写作,这样我的作品便可以跟劳里的音乐一样出名。我在走进自己的楼阁前想实现一个伟大事业——一个崇高美好、可以流芳百世的事业。我不知道这是什么,但我正在酝酿之中,决意将来一鸣惊人。我想我会写本书,并因此而致富成名,这挺适合我。这便是我最喜欢的梦想了。"

"我的梦想是和爸爸妈妈平安幸福地待在家里,帮忙料理家务。"贝思满足地说。

"那你不想要其他什么吗?"劳里问。

"我有自己的小钢琴便已十分满足。我只求大家能够平平安安,常在一起,再没别的。"

"我的愿望太多了,不过最大的愿望是当一个艺术家,去罗马,画漂亮的图画,做全世界最出色的艺术家。"这是艾美的小愿望。

"我们是一伙野心勃勃的家伙,不是吗?除贝思外,我们个个都想阔绰有钱、成名成家,样样都称心如意。我倒要看谁能够梦想成真。"劳里嚼着青草说,模样像头正在沉思的小水牛。

"我已经有打开空中楼阁的钥匙,但能不能把门打开要等将来才能知道。"乔神秘兮兮地说。

"我也有开门的钥匙,但可恨不能自由使用。这该死的大学!"劳里不耐烦地叹了口气,咕哝道。

"这是我的钥匙!"艾美摇了摇手中的笔。

"我没有。"梅格可怜兮兮地说。

"不,你有。"劳里随即说道。

"在哪儿?"

"在你脸上。"

"真荒唐,那全无用处。"

"等着瞧吧,它不为你带来好运才怪呢。"小伙子回答。

他自以为知道一个小秘密,想到其中妙处,笑了起来。

梅格躲在蕨后的脸腾地飞红了,但她没有说下去,而是望着河对面,眼睛流露出殷切期盼的神情,就像布鲁克先生讲述武士故事时一样。

"如果十年后我们仍然都活在世上，我们就相聚一堂，看看有几个人实现了梦想，或者到那时离我们的梦想比现在又近了多少。"乔说。她的点子总是来得特别快。

"哎呀！我那时都要老掉牙了——二十七岁！"梅格叫了起来。她虽然年方十七，却时刻觉得自己已经长大成人。

"我和你是二十六岁，特迪。贝思二十四岁，艾美二十二岁。真是个大团体！"乔说。

"我希望到那时能做出一点引以为豪的成绩，但我这条大懒虫，只怕会虚掷光阴呢，乔。"

"你需要一个动力，妈妈说，一旦有了动力，你就会干得十分出色。"

"真的？我发誓一定会，但哪里找这样的机会！"劳里叫道，冲动地坐起来，"我真的应该讨爷爷的欢心，我也确实尽力而为，但这样做跟我的性情格格不入，你们知道，我因此十分痛苦。他希望我做个像他一样的商人，但这还不如把我杀掉。我痛恨茶叶、丝绸、香料，痛恨他的破船运来的每一种垃圾。这些船归到我名下后，什么时候沉到海底我都不会在乎。我读大学应该遂了他的心愿，我献给他四年，他便该放过我，不要我做生意；但他铁定了心，非要我步他的后尘不可，除非我像父亲一样远离家门，走自己喜欢的路。如果家里有人陪着老人的话，我明天就会远走高飞。"劳里言辞激烈，似乎一点点小事就能惹得他采取行动。他正处于急飞猛进的青春发育期，虽然行动懒懒洋洋，却有一种年轻人的叛逆，内心躁动不安，渴望能自由闯荡天下。

"我有个好主意，你乘上你家的大船出走，闯荡一番后再回家。"乔说。想到这么大胆的行为，她的想象力便一发不可收拾，同情心也被她所谓的"特迪的冤屈"激发起来。

"那样不对，乔，你不能这样说话，劳里也不可能接受你的坏主意。你应该按照你爷爷的意愿做事，好孩子。"梅格摆出一副大姐姐的口吻。"努力念好大学，当他看到你以最大的努力来取悦他，我肯定他对你便不会这么强硬，这么不讲理。你也说了，家里再无别人来陪伴他，爱他。如果你擅自把他抛下，你也永远不会原谅自己的。不要烦恼消沉，做自己该做的，这样你就会受人敬爱，得到好的报偿，就像布鲁克先生一样。"

"你都知道他些什么？"劳里问。他对这个好建议心存感激，但对这番教诲却很不以为然，刚才他不同寻常地发泄了一番，现在很高兴把话题从自己的身上转开。

"只知道你爷爷告诉我们的那些——他如何精心地照顾自己的母亲，一直到她去世。由于不愿抛下母亲，国外很好的人家请他做私人教师他也不去。还有他如何赡养一位照料过他母亲的老太太，却从不告诉别人，而是尽力而为，慷慨、坚忍、善良。"

"说得一点儿不错，他是个大好人！"劳里由衷地说。而梅格这时沉默不语，双颊飞红，神情热切。"我爷爷就是喜欢这样做，背地里把人家了解得一清二楚，然后到处宣扬他的美德，使大家都喜欢他。布鲁克不会明白为什么你的母亲会待他这样好，她请他跟我一同过去，把他敬如上宾，款待得十分周到。他认为她简直十全十美，回来后好些天都把她挂在嘴边，接着又热情地谈论你们众姐妹。若我有朝一日梦想成真，一定会为布鲁克做点什么。"

"倒不如从现在做起，不要再把他气得七窍生烟。"梅格尖刻地说。

"你怎么知道我使他生气呢，小姐？"

"每回他走的时候看他的脸色就知道了。如果你表现得好，他就神采飞扬，脚步轻快；如果你淘气了，他就脸色阴沉，脚步缓慢，似乎想走回去把工作重新做好。"

"啊哈，好啊！这么说来，你通过看布鲁克先生的脸色就把我的成绩全都记录下来了，对吧？我看见他经过你家窗口时躬身微笑，却不知道你从中收到一封信件呢。"

"没有的事。还有，噢，别告诉他我说了什么！我这么说不过是关心下你而已。我们这里说的全是机密话，你知道。"梅格叫起来，想到自己说话一时大意，对可能招致的后果惴惴不安。

"我从不搬弄是非。"劳里答道，脸上现出一种他特有的"正义凛然"的神气，乔如此描述他偶然露出的这种表情。"如果布鲁克要做个温度计，我就得注意让他有准确的天气可预报。"

"请别生气。我刚才并非是要搬弄是非，也并非出于无聊。我只是觉得乔这么怂恿你，你日后肯定会后悔的。你对我们这么好，我们把你当作亲兄弟，把心里的话儿都跟你说出来。对不起了，我也是一片好心。"梅格热情而又腼腆地做了个手势，伸出手来。

想到自己刚才一时负气，劳里有些不好意思了，他紧紧握住那只小手，坦诚地说："说对不起的应该是我。我今天脾气暴躁，而且一整天都心情不好。你们指出我的缺点，像亲姐妹一样待我，我心里不知有多高兴。如果我一时有冲撞无礼之处，请你们不要放在心上，我还要谢谢你呢。"为了表示自己没有生气，他使出浑身解数来取悦众姐妹——

帮梅格绕棉线，替乔朗诵诗歌，为贝思把松果摇下来，给艾美画蕨类植物，证明自己是名副其实的"繁忙的蜜蜂社"成员。正当他们兴致勃勃地讨论着乌龟的驯养习惯时（起因是一只和善可亲的乌龟从河里爬了上来），一阵铃声自远而近地飘过来，通知姐妹们罕娜已把茶泡好，是回家吃晚饭的时候了。

"我可以再来吗?"劳里问。

"当然可以，但你要听话，并要热爱读书，就像识字课本里要求孩子们所做的那样。"梅格微笑说。

"我一定会努力。"

"那么你就来吧，我还要教你怎么像苏格兰男子一样打毛线。现在正需要袜子呢。"乔接着说，一边使劲扬扬手里的蓝色毛线袜子。大家说着便在大门外分了手。

那天晚上，当贝思在黄昏下为劳伦斯先生弹琴时，劳里站在帘幕暗处静听。这位"小大卫"弹出的简单乐曲总能使他那颗喜怒无常的心平静下来。他细细端详坐在一边的老人，只见他用一只手托住白发斑斑的脑袋，在无限柔情地追忆他那逝去的宝贝小孙女儿。想到下午的谈话，小伙子决定心甘情愿为他作出牺牲。他对自己说:"让我的空中楼阁滚蛋吧。只要需要，我就和这位亲爱的老人在一起，我可是他的唯一呵。"

点评:

空中楼阁即马奇姐妹的未来梦想，后来劳里也加入了这一行列。他们的空中楼阁各异，但都深深打上了自己性格的烙印，或现实，或疯狂，或平凡，或浪漫。但不管怎样，在那个喜欢做梦并且有梦可做的年龄，有理想有目标终究是好的，即便以后的生活和梦想完全不一样，也丝毫无妨它的纯真与美好。

第十四章　秘　密

　　乔在阁楼上忙忙碌碌,因为十月已到,天气开始寒冷,下午也变短了。和煦的阳光从高高的窗子射进来。两三个小时过去了,乔仍然坐在沙发上,把稿纸摊在面前的一个大箱子上面,奋笔疾书。她的爱鼠扒扒则在梁上大模大样地溜达,乔全神贯注地挥笔,一直写满最后一页,然后龙飞凤舞地签上自己的大名,把笔一丢,大声说——

　　"好啦,我已用尽了全力!如果这还不行,就只得等到下次啦。"她向后靠在沙发上,把稿子仔细审读一遍,在这儿那儿画上破折号,又添上许多看似小气球一样的感叹号,最后用一根漂亮的红绸带把稿纸扎起来,又严肃地望着它出了一会儿神,可见这篇作品凝聚了她的多少心血。乔的这个书桌是一个挂在墙上的旧锡制碗柜,里面放着她的手稿和几本书,十分安全,只要把柜门一锁,同样富有文学才情、见书就啃的扒扒便只好望柜兴叹了。乔从这个锡柜里拿出另一份手稿,把两份稿子放进衣袋,悄悄地下了楼梯,任由她的朋友把她的墨水大啃大喝。

　　她蹑手蹑脚地戴上帽子,穿好外衣,从后屋窗口爬出来,站在一个低矮的门廊顶棚上面,悬空一跳,落在一块草地上,然后兜个圈子来到公路边,定了下神儿,扬手拦了一辆出租马车,一路驶进城里,脸上的神情愉悦而又神秘。

　　如果这时有熟人看到她,一定会觉得她的行动稀奇古怪。她一下车便快步如飞,一直跑到位于一条繁忙大街的一个门牌前面,这才慢下脚步。颇费了好一番工夫后,她找到了要找的地方,于是踏进门口,抬头望望肮脏的楼梯,又站着一动不动地待了一会,突然一头扎进大街,往回疾走。这样来来回回,几次三番,把对面楼上凭窗而望的一位黑眼睛年轻人逗得开怀大乐。第三次折回来时,乔使劲地摇摇脑袋,把帽沿拉下遮住眼睛,然后走上楼梯,脸上挂着一副准备把牙齿统统拔光的表情。

　　楼门口挂着几面招牌,其中一面是牙医科的,一对假颌慢慢地开而又合,以吸引人注意里面的一副洁白的牙齿。方才那位年轻人盯着假颌看了一会儿,拿起自己的帽子,穿上大衣,走下楼站在对面门口,打了个哆嗦,微笑着自言自语说:"她素爱独来独往,但万一她痛得难受,就得有人送她回家了。"

十分钟后乔涨红着脸跑下楼梯,一望就知刚刚经受了一场磨难。当她看到年轻人时,神情显得一点也不高兴,只点个头便走了过去。但他跟上来,同情地问:"刚才是不是很难受?"

"有点。"

"这么快就好了?"

"是啊,谢天谢地。"

"为什么要一个人来?"

"不想让别人知道。"

"真是个空前绝后的大怪人。你弄出了几个?"

乔望着自己的朋友,似乎有些莫名其妙,接着便笑得乐不可支。

"我想弄出两个来,但还得等上一个星期。"

"你笑什么? 你在淘气,乔。"劳里说,神情迷惑不解。

"你也是。你在上面的那间桌球室里干什么,先生?"

"对不起,小姐,那不是桌球室,而是健身房,我刚才在练击剑。"

"那我真高兴。"

"为什么?"

"你可以教我,这样在我们演《哈姆雷特》时,你便可以扮墨尔提斯,我们演击剑一幕就有好戏做了。"

劳里放声大笑,引得几个过路人也不禁笑起来。

"演不演《哈姆雷特》我都会教你,这种健身娱乐简直妙不可言,令人精神大振。不过,你刚才说'高兴'时那么一本正经,我想一定另有原因,对吗?"

"对,我真高兴你没有上桌球室,因为我不希望你去那种地方。你平时去吗?"

"不常去。"

"我但愿你别去。"

"这并无害处,乔,我在家里也玩桌球,但如果没有好球手,就不好玩

青少年课外阅读系列丛书

了。因为我喜欢玩桌球,有时便和内德·莫法特或其他伙伴来比试比试。"

"噢,是吗?我真为你感到可惜,因为你慢慢就会玩上瘾,就会糟蹋时间和金钱,变得跟那群可恶的小子一样。我一直希望你会自尊自爱,不令朋友们失望。"乔摇着脑袋说。

"难道男孩子偶尔玩一下无伤大雅的游戏会就丧失尊严和意志了吗?"劳里恼火地问。

"那得看他怎么玩和在什么地方玩。我不喜欢内德这群人,也希望你别粘上他们。妈妈不许我们请他到家里玩,虽然他想来,如果你变得像他一样,她便不会让我们再这么一起玩了。"

"真的吗?"劳里焦虑地问。

"当然,她看不惯虚荣的年轻人,她宁愿把我们全都关进硬纸匣里,也不许我们跟他们拉扯上。"

"哦,她倒不必拿出她的硬纸匣来,我不是虚荣的人,也不想做那种人,但我有时真喜欢玩些没有害处的游戏,你不喜欢吗?"

"喜欢,没有人会反对这样的娱乐,你爱玩便玩吧,只是别玩野了心,行吗?不然,我们的好日子就完了。"

"我会做个不折不扣的圣人的。"

"我可受不了圣人,就做个真实、正派的小伙子吧,我们便永不离弃你。如果你像金斯先生的儿子那样,我可真不知道要怎么办。他有很多钱,但却不知道怎么用,反而酗酒聚赌,离家出走,还盗用他父亲的名字,真是劣迹斑斑。"

"你以为我也会做出这种事吗?过奖了!"

"不,不是——噢,哎呀,不是的!——但是我听人说金钱是个蛊惑人心的魔鬼,有时我真希望你没有钱财,那我也就不必担心了。"

"你在担心我吗,乔?"

"你有时会显得情绪低落,内心不满,这时我便有点担心。因为你个性极强,一旦走上歪路,我恐怕很难阻止你。"

劳里一言不发,默默而行。乔望着他,暗恨自己嘴巴没有遮拦,因为虽然他的嘴唇依旧挂着微笑,一双眼睛却分明含着怒意。

"你是不是打算一路上好好教训我下?"过了好一会儿他问。

"当然不。为什么?"

"如果是,我就自己乘公共汽车回家;如果不是,我就和你一起步行,并告诉你一件顶顶有趣的新闻。"

"那我不再说了,我很想听听你的新闻。"

"那好,不过,这是个秘密,如果我告诉你,你得把你的一些秘密告诉我。"

"我有什么秘密。"乔一语未毕,又猛然住了口,想起自己还真是有一个。

"你知道自己有的——你什么也藏不住,还是乖乖地说出来吧,不然我也不说。"劳里叫道。

"你的那个是好消息吗?"

"噢,怎么不是! 而且和你认识的人有关,简直妙不可言! 你应该听听,我憋了许久了,一直想讲出来。来吧,你先开始。"

"你在家一个字也不准提,好吗?"

"行。"

"你会不会私下取笑我?"

"我从不取笑人。"

"不,你会笑的,你什么都能从人家嘴里套出来。我不知道你是怎么做的,但你天生是个哄人家。"

"多谢夸奖,请说吧。"

"嗯,我把两篇故事交给了一位报社的编辑,他下个星期就答复我。"乔向她的密友耳语。

"好一个了不起的马奇小姐,著名的美国女作家!"劳里叫道,把自己的帽子向空中一抛,然后接住。这时他们已走到了城郊,两只鸭、四只猫、五只鸡和六个爱尔兰小童见状全都大乐不已。

"小声点! 我敢说这不会有什么结果,但我总要试一试才甘心。我不想让其他人失望,因此只字未提。"

"你一定会如愿以偿的。嘿,乔,现在每天出笼的文章有半数是垃圾,跟它们一比,你的故事说不定是莎士比亚的大作。看到你的大作在报上发表该多有意思！我们怎能不为我们的女作家而感到自豪？"

乔的眼睛闪闪发亮。劳里相信她，这使她心里感到甜丝丝的，朋友的赞扬总是比一打报上吹捧自己的文章还要动听。

"你的秘密呢？公平交易，特迪，否则我再也不会相信你的。"她说，试图把因劳里的鼓励而燃起的巨大希望消泯掉。

"我说出来可能会尴尬，但我并没说要保密，所以我要说，但凡我知道一星半点的好消息，如果不告诉你心里就不会舒坦。我知道梅格的手套在哪儿。"

"就这？"乔失望地说。劳里点点头，并高深莫测地眨眨眼睛。

"已经足够了，我说出来你自然会明白。"

"那好，请说吧。"

劳里俯下身，在乔的耳边悄悄说了几个字，乔的神色随即变得十分古怪。她诧异万分地呆站着，愤愤地瞪了他一会儿，接着又继续往前走，厉声问道："你怎么知道的？"

"亲眼看到的。"

"在哪？"

"口袋。"

"一直都如此？"

"对，是不是很浪漫？"

"不，真叫人恶心。"

"你不喜欢吗？"

"当然不喜欢。这种事荒唐透顶，是绝对不允许的。啊呀！梅格会怎么说？"

"你不能告诉任何人，请答应。"

"我不好许诺。"

"你应该明白的，而我也相信你。"

"嗯，至少我目前不会说出去，但我恶心死了，宁愿你没告诉我。"

"我以为你会高兴的。"

"高兴别人来把梅格夺走？想得美！"

"等到有人来把你也夺走时，你心里就会好受一点了。"

"我倒要看看谁有这么大胆。"乔恶狠狠地叫道。

"我也一样!"想到这情景,劳里抿嘴暗笑。

"我认为悄悄话和我的性格格格不入,听了你的话后我满脑子乱糟糟的。"乔有点忘恩负义地说。

"跟我一起冲下这个山坡,你就没事了。"劳里建议道。

路上没有行人,平滑倾斜的公路诱惑地摆在她面前,使她不可抗拒,乔于是直冲而下,不一会儿便把帽子和梳子跌掉了,发夹也散落了一地。劳里先跑到了目标,为自己成功地理好了情绪而感到十分满意,他的阿特兰特①则气喘吁吁,乱发飞舞,眼睛闪闪发亮,双颊绯红,脸上的不快之色早已消失得干干净净。

"我真想变一匹马儿,那我就可以沐浴在这清新的空气中尽情驰骋而不用气喘吁吁了。这么跑步真是太棒了,但看我弄成了什么样子。去,把我的东西捡起来,就像小天使一样,你本来就是嘛。"乔说着坐到河岸边一棵挂满绯红叶子的枫树下面。

劳里慢悠悠地去收拾丢落的东西,乔束起辫子,只望这时刻千万不要有人走过,撞见她这副狼狈相,但一个人恰恰走过来,此人正是梅格。她出门拜访朋友,穿着一身整齐的节日服装,更显得一派淑女风韵。

"你在这里干什么?"她问,惊讶而不失优雅地望着头发蓬乱的妹妹。

"捡树叶。"乔温顺地回答,一面挑选着刚刚拢来的一捧红叶。

"还有发夹。"劳里接过话头,把半打发夹丢在乔膝上,"这条路上长了发夹,梅格,还长了梳子和棕色的草帽。"

"你刚刚在跑步吧,乔。你怎么能这样? 你什么时候才不会再胡闹?"梅格责备道,一面理理袖口,把被风吹起的头发抚平。

"等我老得走不动了,不得不用上拐杖,到那时再说吧。别使劲催我提早长大,梅格,看到你一下子变了个人就已经够难受了,让我做个小姑娘吧,能做多久是多久。"乔边说边埋下头,用红叶遮住自己那轻轻抖动的双唇。她最近感觉到玛格丽特正在迅速长成一个女人,姐妹分离是一定

① 希腊神话中善跑的美丽猎女,答应与能追上她的人结婚,但追不上的人则要被她杀死。

的事情,但劳里的秘密却使这一天变得似乎就在眼前,令她心中十分恐惧。劳里看到她满脸悲戚,为了分散梅格的注意力,赶紧问:"你刚才上哪儿去了,穿得这么漂亮。"

"加德纳家。莎莉跟我谈了贝儿·莫法特的婚礼。婚礼十分奢华,一对新人已去巴黎过冬了,想想那该有多浪漫!"

"你是不是很嫉妒她,梅格?"劳里问。

"恐怕是吧。"

"谢天谢地!"乔咕哝道,把帽子猛地戴上。

"为什么?"梅格奇怪地问。

"因为如果你看重的是金钱,就绝不会去嫁一个穷人。"乔说。

劳里赶紧示意她说话要小心,她却不悦地对他皱皱眉头。

"我不会'去嫁'什么人。"梅格说罢昂然离去。乔和劳里跟在后面,一面笑一面窃窃私语,还不断向河中投掷石头。

此后的一段日子里,乔行为古怪,令姐妹们摸不着头脑。但逢邮递员一按门铃,她便冲到门前;每当见到布鲁克先生,她就粗声粗气;常常坐在一边愁眉苦脸地望着梅格,一会跳起来摇摇她,然后又莫名其妙地亲她一下;劳里和她常常互打暗号,并谈论什么"展翼鹰"。姐妹们终于断言这对人物全都失了魂儿。

在乔从窗子跳出去后的第二个星期六,梅格在窗边做针线活,看到劳里满园子追逐乔,最后在艾美的花荫下把她捉住了,不免心生反感。她看不清两人在里头干什么,只听到一阵尖笑声,以及随后一阵咕咕哝哝的低语声和一声响亮的拍击报纸声。

几分钟后乔冲进大厅,一头躺在沙发上,假装看报。

"什么有趣的文章吗?"梅格问道。

"一则故事而已。"乔答,小心翼翼地不让大家看到报纸的名字。

"故事是什么题目?"贝思问,一面奇怪乔为什么要把脸藏在报纸后面。

"《画家争雄》。"

"挺好听的,念出来吧。"梅格说。

乔吸了一口长气,开始很快地往下念。故事优美浪漫,而且不乏哀婉动人之处，姐妹们听得津津有味。

"我喜欢有关漂亮图画的那一节。"艾美满意地说。

"我更喜欢爱情那一节。维奥拉和安吉洛是我最喜欢的两个人名，你们说怪不怪？"梅格擦着眼睛说，因为"爱情那一节"十分凄婉。

"谁写的？"贝思问。

读报人突然坐起来，扔开报纸，露出一张涨得通红的脸，尽力控制着兴奋的心情回答："你姐姐。"

"你！"梅格叫道，手里的东西掉了下来。

"这太好了。"艾美评论道。

"我早就知道会有今天！噢，我的乔，我是多么骄傲！"贝思跑上去紧紧拥抱姐姐，为这一辉煌成就而欢呼雀跃。

哦，姐妹们的兴奋真是难以言状！报纸从大家手上传来传去，这份"展翼鹰"就像真正的雄鹰一样在马奇家的上空振翅高飞！

乔喘了一口气，把头埋在报纸里头，情不自禁地洒下几滴泪珠，把自己的小故事滴湿了。自食其力、赢得所爱的人的称赞是她心中最大的愿望，今天的成功似乎是迈向幸福终点的第一步。

点评：

乔的秘密标志着她文学生涯的起步，劳里的秘密则是发现了布鲁克对梅格爱慕之心的萌芽。乔其实并不是因为布鲁克贫穷而反对他对梅格的追求，而是她太注重亲情，害怕布鲁克会把梅格从她们身边带走。当然，无论是乔的文学梦还是梅格的爱情，这一章都刚刚是个起步，后来发展得如何，让我们继续往下看吧。

青少年课外阅读系列丛书

第十五章　一封电报

"一年之中就数十一月最让人讨厌了。"这天下午天气阴沉沉的,梅格站在窗边,看着外面花木萧疏的园子说道。

"如果这会儿有喜事临门,你就会觉得这是个好月份了。"贝思说,她对所有事情都持乐观态度。

"也许吧,但这个家从来就没有什么喜事,我们日复一日辛苦操劳,但却没有丝毫变化,生活还是枯燥乏味。"

"啊呀,"乔叫道,"可怜的人儿,因为你看到别的姑娘们风光快乐,自己却辛辛苦苦地干啊干啊。我但愿能为你安排命运,就像我为自己笔下的女主人公所做的那样!"

"我和乔要为你们大家赚钱;等上十年吧,赚不到钱才怪呢。"艾美说。她正坐在一角做泥饼——罕娜这样称呼她那些小鸟、水果、脸谱等陶土制的小模型。

"不能等了,再说我对你们的笔墨和泥土也没有什么信心,虽然我很感激你们的美意。"梅格叹息了一声,又把头转向寒霜满布的园子。这时坐在另一面窗边的贝思微笑着说:"两桩喜事马上就要临门了:妈妈正从街上走过来;劳里大步穿过园子,好像有好消息要宣布。"

两人双双走进来,马奇太太习惯地问道:"爸爸有信吗,姑娘们?"劳里则邀她们:"你们有谁愿意和我出去驾车兜风吗? 我做数学做得头昏脑涨,想出去清醒一下。来吧,乔,你和贝思都来,好吗?"

"我们当然来。"

"你的心意我领了,但我现在没空。"梅格赶快拿出篮子,因为她和母亲商定,不要经常和这位年轻绅士驾车外出。

"我们三个马上就准备好。"艾美叫道,一面跑过去洗手。

"我能帮你捎点什么吗,太太?"劳里在马奇太太椅边俯下身来,用充满感情的声调问道。他跟她说话向来都是这样。

"不用了,谢谢你。不过,请你顺便到邮局看看,亲爱的孩子。今天应该有信来,爸爸的信是雷打不动的,恐怕是在路上给耽搁了。"

一阵尖锐的铃声打断了她的话,不一会儿,罕娜手持一封信走进来。

"一封讨厌的什么电报,太太。"她小心翼翼地把电报递过来,仿佛它会轰然爆炸并造成伤害。

听到"电报"二字,马奇太太把它一把夺了过来,看了里头的两行字,便一头倒在椅子上,脸色煞白。劳里赶紧冲下楼去拿水,梅格和罕娜则左右扶着她,乔颤抖着声音念道——

马奇太太:

你丈夫病重。速来。

华盛顿布兰克医院

S.黑尔

房间一片死寂,外面也变得昏昏惨惨,世界好像突然变了个模样,姐妹们围着母亲,只觉得似乎所有的幸福和她们的生活支柱都要被夺走了。马奇太太旋即恢复了神态,她伸出手臂扶着几个女儿,用一种斩钉截铁的声调说:"我这就动身,但也可能迟了。哦,孩子们,孩子们,帮我承受这一切吧!"好一会儿房间里只听到一片啜泣声,夹杂着断断续续的安慰声和轻柔的宽解声。

"上帝保佑好人!我不想流眼泪浪费时间,赶快收拾行李吧,太太。"罕娜由衷地说道,一面用围裙擦擦脸,用粗糙的手紧紧地握了握女主人的手,转身离去,拼命地干起活来。

"她说得对,现在没时间流眼泪。镇静,姑娘们。"可怜的姑娘们努力地镇定下来,母亲坐起来,脸色苍白而平静。她强忍着悲痛,思索该怎么办。

"劳里在哪儿?"她决定了首先要做的几件事,随即问道。

"在这里,太太。噢,让我干点什么!"小伙子赶忙从隔壁房间走出来。他刚才觉得她们的悲哀异常神圣,即使是他友好的眼睛也不能亵渎,于是就悄悄退下。

"送张便条给马奇婶婶。乔,把笔和纸给我。"乔从刚抄好的稿子里撕下一页空白纸,把桌子拉到母亲面前。她清楚必须筹借一笔钱才能应付这次遥远而悲伤的旅行,她真想不惜一切,为父亲多筹集哪怕是小小的一笔钱。

"去吧,亲爱的,不过别把车驾得太快摔着了自己,这没有必要。"马奇太太的警告显然被扔到了九霄云外。五分钟后,只见劳里驾着自己的骏马,拼了命似的从窗边狂奔而过。

"乔,赶快到寓所告诉金斯夫人我不能来了。顺便把这些东西买来。我把它们写下来,它们会派上用场的,我得做好护理的准备。贝思,去向劳伦斯先生要两瓶陈年葡萄酒:为父亲我可以放下面子向别人乞求,他应该得到最好的东西。艾美,告诉罕娜把黑色行李箱拿出来;梅格,你来帮我找下要用的东西,我脑子乱极了。"既要写字动脑,又要发号施令,这样大可以使这可怜的女士头脑昏乱。众人分头散去,就像随风凋落的树叶。那封电报犹如一纸恶符,一下子把宁静温馨的家庭拆散。

劳伦斯先生随贝思匆匆而来,好心的老人带来了他能想到的各种慰问品,并友好地承诺在马奇太太离家期间照顾好姑娘们,这使马奇太太倍感欣慰。他更主动施以援手,提供各种帮助,小至自己的晨衣,大至亲自当护驾,等等。当护驾是不可能的,因为马奇太太不愿让老人长途跋涉。不过,她确实不适宜孤身上路。老人看到她的神情,浓眉一皱,突然抬脚就走,口里说这就回来。大家在忙乱之中便把他给忘了。不料当梅格一手拿着橡皮套鞋,一手拿着茶跑出门口时,却突然碰到了布鲁克先生。

"听到这个消息我十分难过,马奇小姐。"他说,声调亲切轻柔。"我来请求当你妈妈的护驾的。劳伦斯先生交代我在华盛顿办点事,能顺便为她效劳将是我一大乐事。"橡皮套鞋落到了地上,茶也差一点溢了出来,梅格伸出手,脸上充满感激之情。布鲁克先生见状恨不能以身相报,更别说付出一点时间来照顾马奇太太了。

"你们真是菩萨心肠!我肯定妈妈会答应的。知道她有人照顾,我们就放心了。真是非常、非常感谢你!"梅格激动得完全忘了自己,布鲁克先生低头望着她,棕色的眼睛流露出一种异样的深情,她这才想起将要凉了的茶水,赶忙把他带进客厅,一面去叫母亲。

到劳里回来的时候,一切都已安排就绪。他从马奇婶婶处带来一张便条,内附她们所希望的金额和几句她以前常唠叨的话——她早就再三告诫她们,让马奇参军是桩荒唐事,她希望她们下次能够听从她的劝告。

下午很快就过去了,大小事情已一一办妥,但乔仍没回来。众人开始有点担心,劳里便出去找她。他没碰上她,乔却古里古怪地走了进来,神情若喜若悲,似笑似恨,大家正在诧异,她又把一卷钞票摆在母亲面前,哽咽地说:"这是我献给爸爸的礼物,让他舒舒服服,平安回家!"

"好孩子,这钱是怎么来的? 二十五元! 乔,你不会干了什么傻

事吧?"

"不是,这钱千真万确是我是自己赚来的,我想你一定不会责备我,我只是卖掉了自己的头发。"乔说着摘下帽子,大家一起惊呼起来,只见一头又浓又密的长发已变得短不溜秋。

"你的头发! 你那漂亮的头发啊!"

"噢,乔你怎么能这样? 你秀美的头发!"

"好女儿,你没必要这么做的。"

"她不像我的乔了,但我更深爱她。"

在大家的叫声中,贝思把乔剪成平头的脑袋紧紧搂在怀里。

到了十点钟大家仍不愿去上床睡觉,马奇太太把刚刚做完的活搁在一边,说:"来吧,姑娘们。"贝思便走到钢琴前弹奏父亲最喜欢的圣歌。大家勇敢地唱了起来,但又一个接一个停了下来,最后,只剩贝思一人独自纵情歌唱,因为对于她来说,音乐就是心灵最好的表达。

"上床睡觉,别讲话,明天我们得起个大早,要抓紧时间好好休息。晚安,孩子们。"圣歌唱完后马奇太太这样说,因为此时大家都没有心情再唱下去了。

时钟敲响十二点,夜深人静,一个人影在床间悄悄移动,把这边的被角掖好,把那边的枕头放正,又停下来深情地久久凝视着每张熟睡的面孔,轻轻吻吻她们,然后带着无限的爱意真诚祈祷。当她拉起窗帘,望着沉沉夜色时,月亮穿云破雾,倏忽而现,向她洒下一片祥和的光辉,似乎在静夜中悄悄低语:"别着急,善良的人! 乌云总会散去,等着明月来把天地照亮吧。"

点评:

　　一封电报带来马奇先生病重的坏消息,危难时刻,邻里朋友纷纷伸出援手,帮助他们渡过难关。这场危机对每个相关的人来说都是一个考验,马奇先生要与病魔作斗争;马奇太太要照料病人;马奇姐妹要独立生活,照料家庭;布鲁克先生则要尽到帮扶的义务,同时这也是向马奇夫妇展示他自己,以争取他们同意他追求梅格的机会。希望他们都有好运!

第十六章 书 信

天方蒙蒙亮，姐妹们便冒着严寒，点亮灯，穿衣的时候，她们约定要高高兴兴地同母亲道别，不流泪、不诉苦，让她轻松上路。

大家都没有怎么说话，出发的时间快要到了，大家坐着在等马车。马奇太太对她们说："孩子们，我把你们托付给罕娜和劳伦斯先生照顾。罕娜一向勤勤恳恳，我们的好邻居劳伦斯先生也会把你们当作自己的孙女一样看待，这些我都不担心，我只希望你们要正确对待这次变故。我走后你们不要烦恼悲伤，也不要慵慵懒懒，要照常工作，因为工作就是最大的安慰。怀抱希望，不要偷闲，无论发生什么事，都要记着，你们绝不会失去父亲的。"

"是，妈妈。"

"梅格，好孩子，你要谨慎行事，带好几个妹妹，凡事与罕娜商量，遇到困难时多请教劳伦斯先生。要忍耐，乔，不要灰心泄气、鲁莽行事，多写信给我，要做个勇敢的好姑娘。贝思，好好弹琴，有时间帮忙做好家务。你呢，艾美，要尽能力帮忙，乖乖听话，不要惹祸。"

"我们会的，妈妈！我们会的！"

这时传来嘎嗒嘎嗒的马车声，痛苦的时刻到了，但姑娘们强忍悲伤，她们让母亲转达对父亲的问候，虽然她们知道这些话或许已经太迟了。没有人哭泣，没有人躲避，也没有人叹息，大家轻轻吻别母亲，然后目送着马车离去，强作欢颜，挥手告别。

劳里和爷爷也过来送行，布鲁克先生身强体健，和气可亲，更兼善解人意，姑娘们当场赠他一个绰号"大好人先生"。

"再见，宝贝们！上帝保佑大家平安！"马奇太太轻声说。她在每张小脸上逐一亲亲，然后快步登上马车。

马车缓缓向前移动，此时朝阳正冉冉升起。马奇太太回头望去，只见吉祥的朝霞洒在了众人身上。他们也看到了太阳，微笑着挥起了手；四姐妹面露笑容，身后站着俨然护花使者一般的劳伦斯老人、罕娜和劳里。马车转过街角，这一切都从马奇太太的视线里消失了。

"大家待我们真好！"她说着转头，望着布鲁克。年轻人脸上那种恭敬和同情的神色又一次证明了这句话的正确性。

"他们就是这样的人。"布鲁克先生朗声而笑，笑声令马奇太太也不禁微笑起来。漫长的旅行于是在祥和的阳光、微笑和欢快的交谈中开始了。

劳里和爷爷回去吃早饭，姑娘们则留在家里稍作休息。"好了，年轻女士们，记住你们妈妈说过的话，不要伤心。都来喝杯咖啡，然后动身干活，为这个家争口气。"

"'怀抱希望，不要偷闲。'这是我们的座右铭。我要照常上马奇婶婶那儿去。唉，又得听她训话了！"乔呷着咖啡便来了精神。

"我也要上金斯家去，不过我倒宁愿在家里做家务。"梅格说道，很后悔自己把眼睛哭红了。

"用不着。我和贝思可以把家务管理得井井有条。"艾美郑重其事地插话说。

贝思赶紧拿出洗碗刷和洗碗盘说："罕娜会教我们怎么做，你们回来的时候我们会把一切都弄得好好的。"

"我觉得愁思挺有趣儿。"艾美沉思着边吃糖边说。

大家全忍不住笑了起来，心里也好受多了。梅格则对这位可以在糖碗里找到安慰的年轻小姐摇了摇脑袋。

看到卷饼，乔严肃起来，当姐妹两人出门上班的时候，她们凄凄切切地不断回头向窗口望去，平时母亲一定会倚在窗边和她们道别，但此时却旧容不再。不过，贝思却没有忘记这个小小的家庭仪式，她站在窗前，向两位姐姐点头致意，宛如一个穿中国衣服的红脸摆头娃娃。

"真是我的好贝思！"乔说，挥挥帽子，露出一脸感激。

"再见，梅格，我希望今天金斯兄弟不会让你生气。别担忧爸爸，亲爱的。"临分手时她又说。

"我也希望马奇婶婶不会唠叨，你的头发很好看，又精神又有朝气。"梅格回答。

"这是我唯一的安慰。"乔摸了摸劳里送她的大帽子，转身而去，觉得自己好像一头在瑟瑟寒风中被剪了毛的羊。

父亲方面传来的消息令姑娘们大感欣慰。尽管病情严重，在医院经过精心的护理后，已逐渐康复。布鲁克先生每天都寄来一份病情报告。

梅格身为一家之长，每次都坚持由自己来读。随着时间的推移，信中的消息越来越令人振奋。起初四姐妹都争抢着写信，写好后，由其中一人小心翼翼地把厚厚的信封塞进邮筒，大家都郑重其事地对待这些华盛顿通信。

信中有几封很有代表性，我们不妨截下来读一读：

我亲爱的妈妈：

读了您的来信后，我们的喜悦心情简直无法形容，您捎来的大好消息令我们高兴得又笑又哭。布鲁克先生不愧是大好人，由于劳伦斯先生生意上的缘故，他能在你们身边多加陪伴，并悉心照顾，因为他对你和父亲来说帮助是那么的大。妹妹们个个乖巧听话。乔帮我干针线活，还坚持要做最难做的工夫。幸亏我知道她的"道德冲动"有如昙花一现，才不至于担心她会操劳过度。贝思尽忠职守，从不忘记您告诉她的话，她思念爸爸，终日心事重重，只有坐在她的小钢琴边时才显得轻松开怀。艾美很听我的话，我也十分悉心地照顾她。她自己梳头，我正教她怎么开纽孔和缝补袜子。她干得很起劲，您回来的时候一定会对她的进步感到满意的。劳伦斯先生像老母鸡一样照看我们——这是乔说的话，劳里待我们也十分好。你们远在他方，我们有时会怏怏不乐，觉得自己像个孤儿，是劳里和乔使我们快乐起来。罕娜是个大圣人，她从不骂人，并总是称我为"玛格丽特小姐"，这称呼十分体面，您知道，而且待我十分尊重。我们一切安好，只是日夜盼望你们回来。请转达我对爸爸最诚挚的爱。

永远属于您的梅格

和这张字迹秀丽的信形成鲜明对照的，是下面这张潦潦草草地写在一张薄信纸上、墨迹斑斑、龙飞凤舞的大纸条：

我亲爱的妈妈：

为亲爱的爸爸欢呼三声！布鲁克一待爸爸身体好转便飞速写信给我们，真是大好人。收到信时我冲上阁楼，试图感谢天父对我们的厚爱，但却只哭着说："我好高兴！我好高兴！"这不也跟真正的祈祷一样吗？因为我的心中充满了感激之情。我们的日子过得有滋有味；我已经开始享受这种生活了，因为大家都互爱互助，家里就像一个无比温暖的大雀巢。若您看到梅格坐在首席，努力做个好妈妈的模样，一定会忍俊不禁。她越来越漂亮了，有时候我竟爱上她了。

　　两个妹妹是名副其实的天使,我呢——嗯,我就是我。哦,我得告诉您我差点和劳里吵了一架。我对一桩小事直言不讳地批评了他几句,他便恼了。我并没有错,只是说话过火了点,他便径直走回家,说除非我先认错他才会再来。但我宣布我不会求他原谅,我气坏了,整整一天都心神恍惚,多么希望您就在我的身边。我和劳里自尊心都特别强,很难放下面子认输,但我以为他会来向我赔不是的,因为我是对的。他没有来,晚上我想起艾美掉进河那次您跟我说的话,又读了我的小册子,心里好受了一点,决定不能因一时之怒而不分好歹,于是便跑过去向劳里道歉。谁知在门口遇到了他,也是跑来向我道歉的。我们都笑起来,于是互相说对不起,又和好如初了。

　　昨天我帮罕娜洗衣服时诌了一首"诗"。因为爸爸喜欢我这些小玩意,现寄上逗他一笑。紧紧拥抱爸爸,也代我好好亲亲您自己。

您的"混乱大王"乔

洗衣歌

洗衣女神哟,你看洁白的泡沫已高高泛起,
我一面欢歌,一面使劲又搓又洗,
拧干后把衣服晾起来,
让悠悠凉风把它们吹干,
天上白云飘飘,阳光灿烂。
我愿能把世俗的尘污,
从我们的心灵洗去。
让水和清风施展魔法,
让我们和它们一样洁净。
生活充实,内心平静,
人生的路上风雨不惊。
忙碌的脑袋顾不上去想烦恼、忧郁和悲伤。

亲爱的妈妈:

　　我仅有地方送上我的挚爱和我一直保存在屋里留待爸爸回来观赏的三色堇标本。我每天早晨读书,白天努力工作,晚间哼着爸爸爱听的曲子入睡。我现在不能唱"天国之歌",因为它会使我感极而泣。大家都和睦共处,日子过得相当愉快。艾美要我把下面的地方留给她,因此我得搁笔了。我没有忘记盖好架子,每天都会打扫房间,给时钟上发条。

亲亲爸爸的脸颊,请您务必赶快回到我的身边。

您疼爱的小贝思

MA CHERE MAMMA①:

我们都很好我老做功课但从不和姐姐们合着(作)——梅格说我的意思是驳策(斥)所以我把两个词都写上等你们来挑。梅格待我棒极了每晚进茶点时都让我吃果子冻乔说这东西对我很有好处因为它能使我脾气温和。劳里对人不够尊重现在我已差不多十岁出头了,他还管我叫"黄毛丫头",当我像海蒂·金一样说 Merci② 或 Bonjour③ 的时候他就说很快的法语来伤我的心。我那条蓝色套裙的袖子全磨破了,梅格换了一对新的,但前面却换错了颜色变得比裙子都要蓝。我心里不好受但没有恼我经得起波折但我真希望罕娜把我的围裙浆硬一点并每天做荞麦。她不可以吗?我的问号画得够漂亮吧? 梅格说我的标点付(符)号和拼写很不雅我很感委屈,但是哎呀我有这么多事情要做,有什么办法。

再会,给爸爸送上我无数的爱。

深深爱您的女儿,艾美·科蒂斯·马奇

点评:

四姐妹的书信显示了她们各自的性格特点,都很具典型性。梅格庄重得体,乔思维开阔,贝思听话文静,艾美则尽力想表现她的优雅,虽然常拼错单词,甚至不会加标点符号。但不管书信是什么风格,都一样渗透着她们对父母深深的爱、深深的祝福。在这样一个温馨幸福的家庭里,纵有小小的灾难,也会被大家齐心协力地克服的。

---

① 法语:亲爱的妈妈。
② 谢谢。
③ 你好。

第十七章　贝思罹病

　　整整一个星期，这间旧屋子里都洋溢着一股勤勉、谦和之风。这颇令人费解，因为大家似乎个个心情奇佳，当她们思虑父亲的心情得到缓解之后，姑娘们便不知不觉地放松了劲儿，又开始回复到旧日的样子了。她们并未忘记自己的座右铭，只是这种期待、忙碌的日子似乎变得没有那么难熬了，经过了种种劳顿之后，她们觉得应该放个短假来犒赏犒赏自己的努力，只是一放便放了许多。

　　乔因一时大意，没有包好剪了头发的脑袋，得了感冒，被勒令待在家里养病，因为马奇婶婶不喜欢听她读书发出塞鼻音。乔喜之不尽，使足了九牛二虎之力翻箱倒柜，然后坐到沙发上服药看书，悠悠然地养起病来。

　　艾美发现家务和艺术原来并非一回事，便又摆弄她的泥饼去了。梅格天天去教学生，在家时便做些针线活，而更多的时候是给妈妈写长信，反复咀嚼来自华盛顿的快信。只有贝思坚持不懈，极少偷懒或悲天悯人。

　　大家都没有意识到这次经历是对品格的一种考验。在第一阶段的紧张过后，她们都觉得自己表现良好，值得赞扬。当然，她们也确实表现不俗，但却犯了一个错误，那就是没有坚持下去。这个错误使她们付出了沉重的代价，令她们痛悔不已。

　　"梅格，我想你应该去看看赫梅尔一家；你知道妈妈吩咐过我们别把他们给忘了。"贝思在马奇太太走后的第十天这样说。

　　"今天下午不行，我累得走不动了。"梅格答道，一面做针线活一面舒服地坐在椅子里。

　　"你去行吗，乔？"贝思又问。

　　"风太大，我感冒。"

　　"我以为你已经好了呢。"

　　"跟劳里出去还可以，但去赫梅尔家就不行了。"乔笑一声，想勉强自圆其说，但神情却有点惭愧。

　　"你为什么自己不去？"梅格问。

"我每天都去,但是婴儿病了,我不知道该怎么办。赫梅尔太太去上班了,婴儿由洛珊照顾,但他的病越来越重,我想你们或者罕娜应该去看一看。"贝思说得十分恳切,梅格答应明天去一趟。

"向罕娜要点好吃的带过去,贝思,外面的空气对你有好处。"乔说,又抱歉地加上一句。

"我头痛,而且眩晕得很,我想你们哪个能去一趟。"贝思说。

"艾美马上就要回来了,让她代我们去一趟。"梅格提议。

"那好吧,我歇一歇,等等她。"

贝思说罢在沙发上躺下,两位姐姐重新操起自己的活儿,赫梅尔一家的事被抛到了九霄云外。一个小时过去了,艾美没有回来,梅格走进自己的房间试她的新裙子,乔在全神贯注地写她的故事,罕娜对着厨房的炉火酣睡。这时,贝思轻手轻脚地戴上帽子,往篮子里装一些零碎的东西,去带给可怜的孩子们,然后挺着沉重的脑袋,走进了刺骨的寒风中,宽容的眼睛中分明有一种伤心的神色。

她回来时天色已晚,她悄悄爬到楼上,把自己独自关在妈妈的房间里,没有人注意到她。半小时后,乔来找东西,这才发现贝思坐在药箱上,神情极为严峻,眼睛通红,手里还拿着一个樟脑瓶。

"我的天!出了什么事?"乔叫了起来。贝思伸出手,示意她避开,一面快声问道:"你以前得过猩红热,是吗?"

"好些年前和梅格一同得的。怎么了?"

"那我就告诉你。乔,那婴儿死了!"

"什么婴儿?"

"赫梅尔太太家的。在赫梅尔太太回家前,他就死在了我膝上。"贝思啜泣道。

"我可怜的宝贝,这对你来说是多么的恐怖!应该是我去的。"乔边说边伸出双臂扶着妹妹在母亲的大椅子上坐下来,露出一脸痛悔的神情。

"我不觉得恐怖,乔,只是伤心欲绝!我一下子就看出他病得很重了,但洛蒂说妈妈出去找医生了,我便抱过婴儿,让洛蒂歇歇。当时他似乎痉挛了起来,然后便一动不动地躺着。我给他焐脚,洛蒂喂他牛奶,但他却纹丝不动,我知道他已经死了!"

"别哭,亲爱的,那你怎么办呢?"

"我坐在那儿抱着他,直到赫梅尔太太把医生带来。医生说他已咽了气,接着又瞧瞧喉咙痛的海因里希和明娜。'猩红热,太太,你应该早一点叫我。'他怒气冲冲地说。赫梅尔太太解释说,她很穷,只好只替婴儿治病,但现在一切都太迟了,她只能求他帮其他几个孩子看看,费用等慈善机构支付。他听后才露出笑意,态度也亲切了一些。婴儿死得这么惨,我和大家一起伤心痛哭,这时他突然回过头来,叫我马上回家服颠茄叶,不然,我也会感染这个病的。"

"不,你不会的!"乔叫道,紧紧地抱着妹妹,脸上露出恐惧的神色,"噢,贝思,如果你得病,我不会原谅自己!我们该怎么办?"

"别害怕,我想我不会病得很重的。我翻看了妈妈的书,知道这种病开始时感到头痛,喉咙痛,浑身无力,就像我现在这样,于是便服了些颠茄叶,现在觉得已经好点儿了。"贝思说,一面把冰凉的手放在热辣辣的额头上,强装作没事一般。

"如果妈妈在家就好了!"乔叫道,觉得华盛顿是如此的遥远。她望望贝思,摸摸她的额头,严肃地说:"你一个多星期以来每天都在婴儿身边,我恐怕你也会得这个病,贝思。我去叫罕娜来,她什么病都懂。"

"别让艾美来,她没有得过这种病,我怕传染给她。你和梅格不会再一次得病吧?"贝思担心地问。

"我想不会,要是真得了也不要紧,那是活该,自私的蠢猪。"乔咕哝着去找罕娜商量。罕娜一听吓得睡意全无,马上就过来了,一面安慰乔不用焦急:只要治理得当,谁也不会死——乔相信不疑,心里也觉得轻松多了,两人一面说一面去叫梅格。

"现在我告诉你们怎么办。"罕娜说。她把贝思检查了一遍。"我们请邦斯医生来给你看看,亲爱的,让他指点我们该怎么做;然后我们送艾美到马奇婶婶家住几天,免得她也被传染上。你们姐妹留一个在家,专门陪贝思。"

"当然是我留。"梅格抢先说道,她看上去十分焦急和自责。

"应该我留,因为她得病全都是我的错;我跟妈妈说过我来跑差事,但却没有做到。"乔坚定地说。

"你要哪一个呢,贝思?一个就行了。"罕娜说。

"乔吧。"贝思心满意足地把头靠在姐姐身上。

"我去告诉艾美。"梅格说。

艾美拒不从命,激动地宣布她宁愿得猩红热也不愿去马奇婶婶家。梅格又是商量,又是恳求,又是逼迫,无奈都是白费心机。就在梅格出去的当儿,劳里走进客厅,看到艾美把头埋在沙发垫里哭得好不伤心。她诉出自己的委屈,满心希望能得到一些安慰。但劳里只是把双手插进口袋里,在房间里踱来踱去,一面轻轻吹着口哨,一面拧紧眉头苦苦思索。不一会儿,他在她身边坐下来,又诱又哄地说道:"做个明事理的小妇人吧,听她们的话。别哭了,我告诉你一条妙计。你去马奇婶婶家,我每天都来接你出去玩,或是乘车,或是散步,那岂不比闷在这里要好?"

"我不想就这么被打发走,好像我碍着她们似的。"艾美用一种受伤的口吻说道。

"你怎么能这样想呢,这都是为你好。你也不想生病吧?"

"不想,当然不想,但我敢说我可能也会得那种病,因为我一直跟贝思在一起。"

"那就更应该马上离开,免得被传染上。换一个环境,小心保养,这样对你的身体更有好处,猩红热可不是闹着玩的,小姐。"

"但马奇婶婶家里那么沉闷,她脾气又这么坏。"艾美面露惧色地说。

"有我每天去那里告诉你贝思的情况,带你出去游逛,你就不会闷了,老太太很喜欢我,我多哄哄她,她就会由着我们,不来找我们的茬了。"

"你能用那辆小跑车接我出去玩吗?"

"我以绅士的名誉保证。"

"每天都来?"

"绝无戏言!"

"贝思一好就带我回来?"

"一言为定!"

"真的上戏院?"

"上一打戏院,如果可以的话。"

"嗯——那么——我答应。"艾美慢慢地说。

"好姑娘！叫梅格来,告诉她你服从了。"劳里高兴地在艾美身上轻轻一拍,却不知这一拍比刚才"服从"二字更令艾美恼火。

"小贝思情况怎么样了?"劳里问。他特别宠爱贝思,因此心中万分焦急。

"她现在躺在妈妈的床上,感到好些了,婴儿的死使她受了很大刺激,她显得神不守舍,这就让我担心死了。"梅格回答。

"真是祸不单行!"乔说道,情急之中把头发弄得纷乱,"我们一波未平,一波又起。妈妈不在,我们就像失去了主心骨,我一点主意也没有了。"

"喂,别把自己弄得像头箭猪好不好。把头发弄好,乔,告诉我是发封电报给你妈妈呢,还是做点其他什么?"劳里问。他一直对乔把一头秀发剪掉耿耿于怀。

"我正为此事犯难,"梅格说,"如果贝思真的得了病,按理我们应该告诉她,但罕娜说我们不必如此,因为妈妈不能搁下爸爸,告诉她只能让他们干着急。贝思应该不会病很久,罕娜知道该怎么做,再说妈妈吩咐过我们要听她的话,所以我想我们还是不要发电报了,但我总觉得有点不对劲。"

"哎,这个,我也说不清。不如等医生来看过之后你问问爷爷。"

"对。乔,快去请邦斯医生,"梅格命令道,"要等他来了我们才能作出决定。"

"你别动,乔。跑腿工夫让我来做。"劳里说着拿起帽子,一头冲出房间。

"我的好伙计日后必成大器。"乔望着他跃过篱笆,微笑赞叹。

邦斯医生诊断后,说贝思表现有猩红热的症状,但不会得什么大病,他听了赫梅尔家的事后,显得十分严肃。艾美被命令立即离开,并带上防治猩红热的药用品,乔和劳里伴随左右,一路护送而去。

马奇婶婶拿出一贯的待客之道来接待他们。"果然不出我所料,一让你们混到穷人堆里就会经常出事。艾美如果没有得病,可以留下干点活儿,不过我肯定她也会病的——看这模样就像。别哭,孩子,一听到人抽鼻子我就心烦。"艾美正要哭出来,劳里狡猾地扯拽鹦鹉的尾巴,鹦哥吓得嘎地大叫了一声："哎呀，完了！"模样十分滑稽，引得艾美破涕为笑。

"你们的母亲来信怎么说？"老太太硬邦邦地问道。

"父亲好多了。"乔拼命忍笑答道。

"哦，是吗？不过，我看也熬不了多久。马奇一向都没什么耐力。"老太太的回答水平确实让人不敢恭维。

"哈哈！千万别说死，吸一撮儿鼻烟，再见，再见！"鹦哥尖声高叫，在椅子上跳来跳去。劳里在它的尾部一捏，它便一把抓住了老太太的帽子。

"闭嘴，你这下作的破鸟！哎，乔，你最好现在就走，这成何体统，这么晚了还跟一个没头脑的小伙子游荡——"

"闭嘴，你这下作的破鸟！"鹦哥高叫道，冲过来啄这位"没头脑"的小伙子，劳里听到最后一句早已笑得身子直颤。

"这种生活我不能忍受，但我要尽量克制。"孤零零地留在马奇婶婶身边的艾美这样想。

"去你的，丑八怪！"鹦哥尖叫。听到这句粗话，艾美也忍不住嗤的一声笑了。

点评：

　　贝思得了猩红热，这难道就是作者安排的对她的姐妹们懒散的惩罚吗？在姐妹们都放松的时候，只有她一如往昔，从不懈怠；在姐妹们都不愿去照料赫梅尔家的孩子的时候，只有她毫无怨言，独自承担。如果要奖励的话，她是最理所应当、当仁不让的；但如果要接受惩罚的话，她却是最无辜的。希望她的病不会太严重，赶紧好起来。

第十八章 黑暗的日子

贝思果然得了猩红热,病情比大家估计的要重得多,但罕娜和医生认为并无大碍。姑娘们对疾病一无所知,劳伦斯老先生又因医生的嘱咐不能来看她,于是一切都由罕娜做主,忙碌的邦斯医生也尽力而为,但把许多事情留给乔来做。梅格为避免把病传染给金斯一家而留在家里料理家务,每当她提起笔来写信时,心里就焦虑不安,并有一种负罪感,因为她不能在信中提及贝思的病。乔日以继夜地侍候贝思——这任务并不艰巨,因为贝思十分坚强,一声不吭地忍受着身体的痛苦。但有一次猩红热发作时,她声音嘶哑地说起了胡话,把床罩当作自己心爱的小钢琴弹起来,并试图唱歌,最终因喉咙肿胀而无法唱出来;又一次,她连身边那几张熟悉的面孔也认不出来,竟把亲人叫错了,还一声声地哀叫妈妈。乔被吓坏了,梅格也求罕娜让她写信告诉真相,甚至罕娜也说:"虽然还没有危险,但同意考虑考虑。"而此时,华盛顿又发来一封信,告知她们马奇先生病情恶化了,短期内不可能回家,这更平添了她们的烦恼。

日子变得黯然无光,屋子里冷冷清清,一度幸福洋溢的家现在笼罩在一片死寂般的阴影中。寄人篱下的艾美热切地盼望着能够回家为贝思尽点心意,她现在不再觉得家务是件令人烦心的苦差事了。每当想到贝思自愿为她做的许多被忽略掉的活计时,她就又是惭愧又是心酸。劳里整日愁眉紧锁,像个不安宁的鬼魂一样在屋子里游转。劳伦斯先生锁上了大钢琴,因为他无法忍受一看见大钢琴就想到他的小邻居曾给他带来多少黄昏的慰藉。大家都惦记着贝思。送奶工、面包师傅、杂货店老板、肉贩子都询问她的情况,可怜的赫梅尔太太过来为明娜拿寿衣时请求大家原谅她的愚昧无知,邻居们也纷纷送上各种各样的慰问品和祝福,连最熟悉她的人都诧异,脑腆的小贝思竟然交了这么多朋友。

此时贝思躺在床上,身边是心爱的乔安娜,即使在神志恍惚之际她也没有忘记这个身世悲惨的玩偶。她也舍不得那几只猫,但因担心它们会染上病而没有让它们靠在身边。病情安定的时候,她总是忧心忡忡,唯恐乔会有个三长两短。她惦记艾美,请姐妹们告诉母亲她很快就会写信去,并常常求她们给她纸和笔,勉强写上只言片语,使父亲不至于以为自己忽略了他。但不久这种短暂的清醒也结束了,她一卧不起,在床上翻来覆去,语无伦次,有时又昏昏睡去。邦斯医生一天来两次,罕娜晚间守夜,梅格写好一封电报放在桌上,准备随时发出,乔更是不敢从贝思身边移开半步。

十二月一日对她们来说是个名副其实的严冬。这天寒风呼啸、大雪纷飞,似乎预示着这一年的气数已尽。当邦斯医生这天早上过来时,他久久望着贝思,把她那热得烫人的手放在自己双手里紧紧地握了一会,然后轻轻放下,声调沉重地对罕娜说:"如果马奇太太能够离开丈夫,最好现在回来一趟。"罕娜点点头,双唇不断地抖动;梅格闻听此言,仿佛四肢的力量被抽了个精光,一下子跌倒在椅子上;乔脸色煞白地待了一会,跑到客厅,一把抓起电报,一头扎进狂风暴雪之中。她很快便回来了,正轻轻脱大衣的时候,劳里手持一封信走进来,告诉她马奇先生的病又好转了。乔激动地把信读了一遍,但心情仍然异常沉重,劳里见她神情悲恸,忙问:"怎么了?贝思的病又加重了吗?"

"我已经通知了妈妈。"乔说,阴沉着脸使劲地脱她的胶靴。

"做得对,乔!是你的主意吗?"劳里问。他看到乔双手直抖,靴子一时脱不下来,便把她扶到大厅里的椅子上。

"不。是医生吩咐的。"

"啊呀,不至于这么糟糕吧?"劳里大吃一惊,叫了起来。

"正是这么糟糕。她已经认不出我们,也不谈她的绿鸽子了,她原来一直把墙上的藤叶叫做绿鸽子的。她变得不像我的贝思了,现在没人能帮助我们,爸爸妈妈都不在,上帝也似乎遥不可及。"泪水顺着乔的双颊大滴大滴地滚落,她六神无主地伸出手,仿佛在黑暗中摸索,劳里一把把她的手握住,只觉得喉咙也哽咽了,好不容易才轻声说道:"我在这里呢。抓紧我吧,乔,亲爱的!"乔没说话,但却真的把他"抓紧"了。这样握着劳里温暖友好的手,她又酸又痛的心舒缓了一些,在她遇到困境的时候支撑她的上帝之手仿佛也离她更近了些。

"谢谢你,特迪,我现在好多了,也没那么绝望了。万一真的会有什么不测，我也会勇敢面对的。"

"保持乐观，那会给你力量的，乔。你妈妈很快就会回来，到那时一切就都会好起来的。"

"幸好爸爸的病情好转了，这样妈妈回来也不至于放心不下。噢，老天！怎么灾祸一个接着一个，我身上的担子比谁的都重。"乔叹了口气，把她的湿手绢打开，铺在膝头上风干。

"难道梅格不和你分担吗？"劳里气愤地问。

"噢，她也努力分担，但她不能像我这样爱贝思，也不会像我这么怀念她。贝思是我的心肝，我不能失去她。不能！不能！"乔把脸埋在湿手绢里，失声痛哭，刚才她一直坚强地忍着，没有掉一滴泪。劳里用手抹抹眼睛，想说点儿什么，但只觉得嗓子眼被什么东西堵住了，嘴唇也在不停地颤抖。这也许没有男子气，但他忍不住。一会儿，待乔平静了下来，他才满怀希望地说："我想她不会死的；她这么善良，我们又都这么爱她，我不信上帝就这样把她夺走。"

"好人总是活不长。"乔咕咕哝哝地说道，不过她还是止住了哭，朋友的话使她精神一振。

"可怜的姑娘，你是累坏了，你不是这么悲观的人。歇口气儿，我这就让你抖擞起来。"劳里两级并作一级跑上楼去，不一会儿捧着一杯酒跑下楼来，她微笑着接过，坚强地说："我喝——为贝思的健康！你是个好医生，特迪，又是这么善解人意，我不知道怎样才能报答你。"

"不消多久我自会向你讨债的，不过今晚我想送你一样比酒更能让你心里暖和的东西。"劳里边说边望着她笑，脸上露出得意之色。

"什么东西？"乔惊讶地问。

"我昨天给你妈妈发了一封电报，布鲁克回电说她马上回来，今天晚上就能到家，那时一切就都好办了。我这样做你喜欢吗？"劳里说得很快，脸色转眼间便因激动而变得通红。由于担心会使姑娘们失望和伤了贝思的心，他一直守着这个秘密。

乔脸色发白地从座椅中一跃而起，用双臂搂紧他的脖子，高兴地又叫又喊："啊，劳里！啊，妈妈！我高兴死了！"她不再啜泣，而是歇斯底里地大笑起来，一面颤抖一面搂紧她的朋友，仿佛被这突如其来的好消息弄得意乱神迷。

劳里大吃了一惊,却表现得相当镇定。他轻轻拍着她的背脊,见她正逐渐恢复过来,便腼腆地在她脸上吻了一下。

乔刹那间如梦初醒。她扶着楼梯扶手,把他轻轻推开,气喘吁吁地说:"噢,别这样!我刚才昏了头,不是故意要扑向你,你这么听话,竟然不顾罕娜的反对给我妈妈发电报,所以我忍不住。把事情经过告诉我吧,别再给我酒喝了,它会令我胡作非为。"

"这我倒不介意。"劳里笑道,一面整理好领带,"是这样,你知道我和爷爷都十分焦急,我们认为罕娜在僭越职权,而你妈妈应该知道这事。如果贝思一旦出了事,她永远都不会原谅我们。所以我昨天便飞快赶到邮局,打定主意把电报发了。你妈妈就要回来,我知道火车凌晨两点钟到站,我去接,你只需收敛一下你的狂喜之情,安顿好贝思,专候佳音就行了。"

"劳里,你是个天使!我该如何感谢你?"

"扑向我吧,我真喜欢那样。"劳里调皮地说。他足足两个星期没露出这种神色了。

"不,谢谢了。别取笑我了,回家休息去吧,你半夜还要起来呢。上帝保佑你,特迪!"乔退到一角,话方说完便仓促冲进厨房,消失了身影。此时劳里离开了,觉得自己把事情干得相当利索。

"我从来没有见过这么好管闲事的家伙,不过我原谅他,希望马奇太太马上就回来。"当乔宣布好消息时,罕娜松了一口气,说道。

屋子里仿佛吹过了一阵清风,寂静的房间似乎也被什么比阳光还要明亮的东西照得亮堂起来。每种事情都好像感觉到了这充满希望的新变化,贝思的小鸟开始重新吟唱,在艾美的花丛里发现了一朵半开的玫瑰;炉火也燃烧得特别欢畅;梅格和乔每次碰面,苍白的脸孔都绽出笑容,她们紧紧拥抱,互相鼓励:"妈妈就要回来了,亲爱的!妈妈就要回来了!"大家欢欣鼓舞,只有贝思昏迷不醒,躺在床上,无知无觉,无喜无忧。她的形容令人心碎——原本红润的脸庞变得没有一点血色;灵巧的双手瘦得只剩下皮包骨头;总是挂着微笑的双唇几乎找不到气息;漂亮整齐的头发零乱不堪地散落在枕头上。整整一天她都这么躺着,只是偶尔醒来才含混不清地发出一声："水！"乔和梅格整天都在她身边侍候，照看着、等待着、盼望着，相信上帝和母亲能创造奇迹。整整一天大雪纷飞，狂风怒吼，时间过得缓慢之极。最后，黑夜终于降临。姐妹俩仍然各自坐在床的一边，每当时钟敲响便互相交换一下眼色，眼睛闪闪发亮。医生来过，说大约午夜时分病情就能见分晓，或是好转，或是恶化，他届时再来看视。

疲倦不堪的罕娜倒在床边的沙发上，呼呼大睡；劳伦斯先生在客厅里踱来踱去，他宁愿面对一个造反的炮兵连，也不愿意看到马奇太太进来时焦虑不安的神色；劳里躺在地毯上，佯作休息，其实是在盯着火苗想心事，那若有所思的表情使他的黑眼睛显得清澈温柔，异常优雅。

姐妹两人永远不会忘记那个晚上，她们全无睡意地守护着，深深感受到在这种时刻无能为力的痛苦。

此时时钟敲响十二下，两人一心守着贝思，早就忘掉了自己，恍惚间觉得那张状如死灰的面庞掠过一丝变化。屋里依然一片死寂，只有呼号的狂风打破这深夜的寂静。倦极的罕娜仍在酣睡，姐妹俩看到贝思的脸色开始泛白，犹如有一个白色幽灵在床上作祟。一个小时过去了，情况依旧，只听见劳里的车悄悄往车站去了。又过了一个小时——仍不见有人来，姐妹俩心里开始七上八下，一会儿担心母亲被暴风雪耽搁，一会儿又担心路上发生意外，更害怕华盛顿那边会发生什么不测。

已是深夜两点多钟，乔站在窗边，正在感叹这雪花漫天的世界是多么乏味，突然听到床边有什么东西响了一下，赶紧回头一望，只见梅格正掩脸跪在母亲的安乐椅前。乔吓得心胆俱裂，浑身发凉，暗暗想道："贝思去了，梅格不敢告诉我。"她立即走到床前，激动的双眼仿佛看到了惊人的变化。那张可爱的小脸显得异常苍白而平静，乔她弯下身子，注视着这位自己最心爱的妹妹，在她湿漉漉的额头上深深一吻，轻声说道："再见！我的贝思，再见了！"也许是听到了响动，罕娜蓦地惊醒，三步并作两步走到床前，看看贝思，摸摸她的双手，听一下鼻息，接着把围裙向头上一抛，压低声音叫道："烧热退掉了！她正在熟睡，皮肤汗津津的，气息也平和多了。谢天谢地！噢，老天可怜！"姐妹两人尚在半信半疑，医生进来证实了这个天大的喜讯。医生是一个普通的男人，但此刻她们觉得他的面孔简直英俊极了。他用慈父般的眼神看着她们，微笑着说："不错，好孩子，我想小

青少年课外阅读系列丛书

姑娘可以闯过这次难关的。保持房间安静,让她睡去,她醒来的时候,给她——"到底给她什么,两人都没有听到,她们悄悄地走进漆黑的大厅,坐在楼梯上,互相紧紧拥抱,心中那份狂喜简直可以形容。当她们回去接受忠诚的罕娜的吻和拥抱时,她们发现贝思像往常一样,手枕脸颊而睡,原来死灰般的脸色已经变得有了生气,呼吸轻柔,似乎刚刚进入梦乡。

难熬的漫漫长夜终于过去了,第二天一早,不眠不歇地守了整整一夜的乔和梅格睁着困倦的眼睛向外望去,只见云蒸霞蔚,整个世界显得异常美丽动人。

"真像个童话世界。"梅格站在窗前,观赏着这异彩纷呈的景色,独自微笑起来。

"听!"乔叫道。

此时,门口传来一阵铃声,只听得罕娜叫了一声,接着又听到了劳里欣喜地说道:"姑娘们,她来了! 她来了!"

点评:

贝思的病比想象的要重很多,姐妹们以及罕娜、劳里、劳伦斯先生都做了最坏的打算。危急时刻,接到劳里通知的马奇太太星夜赶回,而贝思在医生的治疗及家人的照料下竟然奇迹般地退了烧。难熬的长夜终于过去,天明后云蒸霞蔚的美丽世界既自然真实,又预示着幸福祥和将重新降临这个经受了灾难的家庭。

第十九章　艾美的遗嘱

当家里发生这一连串事情的时候，艾美正在马奇太太家挨日子。此刻她深深体会到寄人篱下的痛苦，第一次认识到自己在家里是如何受到亲人的宠爱。马奇婶婶从不宠爱人，她不赞成这样，当然这也是出于好意，因为小姑娘的表现十分讨她的欢心，而老人对马奇家几个孩子也未尝不爱，但她认为这种爱不宜表露出来。她的确在竭尽全力要令艾美幸福，但是，老天作证，她的方法却糟糕透顶！一些老年人尽管皱纹累累、白发苍苍，心中却仍然充满朝气，能和孩子们同忧共喜，友好相处，使他们感到无拘无束，以最温柔的方式给予和得到友谊。不幸的是马奇婶婶却没有这方面的天分，她规矩森严，整日板着一副面孔，说话啰啰嗦嗦，冗长乏味，使艾美吃尽了苦头。发现艾美比她的姐姐更乖巧听话，老太太便觉得自己有责任把她从家里带来的娇气和懒气尽量铲除掉。因此她把艾美置于股掌之中，用自己六十年前所接受的教育方式来教导她，其结果只有令艾美越发反感，她觉得自己像只落网的苍蝇，落到了一个一丝不苟的蜘蛛手上。

她每天早上都要洗净茶杯，把旧式汤匙、一个圆肚银茶壶、几面镜子擦拭得锃光发亮。接着便得打扫房间，这个任务可非同小可！几乎没有一粒尘埃可以躲得过马奇婶婶的眼睛，而家具全都是爪型腿脚，并刻有很多永远扫不干净的浮雕。然后又得喂鹦哥，给叭儿狗梳毛，还得取东西，传达命令，楼上楼下跑上十来回，因为老太太腿疾严重，极少离开自己的大座椅。干完这些活儿后，她还得做一件伤透脑筋的事——做功课。之后她才可以自由活动一个小时，这是她最心花怒放的时候。劳里每天都过来，甜言蜜语地哄马奇婶婶答应让艾美跟他一同外出。然后他们一齐散步、骑马，尽兴而归。吃过午饭后，她得大声朗读，并坐着纹丝不动，老太太则在打瞌睡，常常是一页没有听完就睡着了，一睡就是一个小时。接着是缝缀各色布匹或手巾，艾美表面虽不敢言语，心里却在拼命反抗，就这样一直缝到傍晚，才可以随意玩玩，一直到吃茶时间。晚上的时光最为难熬,因为马奇婶婶开始大讲特讲她年轻时候的故事,这些故事沉闷不堪,艾美每次都盼望着上床睡觉,打算为自己的悲惨命运一哭,但每次都是还没有挤出一星半点儿眼泪便已睡着了。

　　如果不是有劳里和女佣人埃丝特老人,这种日子真是一天也过不下去。埃丝特是个法国女人,她和"夫人"——她这样称呼自己的女主人——共同生活了很多年,老太太没有她便活不下去。她喜欢上了艾美,和她一起坐时常常一边烫"夫人"的花边,一边给她讲自己在法国遇到的奇闻怪事,令艾美大开眼界。她还允许艾美在这间大屋子里头四处游荡,仔细欣赏藏在大衣橱和旧式柜子里的那些奇珍异宝。艾美最中意的是一个印度木柜,内设有许多奇形怪状的抽屉、小分类架和暗格,里头装着各种各样的饰物,有些贵重,有些则只是怪异而已,都或多或少有了一些年头。欣赏这些东西给予艾美一种巨大的满足感,尤其是那些珠宝箱子,天鹅绒垫子上摆着各式各样四十年前装扮美女的首饰。这里头有一套马奇婶婶出席社交场合常戴的石榴石饰物、她出阁时父亲送给她的珠宝、爱人的钻石、出席葬礼戴的煤玉戒指和发夹,还有一些怪模怪样的金属小盒子,里头镶嵌着已故朋友的照片、头发制成的垂柳、她的一个小女儿戴过的婴儿手镯、马奇叔叔的大挂表和被许多小孩把玩过的红印章等。

　　"如果她立遗嘱,小姐想挑选哪一样呢?"埃丝特问。她总是坐在跟前看守着,并把贵重物品锁起来。

　　"我最爱这些钻石,可惜里面没有项链,而我最喜欢项链,它们漂亮极了,如果可能的话,我就选这一个。"艾美答道,羡慕不已地望着一串纯金乌木珠链,链子上沉甸甸地挂着一个用相同材料做成的十字架。

　　"我也喜欢这个呢,但并非想要来做项链。在我眼里它是一串念珠,我要虔诚地持着它诵经祈祷。"埃丝特说道,若有所思地端详着漂亮的首饰。

　　"你似乎能从自己的祷告中寻求到极大安慰,埃丝特,每次祷告后你都会显得平静、满足。但愿我也能这样。"

　　"如果小姐是个天主教徒,也能找到真正的安慰;既然不是,你也不妨每天静坐一会,思考并祈祷,我在夫人之前侍候的那位好女主人便是这样。"

"我这样做合适吗?"艾美问。她在寂寞中深感需要一种帮助,由于贝思不在身边提醒自己,她觉得自己都快把那本小册子给忘掉了。

"那将再好不过了,如果你喜欢,我很乐意把化妆室收拾好给你用。不用告诉夫人,她睡觉时你可以进去静坐一会,躬身反省,祈求上帝保佑你姐姐。"埃丝特十分虔诚,真情相劝,因为她心地十分善良,对艾美姐妹们的处境感同身受。艾美觉得这个主意很好,便同意了。

"不知马奇婶婶死后这些东西会流落何方。"她一面说,一面慢腾腾地把光彩照人的珠宝放回原处,把珠宝箱逐一关上。

"落到你和你几个姐姐的手上。这个我知道,夫人常向我诉说心事。我看过她的遗嘱,这不会有错。"埃丝特耳语道,一边微笑。

"好极了!不过我希望她现在就能给我们。拖延时间并非是什么好事。"艾美一面评论一面又向那些钻石望了最后一眼。

"年轻女士佩戴这些首饰为时尚早。你们谁第一个订婚就可以得到那套珍珠首饰——夫人这样说过。我想你离开时会得到那只绿松石戒指,因为夫人认为你举止有礼,规矩听话。"

"是吗?噢,如果真的能得到那个漂亮的戒指,即使做个小羊羔我也是甘心的!它比吉蒂·布莱恩的不知要美丽多少倍。不论怎么说,我还是喜欢马奇婶婶的。"艾美兴冲冲地把那只蓝色戒指戴手上试试,下定决心要得到它。

从这天开始她就成了驯服听话的典范,老太太看到自己的训练大见成效,喜得心花怒放。埃丝特在小房间里放上一张桌子,前面摆一张脚凳,上面挂一幅从一间锁着的屋子里拿出来的圣母像。艾美仰望着圣母亲切温柔的面孔,心里千丝万缕,百感交集,眼睛从不觉得有一点疲倦。她在桌上放上自己的圣约书和赞美诗集,摆上一个花瓶,每天换上劳里带来的美丽花儿,并来静坐一会,幽思反省,祈求上帝保佑姐姐。

这小女孩儿做的这一切都是非常诚挚的。由于离开了安全温暖的家,一个人孤身在外,她强烈地感到需要一双善良的手来扶她一把,于是本能地向那位强大而慈悲的"朋友"求助。不过艾美是个新香客,此时她肩上的担子似乎万分沉重。她试图忘掉自己,保持乐观,问心无愧地做人,尽管没有人看到,也没人为此而赞扬她。为了使自己非常非常地好,

青少年课外阅读系列丛书

她作出的第一个努力就是像马奇婶婶那样立一个遗嘱,这样假使她真的身染沉疴撒手而去,她的财产也可以得到公平慷慨的分割。

她花了一小时时间绞尽脑汁拟出这份重要文件,埃丝特帮助她纠正某些法律用词。当这位好心的法国女人签上自己的大名后,艾美松了一口气,把它放在一边。

因这天下雨,她走到楼上的一间大房子里找点开心的事做,并带上鹦哥做伴。房子里放着满满一衣橱的旧式戏服,埃丝特允许她穿这些戏服玩,她于是乐此不疲,穿上褪了颜色的锦缎衣裳,对着全身镜来回检阅,行仪态万千的屈膝礼,穿着长裙摇曳而行,让它发出悦耳的瑟瑟声。这一天她忙得不亦乐乎,连劳里敲门都没有听到。劳里悄悄探头望进去,恰好看到她手摇扇子,摇头摆脑,煞有介事地踱过来踱过去。她头缠一条巨大的粉红色头巾,与身上穿着的蓝缎子衣裳和胀鼓鼓的黄裙子相映成趣,由于穿着高跟鞋,走路时必须十分谨慎。正如劳里事后向乔所述,她穿着鲜艳的服装扭扭捏捏,鹦哥紧跟后面,时而缩头缩脑,时而昂首挺胸,全力模仿她的一举一动,偶尔又停下来叫一声:"我们不是挺好吗? 去你的,丑八怪! 闭嘴! 亲亲我,宝贝! 哈哈!"其情其景,真是令人捧腹。

劳里好不容易才忍住了即将爆发出来的笑声,以免会惹怒公主殿下。他敲敲门,艾美优雅地把他迎进去。

"坐下歇一会儿,待我把这些东西卸掉,我有一件十分严肃的事情要跟你商量。"在展示完自己的光彩并把鹦哥赶到一旁后,她这样说。艾美把衣橱门关上,从口袋里掏出一张纸。"我想请你看看这份文件,告诉我它是否合法、妥当。我觉得我有必要这样做,因为生命无常,我不想在死后引起纷争,令大家不快。"劳里咂咂嘴唇,微微背转身子,带着颇值嘉许的认真劲儿读起了下面这份错字连篇的文件:

我的遗愿和遗属

我,艾美·科蒂斯·马奇,在此仍心智健全之际,把我的全部财产曾(赠)送并遗曾(赠)如下——

给父亲:我最好的图画、素描、地图和艺术品,包括画框。还有一百美元任他自由支配。

给母亲：诚挚地送上我的全部衣服，有口袋的蓝围裙除外——以及我的肖像和奖章。

给玛格丽特：曾（赠）送我的录（绿）松石戒指（如果我能得到），以及装鸽子用的录（绿）色箱子和我的上等花边，还有我给她画的肖像，以纪念她的"小姑娘"。

给乔：留给她我的胸针，被封蜡补过的那个，以及我的铜墨水台——她弄丢了盖子——还有我最珍爱的那只塑胶兔子，因为我很后悔烧掉了她的故事。

给贝思（如果我先她而去）：送给她我的玩偶和小衣柜、扇子、亚麻布衣领和我的新鞋子，如果她在病好后身体瘦弱可以穿下的话。在此我一并为以前曾取笑过乔安娜而致歉。

给我的朋友和邻居西奥多·劳伦斯：我遗曾（赠）我的制型纸文件夹和陶土模型马，虽然他说过这马没有脖颈；以及他喜欢的我的任何一件艺术品，最好是《圣母玛利亚》，以报答他在我们痛苦之际对我们的大恩大德。

给我们尊敬的恩人劳伦斯先生：我留给他一面盖子上镶有镜子的紫色盒子，这给他用来装钢笔用最为漂亮，并可以使他睹物思人，想起那位对他感激涕零的逝去了的小姑娘。她感谢他帮助了她一家，尤其是贝思。

我希望我最要好的伙伴吉蒂·布莱恩得到那条蓝绸缎围裙和我的金珠戒指，连同一吻。

给罕娜：我送她想要的硬纸匣和我留下的全部拼凑布匹，希望她"看到它们时就会想起我"。

我最有价值的财产现已处理完毕，希望大家满意，不会责备死者。我原谅所有人，并相信号角响起时我们会再见。

我于今天公元一八六一年十一月二十日在此遗属（嘱）上签字盖章。

艾美·科蒂斯·马奇

证人：埃丝特·梵尔奈

西奥多·劳伦斯

最后一个名字是用铅笔写上的，艾美解释说他要用钢笔重写一次，并替她把文件妥善封好。

青少年课外阅读系列丛书

"你怎么会想出这么个主意？有人告诉你贝思要分派自己的东西了吗？"劳里严肃地问。此时艾美在他面前放上一段扎文件用的红丝带，连同封蜡、一支小蜡烛、一个墨水台。

她于是解释一番，然后焦急地问："贝思怎么样？"

"我本不该说的，但既然来了，我便告诉你。一天她觉得自己已病入膏肓，便告诉乔她想把她的小钢琴送给梅格，她的猫儿给你，她可怜的旧玩偶给乔，因为乔会为她而爱惜这个玩偶的。她很遗憾自己没有太多的东西留给大家，便把自己的头发一人一绺分给我们和其他人，把挚爱留给爷爷。她根本没想到立什么遗嘱。"劳里一面说一面签字盖章，久久没有抬起头来，直到一颗硕大的泪珠滑落到纸上。艾美神色大变，颤抖着嘴唇悄声问道："贝思是不是真的会有什么危险？"

"恐怕是这样，但我们必须怀抱最好的希望。别哭，亲爱的。"劳里像哥哥一样伸出手臂来护着她，使她感到了莫大的安慰。

劳里走后，她来到自己的小教堂，静坐于蒙蒙暮光之中，一面为贝思祈祷，一面心酸落泪。假如失去了温柔可爱的小姐姐，即使有一千一万个绿松石戒指，也不能给她带来安慰。

点评：

　　这一章是艾美思想的转折点。在此之前，她的自私心更重一点，但经历了一系列的家庭波折以及寄人篱下后，她在圣母的感召下开始变得懂事起来。遗嘱并非是她模仿大人们的处事方式闹着玩的，而是昭示着她开始懂得了与人分享属于自己的东西。无私的爱心比任何的虚荣矫饰都更可爱，也更可贵。美丽的仪表、高雅的举止，再配以无私的爱心，这才是一个完美的淑女。

第二十章　密　谈

　　我认为我找不到任何词语来描述她们母女重逢时的情形；这种温馨、美好的时光是难以用笔墨来表达的，我只好把它留给我的读者们去想象。屋子里洋溢着真正的快乐，贝思睡了长长一觉醒来，她第一眼看到的是一朵小玫瑰花和母亲慈爱的面孔。因身体仍极度虚弱，她没有气力发出惊叹，只是露出微笑，紧紧地依偎在母亲慈爱的臂膀中，那种感觉就像久旱的禾苗终于盼到了甘露。不久她又睡了过去，姐妹俩则熬夜守候在母亲身边，因为母亲不愿放弃女儿沉睡中依然紧紧攥着她的那只瘦削的手。

　　罕娜一时找不到其他方法来表示自己的兴奋心情，便为远道归来的亲人上了一顿丰盛的早餐；梅格和乔像恪守职责的幼鹳一样偎着母亲进餐，一面听她讲述父亲的情况，以及布鲁克先生如何答应留下来照顾父亲。她在回家的路上被风雪耽搁了时间，到站的时候，忧心如焚，又冷又累，是劳里充满希望的面孔的出现使她得到了难以言喻的安慰。

　　这一天是多么奇特，多么喜气洋洋！屋外阳光灿烂，处处洋溢着欢声笑语，人们似乎全都走了出来，迎接这场春雪；屋里却无声无息，一片宁静，大家因为一夜未眠，此刻全都进入了梦乡。罕娜打着瞌睡在门边守护，梅格和乔仿佛卸下了一身重担，也都双双合上疲倦之极的眼睛。马奇太太不愿离开贝思，便坐在大椅子上休息，不时醒来看一看、摸一摸自己的孩子，看着贝思发呆，其神态就像一个重新找回了自己财宝的吝啬鬼。

　　同时劳里匆匆赶去安慰艾美，他的故事讲得十分成功，马奇婶婶听了竟"从鼻子里头笑了一声"，而且没有再说"我早就告诉过你"这样的话。艾美这回显得十分坚强，看来她在小教堂里下的努力开始开花结果了。她很快把泪水擦干，按捺住要见母亲的急切心情，当劳里说她表现得"像个优秀的小妇人"时，老太太也由衷地表示赞同，甚至鹦哥也对她大加赞赏，因为它叫她"好姑娘"，并用极其友好的声调求她"来散个步，亲爱的"。她本来很想出去在阳光明媚的雪地里玩个痛快，但发现劳里尽管装着没什么，但身子却困得直往下倒，便劝他在沙发上躺躺，自己则给母亲写信。

　　过了好一会儿她才把信写完，等她再次来到劳里身边时，劳里头枕双

青少年课外阅读系列丛书

臂,直挺挺地躺着睡得十分香甜。马奇婶婶拉下了窗帘,闲坐在一边,脸上露出一种罕有的慈祥宽厚的神情。

过了一会儿,她们开始想他要睡到晚上才能醒来了,如果不是艾美看见母亲时发出的欢叫声把他惊醒,我肯定他会一直睡下去的。那天,城里城外可能有许多幸福的小姑娘,但依我看艾美要算是最最幸福的一个。她坐在母亲的膝头上诉说自己是怎样度过这段日子的,母亲则报以赞赏的微笑和百般的爱抚。两人一起来到“小教堂”,艾美解释了它的来龙去脉,母亲听后并不反对。

“相反,我还很喜欢它呢,亲爱的。”她把眼光从沾满灰尘的念珠移到翻得卷了边的小册子和点缀着长青树花环的漂亮图画上。“当我们身处逆境、烦恼悲伤时,能找个地方清静一下是件大好事。人生的道路上充满了坎坷,但只要我们正确寻求帮助,就能够克服困难。我想我的小女儿正在领悟这个道理呢。”

“是的,妈妈,回家后我想在大房间的一角放上我的书和我画的那幅图的摹本。圣母的面孔画得不好——她太美了,我画不来——但那婴儿还画得不错,我很喜欢它。”艾美指指圣母膝上的圣婴,马奇太太看到她举着的手戴着一样东西,不觉微微一笑。她并没有说什么,但艾美明白了她的眼神,迟疑了一会,她郑重其事地说:“我原来要把这事告诉您的,但一时忘了。婶婶今天把这个戒指赠送给我。她叫我走到她跟前,吻了我一下,把它戴到我的手指上,说我替她增了光,她愿意把我永远留在她身边。因为绿松石戒指太大,她便把这有趣的护圈给我戴上。我想戴着它们,可以吗,妈妈?”

“它们很漂亮,不过我认为你年龄尚小,不适宜戴这种饰物,艾美。”马奇太太看着那只胖乎乎的小手,它的食指上戴着一只天蓝色宝石和一个由两个金色小箍扣在一起而组成的古怪护圈。

“我会努力做到不贪慕虚荣的,”艾美说,“我并非是因为这枚戒指漂亮才喜欢它,我戴上它是因为它能提醒我一些东西,就像故事里的那个女孩戴的手镯一样。”

“你是指马奇婶婶吗?”母亲微笑着问。

“不是,提醒我不要自私。”艾美的神情十分诚恳,母亲不禁止住了笑,温柔地对小女儿说:“戴着戒指吧,亲爱的,尽力而为,我相信你会有长进的,因为决心向善便已是成功的一半。现在我得回去看贝思了。振作精神,我们很快就会接你回家的。"

那天晚上,梅格正在给父亲写信,告诉他母亲已平安到家,乔悄悄溜上楼,走进贝思的房间。看到母亲,她用手指揪着头发,呆站了一会,神色焦虑。

"怎么啦,好女儿?"马奇太太问,伸出手来,神情关注。

"我想告诉您一件事,妈妈。"

"和梅格有关吗?"

"您猜得真快! 对,和她有关,虽然这只是一件小事,但却令我烦躁不安。"

"贝思睡着了,小声点把事情全告诉我。莫法特那小子没有来过吧?"马奇太太单刀直入地问道。

"没有,如果他来,我一定让他吃闭门羹的。"乔说着在地板上挨着母亲坐下来,"去年夏天梅格在劳伦斯先生家丢了一双手套,后来只找到了一只。我们已经把这事忘了,但一天特迪告诉我另一只在布鲁克先生手里。他把它收在马甲口袋里,一次它掉了出来,特迪便打趣他,布鲁克先生承认自己很喜欢梅格,但不敢说出来,因为她还这样年轻,而自己又这样贫穷。您看,这不是糟糕透顶了吗?"

"你觉得梅格喜欢他吗?"马奇太太焦虑地问道。

"上帝! 我对情呀爱呀这些荒唐事儿一无所知!"乔叫道,神情十分滑稽,"在小说里,害相思病的姑娘们不是一会吓一跳,一会红了脸,就是昏过去、瘦下去,一举一动都像个大傻瓜。但梅格并没有这些举动,她照吃照睡,跟平常没什么两样,我谈起那个男人时,她也正眼望着我,只有当特迪拿那些多情男女开玩笑时,她才红一下脸。"

"那你觉得梅格对约翰不感兴趣吗?"

"谁?"乔双眼圆睁,叫道。

"布鲁克先生。我现在称他为约翰;我们在医院里开始这样叫他,他也喜欢这样。"

"噢,天哪! 我知道你们会喜欢他的,他一直待父亲很好,你们不会把他打发走的,而是让梅格嫁给他,如果她也愿意的话。不要脸的东西! 去讨好爸爸,帮您的忙,就是为了哄得你们的欢心。"乔气得七窍生烟。

"亲爱的,别生气,我告诉你是怎么回事。约翰奉劳伦斯先生之命陪我一起去医院,他对重病缠身的父亲照顾得十分周全,我们怎能不喜欢他呢?他并没有隐瞒对梅格的感情,还开诚布公地告诉我们他爱她,但要等赚够成家立业的钱后再向她求婚。他只希望我们允许他爱她并为她效劳,尽一切努力去博取她的爱情,如果他有这个本事的话。我们不能拒绝他的诚意,他确实是个人品出众的年轻人,不过我们不同意让梅格这么年轻就订婚。"

"当然不能同意,那岂不是愚蠢之极!我真想自己来娶梅格,让她安全留在家里。"这一古怪的想法令马奇太太笑了起来,但她严肃地说:"乔,你可别跟梅格说什么。等约翰回来,他们两人在一起时,我就能更好地判断她对他是否有感情了。"

"她心肠太软,如果有人含情脉脉地看着她,她的心就会像阳光下的牛油一样融化掉。她读他寄来的病情报告比读你的信还多,我说她两句她就来拧我,她喜欢棕色的眼睛,而且并不认为约翰是个难听的名字,她会掉进爱河,那我们在一起的那种宁静、快乐、温馨的日子必将一去不返。我全料到了!"乔无可奈何地把下巴靠在膝盖上。马奇太太叹了一口气:"乔,你们日后各自成家是自然不过的事情,也很应该如此,但我何尝不希望我的女儿们在我身边多留几年。我很遗憾这件事来得如此之快,因为梅格只有十七岁,而约翰也要过好几年才有能力成家立业。我和你父亲的意见是,二十岁前她不能订下任何盟誓,也不可以结婚。如果她和约翰相爱,他们可以等,这样也可以考验他们的爱情。她并非轻浮浅薄之流,我也不担心他会待她不好。我美丽、善良的女儿!我希望她姻缘美满。"

"难道您不希望她嫁个富家子弟吗?"乔问。

"金钱是一种有用的东西,乔,我不希望我的女儿穷困潦倒,也不希望她们过于受金钱的诱惑。我希望约翰有份稳定的职业,其收入足以维持家庭开支,使梅格生活安适。我并不奢求我的女儿嫁入名门望族,大富大贵。如果地位和金钱是建立在爱情与品行的基础上,我会感激地接受,并分享你们的幸福;但根据经验,我知道普通的小户人家虽然每天都要为生计操劳,却可以拥有真正的幸福,他们的生活虽然清贫,却不失甜蜜温馨。看到梅格从低微处起步,我也心满意足,如果我没有看错的话,约翰是个好男人,她将因拥有他的心而变得富有,这比金钱更为宝贵。"

"我明白,妈妈,也很赞同,但我对梅格却十分失望,我一直计划让她日后嫁给特迪,一生享尽荣华富贵。那不好吗?"乔仰头问道,脸色明朗了一点。

"他比她年纪还小,你知道。"马奇太太刚说了一句,乔便打断道:"只是小一点儿,他老成持重,个子又高,如果他喜欢的话,他的言谈举止可以十足像个大人。再说他富有、慷慨、人品又好,而且爱护我们全家。这计划成了泡影,让我感到十分惋惜。"

"我恐怕劳里对梅格来说只像个小弟弟,而且谁也不知道他以后会怎样,现在怎么能指望他呢?别瞎操心,乔,让时间和他们自己的心来成就你的朋友们,干预这种事情很可能会弄巧成拙。"

"嗯,那自然,但我痛恨看到本来可以弄好的事情变得乱七八糟。如果可以不长大,就是头上压一大把熨斗我也愿意。只可恨花蕾终要绽开,小猫咪终要长成大猫——总之令人烦恼!"

"你们谈什么熨斗啊猫儿的?"梅格手持写好了的信悄悄走入房间,问道。

"我在瞎扯而已。我要去睡觉了,来吧,佩吉。"乔的回答无异于一个猜不透的谜。

"写得不错,文笔也很优美。请加上一句说我问候约翰。"马奇太太把信扫了一遍后交给梅格。

"您叫他'约翰'吗?"梅格微笑着问,天真无邪的眼睛直视着母亲。

"对,他就像我们的儿子一样,我们非常喜欢他。"马奇太太答道,也紧紧地盯着女儿。

"我真高兴,他是多么孤独。晚安,妈妈,有您在这里我们便感到舒坦无比。"梅格这样回答。

母亲无限怜爱地给了女儿一吻。梅格走后,马奇太太又满意又遗憾地自言自语:"她还没有爱上约翰,但很快就会爱上的。"

点评:

母亲对女儿们未来的幸福总是最在意的。马奇太太是个开明的人,并不以财富门第作为女儿们择偶的标准,而是更在意对方的品德及与自己女儿的感情。所以布鲁克先生虽然贫穷,却仍然能得到她的垂青,而莫法特却不得不吃闭门羹。

青少年课外阅读系列丛书

第二十一章　劳里恶作剧，乔来讲和

第二天乔的脸色令人捉摸不透。那个秘密在她的心头挥之不去，她很难装得若无其事。马奇太太此时已接管了乔的护理工作，并嘱咐久困在家的女儿好好休息，尽兴玩乐，这么一来，乔倒没有人烦她了。艾美又不在家，劳里便成了唯一可以安慰她的人。她虽然十分喜欢劳里做伴，但此刻却有点怕他，因为他有一种不可救药的坏毛病——爱戏弄别人，她担心他会用甜言蜜语把秘密从她的口里套出来。

她果然没有估错，这位爱恶作剧的小伙子发觉乔有点异样，疑心顿起，立即穷追不舍，诱哄、贿赂、嘲笑、威胁、责备、装漠不关心，无计不施，以求出其不意地套出真相。最后，凭着这股锲而不舍的劲头，他终于满意地相信此事与梅格和布鲁克先生有关。自家私人教师的秘密竟不让他知道，他心中愤愤不平，于是苦苦思索该如何好好地出一口怨气。

此时梅格显然已忘记了此事，一心一意为父亲的归来做准备，但突然，似乎发生了一种变化，有一两天她变得跟从前判若两人。听到有人叫她便会猛吃一惊，人家望她一眼她便脸红耳赤，整日不言不语，做针线活时独坐一边，羞答答的，心事重重。母亲问她时她回答自己一切正常，乔问她时她便求她别管。

"她在空气中感受到这种东西——爱——而且她变得很快。那些症状她几乎全得了——颤抖、暴躁、不吃不睡，背着人愁眉锁眼。我还发现她唱他译给她的那首歌，一次她竟然像您一样说'约翰'，然后又转过身去，脸红得像朵罂粟花。我们该怎么办？"乔说。看样子她准备采取任何措施。

"只有等待。不要干涉她，要心平气和，等爸爸回来事情就能解决了。"母亲回答。

"这是给你的信，梅格，封得严严实实的。真奇怪！特迪从来不封我的信。"第二天乔分派小邮箱里的信件时这样说。

马奇太太和乔正全神贯注地干着自己的事情，突然听到梅格大叫了一声，两人抬起头来，只见她死盯着那封信，一脸惊恐的神色。

"我的孩子,出了什么事?"母亲边叫边跑向女儿,乔则伸手去夺那封惹祸的信。

"这全是误会——信不是他寄的。噢,乔,你怎能做出这种无耻的事情?"梅格双手掩面,痛哭了起来。

"我?我什么也没做!你在说什么?"乔被弄糊涂了,叫道。

梅格温柔的眼睛因愤怒而变得闪闪发亮,她从衣袋里掏出一张揉皱了的纸条,向乔扔去,怒声呵斥:"信是你写的,那坏小子帮着你。你们怎能如此卑鄙无礼?"乔没有听她说话,她和母亲忙着读这封字迹怪异的信。

"亲亲玛格丽特——

我再也不能控制自己的感情,请务必在我归来前让我知道自己的命运。我还不敢告诉你父母,但我想如果他们知道我们相爱,也一定会同意。劳伦斯先生将帮我谋到一个好职位,而你,我的宝贝,将令我幸福。我求你先别跟家里人说什么,只请写上一句知心话交劳里转给真心爱你的约翰。"

"噢,这个小坏蛋!我为妈妈保密,他就这样来报复我。我去把他痛骂一顿,再带他过来求饶。"乔叫道,恨不得立即把真凶缉拿归案。但母亲拦住她,脸上带着一种少见的神情说道——"站住,乔,你首先得澄清自己。你一向胡闹惯了,我怀疑这事也有你一手。"

"我发誓,妈妈,我没有!我从来没有看过这封信,更不知道这是怎么一回事!"乔说话时神情极其认真,母亲和梅格相信了她。"如果我参与这件事,我会干得更漂亮一些,写一封合情合理的信。我想你们也知道,布鲁克先生是不会写出这种东西的。"她接着说,轻蔑地把信往地下一抛。

"但这字迹像是他写的。"梅格结结巴巴地说,把这封信和手中的一封比较。

"哎呀,梅格,你没回吧?"马奇太太急问。

"我,我已经回了!"梅格再次掩着脸,羞得无地自容。

"那可糟透了!快让我把那坏小子带过来教训一顿,让他解释清楚。不把他抓过来我绝不罢休。"乔又向门口冲去。

"冷静!这事让我来处理,它比我原来想象的还要糟。玛格丽特,把这件事完完整整地告诉我。"马奇太太一面下令一面在梅格身边坐下,一只手却抓着乔不放,以免让她溜脱出去。

"我从劳里那儿收到第一封信,他看上去似乎对这事儿一无所知。"梅格低着头说,"我一开始感到惶恐不安,打算告诉您,后来想起你们都十分喜欢布鲁克先生,我便想,即使我把这件小小的心事藏上几天,你们也不会怪我的。我真傻,以为这件事没有人知道,而当我在考虑怎么回答时,我觉得自己就像书里那些坠入爱河的女孩子。请原谅我,妈妈,我做的傻事现在得到了报应;我再也没脸见他了。"

"你跟他说了些什么?"马奇太太关切地问。

"我说我年龄尚小,还不适宜谈这种事情,说我不想瞒着你们,他必须跟父亲说。我对他的心意万分感激,愿意做他的朋友,但仅此而已,其他的以后再说。"

马奇太太听完露出了欣慰的笑容,乔双手一拍,笑着叫道:"你可真是个谨言慎行的楷模哩! 往下说,梅格。他对此怎么说?"

"他回了一封风格完全不同的信,告诉我他从来没写过什么情信,他很遗憾我那淘气的妹妹乔竟这样冒用我们的名字。信中言辞委婉,对我十分尊重,但想想我有多么尴尬!"梅格靠在母亲身上,哭成了个泪人儿,乔急得一面叫着劳里,一面在屋子里团团乱转。忽然,她停下来,拿起两张纸条,细细看了一回,断然地说:"我看这两封信没有一封是布鲁克先生写的,都是特迪写的,他把你的信留着,好向我显威风,因为我不把自己的心事告诉他。"

"行了,乔。我陪着梅格,你去把劳里找来。我要细究此事,立即终止这出恶作剧。"

乔跑出去后,马奇太太轻声跟梅格说出布鲁克先生的真实感情。"嗯,亲爱的,你的意思呢? 你是否爱他? 爱得足以等到他有能力为你筑一个爱巢的那一天? 或者你宁愿暂时无牵无挂、无拘无束?"

"我吃够了担惊受怕的苦头,起码很长一段时间内都不会再想情呀爱呀之类的事了,也许永远都不。"梅格使着性子说道,"如果约翰不知道这桩荒唐事,那就千万别告诉他,让乔和劳里闭上嘴。我不想被人蒙在鼓里当傻子一样耍——这是个耻辱!"

梅格素来禀性温柔,此刻却被这个恶作剧气得使上了性子,马奇太太连忙劝慰她,允诺一定万分小心,绝不泄漏秘密。这时大厅里传来了劳里的脚步声。梅格立即躲进书房,马奇太太独自一人接待这位"罪犯"。乔怕他不来,并没有说明叫他的原因,但他一看到马奇太太的脸色就明白了,于是局促不安地站着,帽子转过来又转过去,让人一眼就能看出他正是罪魁祸首。乔撤出了房间,但却像个看守一样在客厅里大步徘徊,仿佛担心囚犯会逃跑似的。

客厅里的声音忽高忽低,持续了整整半个小时,但两人到底谈了些什么姑娘们却无从知道。

当她们被叫进去时,劳里正站在母亲身边,满脸悔意,乔见了心里一软,当场便原谅了他,只是不愿意表露出来。劳里低声下气地向梅格赔不是,并安慰她说布鲁克先生完全不知道这个玩笑,梅格心里才松了一口气,并接受了他的道歉。

"这实在不是绅士的作风,我没料到你竟这样狡诈,劳里。"梅格佯装严厉地责备,借以掩饰自己的窘态。

"我深知自己罪无可恕,你们一个月不理我也是我罪有应得,但你们不会这样对我的,对吗?"他说话时可怜巴巴地把十指交叉在一起,大家都没法再对他横眉怒目,尽管他犯下了如此的恶行。梅格宽恕了他,马奇太太虽然竭力保持严肃,但见他在受到伤害的梅格面前卑躬屈膝,凝重的脸色也缓和下来。

人人都以为云开雾散,事情就此结束了,但没料想这个恶作剧却带来了严重的后果。因为虽然大家都已把它忘得一干二净,梅格却把它记在了心里。她虽然在人前只字不提,心里却经常想起那位年轻人,而且夜里频频做梦。一次,乔在她姐姐的书桌里找邮票,居然搜得一张上面涂鸦般写满了"约翰·布鲁克太太"字样的纸片,恨得她咬牙切齿,立即把纸片投进火中,她知道劳里的玩笑使得她又恨又怕的那一天已经加速地到来了。

点评:

在本章中劳里从一个彬彬有礼、乐于助人的小绅士一下变成了一个"无恶不作"的坏男孩。劳里的恶作剧使梅格着怒,但也阴差阳错地加速了她和布鲁克先生爱情的到来。从另一个方面来说,这也不是一个太坏的事情。

青少年课外阅读系列丛书

第二十二章 怡人的草地

之后的几个星期风平浪静。病人都恢复得非常快。马奇先生开始谈到新年回家;贝思很快便可以整天在沙发上玩乐,起初是跟那几只宠爱的猫儿,后来便重新拾起了洋娃娃活计,吃力地慢慢缝制,让人见了心生怜爱。

圣诞节一天天临近了,屋子里开始弥漫着一股神秘的节日气氛。乔频频为这个不同寻常的"快乐圣诞"献计献策,提出许多完全没有可能或者滑天下之大稽的庆祝活动,令全家人捧腹大笑。劳里同样不切实际,竟然出些点大篝火、放焰火、搭凯旋门的主意。大家唇枪舌剑,互不相让,最后,那对野心勃勃的朋友终于偃旗息鼓,大家正以为他们就此罢休了,却又看到两人经常悄悄聚会,在一起叽叽喳喳、哈哈大笑。

近日来天气异常温暖,恰到好处地带来了一个阳光灿烂的圣诞节。罕娜"从骨子里头感觉到"这一天将会是一个不同寻常的好日子,事实证明她的预言完全正确,因为似乎一切都和顺如意。首先,马奇先生来信说他很快就能和她们团聚。然后,那天贝思早上觉得特别精神,她穿着妈妈送给她的圣诞礼物——一件柔软的深红色美利奴羊毛晨衣——被背到窗前观赏乔和劳里的献礼。两位小精灵一夜之间创造了一个妙趣横生的奇观。只见花园里耸立着一个优雅高贵的雪人少女,头戴冬青枝花冠,一只手挽一篮鲜花水果,另一只手执一大卷新乐谱,冰冷的肩膀上披一条彩虹般缤纷的阿富汗围巾,嘴里吐出一首圣诞颂歌,歌词则写在一面粉红色的纸幡上:

高山少女致贝思

上帝保佑你,亲爱的贝思女王!
愿你充满希望,快乐、平和、健康。
在这喜庆的圣诞,
送上水果给我们勤劳的蜜蜂品尝,

送上鲜花让她闻闻那馥郁的芬芳，

送上乐谱让她在小钢琴上弹奏，

送上阿富汗披巾让她翩翩起舞。

送上一幅乔安娜的画像，啊，

这可是拉斐尔第二的作品。

为了画得形神兼备，

她可是使足了功力。

再赠你一条红绸巾，

用来点缀"佩儿小姐"的尾巴，

还有一桶梅格做的冰淇淋——

堆得像勃朗峰一样高耸入云。

我的创造者把他们所有的挚爱

放进我雪白的胸膛：

请从乔和劳里的手中收下这份爱吧，

连同这位高山少女，

我亲爱的女王。

贝思看到这份歌词笑得好不开怀，劳里跑上跑下把礼物拿进来，乔则语无伦次地向大家发表圣诞致词。

兴奋过后，乔把贝思抱到书房里休息，贝思吃着"高山少女"送给她的又鲜又甜的葡提子，心满意足地叹道："我感到太幸福了，可惜爸爸不在这里，否则就能十全十美了。"

"我也一样。"乔拍拍装着渴望已久的《水中女神》的口袋说。

"我当然也一样。"艾美响应道。她正在认真观摩母亲镶在精致的画框中送给她的版画"圣母和圣婴"。

"我也是！"梅格叫道。她正在抚平平生第一件丝质衣服上的折皱，这件银色的丝绸裙子是劳伦斯先生坚持让她收下的。

真是无巧不成书，这沉闷乏味的俗世有时就是会发生一些令人愉快的巧事，给人带来极大的宽慰。半个小时前，大家还都说只可惜了一件事，否则就十全十美了，哪想到这件事说来就来。劳里打开客厅大门，悄悄地把头探进来，脸上露出抑制不住的兴奋之情，声音显得又欣喜又神秘。只听他怪腔怪调、气喘吁吁地说道："马奇家的又一圣诞礼物现在到来！"话音未落，他便被轻轻推到了一边，取而代之的是一个高个子男人，蒙着脸，只露出了一双眼睛，靠在另一个高个子男人的手臂上，那男人想说什么却又说不出来。

当即天下大乱，大家似乎全都失去了理智，母女四人一拥而上，动情地把马奇先生紧紧围抱起来。乔几乎晕倒，不得不在瓷器间里接受劳里的扶助，大失淑女风度；布鲁克先生亲吻了梅格，那是纯属误会，他后来结结巴巴地解释；而艾美，这位高贵的小姐，被凳子绊了一跤，也不爬起来，而是顺势抱着父亲的双脚动情大哭。马奇太太第一个恢复了常态，举起手来示意："嘘！别忘了贝思！"但已经太迟了，只见书房门被猛然打开，穿着红色晨衣的小人儿跨出门槛——欢乐给软弱无力的四肢注入了新生力量——贝思直扑进父亲的怀中。此后发生了什么都已无关重要。洋溢心头的幸福之情已冲走了所有的痛苦，此时此刻，大家心中只有一片甜蜜，一片温馨。

此时发生了一件虽不浪漫但却令人捧腹的小事情，把大家重新带回到现实生活之中。大家发现罕娜站在门后，捧着一只肥硕的火鸡抽抽噎噎：原来她从厨房冲出来时忘了把火鸡放下了。大家笑过后，马奇太太开始向布鲁克先生道谢，感谢他精心照料自己的丈夫，布鲁克先生突然想起马奇先生需要休息，于是赶快拽起劳里仓促撤离。众人命两位病人休息，两人遵从命令，一同坐在一张大椅子上谈个不停。

那天的圣诞晚餐是有史以来最为丰盛的一次。罕娜做的火鸡又肥又大，里头塞满了填料，烤得外焦里嫩，而且点缀得十分好看；葡萄干布丁也同样令人垂涎欲滴，入口即化；还有令人胃口大开的果子冻，把艾美高兴得就像落到了蜜罐里的苍蝇，吃得醋畅淋漓。一切都尽如人意，这真是天父怜爱，罕娜说："因为我当时心里头别提有多慌张，太太，我没有错把布丁烤熟，把葡提子干塞进火鸡里，把火鸡包在布里煮，已经是一个奇迹了。"劳伦斯先生和他的孙子也跟他们一起进餐，还有布鲁克先生——乔悻悻地对他怒目而视，逗得劳里乐不可支。贝思和父亲并排坐在桌子前面的安乐椅上，适度地吃一点鸡肉和少许水果。他们为健康干杯，讲故事，唱歌，叙旧，玩得十分痛快。有人提议滑雪橇，但姑娘们不愿离开父亲,于是客人们便早早告辞。夜幕降临之际,幸福的一家人围着火炉团团而坐。

大家谈了许多许多,不觉已至深夜,贝思挣扎着从父亲的臂膀中溜脱出来,慢慢走到钢琴前说,"唱歌时间到了,我想做回自己的旧角色。我们来唱朝圣者们听到的那首牧羊童子唱的歌儿,因为父亲喜欢这首歌的歌词。"这首古雅的圣歌仿佛专为她而作:

> 位卑者无惧跌落,
> 家贫者无需虚骄;
> 谦和者的心中,
> 自有万能的上帝引导。
> 我心长知足,
> 贫富又何如?
> 啊,主!我唯求知足常乐,
> 只因此乐难求。
> 漫漫人生旅途,
> 负担使生活充实;
> 此生微不足道,
> 来世自有大光明。

点评:

今年的圣诞节真是不寻常,姐妹们都得到了称心如意的礼物,贝思的身体逐渐好起来,并在高山少女的赞诗中快乐度日。的确,就差一点就十全十美了,可上帝非要给他们一个十全十美的节日,于是赶马奇先生在圣诞节当天平安到家!

无论什么言语也表达不了那个幸福的场面,差点生离死别的一家人在经历了无数波折后终于又平安地相聚在一起。末尾的赞诗可作为全书的感情基调,平平淡淡,但却幸福从容。

第二十三章　马奇婶婶解决问题

下午劳里来了,看到梅格坐在窗边,似乎一下子心血来潮,单膝跪在雪地上,捶胸扯发,还哀求地十指交叉,犹如乞讨什么恩典。梅格叫他放尊重一点,并命他走开,他又用自己的手帕绞出几滴假泪,然后扶着墙跟摇摇晃晃而去,仿佛伤心欲绝。

"那傻小子是什么意思?"梅格明知故问。

"他在向你示范日后你的约翰会怎么做。感人吧?"乔奚落道。

"别烦我了,乔,我跟你说过我对他真的没有特别的意思,这事儿也没什么可说的,我们还像以前一样友好来往。"

"我们办不到,我看出来了,妈妈也一样。你完完全全变了一个人,似乎离我那么遥远。我不想烦你,而且会像男子汉一样承受此事,但我很想它有个了断。我痛恨等待,所以如果你也有意的话,就请快刀斩乱麻。"乔没好气地说。

"除非他开口,否则我没法说或者做什么,但他是不会说的,因为爸爸说我还年轻。"梅格说,似乎在这一点上不很赞同父亲的意见。

"如果他真的开口了,你就不知道如何是好了,只会哭鼻子,脸红,让他得偿所愿,而不是明智坚决地说一声'不'。"

"我可没你想象的那么傻,那么软弱。我知道该说什么,因为我已经计划好了,免得到时措手不及。"看到梅格不知不觉摆出一副煞有介事的神气,乔不禁微笑起来。

"能告诉我你会说些什么吗?"乔问得尊重些了。

"哦,我会十分沉着十分干脆地说:'谢谢你,布鲁克先生,你的心意我领了,但我和爸爸都认为我还太年轻,暂时不宜订约,此事请不必再提,我们仍一如既往做朋友。'"

"哼! 真够气派! 我不信你会这样说,而且即使说了他也不会甘心。如果他像小说里那些遭到拒绝的年轻人一样纠缠不休,你就会答应他,而不愿伤害他的感情。"

"不。我会告诉他我主意已定,然后很有尊严地走出房间。"梅格说着站了起来,准备排练那尊严退出的一幕,突然客厅里传来一阵脚步声,吓得她飞身走回座位,赶紧拿起针线活,仿佛她的生命全系于那一针一线之间。

乔见状忍着笑,这时来人轻轻敲了一下门,她没好气地打开门,板着一张脸孔,令人望而生畏。

"下午好。我来取我的雨伞——顺便,看看你父亲今天怎么样。"布鲁克先生说。看到姐妹二人神色异常,他感到有点儿诧异。

"很好,雨伞在搁物架上,我去找父亲,告诉他你来了。"乔溜出房间,给梅格一个显示尊严的说话机会。但她的身影刚一消失,梅格便侧身向门口走去,吞吞吐吐地说:"妈妈见了你一定很高兴。请坐下,我去叫她。"

"别走。你是不是怕我,玛格丽特?"布鲁克先生沮丧不已,梅格不知为何涨红了脸。她急于表明自己的善意和轻松心情,于是做了个信任的姿势,伸出一只手来,无限感激地说:

"你对爸爸这么好,我怎么会怕你?感谢你还不及呢。"

"要不要我告诉你怎样感谢?"布鲁克先生问道,双手紧紧地握住那只小手,低头望着梅格,棕色的眼睛里流露出无限爱意。

梅格心头如小鹿般怦怦乱跳,既想跑开,又想停下细听。

"噢,不,请不要这样——还是不要说好。"她边说边试图把手抽回,脸上流露出惊慌的神色。

"我不会烦你的,我只想知道我在你心中是否有了一丁点儿的位置,梅格。我是这么的爱你,亲爱的。"布鲁克先生温柔地说。

这本来到了镇静自若地说那番漂亮话的时候了,但梅格却一个字也记不起来了,她只是低垂着头,说:"我不知道。"声音又轻又软,约翰得弯下腰来才能勉强听到这句傻气的回答。

他似乎一点也不嫌麻烦,只见他自顾自笑起来,仿佛心满意足,感激地握紧那只胖胖的小手,诚恳地说道:"你能试着弄清楚吗?我很想知道,否则我就连工作也没有心情。"

"我年龄尚小。"

"我可以等,在此期间,你可以学着喜欢我。这门课是不是太难,亲爱的?"

"如果我想学就不难,不过——"

"那就学吧,梅格。我乐意教,这可比德语容易多了。"他说得情真意切,但梅格含羞偷偷看了他一眼,却看到他一双含情脉脉的眼睛藏着喜意,嘴角挂着一丝成功的微笑,心中不觉着了恼。此时安妮·莫法特教给她的愚蠢的卖俏邀宠之道闯进了她的脑海,令她失去自制。由于兴奋激动,她头昏眼花,手足无措,一时冲动,竟然把双手抽出,怒说道:"我不想学。请走开。别烦我!"

可怜的布鲁克先生脸色大变,仿佛他那美丽的空中楼阁在身边轰然倒落。"你真的这样想吗?"他焦急地问,在后面跟着她走。

"一点儿不假。我不想为这种事情烦恼。这太早了,我也宁可不去想它。"

"你能慢慢改变主意吗? 我愿意默默等待,直到你有更多的时间。不要捉弄我,梅格,我想你不是那种人。"

"对于我你最好什么也别想。"梅格说。一句话既逞够了自己的威风,又使得情人心如火煎,她心中油然升起一股淘气的快意。

他脸色立时变得煞白,神态与她所崇拜的小说中的男主人公大有相近之处,但是他没有像他们那样拍额头,或迈着沉重的脚步在屋子里乱转,而只是呆呆站在那儿,温情脉脉地看着她,她不由得心里软了下来。如果不是马奇婶婶在这有趣的当儿一瘸一拐地走了进来,接下来会发生什么事就不得而知了。

老太太听说马奇先生已经到家,止不住就要见见自己的亲人,于是立即驱车而至。此时一家人正在后屋忙乱,她便悄悄走入,意图给他们一个意外惊喜。她果然令二人大吃一惊:梅格吓得魂飞魄散,布鲁克先生则一闪溜入书房。

"哎哟,出了什么事?"老太太早看到了那位面色苍白的年轻人。她把手中的藤杖一叩,望着脸红耳赤的梅格叫道。

"他是爸爸的朋友,您让我吓了一跳!"梅格结结巴巴地说,知道这回又有一番教诲好听了。

"你爸爸的朋友说了什么,叫你脸上像搽了生姜一样? 一定有什么事

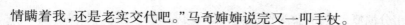

情瞒着我，还是老实交代吧。"马奇婶婶说完又一叩手杖。

"我们只是闲谈而已。布鲁克先生来取回自己的雨伞。"梅格开口说。

"布鲁克？那孩子的家庭教师？啊！我全明白了。乔一次在读你爸爸的信时说漏了嘴，我让她说出来。你还不至于应承了他吧，傻孩子？"马奇婶婶愤愤地叫道。

"嘘！他会听到的。我去叫妈妈吧。"梅格显得惊慌失措。

"等等。我有话跟你说，我必须立即把话说明白。告诉我，你是不是想嫁给这个傻瓜？如果你这样做，我一分遗产也不会留给你。记着这话，做个明事理的好姑娘。"老太太一字一句地说。

马奇婶婶可谓擅于撩起最温柔儒雅的人的逆反心理的专家。我们大多数人骨子里都有一种清高的意气，尤其是在少不更事和坠入爱河之时。假若马奇婶婶力劝梅格接受约翰·布鲁克，她大有可能说一声"不"；但她却以遗产来迫使她不要喜欢他，她于是当即决定要反其道而行之。她本来早有此意，再经马奇婶婶这么一激，下此决心便十分容易了。在莫名的激动亢奋之下，梅格以非同寻常的脾气一口回绝了老太太。

"我愿意嫁给谁就嫁给谁，马奇太太，而你喜欢把钱留给谁我也悉听尊便。"她点着头坚决地说。

"好有骨气！你就这样对待我的忠告吗，小姐？等你在草棚茅舍里做你的爱情梦去吧，过不了多久你就会尝到失败的滋味。"

"但有些嫁入豪门的人却失败得更惨。"梅格反击道。

马奇婶婶发现自己开错了头，寻思片刻，决定重开一次，于是尽量温和地说："嗨，梅格，好孩子，听我的话。我是一片好心，不希望你一开始便走错路，因此而一生尽毁。你应该寻门好亲，帮补下家庭，你有责任嫁一个有钱人，这话你一定要牢记。"

"爸爸妈妈可不这么看，虽然约翰很穷，他们也一样喜欢他。"

"你的父母，好孩子，他们幼稚得跟两个婴儿，根本不懂世故。"

"我为此感到高兴。"梅格坚定地大声说。

"他知道你的亲戚有钱，孩子，我猜测这就是他喜欢你的原因。"

"马奇婶婶，你怎么能这样说话？约翰根本不是这种卑鄙小人，如果你这样说下去，我一分钟也不要再听。"梅格气得叫起来，对老太太的不公

青少年课外阅读系列丛书

正感到十分愤慨，"我不会为钱而嫁，我的约翰更不会为钱而娶。我们愿意自食其力，也打算等待。我不怕贫穷，因为我一直都很快乐。我知道我会跟他在一起，因为他很爱我，而我也——"说到此处梅格突然止住了，想起自己还没有打定主意，而且已经叫"她的约翰"走开，或许他这会儿正在偷听她这番自相矛盾的话呢。

马奇婶婶勃然大怒。她原本一心想让她的漂亮侄女寻一门上好姻缘，却不料遭此辜负。看到姑娘那幸福洋溢、充满青春魅力的面孔，孤独的老太太心中不由升起一股又苦又酸的滋味。

"很好，这事儿我从此放开不理！你是个一意孤行的孩子，这番傻话将来会令你蒙受重大损失。我对你感到万分失望，现在也没有心情见你父亲了。你结婚时别指望我给你拿一分钱，等你那位布鲁克先生的朋友们来照顾你吧。我们俩从今以后一刀两断。"马奇婶婶当着梅格的面把门砰地一摔，怒气冲冲地登上车，绝尘而去。她一走，梅格便一个人站着发呆，不知是该笑还是该哭。她还没来得及理清头绪，便被布鲁克先生一把抱住，只听他一口气说道："感谢你如此维护我，也感谢马奇婶婶证明了你心里确实有我。"

"直到她诋毁你时我才知道自己是多么在乎你。"梅格说。

"那我不用走开了，可以高高兴兴留下来，是吗，亲爱的？"这本来又是一个发表那篇决定性的漂亮话，然后堂而皇之地退下的大好机会，但梅格一点儿也没有这个意思，反而驯服地低声说："是的，约翰。"并把脸埋在布鲁克先生的马甲上，使自己在乔面前永远也抬不起头来。

在马奇婶婶离去大约十五分钟之后，乔轻轻走下楼梯，不料却见到这番景象，这一惊非同小可。乔倒吸了一口冷气，犹如一盆冷水兜头泼下。

听到响声，这对恋人回过头来，看到了她。梅格跳了起来，神情既骄傲又腼腆，但"那个男人"，如乔所称，竟然笑起来，还吻了吻目噔口呆的乔，冷静地说道："乔妹妹，祝贺我们吧！"这无异于伤害之外又加侮辱——这口气如何咽得下？乔怒不可遏，两手狠狠一甩，一声不发便冲了出去。她跑上楼，一头扎进房间，痛心疾首地大喊："啊，你们快下楼，约翰·布鲁克正在干不要脸的事，而梅格竟然很喜欢！"把两个病人吓得大惊失色。

马奇先生夫妇赶紧跑出房间，乔一头把自己摔在床上，一面哭一面骂不绝口，又把这个可怕的消息告诉了贝思、艾美。两位小姑娘却觉得这是一件顶愉快顶有趣的事，乔只好爬起身，躲到阁楼上把万般烦恼向她的老鼠们倾诉。

没有人知道那天下午客厅里都发生了什么事，但大家谈了许多。一向沉默少言的布鲁克先生滔滔不绝，他向梅格求婚，介绍自己的计划，又说服大家按他的想法去安排一切事情，其能言善辩的口才及穷追不舍的精神令所有人刮目相看。用茶的铃声响了，他骄傲地携梅格入席，两人全都喜形于色。乔早已无心妒忌，只是苦闷。艾美对约翰的忠心耿耿和梅格的端庄高雅印象尤深。贝思远远望着他们微笑致意；而马奇先生夫妇万分怜爱地望着这对年轻人，显得十分满意。大家吃得不多，但显得喜气洋洋，旧房间也似乎由于家里发生了第一桩喜事而变得不可思议地亮堂起来。

这时前门砰地响了一声，乔松了一口气，忖道："劳里来了。我们终于可以谈点正经事了。"但乔错了。只见劳里兴冲冲地雀跃而入，手里捧着一大束像模像样的"喜花"，送给"约翰·布鲁克太太"，俨然把自己当成了这桩喜事的促成者。

"我早就知道布鲁克一定会马到功成，他一向如此。"劳里把花献上，又祝贺道。

"承蒙夸奖，不胜感激。我把这句话当作一个好兆头，这就邀请你参加我的婚礼。"布鲁克先生答道。他待人一向平和，即使对自己调皮捣蛋的学生也不例外。

"我即使远在天边也要回来参加，单单乔那天的脸色就值得我回来看一看了。你好像不大高兴呢，小姐，这是怎么回事？"劳里问，一面跟随众人一起来到客厅迎接刚刚进来的劳伦斯先生。

"你不会明白我失去梅格有多么难受。"乔说，声音微微颤抖。

"你并没有失去她，只是与人平分而已。"劳里安慰道。

"再也不会一样，我失去了最亲最爱的朋友。"乔叹息道。

"但你还有我呢。我虽比不上梅格，但我一定会和你站在一起的，乔，一生一世！我发誓！"劳里此话绝非戏言。

"我知道你会的，你待我真好。你总是给我带来莫大的安慰，特迪。"

乔答道,感激地握着朋友的手。

"哎,好了,别愁眉苦脸啦。这事并没有什么不好,你瞧。梅格感到幸福,布鲁克很快就能成家立业。爷爷也会帮助他。看到梅格在自己的小屋里该是多么令人羡慕。她走后我们照样会过得十分开心,因为我很快就读完大学,那时我们便结伴到国外好好旅游一下。这样你心里好受了吧?"

"但愿能够如此。但谁知道以后会发生什么事情。"乔心事重重地说。

"那倒是事实。但难道你就不愿意向前看,想象一下我们将来怎么样吗? 我可愿意。"劳里回答。

"不看也罢,因为我会看到一些伤心事。现在大家都这么高兴,我想他们将来也不会再高兴到哪儿去。"乔说着把房间慢慢扫视一遍,眼睛随之一亮,因为她看到了一幅令人愉快的景象。

父亲和母亲坐在一起,悄悄重温着他们二十年前的初恋情节。艾美正把一对恋人画下来,他们独自坐在一边,如痴如醉。贝思躺在沙发上,和她的老朋友劳伦斯先生愉快地交谈,老人执着她的手,仿佛觉得它有一种力量,可以领着他走过她所走的宁静道路。乔靠在自己最喜欢的低椅上,沉静深思,劳里靠在她的椅背,下巴贴在她的鬓发上面,在映着两人面容的穿衣镜里向她点头而笑。

写到此处,帘幕落下,有关梅格、乔、贝思和艾美的故事暂且告一个段落。是否再次起幕全看读者们是否接受这部家庭故事剧——《小妇人》的第一部。

点评:

马奇婶婶解决问题,这真是一个幽默。因为她本来是极力反对此事的,却莫名其妙地成全了梅格与布鲁克的爱情。面对马奇婶婶的"威逼利诱",梅格真正显示了她心底纯洁美好的一面。与此相比,即便她之前曾经虚荣过,也在此刻变得不值一提了。

第二部

第二十四章 闲 聊

我们稍微聊些马奇家的事，就此重起炉灶，轻轻松松地去参加梅格的婚礼。逝去的三年光阴仅给这个安宁的家庭带来少许的变化。战争已经结束，马奇先生平安地回到了家里，埋头读书，并忙于小教区的事务。他的性格、风度显示出他天生就是一个牧师————一个沉静、勤勉的男人。

尽管贫穷和耿直摒他于世俗的功利之外，这些品德依然吸引着许多可敬的人，如同芬芳的花草吸引蜜蜂一般自然。热忱的年轻人发现，这位头发花白的老学者内心和他们一样年轻；心事重重的妇女们本能地向他倾诉她们的烦恼与忧愁，她们相信能从他那儿得到最亲切的同情和最明智的建议；罪人们向这位心地纯净的老人忏悔，祈求得到训诫与拯救；天资聪颖的人们视他为挚友；自命不凡的人隐约感到他比自己有更高尚的情怀；即便凡夫俗子也承认，他的信仰美丽而且纯真，虽然"它们带不来实惠"。

在局外人看来，似乎是由五个精力充沛的女人统治着这个家庭，在许多事情上也的确如此。但是，坐在书堆里的那位沉静的学者依然是一家之主，是这个家庭的靠山。因为遇到困境时，忙碌焦躁的女人们总是转而向他讨教主意，发现丈夫、父亲这两个神圣的字眼对于他来说名副其实。

姑娘们将心交给妈妈，将灵魂交与爸爸，将爱奉献给为她们操劳着的双亲，并且这爱随着年龄的增长而日益浓厚，如同赐福人生并超越死亡的美妙纽带将他们温柔地连在了一起。

马奇太太虽然比我们前面看到时衰老多了，却依旧生气勃勃，精力充沛。现在她一心用在梅格的婚事上，这样一来，依旧挤满受伤的士兵和士兵遗孀的医院及收容所，无疑要怀念她那慈爱怜悯的探访了。

约翰·布鲁克勇敢地服了一年兵役，受了点伤，被送回家，没再让他

青少年课外阅读系列丛书

回到部队。他的领章上既未加星也未加军阶,然而他已无愧于这些,生命与爱情之花灿然开放是多么可贵,而他却冒着失去这一切的危险,精神抖擞地毅然参军。约翰完全听从退役安排,一心一意地恢复身体,准备经商,为与梅格组合家庭赚钱。他明白事理,刚毅自强,因此,他谢绝了劳伦斯先生的慷慨资助,接受了簿记员的职位,觉得以自己劳动所得来创业比借贷冒险要安心得多。

梅格在工作和等待中度过时光,女人的气质愈加丰满,理家艺术日臻完善,人也益发妩媚,原来爱情是功效非凡的美容佳品。她怀抱女孩们通常具有的志向与希冀,却又对不得不以卑微的方式开始新生活而感到些许失望。内德·莫法特刚刚娶了萨莉·加德纳,梅格不由自主地将他们的华丽居室、马车、大量的礼品、精美的服饰与自己的比较,心中暗自希望也能拥有相同的一切。然而,当她想到约翰为建筑她的小家而付出的挚爱与辛劳时,那种忌妒与不平便很快消失得无影无踪。暮霭中他们坐在一起谈论他们将来的小计划,这时,未来总是变得那么美丽而璀璨,萨莉的豪华也被抛到了九霄云外。

乔再也没回到马奇婶婶那里,因为老太太是那样的赏识艾美,她提出要让当今最好的老师来教她绘画,以此来讨好她。由于这件好事的缘故,艾美便得去服侍这个难侍候的老太太。这样,艾美上午去为姑老太尽义务,下午则去享受绘画的乐趣,两不相失。乔全部心思用在文学和贝思身上。贝思病情已好,但身体一直很虚弱,再也不似往昔那样面色红润,体质健康了。然而她还是一如既往地满怀希望,幸福而宁静,默默地忙这忙那。

劳里为让爷爷高兴,顺从地上了大学,现在,他尽可能地以最轻松的方式完成学业,同时不使自己失去快乐。他人缘极好,有教养,天赋又高。他有一副菩萨心肠,总想把别人拉出困境,却常常让自己陷进去。他极有被骄纵的危险,就像许多别的年轻人那样,如果不是拥有一个避邪符,也许真的如此。这是由于有位仁慈的老人,还有位母亲般的朋友,照料他如同亲生儿子。最后便是,他知道那四位天真无邪的姑娘全部由衷地爱着他,敬重他,信赖他。

男孩子们都非常喜欢乔,但绝不会爱上她,对于日渐长大的艾美则极少有人不发出一两声充满柔情的赞叹。说到柔情，很自然地将我们带到了"鸽屋"——那是布鲁克先生为梅格准备的爱巢——一幢棕色的小屋。

"鸽屋"是劳里为它起的名，他说这个名字对温柔的情人非常贴切，他们"就像一对斑鸠似的一起过活，先是互相接吻，再喁喁谈情"。这是一座小屋子，屋后有个花园，屋前有块手帕般的袖珍草坪。梅格打算在这里建一座喷水池，植些小灌木，还要有许多可爱的花儿。虽然眼下喷水池仅仅是一个饱经风霜的水瓮；灌木丛不过是几株生死未卜的落叶松幼苗；而花瓶只是插了许多枝条，标志着那里已经撒下了花籽。然而，屋里的一切却都赏心悦目。从阁楼到地下室，都令幸福的新娘无可挑剔。确实，门厅太窄了，还好他们没有钢琴，因为整架钢琴无法弄进去。餐厅太小了，六个人便会挤得转不过身来。厨房的楼梯口似乎是专门建来放煤箱的，仆人们连同乱七八糟的瓷器都归属其间。然而，一旦习惯了这些小小的瑕疵，就会感到再没有别的屋比它更加完美了。因为屋子的装饰显示出独特的见地与高雅的情趣，从而别具一番韵味。没有大理石桌子，没有长长的穿衣镜，小客厅里也没有饰花边的窗帘，而是摆放着简洁的家具、丰富的书籍、一两幅美丽的画，窗台上放着插花，四处散放着精致的礼物，它们出自友爱之手而爱意深长。

那些雇人来做这些工作的人们根本不知道他们失去了什么，这些最平常的事务由充满爱意的双手来做，便会产生美感。

梅格从很多地方得到了印证。她小屋里的每一件物品，从厨房里的擀面杖到客厅桌上的银花瓶，都明白地显示出家人的爱心与细致的筹谋。

他们一起筹划着，多么幸福的时光！多么庄严的嫁妆采购！他们犯了些多么可笑的小错误！劳里买来些滑稽的便宜货，又引起了怎样的阵阵笑声呵！这位年轻先生爱开玩笑，尽管就快要大学毕业了，仍旧孩子气十足。他最近突发奇想，每周来访时，为年轻的夫妇带来些新奇有用的精巧物件。先是一袋奇异的衣类，接着是一个绝妙的肉豆蔻粉碎机，可是第一次试用时便散了架；还有一个刀具除垢器，但却弄脏了所有的刀具；一个除尘器，能打扫干净地毯上的毛绒，却留下了污垢；省力的肥皂，用时洗掉了手上的皮肤；可靠的胶泥，能够牢牢粘住上当的买主的手指，却不粘别物；还有各种白铁工艺品，从放零钱的玩具储蓄罐到奇妙的汽锅，那汽

青少年课外阅读系列丛书

锅产生的蒸汽可洗涤物品,使用过程中却极有可能爆炸。

梅格徒然地让他就此打住,约翰笑话他,乔称他为"拜拜先生",用一次东西就要和它说拜拜。可是他正被这种狂热所左右,非要"赞助"美国人新奇的设计,让他朋友的家适宜地装备起来不可。因此,大家每周都会看到新奇的、滑稽可笑的事情。

终于一切准备就绪,包括艾美为不同房间配备的不同颜色的肥皂,以及贝思为第一顿晚餐安排的餐桌。

"你满意了吗? 它看上去像家吗? 在这儿你会感到幸福吗?"马奇太太问,母女俩正手挽手在这新王国里进进出出。此时,她们似乎比以前更温柔地相互依恋了。

"是的,妈妈,我十分满意。感谢你们大家。我太幸福了。"梅格回答,她看上去一副知足的样子,她也满可以这样知足。

"'拜拜'来了。"乔在楼下叫了起来,大家便一起下楼去迎劳里。在她们平静的日常生活里,劳里的每周来访是件大事。

一个高个儿、宽肩膀的年轻人迈着有力的步子走了过来,他理着短发,头戴毡帽,身上的衣服宽宽大大。他没有停下去开那低矮的篱笆门,而是跨了过来,径直走向马奇太太,一边热诚地伸出双手说道:"我来了,妈妈! 啊,一切都好。"他后面的话回答了老夫人神情里的询问。他漂亮的双眼露出坦率的目光,迎接这种关切的神情。

"这个送给约翰·布鲁克太太,顺致制作人的恭贺与赞美。贝思,上帝保佑你! 乔,你真是别有韵致。艾美,你出落得越来越漂亮了,不好再当单身小姐了。"劳里一边说着,一边送给梅格一个牛皮纸包,扯了扯贝思的发结,盯着乔的大围裙,在艾美面前做出一副带嘲弄味的痴迷样,然后和众人一一握手,大家便谈起话来。

"约翰在哪儿?"梅格焦急地问道。

"抛开一切为明天办理结婚证书做准备去了,夫人。"

"比赛哪边赢了,特迪?"乔问道。尽管她已经十九岁,却一如既往地对男人们的运动感兴趣。

"当然是我们了,真希望你也在场。"

"那位可爱的兰德尔小姐怎么样了?"艾美意味深长地笑着问道。

"比以前更残忍了,你看不出我是多么憔悴?"劳里呼呼地拍着他宽厚的胸膛,神情夸张地叹息道。

"这最后一个玩笑是什么？梅格,打开包裹看看。"贝思好奇地打量着鼓鼓囊囊的包裹说道。

"家里有这个很有用,可以防火灾或盗贼。"劳里说道。在姑娘们的笑声中,一个守夜人用的响铃出现在众人眼前。

"一旦约翰不在家,而你又感到害怕的时候,只要你在前窗摇响它,立刻就能惊动周围邻居。这东西很妙,是不是?"劳里示范其功效,姑娘们不由捂住了耳朵。

"你们的配合真让我感激！说到感激,我倒想起一件事,你们得谢谢罕娜,她努力使婚宴蛋糕免遭毁灭。我过来时看到了蛋糕,要不是她英勇地护卫着它,我就会吃上几口的。它看上去棒极了。"

"真不知你何时会长大,劳里。"梅格带着主妇的口气说道。

"我尽力而为,夫人。可是,我恐怕再长不了多大了。在这个衰败的年代,六英尺大约就是所有男人能长到的极限了。"年轻先生回答道,他的个头快和那吊灯平齐了。

"我想,在这样整洁的屋子里吃东西会亵渎神灵,可是我饿极了,因此,我提议休会。"过了一会儿,他补充道。

"我和妈妈要等约翰,还有些事情要解决。"梅格说着,急忙走开了。

"我和贝思要去布莱恩家为明天多弄些鲜花。"艾美接过话头。她在美丽的鬈发上戴着一顶别致的帽子,并和大家一样大为欣赏如此装扮的效果。

"乔,来吧,别丢开我。我疲倦极了,没人帮助就回不了家了。不管你做什么,别解下围裙,它虽怪模怪样却还挺漂亮。"劳里说道。乔将那个他特别讨厌的围裙放入硕大的口袋里,伸出胳膊,支撑他无力的脚步。

"好了,特迪,我要和你认真谈下明天的事。"他们一起踱步离开时,乔开口说道,"你必须得好好表现,别搞恶作剧,破坏我们的计划。"

"绝对不会。"

"我们该严肃时,别说可笑的事情。"

"一定不说。你才会那样做呢。"

"还有,我求你在仪式进行中别看我。你要是看,我肯定会笑的。"

"你不会看到我的。你会哭得很厉害。"

"除非有很深的痛苦,我从来不会哭的。"

"比方人家去上大学,嘿嘿!"劳里笑着插嘴暗示她。

"别神气了,我只是随着姐妹们哭了一小会。"

"真的是这样?我说,乔,爷爷这星期脾气怎么样?温和吗?"

"非常温和。怎么,你有麻烦了?"乔很尖锐地问道。

"哎,乔,如果我有了麻烦,还能直视你妈妈说'一切都好'吗?"劳里突然停住脚步,露出受伤的神色。

"不,我不这么认为。"

"那么,别这样疑神疑鬼。我只是需要些钱。"劳里说道。

"你花钱太厉害了,特迪。"

"天哪,不是我乱花钱,而是不知怎么搞的,我还没反应过来,钱自己就花掉了。"

"你那么慷慨大方,随意借钱给别人,对谁的要求都不拒绝。我们听说了亨利的事,听说了你为他做的一切。要是你一直像对他那样花钱,没人会责怪你。"乔热情地说。

"别再教训人了,好人儿!我一星期够烦的了,回家来想快活几天。明天我还是要不考虑花费,打扮起来,让我的朋友们满意。"

"你只要把头发蓄起来就行了。我并不讲贵族派头,但我不愿让人看见和一个貌似职业拳击手的人在一起。"乔严肃地说。

"其实这种发型能很好地促进学习,我们因此而采用它。"劳里回答,"顺便说下,乔,我看那个小帕克真的是为了艾美而不顾一切了。他不停地和人谈论她,为她写诗,神情痴迷,态度让人起疑。他最好将他稚嫩的热情消灭于萌芽状态,是不是?"沉默了片刻,劳里以兄长般的口气说道。

"他当然应该如此。我们不希望几年内家里又有什么婚姻大事。我的天哪,这些孩子们整天都在想些什么啊?"乔看上去大为震惊,仿佛艾美和帕克已经不是少年了。

"这是个高速时代,乔,我不知道我们会有什么样的结局。但是,下一个出嫁的将是你,把我们留下来悲叹。"劳里对这堕落的时代大摇其头。

"我不是那种可人儿,没人会要我,而且一家之中总要有个不出嫁的女儿的。"

"你不会给任何人机会的。"劳里说着瞥了乔一眼,晒黑的脸庞上泛起了一点红晕,"假如谁不由自主地表示他喜欢你,你会像戈米基夫人对她的情人所做的那样——对他泼冷水——变得浑身长刺,没有人敢碰你。"

"我不喜欢那种事。我太忙了,也无暇去考虑那些废话。我觉得以那种方式解散家庭简直太可怕了。好了,别再说这事了。我不愿由此发脾气,我们换个话题吧。"乔看上去严阵以待,稍微一激便会大泼冷水。

不管劳里有什么样的感情,他终归得到了发泄。他们在门口分手时,劳里低声吹了个口哨,并作了可怕的预测:"记住我的话,乔,下一个出嫁的将是你。"

点评:

本章是《小妇人》第二部的开篇,作者对主要人物几年来的状况一一作了介绍。一切还是那么美好,日子在平淡幸福中安静地流淌着。姑娘、小伙子们长大了,开始懂得了谈情说爱,当然乔是另类;马奇夫妇、劳伦斯先生、罕娜嬷嬷更老了,期望着晚辈们的幸福。至于以后的事情怎么进行,谁又将和谁最终走在了一起,还是让我们继续往下读吧!

第二十五章　首次婚礼

六月的早晨，覆盖游廊的玫瑰花儿一大早便睁开了睡眼，露出灿烂的笑容。它们在艳阳下怒放，如同友好的小邻居，事实也正是这样。花儿们激动得满脸通红，在风中摇曳，所有的玫瑰，无论是鲜艳盛开的花朵，还是色彩淡雅的蓓蕾，都以它们的美貌和芬芳向它们的女主人致敬。女主人爱护它们、照料它们已经很长时间了。

梅格看上去就像一朵玫瑰，那天，心灵中所有最甜美的东西，似乎都荡漾在她脸上，使那张脸充满魅力，美丽无比。

"今天我不想看上去和往昔有什么不同，也不想盛装打扮，"她说，"我不要时髦的婚礼，只要我爱的人们。我希望，在他们的眼里，我还是那熟悉的老样子。"因此，她亲手缝制婚礼服，将女孩心中所有温柔的希望与天真浪漫都缝进了礼服。妹妹们把她漂亮的头发编成辫子，她身上唯一的装饰是山谷里的百合花。因为百花之中，"她的约翰"最钟爱百合。

"你看上去真的就是我们家最亲爱的梅格，只是太漂亮、太可爱了。要不是会把衣服弄皱，我就要拥抱你了。"打扮完毕，艾美欣喜地打量着姐姐，叫了出来。

"那我就满意了。可是，请你们每个人都来拥抱我，亲吻我，不要管我的衣服，我今天想让衣服带上许许多多这样的折皱。"梅格说着向妹妹们伸出了胳膊，好一会儿，妹妹们满面春风地依偎着姐姐，感到新的爱情并未改变昔日的姊妹之情。

"好了，我得去给约翰系领带了。然后我要和爸爸在书房里安静地待一会儿。"梅格跑下楼去做这些小小的事情，之后便跟在妈妈的身前身后，寸步不离。她意识到尽管母亲脸上写满笑意，内心却隐藏着悲哀：鸟巢里的第一只鸟儿就要展翅高飞了。

眼下，三个姑娘站在一起，为她们的朴素装扮做最后的修饰。我们正好利用这段时间来描述一下三年时光给姑娘们的容颜带来的变化。此时此刻，所有的一切都使她们看上去动人之极。

乔的棱角已经磨平了许多。她学会了虽不很优雅但也自如地展露风情。卷毛的小平头长满密密长长的鬈发，目光柔和而清亮。如今，从她那从不饶人的舌头上吐出来的只有轻言软语。

贝思更加纤弱、苍白了，也因此更加沉静。她那双美丽、友善的眼睛更大了。虽然这双眼睛本身并不悲伤，但眼神却令人伤感。痛苦的阴影触摸着她年轻的脸庞，透出一种哀婉动人的坚韧。然而，贝思极少抱怨，总是充满希望地说"不久就会好起来的"。

艾美是名副其实的"家庭之花"，十六岁的年龄已经具有成熟女性的风韵举止——一种无法描绘的魅力。从她形体的曲线、举手投足，到她衣服的平垂、头发的散落，无不协调一致，韵自天成，如同美貌本身，对许多人产生了吸引力。不过艾美的鼻子仍使她痛苦，因为鼻子绝不会长直了。嘴巴也使她苦恼，她觉得自己嘴巴太阔了，而且还有着一个坚毅的下巴。这些恼人的特征赋予她整个脸蛋以个性，而她对此却视而不见。她宽慰自己，她有着白皙的皮肤、敏锐的蓝眼睛，以及比以前更浓密的金色鬈发。

三个女孩都穿着银灰色的薄裙（这是她们最好的夏装），发辫和胸口都插着红色的玫瑰。三个人看上去都具有这个年龄段女孩子们应有的特征——脸上透着活力，心中漾着幸福，在忙碌的生活中暂停片刻，带着渴望的眼神，阅读女孩浪漫故事中最甜美的一章。

没有繁琐的仪式，一切都尽可能地轻松自然。因此，当马奇婶婶到来时，看到眼前的情景不由大为震惊：新娘竟跑出来迎接她，而新郎却忙着固定一只掉下来的花环，身为父亲的牧师则两只胳膊各夹着一瓶酒一本正经地往楼上走。

"哎呀，真是乱七八糟！"老太太叫道，一屁股坐在为她准备的雅座上，"孩子，要到最后一刻你才能被人看见唉！"

"婶婶，我不是展览品，没有人来盯着我看，评判我的衣服，或者估算婚宴的费用。我太幸福了，顾不上别人怎么说。我要以我喜欢的方式举行我的婚礼。约翰，给你锤子。"梅格就这样走开了，去帮她亲爱的丈夫干那件完全不适合他的工作。

布鲁克先生甚至没有说一声"谢谢"。但他弯腰去接那毫无浪漫色彩的工具时，在折门后吻了吻他的小新娘。那种景象使马奇婶婶急速地掏

青少年课外阅读系列丛书

出手帕,抹去突然涌进她老眼的泪滴。

哗啦一声,叫声,劳里的笑声,伴随着不雅的惊叹:"天哪!好家伙!乔又把蛋糕毁了!"引起了一阵忙乱。这边还没完,那边又进来了一群堂表兄妹。"别让那个小巨人靠近我。他比蚊子还要烦。"马奇婶婶对艾美耳语道。屋子里挤满了人,而劳里的黑色头顶超出了所有的人。

"他答应过我今天会好好表现。如果他愿意,他能做到非常优雅。"艾美回答道。她溜过去警告海格里斯当心这位严厉的婶婶,可警告倒使他一门心思缠住这位老太太,让可怜的老太太差点发疯。

没有婚礼上常见的列队行进,但当马奇先生和一对新人在绿色的拱门下站定时,屋里一片寂静。妈妈和妹妹们靠得紧紧的,好像极不情愿送走梅格。爸爸不止一次地停下话来,这使得仪式更加美丽、庄严。新郎的手在颤抖,谁也没听清楚他的回答;然而,梅格直盯着丈夫的眼睛说道:"我愿意!"她的面容、她的声音都带着温柔的信任,这让母亲感到欣慰。

午餐后,人们三三两两穿过房子,在花园里随意散步,享受着屋里屋外的阳光。梅格和约翰一起站在草地中央,此时劳里突然来了灵感,一下给这个不时髦的婚礼最后润了色。

"所有结了婚的请拉起手来,围着新郎新娘跳舞,就像德国人那样,我们未婚男女在外围捉对跳!"劳里喊道,他正和艾美沿着小路散步。他的话很有技巧,又极具感染力,大家对此毫无异议,跟着跳起来。马奇先生和太太,卡罗尔叔叔和婶婶先开了头,别的人也很快加入进去。萨莉·莫法特犹豫了一会儿,也将裙裾搭在臂上,迅速将内德拖进了舞圈。最可笑的是劳伦斯先生和马奇婶婶这一对,老先生跳着稳重的快步过来邀请老太太,老太太则将拐杖往胳膊下一夹,便轻快地随着老先生和其他人一起绕着新人跳了起来。而年轻人像仲夏时节的蝴蝶一样在花园里翩翩起舞。

大家跳得气喘吁吁,即兴舞会这才告结束。然后人们开始离开。

"祝你幸福,亲爱的。衷心愿你一切都好,可我想不久你就会后悔的。"马奇婶婶对梅格说。新郎送她上车,她又接着说:"年轻人,你得了个宝贝,留神,你要配得上她。"

"内德,这婚礼一点儿也不时髦,但这是我参加过的最美好的婚礼,也不知是为什么。"在驾车离开时，莫法特太太对丈夫这样评论说。

"劳里，我的孩子，你如果也想享受这种幸福，就在她们姐妹里头找一个来帮帮你，我会十分满意的。"上午的兴奋已过，劳伦斯先生一边说着，一边坐到安乐椅上休息。

"我会尽力让您满足的，先生。"劳里非比寻常地恭敬回答，一边仔细拿下乔为他别在纽扣上的花束。

小屋并不远，梅格的新婚之旅便是随着约翰从老屋走向新房的。她走下楼来，身着暖色的长裙，头戴系着白结的草帽，看上去就像个美丽的贵格会女教徒。大家都围过来，友爱地向她道别，仿佛她就要去作远途旅行。

"亲爱的妈妈，别以为我和您分开了，别以为我这么爱约翰对您的爱就会减少了，"她热泪盈眶地偎着妈妈说。过了一会儿，她又说："爸爸，我每天都要回家。我是结了婚，可我想在你们心中保留老位置。贝思要常来陪伴我，乔和艾美也要时常过来看我管家出洋相。大家让我度过了幸福的结婚日，谢谢，谢谢，再见！"大家脸上充满爱意、希望与自豪，站在那里目送梅格手捧鲜花，依偎着丈夫走远了。六月的阳光映亮了她幸福的面庞——就这样，梅格的新婚生活开始了。

点评：

梅格的婚礼简朴而幸福，是的，只要两个人真心相爱，形式又算得了什么，一个朴实但却充满爱的小屋绝对比一座豪华但却空虚的宫殿要好。梅格懂得了这一点，所以尽管丈夫不富裕，但他们却是幸福的。马奇婶婶还是来了，从这里也可以看出她对几个侄女的疼爱，虽然她一直嘴巴尖刻、脾气古怪，喜欢用她那个年代所遵循的老一套观念、规矩教训人，但她的心地毕竟是善良的。

第二十六章　艺术尝试

　　人们总是花很长时间才能区分天赋和天才,有抱负的年轻男女尤其如此。艾美经过许多磨难才知道两者的区别。她误将热情当作了灵感,带着年轻人固有的冒险心理尝试了各门艺术。有好长一段时间她的"泥饼"作坊停业了,她全身心地投入到精细的钢笔画习作中,在这门艺术中展露出鉴赏力和技巧。

　　她的雅致的作品令人合意且有利可图,但作钢笔画太损伤眼睛,于是她收起了笔墨,又开始大胆地尝试烙画。

　　在她进行工作期间,全家人始终害怕会发生大火灾,因为屋子里整天弥漫着燃烧的木头气味,烟雾不时从阁楼、棚屋窜出来。地上乱放着烧红的拨火棍。罕娜睡觉前总是准备满满一桶水,门边放好用餐铃,以防万一失火。拉斐尔的头像被醒目地烙在了擀面板下面,酒神巴克斯则给画在了啤酒桶盖上。一个唱歌的小天使装饰着糖罐。

　　手指灼痛了,从烙画到油彩便成了自然的转折。艾美热情丝毫不减,一个艺术家朋友用他废弃的调色板、刷子、水彩将艾美装备起来,她便开始涂抹,画出陆上海上从来见不到的田园风光、海岸景色。她画的牛群丑陋奇异,永远不要指望它们能在农市上获奖;她画的船只危险颠簸,对一个最懂得航海的观众来说,看到这张全然不顾造船及帆缆准则的画,若不是笑得前仰后合,便会晕起船来。黝黑的男孩和黑眼睛的圣母从画室的一角凝视着你,暗示出缪利罗的风格;面孔上油腻的棕色阴影带着错位的俗艳条纹,这是伦勃朗的笔法;丰满的妇女和浮肿的婴孩,则是鲁本斯的景致;蓝色的雷、桔色的电、棕色的雨、紫色的云,中间飘洒着西红柿颜色的一块,可能是太阳或者救生圈,也可能是海员的衬衫或国王的长袍,欣赏者想怎么理解都行。

　　随后艾美又不竭余力地搞起了木炭肖像画。全家人的肖像挂成一排,看上去毛茸茸、黑乎乎,仿佛是刚从煤箱里弄出来似的。到画铅笔素描时,情况有所改善,画像的相似度不错,艾美的头发、乔的鼻子、梅格的嘴巴以及劳里的眼睛被宣布"极为相像"。

　　紧接着，艾美又回头摆弄起黏土和石膏。艾美的熟人们的模型幽灵般地出没于屋子的角角落落落，要不便从壁橱架掉下来砸在哪位倒霉者的头上。孩子们被诱来当模特，后来他们支离破碎地描述艾美的神秘做法，听起来她仿佛是个小女巫似的。可是一场不愉快的事故突然终止了她在这方面的努力，同时也熄灭了她的艺术热情。有一次她制作其他模型失败了，便开始仿制自己美丽的脚。一天，全家人被一种可怕的撞击声和叫声弄得惊恐万状，大家跑出来救援，发现年轻的艺术狂正在棚屋里乱蹦乱跳，一只脚紧紧粘在满满一盆石膏里，石膏出人意料地很快就变硬了。大家费力地、危险地将她挖了出来，因为乔挖掘时，笑得太厉害，以至于刀子挖得太深，伤了那只可怜的脚，像艾美的艺术尝试一样，给艾美留下了永恒的纪念。

　　打那以后，艾美平静了下来。可后来又迷上了风景素描，这使得她常去河边、田野、树林研究景色，她渴望能临摹景致。

　　米开朗琪罗曾断言："天才就是永恒的耐心。"假如真的如此，那么艾美便相当具有这种非凡的气质。尽管她遇到了许多障碍，遭受了失败和磨难，她还是坚持下去了。她坚信总有一天她会创作出高雅的艺术作品。

　　她学着，干着，同时也欣赏着别的东西。因为即使她成不了伟大的艺术家，也决心成为一个迷人的有才艺的妇人。在这方面，她较为成功。她是那种生性乐观的人，广交朋友、不用费力便可讨人喜欢。艾美本能地知道做什么既讨人喜欢又恰如其分，她总是八面玲珑，而且会相机行事。她遇事沉着冷静，姐姐们总是说："即使艾美事先毫无准备，走上法庭她也完全知道该怎样去做。"艾美的一个弱点是渴望打进"上流社会"。其实她并不确定什么是上流。在她看来，钱、地位、时髦的才艺、优雅的风度是必需的。她喜欢和拥有这一切的人来往，往往错将假的当成真的，赞美不该赞美的。她从未忘记她生来就是一个淑女，只因家道清贫而没有地位，于是她刻意培养着贵族趣味和感情，随时准备打入上流社会。

　　朋友们称她"贵妇人"，她自己也衷心希望能成为真正的贵妇人，但她也懂得，钱买不来优雅的性情，地位不能赋予人贵族气质。有些人外表上虽然失意，身上还是显示出纯正的教养。

"妈妈,我想请您帮个忙。"一天,艾美走进家门,郑重其事地对母亲说。

"噢,什么事,小姑娘?"妈妈答道。在妈妈的眼里,这个高贵的年轻女士依旧是个"宝宝"。

"下星期我们绘画班放假,姑娘们都将离开学校回家过暑假,我想在这之前邀请她们来我们家玩一天。她们也很想看看这里的河,画下那座断桥,临摹我画册里的那些东西,她们对那些东西很欣赏。在很多方面她们对我都很好,我很感激她们,因为她们都很富有,也知道我贫穷,但她们并没有因此而对我另眼相待。"

"她们怎么会这样呢?"妈妈带着姑娘们称之为的"玛丽亚·特蕾西亚神气"提出了问题。

"你我都晓得,几乎每个人都嫌贫爱富。你也别学那可爱的抱鸡婆,看到小鸡崽遭到鸟啄,便竖起羽毛发怒。要知道,丑小鸭也是会变成天鹅的。"艾美温和地笑了笑。她有个好脾气,而且性格开朗。

马奇太太大笑起来,她按下做母亲的自尊心问道:"那么,我的小天鹅,你打算怎样?"

"我想下星期请姑娘们过来吃饭,带她们坐车去她们想要看的地方,也可能一起去划船,为她们开一个艺术游园会。"

"听起来能行。你准备用什么作午宴?要有蛋糕、三明治、水果和咖啡,是吧?"

"噢,不,妈妈!我们得吃冷舌肉、鸡、法国巧克力,还要冰淇淋。那些女孩子习惯吃这些东西。虽然我现在不太宽裕,但我还是希望我的午宴优雅得体。"

"有多少姑娘要来?"妈妈问,态度认真起来。

"班里有十二或十四个,可我敢说她们不一定都会来。"

"天哪!孩子,那你得包一辆大车把她们接来。"

"哎呀,妈妈,您想到哪儿去了。也有可能只来六个或八个。这样,我只要租一部旅行汽车,再借上劳伦斯先生的敞篷大马车。"

"这会花掉很多钱的,艾美。"

"不会太多,我已算过账,我自己出钱。"

"亲爱的,你可想过,这些女孩们已习惯了这一切。我们尽力做到的对她们来说毫无新意,也许简单点的计划会更令她们满意。"

"要是不能按我的心意去办,那我就不想办了。我晓得,假如你和姐姐们能帮一点儿忙,我会操办得很好。我不懂为什么我自己愿意出钱还不能办。"艾美语气固执地说。

马奇太太懂得,经验是良师。只要有可能,她就让孩子们自己去从经验中吸取教训。

"那好,艾美,要是你决意这样做,而且你觉得这样不会花太多的钱和时间,不会太伤神,我就不多说什么了。去和姐姐们商量下,不管你怎样决定,我都会尽力帮你的。"

"谢谢您,妈妈,您总是这么好。"艾美走去向姐姐们谈她的计划了。

梅格当即许诺帮忙,并乐意提供她所有的一切。然而乔却皱着眉反对整个计划,一开始就不愿插手。

"你为什么要花掉自己的钱,还要烦扰家人,把家里搞得天翻地覆,来讨好那一群一点儿也不喜欢你的女孩子们?"乔说道。她的小说正写到悲伤的高潮,没一点儿情绪谈社交活动。

"那些女孩没有不喜欢我,我也喜欢她们。她们非常友善、头脑清楚,又有天赋。你可以不在乎培养风度、情趣,进入上流社会,让别人喜欢你,但我在乎。我要充分利用每一个到来的机会。要是愿意,你尽可以过贫穷清高的日子,可以说那是自立,我不会那样。"一旦艾美放开了思路,总是她占上风。她这一边总是合情合理,而乔喜欢争吵中走极端,结果总是输。艾美给乔的自立观下的定义恰如其分,两个人交锋后都不禁哈哈大笑起来,争论也转而温和了些。最后,乔完全违反了自己的初衷,同意支出一天时间帮妹妹干完她认为"毫无意义的事情"。

发出的请帖几乎全被收下了,这件大事准备在下星期一。

罕娜不太高兴,因为她一周的工作全给打乱了。她预言:"要是衣服不能按时洗、熨,所有事儿都会弄得一团糟。"家庭机器运转的这一关键部位要是出了故障,可要令大家焦虑的。但是,艾美的格言是"绝不绝望",既然她打定了主意这么做,就开始着手排除障碍干起来。首先,罕娜的烹调手艺不能令人满意:鸡烧老了,舌肉太咸了,巧克力做得不对劲。接着,蛋糕和冰淇淋的花费超出了原先的预算;马车和其他各种费用也是如此。开始算来似乎数目不大,结果最后统计数字惊人。贝思感冒了一直卧床休息;梅格来的客人多出往日,出不了门;乔做着做着情绪变得对立,结果失手摔坏东西,引起了事故;出的错真是令人难堪。

"那天要不是有妈妈帮忙,我根本过不了关。"艾美后来充满感激地回忆到,平时大家已完全忘了"那一季节里最好笑的事"。

那个星期一假如天气不好,小姑娘们就星期二再来——这样的安排让乔和罕娜恼火到了极点。星期一早晨,天气反复无常,比持续下雨更让人烦心。下了一点毛毛雨,出了会太阳,接着又刮了点风,等到稳定下来时,再作决定已为时过晚。艾美天一亮就起床了,她逼着家人也都早早起床,吃完早饭,这样好将屋子收拾得井井有条。她突然觉得客厅太破烂不堪了,顾不上为她缺少的东西而叹息,便很有技巧地充分利用起所拥有的东西装饰起来。她在地毯的破旧处安放些椅子,用常春藤镶边的画儿遮住墙上的污迹,用自制的雕像填充空荡的屋角。乔将插着鲜花的花瓶四处摆放着,这一来,屋子里有了一种艺术情调。

她审视了准备好的午餐,看上去不错。她由衷地希望吃起来味道也好,希望能将借用的杯子、瓷器、银餐具安安全全地拿回去。车子有了着落,梅格和妈妈都准备好效劳,贝思可以在厨房帮助罕娜,乔答应像没事儿似的做出愉快可亲的样子。艾美一边疲倦地打扮着,一边企盼着幸福的时刻来临。顺利地用完午餐后,她将领着朋友们坐车去过一下艺术瘾:那敞篷大马车和断桥是她值得炫耀的东西。想到这些,艾美心情又好了起来。

接下来的两小时让人焦虑不安。艾美来来回回地从客厅跑到游廊,大家对客人是否会来意见不一,像风向标一样变化不停。姑娘们应在十二点到达的,可十一点时又下了一场阵雨,显然这场雨浇灭了她们的热情。一个人也没有来。两点了,烈日炎炎,精疲力尽的一家人坐下来将午宴中易变质的食物吃掉,免得浪费。

"今天天气不会有问题,她们肯定会来。我们得赶紧忙起来,做好准备。"第二天一早艾美便说。她嘴上说得轻快,但兴趣和那蛋糕一样都有点不新鲜了。

"我买不到龙虾,今天你们将就着不吃色拉了吧。"半小时后,马奇先生进屋,神色沮丧却语气平和地说。

"那就用鸡肉吧,鸡肉老一点做色拉也不影响。"他夫人建议道。

"罕娜把鸡在厨房桌上放了一小会,不留神被小猫们舔过了。艾美,我真抱歉。"贝思接了茬。她仍然是小猫们的女施主。

"那我一定得要龙虾,光是舌肉是不行的。"艾美口气坚决地说。

"要不要我赶去镇上买一只回来?"乔问,显出殉道者的宽宏大量。

"你会不用纸包,把龙虾随便夹在胳膊下就带回来,让我不放心。我自己去。"艾美答道,她已经开始忍不住脾气了。

她披上厚面纱,拎着个时髦的旅行篮出发了,心下想着乘车凉快下能平息怒气,也好应付今天的辛劳。耽搁了一些时候,要买的都买了,还买了一瓶调味品,以防家里没有又再浪费时间跑来买。她坐上返程的车,为她的先见之明而庆幸。旅行车里另外只有一个打着盹的老太太。艾美将面纱放进口袋,试着核算钱都花到哪里去了,以打发沉闷的旅途时光。她手持写满复杂数字的卡片,忙得不亦乐乎,竟没注意又上来了个旅客。这个人没喊停车。艾美只听到一个男性的声音:"早上好,马奇小姐。"她抬头见是劳里的一个最文雅的大学同学。

艾美强烈地希望他在她前面下车,她完全不顾脚边的篮子了。她庆幸自己穿的是新旅行服装,因此以平常的温顺心性向年轻人回了早安。

他们谈得很投机,因为艾美得知这位先生将要先下车,她最担心的事也就不怕了。因此她以一种特别高贵的语气谈个不停,就在这时,老太太要下车了。她蹒跚着走向车门,不小心把篮子给打翻了——哎哟,糟糕!——形象俗艳的大龙虾一下子暴露在这位仿佛都铎王朝王室成员般高贵的人儿眼前。

"天哪,她忘记了带走午饭。"年轻人不知真相,叫了起来。

他用手杖将那只鲜红的龙虾弄回原处,准备将篮子递给老太太。

"请别——这是……这是我的。"艾美咕哝着,脸红得像龙虾。

"噢,真的,请原谅。这龙虾真是很不错,是不?""都铎王子"沉着镇定,显得很有教养。

艾美很快恢复了镇定,她勇敢地将篮子放在了座位上,笑着说:"你难

青少年课外阅读系列丛书

道不想尝尝用它做的色拉,再见见那些享用它的迷人的姑娘们?"这样说很睿智,因为触到了男人的两个主要弱点:龙虾立即罩上了令人遐想的光环,对"迷人的姑娘们"的好奇也使他不再注意这喜剧式的不幸事件。

"我想他会和劳里一起笑话这件事情的,可我听不到,这就没关系了。"当"都铎王子"向她鞠躬告别时,她这么想着。

回到家她没有提起这场遭遇(虽然她发现因为篮子翻了,调味汁顺着衣服曲曲弯弯流到了裙子上,把新衣服给毁了)。她做着各种准备,现在这些工作似乎更令人厌倦了。十二点,一切准备就绪。艾美极希望今天能大获成功,以抹去昨天失败的记忆。她叫来了敞篷大马车,昂然驶去载接客人们赴宴。

"听到辚辚声了,她们来了。我到游廊去迎接,这样礼节显得周到些。这可怜的孩子遇到这么多麻烦,我要让她玩得开开心心。"马奇太太一边说一边往游廊走去。可是,她只往外瞥了一眼,便退了回来,脸上表情无法言传,因为在大大的车厢里,仅仅坐着表情茫然的艾美和一个姑娘。

"贝思,快过去帮罕娜撤下桌上的一半食物。把供给十二个人吃的午餐放在一个女孩面前就太荒唐了。"乔叫着,匆匆走到隐蔽处,激动得顾不上停下来笑。

艾美进来了,她相当镇定,极热情地招待这个唯一遵守诺言的客人。家庭其他成员都有戏剧表演的才能,因此各自的角色都扮演得十分到位。埃利奥特小姐发现这一家人很有趣,洋溢在他们身上的快乐情绪无法抑制。她们愉快地用完调整过的午餐,看过画室与花园,又热烈地讨论了艺术,艾美叫了部双轮轻便马车,带着朋友静静地观赏周围景色,直到日落时分,这时"大队人马退场"。

艾美走进屋,看上去很疲倦,但是镇静如常。她看到除了乔嘴角有一条可疑的皱纹外,这个倒霉的招待会没留下一丝痕迹。

"你们下午玩得开心吧,亲爱的?"妈妈殷勤地问道,好像十二个女孩子都来了一样。

"埃利奥特小姐笑得很甜。我想,她看上去玩得很开心。"贝思带着难得的热情评论道。

"能把蛋糕分给我一些吗?我客人不少,但却做不出味道这样好的蛋糕。"梅格认真地问。

"都拿去吧,这边只我一个人喜爱吃甜食,吃不掉会发霉的。"艾美回答,想到那样充足的准备落了这么个结局,她不由叹了口气。

"真可惜,劳里不在这里,不能帮忙。"乔说道。大家坐了下来,两天中第二次吃冰淇淋和色拉。妈妈使了个警告的眼色,止住乔不要再说话,全家人默默地大吃起来。

"把所有东西都装到篮子里送给赫梅尔家吧,德国人喜欢杂烩。我见到这些就作呕。我当了回傻瓜,没有理由让你们吃得过多噎死。"艾美擦着眼睛哭起来。

"你感到失望我真难过,亲爱的,可我们都尽力让你满意了。"马奇太太语调里充满了母亲的遗憾。

"我确实满意了。我已做了我答应要做的事,失败不是我的错。"艾美声音有点发颤地说,"非常感谢大家的帮助,可如果你们不再提起这件事,我更感谢你们,一个月,至少。"

有好几个月没人提起这件事。但是,一说到"招待会"这个字眼时,大家便都会笑起来。后来劳里送给艾美的生日礼物是一个挂表链的装饰品——小珊瑚龙虾。

点评:

艾美的艺术梦虽然一直在坚持,但内容却换来换去,从不能持久。"天才就是永恒的耐心。"没有持之以恒的耐心,艺术之梦也就永远只是一个梦了。宴请同学的那一段令人发笑,说那群富学生并没有因为她贫穷而瞧不起她,更多的是艾美自己一厢情愿的想法吧,因为事情的结局已经很明显地证实了这一点。不知她在生日那天收到小珊瑚龙虾会是什么感受,但我觉得以此作结尾是最妙不过的了。

第二十七章　文学课

　　乔突然交了好运,她的生活道路上落下了幸运钱币。尽管未必是金币,但我怀疑即便是五十万块钱,也换不来她以这种方式得到的一小笔钱所带给她的快乐。

　　每隔几星期,她就会把自己关在屋里,穿上她的涂抹工作服,一门心思地写起小说来。小说一天没写完,她就一天不会安宁,她的涂抹工作服是一条黑色的羊毛围裙,可以随意在上面擦拭钢笔。还有一顶同样质地的帽子,上面饰着一个怡人的红蝴蝶结,一旦准备动手写作,她便把头发束进蝴蝶结里。在家人好奇的眼光里,这顶帽子是个信号,在乔写作的这段时间里,她们最好离她远远的,只是偶尔饶有兴趣地伸头探问:"乔,灵感来了吗?"即便这样,她们也不敢贸然发问,只是观察帽子的动静,并据此作出判断。若是这个富有表现力的服饰低低地压在前额,那表明她此时正在苦苦思索;写到激动时刻,帽子便时髦地斜戴着;文思枯竭时,帽子便会被扯下来了。在这种时刻,谁闯进屋子都得默然而退,不到那位天才的额头上竖起欢快的蝴蝶结,谁也不敢和她说话。

　　她根本不把自己看作什么天才,然而一旦来了写作冲动,她便全部身心地投入进去。她活得十分快乐,一旦坐下来进入她的想象世界,便感到平安、幸福——在那里有许多和现实生活中一样亲切的朋友,令她意识不到贫穷、忧虑,甚至糟糕的天气。她废寝忘食,因为享受这种快乐的时光太短暂了,而只有在这个时候,她才感到幸福,感到生活得有意义。这种天才的灵感通常要持续一两个星期,之后,她从她的"漩涡"里冒出头来,要么又饿又累、脾气暴躁,要么便心灰意懒。

　　有一回,她刚从这样的一次发作中恢复过来,便被劝说陪伴克罗克小姐去听一个讲座。这是为教徒开的课程,讲座内容是关于金字塔的。乔弄不清为什么对这样的听众选这样的话题,可她想当然地认定,这些满脑子想着煤炭、面粉价格的听众们,整日里要解开的谜比斯芬克司提出的还难,对他们展示法老们的荣耀,能够大大减少社会的弊端,满足他们贪婪的欲求。

　　她们去早了。乘克罗克小姐调整长统袜跟的时候,乔打量着坐在她们周围的人们的脸孔,以此消遣。她的左边坐着两个家庭主妇,硕大的额头配着宽大的帽子。她们一边编着织物,一边讨论着妇女的权利问题。再过去,坐着一对谦恭的情人,毫不掩饰地手挽着手;一个忧郁的老女人正从纸袋里拿薄荷糖吃;一个老先生盖着黄头巾打盹,做好听课准备。乔的右边,她唯一的邻座看上去是个很好学的小伙子,正在专心地读着报纸。

　　那是张画报,乔观赏着靠近她一边的艺术画面。画面上,一个身着全套战服的印第安人跌倒在悬崖边,一只狼正扑向他的咽喉。附近两位愤怒的年轻战士正在互相厮杀,他俩的脚小得出奇,眼睛却大得出奇。背景中一个披头散发的女人张大着嘴正奔跑着想逃开。乔悠闲地想着到底是怎样一个不幸的事件,需要如此夸张地渲染。小伙子停下来翻画页时,见乔也在观看,便递给她半张,直率地说:"想看吗? 这可是一流的故事。"乔微笑着接过来,很快她就埋头于这类故事常有的错综复杂的爱情情节、神秘事件和凶杀案件中去了。这个故事属于那种热情奔放的通俗文学。当作家智穷力竭时,便虚构来一场大灾难,去掉舞台上一半的人物,让那另一半人物为这些人的覆灭幸灾乐祸。

　　"棒极了,是不是?"小伙子问。此刻乔还在扫视着这半张报纸的最后一段。

　　"我看,假如要写的话,你我都能写这么好。"乔回答道,她为小伙子赞赏这种无聊的作品感到悲哀可笑。

　　"要是我能写的话,就太幸运了。听说她写这类故事赚了很多钱。"他指着故事标题下的姓名,S. L. A. N. G. 诺思布里夫人。

　　"你认识她?"乔突然间来了兴趣。

　　"不,不过她的作品我都读过。我认识的一个朋友就在印这份报纸的地方工作。"

　　"你是说她写这类故事赚了很多钱?"乔看着布满报纸的惊叹号和令人揪心的几个画中人,有些起敬了。

　　"我想是的! 她晓得人们爱看什么,写这些东西能赚很多钱。"这时,讲座开始了,乔几乎一个字都没听进去。当桑兹教授啰啰嗦嗦地讲贝尔佐尼、基奥普斯、圣甲虫雕饰物以及象形文字时,她偷偷摸摸地抄下了报纸的地址。报纸正在征集轰动一时的故事,并提供一百美元的奖金。乔决心大胆一试。等到讲座结束,听众醒来时,她已为自己积聚了一笔可观的财富。她沉浸在故事的构思策划中,只是拿不定决斗场面是放在私奔前还是放在谋杀后。

第二天她立即开始工作,这使妈妈感到非常不安,因为,"天才冒火花"时,妈妈看上去总是有点焦虑。乔以前从未写过类似这种风格的东西,此时她的戏剧表演经验和广博的阅读现在派上了用场,这使她掌握了一些戏剧效果,并为她提供了情节、语言以及服装。她的故事里充满了绝望和沮丧,因为她有限的几个熟人中总有着这种使人非常难受的情绪,她也就在故事里予以体现。故事的场景设在葡萄牙首都里斯本,以一场地震结束,这样的结局出人意料,却又合情合理。她悄悄地寄走了手稿,并附上一张便条,谦虚地声称如果中不了奖,这故事值多少钱就给她多少钱,她也会很高兴的。她没敢奢望过中奖。

六个月的等待是一段漫长的时间,一个女孩子要保密,六个月就显得更长了。但是,乔既等了,又守住了秘密。在她开始放弃再见到手稿的希望时,来了一封信,使她大吃一惊。因为,一打开信封,一张一百元支票便飘落在了她的膝盖上。有那么好一会儿,她盯着支票看,好像那是条毒蛇。然后,她读了信,哭了起来,假如那位可爱的编辑先生早知道他写的这样一封客套信会给他的同胞带来如此强烈的幸福,我想,他一有空闲时间,就会全用来写信了。乔把那封信看得比金钱还重,因为信给了她鼓励,而且在多年努力之后,终于发现自己学会了做某些事情,这真让她高兴,尽管她只写了个有点耸人听闻的故事。

当乔平静下来后,一手拿着信,一手拿着支票,在全家人面前宣布她获奖的时候,人们很难见到比乔更为得意的年轻女人了。全家人一下子震惊不已,当然更少不了狂欢和庆祝。故事发表出来后,每个人都大加赞赏。爸爸对她说,故事语言不错,爱情表现得生动、热烈,悲剧也十分扣人心弦。然后他超然地摆着头说——"但你能写点更好的东西,乔。瞄准最高的目标,千万别去在乎钱。"

"我倒是觉得这件事最好的部分就是钱。这么多钱你将怎么花呢?"艾美虔诚地看着这张具有魔力的支票问。

"送贝思和妈妈到海边度假一两个月。"乔即刻回答。

"啊,太妙了!不,我不能去,亲爱的,那样做太自私了。"贝思叫了起来。她拍了拍纤弱的双手，深吸了口气，好像渴望着新鲜的海风，然后停下来，推开姐姐在她面前挥动的支票。

"哦，你一定得去。我写故事就为这个，因此才会成功。我只想着自己时，从来都干不好事情，你看，为写作挣钱也成全了我自己，不是吗？而且，妈妈也需要换换空气，她不会丢开你，所以你一定得去。等你长胖了回来，面色红润，那该有多好！"反复讨论后，她们终于去了海边。回来时尽管贝思没有像希望的那样长胖、面色变红，但身体明显感觉好多了。而马奇太太则声称她感到年轻了十岁。因此，乔对她的奖金投资很满意，又情绪饱满地开始写作，一心要多挣些令人愉快的支票。

那一年，她确实挣了不少，并开始意识到自己在家庭中的分量。

因为通过笔的魔力，她的"废话"让全家人过得很舒适。《公爵之女》付了买肉钱，《幽灵之手》铺下了一条新地毯，《考文垂的魔咒》让马奇一家过上了丰衣足食的小康生活。

财富的确是人人都非常渴望的，然而贫穷也有它光明的一面。逆境的好处之一是人们从自己艰苦卓绝的奋斗中获得真正的愉快。我们存在于世间的智慧、美丽与能力，有一半得之于逆境的激励。乔沉醉于这种愉快的感觉中，再不羡慕那些有钱的女孩。她知道她能不向别人要一分钱而为自己提供所需要的一切，从中她获得巨大的安慰。

小说并未引起多么广泛的注意，但销路不错。她为之鼓舞，决心为名利放手一搏。她把小说抄了四遍，念给她所有的知心朋友听，怀着惴惴不安的心寄给了三个出版商。小说终于被接受了，不过条件是得删去三分之一，其中还有些自以为最为得意的地方。

就这样，带着斯巴达式的吃苦精神，年轻的女作家将她的处女作放在桌上，毫不留情地开始大加删改。而且为了让家人高兴，每个人的意见她都采纳了，但就像老人和驴那则寓言所说的那样，结果谁也不中意。

爸爸喜欢那作品中无意带上的玄奥特色，因此，尽管乔有疑虑，还是保留了这些。妈妈认为描述部分过于多了些，就这么着，连同许多必要的环节，统统删掉。梅格欣赏悲剧部分，所以乔大肆渲染痛苦以合她的心意。而艾美不赞成诙谐逗乐，乔便好心好意地扼杀了用来点缀故事中严肃人物的欢快场面。这个可怜的小传奇故事就像一只被拔了毛的知更鸟，乔深信不疑地将它交付给热闹的大千世界去碰碰运气。

青少年课外阅读系列丛书

还不错，印出来了。乔获得了三百美元的稿酬，同时也得到了许多赞扬和批评。她没料到有这么多意见，一下子陷入迷惑之中，好一段时间不能自拔。

"妈妈，你说过，评论能帮助我。可评论太矛盾了，搞得我全无头绪，这样能帮我吗？"可怜的乔翻阅着一叠评论大声说着。她时而充满自信、快乐，时而愤怒、沮丧。"这个人说：'这是一本绝妙的书，充满真善美。一切都那么美好、纯净、健康。'下个人说：'书的理论不好，满篇是令人毛骨悚然的幻想、精神主义至上的念头，以及怪异的人物。'另一个这么说：'这是美国近年来所出版的最杰出的小说之一'（我知道得更清楚）；再下一个断言：'这是本危险的书，尽管它内容新颖，富有气势和激情。'可不是嘛！一些人嘲笑它，一些人吹捧它，几乎所有的人都认为我想阐述一种深奥的理论，可是我写它只是为了玩儿，为了赚钱。我真希望那些删节也全部都印出来，不然还要不断被人误评。"家人和朋友们都极力劝慰她，可是对精神高尚、生性敏感的乔来说，这显然是件十分难受的事。然而，这件事对她还是有益的，那些有价值的批评意见使作者受到了最好的收益，最初的难受过去后，她就能自嘲那本可怜的小书了，而且仍不乏自信。虽然遭受了打击，她感到自己更加聪明有力了。

"我并非济慈那样的天才，但这又有何妨！"她勇敢地说，"毕竟，我也有笑他们的地方。我取材于现实生活的部分被贬损为荒唐，而我傻脑袋里编织出来的场景却被赞誉为'自然、温柔、真实，具有魅力'。所以，我可以用这些来安慰自己。等我准备好了，我还会重整旗鼓，写些别的。"

点评：

乔的通俗小说给家庭带来了一笔笔不小的财富，但也使得她在写作方向上充满了迷惑。但这又有什么关系呢？世俗社会本来就是充满矛盾的场所，乔用真情实感写出来的作品，他们可能看也不看；乔为了赚钱而编造的一些俗气文章，他们可能会叫好不已。为了补贴不宽裕的家庭而写些不包含低级趣味的通俗小说，乔的做法无可厚非。"等我准备好了，我还会重整旗鼓，写些别的。"我相信她是会言行一致的，毕竟写通俗小说不是她的文学追求，如果有可能，她还是会写出一部部充满真情实感的作品的。

第二十八章　家务经验

和大多数年轻主妇一样,梅格带着当个模范管家的决心,开始了她的婚姻生活。梅格对家务倾注了无数的精力与诚心,因此,尽管遇到了一些困难,她必然还是会想方设法做成功。她的伊甸园并不宁静,因为小妇人过分急于讨丈夫的欢心。她像个真正的马大,整日忙忙碌碌,为家事拖累着。有时,她累得甚至笑不出来——吃了美味佳肴,约翰反而弄得消化不良,忘恩负义地要求吃些清淡饭菜。至于纽扣,她不久就学会惊叹它们又不知掉到哪儿去了,然后摇头说男人粗心,威胁要让他自己钉。

他们非常幸福,即便后来发现只有爱情不能过活。小屋不再是华居,而成了过日子的场所,年轻的夫妇不久就认识到这是个好的变化。开始,他们做着过家家的游戏,孩子般地嬉闹着。后来,约翰作为一家之主感到肩上责任重大,稳步经起商来。

梅格脱下麻纱披肩,系上大围裙,像前面说的那样,干劲十足地投入到家务中。

趁着对烹调的热衷,她一口气读完了科尼利厄斯夫人的《菜品》,耐心细致地解决烹饪疑难,好像那是数学作业。有时,试验成功了她便邀请全家人过来帮忙吃掉丰盛的宴席,失败了便私下派仆人洛蒂将食物送给小赫梅尔们去吃,以便掩人耳目。晚间则和约翰一起结算家庭收支,这常使她的烹调热情一度止歇,接下来过一阵节俭的日子,于是那可怜的人儿只能吃到面包布丁大杂烩,喝再加热的咖啡,这令她大伤脑筋。可是不久,梅格虽没找到持家的"中庸之道",却又为家庭财产添了件年轻夫妇必不可少的东西——家用腌坛。

带着主妇燃烧的热情,为了贮藏室能存满家制食品,梅格着手腌制栗果冻。她让约翰定购一打左右的小坛子,另外买了些糖,因为他们自家的醋栗已经成熟,需要立即处理。约翰坚信"我的妻子无所不能",自然也为她的技艺而自豪,他决意满足妻子的愿望,让他们唯一的果实以最悦人的形态贮存起来。于是,四打可爱的小坛子、半桶糖便给运了回来,还带回个小男孩帮她摘醋栗。年轻的主妇将漂亮的头发束进一顶小帽里,袖子挽到胳膊,然后系上条格子围裙,开始了新的工作。她对成功深信不疑,都已经见过罕娜做过上百次了嘛! 开始,那一排坛子着实让她吃了一惊,不过约翰非常喜欢吃果冻,橱子顶层放上一排可爱的小坛子,看上去也不错。因此,梅格打算把所有的坛子都装满。她花了一整天的时间,摘呀,煮呀,滤呀,忙着制她的果冻。她竭尽全力,向科尼利厄斯夫人的书本讨教,绞尽脑汁想回忆起她没做好的地方罕娜以前是怎么做的。她重复,重新加糖,重新过滤,然而,那讨厌的东西就是"不结冻"。

她真想就这样系着围裙跑回家求妈妈帮忙。可是她和约翰曾商定决不让他的小家的烦恼、试验、争吵去烦扰到家人。他们履行了决议,尽量自己解决问题,也没有人干预他们,因为这个计划是由马奇太太提议的。梅格只好在那个炎热的夏日,与不好对付的蜜饯孤军奋战。到了五点,她坐在乱七八糟的厨房里,绞着一双弄脏了的手,不禁放声大哭起来。

梅格刚开始令人兴奋异常的新生活时,总是说:"只要他高兴,我丈夫什么时候都可以带朋友回家,我会随时都准备好,不会忙乱,也不会责怪他,更不会让他感到不舒服。"的确,听到这么说,约翰得意洋洋,为有这样优秀的妻子而感到自豪骄傲。然而,尽管他们经常有客人,可是客人们从来没有不期而至的,到目前为止,梅格根本就没有机会表现她的突发应变能力。但现实世界总是有这种情况发生,而且不可避免,我们只能惊诧、懊恼,并尽力去忍受。

一年有那么多天,约翰偏偏选中那一天带了一个朋友回家。若不是因为他完全忘了果冻的事,实在不可原谅。约翰庆幸早晨定购了一些美食,并且确信此时已经做好了,他沉浸在美妙的期待中:饭菜可口,娇妻跑出去迎接夫君。带着年轻主人兼丈夫的满足感,他伴随朋友走向自己的宅第。

他来到鸽房,不禁大失所望。前门通常是好客地敞开着,现在不仅关着,而且锁上了。台阶上昨日踩的污痕仍在,客厅的窗户紧闭,窗帘拉着,游廊里也不见他身穿白衣、头戴迷人小蝴蝶结、手里做着针线活的漂亮妻子,除了一个粗野小子在醋栗丛下睡觉,屋里没一个人影。

"恐怕是出了什么事,斯科特,到花园里来,我得去看看太太。"约翰被寂静冷落的气氛弄得惊慌起来。

随着一股刺鼻烧焦的糖味,他匆匆绕过屋子。斯科特先生不紧不慢地跟在后面,满脸疑惑。他小心翼翼地和约翰保持着一定距离。突然布鲁克消失了,但是斯科特先生很快既能看见也能听见眼前的一切了。作为一个单身汉,他十分欣赏眼前看到的景象。

厨房里混乱不堪,一种类似果冻的东西从一个坛子滴到另一个坛子。一只坛子躺在地上,还有一只在炉火上欢快地烧着。具有条顿民族冷淡气质的洛蒂,正在平静地吃着面包,喝着醋栗酒,因为那果冻还只是一种无可奈何的液体状,而布鲁克太太则正用围裙捂着头,坐在那里沮丧地抽泣。

"我最亲爱的姑娘,到底出了什么事?"约翰冲进去叫了起来,他看到了妻子烫伤的手,方知道她的痛苦,真是糟糕的景象。又想到花园里的客人,不由得暗地惊惶。

"噢,约翰,我真的是太累了。我一直在弄这果冻,最后筋疲力尽,你得帮我一把,不然我就要死了!"说着,疲倦之极的主妇一下扑进丈夫的怀里,给了他一个甜蜜的欢迎。

"亲爱的,发生了什么可怕的事?"约翰焦急地问道,一边温柔地吻着小帽顶,小帽子早已经歪到一边了。

"是的。"梅格绝望地抽泣着。

"那么,快告诉我,别哭了,再坏的事儿我都能承受,快说出来,我的宝贝。"

"那个——那果冻不结冻,我不知道该怎么办。"约翰·布鲁克大笑起来,那种笑以后他再也没敢有过。因为它给了可怜的梅格痛苦的最后一击,好嘲弄人的斯科特听见这开心的笑声也忍不住笑了起来。

"就这些?把它们都扔到窗外吧,别再烦心了,你想要果冻我可以给你买上几夸脱,看在老天的份上,别这样发作了,我带了杰克·斯科特来吃晚饭,而且——"约翰没有说下去,因为梅格一把推开了他,拍着手做了个悲惨的手势,用混合着愤怒、责备、沮丧的语调高声叫道——"带客人来吃饭,到处乱七八糟!约翰·布鲁克,你怎么能够做出这种事?"

"嘘,他就在花园里面!我把这倒霉的果冻给忘了,可现在没法子了。"约翰焦急地看着眼前的一切。

"你本可以传个话回来,或者早上和我说一声,你本该记住我有多忙。"梅格负气地接着说道,惹恼了的斑鸠也会啄人的。

"早上我还不知道呢,况且也没时间传话回来,我出去的路上碰到他的。我从未想过要你批准,因为你总说我可以随时带人来。我以前从来没试过。以后我死也不会再这么做了!"约翰委屈地补了一句。

"我倒是希望你不这么做！你立刻把他带走，我不见他，也没有晚饭。"

"好吧，我喜欢这样！我送回来的牛肉和蔬菜放在哪？你答应做的布丁又在哪？"约翰叫着，冲向食品柜。

"我没时间做，我打算上妈妈那儿去吃的，对不起，可是我太忙了。"梅格的眼泪又来了。

约翰脾气温和，但毕竟工作了长长的一天回到家，又累又饿，充满希望，可看到的却是乱七八糟的屋子，空荡荡的餐桌，加上个焦躁的妻子，这可不利于身心休息。然而，他还是及时控制了情绪，要不是又触及那倒霉的字眼，这场风波就会平息了。

"我承认，是有点麻烦，可是，如果你愿意助我一臂之力，我们会克服困难招待好客人，而且还会很开心的。别哭了，亲爱的，加点儿劲，为我们做点吃的。给我们吃冷肉、面包、奶酪，我们不会要果冻的。"他本是想开个善意的玩笑，可那个字眼决定了他的命运。梅格认为，他暗示她悲惨的失败简直太残酷了，于是她忍无可忍了。

"你自己想办法解决吧，我一点儿力气都没有，不能为任何人加劲了，把那个斯科特带到妈妈那儿去，和他说我不在家，病了，或者死了——随你怎么说。我不要见他，你们尽可以笑话我，笑话我的果冻，想怎么笑就怎么笑好了。在这里你们什么也别想吃到。"梅格一口气说完这些具有挑衅味的话，扔掉围裙，然后匆匆撤离阵地，回到卧室独自伤心去了。

她不在期间那两个人做了些什么，她无从得知，只是斯科特先生并未给带到马奇太太那儿去。他们走后，梅格从楼上下来，发现杯盘狼藉，洛蒂报告他们吃了"很多东西，大笑着，主人让她扔掉所有的甜玩意儿，把坛子收起来"。梅格真想去告诉妈妈，可是，对于自己错误的羞耻感，以及对约翰的忠心阻止了她这么做。"约翰是有些残酷，不过这可不能让别人知道。"她简单地收拾了一下屋子，打扮得漂漂亮亮，然后坐下来等待约翰来求她原谅。

不幸的是，约翰没来，他并没太严肃看待这件事，和斯科特在一起就餐时他将之视为玩笑，尽可能原谅他的小妻子。他这个主人当得热情周到，结果，他的朋友很欣赏这个即席晚餐，并答应以后再来。约翰很生气，虽然没有表现出来。他认为是梅格使他陷入了困境，然后在他需要帮助时抛弃了他。"让人家随时随地带人回家,相信她的话这样做吧,她又发起怒来,责怪人,将人家弃于危难中不顾,让别人嘲笑、可怜。这样不公平,不!确实不公平!梅格需要明白这一点。"吃饭时,他怒火中烧。可是送走斯科特、踱步回家时,内心风暴已经平息,一阵温柔袭上心头。"可怜的小东西!她尽心尽意想让我高兴,那样做使她难堪。当然,是她错了,可是她太年轻,我得耐心些,教教她。"他加快了步子,决心平静、友好坚定地向她指出,她身为妻子错在哪里。

梅格同样决心"平静、友好但是坚定地"向他指出做丈夫的职责。她很想跑出来迎接他,请求原谅,让丈夫亲吻她,安慰她。可是,自尊心让她没有这么做。她坐在摇椅里看到约翰过来,便一边摇着,一边做针线活,嘴里哼着小调,好像一个坐在华丽客厅里的阔太太。

约翰没看到一个温柔、悲伤的尼俄伯①,有点失望。于是他便没有表态,而是悠闲地迈步进屋子,坐进沙发,说了句最贴切不过的话:"我们要重新开始,亲爱的。"

"不反对。"梅格的回答同样镇定。

布鲁克先生又提了些大家感兴趣的话题,都让布鲁克太太一泼冷水浇灭了。谈话兴趣减弱了。约翰走到一扇窗前,打开报纸,仿佛把自己包了进去。梅格则走到另一扇窗前,做起针线,仿佛她拖鞋上的新玫瑰花结是在生活必需品之列。谁也不说话,两个人看上去都"平静而坚定",但却感到非常不舒服。

"天哪!"梅格想着,"真像妈妈所说的,结了婚的日子真难过,真的是既需要爱情,又需要巨大的耐心。"

"妈妈"一词又让她联想起很早以前母亲给她的其他建议,当时她接受时又是怀疑又是抗议。

"约翰是个好人,可肯定也有他的缺点。你得学会发现它们,容忍它们,记住你自己也有许多缺点。他个性很强,但绝不会固执己见,只需你友善地和他讲道理,不要急躁地反对他。他处事认真,尤其讲求事实,这种性格不坏,尽管你说他'喜欢小题大做'。梅格,千万别在言语行动上冲

---

① 尼俄伯:希腊神话里的底比斯王后,为自己被杀害的子女哭泣而变成一块石头,并且在变成石头后继续哭泣。

撞他,他会给你应有的信任和你所需的支持。他有脾气,但不像我们那样,一阵火发完,然后就烟消云散。他那种沉寂的怒火极少发作,可是一旦点燃,就很难扑灭。小心点,要非常小心,不要引火烧身。平安幸福的生活取决于你对他的尊重、注意,假如你俩都犯了错,你要首先请求原谅,提防不要引起误解,这些往往导致更大的痛苦与悔恨。"梅格坐在夕阳下做着针线活,回想着妈妈的这些话,尤其是后面的话。这是他们之间的第一次严重分歧。她回忆起自己脱口而出的话,真是又愚蠢,又不友好,她的怒气也是那样孩子气。想到可怜的约翰回到家后碰上这么个场面,她心软了。她含着眼泪瞥了他一眼,可是他没有感觉。她放下针线活,慢慢地穿过屋子,站到他身旁,可是他头也不转。有一刻她感到自己好像真没法这样做,随后又想:"这是开始,我尽我的责任,这样就没有什么可责怪自己的了。"于是,她俯下身,轻轻地在丈夫额上吻了一吻。当然,一切都解决了,这悔悟的吻胜过千言万语,约翰马上将她抱在膝上,温柔地说:"笑话那些可怜的果冻小坛子真是太不好了,原谅我,亲爱的,我再也不了。"然而,他还是笑了,啧啧,笑了上百回。梅格也笑了,两个人却笑说那是他们所做的最甜的果冻。因为,那个小小的家用腌坛保住了家庭的和气。

这件事过后,梅格特意邀请斯科特先生来家吃饭,为他端上一道道美味佳肴,不让他感觉女主妇总是忙得疲惫不堪。在这种时候,她表现得欢乐、优雅,一切进行得顺利、称心。斯科特先生赞叹说约翰这家伙真幸福,回家时一路上摇头感叹单身汉的日子太苦。

到了秋天,梅格又有了新的考验。萨莉·莫法特和她恢复了友谊,常到小屋来闲谈,或者,邀请她去大房子玩。这使人愉快,因为在天气阴暗的日子,梅格常会感到孤独。家人都很忙,约翰到夜里才回来,她自己除了做针线、读书,或者出去逛逛,没什么事可做。结果梅格自然而然地养成了与她的朋友闲谈、闲逛的习惯。她看到萨莉的一些好东西,也渴望能拥有它们,并为自己得不到而感到可怜。萨莉很友好,常提出送给她一些她想要的小东西,可是梅格谢绝了,她知道这样约翰会不高兴。后来,这个傻乎乎的小妇人做了件令约翰更不高兴的事。

她知道丈夫的收入,她喜欢这种感觉,丈夫不仅将自己的幸福托付于她,而且将一些男人最看重的东西——钱,也交给了她。她知道钱放在哪儿,可以随意去取。他只要求她将所花出去的每一分钱都记个账,每月计一次账单,记住她是个穷人的妻子。到目前为止,她干得不错,精打细算,每笔账记得清清楚楚,每月也都毫不担心地拿给他看。然而,那一年秋天,蟒蛇溜进了梅格的伊甸园,像诱惑许多现代夏娃一样诱惑了她,不是用苹果,而是用华美的衣服。梅格不愿被人可怜,也不愿因之而顾影自怜。这使她恼火,但又羞于承认这一点,所以她时不时买些可爱的小玩意儿,这样萨莉就不会认为她必须得节约,她以此来自慰。买过这些东西后她总是感到不道德,因为这些可爱的玩意儿很少是必需品。可是它们花的钱很少,不值得担心。就这样,不知不觉这些小玩意儿逐渐增多了。游览商店时,她也不再是被动的旁观者了。

然而,小玩意花费的钱超出了想象。月底结账时支出总额使她吓坏了。那个月约翰事情很忙,将账单丢给了她。第二个月约翰不在家。第三个月约翰做了次季度大结账,那一次梅格永远都忘不了。就在这次结账前几天,梅格做了件可怕的事,这让她良心不安。萨莉一直在买绸衣,梅格渴望有一件新的——只要件浅色的、端庄的、舞会时穿的。她的黑绸衣太普通了,晚上穿的薄绸衣服只适合女孩子穿,每逢过新年,马奇婶婶总是会给组妹们每人二十五美元作为礼物。这只要等一个月,而现在这儿有一段可爱的紫罗兰色丝绸线卖,她有买它的钱,只要她敢拿。约翰总是说他的钱也就是她的。可是,不仅花掉还未到手的二十五美元,还要从家庭资金里再拿出二十五美元来,约翰会认为对吗?这是个问题。萨莉怂恿她买,并提出借给她钱。她的好意诱惑了梅格,使她失去了自制力。在那受诱惑的关头,商贩举起了可爱的、熠熠生辉的绸布卷,说道:"卖得很实惠,我保证,夫人。"她答道:"我买。"就这样,料子扯了,钱付了,萨莉欢跃起来,梅格也笑着,好像这没什么了不起,然后坐车离开,心里却感到像偷了什么东西,警察在后面追着她似的。

她回到家,将那可爱的丝绸展开,想以此减轻那一阵阵悔恨的痛苦。可是,这段料子看上去不如之前光鲜了,而且也不适合她了。毕竟,"五十美元"这个数字像一个图案刻在布料的每一道条纹上。她收起布料,脑海中却挥之不去,不像一件新衣服那样想起来使她愉快,却像个摆脱不了的幽灵,令人恐怖。那天晚上,当约翰拿出账本时,梅格的心往下一沉,结婚以来她第一次害怕起丈夫来。那双和善的棕色眼睛看上去似乎会变得严厉,尽管他情绪非常好。她想象他已经发觉她干的事,只是不打算让她看出来。家庭开支账单都付清了,账本理齐了。约翰称赞了她,又准备打开他们称之为"银行"的旧笔记本,梅格知道那里面已没有多少钱了,便按住他的手,紧张地说——"你还没看过我自己的开销账单呢。"约翰从来就没想要看过,但她总是坚持让他看。他看到女人们喜欢的古怪东西时,惊诧不已,她欣赏这种神情。她让她猜"滚边"①是什么东西,逼问他"抱紧我"②是做什么用的,或者引他惊叹,三个玫瑰花蕾、一块丝绒,再加上两条细绳组成的东西竟能成为一顶帽子,而且只需五六美元。那天晚上,他一如既往,看起来很乐于检查她的开销数字,假装被她的挥霍所吓倒,因为他为他节俭的妻子感到特别的骄傲。

小账本慢慢地拿出来,放在他面前。梅格借口为他抚平额上疲倦的皱纹站到了椅子的后面。她站在那里说起来,越说越发慌——

"约翰,亲爱的,我不好意思让你看账本,因为我最近挥霍有些过度,你知道,我常出门,我得有些像样的东西,萨莉建议我买,我就买了。我新年得到的钱将补上一半的开销。我买过之后便后悔了,我知道你会觉得我做错事了。"

约翰笑了起来,将她搂过身边,温和地说:"别躲着我,你就是买了双挤脚的靴子我也不会揍你的。我为我妻子的脚感到相当自豪,要是靴子不错,就是花了八九美元也不要在乎。"那是她最近花钱买的一件"玩意儿",约翰一边说着,眼睛一边落在它上面。"哦,他看到那该死的五十美元会怎么说呢?"梅格思忖着,心里七上八下。

"那比靴子还糟,是绸衣。"她带着绝望后的镇定说着,她想立即结束这最坏的事情。

"唔,亲爱的,像曼塔里尼先生说的,那'该死的总数'是多少?"这可不像约翰说的话,梅格心里明白。他抬头直视着她,在这之前,她总能随时坦率地迎接他的目光。她翻开账本,同时转过头来,指着那一笔数字,不算那五十美元,数字已经够大的了,加上它,更加触目惊心。好一阵子,屋里寂静无声,梅格能感到约翰在努力控制着自己,不显出不快来——"哦,

①　滚边:指衣服、布鞋等的边缘特别缝制的一种圆棱边儿。
②　抱紧我:指紧身短马甲。

我搞不清五十美元买件衣服是不是贵了点,而且还要花钱买时髦的裙饰、小玩意儿才能做成成衣。"

"还没有做,没装饰呢。"梅格嗫嚅着。她突然想到料子做成衣服还得花钱,有些不知所措了。

"二十五码丝绸包装一个小妇人似乎太多了,但我毫不怀疑我的妻子穿上它会和内德·莫法特的妻子一样漂亮。"约翰冷冰冰地说。

"我知道你生气了,约翰,可是我控制不住,我不是有意浪费你的钱,我看萨莉想买什么就买什么,我不能买她便可怜我,我真的受不了。我试图知足,可这太难了,我厌倦了贫困。"她最后一句话说得很轻,可是他听见了,并深深地被刺痛了。为了梅格的缘故,他放弃了许多享乐。她话一出口,便恨不能咬掉舌头。约翰推开账本站起来,声音微颤地说道:"我就担心这个。我尽力吧,梅格。"即便他责骂她,甚至揍她,也不会像这几句话那样使她如此伤心。她跑过来紧紧抱住他,带着悔恨的泪水哭着:"哦,约翰,我亲爱的,你那么宽厚、勤勉。我不是那个意思。我太邪恶、太虚荣、太忘恩负义了。我怎么说出那样的话,哦,我怎么能那样说!"约翰非常宽厚,当即原谅了她,没有说一句责备的话。可是,梅格知道她的所作所为不会很快被忘记的,尽管他再也没有提起过。她曾经保证无论如何都会爱他,可是,她作为他的妻子,毫不在乎地花了他的钱后,却反过来指责他贫穷,太可怕了!

最糟糕的是打那以后约翰变得沉默起来,好像什么事也没发生,只是在镇上待的时间更长了,晚上也出去工作,留下梅格一人哭着入眠。一个星期的悔恨几乎把梅格弄病了。她又发现约翰取消了他那件新大衣的定货,这使她几乎绝望,那种景象让人看着心酸。她吃惊地问约翰为什么改变主意,约翰仅仅说了句:"我买不起,亲爱的。"梅格没再说什么。几分钟后,约翰发现她在大厅里将头埋在那件旧大衣里,哭得心都要碎了。

那天夜里,他们作了次长谈。梅格懂得了丈夫虽贫穷却更值得爱。因为,似乎是贫穷将他煅造成一个真正的男子汉,贫穷给了他奋斗的力量与勇气,教会他带着温柔的耐心,去容忍他爱的人们所犯的过失,抚慰他们自然的渴求。

第二天,梅格收起了自尊,来到萨莉家,告诉她实情,请她帮忙买下那段丝绸。好脾气的莫法特太太欣然应允,并考虑周到地答应不马上就将料子当礼物送给她。然后,梅格买回了大衣。约翰回来时,她穿上大衣,询问约翰是否喜欢她的新丝袍。可以想象,约翰是怎样接受这个礼物的,随后又发生了些什么美妙的事情。约翰回家早了,梅格也不再闲逛了。早上,大衣被幸福至极的丈夫穿上,晚上,被忠心耿耿的小妇人脱下。就这样,日子一天天平静幸福地过去了。到了仲夏,梅格有了次新的经历——女人一生中印象最深、最充满柔情的经历。

一个星期六,劳里满脸激动地溜进鸽屋,"小妈妈怎么样? 人都在哪? 我回家前你们为什么不告诉我?"劳里低声问。

"那宝贝幸福得像个女王,她们都在楼上瞧着呢,你去客厅吧,我去叫她们下来见你。"罕娜含混地回答,兴奋地咯咯笑着走开了。

不一会儿,乔出现了,自豪地捧着一个放在大枕头上的法兰绒包裹。她表情严肃,眼睛闪光,语调里夹着克制某种感情的奇怪成分。

"闭上眼睛,伸开胳膊。"她诱惑他说。

劳里慌张地退到屋角,将双手背到身后恳求:"不,谢谢,我宁愿不抱,我会抱掉下来的,肯定会的。"

"那你就见不到你的小侄儿了。"乔坚决地说,转过身就要走开。

"我抱,我抱,弄坏了你得负责。"于是,劳里服从命令,英勇地闭上了双眼,同时,一样东西放进了他的臂弯。紧接着,乔、艾美、马奇太太、罕娜同时爆发出一阵大笑,笑声使他睁开了眼睛,发现手里捧的不是一个,而是两个婴儿。

难怪她们笑。他脸上的滑稽表情,贵格教徒也会给逗笑的。他满脸惊愕地站在那,盯着那两个尚无意识的小东西,又转过来盯着欢乐的观众,就这么看来看去,乔坐到地上,尖声大笑起来。

"双胞胎,天哪!"过了好一会儿他才说出这么一句。然后他转向妇人们,带着令人发笑的虔诚恳求道:"快把他们抱走,随便谁,我要笑了,我会把他们笑掉下来的。"约翰救了他的小宝宝们。他一手抱着一个,来回走动,好像已经入了门,掌握了照料婴孩的诀窍。而劳里笑得眼泪都流出来了。

"这是本季节最有趣的笑话,是不是? 我事前不让她们告诉你,一心想让你大吃一惊。我想现在我已经做到了。"乔喘过气来说道。

"我一辈子也没这么吃惊过,太好玩了。都是男孩吗? 给他们取了什么名字？让我再看一眼。乔，扶着我。这确实让我吃惊不小。"劳里回答道。他看着两个宝宝，神情就像一只纽芬兰大狗仁慈地看着一对小猫咪。

"一男一女，瞧他们有多漂亮！"自豪的爸爸说。他对两个蠕动的红色小东西微笑着，仿佛他们是未长羽翼的天使。

"这是我见过的孩子中最出色的。哪个是男孩？哪个是女孩？"劳里弯下腰仔细看着神童们。

"艾美给小男孩系了条蓝丝带，女孩系了条红丝带，法国的方式。这样你就能分清了。除此之外，一个有双蓝眼睛，另一个是双棕色眼睛，亲亲他们，特迪叔叔。"乔调皮地说。

"恐怕他们不喜欢亲呢。"劳里开口说，在这种事上，他总是非常腼腆。

"他们肯定喜欢。现在他们已经习惯让人亲了。现在就来吧，先生！"乔命令道，她担心他会让别人代劳。

劳里苦笑着依命行事，他小心翼翼地在每个小脸蛋上啄了一口，又引起了一阵笑声，孩子们也给吓哭了。

"瞧，我知道他们不喜欢亲！这是个男孩，他在乱踢，小拳头打出去蛮像回事。好吧，小布鲁克，去攻击和你一样大的人，好吗？"小家伙的小拳头乱挥，戳到了劳里的脸上，劳里高兴地叫起来。

"给他起名叫约翰·劳伦斯，女孩随她的妈妈和奶奶的名字，叫玛格丽特。我们都叫她黛西，这样就不会有两个梅格了。我想，除非能找到一个更好的名字，这个男子汉就叫杰克吧。"艾美带着姨娘的兴致说道。

"不如叫他德米·约翰，简称德米。"劳里说。

"黛西和德米——正适合！我就知道劳里能起个好名字。"乔拍起手来。

特迪那次起的名字当然好。因为，直到本书的最后一章，两个婴儿都一直叫"黛西""德米"。

点评：

生活中波折是不可避免的，家务考验也好，虚荣心的考验也好，虽然都制造了一些不愉快，但经过沟通与自我反省，这对新婚的小夫妻最终经受住了考验并更加恩爱。后来，他们的爱情果实——一对龙凤胎呱呱坠地，更给家庭增添了无限的欢乐。

第二十九章　出　访

"走呀,乔,时间到了。"

"做什么?"

"你答应今天和我一起走访六家人的,不会忘了吧?"

"我这一生是做过许多鲁莽的事,可我不会发神经,要一天拜访六户人家吧。访一家都能让我烦一个星期。"

"是的,你是说过。但那是我俩的协议。我替你完成贝思的铅笔画像,你答应好好地和我一起去邻居家回访。"

"假如天气好——协议中有这一条,我会严格遵守,夏洛克①。现在东边有一大块乌云,天气不好,所以我不去。"

"你这是偷懒。天气不错,不会下雨的,你不是一直以守约自豪吗?讲点信用吧,去尽你的义务,然后你又可以安心度过六个月。"

那一时刻,乔正沉迷于缝制衣服。她为全家人做大衣并居功自傲,因为她的针使得和笔一样好。可她正在首次试穿她缝制的新衣就给抓差,受命在七月的热天里盛装出访,这真叫人光火。她讨厌任何正式的出访,除非艾美和她订协议,贿赂她,或者许愿,否则她绝不会干的。眼下这种情形怕是逃脱不掉的了。她恨恨地将剪刀弄出响声,声辩她觉察到了雷雨的迹象,可最后还是投降了。她收起针线,拿起帽子、手套,告诉艾美她这个遭难者已做好准备。

"乔·马奇,你真够倔的,圣人也会被你激怒。我希望你不是打算就这样子出访吧?"艾美打量着她,惊叫起来。

"怎么不行? 我觉得整洁、凉爽、舒适。热天里尘土飞扬的,这样穿戴很合适。要是别人更在乎我的衣服而不是我这个人,我就不愿见他们。你可以尽心尽力打扮得优雅,让人们喜欢你,喜欢你的衣服。你觉得这样挺值,我却不然,裙饰只能让我反感。"

①　夏洛克:莎士比亚剧本《威尼斯商人》中的奸商。

"哦,天哪!"艾美叹了口气。"她现在处于逆反心理中,不等我把她弄妥帖,她会让我发狂的。今天出门肯定不是件好差事,可是,我们欠了社交债呀。除了你我,家里没人去还这笔债。乔,你只需要好好打扮一下,帮我回下礼,我会为你做任何事的。你很会说话,打扮起来很有贵族气质,举止也很潇洒,只要你愿意。我会为你骄傲的。我害怕一个人去,你一定得和我一起去,照顾我。"

"你这个小姑娘真有手腕,甜言蜜语哄骗你脾气坏的姐姐。真想得出来,我有贵族气,有教养,你一个人哪也不敢去? 真不知哪一句更荒唐。好啦,既然我非得去,我就尽力而为。你来当这次远征的统帅吧,我绝对服从,行了吧?"乔说,她的态度由桀骜不驯突然转变为绵羊似的顺从。

"你真是个天使! 现在,请穿上你最好的衣服,我会教你做到举止得体的,这样你就会给人留下良好印象。我希望别人喜欢你,而你只要试着随和一点,就能让人喜欢,头发弄漂亮点,帽子上饰一朵粉红色玫瑰。你穿着素净衣服太严肃了,这样看上去相称些。带上你的淡黄手套和绣花手绢。我们在梅格家停一会,把她的白阳伞借来,这样,你就可以用我那把鸽灰色太阳伞了。"艾美一边打扮,一边发出命令,乔不无抗议地服从着。

"红玫瑰点缀着白帽子真是迷人。挺起肩来,别管手套是否挤手,放自如些。你再加件东西会更好,乔,再围条披肩——我围着不好,你围合适。真高兴,马奇婶婶把那条可爱的披肩送给你了。它虽然朴素,可是很好看,落在胳膊上的褶子又风雅。你看我斗篷上的针绣花边在不在中间? 衣服可扣整齐了? 我想让人看看我的靴子,因为,我的脚确实很美,尽管我的鼻子不太理想。"

"你是个美丽的小东西。"乔说。她带着权威的神气透过手看着艾美插在头发上的蓝色羽饰。"请问夫人,我是把衣服放下来托在地上好,还是卷起来好?"

"走路的时候卷起来,进了屋子就放下来。裙褶拖曳的风格最适合你,你得学着优雅地拖着裙裾。"

两个人终于打扮好上路了。罕娜从楼上窗户探出身子看着她们,说她俩"漂亮得像图画中人"。

青少年课外阅读系列丛书

"哎,乔,亲爱的,切斯特一家自以为她们非常优雅,所以,我想让你能拿出最好的风度来。别说那些粗暴的话,别做怪事,好不好?只要沉着、冷静、镇定——那样保险,又有淑女风度,你很容易在十五分钟内做到这些的。"艾美说。她们已去过梅格家,借了白阳伞。现在她们已到了要访问的第一家。

"我想想。'沉着、冷静、镇定'——好的,我想可以答应你。我曾在舞台上扮演过一个古板的年轻女士,我来试试。你会看到,我很有能耐的。脑子放轻松一些,我的孩子。"艾美松了口气。调皮的乔奉行了她的话。

在第一家,她坐在那儿,四肢放得优雅舒适,裙褶垂得恰到好处。她平静得像夏天的海,镇定得像冬天的大雪堆,沉默得像狮身人面像。切斯特夫人提到她的动人的小说,切斯特小姐们挑起话头,谈起舞会、野餐、歌剧以及最新的服装款式,均告无效。乔要么笑笑,要么点点头,再不就严肃地说声"是""不",以此回答所有的问题,让人扫兴。艾美向她传去"说话"的指令,试图将她从这种状态中拖出来,还用脚偷偷地踹她,均不起作用。乔无动于衷地坐在那里好像什么也不知道,举止如同莫德的脸:"匀称却冷冰冰,光彩照人却没有表情。"

"马奇家的大小姐多么高傲又令人乏味啊!"送走客人关上门,一位小姐评论道,不幸给客人听见了。乔无声地笑着穿过大厅,可是艾美为她的指挥失误恼了气,自然怪罪起乔来。

"你怎么能这样误解我的意思?我只是想让你表现得端庄、稳重,可你整个儿一个木头疙瘩,到兰姆家可要随和些了。你要像别的女孩子们那样闲聊,对服装、笑话、管它什么废话都要表现出兴趣。她们出入上流社会,认识她们对我们很有用。我无论如何都要给她们留下良好印象。"

"我会随和些的,我会闲聊,傻笑,听到你喜欢的任何琐事都惊叹狂呼。我再改进些,能做好的。等着瞧,兰姆一家会说:'乔·马奇多么可爱、多么迷人呀!'"

艾美完全有理由着急,因为一旦乔异想天开起来,谁也不知道她什么时候才能收得住。艾美看着姐姐轻快地走进下一个客厅,热情奔放地亲吻了所有的年轻女士,优雅地朝年轻的先生们微笑,兴致勃勃地加入了闲聊,这种情绪使得艾美这个旁观者大为惊讶,一脸困惑。兰姆太太缠住了艾美。她很喜欢艾美,迫使艾美听她长篇大论地讲述卢克丽霞①的最后反抗,同时,三个愉快的年轻先生守在近处,等着兰姆太太一住口,就冲上去把艾美救出来。在这种情形下,艾美无力制止乔。乔似乎被淘气的精灵缠住了,她像兰姆老太太一样滔滔不绝,说个不停。好几个脑袋围着她,艾美竖起耳朵想听清楚她在说什么,因为断断续续的话语使她充满了疑惧,圆睁的眼睛和上举的手折磨着她的好奇心,不断的笑声也使她极想分享乐趣。听听这种谈话的评断,我们可以想象出艾美有多痛苦。

"她马骑得特别棒——谁教她的?"

"没人教。她过去常在安放在一棵树上的旧马鞍上练习上马、握缰、骑马。现在,她什么都敢骑,不知道什么叫害怕。马夫给她马骑,要价便宜,因为她能把马驯得服服帖帖,让女士骑没问题。她骑马的热情太大,我常对她说,如果她做别的事不成,可以当个驯马师来谋生。"听到这种糟糕的评论,艾美很难克制住自己了,因为,这种话给人留下她是放荡不羁的印象,而这又是她特别讨厌的。可是,她能怎么办呢?老太太的故事刚说了一半。就在故事还远远没结束的时候,乔又开始了,讲出更可笑的秘密,出现了更可怕的过错。

"是的,艾美那天真是倒霉,所有的好马都不在,只留下来三匹,一匹跛,一匹瞎,还有一匹太顽劣,往它嘴里塞上泥它才走。游园会用这种马不错,是不是?"

"她最后选了哪一匹呢?"一个先生笑着问,他喜欢这个话题。

"一匹也没选。她听说河对面的农家有一匹好马,又精神又漂亮,虽然还没有女士骑过它,便决定一试。那场斗争真是悲壮,没人给马上鞍,她自己上。我的天哪!她竟然带着那匹马划过了河,给马上鞍,来到谷仓,使老头大吃了一惊。"

"她驯服那马了吗?"

"当然,她玩得非常开心。我还以为她会给弄得残缺不全地送回来呢。可是她完全制服了那马,成了整个游园会的中心人物。"

"嗯,这才叫有胆量!"小兰姆先生赞许地瞥了一眼艾美,奇怪她妈妈

①　卢克丽霞:古罗马传说中的一个贞洁烈妇。

说了些什么,把那女孩羞得满脸通红,浑身不自在。

过了一会儿,谈话突然转了向,谈到衣服问题,这使得艾美的脸更红了。一个年轻女士询问乔,她野餐时戴的那顶淡褐色帽子是在哪里买的。傻乎乎的乔毫无城府地坦诚相告:"噢,是艾美涂上去的。买不到那些柔和颜色的,所以我们想要什么颜色就涂什么颜色。有一个懂艺术的妹妹真是很大的安慰。"

"这主意真是新奇!"兰姆小姐叫了起来,她发现乔很有趣。

"和她做的其他伟绩相比,这算不了什么,没有这孩子干不了的事。瞧,她想要双蓝色靴子参加萨莉的舞会,就把她那双泥乎乎的白靴子涂成最可爱的天蓝色,看上去真像缎子做的一样。"乔带着对妹妹成就的自豪感补充道,这激怒了艾美,她恨不得用名片盒砸她才解气。

"前些日子,我们读了你写的一个小故事,非常喜欢。"兰姆大小姐说道,她想恭维这位文学女士。但必须承认,当时这位文学女士看上去一点也没那气质。

一提及她的"作品",总是对乔产生不好的影响,她要么严肃起来,像是谁冒犯了她;要么唐突地转变话题,现在就是这个情况。

"真遗憾你们找不到更好的作品来读,我写那废话是因为它有销路,普通老百姓才喜欢它。今年冬天你去纽约吗?"

因为兰姆小姐"喜欢"这故事,所以乔的话显得既不文雅,也不客气。话一出口,她便意识到了自己的错误。可是,由于担心把事情弄得更糟,她突然记起该先提出告辞,于是便贸然提出要走,使得其他三个人话没说完,噎在了喉咙。

"艾美,我们得走了。再见,亲爱的,一定要上我们家来玩,盼着你们来访。我不敢请您,兰姆先生。但如果您真的来了,我想我没有胆量打发您走的。"乔滑稽地模仿着梅·切斯特的说话风格,极富感情地说完那些话。艾美尽快出了屋,哭也不是,笑也不是。

"我干得还不错吧?"她们离开时,乔满意地问道。

"没有比你更糟的人了。"艾美的回答斩钉截铁,"你让什么迷了心,竟说起那些故事来?什么马鞍、帽子、靴子的,还有其他那些?"

"哎呀,那些好玩,又逗人笑。他们知道我们穷,没必要假装我们有马夫,一季买三四顶帽子,还能像他们那样轻而易举地得到许多好东西。"

"但你也不必把我们的小计谋告诉他们呀,也没必要那样暴露我们的贫穷啊。你一点儿正当的自尊都没有,从不知道什么时候该闭口,什么时候该说话。"艾美绝望地说。

可怜的乔羞愧极了。她默默地用干硬的手绢擦着鼻尖,仿佛在为她做的坏事忏悔。

"到这里我该怎么做?"当她们走近第三家时,乔问。

"想怎么做就怎么做,我可不管你了。"艾美生硬地答道。

"那我就会玩得快活了。那些男孩们都在家,我们会很开心的。天知道,我需要点变化了。优雅不适合我的性格。"乔同样生硬地回敬。她老是不能让艾美满意,心中窝火。

三个大男孩和几个可爱的小孩子热情地欢迎她们,这迅速扫除了乔的不快。她由着艾美去和女主人以及碰巧同样来访的图德先生应酬,自己则和年轻人们打成了一片。她发现这样的变化的确使人精神振奋。她怀着极大的兴趣倾听大学生的故事,一声不吭地抚摸着猎狗和长卷毛狗,完全赞同"汤姆·布朗是条好汉",也不管这种赞许是否恰当。当一个小伙子提议去看看他的小鱼池时,乔欣然从命。她笨拙却充满柔情地拥抱了一下慈爱的夫人,把帽子弄偏了。这顶帽子对她来说非常亲切,即便有灵感的法国女人做出的头饰也不及它。夫人一边为她整理帽子,一边不由得笑起她来。

艾美让乔自行其事,自己也开始尽情谈笑了。图德先生的叔叔娶了位英国女士,这位女士是一个还在世的勋爵相隔三代的表妹。艾美非常尊敬这一家人,因为,尽管她生长于美国,有着美国的教养,她对爵位还是怀着崇敬之心,这种崇敬现在依然萦绕着我们中间某些优秀分子的脑际。几年前,一位皇室的金发女士一踏上这太阳底下最民主的国度,这种忠诚便使得这个国家骚动了起来。这个年轻的国家对那些古老国家所怀有的热爱仍然与这种忠诚相关。然而,即使是心满意足地和英国贵族的远亲攀谈也没能使艾美忘掉辞别时间。她极不情愿地抽身离开这贵族社会,到处寻找乔。她热切希望不会发现她那无可救药的姐姐又处于使马奇姓氏蒙羞的局面。

情况可以说更糟,不过艾美觉得还能接受。乔坐在草地上,身边围了一群男孩,一只爪子脏兮兮的狗横卧在她那条华丽的、只有节日才穿的裙子上。她正对那群面带羡慕之色的听众叙述劳里的一个恶作剧。一个小孩子用艾美珍爱的太阳伞捣弄着乌龟们,另一个把姜饼放在乔最好的帽子上大嚼,还有一个正戴着她的手套在玩球。所有的人都很开心。乔收拾起她的那些弄毁的财产准备走时,她的护卫送着她,恳求她再来做客:"听劳里的玩笑太有趣了。"

　　"这些男孩子太棒了,是不是? 和他们待一会,我又觉得相当年轻、活泼了。"乔说。她将手放在背后信步走着,一半是出于习惯,另一半是想藏起被溅污的阳伞。

　　"你为什么老躲着图德先生?"艾美问。她明智地克制了不评论乔损毁了的形象。

　　"我不喜欢他。他摆臭架子,斥责他的妹妹们,烦他的爸爸,说话不尊重他的妈妈。劳里说他放荡,我看他不是个成熟的人,所以不睬他。"

　　"至少,你该待他礼貌些吧。你只是对他冷冷地点点头,而却彬彬有礼地向汤米·张伯伦弯腰微笑,他爸爸只是个开杂货店的。你只要把点头和弯腰掉个个儿,就对了。"艾美责怪道。

　　"不,不对。"乔倔强地回答,"即使图德爷爷的叔叔的侄儿的侄女是一个勋爵的第三代表妹,我也不会喜欢他,更不会羡慕他。汤米虽然穷、害羞,可是他善良,又非常聪明。我看重地,我愿意表现出来。尽管他常年和那些牛纸包裹打交道,他还是一个绅士。"

　　"和你争辩没有用。"艾美说。

　　"是一点没用,亲爱的,"乔打断了她,"所以,我们最好放温和些,在这里丢下一张名片,因为很明显金家人不在家,我为此深表谢意。"马奇家的名片盒完成使命后,两个姑娘继续前进。到达第五家时,她们被告知年轻的女士们有约会,乔又谢起恩来。

　　"现在让我们回家去吧,今天别管马奇婶婶了。我们什么时候都能到她家去。现在我又累又躁,还要拖着最好的一套衣服在泥地里走,真是太遗憾了。"

　　"你愿意的话就这么想吧。婶婶喜欢我们打扮入时地正式拜访她,向她表示敬意。这是小事一桩,但却能让她快乐。我相信,这不会像那只脏狗和那群男孩子那样弄脏你的衣服,一点也不会。弯下腰来,我替你拿掉帽子上的碎屑。"

"艾美,你真是个好姑娘!"乔说。她有些懊恼地瞥了一眼自己弄糟了的衣服,又瞥了一下妹妹的,那衣服依旧干干净净,一尘不染。

"我希望我能像你一样轻而易举地做些小事就让人喜欢。我想过,但做那些太费时间,所以,我等待机会施舍些大恩惠,小事就由它过去了。不过我想,最终还是小事情最有效果。"艾美笑了,即刻软了下来,并带着母亲般的神情说道:"妇女应该学会与人相处,特别是穷妇人,因为你没有别的办法来回报别人给你的好处。如果你愿意记住这一点,多加练习,你会比我更惹人喜爱,因为你的好气质更多。"

"我愿意承认你是对的,只是我尽可以为一个人冒生命危险,但要我违心地去讨好一个人却办不到。我这样强烈地爱憎分明,真是不幸,是不是?"

"要是不能隐瞒这种感情就更加不幸了。我不在乎说出来,和你一样我也不喜欢图德,但是,没人请我把这告诉图德,也没人请你。没有必要因为他讨人厌便把自己也弄得不受欢迎。好了,安静下来吧。注意用你那些新念头去烦婶婶。"

"我尽量不去烦她。可是,在她面前,我总是鬼迷心窍地说出一些特别直率的话,或者生出些标新立异的念头。这是我的命,我逃不了。"她们发现卡罗尔婶婶正和老太太在一起,两个人一门心思地谈论着什么非常有趣的事。姑娘们一进门,她们便停下了话头,脸上的表情明显表明她们一直在谈论着她的侄女们。

乔心情不好,犟脾气又上来了,而艾美善良地尽了自己的责任,忍着气讨大家的欢心。她完全处于一种天使般的状态,而这种温和可爱的性情马上感染了大家。两个婶婶都慈爱地唤她"我亲爱的",一边用眼色表示她们后来强调的:"那孩子每天都有长进。"

"你要去为交易会帮忙吗,亲爱的?"卡罗尔太太问道。

"是的,婶婶,切斯特夫人问我是否愿意帮忙。我提出可以照看一张桌子,因为除了时间,我没什么东西可以给人了。"

"我可不愿意去，"乔断然插了嘴，"我讨厌受人恩惠。切斯特家人以为，让我们去为他们那与上流社会有联系的交易会帮忙是个了不起的恩惠。我不知道你答应了，艾美，他们只想让你干活。"

"我愿意干活。我觉得他们太客气了，让我也分担工作，并分享乐趣。恩惠只要是善意的，就不会烦扰到我。"

"相当正确、恰当，亲爱的。我喜欢你感恩的精神，帮助那些欣赏我们努力的人是件愉快的事，而有些人不欣赏，这令人气愤。"马奇婶婶从眼镜上看着乔，评论道。乔皱着眉头坐在摇椅里摇晃着。

要是乔知道巨大的幸福此时正在她和艾美之间晃来晃去难以平衡，而只能降在一个人头上的话，她会迅即变得如鸽子般温顺的。然而，不幸的是，我们的心灵没有窗户，看不见我们的朋友脑中有些什么。在一般的事情上看不见还好些，可是，看见了时常是莫大的安慰，既能节约时间，也能抑制脾气。乔的下一句话剥夺了她以后几年的快乐，使她及时地领教到了闭嘴的艺术。

"我不喜欢恩惠。它们压制我，让我觉得像个奴隶。我宁愿一切自己干，完完全全独立。"

"嗯！"卡罗尔婶婶轻轻咳了下，看了看马奇婶婶。

"我和你这么说过。"马奇婶婶说，坚定地朝卡罗尔婶婶点了点头。

乔仍旧神气活现地坐在那里摇着，那态度绝非是想引人注目，只是她意识不到她做了些什么，这对她倒算是仁慈。

"你会说法语吗，亲爱的？"卡罗尔婶婶将手放在艾美的身上，问道。

"说得还行，多亏马奇婶婶。她让埃丝特尽量经常和我说。"艾美带着感激的神情回答，换来了老太太可掬的笑容。

"你的法语怎么样？"卡罗尔太太问乔。

"一个字也不会说。我受不了法语，那是种滑溜溜、傻乎乎的语言。"她无礼地答道。

两个老太太又互相交换了一个眼色。马奇婶婶对艾美说："你现在身体相当不错，是吗？眼睛也不再难受了，对不对？"

"一点也不难受了。谢谢您，夫人，我很好。我打算明年冬天做些大事。这样，什么时候那令人高兴的时刻来临，我就可以立即做好去罗马的准备。"

"好姑娘！你配去那里，我肯定有一天你会去成的。"马奇婶婶赞许地拍着她的头说，艾美为她拾起了线团。

淘气的孩子，插上窗闩，坐在火炉边，纺着棉纱。

鹦哥怪叫起来，它栖息在乔所坐的椅子背上，弯着头窥视着乔的脸，无礼的质询神情十分滑稽，使人忍俊不禁。

"这鸟儿观察力真强。"老太太说。

"一起去散步，亲爱的？"鹦哥叫道，它朝瓷器橱跳了去，神情暗示着要糖块。

"谢谢，我就去。来吧，艾美。"乔结束了拜访，她更加强烈地感到出访确实与她的性格不合。她以绅士般的风度和婶婶们握手道别，而艾美却吻别她们。两个姑娘离去了，身后留下阴影与阳光，这印象使得马奇婶婶在她们的背影消失后作出了决定——

"你最好干吧，玛丽，我会提供钱的。"接着卡罗尔婶婶也坚定地回答："我当然会干，如果她的爸爸妈妈同意。"

点评：

虽然乔不喜欢必须遵循诸多规矩的交际，但如果这种交际必要的话，基本的礼仪与平和的心态还是要具备的。本次出访中乔的表现无论从哪一方面来说都不合格，甚至有些举动是故意为之，这就有点过分了。我们生活在社会中，不可能不去和别人打交道，礼仪规矩的出现也不是凭空而来、毫无道理的。艾美在交际方面虽然有时有些矫饰，但总体而言要比乔强很多，本章最后两位婶婶的谈话及动作也暗示着她的成就。付出与回报成正比，有些东西你得不到，是因为你没有做到。

第三十章　后　果

切斯特夫人的交易会非常优雅,用人也非常挑剔,邻里的年轻女士们都以能被请去占一张桌子为荣耀。每个人都对这件事产生了极大的兴趣。艾美被请了去,乔却没有,不过这对所有参加者来说是个幸事,因为她此时正当自命不凡的年龄,要吃些苦头才能学会如何和人融洽相处。于是这位"高傲又令人乏味的家伙"被冷冰冰地撇在一边,而艾美则凭一张艺术桌子把她的天赋与情趣充分地展示了出来。

一切都进行得顺利,可是,交易会开幕的前一天发生了一件小小的冲突。当二十五六个老少妇人在一起做事时,每个人都会有自己的愠怒与偏见,这种冲突便是不可避免的。

梅·切斯特相当妒忌艾美,因为艾美比她更招人喜欢。就在那时,发生的一些琐碎小事更增加了她的妒忌感。艾美那雅致的钢笔画作品使梅的着色花瓶黯然失色——这是第一个烦恼;最近一次舞会上,迷倒所有姑娘的图德和艾美跳了四支舞,只和梅跳了一次——这是第二个烦恼;压在她心头最大的烦恼是传到她耳中的闲言碎语,说马奇家的女孩们在兰姆家笑话了她,这给了她采取不友好行动的借口。本来这一切该怪罪乔,是她活灵活现地模仿梅,谁都能看得出来,而那爱闹的兰姆又让笑话传了出来。两个罪犯对后来的事一无所知,所以可以想象出艾美听了切斯特夫人一番话时的沮丧。切斯特夫人听说女儿被人笑话,当然大为光火。交易会的前一天晚上,艾美正在为她漂亮的桌子做最后的装饰,切斯特夫人不动声色、冷冷地对她说——

"亲爱的,我把这张桌子给了别人而不是我女儿们,我发现年轻的女士们有些看法。这张桌子最显眼,有人说所有桌子中这一张最为吸引人。我的女儿们是这个会的主要筹备人,所以最好让她们占有这张桌子。很抱歉,可是我知道你真心实意地参与这个会,你要是愿意可以占另外一张桌子。"

切斯特夫人事先想象这一番话很容易说出口,可是,真到要说的时候,却发现很难自自然然地讲出来。艾美不加怀疑地盯着她,一脸的惊奇与困惑。

艾美觉得这件事背后肯定有些蹊跷,可是猜不出原因。她感到受到了伤害,也表示出了这一点。她轻轻地说:"也许你一张桌子也不想给我?"

"不,亲爱的,请不要生气。你要知道,这只不过是个权宜之计。我的女儿们要领个头,这张桌子自然是她们恰当的位置。我是觉得它对你非常适合,很感激你费了这么大劲把它装饰得如此漂亮,可是,我们还是得放弃自己的愿望。我负责让你在别的地方占一个好的位置。你可喜欢花卉桌?小姑娘们在管着,可她们弄不好,正在那儿灰心丧气呢。你能把它变得迷人,要知道,花卉桌总是很吸引人的。"

"对先生们尤其如此。"梅补充道。她的神情使艾美明白了失宠的原因。她脸红了,但是她没去理睬那女孩的嘲讽,却温和得出人意料地答道——"切斯特夫人,就依你的意思做吧。你要是乐意,我马上放弃这个地方,去照管花卉桌。"

"你愿意的话,可以把你的东西放到那个桌上去。"梅开了口。看着艾美如此精心制作、又雅致地摆设着的东西——漂亮的笔架,鲜艳的贝壳,奇妙的灯饰——她有点感到良心欠安了。她是出于善意的,可是艾美误解了她的意思,迅即说道——"噢,那是当然,如果它们碍事的话。"她匆匆地将她的东西扫进围裙,走开了。她觉得她自己连同她的艺术品都受到了无法原谅的羞辱。

"哎呀,她生气了。要是我没求你说就好了,妈妈。"梅说。她愁闷地看着桌子上空出来的地方。

"女孩子吵嘴不会长久。"她妈妈答道,她倒为自己掺和进来有点不好意思了。

小姑娘们高兴地为艾美和她的宝贝欢呼起来。这种热情的接待稍稍抚平了她的不安情绪,她立即着手工作,打定主意,即使不能施展艺术抱负,也一定要在花卉方面做出些成就。可是,似乎一切都和她对着干:开始得太晚了,她也累了,大家都忙着自己的事无法帮助她,而小姑娘们碍手碍脚只能帮倒忙。这些可爱的小麻雀们,叽叽喳喳,忙忙碌碌,毫无技巧地想努力维持桌子最完美的状态,结果造成了一片混乱。艾美竖平常春藤拱架,可是拱架竖立不稳,当上面的吊篮装进东西时,架子摇摇摆摆,像是要掉下来砸在她头上;她最好的瓷砖画给溅上了水,在丘比特的脸上留下了一滴黑色泪珠;她用锤子干活却伤了手;在穿堂风中做事感了冒,这使她为次日的交易会忧心忡忡。任何一个有过同样痛苦的女读者都会同情可怜的艾美,祝愿她能圆满顺利地完成工作。

那天晚上回家后,她把事情说了出来,大家都很气愤。妈妈说那是个耻辱,夸艾美做得对。贝思宣布她坚决不去参加交易会了。乔质问艾美为什么不拿走她所有的漂亮东西,离开那帮卑鄙的小人,让她们自己去开交易会。

"没有理由因为她们是小人我也做小人,我讨厌这么干。虽然我受到了伤害,有权作出反应,可是我不想表示出来。她们会觉得这比怒气冲冲的言语和行为更厉害。是不是这样,妈妈?"

"这种精神很对,亲爱的。用吻回报殴打总是上策,虽然有时不容易做到。"妈妈说。她知道说与做的区别。

尽管有各种自然的诱惑去反抗、去报复,艾美第二天整整一天都坚持了自己的决定,一心想用好心来征服她的敌人。她的开端良好,这得归功于一个无声之物的提示,这个东西来得出乎意料,但是非常及时。那天早晨,她在布置桌子,小姑娘们在休息室里装花篮,她拿起她心爱的摆设品——一本小书。书的封面古色古香,爸爸拿它当作宝贝。上等纸的书页里的文章还绘有美丽的彩图,每一页都有。艾美带着骄傲的神情翻着书面。她的目光落在一行诗上,这使她不得不停下来思考。那一行字用鲜艳的红、蓝、黄三色云状花纹勾了边,表达了世人应在荆棘与玫瑰花丛中互相扶助的良好愿望:汝爱邻人,应如爱己。"我应该这样做,可是我没有做到。"艾美想。她的目光从鲜艳的书页转向大花瓶后面梅的不满意的脸上,那些大花瓶填补不了她的那些漂亮作品曾经占据的空间。艾美站了一会儿,翻着手中的书页,每一页都读到一些对仇恨、嫉妒之心的轻柔指责。每天,我们都能从街道、学校、办公室以及家庭听到许多明智的、真正的布道,只是没有在意。假如这张交易会桌子能提出富有教益的人生哲理,它也能成为布道讲坛。此时此刻,艾美的良知向她宣讲了小书上的道理。她做了我们许多人不容易做得到的事——从善如流,并立即付诸实施。

一群女孩子围站在梅的桌边,欣赏着漂亮的物品,议论着女售货员的变换。她们压低了声音,可艾美知道她们在谈论她,她们听了一面之辞并且据之作出判断。这令人不太愉快,但是她的态度已经有了很大的转变。不一会儿,就有个机会让她证明这一点。她听到梅难过地说:"太糟了,没有时间来做别的东西了。我不想用乱七八糟的东西填补空缺。刚才这张桌子已布置好了,现在又给毁了。"

"我敢说,要是你去求她,她会把东西放回来的。"有人提议。

"这一番事情过后,我怎么能做得出呢?"梅说。然而,她话音未落,艾美动人的声音便从大厅那边传了过来:"你不用求,如果需要的话,尽管用好啦。我正想着提议把它们放回去呢。因为它们属于你那张桌子,而不是这张桌子,给你吧,请收下。原谅我昨晚性急地把它们都拿走了。"她一边说着,一边点头笑着将她的东西放了回去。然后她又匆匆走开了,她觉得做一件友好的事要比做完后留下来让人感谢更容易些。

"哎呀,她这么做简直太可爱了,是不是?"一个女孩叫道。

梅的答语没有人听见。然而,另一个显然被制作柠檬汽车弄得有点烦躁的年轻女士令人不愉快地笑了笑,补充道:"非常可爱。因为她知道这些东西放在她自己的桌上卖不出去。"哎哟,这太过分了。当我们做出些牺牲时,至少希望别人能欣赏。有一会儿,艾美甚至后悔那样做了,她感到美德并不总是有回报的。但还是有的——正像她很快发觉的——因为,她的情绪开始好起来,她的桌子在她灵巧的双手下开花了,姑娘们非常友好。那个小小的举动令人惊讶地消除了误会。

对艾美来说,那一天很漫长,也很难熬。她坐在桌子后面,经常是独自一个人。因为小姑娘们不久都跑开了,极少有人愿意在夏天买花,还没到夜间,她的花束就已开始枯萎了。

屋子里,艺术桌是最吸引人的,那儿一整天都围着人,看管人脸上带着自得的表情,手里捧着咔哒着响的钱箱,不停地跑来跑去。艾美常常渴望地看着那边,极想在那边干,在那边她会感到自如、满足。可是她却身处这个角落无事可做。对我们一些人来说,这似乎并非什么难事。但是,对于这样一个漂亮、活泼的年轻女孩来说，却不仅乏味，而且非常难以忍受。一想到她的家人、劳里、还有劳里的朋友们晚上会在那里看到她，她就感到特别痛苦。

她到夜里才回家。虽然她没有抱怨，甚至没有告诉家人她做了些什么，可是家人从她苍白的脸色、安静的态度看出她这一天日过得很艰难。妈妈亲切地给了她一杯茶。贝思帮着她穿衣，还做了个迷人的花环让她戴在头上。而乔则非同寻常地仔细梳妆打扮，隐隐约约地暗示要去掀翻那些桌子，使家人吃了一惊。

"别去做过分的事，乔，求你了。我不想把事情搞糟，就让它过去吧，你安静点吧。"艾美央求着。她走得早，希望能再搞一些鲜花使她那可怜的小桌子焕然一新。

"我只想尽量去迎合我所认识的每一个人，让他们在你那一角尽可能多待些时间。特迪和他那帮小伙子会帮忙的，我们会过得愉快的。"乔回答。她靠在门边等候着劳里。不一会儿，暮色里传来了熟悉的脚步声，她跑出去迎接他。

"那是我的男孩吗？"

"的确是，就像这是我的女孩！"劳里带着志满意得的男子汉风度让她挽起了自己的胳膊。

"哦，特迪，竟然有这种事！"乔怀着姐姐的不平之情告诉他艾美所受到的委屈。

"不一会儿，我那帮朋友就要坐车过来。我一定要他们买走艾美所有的鲜花，然后就待在她的桌前。"劳里热情地支持她的伟业。

"艾美说，花一点儿也不艳了，新鲜的也许不能及时送到。我不想让人感到不公平，让人猜疑。可要是鲜花根本就送不来的话，我也不会惊奇的。人们做了一件卑鄙的事，就很可能继续做第二件。"乔恨恨地说。

"难道海斯没把我们花园里最好的花给你吗？我叫他送的。"

"我不知道，我估计他忘了。你爷爷不舒服，我不想去向他要花来烦他，虽然我确实想要一些。"

"哎呀，乔，你怎么想到说要！那些花是我的也是你的。我们不是什么东西都要一分为二的吧？"劳里开口说，他那种语调总是让乔变得刺人。

"天哪,希望不至于此!你一半的东西一点儿也不合我的意。只是我们不能站在这里调笑。我要去帮帮艾美,你去出你的风头吧,要是你能仁慈地让海斯送一些漂亮的鲜花到交易会大厅,我会永远为你祈福的。"

"你难道不能现在就为我祈福吗?"劳里挑逗地问,吓得乔很不友好地匆匆关上门,隔着栅栏说道:"走开,特迪,我忙着呢!"多亏了这两个共谋者,那天晚上桌子真的翻了过来。因为海斯送过去许多鲜花,花以最美妙的方式装饰在一只可爱的篮子里,作为摆在桌子中央的饰品。马奇一家全体出动,乔相当成功地尽了力。人群不仅过来了,而且停留了下来,笑着听她讲废话,赞赏艾美的情趣。他们显然非常开心。劳里和他的朋友们全都仗义地挺身担当重任,买完了花束,并逗留在桌前,把那个角落变成了屋子里最热闹的地方。现在艾美如鱼得水,不为别的,而是出于感激。她尽可能地做到行动活泼、举止优雅,大概就在那个时刻,她得出结论:美德毕竟还是有回报的。

乔的举止堪为楷模。当艾美幸福地被她的仪仗队包围着的时候,乔在大厅绕着圈听各种闲话,这些闲话使她明白了为什么切斯特夫人会作那样的变化,她为自己引起的那一份敌意自责,决心尽快为艾美开释。她还了解到艾美早上是如何处理事情的,认为艾美是宽宏大量的典范。经过艺术桌时,她扫了一眼,想找到她妹妹的东西,但是东西已没有踪影。

"收起来了不让人看见,我敢说。"乔暗想。她自己受了委屈可以原谅不去计较,然而对她家人受到的侮辱,她却强烈地感到愤愤不平。

"晚上好,乔。艾美的情况怎么样?"梅带着和解的口气问。

她想表明她也能够做到大度的。

"她已经卖完了所有值得卖的东西,现在她正在玩呢。花卉桌总是吸引人的,你知道,'对先生们尤其是这样'。"乔忍不住那样轻轻地攻击了一下梅,但是梅温顺地忍受了。这让她很快便后悔了,转而夸赞起那些大花瓶来,花瓶还没卖掉。

"艾美的灯饰放在哪里?我想为爸爸买下。"乔说。她很想知道她妹妹作品的命运。

"艾美的放在这边的所有东西早就卖完了,我设法让想买的人看见它们。那些东西为我们挣来一笔数目不算小的钱。"梅回答。和艾美一样,她那天也击退了各种小的诱惑。

心满意足的乔冲回去报告这个好消息。听说了梅的话语和态度,艾美又是感动,又是惊奇。

"现在,先生们,我要你们到别的桌前尽下义务,就像你们对我的桌子那样慷慨大方——特别是艺术桌。"她吩咐着"特迪的自己人",女孩子们对大学里的朋友都这么称呼。

"听令就是服从。但是马奇比梅可要漂亮得多。"小帕克说道,他尽最大努力想说点俏皮温柔的话,但是立即被劳里制止了。

劳里说:"很好,小家伙,一个小男孩应该如此!"然后父亲似的拍了一下他的头,让他走开了。

"去买那些花瓶。"艾美对劳里耳语道。她想最后一次使她的敌人羞愧难当。

使梅大为高兴的是,劳里不仅买下了花瓶,而且一边夹一个,在大厅里招摇过市。其他先生们同样出手大方,买起了各种各样易损的琐碎物品,然后,提着沉沉的蜡花、画扇、金银细丝绣饰的公文包以及其他既玲珑又实用的玩意儿,在大厅里无助地闲逛。

卡罗尔婶婶也在那里,听人说了这件事,很高兴,在一旁对马奇太太说了些什么。马奇太太满意地微笑着,凝望着艾美,脸上的表情混杂着自豪与焦虑。即便如此,几天以后她才说出使她高兴的原因。

大家公认交易会是成功的。当梅向艾美道晚安时,没有像往常那样过分表露感情,而是亲切地吻了她一下,脸上的表情似乎在说:"原谅我,忘了它。"这使艾美很受用。她回到家,发现那两只花瓶各插着一大束花被陈列在客厅的壁炉架上。

"奖给嘉德懿行的马奇。"劳里手舞足蹈地宣布。

"艾美,你的优点比我知道的更为突出。你慷慨大方,气质高尚。你表现得很好,我真心实意地钦佩你。"那天晚上,她们一起梳着头,乔这样热情洋溢地说。

"是的,我们都尊重你,你那样宽宏大量。我想我做不到像你那样友好地原谅别人。"贝思从枕头上抬起头补充道。

"哎呀,姑娘们,不要这样表扬我。我只是愿意别人怎样待我,我就怎么待人。我说想当个淑女,你们笑话我,可我的意思是做一个思想和风度上真正的淑女。我以我所知道的方式试着去做。我做不了确切的解释。我是想避开那些毁了许多女士的小毛病,如小气、愚笨、挑剔。我做得远远不够,但是我愿尽力而为,希望有一天能成为妈妈那样的人。"艾美说得热切而认真。乔亲切地拥抱了她一下,说:"现在我明白你的意思了。我再也不笑话你了。你的进步比我想象的快。我会真心地向你学习,我相信,你已经入道了。亲爱的,总有一天你会得到回报的。"

一个星期后,艾美真的得到了回报,但乔却感到很难高兴起来。她们收到了一封卡罗尔婶婶的信。马奇太太读着信,脸上大放异彩,弄得和她在一起的乔与贝思忙问到底是什么喜讯。

"下个月卡罗尔婶婶要出国,她希望——"

"我和她一起去!"乔突然插嘴,狂喜得控制不住,从椅子里蹦起来。

"不,亲爱的,是艾美。"

"哦,妈妈! 她太年轻了。应该先轮到我。我已经想了那么长时间——那样对我太有好处了——我非要去。"

"恐怕这不可能,乔。婶婶决定的是艾美。她给我们这样一个恩惠,我们不好另提要求的。"

"总是这样。乐趣都是艾美的,活儿却都是我来干。这不公平。哦,不公平!"乔情绪激动地哭了。

"我恐怕这件事有一半是你自己的错,亲爱的,前些天婶婶和我谈话时说到,她为你直率的态度、独立的个性感到遗憾。信上好像引用了你的话——开始我打算请乔,可是,由于'恩惠会给她负担',她'讨厌法语',我想,我不应该冒昧地邀请她。艾美要温顺些,她会成为弗洛的好旅伴,她有一颗感恩之心领受旅行带给她的每一点馈赠。"

"哦! 我的舌头,我可恶的舌头! 我怎么不能学着保持沉默呢?"乔痛苦地抱怨道。她想起了让她倒霉的那些话。马奇太太听了她对信中引用的话的解释,难过地说:"我非常希望你能去,可是这次没有指望了。还是接受现实吧,别让责备、后悔扫了艾美的兴。"

"我试着做吧。"乔说。她使劲眨巴着眼,俯身捡起刚才兴奋时打翻的篮子。"我要效仿她,不仅看上去高兴,而且真的高兴。一分钟也不忌妒她的幸福。但是这不大容易做,因为我的失望太大了。"可怜的乔伤心地哭了,泪水打湿了手中插满针的小针插。

"乔,亲爱的。我很自私,我不愿放开你。我很高兴你暂时还不走。"贝思低声说道。她抱住了乔,那种依恋的拥抱、充满爱意的神情使乔感到宽慰,尽管强烈的后悔使她想打自己耳光,然后谦卑地去请求卡罗尔婶婶给她这个恩惠,看着她如何优雅地接受它。

到艾美进门时,乔已经能加入全家的庆祝的欢乐中去了。也许不完全是发自内心的,但是她没有对艾美的好运发牢骚。那位年轻女士自己把这个消息当作天大的喜讯。她欢天喜地又不乏稳重地着手准备,当晚便开始整理她的水彩颜料,收拾画笔,把衣服、钱、护照之类的琐碎东西留给那些不像她那样热衷于艺术珍品的人们打点。

"这对我而言不光是旅游,姑娘们,"她忘情地说,一边收拢起她最好的调色板,"它将决定我的事业,因为如果我有才气的话,我会在罗马发现它的,并以行动来证明。"

"假如没有呢?"乔问。她眼睛红红地缝制着领结,这个新领结是给艾美的。

"那我就回家,以教人画画谋生。"向往成名者沉着镇定地回答。但是想到这种情景,她做了个苦脸,然后不停地刮擦着她的调色板,好像在放弃希望前全身心地采取着有力的措施。

"不,你不会的。你讨厌干活。你会和某个富人结婚,然后回到家来整天享荣华富贵。"

"你的预言有时会实现的。但是我不相信这个能实现。因为,假如我自己当不了艺术家,我希望有能力去帮助那些可以成为艺术家的人。"艾美笑着说,似乎扮演乐善好施的女士比穷绘画教师的角色更适合她。

"哼!"乔叹道,"你希望这样,就一定会这样。你的愿望总是能得到满足——而我,从来得不到。"

"你想去吗?"艾美问,她若有所思地用刀轻拍着鼻子。

"很想。"

"那么,一两年左右,我会来邀请你的。我们一起到古罗马广场去看遗迹,实现我们拟定了多次的计划。"

"谢谢！当那个快乐的日子到来时，我会让你记起你的许诺的，假如有那么一天的话。"乔回答。她尽可能愉快地接受这个不确定的但却十分动人的提议。

　　没有多少时间做准备。屋子里一片混乱，直至艾美离开。

　　乔咬紧牙关坚持得很好，待到那飘舞的蓝丝带消失，她退进自己的避难所——阁楼，哭得不能自持。艾美同样坚强地咬紧牙关把持着，直到轮船起航。可是就在要撤下舷梯的时候，她突然醒悟到，不多久她和那些深爱她的人将会被这个波涛翻滚的大洋隔开。于是，她抱住最后一个送客劳里，抽泣着说——"哦，帮我照顾她们，万一发生了什么事——"

　　"我会的，亲爱的，万一有什么事情，我会来安慰你的。"劳里低声说，他做梦也没有想到他后来会被请去履行他的诺言。

　　就这样，艾美乘船去探寻东半球。在年轻人的眼里，那里是多么神奇、美丽呀！她的父母姐妹和她的朋友站在岸边注视着她，热切地希望好运轻轻地降临在这个快乐的女孩身上。她向他们挥手，他们目送着她，直到什么也看不见了，只有海面上耀眼的夏日阳光。

点评：

　　暴力只能进一步激起别人的对抗，宽容才能征服人心。艾美用她的宽容和感恩弥合了朋友间的裂痕，也为自己争得了荣誉和去东半球游历的机会。乔从中也得到了一定的教训，喜欢针锋相对、任性而为的她，在经历此次事件后，应该会有所改进吧！

青少年课外阅读系列丛书

第三十一章　海外来鸿

伦敦

最亲爱的家人们：

　　我现在真的坐在皮卡迪利大街巴思旅馆的一个临街的窗前。这不是个时髦地方，可是几年前，叔叔在这儿停下来，就再也不想去别的地方了。而我们也不打算在这儿长呆，这也就不是什么大事了。哦，我无法从头到尾告诉你们我是多么地欣赏这一切！毫无办法。因此，我只能告诉你们一些我笔记本上所记的事。从出发以来我除了画些素描、胡乱写些东西外什么都没干。

　　到达哈利法克斯时，我寄了封短信。那时我感到很难受。但从那以后，我过得很愉快，几乎没有生病，整天待在甲板上，有许多有趣的人逗我。每个人都对我很客气，特别是那些官员们。别笑，乔。在船上真是非常需要先生们，需要依赖他们，以及他们的侍候。他们无事可做，使他们成为有用的人倒是对他们施惠。否则，我担心他们非抽烟抽死不可。

　　婶婶和弗洛一路上身体都不太舒服，想清静些，所以我做完能为她们做的事，便自己一个人玩。那种在甲板上散步的滋味，那样的落日，那样好的空气与波浪！那种感受几乎和我们骑马飞奔一样激动人心。我真希望贝思也能来这儿，这将对她的身体大有好处。至于乔嘛，她肯定会爬上去坐在大桅楼的三角帆上，或者管它叫什么来着的那个高高的东西上。她会和轮船上的水手们交朋友，对着船长的传声筒嘟嘟乱吵，她会欣喜若狂的。

　　一切都奇妙无比。而且，我高兴地看到了爱尔兰的海岸，发现它非常可爱。远远望去，那么葱绿，海岸洒满阳光，四处点缀着棕色的小木屋。山上的一些古迹隐约可见，山谷里建着绅士们的别墅，小鹿们在花园里吃草。当时是清晨，可是，我并不后悔起早观景。海湾里布满了小船，海岸上风景如画，头顶上天色微微泛红。我永远也忘不了这个景致。

　　在昆士镇，伦诺克斯先生——我新结识的一位朋友——下船离开了我们,在船上我谈起基拉尼湖时,他曾叹了口气,看着我唱起歌来——

"哦,你可曾听说过凯特·卡尼?

基拉尼湖畔是她生长的地方;

她的两眼一瞥,

你就有陷进之险,

赶紧逃离吧,

凯特·卡尼的眼神,

逃脱不了的宿命。"

那是不是毫无意义?

我们在利物浦只停留了几小时。这个地方又脏又乱,我倒乐意早点离开。叔叔做的第一件事便是赶快去买了副狗皮手套和一双又丑又笨的鞋子,还有一把雨伞。然后,他刮掉了满脸的络腮胡子,自以为看上去像个地道的英国人。可是,他第一次让人擦鞋子,那擦皮鞋的小家伙便看出穿鞋人是个美国佬,笑嘻嘻地说:"擦好啦,先生,我用的是最新式的美国擦法。"逗得叔叔哈哈大笑。噢,我得告诉你们那个荒唐的伦诺克斯干了些什么!他让他的朋友沃德为我预定了一束花,沃德和我们一起继续旅行。我进屋第一眼便看到了那束可爱的花,附着一张卡片:罗伯特·伦诺克斯敬赠。姑娘们,可有意思?

我喜欢旅行。

我要是不抓紧,恐怕根本写不到伦敦的事了。旅途就像是乘车在一个长长的充满迷人景象的画廊中穿梭。我喜欢看那些农舍。茅草盖的屋顶,常春藤一直缠绕到屋檐,格子状的窗户,门前健壮的妇女和面色红润的孩子们。这里的牲畜站在齐膝深的三叶草中,看上去比我们那里的牲口要平静些。母鸡知足地咯咯欢叫着,好像从来不像美国鸡们那样神经紧张。我从未见过这么完美的色彩——草是那么绿,天是那么蓝,谷物金黄,树木葱郁。一路上我欢天喜地,弗洛也是如此。

我们到达伦敦时又在下雨。除了雾和雨伞外没什么可看的。我们休息,打开包裹,趁阵雨间隙去了商店。婶婶给我买了些新东西,因为我出门太匆促,准备得不充分。买了顶饰有蓝羽毛的白帽子,一件和它相配的棉布衣,还有个你们所见过的最漂亮的斗篷。在摄政街购物感觉棒极了,

青少年课外阅读系列丛书

东西似乎都很便宜——漂亮的丝带才六便士一码。我购买了一些,但我的手套要到巴黎去买。这听起来是不是有点像讲究的有钱人?

叔叔和婶婶出去了,我和弗洛要了部漂亮的出租马车出去兜风。后来我们才知道年轻女士单独坐马车不合适。那太有趣了!当时我们给木头挡板关进了车厢,马夫驾得那么快,弗洛吓坏了,叫我止住他。可是,他坐在车厢外面靠后部的什么地方,我没法接近他。他既听不见我的叫声,也看不见我在用阳伞拍打着车厢的前部。就这样,我们无可奈何地哒哒哒地行驶着,以极危险的速度旋转过一个个拐角。最后,无计可施之际我看见车厢顶上有个小门。我刚把它搞开,一只红眼睛便出现了,一个微醉的声音说——"喂喂,小姐,有何吩咐?"我尽量严肃地下了指令,马夫应着"是,是,小姐",砰地关上了门,骑着马走起来,仿佛是去参加葬礼。我又伸出头说:"稍微快一点。"于是,他又像刚才那样策马飞奔。我们只好束手听命。

今天天气好,我们去了海德公园①,因为,我们比外表看上去更贵族气一些。德文郡的公爵就住在附近,我经常看到他的男仆在后门闲逛。威灵顿公爵的宅第离这里也不远。我的天哪!我看到的是什么景象啊!和木偶剧的角儿一样好看。微胖的老年贵妇们乘坐的红色、黄色马车到处滚动;漂亮的仆人脚着长筒丝袜,身穿天鹅绒外衣坐在车后;搽了粉的赶马人坐在车前;伶俐的女仆带着面色红润的孩子;端庄秀丽的姑娘们看上去似睡非睡;戴着古怪的英国帽和淡紫色小山羊皮手套的美少年们漫步悠游;高个儿的士兵们穿着红色的短夹克,歪戴着粉饼样的呢帽。这一切看上去那么滑稽,我真想为他们作幅速描。

练马林荫路是指"Route de Roi",也就是国王路。但是现在它更像个马术学校。那些马都很棒。那些人,尤其是马夫们,骑术很不错。然而,妇人们都绷直着腿,在马上乱蹦,那可不是我们的规则。我真想让她们看看美国式的策马飞奔。她们穿着单薄的骑装,戴着高帽子,表情严肃,一颠一颠地打马小跑着。看着就如同玩具诺亚方舟里的女人。这儿每个人都会骑马——老人、健壮的妇人、小孩子——这里的年轻人就爱谈情说

① 海德公园:位于英国伦敦,因常用于政治性集会而著称。

爱。我看到一对年轻人交换玫瑰花蕾,纽扣眼里插一朵花蕾很别致。我想,这个主意挺不错。

下午去了威斯敏斯特大教堂。可是别指望我给你们描述它,那不可能——我只能告诉你们它非常雄伟。今晚我们打算去看戏剧《费切特》。那将恰到好处地结束我一生中最幸福的一天。

午夜

已经很晚了,可是,不把昨晚的事告诉你们,我早上就不能发掉这封信了。昨天我们吃茶时,你们猜谁来了?劳里的英国朋友,弗雷德·沃恩和弗兰克·沃恩!这让我太吃惊了!

要不是看了名片我都认不出他们了。两人都长成大高个了,蓄着络腮胡子。弗雷德英俊潇洒,美国味十足。弗兰克的情况好多了,他只有些微跛,不用拐杖了。他们收到劳里的信,得知我们在哪,便过来邀请我们去他们家;可是叔叔不肯去,所以我们准备回访。他们和我们一起去看了戏。我们玩得真是非常惬意。弗兰克一味和弗洛交谈,而弗雷德则和我讲着过去的、现在的、将来的趣事,好像我们一直都彼此了解。告诉贝思,弗兰克问起了她,听说她身体不好很是难过。我谈到乔时弗雷德笑了,他向"那个大帽子致敬"。他们都没有忘记劳伦斯营地,也没有忘记我们在那里的快乐聚会。似乎那是很长时间以前的事了,是不是?

婶婶已经是第三次敲墙壁了,所以我必须得停笔了。我真的像一个放荡的伦敦上流妇女,坐在这里写信写这么晚,屋子里满是漂亮的东西,脑子里乱七八糟地装着公园、剧院、新衣服以及那些会献殷勤的男士们。他们说着"啊",带着地道的英国贵族气派,用手缠绕着金黄色的小胡子。我非常想见到你们大家。虽然我说了这许多废话,我永远是你们忠实的艾美。

巴黎

亲爱的姐姐们:

上封信我和你们说到了伦敦回访一事——沃恩一家太客气了,他们为我们举行了令人难忘的社交聚会。所有的事情中,我最高兴的是去汉普顿展览馆和肯辛顿博物馆——因为,在汉普顿我看到了拉斐尔的草图;在博物馆,我参观了一个个放满画的展览室。这些画出自特纳、劳伦斯、雷诺兹、贺佳斯以及其他一些伟大画家之手。在里士满公园度过的那天很有趣,我们搞了个真正的英国式野餐,公园里有许多极好的橡树,有一群群小鹿,我还听到了夜莺的啼鸣,看到云雀直冲云霄。多亏了弗雷德和弗兰克,我们尽情"享受"了伦敦,离开它时我感到难过。虽然伦敦人要很长时间才能接纳你,可一旦他们决定接纳,谁也别想超过他们待客的热情。沃恩一家希望明年冬天能在罗马见到我们。如果见不到他们,我将会非常失望。因为格雷斯是我的好朋友,两个男孩子也很不错——特别是弗雷德。

且说,我们在这里还没有安顿好,弗雷德又出现了,说是来度假的,打算去瑞士。婶婶开始严肃起来,但是他处事很稳重,婶婶也就无话可说了。现在我们相处得不错。很高兴他来了,因为他的法语说得地道得像当地人。要是没有他真不知道我们该怎么办。叔叔懂得的法语还不到十个字,他一贯用英语大嗓门说话,好像那样就能让别人听懂他的话。婶婶的发音是老式的。虽然我和弗洛自以为懂得不少法语,结果发现情况并非如此。非常高兴有弗雷德"讲话",叔叔就是这么说他的。

我们过得多么惬意啊!从早到晚观光,在华丽的餐馆停下来吃丰盛的午餐,经历各种各样令人捧腹的奇遇。下雨天我就待在罗浮宫,沉迷于画中。对那些艺术精品乔可能会翘起她淘气的鼻子,因为她对艺术没有热情,可是我有。我会尽快地培养艺术眼光与趣味。她会更喜欢伟人的纪念品。在这里我看到了拿破仑的三角帽和灰大衣,他小孩的摇篮以及他的旧牙刷;还有玛丽·安托瓦内特王后的鞋子,圣丹尼斯主教的戒指,查理曼大帝的佩剑等其他许多有趣的东西。我回家后会和你们畅谈几小时的,可是现在没时间写了。

王宫非常漂亮——里面有那么多的珠宝,那么多美丽的东西,我都快要发狂了,因为我买不起它们。弗雷德说要为我买一些,可我当然不能让他这么做。还有那园林和香榭丽舍大街。我见过几次王室成员——国王很丑,看上去很冷酷;王后面色苍白,很美,可是打扮得不雅致,我想——紫裙子、绿帽子、黄色手套。小拿卜是个漂亮的男孩,他坐在四轮大马车里和他的导师闲谈，向他们经过的人群飞吻，车上左马骑手们穿着红夹克，车前车后各有一个骑马的卫兵。

我们常去杜伊勒利花园散步，那里非常漂亮，尽管古色古香的卢森堡公园更合我意。Père la Chaise① 非常令人好奇，因为许多墓穴像小屋子，往里看，可以看见一张桌子，上面有死者的遗像，还有为前来吊唁的人们设的坐椅。那真是太有法国味了。

我们的屋子位于里佛利街，我常坐在阳台上，眺望着长街的迷人景色。白天玩累了，晚上不想出去时就在阳台上闲聊，真是令人惬意。弗雷德非常有趣，他是我所遇见的最棒的小伙子——除了劳里，劳里的风度更加迷人。但愿弗雷德是黑皮肤，因为我不喜欢皮肤白的男人。可是沃恩家富有，门第又高贵，我也就不挑剔他们的黄头发了，再说，我的头发比他们的还要黄呢。

下星期我们要出发去德国和瑞士，行程匆匆，所以我只能仓促地给你们写信了。我将记日记，尽量"正确清楚地描绘我们见到的和欣赏的一切"，像爸爸建议的那样。那对我将是个很好的锻炼，我的日记和速描本会比这些胡言乱语让你们更好地了解我的旅行。

Adieu②，亲切地拥抱你们。

你们的艾美

海德堡

亲爱的妈妈：

动身去伯尔尼前还有一小时的时间，我来告诉你发生了些什么，你会看到，其中一些事情非常重要。

沿莱茵河航行非常美妙，我只是坐在船上全身心地享受着。找来爸爸那些旧旅行指南读一读吧，我的语言不够完美，描绘不出那种景致。在科布伦次，我们过得很快活。弗雷德在船上认识的几个波恩学生为我们演奏了小夜曲。那是个月光皎洁的夜晚，大概一点钟左右，我和弗洛被窗

---

① 法语：拉雪兹公墓。
② 法语：再见。

下传来的一阵曼妙的歌声弄醒了。我们一跃而起，躲到窗帘后，偷偷往外看，原来是弗雷德和那些学生们在窗下不停地唱歌。这可是我见过的最浪漫的情景——那河、那船、那桥、那对岸的城堡、如洗的月光，还有那动人心弦的音乐。

等到他们唱完，我们便朝下扔花束，看到他们争抢着，对着看不见的女士们飞吻，然后说笑着走开了——我猜是去抽烟、喝啤酒。第二天早上，弗雷德给我看插在他背心口袋里的一朵已经弄皱了的花，他看上去充满柔情。我笑话他，说那是弗洛扔的，这使他失意。他把花扔出窗外，头脑又冷静下来。我担心会和这个男孩子发生麻烦事，已经开始有点苗头了。

拿骚的温泉浴场令人愉快，巴当——巴当市的也是这样。弗雷德在那里丢了些钱，我责备了他。弗兰克不和他在一起时弗雷德就需要人照顾。凯特曾经说她希望他赶快结婚，我也有同感，他需要结婚。法兰克福之行令人愉快，在那里我看到了歌德的故居，席勒的雕像，丹内科尔著名的《阿里阿德涅》，故事非常好，可要是我对这故事知道得多一些我会更欣赏的。我不愿去问别人，每个人都知道这故事，或者假装知道。希望乔能把故事全部讲给我听。我本来应该多读些书的，因为我现在发现我什么都不懂，真后悔。

现在说点正经事吧——它发生在这里，弗雷德刚走。他一直彬彬有礼，有趣味，我们很喜欢他。在唱小夜曲的夜晚之前，我一直只把他看作一起旅游的朋友，从未想过别的。但打那以后，我开始感觉到，那月光下的散步、阳台上的闲聊，以及每日的奇遇，对他来说，意义超出娱乐之外。我没有调情，妈妈，真的。我记住了您对我说的话，尽了最大的努力。我没法阻止别人喜欢我。我没有主动讨好他们，要是我不喜欢他们，我也会着急的，尽管乔会说我没有感情。我知道妈妈会摇头，姐姐们会说："唉，这个唯利是图的小坏蛋！"可是，我已经打定主意，如果弗雷德向我求婚，我就准备接受，虽然我没有狂热地爱上他。我喜欢他，我们在一起相处也很愉快。他英俊年轻、十分聪明、非常富有——比劳伦斯家富有得多。我想他家人不会反对的。我将非常幸福，因为他们全家人都很和善、有教养、慷慨大方，他们喜欢我。弗雷德作为双胞胎中的老大，我想，他将会得到房产。那是一座多么令人羡慕的住宅啊！房子位于市区上流社会的街区，不像我们家的大房子那样显眼，但是舒适程度远远超过我们。房子里满是英国人推崇的奢侈品。我喜欢这样，那些可都是地地道道的。

我见过那刻有姓氏的金属牌、家传的珍宝、老仆人，以及乡下别墅的照片，上面有花园、大房子、美妙的庭院，还有骏马，哦，我还能求什么呢？我宁愿拥有这些，而不要女孩们乐意抢夺的什么爵位了。我可能是唯利是图，但是，我讨厌贫穷。只要有可能我一分钟也不能再忍受贫穷。我们中必须有一个人嫁给富人；梅格没有，乔不会这么做，贝思还不能够，所以我得这么做，把我们身边的一切都变得舒适。我不会去嫁给一个我讨厌或者看不起的人，这点你们可以确信。虽然弗雷德不是我理想的英雄，但是他做得不错，如果他非常喜欢我，能让我随心所欲，总有一天我会喜欢他的。所以，上个星期，我一直在脑中考虑这件事。显而易见弗雷德喜欢我。他虽然什么也没说，但是一些小事情表明了一切。他从不和弗洛一起走，坐车、吃饭、散步总是和我一起，当我们单独在一起时，他看上去总是柔情万端。谁要是和我说话，他就会对谁皱眉头。昨天晚宴时，一个奥地利官员目不转睛地盯着我们，然后和他的朋友——一个时髦的男爵——说了些什么"ein wonderschones Blondchen①"，这让弗雷德愤怒得像头狮子，他狠命地切着肉，差点把肉弄出盘外。他不是那种傲慢的英国人，但是脾气相当暴躁，因为他身上有着苏格兰血统，这一点我们从他美丽的蓝眼睛就可以猜出。

嗯，昨天日落时分我们去参观了城堡——除了弗雷德，所有人都去了，他先去到邮局取信，然后来和我们会面。我们信步漫游，看看城堡废墟，看看存放大酒桶的地窖，看看早年选帝侯②为他的英国妻子建造的美丽花园。我们玩得很开心。我最喜欢那个大平台，在那儿可以看到绝妙的景色。因此，当其他人进屋子里去观看时，我坐在平台上，试着画下墙上的灰色石狮子，狮头的周围悬挂着红色忍冬。我感觉像是身处一种罗曼蒂克的氛围。坐在那里，看着内卡河在山谷中穿行奔腾，听着奥地利乐

---

① 德语：一个漂亮的金发小姑娘。
② 选帝侯：历史上德国有权选举神圣罗马帝国皇帝的诸侯。

青少年课外阅读系列丛书

队在城堡下演奏的乐曲,等着我的情人。我真的像故事书中的女孩。我感觉将要发生什么事,我已做好准备。我不脸红、不战栗,我相当冷静,只稍微有点激动。

　　不一会儿,我听见了弗雷德的声音。他匆匆穿过大拱门来找我。他看上去好像很不安,我忘掉了自己,问他怎么回事,他说他刚收到一封信,要他回家,因为弗兰克病得很厉害。他要马上就坐夜车走,时间只够和我道个别。我为他非常难过,也为我自己感到失望。可是难过、失望只有一会儿,因为他握着我的手说——说话的口气我不会误解的——"我不久就会回来。你不会忘了我吧,艾美?"我没有许诺,只是看着他,他似乎满意了。没有时间再做别的事了,只能互相祝愿、道别,一小时后他便走了。我们大家都非常想念他。我知道他想说出来,但是从他曾经作出的暗示,我想他答应过他爸爸暂时不会提这事,因为他还是个未成熟的男孩,而且老先生害怕要一个外国媳妇会麻烦。不久我们将在罗马相遇。到那时,如果我没改变主意,他要问我"你愿意吗?"我就说"愿意,谢谢"。

　　当然,这件事是个大秘密,不过我希望您知道事情的进展。别为我担心,我是您"精明的艾美"。请确信我不会做出鲁莽的事情来。期待母亲示教,女儿将慎思采纳。望能见到您一畅胸怀,妈妈。爱我吧,相信我。

永远属于您的艾美

点评:

　　欧洲的游历开阔了艾美的眼界,也增加了她的见识。游历中不断接触富有的绅士,这对她来说也是跻身上层社会的好机会。当然,就像穷人中也有积极进取的和懒惰沉沦的一样,上层社会也不全尽是空虚浪荡、不学无术的人。找一个有教养的绅士共度此生,对一个女士来说也无可厚非。因此,不管"精明的艾美"以后感情生活会怎样,我们都希望她能幸福,毕竟她懂得了宽容,学会了博爱,和以前那个自私心较重的艾美来说已经有很大的不同。

第三十二章　温柔的烦恼

"乔,我很为贝思担心。"

"为什么,妈妈? 自从有了那两个孩子,她身体似乎比往日好些了。"

"现在我担心的不是她的身体,而是她的情绪。我敢肯定她有心事。我要你去弄清楚到底是怎么回事。"

"是什么让您这样想的,妈妈?"

"她常常一个人坐在那里,不像原来那样常和你爸说话。她唱歌总唱悲哀的情调。脸上的神情也时常让我捉摸不透。这不像贝思,我真担心。"

"您可以问问她?"

"我试过一两次,可是她要么刻意回避,要么显得很难过,我只好不去问。我从不强迫我的孩子们向我吐露心事。我也极少要等很长时间,她们就会告诉我的。"马奇太太一边说着,一边注视着乔。乔若有所思地做了会针线,然后说:"我想她是长大了,开始有心事了,她希望着,担心着,又烦躁不安,她不知道为什么,也没办法解释。哎呀,妈,贝思已经十八岁了,我们却都没有意识到。我们忘了她是个女人,还把她当孩子看待。"

"可不是嘛,亲爱的宝贝们,你们那么快就长大了。"妈妈笑着叹了一口气。

"妈妈,这可是没办法的事。所以您就别操那样的心了,让您的小鸟们一只接一只地飞出去吧。我保证我不会飞得很远,如果那样能使你得到安慰的话。"

"那真让人宽慰,乔。现在梅格出了嫁,只要你在家,我总感到有力量。贝思太虚弱,艾美太年轻,依靠不了她们。每逢有苦活重活,你都能帮我一把。"

"哎呀,您知道我不太在乎干重活的。一个家总得有一个擦擦洗洗的人。艾美擅长做精美的艺术品,而我不行。但要是家里的地毯需要清理,或者家里有一半的人同时生了病,我便感到适得其所。艾美在国外干得很出色。假如家里发生了什么事,我就是你的帮手。"

"那我就把贝思交给你了,因为她会最先向她的乔敞开她柔弱的心房。要非常友善,别让她以为别人在观察她,议论她。只要她能重新强健起来,愉快起来,我什么也不希求了。"

"幸福的女人!我也有一大堆烦心事。"

"亲爱的,什么烦心事?"

"我先解决好贝思的烦恼,然后再把我的告诉你。我的不是太烦人,随它去吧。"乔懂事地点点头,继续缝着。这使妈妈至少在目前不为她担忧了。

乔表面上忙于做自己的事,暗中却在观察着贝思。她作了许多推测,又一一推翻,最后她拿定了一种,似乎能解释贝思的变化。她认为,是一件小事为她提供了解开秘密的线索,剩下的则是由她活跃的想象和一颗爱心去解决的。那是一个周六的下午,她和贝思单独在一起。她假装忙着写东西,可一边胡乱写着,一边注意着贝思。贝思看上去很安静。她坐在窗口,针线活不时地掉到膝盖上,也不在意,她情绪低落地用手抚着头,目光停留在窗外萧疏的秋色上。忽然,有人像爱唱歌的画眉一样吹着口哨从窗下走过,之后便听到一个声音:"一切都好,我今晚来!"

贝思一惊,她倾过身子,微笑着点了点头,注视着这个过路人,直到他匆促的脚步声消失。然后她自言自语地轻声说:"那可爱的男孩看上去多么健壮,多么快乐啊!"

"呀!"乔目不转睛地看着妹妹的脸。那张脸上的红晕来得快去得也快,笑容也没了,一转眼,窗台上滴上了一滴晶莹的泪珠。贝思赶忙将它擦去,担心地瞥了一眼乔,乔假装正在奋笔疾书,显然她全神贯注于《奥林匹亚誓言》。可是贝思一转头,乔又开始注意她,她看到贝思不止一次地轻轻用手擦着眼睛,从贝思半偏的脸上乔察觉到一种动人的哀婉,乔的眼泪也涌了出来。她担心让贝思看见,便嘟囔着还需要些纸,赶紧走开了。

"我的天哪,贝思爱上了劳里!"她在自己房间里坐下,为她刚才的发现惊得面色发白。"我做梦也没想到会是这种事。妈妈该怎么说呢?我不知道他——"乔打住话头,她突然想起了什么,脸红了。"要是他不爱她,会是多么可怕啊!他一定得爱贝思,我得让他这么做!"她威胁般地朝墙上劳里的照片摇了摇头。"哦,天啊,我们已经完全长大了。梅格结了婚,做了妈妈,艾美在巴黎活跃非凡,贝思在恋爱,只有我一个人还有足够的理智不瞎闹。"乔盯着照片专心致志地想了一会儿,然后抚平额上的皱纹,坚定地朝对面墙上的那张脸点点头说道:"不,谢谢你,先生。你是很迷人,但是你却和风向标一样不稳定。你不必写那些动人的纸条,也不用那样肉麻地微笑。一点用处没有,我可不吃这套。"

　　然后,她又叹息着,陷入了沉思,直到薄暮时分方才回过神来,下了楼再去观察,结果更证实了她的猜测。虽然劳里喜欢和艾美嬉闹,和乔开玩笑,但他对贝思的态度总是特别友善、亲切,可每个人对贝思都是这样的啊,所以没人想到过劳里对贝思比对其他人更关心。确实,这些天全家人普遍感觉到"我们的男孩"越来越喜欢乔了,而乔对此事一个字也不愿听,假如谁胆敢提及,她就怒目相向。

　　劳里上大学的时候,大概每月恋爱一次。但是这些小小的恋火燃烧得炽烈却也短暂,没起什么坏作用,也让乔感到好笑。每个星期她和劳里会面时,劳里都会向她倾诉。他情绪反复无常,先是希望,继而绝望,最后放弃,乔对此很感兴趣。然而劳里曾一度不再崇拜众多偶像了,他隐约地暗示出一种一心一意的热情,偶尔又处于一阵阵拜伦式的忧郁心境。后来他又完全避开柔情的话题。他给乔写冷静的便条,变得用起功来,宣称要以优异的成绩非常荣光地毕业。较之黄昏时分的谈心、温柔地手拉手、意味深长的眼色,劳里这些变化更适合这个年轻的女士。因为,对乔来说,头脑比感情成熟得更早一些。她更喜欢想象中的英雄,而不是现实的英雄。厌倦了他们时,她可以把想象中的英雄关到她那蹩脚的灶间,需要时再让他们出来。可是真实的英雄却不好对付。

　　当乔有了那个重大发现时,那天晚上,乔以从来没有过的神情注视着劳里。要是她头脑中没有这个新的想法,她就不会从贝思很安静,而劳里待她友善客气这个事实中发现异样。然而,她让活跃的想象自由发挥,任其飞奔。由于长期写作浪漫传奇,她的常识逐渐减弱了,帮不上忙。像往常一样,贝思躺在沙发上,劳里则坐在旁边的一张低椅子上,对她天南海北地胡吹着,逗她,贝思依赖这种每周的"故事",他也从未让她失望。可是,那天晚上,乔总觉得贝思带着特别快乐的神情,眼睛盯着身旁那张生气勃勃的黝黑面孔,带着极大的兴趣听他讲述激动人心的板球赛。乔全神贯注地观察他们俩,认为劳里的态度更加亲切了。他有时放低声音,笑得比往常少,还有些心不在焉。他殷勤地用软毛毯盖住贝思的脚,那可真算是温柔之至。

"谁知道呢?"乔在屋子里东转西转地这样想着,"只要他们相爱,她将把他变得更加可爱,他则会使他亲爱的人儿生活得更舒适、愉快。我看他会这么做的,我真的相信,如果我们其他人都不挡道,他会的。"由于除了她自己以外,没有人在挡道,乔开始感到她应该尽快给自己找个位置。可是她该到哪儿去呢? 她怀着热情炽烈的姐妹之情,坐下来解决这个问题。

那天夜里,乔久久不能入眠,刚要睡着,就听见闷声的哭泣。她飞跑到贝思的床边,急切地问道:"怎么啦,亲爱的?"

"我还以为你已经睡着了呢。"贝思抽泣着说。

"是不是老地方疼,我的宝贝?"

"不是,是新出现的,但是我能受得住。"贝思忍着泪说。

"跟我说说,让我来帮你治。"

"你治不了,没治了。"贝思已忍不住哭出声来。

她搂着姐姐,绝望地大哭着,把乔给吓懵了。

"哪儿疼? 我去叫妈妈!"

贝思没回答第一个问题,但是,黑暗中她一只手无意识地按住了胸口,好像就是那里疼,另一只手紧紧地抱住乔,急切地低低说道:"别,别去叫她,别去叫她。我一会儿就好了。你在这里躺下,摸摸我可怜的脑袋吧。我会平静下来睡着的,我会的。"

乔照着她说的话做了。但是,她用手轻轻地来回抚摸着贝思滚烫的额头和湿漉漉的眼睑时,心中似有千言万语,极想说出来。可是,虽然乔虽然还年轻,却已经懂得心灵和花朵一样,不能粗暴对待,得让它自然开放。所以,尽管她相信自己知道贝思新的痛苦的原因,她还是用亲切的语调说:"你有烦恼,是不是,宝贝儿?"

"是的,乔。"沉默了许久,贝思答道。

"把它告诉我会使你好受些吗?"

"现在还不能告诉你,现在不行。"

"那我就不问了。但请记住,贝思,假如能够,妈妈和乔总会高兴地听你诉说烦恼、帮助你的。"

"我知道,将来我会告诉你们的。"

"现在好点了吗?"

"是的,好多了。乔,你真会安慰人。"

"睡吧,亲爱的,我和你一起睡。"于是,她们脸贴着脸地睡着了。第二天,贝思看上去又恢复了正常。处在十八岁的芳龄,头疼、心疼都持续不长,一个爱的字眼便可以医治大部分的痛苦。

然而,乔已打定了主意,她几天后跟妈妈谈了一个考虑已久的计划。

"前些天您问我有些什么新想法,我来告诉您其中一个吧。"当她和妈妈单独相处时,她开口说道,"今年冬天我想离家到别处换换环境。"

"为什么,乔?"妈妈迅即抬起眼,仿佛这句话暗示着双重含义。

乔眼睛不离手中的活计,认真地说:"我想经历点新鲜的事情,我感到烦躁不安,我要比现在多见些世面,多做些事情,多学点东西。我过多地沉湎于自己的小事上了,需要活动活动。今年冬天没什么事情需要我,因此我想飞到不太远的地方,试试我的翅膀。"

"你想往哪里飞呢?"

"纽约。昨天我想到一个好主意,是这样的,你知道,柯克太太写过信给你,问有没有品行端正的年轻人愿意教育她的孩子并帮着缝缝补补。我想假如我去试试,会适合干那工作的。"

"我的天哪!到那个大公寓里去做仆人!"马奇太太好像很惊奇,但并非不快。

"那并不完全是做仆人,因为柯克太太是您的朋友——那可是天底下最和善的人啊,她会使我感到愉快的,我想。而且这是个正正派派的工作,我不认为这是耻辱。"

"我也这样看,可你的写作呢?"

"变换一下环境对写作或许更有好处。我会接受新的事物,产生新的想法。即使我在那儿待不久,我也会带回来许许多多的材料写我的拙作。"

"我毫不怀疑。这是不是你突然要走开的唯一原因?"

"不,妈妈。"

青少年课外阅读系列丛书

"能让我知道另外的原因吗?"乔上下看看,脸突然红了。她慢慢地说:"这么说也许是自夸,也许是错了,但是——我恐怕劳里越来越喜欢我了。"

"他开始喜欢你,这是很明显的,难道你不同样喜欢他吗?"马奇太太神色焦虑地问。

"啊呀,不!我一向是只喜欢那可爱的男孩,为他自豪。可是说到别的,那不可能。"

"那我很高兴,乔。"

"为什么?能告诉我吗?"

"亲爱的,因为我认为你们两个并不适合。作为朋友你们能快乐地相处,你们经常发生的争执会很快就烟消云散。但是我担心,要是你们终身在一起,两个人就都会反抗。你们俩太相像了,太喜欢自由,更不要说你们的火暴脾气和坚强个性。这些不能使你们幸福地生活,而幸福的生活不仅需要爱情,还需要巨大的容忍与克制。"

"虽然我表达不出来,但我就是这样想的。我很高兴您认为他只是刚开始喜欢我。要是他不幸福,我会感到非常不安的。我不能仅仅出于感激而爱上那小伙子,是吧?"

"你确信他爱你?"乔的脸更红了,表情混杂着快乐、骄傲和痛苦,年轻姑娘谈起初恋对象时都是这样。她回答说:"恐怕是这样,妈妈。他什么也没说,可是表情能说明一切问题。我想,我最好在事情挑明前就避开。"

"你说得对,假如这么做有效果你就去做吧。"

乔舒了口气。停了一会儿,她笑着说:"莫法特太太要是知道了,肯定会大惊小怪地说你管教子女不严,同时又为安妮仍有希望得到劳里而欣喜不已。"

"哦,乔,母亲们管教子女的方式可能不同,但对子女的期望是相同的——希望看到她们的子女幸福。梅格过得不错,我为她的成功感到满足。至于你嘛,我由着你去,直到你厌倦了自由,只有到那时,你才会发现还有更美好的事情。现在,我最挂念的是艾美,但是她清醒的头脑会帮助她的。至于贝思,除了希望她的身体好起来,我没有别的奢望了。这两天她情绪似乎好点儿了,你和她谈过了吗?"

"是的,她承认她有烦恼,答应以后会告诉我。我没有再问,我想我已经知道了。"乔接着说出了她的小经历。

马奇太太摇了摇头，没把事情看得这么浪漫，她神情严肃地重复了她的看法，为了劳里，乔应该离开一阵子。

在家庭会议上大家讨论并通过了这个计划。柯克太太也很高兴地接受了乔，保证给她个愉快的家。教学工作可以使她自立，闲暇时间可用来写作，而新景象、新交往既有益处又令人愉悦。这种前景令乔激动不已，她急切地想走。家已经变得太窄了，盛不下她那种不安的个性和爱冒险的精神。一切都准备好了，她战战兢兢地告诉了劳里。可使她惊奇的是，劳里平静地接受了此事。最近他比往日严肃，但仍然很开朗。

大家开玩笑地说他洗心革面了，他认真地回答："确实如此，我是说要让这新的一页一直翻开着。"此刻正赶上劳里心情不错，乔感到非常欣慰。她轻松地打点行装——因为贝思似乎更加愉快了——乔希望她是在为所有的人尽着力。

"有件事要给你特别照管。"出发的前夜，她说。

"你是说你的书稿？"贝思问。

"不，是我的男孩。你要善待他，行吗？"

"当然行。可是我代替不了你，他会痛苦地思念你。"

"这不会伤害他的。你得记住，我把他委托给你照看，烦他、宠他、管束他。"

"为了你，我会尽力的。"贝思答应着，不知道为什么乔那样怪怪地看着她。

劳里和她道别时，意味深长地低声说："这一点儿用也没有，乔。我的眼睛会一直盯着你。别胡来，否则，我就去把你接回家。"

点评：

贝思的烦恼是真的爱上了劳里吗？作者没有明说，我们也只能推测：确实有这方面的征兆。在窥测到妹妹的感情后，乔毅然主动离开了劳里。她对亲情的重视超过了爱情，对于家庭及姐妹们来说，乔付出了太多，牺牲了太多，她是一个敢于承担的人，为了家人的幸福而不计回报。乔的形象让人哀悯，也发人深思，可能她真的认为自己和劳里不适合，但爱情方面的事，还真不好说。

青少年课外阅读系列丛书

第三十三章　乔的日记

纽约,11月

亲爱的妈妈和贝思:

　　我打算定期给你们写信,我有许多事要告诉你们,尽管我不是在欧洲旅行的漂亮小姐。那天当我看不见爸爸那张熟悉可爱的面孔时,我感到有点儿难过。要不是一个带着四个孩子的爱尔兰女士转移了我的注意力,我也会滴几滴泪的。那几个孩子大哭小叫,每当他们张嘴嚎哭,我便把姜饼隔着座位丢给他们,以此自娱。

　　不一会儿,太阳出来了。我把这看作一个吉兆,心情同样变好了。我全身心地享受着旅途的乐趣。

　　柯克太太十分亲切地迎接我,我感到像在家里一样,虽说那个大房子里住的尽是陌生人。她让我住在一间很有趣的小阁楼上——她只有这么一间了,不过里面有一个炉子,明亮的窗边摆着一张很好的桌子,我高兴时可以坐在那儿写作。在这里能看见美丽的景色和对面的教堂塔楼,弥补了要爬许多层楼梯的不足。我将在育儿室教书,做针线活,那是间令人愉快的屋子,就在柯克太太的卧室隔壁。两个小女孩很漂亮——我想,但有点娇生惯养。不过,我给她们讲了"七头坏猪"的故事后,她们便喜欢上我了。我敢肯定我会成为一个优秀的家庭女教师。

　　我和孩子们在一起吃饭,也就是说当我宁愿这样而不喜欢坐在大桌旁吃饭的话。目前是这样的,因为,我确实不好意思,尽管没有人相信。

　　"嗨,亲爱的,随便一点,不要客气。"柯克太太慈爱地说,"你可以想象,这样一个大家要照管,我从早到晚忙个不停。要是我知道孩子们安全地和你待在一起,我心中的一个大包袱就卸掉了。我所有的屋子都对你敞开着,我会尽力把你的房间弄得舒适。你要是想交朋友的话,这里住着些有意思的人。晚上,没有你的事。如果有什么问题就来找我。尽可能快快乐乐的。吃茶点的铃响了,我得去换帽子。"她匆匆跑开了,丢下我在新屋里安顿。

　　过了一会儿我下楼梯时,看到了一件我喜欢的事。这座房子很高,楼

青少年课外阅读系列丛书

梯很长，我站在第三个台阶口等候一个小女仆过去，她扛着一筐煤艰难地往上爬，我看见她后面一位先生也往上走，他从她手中接过煤筐，一直扛到顶层，把煤放到近旁的一个小屋门口，然后和气地对小女仆点点头，带着外国腔调说："这样才比较合适，小小的背经不起这样的重量。"他那样做，很不错吧？我喜欢这种行为。我向柯克太太提起了这件事，她笑着说："肯定是巴尔教授，他总是干那种事。"柯克太太告诉我，他从柏林来，很有学问，为人正直，可是一贫如洗。他授课养活自己和他的两个孤儿侄子。他的姐姐嫁给了一个美国人，遵照姐姐的遗愿，他在这里教导他的侄儿们。

这故事不太浪漫，但是我很感兴趣。我听说柯克太太把她的起居室借给他用来上课，这令我很高兴。起居室和我的育儿室中间隔着道玻璃门。我是说，可以偷看他，然后我告诉你们他的样子。妈妈，他快四十岁了，所以不会出问题的。

吃完茶点，和小姑娘们做了一会游戏，我就拿起那个大缝纫工具筐，开始干活，一边和我的新朋友闲聊，度过了个安静的夜晚。我将继续写书信体日记，一周给你们寄一次。

晚安，明天再谈。

星期二晚

今天上午的课上得很愉快。孩子们表现得像塞万提斯笔下的桑丘。有一会儿，我真以为我把她们吓得浑身发抖。鬼使神差地，我突然来了灵感，要教她们体育，我一直教到她们愿意坐下来并保持安静。午饭后，女仆带她们出去散步，我去做会针线活。我觉得很幸运，学会了锁漂亮的扣眼。正在此时，起居室的门开了，随后又关上了，有人开始哼着歌：

"Kennst du das Land, ①"

声音像大黄蜂，我知道偷看不合适，可又抵挡不了诱惑。于是我撩起对着玻璃门的窗帘，往里看去，巴尔教授正在里面整理书本。我趁机仔细观察了他，他是一个地道的德国人——十分健壮，有着一头乱蓬蓬的棕色头发，浓密胡须，鼻子端正，目光很亲切。他衣着破旧，手很大，除了漂亮

---

① 德语：你认识这个国家吗？

的牙齿,脸上的五官真没什么好看的。可是,我还是喜欢他。他头脑聪明,亚麻布衬衫很合身。虽然他的外套掉了两个纽扣,一只鞋上有块补丁,但他看上去仍具有绅士风度。他嘴里哼着调,神情却很严肃。他走向窗子,把风信子球挪到向阳处,然后抚弄着小猫,小猫像对待老朋友一样任他抚摸。他笑了。此时他听到敲门声,迅即高声叫道:

"Herein!①"

我正要跑开,突然瞥见一个拿着一本大书的小不点,便停步看看是怎么回事。

"我要我的巴尔。"小东西砰地放下书,跑向他。

"你会得到巴尔的。来吧,让他好好抱抱你,我的蒂娜。"教授说,笑着捉住她,将她举过头顶,不过举得太高了,她只好将小脸蛋往下伸去吻他。

"我现在学课课了。"那有趣的小东西接着说。于是巴尔教授将她放在桌边,打开了她带来的大字典,又给她一张纸和一支笔。小东西便乱画起来,不时翻过去一页,胖胖的小手指顺着书页往下指,好像在找一个字。她神态那么严肃,我不由得笑了起来,差点儿被发觉了。巴尔站在她身边,带着父亲般的神情抚弄着她的头发。我想她肯定是他的女儿,尽管她看上去更像法国人而不像德国人。

又有人来敲门,进来两个年轻的小姐,我便回去干我的事了。这次我很有德行地,一直工作没再偷看。但隔壁的吵闹声、说话声我却能听见。其中一个女孩做作地笑着,还声音轻佻地说"喂,教授"。另一个的德语发音显然使教授难以保持严肃。

两位小姐似乎都在考验着教授的忍耐力,因为我不止一次听见他强调说:"不,不,不是这样的,你没有听我说。"可怜的人,我同情他。小姐们走后,我又偷看了一下,见他似乎精疲力尽,靠在椅子里,闭着眼睛,直到钟敲两点,他才一跃而起,将书本放入口袋,仿佛准备再去上课。他抱起睡在沙发上的蒂娜,轻轻地离开了。我想他的日子过得不轻松。

星期四

昨天过得很安静。我教书,缝纫,然后在我的小屋子里写作。屋里有

①　德语:请进。

灯,有火,非常舒服。我听说了一些事,还被引荐给了教授。蒂娜好像是这里洗衣房熨衣服的法国女人的孩子。

小东西喜欢上了巴尔教授,只要他在家,她就像只小狗似的屋前屋后跟着他转,使巴尔很高兴。尽管他是个单身汉,却非常喜欢孩子。基蒂和明妮也同样喜欢他。她们讲述他的各种事情,他发明的游戏,他带来的礼物,他所讲的美妙的故事。

但似乎年轻人都嘲笑他,叫他老德国人、大熊座,用他的名字开各种各样的玩笑。然而,柯克太太说,他像个孩子似的欣赏这一切,从不生气。所以虽然他有外国味,大家都很喜欢他。

那个未婚女士是一个叫诺顿的小姐——富有,有修养,和善。今天吃饭时她和我说话了。她要我到她的屋子里去看她。她有很多好书、画片,她懂得哪些人是属于有趣味的。所以,我也将表现得令人满意。因为,我真的想进入上流社会,只是和艾美所喜欢的那种社会不同。

昨天晚上,我正在起居室,突然巴尔先生进来给柯克太太送报纸。她不在那里,但是,可爱的小妇人明妮庄重得体地介绍道:"这是妈妈的朋友,马奇小姐。"

"她很有趣,我们喜欢她这样的人。"基蒂补充道。

我们相互鞠躬,然后都笑了。"啊,我听说这些小淘气们在烦你,马奇小姐。要是她们再这样,喊我一声,我就会来了。"他说。他威胁地皱着眉,把小家伙们逗乐了。

我答应有事会找他的。他离开了,但是看起来好像我注定要经常见到他。今天,我出门时经过他门口,不小心雨伞碰开了他的房门。他穿着晨衣,站在那里,一只手里拿着一只蓝色短袜,另一只手拿着根缝衣针。他似乎一点儿也不感到难为情,因为当我向他解释、匆匆走开时,他手持短袜与针,向我挥舞着,还愉快地大声说道——"今天出门天气不错。Bon voyage,mademoiselle。①"我一路笑着下了楼,同时想到那可怜的人儿得自己补衣服,有点感伤。德国先生的刺绣我知道,可是缝补短袜却是另一回事了,不怎么潇洒。

---

① 法语:旅途愉快,小姐。

星期日

没什么事情可写了,只是我去拜访了诺顿小姐。她的屋子里满是漂亮的东西,诺顿小姐非常可爱,她给我看她所有的宝贝,还问我愿不愿陪她去听讲座,听音乐会——假如我喜欢的话。她是以一种好意提出来的,但是我确信柯克太太已经把我的情况告诉了她。她出于好心才这么做的。我非常高傲,但是受这样的人提供的恩惠,我不感到负担,所以我感激地接受了。

回到育儿室,里面热闹异常。我朝里看去,只见巴尔先生四肢着地,蒂娜正骑在他背上,基蒂用一根跳绳牵着他,明妮在喂两个小男孩吃芝麻饼,他们在用椅子搭的小笼子里笑着叫着,蹦着跳着。

"我们在扮兽兽玩。"基蒂解释道。

"这是我的大象。"蒂娜接口,她正扯着教授的头发。

"大象"直起身来,一本正经地对我说:"要是我们弄出的声音太大了,你就嘘一声,我们就会把声音放低些的。"我答应这样做,但是我让门开着,和他们一样享受乐趣——因为我从来没见过比这更有趣的嬉戏了。他们捉迷藏,扮士兵,唱歌,跳舞。天黑下来时,他们便挤到沙发上围在教授身边听他讲童话故事,什么烟囱顶上的白鹤啦,什么帮做家务的小"精灵们"踏雪降临啦,等等。我希望美国人也能像德国人那样淳朴自然,你们说呢?

我太喜欢写作了。假如不是经济的原因,我会一直这么写下去,因为尽管我用的是薄纸,字写得也小,可一想到这封长信需要的邮票我就发抖。艾美的信请你们看完后转给我。读过艾美描述豪华生活的信,我的小小新闻很使人乏味。

但是,我知道,你们还是会喜欢读我的信。劳里是不是太用功了,连给他的朋友们写信的时间都没有?贝思,替我好好照顾他。把两个孩子的一切变化都告诉我。向大家亲切地致意。

你们忠实的乔

又及:重读一遍我的信,发现写巴尔的事情太多了。可我总是对古怪的人感兴趣,而且我真的没什么别的事好写。上帝保佑你们!

十二月

我的宝贝贝思：

这封信写得乱七八糟，潦潦草草，我是写给你的，它会使你高兴。这里的日子虽然安静，可是很有趣！经过那种艾美会叫做大力神般的巨大努力，我的新思想在学生们身上开始生根发芽，我的小树枝们可以任意弯曲了。

我的学生们不像蒂娜和男孩子们有趣，可是我对他们尽了责任，他们喜欢我。弗朗兹和埃米尔是两个可爱的小伙子，相当合我意。他们身上混合着德国人和美国人的性情，总是处于兴奋状态。不管是在屋里还是在窗外，星期六下午总是闹哄哄的。天气好，他们都去散步，好像这是一个固定课程。我和教授去维持秩序，多好玩！

现在我们是好朋友了，我开始听他讲课，我真的没办法。

这事情来得太滑稽，我得告诉你。一天，我经过巴尔先生的屋子，柯克太太叫住了我，她在里面找东西。

"亲爱的，你可见过这样的一个'窝'？过来帮我把这些书放好，我把东西翻得乱七八糟了，我想看看他把我不久前给他的六条新手帕用来做什么了。"我进了屋，一边忙着一边四处打量。没错，这真是一个"窝"。到处是书籍纸张；壁炉上放着一个坏了的海泡石烟斗和一支旧笛子，好像已经不能用了；一只羽毛蓬乱的鸟在窗台上唧啾着，另一个窗口上放着一盒小白鼠；做了一半的小船、一段段绳头和手稿混放在一边；肮脏的靴子放在火前烤着；屋子里到处可见那些可爱的男孩们的痕迹。我们一阵大搜寻，找出了失踪的三条手帕——一条在鸟笼上，一条上面全是墨迹，一条被用作风箱的夹具给烧焦了。

"竟真有这种人！"脾气好的柯克太太笑着把这些脏兮兮的手帕放进垃圾袋。"我猜测其他几条手帕被撕开用作了船索，包扎受伤的指头，或者做风筝尾巴了。真是可怕，但我不能责骂他。他那么脾气温和，由着那些男孩们对他恣意妄为。我答应为他缝补洗涮，可是他总记不得把东西拿出来，我又忘了查看，所以弄得他有时很狼狈。"

"我来为他缝补衣服，"我说，"我愿意这么做——他待我这么客气，为我取信，还借书给我。"于是，我把他的东西收拾整齐，为他的两双短袜织了后跟——因为他那奇怪的缝法把袜子弄得不成样了。什么也没说，我希望他不会发觉这些。可是上周的一天，我正干着给他当场逮住了。听

青少年课外阅读系列丛书

他给别人上课，我感到非常有趣、好玩，我也想跟着学。上课时，蒂娜跑进跑出，把门打开着，所以我能听见。我努力想听懂他为一个新生讲的课，这个新学生和我一样笨。后来女学生走了，我想他也走了，屋子里很安静。

我的嘴忙个不停，唠叨着一个动词，坐在椅子上极其可笑地摇来摇去。突然，一声欢叫使我抬起头来，巴尔先生正看着我，安静地笑着，一边给蒂娜打手势不要出卖他。

"行了！"他说。我住了嘴，像只呆鹅似的盯着他。"你偷看了我，我也偷看了你。这倒不错，你瞧，我这么说可能让你不愉快，你想学德语？"

"是的，可是你太忙了，而我又太笨学不了。"我笨嘴拙舌地说，脸红得像朵玫瑰。

"嗯，让我们来安排下时间。我们能安排妥当的。晚上我会很乐意给你上课，因为，你瞧，马奇小姐，我得还你的债。"他指着我手里的活计。当然，这一来我便无话可说了。这也确实是个好机会，我和他就这样订了约，开始实行。我听了四次课，然后就陷进了语法沼泽。教授对我非常耐心，不过，这对他肯定是一种折磨。他不时地带着一种颇为失望的神情看着我，弄得我不知该哭还是该笑。当情况变得糟糕透顶时，他就把语法书往地上一扔，脚步沉重地走出屋子。我感到耻辱，像被永远地遗弃了。我匆匆收拾起我的纸，打算冲到楼上大哭一场，就在这时，他又进来了，快活地微笑着，好像我的学业取得了辉煌的胜利。

"现在，我们来试一种新方法，我和你一起读这些有趣的小童话，那本无趣的书就让它去角落里待着吧。"他那样亲切地说着，在我面前打开了安徒生童话，我感到更惭愧了。我拼命地学习功课，这似乎使他非常高兴。我忘掉了害羞，尽全部努力（没别的字可以描述它）学着。长单词绊住了我，我凭当时的灵感发音，尽最大的努力读完第一页，我停下来歇气，他拍着手，热诚地叫道："Das ist gut！①"

打那以后，我们相处得更融洽了。现在我的课文能读得相当不错了，因为这种学习方式适合我。我看出语法夹进故事和诗歌里，就像把药夹进酱里一样。我非常喜欢这种教法。

他似乎还没有厌倦——他这样做非常非常好，是不是？我打算圣诞

---

① 德语：很好。

节送他点什么礼物，因为我不敢给他钱。妈妈，告诉我，送些什么好呢？

很高兴劳里似乎那么幸福和忙碌。很高兴他戒了烟，开始蓄发。你看，贝思，你比我更能调教好他。亲爱的，我不忌妒，尽你的力量吧，只是别把他变成一个圣人。若是他没有一点儿顽皮淘气劲，恐怕我就不能喜欢他了。给他读一些我的信，我没有时间多写，那样也就可以了。感谢上帝，贝思能一直保持身心愉快。

一月

祝大家新年快乐，我最亲爱的家人，当然也包括劳伦斯先生和那个叫特迪的年轻人。我说不出我多么喜欢你们寄给我的圣诞包裹。那天到了晚上直到我已放弃希望时，才收到包裹。

你们的信是早上到的，可是没提及包裹，是打算给我一个惊喜吗？开始时我失望了，但我有一种感觉，你们不会忘记我的。吃完下午茶后，我坐在屋里，情绪有点儿低落。正在这时，那个磨损了的泥色大包裹寄来了。我抱着它欢跳起来。它是那么亲切，那么与众不同，我坐在地板上以可笑的方式读着、看着、吃着、笑着、哭着。东西正是我想要的，是你们做的而不是买的更好。贝思做的新"擦墨水围裙"好极了，罕娜做的那盒硬姜饼我会当成宝贝。妈妈，我一定会穿上你寄来的法兰绒衣服，会仔细阅读爸爸做了记号的书。感谢大家，非常、非常感谢！

说到书提醒了我，告诉你们，在这方面我富有起来了，因为元旦那天，巴尔先生送给我一本精致的莎士比亚。那是他非常珍爱的书，和他的德文圣经、柏拉图、荷马、弥尔顿放在一起。我常为它赞叹。所以你们可以想象得出他把书送给我时我的心情。书没有封皮，他指给我看书上写着的话："你的朋友弗里德里克·巴尔赠。"

"你常说想拥有藏书，我送你一本。这些盖子（他是指封皮）之间有许多本，这是其中一本。好好读书，它会给你很大帮助的。研究书中的人物将会帮助你读懂现实生活中的人们，用你的笔描绘他们。"

我万般地感谢他。以前，我根本不知道莎士比亚的作品里有多少内涵，那时也根本没有一个巴尔为我解读。别笑话他那可怕的名字，发音既不是贝尔（熊），也不是比尔（啤酒），人们常会那样发音。很高兴你们都喜欢听我谈论他的事。希望有一天你们能够认识他。

妈妈会欣赏他的古道热肠，爸爸会欣赏他的聪明头脑。这两样我都

青少年课外阅读系列丛书

欣赏,拥有新"朋友弗里德里克·巴尔",我感到充实富有。

我没有多少钱,也不知道他喜欢什么,便准备了一些小东西,放在他屋子里的四处,他会出乎意料地发现它的。这些东西有用处,可爱,或者引人发笑——桌子上的新笔架,插花用的小花瓶——他总用玻璃杯插一支鲜花,或者插点绿草,他说那样使他充满活力——还有一个风箱的夹具,这样他就不会烧掉手绢了。我把它做得像贝思创造的那些东西——一个身体肥胖的大蝴蝶,黄黑相间的翅膀,绒线的触须,玻璃球的眼睛。这非常合他的意,他把它当作一件艺术品放在壁炉架上,尽管我做得不太理想。

元旦前夕,他们举行了面具舞会,玩得很快乐。我原本不打算去的,因为我没有服装。但是在最后一刻,柯克太太想起有件旧花缎裙,诺顿小姐借给我丝带和饰羽。于是我假扮成马勒齐罗普太太,戴着面具步态优美地走进舞场。没有人认出我,因为我改变了腔调。大家做梦也没有想到沉默、高傲的马奇小姐会跳舞,会打扮,会突然出现加入这个可爱的狂欢会(他们中的大多数人都认为我很呆板、沉默,所以我无足轻重)。我玩得十分开心。当我们卸下面具时,看到他们盯着我看真是好笑。我听见一个年轻人对另一个说,他知道我曾经当过演员,事实上,他想他记得在一个小剧院里看见过我。巴尔先生装成尼克·包特姆,蒂娜则是仙后泰坦尼娅——拥在他臂弯里的一个完美的小仙女。看他们这一对跳舞真是一道风景。

总之,我的新年过得非常愉快,回到屋里想想,我感到尽管我有过一些失败,还是毕竟还是有些进步的。现在我始终很快乐,工作热心,对别人比以前更关切,这一切都令人满意。上帝保佑你们!

永远爱你们的乔

点评:

作者让乔在上一章说出和劳里不适合,这一章就紧接着让她的日记中充满了巴尔。这是一种很明显的暗示,尽管乔初始时仅仅把巴尔当作一个有趣的朋友,但这个可亲近的男人形象已经完全闯入了她的生活。她在纽约的生活还算如意,因为对于一个处处自立的人,在哪里都能生存下去。

第三十四章　　朋　友

　　乔的社交圈令她愉快,每日忙于工作为她挣得了面包,使她的努力成果更显甜美。虽然如此,她还是挤时间从事文学创作。对一个有抱负的穷姑娘来说,支配她写作的目的是自然的,可是她实现目的的方法不是最好的。她明白金钱能够带来权力,因此,她决心拥有金钱和权力这两种东西。不是只用于她自己,而是用于她爱的人们,她爱他们胜于爱自己。

　　经过长期游历和努力的工作以后,乔的那篇获奖小说似乎为她开辟了道路,她又写出了让人开怀的《空中楼阁》。然而,这场小说所遭受的灾难使她一度丧失了勇气,因为公共舆论是一个巨人。假如我记得不错的话,第一次尝试她跌了下来,一点也没得到巨人可爱的财宝。但是乔骨子里"爬起来再试"的精神和杰克①一样强,所以,这一次她另辟蹊径爬了上去,得到了更多的战利品。但是丢掉的东西比钱袋要宝贵得多。

　　乔开始写轰动小说,在那黑暗的日子里,既使是十全十美的美国人也读庸俗作品。她虚构了一个"动人的故事",并大胆地亲自将它送给了《火山周报》的编辑达什伍德先生,获得了一小笔报酬,这件事她从未声张。

　　像大多数年轻的蹩脚作家一样,为了能使作品更加吸引世俗大众,乔到国外去寻找人物和景致。于是她的舞台上出现了恶棍、伯爵、吉普赛人、修女、公爵夫人。这些人物如预期的那样,行为、精神都贴近生活。读者们对语法、标点符号之类的琐事并不挑剔,因而达什伍德先生貌似好心地以最低的稿酬邀请她做他的专栏作家。当然他认为没有必要将接受她的真正原因告诉她。事实上这是由于他之前雇佣的一个作家因为别人开了更高的价格而撒手不干了,卑鄙地让他陷入了困境。

　　她很快便对新工作产生了兴趣,因为她瘪下去的钱包鼓了起来。一个个星期过去了,她为明年夏天带贝思去山里度假准备的小积蓄开始增加了,虽然速度很慢,但是确实在增加。满足中有件事让她不安,那就是她没有将此事告诉家人。她有种感觉,爸爸妈妈不会赞许她的,可是她还是宁肯先随心所欲地干着,然后再请求原谅。保守这个秘密很容易,因为

――――――

①　杰克:指男人。

故事没有署她的名字。达什伍德先生当然不久就发现了真相,可是他答应保持沉默。他竟遵守了诺言。

但是,除了惊心动魄的庸俗故事,别的作品达什伍德先生一概拒绝,而这种小说一定要折磨读者们的感情,不然就称不上惊险小说。要写惊险小说还得搜遍历史和传奇,陆地和海洋,科学和艺术,政治卷宗和疯人院。乔不久便发现,她天真无邪的经历使她不大能看到构成社会基础的悲剧世界。她急切地想找到故事的素材,一心想着即便不能把故事策划得很熟练,也要使情节新颖。她到报纸里去寻找事故、事件以及犯罪活动。她去借阅有关毒药的书,以致使公共图书馆管理员起了疑心。她研究大街上行人的脸,研究身边所有的人,不管是好人、坏人抑或是冷漠的人。她在古代的废墟中寻找事实或虚构。它们太古老了,倒和新的一样新奇。她尽量利用有限的机会去接触那些愚行、罪恶与苦难。她以为她干得相当漂亮,但是不知不觉地,她开始亵渎了妇女身上的一些温柔的气质。

她身处于不良社会,虽然那是想象中的,但对她产生了影响,因为她的心灵和想象都在汲取着危险的、有毒害的养分。她过早地熟悉了社会的阴暗面,很快将她性情中天真无邪的青春光彩一扫而光。她开始觉察到了这一切,过多地描述别人的激情与感情,使她也研究、思索起自己的感情来——一种病态的乐趣,心理健康的年轻人是不会沉迷于这种乐趣中的。做错事总会带来惩罚,而当乔最需要这种惩罚的时候,她得到了。

巴尔先生在一次谈话中建议她研究一些纯洁、真实、可爱的人物,不管她是在哪儿发现这些人物的,并将其作为一种良好的写作训练,乔相信了他的话,冷静地转过身来开始研究他——要是他知道她这样做的话,一定会大吃一惊,因为令人尊敬的教授自认为自己是个小人物。

首先,为什么每个人都喜欢教授,这令乔相当迷惑。他既不富有也不伟大,既不年轻也不漂亮,无论在哪方面都不能说迷人、气派或者漂亮。然而,他像给人温暖的火种那样吸引人,人们自然地围绕在他身边,好像围在暖和的壁炉旁。他贫穷,但似乎总是在给人东西;他是外国人,可每个人都是他的朋友;他已不年轻了,可像孩子般幸福快乐;他长相平常,还有点古怪,然而在许多人看来他是漂亮的,只为了他的缘故,大家都很痛快地原谅他的怪癖。乔常常观察他,想发现他的魅力所在。最后她认定这是仁爱之心产生的奇迹。

"就是这样!"乔自言自语。她终于发现,真心地对人们抱有善良的愿望能使人变美,给人尊严。这个健硕的德国教师就是如此。他大口吃饭,自己缝补衣袜,还承受着巴尔这么个怪名字。

乔看重美德,也尊重才智,这是非常女性化的。有关教授的一个小发现更增添了她对他的敬重。没有人知道,在他出生的城市,他因他的学识和正直的人品享有盛誉,受人尊敬。但他自己从未说过。后来,一个同乡来看他,在和诺顿小姐闲谈时说出了这个令人高兴的事实。乔从诺顿小姐处得知后,更加尊敬他了。尽管巴尔先生在美国只是个可怜的语言教师,在柏林却是个体面的教授,乔为此感到自豪。那个发现给他的生活增加了浪漫的佐料,大大诗化了他真实、勤勉的生活。

巴尔身上还有一种比智力更为优秀的才能,这种才能以一种最出人意料的方式展示给了乔。诺顿小姐能够自由地出入文学圈,要不是她,乔是不可能有机会见识的。这个寂寞的女人对心怀抱负的女孩产生了兴趣,她将许多这样的恩惠赐予乔,同时也赐予了巴尔教授。一天晚上,她带他们去参加一个为一些著名人士举办的酒会。

乔去了酒会,准备向那些伟大的人物鞠躬致敬。身处遥远的地方时,她就带着年轻人特有的热情崇拜这些名人。然而,那天晚上,她对天才们的景仰受到了严重的冲击。她发现伟大的人物毕竟也不过是些男人和女人。过了好一会儿,她才从这种发现中恢复过来。她带着崇敬之心,害羞地偷偷瞟了一眼一个诗人,他的诗句使人联想到一个以"精神、火、露水"为生的太空人,可乔却看到他正在满腔热情地大口吞嚼晚饭,那种热情烧红了他那智慧的脸庞,可以想象出乔此时的沮丧。从这个倒塌的偶像转过去,又发现了别的东西,这更迅即排除了她所有的浪漫幻想。那个伟大的小说家像钟摆一样有规律地在两个酒瓶之间摆动着,那著名的天才竟然向一个当代的斯塔尔夫人①调着情,而她却怒视着另一个科琳,科琳在温和地讽刺她。哲学家故作姿态地啜着茶,好像要睡着了,而那些科学名士们此刻忘掉了软体动物和冰川时期,一边聊起了艺术,一边专心致志地猛吃牡蛎和冰淇淋。那个年轻的音乐家就像第二个奥菲士②一样曾使整

---

① 斯塔尔夫人:法国女作家,与当时的文坛名流有着广泛的交情。

② 奥菲士:希腊神话中的诗人、歌手,善弹竖琴,其音乐能让顽石点头、猛兽俯首。

青少年课外阅读系列丛书

座城市着魔,现在他谈起了赛马。在场的英国名流们的代表碰巧是酒会中最普通不过的人。

酒会还未开到一半,乔的幻想就完全破灭了。她在一个角落里坐下来清醒下大脑。很快,巴尔先生也过来了,他看上去与这里的气氛格格不入。她转过头来看看教授是否欣赏,发现他也正表情严肃地看着她。他招手要她离开,可就在那时,她被思辨哲学的自由性吸引了,就坐着没动。她想弄清楚那些自以为是的聪明先生们在消灭了所有的老信仰之后,打算依赖什么。

教授的目光扫过乔和其他几个年轻人,他们都被看似耀眼的哲学火花吸引住了。教授拧起了眉,他担心这些易激动的年轻人会被这绚丽的烟火引入歧途,最后发现一切结束后只剩下燃尽的爆竹棒,或者被灼伤的手。

他尽量忍着,但是,当有人邀请他发表意见时,他便诚实地表达了他的愤怒。他用雄辩的事实捍卫着宗教——雄辩使他蹩脚的英语也变得动听起来,他那平常的脸也变得漂亮了。这场仗打得艰难,因为那些聪明人很会辩论。他不知道什么时候给击败了,但是他却以男子汉的气概坚持自己的观点。不知怎么回事,他谈着谈着,乔觉得世界又恢复了正常,持续这么久的古老信仰似乎比新的信仰要好,上帝并不是一种看不见的力量,永生也不仅仅是美丽的童话,而是幸运的事实。她感到自己又稳稳地站在了大地上,当巴尔先生住了口,乔想拍手感谢他。巴尔说得比那些人好,可是一点儿也没有说服那些人。

她既没拍手,也没感谢,可是她记住了那个场面,并且打心眼里尊敬他。她知道他在当时表达看法是费了一番劲的,可他的良心不允许他保持沉默。她开始明白气质是比金钱、地位、智力,或者美貌更好的财产。

这种信念日渐坚定。她开始看重他的评价,"妄想"得到他的尊重。她希望自己能配得上当他的朋友。她的愿望非常真挚,可就在这时,她几乎失去了一切。

这事起因于一顶三角帽。一天晚上,教授进屋来给乔上课,头上戴着顶纸做的士兵帽,那是蒂娜放上去的,他忘了拿下来。"显然,他下楼前忘了照镜子。"乔笑着想道。他严肃地坐下来,压根儿没注意到他的主题和头饰之间让人发笑的对比。他打算给她读《华伦斯坦之死》。

开始她什么也没说,因为发生了好笑的事。她喜欢听他开怀大笑,所以想留待他自己发现，一会儿就把这件事给忘了。

听一个德国人朗读席勒的作品是件非常吸引人的事情。朗读完毕做功课，也是件高兴事，因为那天晚上乔心情快乐，那顶三角帽使她的眼睛熠熠生辉。教授不知道她怎么回事，最后忍不住了，他略带惊奇地问："马奇小姐，你当着老师的面笑什么？你不尊重我了，这么顽皮？"

"先生，你忘了把帽子取下来，我怎么尊重你？"乔说。

心不在焉的教授严肃地抬起手在头上摸索，取下了那个小三角帽，看了它一分钟，然后快活地大笑起来，笑声像是大提琴发出的声音。

"噢，我看到帽子了，是那个小淘气干的，让我成了个傻瓜。好吧，没关系，你瞧，要是你今天功课做得不好，你也要戴这帽子。"可是功课停了一会儿，因为教授一眼看到帽子上还有幅画。

他拆开帽子，非常厌恶地说："真希望这种报纸别进入这座房子。它们既不适合孩子们，也不适合年轻人。报纸办得不好，我受不了那些干这种缺德事的人。"乔瞧了一眼报纸，看到一幅可爱的图画，画上有一个疯子，一具尸体，一个恶棍和一条毒蛇，她也不喜欢这个。但并非由于不喜欢，而是一种担心的冲动促使她打开了报纸，因为有那么一瞬间她以为那是《火山周报》。然而那不是的。她又想到即便是《火山周报》，即便上面有她的文章，没有她的署名，也就不会出问题。她的恐慌平息了，然而她羞红了的脸还是出卖了她。教授虽然心不在焉，但觉察到的事情比别人想象的要多得多。他知道乔在写作，不止一次在报社遇到过她，可由于乔从来不说起这些事，他虽然极想读她的作品，还是从不问及。现在他突然感觉到，她在做一件自己不好意思承认的事，这使他很担忧。他不像许多别的人那样对自己说："这不关我的事，我无权过问。"他只记得她是个穷苦的年轻姑娘，远离父母无法得到关爱。他受一种冲动的驱使要帮助她。这种冲动来得迅速、自然，就像伸手去救助一个掉进水中的婴儿那样。

到了这时，他已准备好讲话了。他相当自然但是非常严肃地说——"对，你把报纸拿开是对的，依我看，好的姑娘不应该看这种东西。这些东西可能会使一些人愉快，但是我宁愿给我的孩子们玩火药，也不给他们读这种破烂玩意。"

"并不是所有的都坏，只是愚蠢，你知道，如果有人需要它，我看提供它就没什么伤害。许多体面人就用这种轰动小说正当地谋生。"乔说。她用力地刮着衣裙，针过处留下一条小细线。

"有人需要威士忌,但我想你和我都不会去卖它。假如那些体面人知道他们造成了什么样的孽,他们就不会认为他们的谋生方式是正当的了。他们没有权利往糖果里放毒药,再让小孩子们吃。他们应该想一想,做这种事之前得先除掉肮脏的东西。"巴尔先生激烈地说着,揉皱了报纸走到火边。三角帽变成了烟,从烟囱里冒了出去。乔一动不动地坐在那里,好像那火烧到了她,因为烧过纸帽子后很长时间,乔的面孔还在发烧。

"我倒想把所有的报纸都烧掉。"教授咕哝着,带着宽慰的神情从火边走了回来。

乔想象着楼上她的那堆报纸会成为怎样的一团火。此刻,那好不容易挣来的钱沉重地压在她的良心上。他严肃而又和善地看着她,使她感到《火山周报》几个字仿佛以大粗体字印在她的额头。

她一回到自己的屋子,便拿出了报纸,仔细地重新阅读了她写的每一篇故事。巴尔先生有点近视,有时戴着眼镜。乔曾经试着戴过它,笑着看到它能把书中的小字放大。现在,她仿佛也戴上了一副眼镜,不过这眼镜是精神或道德上的,因为那些粗劣故事中的瑕疵令人可怕地怒视着她,使她沮丧不已。

"要是家人读到了这些,要是巴尔先生知道了这些,我该怎么办呢?"想到这一点,乔的脸又开始发烫了。她把整整一捆报纸投进了火炉,火光熊熊差点把烟囱点着了。

三个月的工作化作了一堆灰烬和放在膝盖上的钱。这时,乔严肃起来。她坐在地上,考虑着该用这些钱做点什么。

"我想,我还没有造成太大的伤害,可以保留这笔钱作为我花掉时间的报酬。"她说。思虑良久,她又急躁地接着说:"我真希望我没有良心,这太麻烦了。有时我真希望爸爸妈妈对这件事不那样苛求。"哦,乔,别那样希望了,应该感谢上帝,爸爸妈妈的确是那样苛求,请可怜下那些没有这样的保护者的人们吧。保护者用原则将他们围住,这些原则在急躁的年轻人看来可能像监狱的围墙,但它们被证明确实是妇人们培养良好气质的基础。

乔没有再写追求轰动效应的故事,她认为钱补偿不了她所受到的那种良心煎熬。像她那一类人常做的那样,她走了另一个极端。她学了一系列课程,研究了舍伍德夫人、埃奇沃思小姐和汉娜·摩尔太太,然后写出了一个故事,故事里的道德说教是那样强烈,以至于把它叫做小品文或者说教文更为恰当。她把这个说教式的佳作送往几个市场,结果一个买主也没找到。她不得不同意达什伍德先生的说法,道德说教没有销路。

后来,她又试着写了个儿童故事。要不是她图利想多要几个钱,这个故事她能轻易出手的。唯一向她提供足够的报酬、使她值得一试儿童文学的人是一位令人敬仰的先生。这位先生觉得他的使命就是让世人都信奉他的教义。但是,虽然乔喜欢为孩子们写作,她还是不能同意把所有不去特定主日学校上课的顽皮孩子都写成被熊吃了,或者被疯牛挑了,而去那儿上学的好孩子则得到各种各样的天赐之福,从金色的姜饼,到他们离开尘世时护送的天使。因此,在这样的考验下,乔没有写出任何新作品。她盖上了墨水台,一时谦恭起来,这种谦恭非常有益。她说——“我什么也不懂,我要等懂了以后再试。同时,如果我不能写出更好的东西。我就尽力‘扫除掉肮脏的东西’,这样至少是诚实的。”这个决定表明,她从豆茎上的第二次摔落对她有些好处。

当她进行这种内心革命时,她的外在生活和平时一样忙碌,没有风波。假使她有时看着严肃或者有点悲哀,除了巴尔教授,没有人觉察得到。他在许多方面给她帮助,不愧为真正的朋友。乔感到幸福,因为她不再写那些小说了。除了德语,她还学习了其他的课程,为她自己生活中的轰动故事打着基础。在这个漫长的冬季,她的心中为愉悦之情所充溢。六月,她离开了柯克太太。告别之时,每个人都显得很难过,孩子们尤其如此。巴尔先生满头头发直竖着,当他心烦意乱时,总是把头发揉得乱七八糟。

她很早就得动身,所以头天晚上就去和所有的人道别。轮到他时,她热情地说:“嗯,先生,别忘了,要是你路过我那里,希望能来看我们,好吗?我肯定不会忘记你的,我想让全家人都认识我的朋友。”

“真的,你要我去吗?”他问,带着乔从未看过的急切神情看着她。

“是的,你下个月来吧,劳里那时毕业,你会把毕业典礼当作趣事来欣赏的。”

“你说的那个人是你最好的朋友?”他的语气变了。

“是的,我的男孩特迪。我为他非常自豪,也希望你能见见他。”然后乔抬起头来,根本没意识到什么,只想着介绍他们两人见面时的快乐。巴尔先生脸上的某种神色使她突然感觉到,也许劳里不仅仅是她“最好的朋友”。正是因为她特别希望显出没事儿的神情,她开始不自觉地脸红了。

青少年课外阅读系列丛书

她越不想如此,脸就越红。要不是坐在她膝上的蒂娜,她动情地要拥抱她,于是她顺势将脸转了过去。她希望教授没觉察,但是他觉察了,神情也从瞬间的焦虑转为平常。他诚挚地说:"我可能抽不出时间去参加毕业典礼,但我祝愿那位朋友大获成功。祝你们大家幸福。上帝保佑你!"说完,他热情地和她握了手,然后用肩膀驮起蒂娜离开了。

然而,等孩子们上床后,巴尔在火炉边坐了很长时间。他面带倦容,回忆起乔坐在那里,脸上带着柔和的表情。过了一会儿,他在屋子里踱起步来,仿佛在寻找一些他失掉的东西。

"那不是我的,我现在不应该心存希望了。"他自言自语地叹道,那叹息几乎是呻吟。然后,像是责备自己无法遏制的企求,他走过去亲了亲枕头上两个头发散乱的小脑袋,拿起他那很少使用的海泡石烟斗,打开了他的柏拉图。

他尽了自己的最大努力,事情处理得很有男子气。第二天早晨,虽然天色很早,他还是到车站为乔送行。幸亏有了他的送行,乔在孤独的旅途中才能沉浸在温柔的回忆中。一张亲切的面孔微笑着和她道别,一束紫罗兰与她相伴。最美好的是,她幸福地想着:"嗯,冬天过去了,我一本书都没写,也没有发财。但是我交了一个值得相处的朋友。我要努力一辈子享有与他的友谊。"

点评:

人人都喜欢巴尔教授,这并不是因为他富有,而是因为他的平易、睿智、幽默,以及正义感。乔为了攒够带贝思旅行的钱,又一次偏离了以往的文学风格,为迎合某些世俗大众的口味写起了小说。当然,以我们平常的生活经验来看,世俗小说虽然高雅性不是太强,但并非是洪水猛兽,因此也不可能像文中所渲染的那样危害巨大。只是本书的基调充满了基督教的道德说教,以卫道士的口吻宣扬是非善恶、上帝仁慈。恰好,巴尔教授也是一个诚笃信奉基督的人,估计在作者看来,这样一个人显然更适合乔。于是,在本章末尾,巴尔教授开始对乔动心了,虽然乔现在还把他当作朋友。

第三十五章 伤 心

　　不管出于何种动机,那一年劳里的学业相当成功,他以优异的成绩毕了业。他的拉丁语演说有着菲利普斯①的优雅,狄摩西尼②的雄辩,他的朋友们这样评论。他们都在场,他的祖父——哦,多么自豪！——马奇先生和马奇太太,约翰和梅格,乔和贝思,所有人都带着发自内心的赞赏之情为他狂喜。男孩子们当时或许不在意,可是经历的成功怕是再难得到如此的激赏了。

　　"我得留下来吃这顿该死的晚饭,明天一早我就回家,姑娘们,你们能像往常那样来接我吗？"快乐的一天结束了,劳里将姑娘们送进车厢时这么说。他说的"姑娘们",其实指的是乔,因为只有她一人保持着这个老习惯。她不想拒绝她成绩卓著的男孩提出的任何要求,便热情地回答道:"我会的,特迪,无论如何都会来,我会走在你前面,用单簧口琴为你吹奏《为凯旋的英雄欢呼》。"

　　劳里谢了她,但他脸上的神色却使乔突然恐慌起来。"哦,天哪！我晓得他要说些什么。我该怎么办呢？"

　　晚上的思索、早晨的工作稍稍减轻了她的担忧。她作出判断,在她已让人完全知道她会作什么样的答复之后,对方还是会提出求婚,这样想是够愚蠢的。但她还是在预定的时间出发了,她希望特迪不会有所行动,使她伤害他那可怜的感情。

　　她先去了梅格家,亲吻逗弄会黛西和德米,使她精神振奋起来,也更增强了她对谈话的信心。然而,一见到远处逼近的身影,她便产生了掉头跑开的强烈愿望。

　　"单簧口琴在哪,乔？"一走到能听见说话声之处,劳里便叫了起来。

　　"我忘记了。"乔又鼓起了勇气。这样的招呼可真算不上情人般的招呼。

---

　　① 菲利普斯:英国诗人、剧作家。
　　② 狄摩西尼:古希腊雄辩家。

青少年课外阅读系列丛书

过去在这种场合，她总是会抱着他的胳膊。现在她不这样做了，他也不抱怨。这可不是个好兆头。他一直很快地谈着遥远的话题，直到他们从大路转向一条穿过树林通向家的小路。

这时，他步子放慢了，话语也突然不流畅了，谈话不时出现难堪的停顿。为挽回正往沉默之井坠落的话题，乔急速地说："现在你得过一个愉快的长假了。"

"我是这么计划的。"他的语调里有种坚定的成分，使得乔迅速抬头看他，却发现他也正看着她，那种表情使乔确信令人可怕的时刻就要到了。

她伸出手恳求道："不，特迪，请你别说！"

"我要说，你必须听我说。没用的，乔，我得说出来，越早越好，对我们俩都是如此。"他回答说，突然红了脸，激动起来。

"那你就说吧，我听着。"乔带着一种豁出去的坚韧之心说。

劳里是个没有经验的情人，但他是认真的。即便会失败，他也打算说出来。因此，他带着特有的急躁开启了这个话题。尽管他以男子汉的气概竭力想保持声音平稳，可还是时而卡了壳。

"自从我认识你，乔，我就逐渐爱上了你，简直没有办法。你待我那么好。我想表示出来，可你不让。现在我要你听下去，请你给我个答复，因为我不能再这样下去了。"

"我想让你别这样，我以为你已经理解了——"乔开口说，她发现情况比她预料的更遭。

"我知道你那样想过。可是女孩子总是很奇怪，你根本无法知道她们真正的意思。她们嘴里说'不'，实际上她们的意思是'是'，只是为了好玩，把男人弄得晕头转向。"劳里回答。他用这个不可否认的事实自卫。

"我不是那种人。我从来不想让你那样爱上我，只要有可能，我总是走开以免你这样。"

"这像是你做的，但是没用，我反而更加爱你了。为了讨你的欢心，我努力学习，我不打台球了，你不喜欢的事我都不做了。我等待着，从不抱怨，我希望你会爱上我，虽然我不够好，一半都不——"说到这里，他的嗓子控制不住地哽住了。他掐着无莨，一边清着那该死的喉咙。

"你，你对我，你对我非常好，我十分感激你，我为你骄傲，喜欢你。我不知道为什么我不能像你要求我的那样爱你。我试过，但是，我的感情改

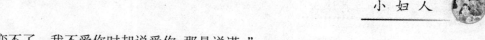

变不了。我不爱你时却说爱你,那是说谎。"

"真的吗? 一点儿也不假吗,乔?"他突然停住脚步,捉住她的双手,提出了这个问题,脸上的表情让乔久久不能忘记。

"真的,一点儿也不假,亲爱的。"

现在他们已走进了小树林,靠近了篱笆两侧的台阶。当最后一个字不情愿地从乔的口中说出时,劳里放下了手,转身像是要继续走,但是,就这一次,那个篱笆他怎么也越不过去了。

他只好将脑袋靠在生了苔的柱子上,一动不动地站在那儿。乔给吓坏了。

"哦,特迪,我很难过,非常非常难过。我愿意杀死我自己,要是这样做有用! 希望你别把这事看得那么重。我没办法。你知道,要是不爱一个人却非要她去爱那是不可能的。"乔生硬却很遗憾地叫着,一边轻轻地拍着他的肩膀。她记起很久以前他也经常这样安慰她。

"有时人们就是这样做的。"柱子后传来沉闷的声音。

"我不相信那是真正的爱。我宁愿不这么试。"乔回答坚定。

长时间的静默。河边的柳树上,一只画眉鸟在欢快地唱着,长长的青草在风中沙沙作响。过了一会儿,乔在篱笆阶上坐下,非常认真地说:"劳里,我想告诉你一件事。"他吃了一惊,好像挨了一枪似的,大声叫道:"别告诉我,乔,我现在受不了!"

"告诉你什么?"她问,搞不清楚他为什么发怒。

"你爱那个老头。"

"哪个老头?"乔问。她想他肯定指的是他爷爷。

"那个你写信时总谈到的魔鬼教授。要是你说你爱他,我知道我会不顾一切做出一些事来的。"他眼睛里冒着愤怒的火花,双拳紧握,似乎真的会去践行诺言。

乔想笑,可是她克制住了自己。这一切使她也激动了,她勇敢地说:"别骂人,特迪。他不老,也不坏。他和蔼,善良。除了你,他是我最好的朋友。请不要那样勃然大怒。我只想表示友好,可要是你污蔑我的教授,我会生气的。我一点也没想到过要爱他或者任何一个别的人。"

"可是过一段时间你会爱上他的,那我怎么办呢?"

"你也会爱上别人的,做一个明智的男孩,忘掉这一切烦恼吧。"

"我不会爱上任何人了,我永远也忘不了你,乔,永远不会!"他一跺脚,用以强调他那激昂的话语。

"我该拿他怎么办呢?"乔叹了口气。她发现感情比她预想的要难对付得多。

"你还没听我要告诉你的事呢,坐下来听我说。我真想把这件事处理妥当,使你幸福。"她说。她希望和他讲点儿道理,以此来抚慰他,结果证明她对爱情一无所知。

从乔刚才的这番话,劳里似乎看到了一线希望。他一屁股坐在了乔的脚边,胳膊支在篱笆的下层台阶上,带着期待的神色看着乔。对乔来说,这样的姿态使她不能平静地说话,清楚地思考。他这样看着她,眼神里充满了爱意与渴求,睫毛还是濡湿的,那是由于她的狠心话使他痛苦地流了几滴泪造成的。在这样的情景中,她怎么忍心对她的男孩说绝情话呢?她轻轻地把他的头转过去,一边抚弄着他卷曲的头发,一边说着话。他的头发是为她的缘故而蓄养的——确实,多么令人感动!——"我赞同妈妈的看法,我们俩不合适,因为我们的急躁脾气和坚强个性可能会使我们以后非常痛苦,要是我们愚蠢到要——"

乔在最后一个词上停顿了一会儿,但是劳里欣喜地说了出来:"结婚——不,我们不会痛苦的!只要你爱我,乔,我会成为一个完美无缺的圣人,你想把我变成什么样都行。"

"不,我做不到。我试过,但是失败了。我不能用我们的幸福来冒险,做这种试验。我们的意见不一致,永远也不会一致。所以我们一生都将只是好朋友,而不要去做任何鲁莽的事。"

"不,如果有机会我们就要做。"劳里顽固地坚持着。

"好了,理智些,明智地看待这件事情吧。"乔恳求道。她几乎一筹莫展了。

"我不会理智的,我不要你说的那种明智,它对我没用,只能使你的心更狠。我相信你没有任何感情。"

"我倒希望没有。"乔的声音有点儿发颤。劳里把这看作一个好兆头,他转过身来,使出他所有的说服力,用从来没有过的极具感染力的哄人腔调说:"别让我们失望了,亲爱的!大家都期待着这件事,爷爷下了决心要这样,你家人也喜欢我,我没有你不行。说你愿意,让我们幸福,说吧,说吧!"几个月后乔才懂得她下了多大决心才坚持住她作出的决定:她认定她不爱她的男孩,永远也不会。这样说很难,但是她还是说了。她知道延续既无用也残酷。

"我不能真心地说'愿意',以后你会明白我是对的。你会为此感谢我——"她严肃地说。

"我死也不会!"劳里从草地上一跃而起,单单一想到这些他就怒火中烧。

"会的,你会的。"乔坚持道,"过一段时间你就会从这件事情中恢复过来,找到一个有教养的姑娘,她会崇拜你,成为你漂亮的女主人。可我不会,我不漂亮,笨手笨脚,又古怪,你会为我感到难为情。我们还会吵架——你看,甚至现在都忍不住要吵——我不喜欢优雅的社会而你喜欢,你会讨厌我乱写乱画,而我没有这些不能过。我们会感到不幸福,一切都会令人不敢想象!"

"还有没有?"劳里问。他感到很难耐心地听完她预言似的话。

"没了。还有就是,我想我以后也不会结婚的。我这样很幸福,我太爱自由了,不会匆忙地为任何一个人放弃它。"

"我知道得很清楚,"劳里插话了,"现在你是这样想的。但是有一天你会爱上某个人的。你会狂热地爱上他,为他生,为他死。我知道你会的,那是你的个性,而我却不得不在一边旁观。"那绝望的情人把帽子扔到了地上,若不是他脸上的表情那么悲戚,扔帽子的手势就会显得很好笑。

"是的,我会为他生,为他死,只要他来到了我身边,让我情不自禁地爱上他。你必须要尽力解脱!"乔叫了出来。她已经对可怜的特迪失去了耐心。"我已经尽了力,可是你不愿意放理智些。你这样缠着我索取我不能给你的东西,太自私了。作为朋友,我将永远喜欢你,非常喜欢。但是,我永远不会和你结婚。你相信得越早,对我们两人就越好——就这样了!"

这番话就像是燃着了炸药。劳里看了她一会儿,仿佛不知道自己该怎么做,然后,猛地转过身,用一种决绝的语调说:"有一天你会后悔的,乔。"

"噢,你到哪儿去?"他的表情吓坏了她。

"去见鬼!"

看着他摇晃着朝小河走去,乔的心脏有一会儿停止了跳动。然而,只有做下很大的蠢事,或者遭受了很深的痛苦,才会使一个年轻人轻生。劳里不是那种一次失败就能击垮的弱者。他没打算做出惊人之举,跳入河中,但是盲目的本能冲动使他将帽子和外衣扔进了他的小船里,然后拼命划着船走了,速度超过了许多次比赛的划速。

乔注视着这个可怜的家伙,他在力图摆脱心头的烦恼。乔长长地舒了口气,松开了紧握的双手。

"那样会对他有好处的,不过我倒不敢见他了。"她想,慢慢地往家走,感觉像是屠杀了某种无辜的东西。她接着又想道:"现在我得去找劳伦斯先生,让他非常和善地对待那可怜的男孩。我希望他会爱上贝思,也许以后他会的。然而我是不是误解了她。哦,天哪!女孩子们怎么能又要情人又拒绝他们,真是太狠心了。"

她确信这件事除了她以外没有人能做得更好,因此她直接去找了劳伦斯先生,勇敢地把这难以出口的事情告诉了他。然后她就垮了,十分沮丧地为她的冷酷无情哭泣起来。那和善的老先生虽然也非常失望,却没有说一句责备的话。他很难理解竟有女孩子不爱劳里,他希望乔会改变主意。但是他比乔更明白,爱是不能勉强的。因此他只是悲哀地摇着头,决心让他的孩子远离伤害,因为毛头小伙子和乔分别时说的话使他大为不安,尽管他不愿意承认这点。

劳里回到家时,精疲力尽但是相当镇静,爷爷像是没事儿似的迎着他。黄昏时爷孙俩坐到了一起。过去他们都特别珍惜这段时间,但是现在老人很难做到像往常一样轻松,而年轻人更难倾听老人表扬他去年获得的成功。那次成功现在对他来说似乎只是爱的徒劳。他尽力忍受着,后来走到钢琴房开始弹奏。

窗户是开着的。乔和贝思在花园里散步,唯有这一次,她对音乐比妹妹理解得更好。劳里弹奏着《悲怆奏鸣曲》,他以前从来没有如此弹过。

"弹得非常好,但是太悲哀了使人想哭。小伙子,给我们弹个快乐些的。"劳伦斯先生说。老人心中充满了同情,他很想表达出来,可是又不知道该怎样表达。

劳里弹起一段欢快些的曲子,他猛烈地弹了几分钟,要不是在一个短暂的间歇听到了马奇太太的声音,他会毅然弹完整个曲子的。马奇太太叫着："乔,亲爱的,过来,我需要你。"这正是劳里极想说的话,只是含义不同! 他听着,曲子不知弹到哪儿去了,音乐也带着不和谐的音调停止了。音乐家静静地坐在黑暗里。

"我受不了了。"老人咕哝着。他站起身来,摸索着走到钢琴房,慈祥地将手放在劳里宽阔的双肩上,像妇人一样亲切地说:"我知道,孩子,我知道。"劳里一时没答腔,然后高声质问:"谁告诉你的?""乔,她自己。"

"那就完了!"他不耐烦地抖掉爷爷放在肩上的手。尽管他感激爷爷的同情,但男子汉的自尊心使他不能忍受来自男人的怜悯。

"还没有完。我要说一件事,然后事情就完了。"劳伦斯先生带着非比寻常的温和口气回答,"你现在或许不愿意待在家里吧?"

"我不打算从一个姑娘的面前逃开。乔挡不住我去见她。我愿意待多久就待多久。"劳里以挑衅的口吻回答。

"如果你像我认为的那样是个绅士,就不会这样做了。我也感到失望,可是没办法。你唯一能做的就是离开一段时间。你打算到哪里去呢?"

"哪里都行。我已经无所谓了。"劳里满不在乎地笑了起来,笑声刺耳,使老人焦虑不安。

"要像个男子汉一样接受这件事,看在上帝的份上,别做鲁莽事。为什么不按照你的计划去国外,忘掉这一切呢?"

"我做不到。"

"可是你一直很想去的,我答应过你,等你读完大学就让你去。"

"噢,但是我没打算一个人去!"劳里说。他在屋子里快步走来走去,脸上的表情爷爷从未见过。

"我没让你一个人去,有人乐意和你一起去世界上的任何地方。"

"谁,先生?"他停步倾听。

"我自己。"

劳里像刚才一样快速地走了起来。他伸出双手,粗声粗气地说:"我是个自私、残忍的人,可是——你知道——爷爷——"

"上帝保佑,是的,我的确知道。这一切我以前都曾经历过,先是我年轻时,后来是你父亲的事。好了,我亲爱的孩子,静静地坐下来听听我的计划。一切都已安排好,马上就能执行。"劳伦斯先生说。他抓住年轻人,

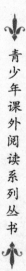

青少年课外阅读系列丛书

好像害怕他会逃走,就像他父亲以前做的那样。

"那么,先生,什么计划?"劳里坐了下来,但表情和声音都没显露出任何兴趣。

"我在伦敦的事务需要料理。我原打算让你去处理的,不过我自己办更好。这里的事有布鲁克负责,不会出问题。我的合作者几乎干了所有的事,我只是守着这个位子等你日后来接替,我随时都可以离开。"

"可是,爷爷,您讨厌旅行。您那么大年纪了,我不能这么要求您。"劳里开口说。他感激爷爷为他作出的牺牲,但是如果要去的话,他宁愿独自去。

老先生对这一点非常了解,他不愿让他一人去,因为,他发现孙子的心境不佳,这使他确信让劳里独自出行不太明智。一想到出门会丢弃家庭的舒适,这自然感到遗憾,可是老先生抑制了这种遗憾,决然地说:"谢天谢地,我还没有老到该淘汰的地步。我很喜欢旅行,那对我有好处。我的老骨头不会受罪,因为现在的出行几乎就像坐在椅子里一样舒服。"

劳里不安地扭动着,使人觉得他坐的椅子不舒服,也就是说他不喜欢这个计划。这使老人赶紧补充道:"我并不想成为好事者或者你的负担。我以为,我去了你会感到比丢下我更要快乐些。我不打算和你一起闲聊,而是你高兴,愿去哪就去哪,我有我的方式消遣。我在伦敦和巴黎都有朋友,我想去拜访他们。同时,你也可以去意大利、德国、瑞士,去任何你想去的地方,尽情欣赏绘画、音乐、风景以及冒险活动。"

当时,劳里感到他的心完全碎了,整个世界变成了野兽咆哮的荒野。可一听到老先生在最后一句话里巧妙地夹进去的字眼,碎了的心出乎意料地跳动起来,一两块绿洲也出现在那野兽咆哮的荒野。他叹了口气,无精打采地说:"就依您说的做吧,先生,我去哪里、做什么都没关系。"

"对我却有关系。请记住这一点,孩子。我给你充分的自由,我相信你会老老实实地利用它的,答应我,劳里。"

"你要我怎样就怎样,先生。"

"好的,"老先生心想,"现在你可能不在乎,可是有一天这个保证可以阻止你淘气的。不然我就大错特错了。"

劳伦斯先生是个精明且精力充沛的人,他趁热打铁,没等到这个失恋者恢复足够的精神来反抗,他们就已准备上路。

离别之时到来了,他假装兴高采烈,以掩盖某种扰人的情绪。他装出来的欢乐并没有感染任何人,但是为了他的缘故,大家都试着做出受感染的样子。他做得很好,后来马奇太太来吻了他,低声说了句什么,话语中充满母性的关怀。他觉得很快就要走了,便匆匆拥抱了身边所有的人,连忧伤的罕娜嬷嬷也没有忘掉。然后他逃命般地跑下楼去。一分钟后乔跟了下来,她打算要是他回头就向他挥手。他真的回头了,他走回来,拥抱了她。她站在他上面的一级楼梯,他向上看着他,脸上的神情使他简短的恳求既有说服力,又能打动人。

"哦,乔,难道你真的不能?"

"特迪,亲爱的,我真希望能。"

就这两句话,停顿了一小会儿,然后劳里站直身子,说道:"好的,别在意。"他什么也没有再说就走了。哦,事情并不好,乔也确实在意,因为在她作出无情的回答后,劳里的鬈发脑袋在她臂上埋了一会儿。她感到好像戳了她最亲爱的朋友一刀。

而当他离开她不再回头看时,她知道男孩子劳里再也不会回来了。

点评:

可能大多数读者都希望劳里和乔最终在一起,但世事人心总是难以预料的,乔最终坚拒了劳里,理由是性格不合。当然,这只是乔的理由。本书中宣扬的价值观,一是基督教的道德观,二是个人拼搏奋斗的自立观。很显然,在作者看来,作为全书主人公、并处处标榜独立的乔,怎能嫁给一个坐享其成、爱搞恶作剧的公子哥呢?与其说性格不合,倒不如说从作者角度所言的观念不合。但不管如何,在乔拒绝劳里的那一刻起,她的男孩再也不会回来了。

第三十六章　贝思的秘密

　　那个春天乔回到家时,贝思身上的变化使她大吃了一惊。没有人说起,似乎也没有人意识到,因为变化是渐渐的,每天都看到她的人不会吃惊。而出门在外能使人的眼睛锐利起来。乔看着妹妹的脸,心头沉甸甸的,贝思的变化显而易见,她的脸和秋天时一样苍白,而且又瘦削了些。然而她脸上有一种奇怪而透彻的神色,好像是凡人的东西给慢慢地提炼完后,而神的东西又照耀着那脆弱的肉体,赋予它一种无法描述的悲戚之美。乔看着这张脸感到了这一点,但是当时她没说什么。很快,第一眼的印象失去了效力,因为贝思似乎很快乐,没有人表示对她的身体好转有怀疑。不久,乔陷于别的烦心事中,暂时忘记了她的忧虑。

　　然而劳里走后,家里又安静下来。那种模模糊糊的忧虑又袭上了她的心头,挥之不去。她向家里人认了罪,也得到了宽恕。但是,当她拿出存款提出去山间旅行时,贝思由衷地感激她,却请求不要到离家太远的地方去,再去海边小住会更适合她。正如妈妈无论如何也不会丢下孩子,乔带着贝思去了那个安静的地方。在那里贝思可以在户外待很长时间,让鲜艳的海风往她苍白的脸上抹上一点颜色。

　　那不是个时髦去处,可是即便在那里身处令人愉快的人群中,姐妹俩也几乎没有与谁交朋友,她们宁愿独处。

　　贝思太腼腆,不爱社交,乔太专注于她,也就不在乎其他任何人了。因此,她们独来独往,形影不离,根本没意识到她俩激起了身边人们的兴趣。他们以同情的目光注视着健康的姐姐和虚弱的妹妹,她们总是在一起,仿佛本能地感觉到她们的永别为期不远了。

　　她们确实感觉到了这一点,但是谁也不愿提起,因为在我们与最亲近的人之间,似乎经常存在着难以打破的隔阂。乔感到她和贝思之间落下了一道帷幕,可是,当她伸手去揭开帷幕时,似乎在静默中又有某种神圣的东西。于是,她等待着贝思先说出来。她看出来的事情她的父母似乎毫无觉察,她感到奇怪,同时也感到些欣慰。在那安静的几个星期里,阴影越来越明显了,她对家里的人只字未提。她相信贝思回家时情况不会好转,她更想知道妹妹是否猜到了这个严酷的真相。贝思躺在温暖的岩石上,头枕着乔的膝盖,有益健康的海风吹拂着她,脚下大海弹着奏鸣曲。在每天这漫长的时间里,贝思脑子里在想着什么呢?

一天贝思告诉了她。当时她静静地躺着,乔以为她睡着了。她放下书,忧郁地看着贝思,想从她脸颊的淡晕中找到希望的迹象。可是她找不到令她满意的东西:脸颊非常瘦削,双手似乎太虚弱了,甚至拿不住她们搜集来的粉红色小贝壳。当时,她异常痛苦地想到,贝思正在慢慢地离她而去。有一会儿,她的眼睛潮湿了,看不见东西了。待眼睛再能看清楚时,贝思正抬头看着她。她的目光那样温柔,没必要再说什么了。"乔,亲爱的,很高兴你知道了,我试图告诉你,可是我不能。"没有回答。姐妹俩只是脸贴着脸,甚至没有泪水,因为,受到最深的感动时,乔是不会哭的。当时,乔反成了弱者,贝思试着安慰她,双手搂着她,在她耳边低声说着安慰的话。

"我已经知道很长时间了,亲爱的。现在我已开始习惯,想起这件事,或者忍受它已不是太难的事了。你也试着这样,别为我烦恼了。这样最好,真的最好。"

"秋天里是这件事让你不开心吗,贝思? 你不会是那时就有感觉,并且独自承受了很长时间了?"乔问,她不愿看到也不愿说那样最好,但知道了贝思的烦恼里没有劳里的份,她心里感到高兴。

"是的,那时我已经放弃了希望,但却不愿承认。当我看到你们都那么健康,充满了幸福的向往时,我感到我根本不可能像你们一样,真是难过。当时,我很悲哀,乔。"

"哦,贝思,你那时怎么没告诉我,没让我安慰你、帮助你? 你怎么能将我排除在外,独自承受这一切呢?"乔的声音里充满了温柔的责备。

"也许我那样做不对,可是,我是想做对的。我不能确定,所以对谁也没说什么,我希望我想错了。可那时我要是吓坏了你们大家,我就太自私了。妈妈那样牵挂着梅格,艾美出门在外,你和劳里又那么幸福——至少,我那时是这样认为的。"

"可我还以为你在爱着劳里呢,贝思。我离开是因为我不能爱他。"乔叫着,高兴地说出了事情的真相。

贝思听了这话大为惊奇,乔尽管痛苦还是不由自主地笑了起来,她接着轻轻地说:"那么你不爱他,宝贝? 我担心你爱他,想象着你那柔弱的心灵那段时间里承受着失恋的痛苦。"

"哎,乔,他那么喜欢你,我怎么能那样?"贝思孩子般地天真。"我的确深爱着他,他对我那么好,我怎么会不爱他呢?但是,他除了做我的哥哥,根本不可能做别的。我希望有一天他真的能成为我的哥哥。"

"不是通过我,"乔决然说道,"艾美留给他了,他们会非常般配。可是我现在没有心思谈这种事情。别人发生什么事我不管,我只在乎你,贝思,你必须尽快好起来。"

"我想好起来,哦,真的想!我努力着,可是每天我都在衰弱,我越来越确信我的健康再也恢复不了了。就像潮汐,乔,当它退潮时,尽管是渐渐减退,却不可阻挡。"

"它将被阻挡住,你的潮汐不会这么快就退。贝思,十九岁太年轻了,我不能放走你。我要工作、祈祷,和命运作斗争。无论如何我要保住你。肯定有办法,不会太迟的。上帝不会这么无情,把你从我身边夺走。"可怜的乔反抗地叫着,她的精神远不及贝思那样虔诚顺从。

纯洁诚挚的人们极少奢谈虔诚,因为行动能说明一切。贝思无法论证或者解释她的信念,这个信念给了她放弃生命的勇气与耐心,使她能安静地等待死亡。她像一个轻信的孩子,不提任何问题,而是将一切都交付上帝与大自然——我们大家的父亲和母亲。她确信只有他们才能开导人,使人精神振奋地面对今生和来世。

她没有用圣人般的话语责备乔,而是更加紧紧地拥抱这种可贵的人类之爱。上帝从不打算让我们断绝这种爱,通过它我们被吸引得离他更近了。她不能说:"我乐意离开这个世界。"因为生命对她而言是非常甜美的;她只能抽泣着说:"我努力去做到愿意离开。"她紧紧地抱着乔,第一次,这种巨大痛苦的浪涛吞没了姐妹俩。

过了一会儿,贝思恢复了平静,她说:"等我们回家时,你来告诉他们这件事?"

"我想,不用说他们就能看出来了。"乔叹道。现在她似乎觉得贝思每天都在变。

"也许看不出。我听说深爱着的人们对这种事情最盲目。要是他们没看出,你就替我告诉他们。我不想保密,让他们做好准备更仁慈些。梅格有约翰和两个孩子安慰她,而你必须帮助爸爸和妈妈,好不好,乔?"

"如果我行的话。但是,贝思,我还没有放弃希望。我要相信这确实只是一种病态的想象,我不要你认为那是真的。"乔试图以一种轻松的语调说出这些。

　　贝思安静地躺着思索，风和海浪叹息地拍击着。一只灰黄色羽毛的小鸟飞过来在海滩上轻轻跳跃着，好像在欣赏太阳与大海。它飞到贝思身旁，友好地看着她，然后停在一块温暖的石头上，神态自如地梳理着潮湿的羽毛。贝思笑了，她感到了安慰。这小东西似乎在向她表示友好，使她想起自己仍然能够享受愉快的人生。

　　"可爱的小鸟！它多么温顺。去年夏天我总是称它们我的鸟儿们。妈妈说它们让她想起了我那些棕色的小鸟，总是贴近海岸，唧唧啾啾唱着心满意足的小调。乔，你就像海鸥：强健难以约束、喜欢狂风暴雨，远远地飞向大海，自由自在。梅格像是斑鸠。而艾美就像她描述的云雀，想在云雾中穿行，又总是飞落回小巢。可爱的小姑娘！她的抱负那么大，心眼却善良温柔。不管她飞得有多高，她绝不会忘记家的。我希望能再见到她，她似乎离我们很遥远。"

　　"她春天回来。你要准备好见她，享受会面时的快乐。到那时我要让你身体健康、面色红润。"乔说。她感到在贝思所有的变化中，言谈的变化最大。她现在说话好像不那么费劲了，自言自语，全然不像以前那么害羞了。

　　"乔，亲爱的，别再那么希望了，没有用的，我肯定。我们不要痛苦，而要在等待中享受在一起的欢乐。我们会过得快乐的，我不太难受。我想你要是帮助我，我的浪潮会很容易地退走的。"乔弯下头来亲吻那张平静的脸，用那默默的一吻，将自己全部身心都交付给了贝思。

　　她是对的。她们回到家时没必要说什么，因为爸爸妈妈已清楚地看到了他们一直祈祷着不要见到的东西。短暂的旅行使贝思感到了疲倦，她立刻上了床，说她回到家有多么高兴。乔下楼来时，发现爸爸站在那儿，头靠在壁炉架上，乔进去他也没回头；可是妈妈向她伸出了胳膊，像是恳求帮助。乔走过来，默默地安慰着她。

点评：

　　尽管有家人无微不至的照料，贝思的病躯还是一天天衰弱下去，就像退潮的海水，不会恢复了。她一直希望有一个健康的身体，可是她太安静了，太缺乏运动了，以致在猩红热好了后仍然很难恢复健康。对此，我们也只能默默为她祈祷了。

青少年课外阅读系列丛书

第三十七章　新的印象

下午三点,在英国的散步广场能看到尼斯市所有的时髦人物——那是个迷人的地方。散步场四周种植着棕榈、鲜花和热带作物,一面临海,另一面连接一条宽阔的车道,车道两边林立着旅馆和别墅。远处是柑橘果园和群山。这里,从许多国家来的人们说着许多不同的语言,穿着各式服装。天气晴朗时,这里的欢乐情景就像狂欢节一样惹人注意。傲慢的英国人,浪漫的法国人,严肃的德国人,英俊的西班牙人,丑陋的俄国人,谦卑的犹太人,随意的美国人,他们在这里或驾车,或闲坐,或漫游。他们闲聊着新闻,议论着来到这里的知名人物——里斯托里或狄更斯,维克托·伊曼纽尔或桑威奇群岛的女王。

圣诞节这天,一个高个子年轻人手背在身后,慢慢在散步场走着,神情有些心不在焉。他看上去像是意大利人,打扮又像是英国人,却带着美国人独立的神气——这种混合使得各色女士用赞许的目光追随着他。花花公子们身着黑色天鹅绒西服,打着玫瑰色的领带,戴着软皮手套,纽扣眼里插着山梅花。他们对那位年轻人耸耸肩,继而又嫉妒起他的身材来。周围有许多漂亮的倩女,可这年轻人几乎不屑一顾。不一会儿,一阵急促的马蹄声响,他抬头观望,只见一辆小车载着一位女士,很快地顺着街道驶过来。那女士豆蔻芳龄,金发垂肩,蓝装飘逸。他凝视片刻,脸上的神情为之一振,像一个小男孩似的挥舞着帽子,赶忙跑过去迎接她。

"噢,劳里,真的是你吗? 我还以为你根本不会来呢!"艾美叫着放下缰绳,伸出双手。这使一位法国母亲大为反感,她让女儿加快步子,生怕她看到这些"疯狂的英国人"的开放风气会伤风败俗。

"我路上耽搁了,但是我答应和你一起过圣诞节。我这就来了。"

"你爷爷好吗? 你们什么时候到的? 你们住在哪里?"

"很好——昨天夜里——住在沙万旅馆。我去了你住的旅馆,可是你们都出去了。"

"我有那么多话要说,都不知道该从哪说起了! 坐进来,我们可以安安心心地谈话。我打算驾车去兜兜风，很想有个伴儿。弗洛为今晚的活动留着劲呢。"

"那么有什么活动吗？舞会？"

"在我们旅馆有一场圣诞晚会。那里住着许多美国人，他们举行晚会庆祝节日。你肯定和我们一起去吗？婶婶会高兴的。"

"谢谢，现在我们去哪儿？"劳里问。他抱住双臂，身子往后一靠。这个动作很适合艾美，因为她宁愿驾车。阳伞、马鞭和白马背上的蓝色缰绳让她心满意足。

"我先要去取信，然后去拜访城堡之山；那里的风景非常宜人，我喜欢喂孔雀。你去过那里吗？"

"前几年经常去，可是我现在连一眼也不想看它。"

"现在把你的事情告诉我吧。最后一次听到你的消息，是你爷爷写信说，他等着你从柏林回来。"

"是的，我在那儿住了一个月，然后去巴黎和他会合，他在那里安定下来度过冬天。他那儿有朋友，有许多使他开怀的事。所以我就离开他来这里了，我们过得很好。"

"这样的安排真是妙极了。"艾美说。她发现劳里的态度少了些什么，可是又说不上来。

"是的，你看，他讨厌旅行，而我不喜欢安静。因此，我们各取所需，这样也没有麻烦。"此刻他们正沿着大道驶向这个古老城市的拿破仑广场。

街道上游行的队伍走了过来，牧师们走在华盖下，披着白面纱的修女们手持燃着的蜡烛，一些身着蓝衣的教徒一边走一边唱着。

劳里无精打采地看着队伍，艾美观察着他，突然感到一种新的羞涩袭上心头。他有了变化，艾美从身旁这个郁闷的男孩子身上找不到她离开时那个满脸欢乐的人的影子。她想，他比以前更英俊了，有了很大长进。可是，初见到她时的兴奋劲一过，他重又疲倦、垂头丧气起来——不是病态，准确地说也不是不快，而是显得有些老成、严肃，可一两年幸福的生活是不会把他变成这个样子的。艾美并不懂，也不好冒昧询问，所以她摇了摇头，用鞭子轻轻打了下小马们。这时行进队伍蜿蜒着穿过帕格里奥尼桥的拱门，进入了教堂，从视野中消失了。

青少年课外阅读系列丛书

"Que pensez – vous?①"艾美炫耀着她的法语,出国以后,她懂得的法语大大增加,虽说质量并未提高。

"小姐珍惜光阴,大有所获,令人钦佩。"劳里带着赞赏的神色,手按着心鞠躬作答。

艾美快活得脸腾地红了。但是,不知怎么着,这种赞扬不像过去在家里时他给她们的那种直率的表扬让她满意。她不喜欢这种新的语调,因为尽管不是无动于衷,尽管有着赞赏的神情,但语调听起来却是冷淡的。

"要是这就是他的成长方式,我倒希望他一直是个男孩。"她想。她有了奇怪的失望和不适感,但又力图做出轻松的样子。

在阿维格德,她收到了宝贵的家信。于是,她把缰绳交给劳里,非常开心地读了起来。这时他们正沿着林阴道蜿蜒前行,马路两旁是绿色的篱笆,上面的香水月季盛开着,就像是在六月,开得那样清新。

"妈妈说,贝思的情况很不妙。我常想着我该回家了,可是她们都劝我待下去,因为我不会再有这样的机会了。"艾美严肃地看着信说。

"我看你这样做是对的。在家里你什么也做不了,而他们知道你在这儿健康、幸福、非常快乐,这对他们是一个很大的安慰,亲爱的。"他靠近了些,说这些话时又像从前的老样子,那种压在艾美心头的忧虑有所减轻了。过了一会儿,她笑着给他看一幅乔的速写图,乔身穿涂抹工作服,那蝴蝶结昂然直立在帽子上,她的嘴巴吐出这样的文字:"天才冒火花了。"劳里笑着接了过来,放进背心口袋,"免得被风吹跑了"。他津津有味地听艾美愉快地读着家信。

"这对我来说将是个非常快乐的圣诞节。上午收到礼物,下午接到家信,又有你相伴,晚上还有场舞会。"艾美说。他们在老城堡的废墟中下了车,一群漂亮的孔雀聚拢到他们身边,驯顺地等着他们喂食。艾美站在山坡上,笑着将面包屑洒向这些漂亮鸟儿们。这时,劳里带着自然的好奇看着她,就像刚才她看他一样。他看到时间和分离在她身上产生了多么大的变化。但他没发现使他困惑或者失望的东西,却发现了许多值得欣赏和赞许的东西。忽略她言谈举止中一点小小的矫揉造作成分,她还像从

---

① 法语:你在想什么?

前那样活泼得体,而且她的服装与仪态中又增添了一种描述不出的优雅。艾美看上去总是比她的实际年龄更成熟些,在驾车和言谈方面她都有了某种自信,这使她看上去更像一个精通世故的妇人,虽然实际并非如此。

他们登上了山顶上的高地,艾美挥着手臂,像是欢迎他来这个她喜爱的常来之地。她指指点点,问他:"还记得那座教堂吗?还有科尔索,在海湾里拖着网的渔夫?喏,就在下面。那条可爱的道路通向弗朗加别墅和舒伯特塔楼。不过,最美丽的还是那远处海面上的小点,他们说那是科西嘉岛。还记得吗?"

"记得。变化不大。"他没有热情地回答。

"要是能看一眼那个著名的小点,乔会放弃一切的!"艾美兴高采烈地说,她很想看到他也一样高兴。

"是的。"他只说了两个字,然后转过身来,极目远眺。现在在他的眼里,一个甚至比拿破仑还要伟大的侵入者使这个岛屿变得生动起来。

"为了她,好好地看看这个岛屿吧。然后过来告诉我,这段时间你都干了些什么。"艾美坐下来,准备着听他的长谈。

可是她没听到,因为尽管他过来爽快地回答了她所有的问题,她只获悉他在欧洲大陆上漫游,并去过希腊。就这样,他们闲逛了一小时后,便驾车回家了。劳里向卡罗尔太太道过安后就离开了,他答应晚上过来。

艾美的表现得记录下来。那天晚上,她刻意打扮得非常漂亮。时间与分离在两个年轻人身上都起了变化。艾美以一种新的眼光看她的老朋友,不是作为"我们的男孩",而是作为一个英俊的男人。她意识到自己有一种非常自然的愿望,想在他的眼里得宠。艾美知道自己的长处,她用风情与技巧充分显示了这一点。对一个贫穷但美丽的女士来说,风情与技巧便是一种财富。

她在长长的大厅里来回走着,一边等待着劳里。有一次她站到枝形吊灯下,因为灯光映照着她的头发,产生了美妙的效果。后来她改变了主意,走到了屋子的另一头,碰巧,她这样做恰到好处。因为,劳里悄无声息地走了进来。她没听到他的声音。她站在远处的窗边,半偏着头,一手提着裙边,红色的窗帘映衬着她白色的苗条身段,产生的效果如同一座巧妙安置的塑像。

"晚上好,黛安娜!"劳里说。他的目光落到她身上,露出了满意的神色。艾美喜欢他这种神色。

"晚上好,阿波罗!"她笑着回答。他看上去是那么宽厚。一想到挽着这样一位风度翩翩的男子走进舞厅,艾美不由得打心底里可怜起那四位难看的戴维斯小姐来。

那天晚上,当艾美挽着劳里的胳膊出场时,任何年轻姑娘都能想象出她的心境。当年轻的姑娘们首次发现她们生来就可以用美貌、青春以及女性气质这些美德来统治一个新王国时,她们就会产生这种感觉。她真的同情戴维斯家的姑娘们,她们既笨拙又长相平平,除了一个严厉的父亲和三个更严厉的独身姑姑,她们没有护卫者。艾美经过她们身边时,以最友好的态度向她们鞠躬。她做得对,因为这使她们看到了她的衣服。她们好奇心如焚,急于知道她那高雅的朋友是何许人。乐队奏起了第一首曲子,艾美的脸红了,她舞跳得不错,她想让劳里知道这一点。所以,当他以十分平静的口吻问道:"你想跳舞吗?"她的激动不用描述就可以想象出来。

"在舞会上人们通常都是想跳的。"她迅速回答,口气让劳里想尽快弥补自己的过失。

"我是指第一个舞,你能赏光吗?"

"如果我能把伯爵的邀请往后推,就能和你跳。他跳得非常好,不过你是老朋友,伯爵会原谅我的。"艾美说。她希望那个名字能起到好作用,想让劳里知道不可小看她。

"可爱的小男孩,不过那个波兰人个子太矮了,不能支撑神仙的女儿。她个头很高,有着超凡脱俗的美貌。"这便是她得到的所有满足。

这真是一个欢乐的夜晚。圣诞节的欢乐气氛使所有的人都心头喜悦,脚步轻快。乐师们拉着提琴,吹着喇叭,敲着小鼓,好像他们也陶醉于其中。能跳的都在跳,不能跳的便带着非同寻常的热情赞赏着邻近的人们。艾美和劳里跳完后,与那个波兰人舞伴以同样的热情表现出色,只是他们跳得要轻快优雅一些。劳里发现自己不自觉地合上了那双白鞋子上下起伏的节拍,那双鞋就像安上了翅膀似的不知疲倦地飞来飞去。

事情进行得不错,因为,在二十三岁这个年龄,受挫的心很容易在友好的社交圈里得到安慰。置身于美、光和音乐的热烈氛围,年轻人会神经紧绷,血液沸腾,情绪高涨。劳里起身给艾美让座时,脸上露出了振奋的神情。当他匆匆走开去给她拿晚饭时,她自言自语道:"噢,我想那样对他有好处的!"

劳里的殷勤使艾美心满意足了,但是她不露声色。劳里则感到自己既赞赏又尊重那种充分利用机会的坚忍,以及那种以鲜花遮盖贫困的乐观精神。艾美不知道劳里为什么那样亲切地看着她,也不知道他为什么在她的舞会曲目册中填满他自己的名字,而且在晚会剩下的时间里,他以最愉快的态度全副身心地倾注于她。然而,产生这种悦人变化的冲动便是一种新的印象,他们俩都在不知不觉中给予并接受对方的这种新印象。

点评:

在艾美离开家人去欧洲游历那一章末尾,作者曾暗示她最终会和劳里在一起。劳里在乔拒绝他的求爱后心灰意冷去了欧洲,他和艾美在英国的尼斯市相见,这次相见也成为二人的开端。艾美的种种变化显示,再次相见后她已逐渐对劳里萌生情意,当然,她此时并不知道乔和劳里之间的事情。她是个目的性很强的女孩,而且会主动争取自己想要的东西,不信,你看她舞会上的表现就知道了。

第三十八章　束之高阁

在法国,年轻姑娘们的婚前生活都很乏味;结婚后,"Vive la liberté①"便成了她们的座右铭。而在美国,众所周知,姑娘们很早就签署了独立宣言,她们带着共和党人的热情享受着自由。

然而,通常在家庭的第一个继承人登上宝座之时,年轻的主妇们便逊位了。她们过着归隐般的生活,几乎像是在法国的女修道院,却没有那里安静。不管她们是否愿意,一旦婚姻中激动人心的时期过去,事实上她们便会被束之高阁。大多数妇女会惊叹,就像前些日子一个非常漂亮的女人所说的那样:"我和以前一样漂亮,可是仅仅因为我结了婚,就不再有人注意我了!"梅格不是美女,甚至也不算时髦女士,所以在她的孩子们长到一岁之前,她都没经历这种痛苦。在她的小世界里,古风习俗盛行,她感到自己得到的欣赏与爱心比以前更多。

她是个温柔的小妇人,母性的本能十分强烈,所以她把全副精力用于孩子们,排斥任何别的东西、别的人。

现在厨房诸事全部交给一个爱尔兰太太主管,梅格将约翰丢给她,任她摆布。约翰是个热爱家庭生活的男人,肯定怀念他惯常受到的妻子的照顾。但是他喜爱他的孩子们,也就愉快地放弃了他的舒适,带着男人的懵懂无知推测不久就会恢复安宁。然而,三个月时间过去了,平静没有重返。梅格看上去疲倦紧张,而那个厨子过日子很会"节制",总不让他吃饱。早上出门时,他看到家务缠身的妈妈正忙着桩桩琐碎小事,感到迷惑不解。晚上兴冲冲地回到家,急切地想拥抱妻子,却被妻子止住了:"嘘,他们吵闹了一天,刚刚睡着。"假如他提议在家里来点娱乐,"不!那样会打扰到孩子们。"要是他暗示去听讲座或者音乐会,梅格会责备地看着他,然后断然回答:"丢下孩子们去享乐?绝不!"在难以成眠的夜里,他听到孩子们的哭声,看到一个幽灵般的身影无声无息地来回走动。吃饭时,只

---

① 法语:自由万岁。

要楼上的小窝里传来轻微响动，主管一切的天才便会奔离餐桌，置其他于不顾。

那可怜的人儿感到非常不舒服，因为孩子们使他失去了妻子。家只不过是一个托儿所，每当他进入神圣的孩子领地时，那不断的"嘘"声使他感到自己像一个野蛮的入侵者。他非常耐心地忍受了六个月，情况仍然没有好转的迹象。这时，他像其他被放逐的父亲们一样——试图从别的地方寻些小慰藉。斯科特已经结了婚，在离他们不远的地方居家度日。约翰便成了习惯，晚上过去玩一两小时，而他自家的客厅空荡荡的，妻子哼着永无终了的催眠曲。斯科特夫人活泼、美丽，她无事可做，却能使人愉快。她非常成功地完成了她的使命。她家的客厅总是明亮、洁净。棋盘摆好了，钢琴调准了。在这里可以闲聊许多令人开心的事，还有一顿诱人的晚餐等着他。

要不是自家的壁炉边那么寂寞，约翰会宁愿待在自己家的。但他还是心怀感激地退而求其次，享受着与邻居做伴的乐趣。

开始时，梅格十分赞同他的这种新安排。约翰玩得很尽兴，他不再在自家的客厅里打盹儿，或者在房子里到处乱走，让沉重的脚步声惊醒孩子们。她因此感到欣慰。然而不久以后，孩子们出牙期的焦躁结束时，妈妈有了休息的时间。这时她开始想念约翰。约翰没有像过去那样，穿着旧睡衣坐在她的对面，舒坦地在火炉边上烤他的拖鞋，于是她发现针线篮是一个乏味的伴儿。她不愿求他待在家里，但她感到受到了伤害，因为她不告诉他，他也就不知道她需要他。梅格完全记不得之前许多夜晚，约翰徒劳地等着她。她照看孩子，为孩子操心，又紧张又疲倦。她那种无奈的心绪大多数母亲都经历过。

"是的，我越来越老了、丑了。约翰不再认为我有趣了，所以他丢下憔悴的妻子，去见那没有儿女拖累的漂亮邻居了。好吧，孩子们爱我，即便我面色苍白、头发蓬乱，他们也不在乎。他们是我的安慰。总有一天约翰会看到我为他们作出的牺牲的，是不是，我的宝贝们？"梅格这么说，听着这哀怨的倾诉，黛西会发出"呀呀"的声音作反应，德米则欢叫着来回答她。这时，梅格便会带着母亲的得意丢开她的悲哀，这暂时抚慰了她的孤寂。然而，约翰又迷上了政治，这一来加深了梅格的痛苦。约翰总是跑过

青少年课外阅读系列丛书

去和斯科特谈论他感兴趣的观点,根本没有意识到梅格在想他。可是她一个字也没说,直到有一天母亲发现梅格在哭。妈妈坚持要她说出是怎么回事,梅格低落的情绪没能逃过妈妈的目光。

"妈妈,除了你外我不会告诉任何人的。可是我真的需要忠告,因为,约翰要是再这样下去,我宁愿去当寡妇。"布鲁克太太带着受伤的神情擦着眼泪。

"怎样下去,亲爱的?"妈妈焦急地问。

"他白天一直在外面,到了晚上我想见他时,他却总是去斯科特家。这不公平,我难道就该干最重的活,从来没有乐趣?男人太自私了,他们中最好的也不例外。"

"女人也是这样。看看你自己哪儿错了,再责备约翰。"

"可是他忽视我,这是不可原谅的!"

"你可忽视了他?"

"哎呀,妈妈,我以为你会站在我这一边呢!"

"就同情而言,是这样。可是梅格,我认为责任在你!"

"我看不出责任怎么在我。"

"我来告诉你。当你在晚上他仅有的空闲时间里总是陪伴他时,约翰可像你所说的那样忽视你?"

"没有。可是我当时做不到,我有两个孩子要照管。"

"我想你能够做到的,亲爱的。我可以很不客气地说话吗?你愿意记住妈妈是既责备你又同情你的人吗?"

"我真的愿意。就像我又成了小梅格那样对我吧。自从这两个孩子一切都仰仗我,我常常感到好像比以前更需要教导了。"梅格将她的矮椅拖到妈妈的椅子旁边,一边膝上放着一个小捣蛋。两个妇人摇着椅子,亲切地谈着话,她们感到母性的纽带将她们联得更紧密了。

"你是犯了大多数年轻妻子们所犯的那种错——因为爱孩子而忘记了对丈夫应尽的责任。这种错非常自然,当然也是可以原谅的。梅格,你最好加以补救,而不要采取别的方式,因为孩子们会越来越依恋你,不想和你分开,好像他们都是你的,而约翰没分。我已经看出几个星期了,只是没有说出来。我想事情最终会摆正的。"

"恐怕不会的。可要是我求他待在家里，他会以为我忌妒了。我不想让他有这种念头。他看不出我需要他，我不知道怎样不用言语也让他明白我的心。"

"把家里收拾得赏心悦目，他就不会出去了，亲爱的。他渴慕自己的小家，但不是没有你的家，可你总是在育儿室。"

"难道我不应该在那里？"

"不应所有的时间都在那儿，过多的封闭会让你神经紧张，结果做什么都不合适了。而且，不要为了孩子而忽视了丈夫，把他关在育儿室外面，而要教他怎么样帮忙。和你一样，那里也有他的位置，孩子们需要他。让他感到这也有他的一份，他会高兴地恪尽职守的。"

"您真的这么认为，妈妈？"

"梅格，我知道的，我证实过这个建议的可行性，不然，我不会这样建议你的。当你和乔还小的时候，我的情况就如你一样。"

"是这样的，妈妈。我最大的愿望就是想在丈夫和孩子的眼里成为您那样的妻子与母亲。告诉我怎么做，您怎么说我就怎么做。"

"你总是我听话的孩子，亲爱的。我要是你的话，就让约翰多管管德米，因为男孩子需要训练，而且训练开始得越早越好。你还要做我经常向你提议的事，让罕娜嬷嬷过来帮忙，她是个绝好的保姆，你可以把孩子托付给她，自己多做些家务。多出去些，既要忙碌着，也要保持舒畅，因为你是家庭中制造欢乐的人。要是你情绪忧郁，家庭生活也就没了好天气。你还要试着做到：约翰喜欢什么，我就对什么感兴趣——去和他谈谈，让他为你读读书，交流下思想，以那种方式互相帮助。别因为你是个妇人，就把自己装进纸板盒里，要了解时事，训练自己多参与世事，因为这些都和你的工作有联系。"

"约翰那么聪明。我担心要是我问他政治和其他问题，他会嫌我笨的。"

"我想他不会，爱情能宽容许多过失。除了他，你还能更直率地问谁呢？试着做吧，看他可会发现你的相伴和斯科特的晚餐哪个更好。"

"我会这么做的。可怜的约翰！我恐怕确实不幸地忽视了他。我还以为我是对的呢，他从来没说什么。"

"他试图不表现出自私,但是我想他已感到了相当的凄凉。梅格,这个时候年轻的夫妻们最易于疏远,也最应贴近,因为结婚最初的柔情蜜意,如不用心维持,很快就会消逝。在小宝贝们交给他们培育的最初几年里,对父母来说,没有比这更美好、更宝贵的时光了。别让约翰成为孩子们的陌生人。在这个充满考验与诱惑的世界,孩子们比任何别的东西都更能使他安全、幸福。通过孩子们,你们能够,也应该学着相知相爱。好了,亲爱的,想想妈妈的训导,要是觉得好就这么做。上帝保佑你们。"

梅格仔细想了一回,觉得妈妈说得不错,也确实这么做了,虽然第一次尝试并不完全像她筹划的那样。在和妈妈谈话后又过了几天,梅格决心陪伴约翰一晚上。因此,她特地准备了一桌像样的晚餐,客厅收拾得井井有条,自己打扮得漂漂亮亮,而且很早就让孩子们上床睡觉去了。没什么能够打扰她进行试验了。约翰回来时,梅格跑下楼笑着迎接丈夫。她头上戴着他特别欣赏的蓝色蝴蝶结,他立即就瞧见了,惊喜地问:"哎呀,小妈妈,今晚我们多么高兴。有客人?"

"只有你,亲爱的!"

"那是生日、周年纪念日,或者是别的什么?"

"都不是! 我厌倦了当邋遢女人,所以我要打扮起来换个样。你不管有多累,坐在餐桌前总是穿戴整齐。我有时间,为什么不能也这样呢?"

"我那样是出于对你的尊重,亲爱的!"约翰说。

"我也一样,布鲁克先生。"梅格笑了。她又是那么年轻漂亮了,隔着茶壶向他点着头。

"嗯,真是非常好,又像以前那样了。这个感觉不错,亲爱的,为你的健康干杯!"约翰一阵狂喜。他恬然地啜着茶,然而美妙的情形非常短暂,因为,当他放下杯子时,门把手神秘地嗒嗒地响了起来,只听见一个小小的声音焦躁地说着:"太(开)门,我要见(进)来!"

"是那个淘气包! 我让他自己去睡,他倒跑到楼下来了。"梅格说着去开门。

"已经早上了。"德米进门开心地宣告,长睡衣优雅地垂落在胳膊下。

"不,还没到早上。你得回去睡觉,别烦你可怜的妈妈。这样你就能吃到带糖的小饼饼。"

"德米爱爸贝。"机智的小家伙打算爬到爸爸的膝上,参加欢宴,享受被禁止的乐趣。可是约翰摇着头,对梅格说——"要是你叫他待在楼上自己睡觉,那就让他这么做,否则他就再也不会在乎你的话了。"

"当然是这样。过来,德米。"梅格领走了儿子,真想揍这小捣蛋的屁股。德米在她身旁蹦着,幻想着一进育儿室就会得到贿赂。他并没有失望,缺乏远见的妇人真的给了他一块糖。她把他塞进被窝里,不许他再溜下来。

"考(好)!"德米发了假誓,快乐地吮着糖块,为他又一次得手而自鸣得意。

梅格回到位子上,晚餐进行得十分惬意。忽然,那个小鬼又走进屋来,他揭发了妈妈的失职,大胆地要求"还要吃糖糖"。

"哎哟,这可不行。"约翰硬起心肠回绝可爱的小罪犯。

"你做奴隶的时间已经够长了,得教训他一下。把他放到床上,丢开他,梅格。"

"他不会老实地待在那儿的,除非我坐在他身边。"

"我来对付他。德米,上楼去,像妈妈说的那样睡觉去。"

"我不!"小叛逆回答,伸手去拿他垂涎的"饼饼",然后沉着大胆地吃了起来。

"不可以对爸爸这样说话。你要是不自己走,我就把你带走。"

"走开,德米不爱爸贝了。"德米退到妈妈的裙子边寻求庇护。

可是那个避难所没用,因为妈妈说着"对他温和些,约翰",就把他交给了敌人,这令小罪犯沮丧。一旦妈妈不再管他,世界末日就要到了。他被夺去了饼子,失掉了欢乐,又被一只强壮的手带到了那张讨厌的床上。可怜的德米控制不住愤怒。

他公然反抗爸爸,拼命地挣扎,尖叫着上了楼。刚把他放到床上,他就哭叫着滚到另一边,然后朝门口冲去。结果又很失面子地被爸爸抓住小睡袍提回了床上。这种热闹的场面一直进行着,直到小家伙筋疲力尽。这时他放声大哭起来。这种发声练习通常总能征服梅格,可是约翰却一动不动地坐在那里,像根柱子。柱子是公认的聋子,什么也听不见。没有哄劝,没有糖块,没有催眠曲,也没有故事,甚至连灯也给灭了,只有炉火发出的红光为"大大的黑暗"添了点生气。德米好奇地看着黑暗,反而不怕了。当愤怒的狂暴平息下去时,被监禁的小霸主想起了他温柔的女奴,便绝望地喊着要起姆妈来。这怒嚎之后发出的痛哭声直扎梅格的心窝,她跑上楼去恳求——"让我和他待在一起吧。他会乖的了,约翰!"

"不,亲爱的。我已经跟他说过,他必须像你说的那样去睡觉。只要我晚上在这儿,他就非睡不可!"

"可是,他会哭出病来的。"梅格哀求道,她责怪自己不该丢弃她的孩子。

"不,不会的。他很累了,很快就会睡着。事情就完了。他要懂得应该听话。别插手,让我来对付他。"

"他是我的孩子,我不能让生硬的态度摧毁他的精神。"

"他是我的孩子,我不许让溺爱宠坏他的脾气。下楼去,亲爱的,把孩子丢给我吧。"当约翰以那种主人的腔调说话时,梅格总是服从着,她也从不为她的温顺后悔。

"约翰,请让我亲他一下,好吗?"

"当然可以。德米,对妈妈说晚安,让她去休息。她整天照顾你们已经很累了。"

亲过以后,德米的呜咽声小下去了。他静静地躺在床上,先前他曾在那里痛苦地扭动过。

"可怜的小人儿,他那样哭着,又想睡觉,已经累坏了。我来给他盖上被子,然后下楼让梅格放心。"约翰想道。他蹑手蹑脚来到床边,以为他那叛逆的继承人已经睡着了。

可是德米并没有睡着。爸爸一过来窥探,他的眼睛便睁开了,小下巴也开始颤抖。他伸出胳膊,后悔地抽着气说:"现在德米听发(话)了。"

梅格坐在门外的台阶上,弄不清大哭以后长时间的寂静是怎么回事。她想象着各种各样可能发生的事故,最后溜进了屋,她要消除疑窦。德米已经睡熟,不是通常那种仰八叉,而是乖乖地蜷曲着,睡在爸爸的胳膊弯里,紧紧地搂着爸爸,好像体味到了爸爸的恩威并施。约翰就这样搂着他,带着女人般的耐心等那小手松开。可是等待中自己也睡着了,与其说他是和儿子扭打累了,还不如说是一天的工作劳累所致。

梅格站在那里,注视着枕头上的两张脸,幸福地笑了起来。

约翰终于下楼来了,他本以为会看到一个郁郁不乐或者要责备他的妻子,结果却惊喜地看到梅格心平气和地在修饰一顶帽子,还请求他如果不太累的话,就为她读点有关选举的东西。约翰很快便看出,她正在进行某种革命。但是他明智地不加提问,因为他知道,梅格是个非常直率的小妇人,守不住任何秘密,所以不久之后事情就会露出端倪。他欣然应允,非常温和地读了一个冗长的辩论,然后十分耐心地解释给她听。梅格装出深感兴趣的样子,想提些聪明的问题来问,尽力阻止脑子从国家状况漫游到她帽子的状况上。

"她竟想着好我所好,所以我也要爱她所爱,这样才公平!"公道的约翰想着,然后大声补充道:"这就是你说的那种早餐帽,哈,非常漂亮?"

"我亲爱的丈夫,这是顶户外软帽,也是我去音乐会和戏院戴的最好的帽子。"

"请原谅,它这么小,我自然把它错当作你有时随意穿戴的那种。你怎样让它保持不掉下来呢?"

"用这几条丝带系在下巴下,配上玫瑰花蕾,就这样。"梅格戴上帽子,系给他看,带着一种抵挡不住的、宁静而又满足的神态看着他。

"这顶帽子真可爱! 可是我更喜欢它下面的那张脸,因为它看上去年轻快乐了!"约翰亲了亲那张笑脸。这大大有损于下巴下的那朵玫瑰花蕾。

别去管约翰说了些什么,也别管那顶小帽子是怎样十分侥幸地免于彻底损坏,我们有权利知道的事情便是以下这些。从这座屋子及其居民们逐渐发生的变化判断,房子当然没有成为伊甸园,然而系统的劳动分工使每个人感到情况更好了。在父亲的管束下,孩子们茁壮成长。约翰处事精细、意志坚定,他将秩序和服从带进了孩子们的王国。

同时,梅格通过大量有益的锻炼、一些小小的生活乐趣,以及和聪明的丈夫多次推心置腹的谈话,恢复了精神,稳定了情绪。家又变得像家了。如果不带上梅格,约翰也不愿意离开家了。现在斯科特夫妇来布鲁克家做客了。每个人都感到小屋子是个生活的胜地,充满欢声笑语、天伦之乐。甚至快活的莎莉·莫法特也喜欢上了这儿。"你这里总是那么安宁祥和,令人愉悦。我老想来,梅格!"她总是这么说,渴慕地四下打量着屋子,仿佛要发现它的魅力之所在,好在她的大院里也如法炮制。那所华宅金玉满堂,但却孤寂冷清,因为那里没有吵吵闹闹、活泼快乐的孩子们,内德生活的世界里也没有她的容身之地。

这种家庭生活的幸福不是突然降临的,但是,约翰和梅格找到了开启它的钥匙。婚后的岁月教会了他们如何使用这把钥匙,打开真正的家庭之爱与互相帮助的宝库之门,这些财富最贫穷的人们可以拥有,最富有的人们却买不到。这就是年轻的妻子们和母亲们愿意被束在那种高阁的原因。在那上面,她们于世俗的不安与焦虑中安然无恙,在那些依恋她们的幼儿稚女身上找到了忠诚的爱;她们无惧痛苦、贫穷与年岁的增长;她们有一个忠实的朋友能携手并进、同甘共苦。

她们就像梅格那样,认识到妇人最幸福的天地是家庭,而作为她们统治艺术最高荣耀的不是当一个女王,而是做一个聪明的妻子和母亲。

点评:

因为结婚而被束之高阁,不再引人注目,这是很多年轻女士自伤自怜的理由。但本章梅格的经历告诉我们:只要能摆好心态,处理好家庭里的各种关系,做一个聪明的妻子和母亲,而不是孤芳自赏、自伤自怜地盼望着别人来注意她,已婚的女士也一样引人注目、美满幸福。

第三十九章　懒散的劳里

　　劳里初来尼斯市时,原打算只待一个星期的,结果逗留了一个月。他厌倦了独自游荡,艾美熟悉的身影似乎为异国风景增添了令人亲切的魅力。他十分怀念以前受到的"宠爱",并很高兴能再次品味到它。因为,陌生人给予的关注,无论怎样讨人喜欢,一半都赶不上家里那几个姑娘给予他的姐妹般的赞赏。艾美从不像几个姐姐那样宠爱他,但是现在她见到他很高兴,而且相当依恋他,她感到他代表着亲爱的家人,她嘴上虽不说,心里却渴盼见到他们。他们两人自然地相互为伴,寻求安慰。他们很多时间在一起,骑马、散步、跳舞或者打发时光。在尼斯市欢乐的季节里,没有谁能非常勤恳地工作。然而,他们明显地是在无忧无虑地消遣着,并隐隐约约地对对方作出了发现,得出了看法。在她的朋友的估量下,艾美的形象日渐高大,而他却低矮下去。没用只言片语,两人都领悟到了那个事实。艾美试图取悦于他,她也成功了。她感激他给予了她那么多快乐,她以小小的照顾报答他,温柔的妇人们懂得如何给那种照顾加上描述不出的迷人成分。

　　劳里没有做任何努力,只是尽可能舒服地随心而为。他试图忘却,他感到所有的女人都欠着他一个亲切的字眼,因为一个女人曾对他冷淡过。慷慨在他来说并不费劲,要是艾美愿意接受,他会送给艾美尼斯市所有的小饰物。可是,他同时又感到改变不了艾美对他的看法,他十分害怕那双敏锐的蓝眼睛,它们注视着他,流露出半是痛苦、半是轻蔑的惊奇神色。

　　"其他人都去摩纳哥消闲了,我宁愿待在家里写信。现在信已写好了。我打算去玫瑰谷写生,你愿意去吗?"这一天天气不错,中午时分劳里像往常一样闲逛回来,艾美迎上去这样问道。

　　"唔,好的。可是走这么长路是不是太热了?"他慢腾腾地回答道。外面的骄阳使有树阴遮蔽的客厅显得更为诱人。

　　"我打算坐那小车去。巴普蒂斯特能驾车,所以没你要干的事,你只需要打着你的阳伞,让你的手套一尘不染。"艾美讥讽地答道。她扫视了

青少年课外阅读系列丛书

一眼干干净净的小伙子,这可是劳里的一个弱点。

"那么,我很乐意去。"他伸出手来替她拿速写簿,可是她却把它夹到了胳膊下,尖刻地说——"别自找麻烦了,我不费力,可你不一定拿得了。"艾美跑下楼去,劳里皱起了眉头,从容不迫地跟了下去。然而进了车厢,他便接过了缰绳,小巴普蒂斯特反倒无事可做,只好在车架上袖起双手睡觉。

驾车沿着蜿蜒的马路行驶使人赏心悦目,马路两边如画的风景愉悦着艾美的眼睛。这里经过的是一座古寺,寺里传来教士们肃穆的诵经声。那里有个光腿穿木鞋的牧羊人,他头戴着尖角帽,肩搭着粗布夹克衫,坐在石头上吹着笛子。他的羊儿有的在石头间蹦跳,有的躺在他的脚下。逆来顺受的鼠灰色毛驴们驮着刚刚割下来的青草走了过来,青草堆上要么坐着一个漂亮的戴着遮阳阔边软帽的女孩子,要么便坐着一位织针线活的老妇人。目光柔和、皮肤棕色的孩子们从那古雅的石头小屋里跑出来,为路人提供花束,或者是还连在枝上的一串柑橘。疙疙瘩瘩的橄榄树带着浓荫覆盖群山,果园里金黄色的水果挂满枝头,大片红色的银莲花缀满路边。而绿色的山坡和多石的山丘那边,近海的阿尔卑斯山映衬着意大利的碧蓝晴空,银装素裹,直插云霄。

玫瑰谷确实名副其实。在那永恒的夏日气候里,到处盛开着玫瑰。它们悬垂在拱道上,从大门栅栏中伸出头来欢迎着路人。它们布满道旁,蜿蜒穿过柠檬树和轻软的棕榈树直达山上的别墅。在每一处有阴凉的角落,座位吸引着路人们驻足歇息,这里也有着满捧的玫瑰。在每一个清爽的洞穴里,都有大理石的美女像,隔着玫瑰面纱展露笑容。

"真是个度蜜月的天堂,是不是? 你可见到过这样的玫瑰?"艾美问。她在平台上驻足欣赏,惬意地吸着随风飘来的沁人花香。

"没有,也没给这样的刺扎过。"劳里回答。他的大拇指放在嘴里,刚才他徒劳地去摘他够不着的一朵孤零零的红玫瑰。

"把枝子弯下来,去摘那些不带刺的。"艾美说着,从她身后点缀在墙上的那些花儿中采下三朵白色的小玫瑰,然后插进劳里的纽扣眼,作为和平的礼物。劳里站了一会儿,带着古怪的神情看着小白花,因为,在他性格里的意大利情愫有点迷信色彩。此刻他正处于一种半是甜蜜半是痛苦的忧郁心境中。想象力丰富的年轻人能从琐碎的小事发现意义,无论从哪儿都能找到浪漫的题材。当他伸手去摘那朵带刺的红玫瑰时,心里想到了乔,因为颜色鲜艳的花儿适合她,在家里她常佩戴从温室采来的那种红玫瑰,而意大利人放置死者手中的却是艾美给他的那种白玫瑰,这种白玫瑰从不见于新娘的花环上。有好一会儿,他猜想着这个预兆是乔的还是他自己的。可是转瞬间,他的美国人常识占了多愁善感心绪的上风。他开怀大笑,这种笑声从他来后艾美就没有听到过。

"这是个不错的建议,你最好接受以保全你的手指。"艾美说。她以为是她的话逗乐了他。

"谢谢,我会接受的。"他开玩笑地回答。几个月之后,他果然认真地接受了她的建议。

"劳里,你什么时候到你爷爷那儿去?"过了一会儿,她坐到一张粗木椅上问。

"很快就去。"

"前三个星期里,你这样说了至少十几遍了。"

"我敢说,简短的回答能省掉麻烦。"

"他盼着你,你真的该去了。"

"我知道。"

"那你为什么不去呢?"

"出乎本性的堕落,我想。"

"你是说出乎本性的懒惰。这真可怕!"艾美严肃起来。

"并不像看上去的那么糟糕。我要是去了只会烦他的,所以,我不妨待下来再烦你一段时间,你能更好地忍受,我想这样也非常合你的胃口。"劳里准备靠在扶栏宽大的壁架上。

艾美摇了摇头,带着听任他的神气打开了速写簿,但是,她打定了主意,要教训"那个男孩"。一会儿她又开了口。

"你在干什么?"

"看蜥蜴。"

"不,我是问你打算或者希望做什么。"

"抽支烟,要是你允许的话。"

青少年课外阅读系列丛书

"你真气人！我反对抽烟，只有在你让我画下你的情况下，才允许你抽。我需要一个人体模型。"

"万分乐意。你要画我什么？全身还是四分之三？头还是脚？我倒想提个建议，采用横卧姿势，然后再画上你，把它叫做'Dolce far niente'①。"

"就这样待着，想睡就睡罢。我可要工作了。"艾美精力充沛地说。

"正合我意！"劳里带着心满意足的神态靠在一个高坛子上。

"要是乔现在看到你，她会怎么说？"艾美不耐烦地说道。她想通过提及她精力更加旺盛的姐姐的大名，让他振作起来。

"老调子：'走开，特迪，我正忙着呢！'"他边说边笑着，但是笑声极不自然，一道阴影掠过他的脸庞，因为她说出的那个名字触及了他还未愈合的伤口。那语调和阴影都打动了艾美，她以前听过也见过。现在她抬头看着他，及时捕捉到了劳里脸上的一种新表情———一种不容置疑的酸楚表情，充满了痛苦、不满与悔恨。她还没来得及研究，它便消失了，那种无精打采的表情重新恢复。她带着艺术的情趣注视了他一会儿，觉得他看上去多么像一个意大利人！他躺在那里，沐浴在阳光中，眼睛里充满了南国的梦幻神色。此刻他似乎已经忘记了艾美，正在想得出神。

"你看上去就像一个年轻骑士的雕像，睡了自己的坟墓上。"艾美一边说，一边仔细地描绘着衬在黑色石头上轮廓分明的侧面像。

"但愿我真的是！"

"那可是个愚蠢的愿望，除非你毁了自己的生命。你变了这么多，有时我想——"艾美说到这儿打住了，神情半是羞怯，半是愁闷，这比她没说完的话更有意味。

她犹豫着想表达出的充满爱意的焦虑，劳里既看出来了，也懂得了。他直盯着她的眼睛，像过去他常对她的母亲说的那样说道："没事的，夫人。"这使她满意，并打消了最近开始使她担心的疑虑。这也使她感动。她用热诚的语调说——"那样我很高兴。我想你不会是一个堕落的男孩。不过，我想象你在那邪恶的巴当－巴当丢了钱，或者爱上了某个有丈夫的法国女人，或者陷入了某种困境，那种困境年轻人似乎都以为是旅外生活

———————————

① 法语：无所事事，自在逍遥。

的一个必要部分。别待在太阳底下,过来躺到草地上,就像以前我们坐在沙发的角落里倾诉秘密时乔常说的那样:'让我们友好地相处吧。'"劳里顺从地躺到了草地上,开始往近旁艾美帽子的丝带上贴雏菊,以此来消遣。

"我准备好听秘密了。"他瞥了一眼艾美,眼神里流露出明显的兴趣。

"我没有秘密可言,你可以开始说了。"

"幸好我也一个没有。我以为你也许会有一些家里的消息呢。"

"最近发生的事情你都听说了。你不也常收到信?乔会给你寄来很多信的。"

"她很忙。而我这样四处游荡,你知道,不可能有规律。你什么时候开始你从事那伟大的艺术工作,拉斐尔娜?"又停了一会他突然转变了话题。停顿时,他猜测着艾美是否已经知道了他的秘密,并且想和他谈这个问题。

"根本不会了。"她带着心灰意懒但是决然的神情答道,"罗马去掉了我所有的虚荣心,因为看过了那里的奇迹后,我感到自己太微不足道了,也就放弃了所有愚蠢的愿望。"

"为什么放弃呢?你有那么富有的精力和天赋。"

"那正是原因——天赋不是天才。再充足的精力也不能使天赋产生天才。我要么当伟人,要么什么也不当。我不要做那种庸俗的拙劣画家。因此,我不打算再试了。"

"我是否可以问一下,你现在打算怎么办吗?"

"如果有机会的话,完善我其他的天赋,为社会增添些光彩。"这话很有个性,听起来不乏进取心。勇敢属于年轻人,艾美的抱负有着良好的基础。

劳里笑了。艾美很早就怀抱的希望消亡了,她不花费时间悲叹,马上又确立了新的目标,劳里喜欢这种精神。

"好!我猜这里有弗雷德·沃恩插进来了。"艾美用心深远地保持了沉默,但是阴郁的脸上有一种能感觉得到的神色,使劳里坐了起来,严肃地说:"现在我来当哥哥,向你提问,可以吗?"

"我不保证回答。"

"你舌头不回答,脸也会回答的。你不是那种精通世故的女人,不会隐瞒感情,亲爱的。我听到过去年有关你和弗雷德的传闻,我私下认为,要不是他那样突然被召回家,又耽搁了这么长时间,可能会发生些什么事的——嘿!"

"那可不好。"艾美一本正经地回答道,可是她的嘴唇绽出笑意,眼睛里放射出光芒。这泄露了她内心的秘密:她知道自己有魅力,并且对此感到骄傲。

"你还没有订婚吧,我想?"劳里突然严肃了起来,看上去很像个兄长。

"还没有。"

"可是你会的,要是他回来了,得体地下跪向你求婚,你会答应的,是不是?"

"极有可能。"

"那么你爱弗雷德?"

"要是我那样做,我就是爱他了。"

"但是,不到恰当的时候你是不会那样做的,是吧?天哪!多么谨小慎微!艾美,他是个好小伙,但是我想他不是你喜欢的那种。"

"他有钱,有教养,风度迷人。"艾美开口说道。她试图保持冷静与尊严,虽然这出于诚意,但还是为自己感到有点不好意思。

"我懂。社交王后没钱不能过活。所以你打算嫁个富人家。那样开始,就世事而言,相当正确,也很妥当。但这话听起来十分奇怪,不像出自你妈妈的几个女儿之口。"

"不过,也的确如此。"回答简短,但是说话时的平静与断然神态和年轻的说话者形成了奇妙的反差。劳里本能地感觉到了这一点,他带着一种他自己无法解释的失望又躺了下去。他的神态、沉默以及某种内心的自我否定使艾美着急,也促使她决心赶快进行她的训导。

"我希望你能让我刺激刺激你。"她尖刻地说。

"那么请来吧,乖女孩。"

"真的吗,我可说到做到。"她看上去想即刻就这么做。

"那就试试吧,我答应你。"劳里回答。他喜欢有人和他逗乐,好长时间他都没有过这种他最喜欢的娱乐了。

"五分钟你就会生气了。"

"我从来不和你生气。一个巴掌拍不响,你就像白雪一样又冷又软。"

"你不知道我能做什么。如果使用得当,白雪也能发光,也能刺痛人。你的不在乎神情一半是装出来的,好好刺激一下就可以证明出来。"

"来吧,那伤不了我,也许还能逗乐你,就像那个大个子男人在他的小女人打他时所说的那样。你把我看成一个丈夫或一块地毯吧,假如那种运动适合你,你就打累了为止。"

艾美十分恼火,她也渴盼着他能摆脱那种使他产生这种变化的冷淡。她磨快了舌锋,也削尖了铅笔。她开了口:"我和弗洛给你取了个新名字,叫'懒劳伦斯',喜欢吗?"她以为这样会惹恼他,可他只是把手枕到头下,冷静地说:"这不坏。谢谢,女士们。"

"你想知道我对你的看法吗?"

"很想知道。"

"好吧,我看不起你。"要是她带着淘气或者是调情的语调说"我恨你",他也许会笑起来,并十分欣赏。可是,她那严肃、几近悲哀的语气使他睁开了眼,连忙问道——

"请问,为什么?"

"因为,你有太多的机会成为善良、有用、幸福的人,却在这样犯错误、懒散、痛苦着。"

"言辞很激烈,小姐。"

"你要是喜欢,我就继续说。"

"请吧,这相当有趣。"

"我知道你会这样认为的,自私的人总喜欢谈论自己。"

"我自私?"问题脱口而出,语调里充满惊奇,因为劳里引以为豪的一大美德便是慷慨。

"是的,非常自私。"艾美沉着冷静地接着说,这比愤怒的语调效果强似两倍,"我指给你看,我们一起玩闹时我研究过你,我对你一点儿都不满意。你已经到国外来了近六个月了,什么事不干,只是浪费时间和金钱,使你的朋友们失望。"

"人家苦学了四年后,就不能稍微放纵一下?"

"看上去你不像是享受了很多乐趣。依我看，无论如何，你的感觉一点也不好。我们初次见面时，我说你有了长进，现在我收回那句话，我认为你不如我离开家前的一半好。你变得令人可恶地懒散，你喜欢闲聊，在毫无意义的事情上虚掷光阴。你满足于让一些愚蠢的人宠爱你、赞赏你，而不要聪明的人爱你、尊重你。你有金钱、天赋、地位、健康，还有相貌——噢，但你就像个老虚荣鬼！像个——"说到这儿，她住了口，表情里既有痛苦，又有同情。

"烤肉架上的圣徒劳伦斯。"劳里接过话头，无动于衷地结束了谈话。但是，演讲开始生效了。现在劳里的眼睛里发出了十分清醒的光芒。那半是愤怒、半是受伤的表情代替了以前的冷淡神情。

"我就猜到你会这样。你们男人说我们是天使，还说我们想把你们变成什么样都行，可是一旦我们诚挚地为你们着想，你们便嘲笑我们、不愿听我们的，这就是你们奉承的价值。"艾美尖刻地说，然后她转身背对脚下那个使人恼怒的受难者。

过了一会儿，一只手放到她的画页上，她没法画了，只听劳里的声音滑稽地模仿着一个悔改的孩子："我会听话的，哦，我会听话的。"可是艾美没笑，她是认真的。她用铅笔敲着那只手，严肃地说："你不为这样的手感到羞愧吗？它就跟妇人的手一样柔软白皙，看着就像从不干事，只是戴着上好的手套，为女人们采花。谢天谢地，你还不是个花花公子，我很高兴，这手上没有钻戒或者大图章戒指，只有乔很早以前给你的那又小又旧的指环。天哪！真希望她能在这帮帮我！"

"我也希望！"那只手消失了，像伸过来时一样突然。在对她愿望的附和声中，那种生气是一种共鸣。她怀着新的想法低头注视着他。他躺在那，帽子半遮着脸，像是用来遮阳。他的小胡子盖住了嘴，只有胸腔起伏着，长长地喘着气，像是在叹息。

戴着指环的手贴在草地上，像是要藏起什么太宝贵、太温柔、连提都不能提的东西。顷刻间，各种各样的线索与琐事都在艾美的大脑中成了型，有了意义，并且告诉了她姐姐从未向她吐露的心事。她回想起来，劳里从未主动提起过乔。她记起了刚才劳里脸上的阴影、他性情的变化，以及他手上戴着的那个又小又旧的指环。那个指环并不配装饰那只漂亮的手。

女孩子们能很快察觉到这种迹象,并感觉它们能说明问题。艾美曾推想,在劳里变化的背后,也许有着爱情上的失意。现在她确信了。泪水充盈了她敏锐的双眼。她再开口时,声音已变得温柔动听、亲切悦人,就像她以前有意为之的那样。

"我知道我没有权利对你说那样的话,劳里。要不是你是世上脾气最好的人,你肯定就会生我的气了。可是,我们都那么喜欢你,为你骄傲,想到家里人会对你失望我便受不了,虽然也许他们比我更理解你的变化。"

"我想他们会理解的。"帽子下传来了冷冷的回答,但和唉声叹气同样打动人。

"他们本该告诉我的,以免我乱说话责备你。这时候我本应对你更亲切、更耐心的。我从来就不喜欢那个兰德尔小姐,现在我更恨她了!"机灵的艾美说,这次她希望把事情弄清楚。

"去他的兰德尔小姐!"劳里打掉了脸上的帽子,他的神情明白无误地表露出他对那位年轻女士的看法。

"对不起,我还以为——"艾美很有外交手段地停住了口。

"不,别猜测了。你十分清楚,除了乔我谁也不在乎。"劳里用他以前那种激动的语气说,一边将脸转了过去。

"我真的这样以为。可是他们从来没有说起过这事,你又离开了。我猜想我弄错了。乔不愿对你表示亲切?怎么回事?我肯定她也深爱着你。"

"她确实很亲切,可是方式不对头。要是我像你认为的那样一无是处,她不爱我是她的运气。可我现在这样是她的错,你可以这么告诉她。"说着他脸上又恢复了那种不容置疑的酸楚。艾美急了,她不知道用什么来安慰他。

"我错了。我不知道,非常抱歉我那样焦躁,可是,我真心希望你能承受得起,特迪,亲爱的。"

"别这么叫我,那是她对我的称呼!"他急速做了个手势,阻止她用乔那种半是亲切半是责备的语调说话。"等你自己尝试过这滋味后再说吧。"他低声补充道,一边成把地拔着青草。

"我会像男子汉似的接受它,要是不能被人爱,也要被人尊重。"艾美决然地说道,对这种事一无所知的人们常有她这种决心。

劳里本来自以为已经十分出色地接受了他的失恋。他没有悲叹,没有要求同情,他将烦恼带走了,独自去化解。可艾美的训导使他对这件事有了新的认识。他第一次看清楚了,首次失败就灰心丧气,将自己封闭在郁闷、冷漠的心境中,真的是意志薄弱,自私狭隘。他感到仿佛突然从忧愁的梦中挣脱出来,不可能再睡了。他很快坐了起来,问道:"你认为乔会像你那样看不起我吗?"

"要是她看到你现在这个样子,会的。她讨厌懒散的人。你为什么不去做些出色的事,让她爱上你呢?"

"我尽力了,可是没有用。"

"你是指以优异的成绩毕业?这没有什么了不起。为了你爷爷,你本来就应该这样做。花了那么多的时间、金钱,每个人都认为你能学好,要是失败那真是耻辱了。"

"你爱怎么说就怎么说吧,我真的失败了,因为乔不肯爱我。"劳里说。他手托着头摆出一副心灰意冷的样子。

"不,你还没有,到最后你才能这么说。学业这件事对你有好处,它证明只要你去做,是能做出成绩的。只要你着手去干一件事,不久你就又会回归到以前那个幸福愉快的劳里。你会忘掉烦恼的。"

"那不可能。"

"试试看吧。你现在不必耸肩。我知道,尽管那乔无情,但你会清醒过来,做个男子汉的。"

有几分钟时间两人都没有说话。劳里坐在那儿,转动着手指上的那个小指环,艾美为刚才边匆匆勾勒的草图做最后的润色。过了一会儿,她把画放在他膝上,问道:"你觉得画得怎么样?"他看着便笑了起来,也由不得他不笑。画画得极好——草地上躺着一个长长的、懒洋洋的身影,无精打采的神情,半闭的双眼,一只手捏着支香烟,发出的小小烟圈在做梦者的头顶上缭绕着。

"你画得真好!"他说,对她的技艺由衷地感到惊奇和高兴。然后他又似笑非笑地补充道:"真像,那就是我。"

"是你现在的样子。这是以前的你。"艾美说着把另一张画放到了他手中。

这一张没有那一张画得好,但是画面有活力,有生气,弥补了许多不足。它那样生动,使人不禁回忆起过去。年轻人看看画,脸上突然掠过一丝变化。这是一张劳里驯马的草图:他的帽子和外衣都脱下了,活跃的身段,坚毅的脸孔,威风凛凛的姿势,每一根线条都充满精力。那匹漂亮的马儿刚被驯服,它立在那儿,在拽得很紧的缰绳下弓着脖颈,一只蹄子不耐烦地在地上乱刨着,竖着的耳朵仿佛在倾听它的征服者的声音。马被弄乱了的长鬃毛,骑士飘拂的头发以及直立的姿势,这些细节都暗示着引人注目的突然运动,那种运动具有力量、勇气与青春的活力。

这和那张"无所事事,自在逍遥"画像中懒洋洋的优雅姿态形成了鲜明的对照。劳里什么也没说,但是他的目光从这一张扫到那一张。艾美看到他脸红了,他抿住嘴唇,好像在品味着艾美给他的小小功课,并加以接受了。这使艾美满意。

他试图恢复先前那种懒散、冷淡的神气,但现在却是做作出来的了,因为这个刺激比他愿意承认的还要有效。艾美感觉到了他态度里的一丝冷淡。她自言自语道——

"我冒犯他了。好吧,要是对他有好处,我感到高兴。要是使他恨我,我感到遗憾。但是,我说的是实情,我一个字也不收回。"

回家的路上,他们谈笑风生,令站在车后的小巴普蒂斯特以为先生和小姐处于愉快的情绪中。但是两个人都感到些许不安:友好的坦率被搅和了,阳光中有了一道阴影,而且,虽然表面上十分欢快,两个人内心都暗自不满。

"今天晚上我们能见到你吗,mon frère①?"他们在艾美婶娘屋门边分手时,艾美问。

"不巧我有个约会。再见,小姐。"劳里弯下腰,像是要去吻她的手,这种异国的道别方式对他比对许多人更为适合。他脸上的某种神情使艾美赶忙热情地说——

_____

① 法语:我的哥哥。

"不,劳里,对我和平常一样吧。用以前的那种方式道别。我宁愿要英国式热诚的握手,也不愿要法国式感情用事的问候道别。"

"再见,亲爱的。"劳里用艾美喜欢的语调说出这句话,热烈地握了握她的手,几乎弄疼了她,然后离开了。

第二天早上,他没有像往常那样来访,艾美接到一张便条,开始读时笑了,看完却又叹了口气。

我亲爱的良师门特①:

请代我向婶婶他们道别。你自己也不妨得意,因为,"懒劳伦斯"像个最好的男孩,到他爷爷那儿去了。祝你冬日愉快! 愿天父赐给你幸福的玫瑰谷蜜月! 我想弗雷德很快会从一个唤醒者那里得到好处的。告诉他这点。恭喜恭喜!

感谢你的,忒勒马科斯②

"好小伙子! 他走了我感到高兴。"艾美赞许地说。可是转眼间,她环顾空空的屋子,脸又拉了下来,不由叹道:"是的,我是高兴,可是我会想念他的!"

点评:

爱情遇到挫折后的劳里失意懒散、无精打采,艾美的一席良言让他迷途知返、浪子回头。同时,这也让他懂得了该如何回报爷爷的爱,该以什么样的精神和心态来安排自己的人生,并对艾美也有了全新且深刻的认识。这种认识促使他后来抛弃以往对艾美的成见,为他们日后相爱并结合在一起做好了铺垫。

---

① 门特:希腊神话中奥德修斯的良师益友。
② 忒勒马科斯:希腊神话中助父杀死其母的求婚者。

第四十章　死荫之谷

最初的痛苦过去了,全家人渐渐接受了那不可避免的事实。他们试图达观地面对它,用更多的爱相互帮助。在困境中,这种温馨之爱将全家人连结到一处。他们抛开悲伤,每个人都尽自己的努力,让贝思最后一年过得快乐。

家里最舒适的屋子腾出来给了贝思,她最喜欢的东西——花朵、相片、她的钢琴、小工作桌,以及得宠的猫咪们都集中到屋里来了。爸爸最好的书本也进了屋,还有妈妈的安乐椅、乔的写字桌、艾美最好的素描草图。梅格每天都会带两个孩子过来,虔诚地拜望贝思阿姨,为她制造欢乐。约翰默默地留出一小笔钱,以保证病人能有她喜欢吃的和想吃的水果,这样他也能心安。老罕娜嬷嬷不厌其烦地烹制爽口的菜肴,来提高她那时好时坏的食欲,她经常一边做菜一边流泪。从大洋彼岸没有冬日的国度邮递过来的一些小礼品和信函送给她温温爱意、馥馥香馨。

贝思坐在这里,像是供奉在壁龛里的圣贤。她像往常一样宁静、忙碌,什么也改变不了她那甜美、无私的品性,即便即将告别人世,她也试图使留下来继续活着的人们快乐一些。她那虚弱的手指从未闲过,她的乐事之一便是为每天经过的学童们制作小东西——在窗口放一两双手套,这是为冻紫了的小手准备的;放个书形针盒,给某位拥有许多玩具娃娃的小母亲;放一些擦笔尖布,给那些在歪斜潦草的笔画丛林里辛勤劳作的小书法家们;再放一些剪贴簿,给那些喜欢画画的孩子们;还有各式各样令人愉快的小玩意,直到那些极不情愿地攀登着学问阶梯的孩子们发现,他们的前进道路上鲜花盛开。这时他们把那位亲切的馈赠者看作童话中的仙女。她坐在那上边,神秘地为他们抛投各种各样的心想之物。那些明亮的小脸蛋常会出现在她的窗口,朝她点头笑着。

她也收到了一些引人发笑的小小信件,里面满是感激,也满是墨渍。倘使贝思想得到什么回报的话,她已完全如愿以偿了。

开始的几个月非常幸福。贝思常常环视屋内,说:"多美妙啊!"大家都在她洒满阳光的屋子里坐在一起。两个孩子在地上踢着、瞎闹着；妈妈和姐姐们在旁边做着活儿；爸爸用悦耳的声音读着那些古老而充满智慧的书。书本里似乎有大量劝慰人的善言，如同几个世纪前写出时一样，一点儿也没有过时。这屋子成了一个小教堂，充当牧师的父亲在给他的羔羊们讲解所有人必须学会的艰难课程，他试图向她们指出，希望能抚慰爱心，信仰能使人听从命运的安排。简单的说教直入听众的心灵，爸爸沉浸在牧师的教义中，他那时而发颤的声音使他宣讲或朗读的语句更加具有穿透力。

大家都很满意，因为他们享有了这段安静的时光，为迎接那些悲哀时刻的到来做好准备。不久，贝思便说针"太重了"，她永远地放下了针；说话使她感到疲倦，看到人们的脸孔使她心烦；疼痛攫住了她，病痛搅乱了她那平静的心灵，侵扰着她虚弱的肉体。哦，天哪！多么沉重的白天！多么漫长的夜晚！多么苦痛的心灵！多么虔诚的祈祷！那些深爱着她的人们被迫看着她哀求地向她们伸出瘦弱的双手，听着她痛苦地叫着："救救我！救救我！"同时也懂得了什么是绝望的滋味。

一个安祥的灵魂惨然消逝，一个年轻的生命与死神展开激烈的搏斗。仁慈的是，灵魂与肉体的搏斗为时不长。后来，那种本能的反抗便结束了，她又恢复了以前的那种宁静，而且更加动人。带着虚弱的病体，贝思的精神愈发坚强了。尽管她没说什么，但她身边的人们感觉到了她已做好了远行的准备。他们晓得，被召唤的第一个朝圣者是品行最合格的人选。他们和她一起在岸边等待，希望在她驶向彼岸之时能看见前来迎接她的光彩夺目的天使们。

贝思对乔说："你在这里我会感到有力些。"她这样说过后，乔离开她的时间再也没超过一小时。她睡在屋里的长沙发上，夜里经常醒来添点火，喂她些食物，搀扶她坐起或服侍汤药，而这个病人极少使唤她，"尽量不成为麻烦"。乔整天留在屋里，她为能陪伴贝思感到自豪，这种自豪超越了生活带给她的任何荣耀。这些时光对乔来说弥足珍贵。

现在她真诚接受了她所需要的教导：忍耐这一人生课程以这样美好的方式教给了她，她不能不学会。还有博爱，这种高贵的精神能宽恕别人并真正地忘却不和善的行为。还有恪尽职守，能化困难为坦途；以及那无所畏惧、毫不怀疑的信任中包含着的真诚信念。

乔夜里醒来时，常发现贝思在读着她那本已经翻得很旧了的小书，听到她低低地唱着，以打发不眠之夜，有时贝思用手捧着脸，眼泪慢慢地从那几乎透明的指缝里滴下来。这时，乔总是躺着注视着她。乔想得很深，顾不得流泪了。她觉得，贝思在用她那种简单、无私的方式，通过神圣的安慰话语、静静的祈祷以及她深爱着的音乐，在试图使自己脱离这宝贵的人生，去适应来世的生活。

最智慧的说教、最圣洁的赞美诗，以及任何声音能说出的最炽烈的祷告，都不及看到的这些对乔的影响深刻。流了许多泪，眼睛反倒看清楚了。经受了最震撼人心的痛苦，心也变软了。她看到了妹妹的生命之美——平平淡淡、朴朴实实，可是却都充满了真正的美德，"散发着芬芳，在尘埃中怒放"。那种忘我的品质使世间最谦卑的人在天堂被人间永久铭记。这种真正的成功每个人都有可能得到。

就这样，春季一天天过去了，天空变得更加净朗，地上的草儿愈发绿了，花儿们早早地便盛开了，鸟儿们及时飞来向贝思道别。贝思像个疲倦却满怀信任的孩子，紧握着领着她走过一生的父母的手，他们亲切地引着她穿过死亡的幽谷，然后将她交付给上帝。

除了书中所描写的，垂死之人极少说出令人难忘的话语，或是看到显圣，带着极乐的神态辞世。那些多次送终的人都知道，对大多数人来说，生命的结束如同睡眠一般自然、简单。正如贝思所希望的那样，"潮流轻易地消退了"。

黎明前的黑暗时刻，依偎在她来到人世第一次呼吸时所依的那个胸膛上，她静静地停住了呼吸。她没有道别，只有那一片深情，一声小小的叹息。

妈妈和姐姐们哭泣着，祈祷着，她们轻手轻脚地为她的长眠做着准备。现在疼痛再也不能破坏她的睡眠了，她们心存感激地看到，美丽的宁静很快便代替了悲哀的忍耐，这种心情已折磨她们这么长时间了。她们带着虔敬的喜悦之情感到，对她们的宝贝来说，死亡是一个仁慈的天使，而不是一个充满恐惧的魔鬼。

当早晨来临时，这许多月中的第一次，炉火熄灭了，乔的位置空了，屋子里寂静无声。然而,附近一只鸟儿栖息在正发芽的树枝上欢快地唱着,窗边的雪莲花刚刚绽开。春日的阳光泻进屋里,照在枕头上那宁静的脸庞上,像是为她祝福——那张脸上充满了没有疼痛的宁静。于是深爱她的人们透过泪眼笑了,他们感谢天父,贝思终于得救了。

点评:

如果要用一颗星星来比喻贝思的话,我更愿意说她是一颗彗星,而不是流星。因为当彗星划过天际时,更为美丽,而且持久。贝思在生的时候,善良而又安静;逝去的时候,也一样安详从容。死对她来说,只是另一种生的方式,因为在亲人的心里,他们的小贝思从来都没有离开过。

我们也有理由相信,贝思确实去了天堂,否则还有谁比她更有资格呢。此生已了,"来世自有大光明",希望像她的歌一样,她在天堂里能健康快乐地成长。

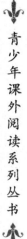

第四十一章　学着忘却

艾美的训导对劳里产生了作用,当然,他到很久以后才肯承认这一点。男人们很少这么承认,因为当女人们提出奉劝时,男人们要说服自己那正是他们要打算做的事,然后才会接受建议,并依此行事。如果成功了,功劳归于女性一半;如果失败了,他们便会慷慨地全部归罪于她们。劳里回到了爷爷身边,好几个星期尽职地不离左右,以致老先生宣称尼斯的气候使他奇妙地变好了,最好他再去试试。没有什么事比这更使那年轻人喜欢的了。可是,受了那场训话后,大象也拖不回去他了。每当想去那儿的渴望变得十分强烈时,他便重复那些留给他深刻印象的话语,来坚定不去的决心。"我看不起你。"

"去干些出色的事情使她爱你。"劳里常在脑子里思考这件事,但不久便自己也不得不承认,他确实是自私、懒散的。可是,当一个人遇到很大的痛苦时,难道不应该宽容他各种狂妄古怪的行为,直到他的痛苦消歇?他感到他那受到挫折的爱情现在已经消亡,虽然他不会停止哀悼它,也没有必要夸示地戴着那个丧章。乔不肯爱他,但他可以做些什么,来证明姑娘的拒绝不会毁了他的人生,并能使她尊重他、赞赏他。他以前一直打算做些什么,艾美的建议完全不必要。他只是一直等着体面地埋葬掉受挫的爱情,既然这件事已经完成了,他觉得已准备好"掩藏起受伤的心灵,继续苦干"。

就像歌德那样,有了欢乐或者伤悲,就将它放进歌中。所以劳里决心用音乐来抚慰失恋的痛苦,他要谱一支安魂曲,那曲子将折磨乔的心灵,打动每一位听众。因此,当老先生再次发现他烦躁不安、心情忧郁,命令他离开时,他便去了维也纳。那里他有一些音乐界的朋友,他开始着手创作,下定决心要出人头地。但是,也不知是他的痛苦太大,音乐体现不了,还是音乐太微妙,不能解救这种人类之苦,他不久就发现目前他还谱不了安魂曲。显而易见,他的脑子尚未处于正常的工作状态,他的思想需要净化。

然后他又试着写歌剧,因为万事开头时,似乎什么都是有可能的。可是,在这方面,意料不到的困难又袭击了他。他想用乔作女主人公。他借助记忆,为他提供爱情温柔的回忆以及浪漫的想象。然而记忆背叛了他,好像被那姑娘乖张的性格缠住了,他只记得乔的古怪、过失以及任性。记忆里只显现出她最没有柔情的方面——头上扎着扎染印花大头巾,拍打着垫子,用沙发枕头把自己堵住,或者对他的热情泼冷水——一阵抑制不住的笑毁了他费心勾画出的忧愁形象。无论如何,乔放不进那歌剧里。他只好放弃她,说道:"上帝保佑那姑娘,她真折磨人!"他胡乱扯着自己的头发,这个动作很像一个心烦意乱的谱曲家。

他四下搜寻,想另找一个不这么难对付的姑娘,使之在歌曲中不朽。记忆欣然为他产生了一个幻象。这个幻象具有许多脸孔,但总是有着金发。她裹在缥缈的云雾中,在他的脑海里轻盈地飘浮着。那玫瑰、孔雀、白马以及蓝丝带,图像混乱但却令人愉快。他没有给这颇为自得的幻象命名,但却将她当成了女主人公,越来越喜欢起来。他完全可以这样,因为他赋予她这世间所有的天赋及优雅,护卫着她不受损伤地通过各种考验,这些考验会消灭任何一个女子的。

多亏了这个鼓舞,他顺畅地度过了一段时间。可是渐渐地这件工作失去了魅力,他忘掉了谱曲。他独自坐在那里,手握钢笔沉思着,或者在欢快的市区漫游,以得到新的思想清醒头脑。那个冬天,他的脑子似乎一直处于某种不安定状态,他做的不多,想的却很少。他意识到他身不由己地产生了某种变化。"也许,这是在酝酿天才,我让它去酝酿,看看会有什么样的结果。"他说,同时始终暗自怀疑那不是什么天才,或许只是非常普通的东西。不管是什么,它酝酿得相当成功,因为,他越来越不满足于散漫的生活,他开始渴望认真地、全身心地投入某件真正的工作。最后他选择了明智的结论:并不是所有爱好音乐的人都是作曲家。皇家剧院上演着莫扎特的气势恢弘的歌剧,听完歌剧回来,他又看了看自己谱的曲,演奏了其中最好的一部分,然后坐在那儿盯着门德尔松、贝多芬、巴赫的塑像看着,而塑像也宽厚地回看着他。突然他一张接一张地扯碎了他所有的乐谱。当最后一张从他手中飘落时,他清醒地自言自语道——"她是对的! 天赋不是天才,你不能使天赋产生天才。音乐去掉了我的虚荣心,就像罗马去掉了她的虚荣心一样。我不会再去当冒牌艺术家了。现在我该做些什么呢?"这个问题似乎难以回答,劳里甚至开始希望,要是他必须为每日的面包工作就好了。

他有许多钱,却无事可做,而撒旦就喜欢为手中有钱的闲散人提供工作。这个可怜的家伙从里到外都受着足够的诱惑，但是他很好地经受住了。因为，尽管他喜欢自由，但他更看重好的信念与坚定的信心。他向爷爷保证过，他自己也希望能够诚实地看着那些爱他的妇人们的眼睛，说："一切都好。"这些保持了他的安宁与稳定。

劳里原以为忘掉他对乔的爱要占去他几年的精力，可是使他大为惊奇的是，他发现自己一天天轻松起来了。开始他不愿相信，他生自己的气，他理解不了。可是，我们的心灵奇妙而又矛盾，时间和自然的意志由不得我们。劳里的心不再伤疼了，伤口坚决地愈合，其速度令他吃惊，他发觉自己不是在试图忘却，而是在试图忆起。他没有预料到事情会这样转变，也没有做好准备去应付。他讨厌自己，对自己的轻浮感到惊奇。

他的心情充满了古怪的混合成分，又是失望，又是宽慰。他竟能从如此巨大的打击中恢复过来。他小心翼翼地拨弄着他失去的爱火的余烬，可是它们再也燃不成烈焰，只有令人舒服的灼热，这温暖了他，给他好处，却不使他进入狂热状态。他不情愿地承认，他那孩子气的热情已慢慢降低为较为平和的感情，非常柔弱，还有点儿悲哀与不满，但最终肯定会消失，留下兄长般的感情，这种感情不会破损，将会一直持续到底。

当脑中闪过"兄长般的"字眼时，他笑了，他向对面墙上的莫扎特像平扫了一眼。"嗯，他的确是个伟人。他得不到一个妹妹，便找了另一个，他感到了幸福。"劳里没有说出这些话，但是他想到了这些。转眼他亲了亲那个小旧指环，自言自语道："不，我不会的。我还没有忘记，我绝不会。我要再试试。假如那样失败了，哎呀，那么——"

这句话没说完，他便抓起纸笔写信给乔，告诉她只要她还有改变主意的一线可能，他就无法安心做其他任何事。她能不能爱他？肯不肯爱他？能让他回去做一个幸福的人吗？他在等候答复的期间什么也没做。但是信却写得充满活力，因为他处于一种燥热当中。答复终于来了，乔决然不能也不肯爱他。她埋头于贝思的事情，不愿再听到"爱情"一词。然后她求他去找别人共享幸福，为他亲爱的乔妹妹在心里永远留个小角落。同时，她希望他不要告诉艾美，贝思的情况恶化了。艾美春天就要回家了，没有必要使她在国外剩下的日子里感到悲哀。请求上帝，但愿有足够的时间，但劳里必须经常给艾美写信，不要让她感到孤单、想家或是焦急。

"我会这么做的，马上就做。可怜的小姑娘，恐怕她真的要悲哀地回家了。"劳里打开了书桌，仿佛给艾美写信就是前几个星期没说完的那句话的恰当收尾。

　　但是他那天并没有写信，因为当他翻找最好的纸张时，看到了一些东西，使他改变了意图。桌子的一个抽屉里乱放着账单、护照以及各种各样的商业文件。乔的一些来信也杂在其间。另一个抽屉里放着艾美的三封来信，仔细地用她的蓝丝带束着，还有那朵已枯萎的小玫瑰，它们带着甜蜜的暗示，放在抽屉的最深处。劳里的表情半是后悔、半是开心，他收起乔的所有信件，把它们抚平、折叠起来，整整齐齐地放进桌子的一个小抽屉里。他站了一会儿，若有所思地转动着手上的指环，然后慢慢地将它卸下来，和信放在一起，锁上了抽屉。

　　他出去到圣·斯蒂芬教堂听大弥撒，仿佛觉得那儿正进行着葬礼。虽然他没有给痛苦压倒，可是较之给迷人的年轻女士写信，这样度过一天剩下的时间似乎更为得体。

　　然而他不久便去了信，也迅即得到了回复，因为艾美确实想家了，她以非常坦诚的态度承认了这一点。他们的信件来往频繁，内容丰富。整个早春季节，鱼雁传书从未间断。劳里卖掉了塑像，烧掉了他的歌剧，回到巴黎。他希望不久某个人便会到达。他极想去尼斯，但是得有人请他，他才会去。而艾美是不会主动请他的，因为当时她自己正有些小小的经历，使她宁愿避开"我们的男孩"的好奇目光。

　　弗雷德·沃恩回来了，向她提出了她早就预想的那个问题。她曾经准备回答："我愿意，谢谢。"现在她却说："不，谢谢。"说得客气，但是十分坚定。因为，那一时刻来临时，她没了勇气，她发现了除了金钱和地位外，还需要某种东西来满足一种新的渴求，这种渴求使她的内心充满了温柔的希望与惶恐。

　　"弗雷德是个好小伙，但我想不是你会喜欢的那种。"这句话以及劳里说这句话时的神情，执拗地不断出现在她的脑海；还有她自己不是用言语，而是用神色表达的意思："我要为金钱而结婚。"现在回忆起这些使她烦心。她但愿能收回那句话，那听起来多么没有女人气。她不想让劳里把她看成一个无情的世俗女人。现在她不在乎当社交皇后了，她更想做一个可爱的小妇人。尽管她对劳里说了那些可怕的话，他不记恨她，反而宽厚地接受了，并且比以前更亲切，她感到异常高兴。他的来信让她感到十分熨帖，因为现在家信很不定期了，即使家信来了，也没有他的信一半令她满意。回复这些信件不仅是件乐事，也是责任，因为乔坚持做铁石心肠的人,这可怜的人儿绝望了,需要抚慰。乔本来应该作出努力,试着去爱他。那并不难做到,因为,有这样一个可爱的男孩爱着自己,很多人都会感到自豪喜悦的。然而,乔办事从来都不像别的女孩,因此,没别的法子,只有对他非常客气,待他如兄长一般。

在这种时期,要是所有的兄长们都能受到劳里这样的优待,他们会比现在更幸福。艾美现在不教训他了,所有的问题都征求他的意见,他做的每一件事她都感到趣味盎然。

她为他制作迷人的小礼物,每星期定期给他寄两封信,信里满是愉快的闲谈、妹妹般的信任,以及她画的那些优美的风景画习作。几乎没有哪个兄长会得到这样的礼遇:妹妹们将他们的来信放在口袋里,反复品味。信短了便哭,信长了便吻着它,将它仔细珍藏。这不是要暗示艾美做了一些可爱的傻事,可是,那个春天她的脸色肯定变得有点苍白了,也爱沉思了。她大大丧失了社交的兴趣,常常独自出门作画,回来时却拿不出多少幅画给人看。她在玫瑰谷的平台上一坐便是几小时,袖着手坐在那儿,要不便心不在焉地画着脑中出现的任何图像——雕刻在坟墓上的健壮的骑士,睡在草地上的年轻人,帽子盖着眼睛;或者一个穿着华丽的鬈发姑娘,依偎在一个高个子先生的臂弯里,在舞厅绕场行进。按照最新的艺术风尚,两个人的脸画得模糊不清,这样安全,但一点儿也不令人感到满足。

在国外的人发生这些变化的同时,家里已经发生了重大的变故。

但是谈到贝思的健康衰退的信从来到不了艾美的手中,她得到下一封信时,姐姐坟上的青草已经绿了。她是在沃韦市得到这个悲哀的消息的,五月的高温迫使她们离开了尼斯。

她们经过日内瓦和意大利的湖泊,漫行到了瑞士。她坚强地接受了这个事实。她默默地依从了家里人的意思,没有缩短她的旅程。既然已经太晚了,无法和贝思道别,她最好还是待下去吧,让死别软化她的痛苦。但是,她的心情非常沉重,她渴望能待在家里,每天她都渴盼地望着湖对面,等待着劳里来安慰她。

劳里真的来了。同一批邮件带来了他们两个的信件,但是他在德国,他过了几天才收到信。他一读完信,马上打起背包,告别了他的游伴,出发去履行诺言。他心中充满了喜悦与痛苦、希望与疑虑。

他非常熟悉沃韦市。小船一靠上码头,他便沿着湖岸向城楼匆匆走去。卡罗尔一家寄宿在那里。小伙子非常失望，因为全家人到湖边散步去了。可是，不，那金发小姐也许还在城堡花园里。要是先生愿意费心坐下，一瞬间她便会出现。然而，先生甚至连"一瞬间"也等不了，说着话便出发亲自去找金发小姐。

这是个令人心旷神怡的古朴花园。它坐落在美丽的湖畔，高高的栗子树发着沙沙声，到处爬满了常春藤，塔楼的黑影投在洒满阳光的湖面上。在那宽大低矮的城墙一角有个座位，艾美常常来这里读书、做活，或者看着身边的美景安慰自己。那天她就坐在那里，手抚着头，心中弥漫着乡思，眼里尽是哀愁。她想着贝思，奇怪劳里为什么还不来。她没有听见他穿过庭院时发出的声音，也没有看到他在拱道里驻步。

拱道穿过地下小路直通花园。他站了一会儿，以新的眼光看着她，看到了以前无法看到的东西——艾美性格中温柔的一面。她身上的一切都无声地暗示出爱与痛苦——膝盖上弄污了字迹的信件，束着头发的黑色丝带，脸上妇人般的苦痛与坚忍的表情；在劳里看来，甚至她脖子上的那个乌木制的小十字架也十分使人感伤。那个十字架是他给她的，她作为唯一的装饰品佩戴在身上。假如他对她会怎样接待他心存疑虑的话，她一抬头看到他，他便放心了。因为，她丢下所有的东西，跑到他面前，用一种不容置疑的爱与期盼的语调惊叫道——"哦，劳里，劳里，我就知道你会来我这儿的！"我想，当时一切都说出来了，一切都安定了。他们站在那里，有一会儿不说话了。那个深色脑袋护卫似的弯向那浅色脑袋。艾美感到没有谁能像劳里那样好地安慰她、支撑她。劳里认定艾美是世界上唯一能代替乔使他幸福的女人。他没有这样告诉她，她并不失望，因为，两个人都已感觉到了这个事实。他们满意了，乐于将其他的事交给沉默。

一会儿后，艾美回到了原来的位置，她擦着眼泪，劳里收拢起刚才散开的纸张。他看到了各种各样给弄得破旧不堪的信件，还有一些含有暗示的绘画习作。他从中发现了未来的吉兆。他在她身旁坐下时，艾美又感到羞涩了，想起刚才那样冲动地迎接他，她脸红得像朵玫瑰。

他很想让艾美将头靠在他的肩膀上，让她痛快地大哭一场，可是他不敢。因此他只是握着她的手，充满同情地捏了一下，这样的效果胜于言语。

"你不必说什么；这样我已经感到了安慰。"她轻轻地说，"贝思好了，她幸福了。我不该希望她回来。可是，虽然我盼望见到家人，却害怕回家。现在我们不谈这件事吧，那样会使我哭泣，我想在你逗留期间享受下和你在一起的乐趣。你不需要马上回去，是吗？"

"你要我的话我就不走了，亲爱的。"

"我要，非常需要。姐姐和弗洛非常亲切，而你就像是我们的家庭成员，和你在一起我就不再寂寞。"艾美发自内心的话和神情都全然像一个想家的小孩子，劳里马上忘掉了羞怯，给了她正想要的东西——她习惯受到的爱抚以及那种亲近的谈话。

"可怜的小人儿，看上去你好像悲伤得快要生病了！让我来照顾你，所以别再哭了。来，和我一起走走，这里风太凉了。"他用艾美喜欢的那种半是哄劝半是命令的语气说。他为她系上帽带，让她挽起他的胳膊，开始在长满新叶的栗树下沿着阳光灿烂的小路散起步来。他感到脚步更加轻松，艾美则满心欢喜。他有个强健的肩膀，给她依靠；有个亲切的面孔，向她微笑；有个友好的声音，只和她愉快地谈话。

这个古雅的花园似乎是特意为恋人们建造的。花园里阳光和煦，十分幽静，只有塔楼静静地俯视着他们，宽阔的湖面带走了他们绵绵情话的回声，湖水在花园下面潺潺流过。有那么一个小时的光景，这对新的情侣漫步交谈，有时倚靠在城墙上歇息。他们在心灵感应中陶醉，这种感应弥漫于时间与空间。这时，毫无浪漫情调的晚餐铃声响了，告诫他们离开。艾美感到仿佛已将孤独与痛苦的重负留在了城堡的花园里。

卡罗尔太太一看到姑娘变化了的神情，便受到了一个新念头的启发。她内心惊叹道："现在我明白了——这孩子一直盼望着小劳伦斯。我的天哪，我怎么就没有想到！"这个好太太考虑事情周到，值得赞扬。她什么也没说，也没流露出明白此事的迹象，只是热诚地敦促劳里留下来，请求艾美乐意与他为伴，这样比太多的孤独对她更有益处。艾美是温顺的典范。姐姐专注于弗洛，于是，便由她招待她的朋友，她做得比往日更加体贴入微。

在尼斯时，劳里无所事事，艾美指责他。在沃韦，劳里从不瞎混，却总是散步、骑马、划船，或是精力非常充沛地学习。而艾美赞赏着他做的一切，并尽可能地向他学习。他说变化归因于气候，艾美并不反驳他。她自己的健康和情绪也都恢复了，乐意有这相同的借口。

这令人心旷神怡的空气对他们两个都大有裨益。大运动量使他们的身心都起了明显的变化。清新的风儿吹走了心灰意懒的疑虑、虚妄的幻想以及忧郁的迷惑;温暖的春日阳光带来了各种抱负、温柔的希望、幸福的思想;湖水似乎冲走了往昔的烦恼,亘古的大山似乎仁慈地俯视着他们,对他们说:"小孩们,相爱吧!"尽管有贝思离世这一新的痛苦,他们过得还是十分快乐。

痛苦结束了,他为之心存感激,他决心要使他的第二次求爱尽可能平静、简单:没必要设置场景,更没有必要告诉艾美他爱她。不用言语,她已知道,而且已给了他答复。一切发生得那么自然,没有人能抱怨。整个早上他们都在湖面上泛舟,从背阳的圣然戈尔夫城划到向阳的蒙特勒城,湖的一边是萨瓦山,另一边是勃纳德山峰和南峭峰,美丽的沃韦市掩映在深谷中。山的那边是洛桑市,头顶是无云的蓝天,下面流着湛蓝的湖水,富有情趣的小舟点缀湖中,像是一只只白翼海鸥。

小船划过希永时,在谈话的小小间隙里,艾美用手轻抚着湖水。"我们划得多好啊! 是不是?"艾美说,那时她不愿意有沉默。

"非常好,但愿我们能永远在一条船上划桨,愿意吗,艾美?"问话非常温柔。

"愿意,劳里。"回答的声音很低。

于是,小船静止了。他们无意识地为映在湖水中隐隐约约的画面构建了一幅优美动人的图景,那便是人类的爱情与幸福之图。

点评:

满目山河空念远,落花风雨更伤春,不如怜取眼前人。对于现在的劳里来说,乔已经过去,艾美才是应当珍惜的现在。所以,他将乔送给他的戒指取下,藏在抽屉的最深处,同时也将她放在了心的最深处;而艾美的书信及盼望,则给予了他重新追求幸福的冲动及勇气。艾美也同样意识到,除了金钱和地位外,她还需要某种东西来满足一种新的渴求。她终于懂得了爱情的真谛,她是"精明的艾美",当然也抓住了它。

很多读者可能并不太喜欢艾美,这主要是她时常流露的拜金及虚荣,但除此之外,她的优点可谓比比皆是。一旦她克服了虚荣及拜金的缺点,变得懂得真爱、懂得珍惜,又有什么理由得不到幸福呢?

第四十二章 孤 独

当自己的注意力全部倾注于另一个人身上时,答应克己是件容易事。可是当那诚诚之声静息了,每天的课程结束了,亲爱的人儿逝去了,留下的只有孤独与悲伤时,乔便发现很难遵守她的诺言。她自己心痛欲裂,无尽地思念妹妹。贝思离开老家去了新家,一切光明、温暖、美好的东西似乎都随她而去,她又怎么能使家庭愉快呢?她到底在哪里能找到些有益、快乐的事情去做,来代替那满怀爱心照顾妹妹的工作呢?她盲目、无助地试图履行职责,内心始终暗暗地反抗着,因为她辛勤劳作着,不多的欢乐减少了,精神负荷更重了,生活越来越难以忍受。这似乎让人心理很难平衡。有的人似乎总是得到阳光,而另一些人却总是处于阴影中,这不公平。她比艾美作出的努力更大,想做个好姑娘,可是却从来得不到奖赏,只得到失望、烦恼与沉重的工作。

可怜的乔,这对她来说是些黑暗的日子。她想到自己将在那安静的房子里度过一生,投身于单调的家务事、一些小小的快乐,以及似乎根本不会变得轻松的责任中。想到这些,一种近乎绝望的情绪攫住了她。"我干不了了,我生来不是过这种生活的。我知道,要是没人来帮助我,我会挣开做出不顾一切的事情的。"她自言自语。她最初的努力失败了,便陷入一种忧郁痛苦的心境中。坚强的意志不得不屈服于无可奈何,企图逃避命运时往往会产生这样的心境。

然而真的有人来帮助她了,虽然乔没有立即认出那些善良的天使们。因为他们以熟悉的形象出现,用简单的符咒来解救可怜的人类。夜里她常常惊跳起来,以为是贝思叫她。可是看到那张空荡荡的小床,她便带着抑制不住的痛苦伤心地哭起来。一听到她的呜咽,妈妈就过来安慰她。不光用言语,还用带有耐心的温柔、触摸与眼泪来抚慰她。这些都无声地提醒她,妈妈的悲哀更大。还有那断断续续的低语,比祈祷更有说服力,那是带着希望的顺从和挥之不去的痛苦浑然而至。夜阑人静时,心贴心的交流使痛苦转化为幸福,它驱逐了悲伤,增强了爱的力量。这是些神圣的时刻,乔感受到了它。安全地依偎在妈妈的臂弯,她看到她的重担似乎比较容易忍受了,责任变得甜蜜些了,生活也似乎比较能容忍了。

乔和梅格坐在一起做针线活时,发现姐姐有了很大的进步。

她能得体地谈话,知道许多有关居家妇女的想法以及感情。她从丈夫和孩子们身上得到了莫大的幸福,他们都为对方尽着力。

"婚姻毕竟是一件极好的事情。要是我试试,不知会不会有你结局一半好?"乔说。她正坐在弄得乱七八糟的育儿室里为德米制作一个风筝。

"你所需要的正是展露出你性格中女子温柔的那一半,乔。你就像一个带壳的栗子,外面有很多刺,内里却光滑柔软。要是有人能接近,还会有个甜果仁。将来有一天,爱情会使你表露心迹的,那时你的壳便脱落了。"

"夫人,严霜会冻裂栗壳,使劲摇会摇下栗子。男孩子们好采栗子。可是,我不喜欢让他们用口袋装着。"乔答道。她继续粘着风筝。这个风筝无论刮多大风都上不了天,因为黛西把自己当作风筝尾巴系在了上面。

梅格笑了。她高兴地看到了一点儿乔的老脾气。但是她觉得,用她的全部论据来坚持她的观点,这是她的责任。姐妹俩的谈话没有白费,特别是因为梅格两个最有说服力的论据——孩子们,乔温柔地爱着他们。乔几乎做好准备被装进口袋了:还需要照些时光,使栗子成熟。然后,不是被男孩们焦躁地摇落,而是一个男人的手伸上去,轻轻地剥开壳,就会发现果仁成熟的甜美。假使她曾怀疑到这一点,她会紧紧封闭起来,会比以前更刺人,所幸的是她没有想到自己。所以时间一到,她这个栗子便自然掉落下来了。

要说乔是道德故事中的女主人公的话,那么,在她生活的这一时起,她应该变得十分圣洁,应该隐居,应该口袋里装着宗教传单,戴着清心寡欲的帽子,四处行善。可是,要知道,乔不是这样一个女主人公。像成百上千的其他姑娘一样,她只是个挣扎着的凡人。所以,她依着性子行事。她心情悲哀、焦躁、不安,或者精神饱满,随心境而定。我们要做好人,这样说非常有道德,可是我们不可能立刻就做得到。需要有人长期有力的引导,还要大家同心协力去帮助,我们中有些人甚至才能正确地起步。到目前为止,乔起步不错。

　　她学着尽自己的责任，尽不到便会感到不快乐。可是心甘情愿地去做——哦，这是另外一码事了！她常说要做些出色的事，不管那有多难。现在她实现了愿望。因为，一生奉献给父母，努力使他们感到幸福，就像他们让她感到的那样，有什么比这件事更美好的呢？这样一个躁动不安、雄心勃勃的姑娘，放弃了自己的希望、计划和意愿，无怨无悔地为别人活着。假如需要用困难来增加努力的美妙的话，还有什么比这更难做到的呢？

　　上帝相信了她的话；使命就在这里，并非她所期待的，但是更好，因为她自己和它没有关系。那么，她能完成任务吗？她决定试一试。在最初的尝试中，她找到了我提出的那些帮助。还有别的帮助给予她，她也接受了，不是作为奖赏，而是安慰，就像基督徒跋涉困难之山，在小树下休息时，小树使他提神一样。

　　"你为什么不写点东西呢？以前那总会使你快乐。"一次，妈妈见乔又来了阵消沉情绪，便这样说道。

　　"我没有心思写。即使写了，也没有人喜欢读。"

　　"我们喜欢。为我们写点儿东西吧。千万别在乎别的人。亲爱的，试试吧。我肯定那会对你有好处，而且会使我们非常高兴的。"

　　"我不相信我能写了。"然而，乔搬出了她的桌子，开始翻阅她写了一半的一些手稿。

　　一小时以后，妈妈朝屋里瞥了一眼，乔就坐在那里。她围着黑色围裙，全神贯注，不停地涂写。马奇太太为她的建议奏效感到高兴，笑着悄悄走开了。乔一点也不知道这是怎么发生的。某种东西夹进了故事，打动了读者。当她的家人读着故事又哭又笑时，爸爸将手稿寄给了一家通俗杂志，这是完全违反她的意愿的。但使她大吃一惊的是，杂志社不仅付了她稿酬，而且还要求她再写些故事。报纸也转载了这个故事。朋友们及陌生的人们都喜欢它、赞赏它。对这样的一个小东西来说，这是巨大的成功。以前乔的小说同时会遭人褒贬，现在她比那时更为感到惊讶。

　　"我不懂，像那么一个小姑娘，能有什么让人们如此夸赞的？"她十分困惑地说。

　　"因为故事里有真实的东西，乔，这就是秘密。幽默与悲哀使故事生动。你终于找到了自已的风格。你没有想着名利和金钱，而是在用心写作，我的女儿。你尝过了痛苦，现在有了甜蜜。你要尽力而为，像我们一样，为你的成功快乐起来吧。"

"假如我写的文章里当真有什么好的、真实的东西，那不是我的功劳。这一切都得归功于您和妈妈，还有贝思。"乔说。

爸爸的话比外界的任何赞扬都更让她感动。

乔就这样受到了爱与痛苦的教育。她写着小故事，把它们寄了出去，让它们为自己也为她去结识朋友。她发现对于那些卑微的漫游者来说，这是个仁慈的世界。那些故事受到了亲切的欢迎，它们就像突然交了好运的好孩子，为它们的母亲带回家一些愉快的纪念物。

艾美和劳里来了信，告知他们已经订婚。马奇太太担心乔会因此难过，可是不久她便放了心。虽然乔一开始神色严肃，但还是默默地接受了这件事。

"你喜欢吗，妈妈?"乔问。她们放下写得密密麻麻的信，相互对望着。

"喜欢，自从艾美写信来说她拒绝了弗雷德，我就期望事情会是这样的。那时我确信，她已经产生了某种念头，这种念头与你所讲的'唯利是图'不是一回事。她的来信里的暗示使我猜测，她的爱情将使她和劳里连结在一起。"

"妈妈，你多么敏锐，又多么保守! 你从来没和我们说起过一个字。"

"当母亲们有女儿要照管时，她们需要敏锐的眼睛以及谨慎的舌头。我不太敢让你知道这个想法，生怕你会在事情定下来前就写信祝贺他们。"

"我不像以前那样浮躁了。你可以相信我。现在我比较清醒、明智，足以当任何人的知心朋友。"

"是这样的，亲爱的。我本应该让你当我的知心朋友。只是我想，要是你知道你的特迪爱上了别人，会痛苦的。"

"哎呀，妈妈，你真的以为我会这么愚蠢、这么自私? 他的爱即使不适合我，我仍以为那是纯洁的。我自己拒绝了他的求爱，会在乎他娶艾美吗?"

"我知道你那时是真心拒绝他的，乔。可是近来我想，假如他回来再向你求爱,或许你会做出不同的回答。原谅我,亲爱的,我不由自主地发现你很孤独,有时你的眼里流露出一种渴望的神色,直钻进我的心里。所以我想,假如你的男孩再试试,他会填补你内心的空缺。"

"不,妈妈,现在这样挺好。我很高兴艾美学会了爱他。有一件事你说对了:我是感到了孤独。假如特迪再次求婚的话,也许我会回答愿意,但这不是因为我比以前更爱他,而是因为我比他离开时更在乎被人爱。"

"那样我很高兴,乔。它证明你在进步。有许多人在爱着你。你会从和爸爸、妈妈、姐妹、朋友和孩子们在一起中获得亲情的满足,直到最合适你的爱人来补偿。"

"妈妈是世界上最好的人。可是我不在乎对妈妈轻轻说我想体味各种爱。很奇怪,我越是想满足于各种自然的感情,就越会有缺失感。我不知道内心能容纳那么多东西。我的心总那么翕张着,觉得从未装满过,而我过去非常满足于家庭的。我真不懂。"

"我懂。"马奇太太露出了洞察一切的微笑。

过了一会儿,乔漫步回到了楼上的房间,因为在下雨,无法散步。一种不安的心绪攫住了她。那种旧情愫又回来了,不是像以前那样的抱怨,而是无怨的感叹和纳闷。为什么妹妹能得到她想要的一切,而她什么也得不到? 这并不真实,她试图丢开不去想它,可是对爱的自然渴求又是那么的强烈,艾美的幸福使她的渴望之情觉醒了,她渴望有个人让她"全心全意去爱、去依恋,只要上帝允许他们在一起"。

乔烦躁不安,又漫无目的地上了阁楼。在这里,四个小木箱列成一排。每个箱子上都标有主人的名字,里面装满了她们孩童时代和少女时代的纪念物。现在那一切都已成为过去。

乔来到自己的箱子前,将下巴搁在箱子的边缘,心不在焉地凝视着里面零乱的东西。猛地,一捆旧练习本吸引了她的目光。她把它们掏出来翻看着,在和善的柯克太太家度过的那个愉快的冬季又再现在眼前。她先是笑着,继而若有所思,接着又哀伤起来。当她看到一张小纸条上教授的笔迹时,嘴唇开始颤抖,膝上的书本也滑落了下去。她坐在那看着这友好的语句,好像它们产生了新的意义,触及了她心中的敏感部位。

"等着我,朋友,我可能来得晚一点,但肯定会来的。"

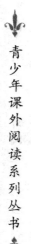

"哦,但愿他能来!我亲爱的弗里茨,他对我总是那么客气、友好、那么有耐心。和他在一起时,我对他不够尊重,现在我多想见到他啊!似乎所有的人都要离开我了,我感到好孤独。"乔紧紧握着这张小纸头,好像这是个还未履行的诺言。她将头舒服地放在一个装着破布的袋子上,哭了起来,仿佛对抗着拍打屋顶的雨点。

这一切是顾影自怜、孤独伤感,还是一时的情绪低落?或者这是感情的觉醒?这种感情和它的激发者一样耐心地等着时机。谁知道呢?

点评:

贝思逝去,梅格结婚,劳里和艾美订婚,乔确实孤独了。做一个不出嫁的老女人只是她未谙世事的童言,当姐妹们都成双入对后,少女的情愫也开始在她的心底萌芽,并愈加强烈了,因此也才有马奇太太的那一番推心置腹的断言。许多读者都想知道:乔对劳里到底有没有爱?我想,在读了本章之后应该都会有所明白。当然,每个人都有自我选择的权利,在爱情上更是没有绝对的对与错。乔可以选择拒绝劳里,可以选择接受教授或其他任何她喜欢的人,这是她的自由,我们应当尊重她的选择或者说作者的选择。世上没有完美的人,能够处处在最佳时机做出最佳决定,因此我们也没必要去苛求书中的任何一个人,劳里、艾美,抑或是乔,毕竟这样的人物才更真实。

第四十三章　惊　喜

　　薄暮时分，乔独自躺在旧沙发上。她看着炉火，脑中思索着。她最喜欢这样打发黄昏的时光。没有人打扰她。她总是躺在那儿，枕着贝思的小红枕头，策划着故事，做着梦，充满柔情地想念着妹妹，妹妹似乎根本没有远离她。乔的神情疲惫，且有点悲哀。明天是她的生日。她在想，时光过得多快啊，她就要一天天地老起来了。她的成就似乎太少，马上就二十五岁，却没什么可以炫耀的。乔想错了，她有许多可以炫耀的东西，不久以后，她便发现了它们，并为之感到自豪。

　　"我就要成为老姑娘了，一个喜欢文学的老姑娘、以笔为配偶，一组故事当孩子，也许二十年后会有点儿名气。像可怜的约翰逊那样，到我老了时，不能享受名气之乐了，便会感到孤独。没人与我分享快乐，我自食其力，也不需要名气了。哎，我不必去做一个愁眉不展的圣徒，或者一个只顾自己的罪人。我敢说，老姑娘们只要习惯了单身生活，会过得很舒服的。可是——"想到这，乔叹了口气，仿佛这种前景并不美妙诱人。

　　首先，这前景的确难以诱人。对二十五岁的人来说，到了三十岁便万事休矣。然而，事情并不像看上去那样糟糕。如果一个女人有了归依，她便能过得很幸福。到了二十五岁，姑娘们便开始谈起要成为老姑娘了，但却暗下决心，绝不能这样。

　　等上了三十岁，她们不再提及此事，而是默默地接受事实。聪明的姑娘们会想到，她们还有二十多年的幸福时光，可以学着优雅地打发人生，聊以自慰。亲爱的姑娘们，别笑话那些老姑娘们。因为，在那素洁的长袍下静静跳动着的心窝里，往往隐藏着非常温柔的爱情悲剧。为青春、健康、抱负以及爱情默默作出的牺牲，使褪色的容颜在上帝的面前变得更美丽了。即便是悲哀、阴郁的老姑娘们，也应亲切地对待她们。因为，她们就是为了这才错过了人生最甜蜜的部分。

　　先生们，也就是男孩子们，对老姑娘们表示些殷勤吧，别管她们多穷、多普通、多古板。因为，唯一值得拥有的骑士精神便是乐意地向老人表示敬意，保护弱者，为妇女们服务。不要考虑她们的身份、年龄及肤色，回想一下那些善良的婶婶们吧，她们不仅教训过你们、数落过你们，而且也照顾、宠爱过你们，但并不常常能得到你们的感谢。她们帮助你们摆脱困境，从她们不多的储蓄中给你们零用钱，她们用衰老的手指耐心地为你们缝制衣服。想想她们心甘情愿地为你们做的事吧。你们应该满怀感激地给予那些可亲的老太太们小小的关注，妇女们只要一息尚存，都会乐于接受它们的。眼睛明亮的姑娘很快就会看出你们的这种品格，并会因之更加喜欢你们。唯一能分开母子的力量便是死亡，假如死亡夺去了你们的母亲，你们肯定会在某个婶婶那里得到亲切的欢迎和母亲般的爱抚。在她孤寂的衰老心坎里，为她"世上最好的侄子"保留着温暖的一角。

乔肯定睡着了（我敢说，在这小小的布道期间，我的读者们肯定也睡着了），因为劳里的幻影仿佛突然出现在她面前——一个实在逼真的幻影——俯身看着她，带着以前他感触良多而又不想显露出来的表情。可是，就像歌谣里的珍妮——她想不到竟会是他。

乔躺在那儿，惊讶地默默盯着他看，直到劳里俯身来吻她，这才认出他。她一跃而起，高兴地叫道——"哦，特迪！哦，我的特迪！"

"亲爱的乔，你见到我高兴吗？"

"高兴！我的男孩，言语表达不了我的欢喜，艾美呢？"

"你妈妈把她留在了梅格家。我们顺道在那儿停留了一会，我没法子将我的妻子从她们手中救出来。"

"你的什么？"乔叫了出来，劳里不知不觉带着洋洋自得的口气泄露了这个秘密。

"哎呀，糟了！我已经这样做了。"他看上去是那样内疚，乔即刻和他过不去了。

"你走了，然后结了婚！"

"是的，请你原谅。可是我绝不会再结了。"他跪了下来，悔过似的握着手，脸上的表情充满淘气、欢乐与胜利。

"真的结了？"

"千真万确。"

"我的天哪！接下来你要做什么可怕的事情呢？"乔喘着气跌坐回她的位子。

"你的祝贺不一般，就是不太客气。"劳里回答。他一副可怜兮兮的样子,但却又满足地满脸堆着笑。

"你像个盗贼似的溜进来,又这样子泄露秘密,让人大吃一惊。你能期待什么呢?起来,你这个傻孩子,把事情都告诉我。"

"一个字也不能告诉你,除非你让我坐到老地方,并且保证不再跟我过不去,用枕头设置障碍。"

听到这话乔笑了起来,她已经很长时间没笑了。她逗弄地拍着沙发,友好地说:"那个旧枕头放到阁楼上去了,现在我们不需要它了,过来坦白交代吧,特迪。"

"听你叫'特迪'多么悦耳!除了你还没有谁能那样叫我呢。"劳里带着非常满足的神气坐了下来。

"那艾美叫你什么?"

"先生。"

"这像她说的话,嗯,你看着也像。"乔的眼神分明表示:她觉得她的男孩比以前更清秀了。

枕头没有了,然而还是有着障碍——一个自然的障碍,是由时间、分离、变化了的心所造成的。两个人都感到了这一点,有一会儿他们对望着,仿佛这个无形的障碍在他们身上投下了一道小小的阴影。然而阴影很快便消失了,因为劳里徒劳地试图端着架子说话——"我看着像不像个结了婚的人和一家之主?"

"一点儿也不像,你也绝不会像的。你长大些了,也更漂亮了,可是你还是以前的那个淘气鬼。"

"哎呀,真的,乔,你应该对我尊重些了。"劳里开口说,不过他对这一切很欣赏。

"我一想到你结了婚,安定了,就忍不住觉得好笑。我无法保持严肃。这样我怎能尊重你?"乔回答。她满面笑容,极富感染力,结果两人又笑了起来。然后他们坐好,完全以从前那种愉快的方式交谈了起来。

"你没有必要冒着严寒去接艾美。一会儿他们就都会过来的。我等不及了,我想第一个告诉你这件令人惊喜的大事。我想得到那'第一瓶奶油',就像我们从前争着要奶油时说的那样。"

"你当然得到了,可是故事却开错了头,给弄毁了。好了,开始说吧,全都告诉我,我太想知道了。"

青少年课外阅读系列丛书

"嗯,我那样做只是想讨艾美的欢心。"劳里眨着眼开了口,这使乔叫了起来——

"一号小谎言。是艾美想讨你的欢心吧。接着说,可以的话,讲实话,先生。"

"哎哟,她开始用太太的口吻问话了。听她说话是不是令人开心?"劳里对着炉火自问道。炉火散着光,闪着亮,似乎十分赞同他。

"这是一回事,你知道,她和我已结成了一体。一个多月以前,我们打算和卡罗尔一家一起回来,可是他们突然改变了主意,决定在巴黎再过一个冬天。爷爷想回家了,他到那儿去主要是为了让我高兴,我不能让他单独走,又丢不下艾美。卡罗尔太太脑子里有些英国人的观点,什么女监护人之类的荒唐念头,因此不放艾美和我们同行。于是,我便说:'我们结婚吧,这样就能随心所欲了。'就这样我们解决了那个难题。"

"你当然会那么做的,你总是事事都如意。"

"并不总是那样。"劳里声音里有些异样的东西,使乔赶快接话——

"你们怎么得到婶婶的同意的?"

"那可不容易。不过,我们说服了她。我们这一边有许许多多的理由。没时间写信回家请求允许了,可是你们大家都高兴这样,很快都会同意的。"

"我们真为那两个字骄傲,难道我们就不喜欢说那两个字吗?"乔打断了她。这次是她对着炉火说话了。她高兴地看着炉火,仿佛它在那双眼里燃起了幸福的火花,而她上一次看着它们时却那么悲哀忧郁。

"也许那是桩小事。艾美是一个如此迷人的小妇人,我无法不为她骄傲。嗯,当时叔叔和婶婶在那儿做监护人,我们俩相互那么依恋着对方,分开了便什么也干不了。那个不坏的主意使一切问题都迎刃而解,所以我们便结了婚。"

"什么时候?在哪里?怎样结的?"乔问道,她的问话里充满了女人的强烈兴趣与好奇心,自己却一点儿也没有意识到。

"六个星期前,在巴黎的美国领事馆,当然,婚礼非常安静,即便在我们的幸福时刻,我们也没有忘记亲爱的贝思。"说到这里,劳里轻轻地抚摸着那个他记得很清楚的小红枕头。

"我们本想让你们大吃一惊,开始,我们以为会直接回家的,可是我们一结完婚，我那可亲的老先生发现至少一个月之内不能做好动身准备，所以打发我们随意去哪儿去度蜜月。艾美曾把玫瑰谷叫做'蜜月之家'，于是，我们便去了那儿，我们过得非常幸福，这种幸福人生只有这一次，真是玫瑰花下的爱情啊！"劳里有一会儿似乎忘掉了乔，乔感到高兴，因为他这样无拘无束、自然而然地对她讲述起这些，使她确信他已经完全原谅了她，忘却了以前的爱。

他接下来带着她不曾见过的男子汉的严肃神情说道——"乔，亲爱的，我想说件事，然后我们就把它永远地丢开吧，当我写信说艾美一直对我很好时，我也在那封信中说，我绝不会停止对你的爱，这话是真的，但是那种爱已变了，我明白了这样会更好。艾美和你在我心中变换了位置，就这么回事。我想，事情本来就应该这样安排的。假如我按照你的意图去等待，这件事会自然地发生。可是我根本耐不了性子，所以弄得头疼。那时我是个孩子，任性狂躁，好不容易才认识到错误。乔，正如你说的，那的确是个错误。我当了回傻瓜，才明白这一点。现在你们俩都站到了适当的位置上。我确信旧的爱完全消失了，才开始了新的爱，因此我能够坦率地与作为妹妹的乔以及作为妻子的艾美交心，深深地爱着两人。你愿意相信吗？愿意回到我们初识时的那段幸福的时光吗？"

"我愿意相信，全心全意地相信。但是，特迪，我们再也不是男孩女孩了。愉快的老时光不可能再回来了，我们不能这样企盼。现在我们是男人和女人，有正经的事要做。游戏时期已经结束，我们必须停止嬉闹了，我相信你也感觉到了这一点。我在你身上看到了变化，你也会在我身上看到变化。我会怀念我的男孩，但是我也会同样爱那个男人，更加赞赏他，因为他打算做我希望他做的事情。我们不可能再当小玩伴了，但是我们会成为兄妹，我们一生都会互爱互助，是不是，劳里？"

他什么也没有说，却握住了她递过来的手，将他的脸贴在上面放了一会儿。他感到，从他那男子气热情的坟墓中，升腾起一种美丽的牢不可破的友情，使两人都感受到幸福。乔不愿使他们的归来蒙上哀愁，所以过了一会儿，她便愉快地说："我还是不能确信，你们两个孩子真的结了婚，要开始持家过日子了。哈哈，好像还是昨天的事，我帮艾美扣围裙扣子，你开玩笑时我拽你的头发。天哪，时间过得真快！"

"两个孩子中有一个比你大，所以你不必像老奶奶那样说话，我自以为我已经是个'长大了的先生'。你看到艾美时,也会发现她是个相当早熟的孩子。"劳里说,他看着她母性的神情感到好笑。

"你可能岁数比我大一点,可是我的心境比你老得多,特迪,女人们都是这样。而且这一年过得那样艰难,我感到我有四十岁了。"

"可怜的乔!我们丢下你让你独自承受这一切,而我们却在享乐。你是老了些。这里有条皱纹,那里也有一条。除了笑时,你的眼神透着悲哀。刚才我摸过枕头时,发现上面有泪珠。你承受了许多痛苦,而且不得不独自地忍受。我是个多么自私的家伙啊!"劳里带着自责的神色拽着的头发。

然而,乔把那出卖秘密的枕头转了过去,尽力以一种轻松愉快的语调回答道:"不,我有爸爸妈妈帮我,有可爱的孩子们安慰我,我还想到你和艾美安全、幸福,这些都使我这里的烦恼痛苦容易忍受些了。有的时候我是感到孤独,可是,我敢说那样对我有好处,而且——"

"你再也不会孤独了,"劳里插了嘴,用胳膊围住她,仿佛要为她挡住人生所有的艰难和困苦。"我和艾美不能没有你。所以你必须来教'孩子们'怎样管家,就像我们以前那样,凡事均对半分。让我们大家在一起快快乐乐,友好相处。"

"假如我不碍事的话,我会十分乐意。我又开始感到变年轻了,你一来我所有的烦恼似乎都飞走了,你总是使人感到安慰,特迪。"乔将头靠到了劳里肩上,就像几年前贝思生病躺在那里,劳里让她靠着那样。

"你还是那个乔,一分钟前掉泪,转眼又笑了。现在你看着有点淘气,想什么呢,老奶奶?"

"我在想你和艾美在一起会怎样过。"

"会过得像天使!"

"那当然。开始是这样,可是谁统治家庭呢?"

"我不在乎告诉你现在是由她统治,至少我让她这么认为——这使她高兴,你知道。将来我们会轮流的。"

"你会像开始那样继续下去,艾美将会统治你一生。"

"嗯,她做得那样让人毫无察觉,我想我也不会太在乎的。事实上,我倒挺喜欢这样。她就像绕一卷丝绸一般,轻柔潇洒地将你绕在手指上,却使你感到好像她始终在为你效劳。"

"那我将会看到你成为怕老婆的丈夫,并为此而高兴!"乔举起双手叫道。

劳里表现得不错,他挺起肩膀,带着男子汉的轻蔑神情对那攻击一笑置之。他神气活现地回答:"艾美有教养,不会那样做的,我也不是那种屈从的人,我妻子和我互相间非常尊重,不会蛮横霸道,也不会争吵的。"

"那我相信。我和艾美从来不像我们那样争吵。她是那寓言故事里的太阳,我是风。记得吗?太阳对付男人最灵验。"

"她既能对他刮风,又能照耀他。"劳里笑了,"我在尼斯受过她的训话!我敢保证那比你任何一次责骂都厉害得多——一个真正的刺激,等什么时候我告诉你——她绝不会告诉你的,因为她告诉我,说她看不起我,为我感到羞愧,而且刚说完,她便爱上了那可鄙的一方,嫁给了那个一无是处的家伙。"

"那么恶劣!好吧,假如她再欺负你,到我这儿,我来保护你。"

"看上去我需要护卫,是不是?"劳里站起来摆出架子,可这时突然听到了艾美的声音,他的威严马上转为狂喜。艾美叫着:"她在哪?我亲爱的乔呢?"全家人成群结队地进屋来了,每个人又重被拥抱亲吻。几次无效的努力之后,三个旅游者不得不安坐下来,让大家看着,为他们高兴。劳伦斯先生还像以前一样健壮,和其他人一样,国外旅游使他更精神了,因为他的执拗劲好像几乎没了。他那老式的殷勤得到了改善,而且看起来比以前更慈祥了。他称一对新人为"我的孩子们"。看到他对他们微笑真是让人愉悦。更令人愉悦的是艾美对他尽着孙媳般的责任与孝道,这完全赢得了他的心。最好的是看着劳里围着他们两个转,仿佛欣赏不够他们俩组成的美景。

梅格的眼光一落到艾美的身上,便意识到她自己的服装没有巴黎人的风味。小劳伦斯太太甚至会使小莫法特太太黯然失色。

那位"女士"是个地地道道、非常优雅的妇人。乔观察着这一对人儿想着:"他们俩在一起是多么般配啊!我是对的,劳里找到了美丽、出色的女孩,她比苍老笨拙的乔更适合他的家庭,她会成为他的骄傲,而不会折磨他。"马奇太太和她丈夫面露喜色,他们看到最小的孩子不仅行事干练,待人处世知情达理,而且也得到了爱情、自信、幸福这些更好的财富。

艾美的表情柔和清丽,显示出内心的宁静。她的声音里具有一种新的柔情,沉着冷静的处事风格一变而为文雅端庄、亲切动人。小小的矫饰无损于她的风度,热诚美好的举止比她以前的优雅与新婚所焕发出的魅力更为迷人,因为它明白无误地即刻使她带上了一个真正的女士标记,以前她一直希望成为这样的女士。

"爱情将我们的小姑娘改变了许多。"妈妈和蔼地说。

"她一生都有个好榜样,亲爱的。"马奇先生低声回答,深情地看了一眼身旁那张憔悴的脸和灰白的头。

黛西的眼睛离不开她的"漂良"(漂亮)阿姨,于是就像只叭儿狗似的把自己系在了女主人的腰带上,那里充满了难以抗拒的诱惑。德米先是无动于衷,怔怔地考虑这新出现的关系,后来便急切地接受了贿赂,妥协了。诱人的贿赂是从伯恩带回来的一组木熊玩具。然而,一阵侧面攻击迫使他很快就无条件就范了,因为劳里知道怎样对付他。

"小伙子,我第一次认识你时,你就打我的脸。现在我要求绅士般的决斗。"说着,这位高个子叔叔便开始将小侄子往上抛着、揉着,那动作虽破坏了他镇定自若的尊严,却使男孩子内心喜悦。

"哎呀,她从头到脚都穿着丝绸,你看她坐在那儿神采洋洋(飞扬),听大家叫小艾美劳伦斯夫人,这真叫人心里欢喜。"老罕娜嬷嬷咕哝着。她一边胡乱地摆着桌子,一边不由得频频透过拉门朝里张望。

天哪,那是怎样的谈话啊!先是一个人说,再换另一个人说,然后大家一起说起来,都想在半小时之内把三年的事讲完。幸好茶点准备好了,为大家提供了暂歇的机会,也提供了吃的东西。他们再像那样谈下去,会嗓子沙哑、头昏眼花的。非常幸福的一队人鱼贯进入了小餐厅。马奇先生自豪地护卫着"劳伦斯太太",马奇太太则骄傲地依在"我儿子"的臂上,老先生拉着乔的手,瞥了一眼炉火边的那个空角落,对她耳语道:"现在你得当我的女孩了。"乔双唇微颤着低声回答:"我会试着填补她的位置,先生。"那对双胞胎在后面欢跃着,他们感到太平盛世就在眼前,因为大家都在为新人忙着,丢下他俩任意胡作非为。可以确信他们充分利用了这个好机会。他们偷偷呷了几口茶,随意吃着姜饼,每人拿了一个热松饼,甚至还胆大妄为地偷偷往小口袋里装了一个诱人的果酱馅饼,结果馅饼给弄得黏乎乎的,成了碎屑。他们兜里藏着馅饼,心里惴惴不安,担心乔阿姨锐利的眼睛会穿透那薄薄的麻纱布衣和美丽的绒线衣,那下面隐藏着他们的赃物。所以，小罪犯们紧贴着没有戴眼镜的"爷衣"（爷爷）。

艾美刚才像茶点似的被大伙传来传去，这时靠着劳伦斯爷爷的肩臂，回到客厅，其余的人像方才进去一样两两地出来了。这样一来只剩下乔没了伴儿。当时她并没在意，因为她滞留在餐厅，回答着罕娜急切的询问。

"艾美小姐乘坐那四轴轳马车（双座四轮马车）吗？她用银盘子吃饭吗？"

"即便她驾着六匹白马，每天用金盘子吃饭，戴钻石戒指，穿针绣花边衣，我也不奇怪。特迪认为怎样对待她都不过分。"乔心满意足地回答。她聪明地将无味的话题混进了诗意的语句里。

"没问题了！你早饭要什么？杂烩还是鱼丸子？"罕娜问。

"我随便。"乔关上了门，她觉得此时食物不是个合适的话题。她站了一会儿，看着在楼上消失的那帮人，当德米穿着格子呢裤的短腿艰难地爬上最后一个楼梯时，一阵突如其来的孤独感袭上了她的心头。感觉那样强烈，她的眼睛模糊了。她环顾四周，仿佛想找到什么可以依靠的，因为，即便是特迪也抛弃了她。她自言自语："我等到上床时再哭，现在绝不能让人看出情绪消沉。"要是她知道什么样的生日礼物正在分分秒秒向她逼近，她就不会这么说了。接着她的手伸向眼睛——因为她的男孩子习惯之一便是从来不知她的手绢放在哪——她刚勉强挤出笑容，就听到门廊有人敲门。

她好客地匆匆打开门，盯住了来人，仿佛又来了个幻影使她大吃一惊。那里站着个留着小胡子的高个子先生，像是午夜里的阳光，在黑暗中朝她微笑着。

"噢，巴尔先生，看到你我真高兴！"乔一把抓住他叫了起来，仿佛生怕还没将他弄进来，黑暗就会把他吞没。

"见到马奇小姐我也高兴——可是，不，你们家有客人——"听到楼上传来的说话声以及咚咚的脚步声，教授站住了。

"不，没有，都是家里人。我妹妹和朋友刚刚回家，我们都非常快乐，请进吧，加入到我们中来吧。"虽然巴尔先生善于交际，我认为他还是想礼貌地走开，改天再来。可是，乔在他身后关上了门，拿下了他的帽子，他怎么好走呢？也许她的表情起了作用，见到他，乔忘了隐瞒高兴的心情，她坦率地表露了出来,这对那位孤寂的人具有异乎寻常的魅力。乔的欢迎大大超出了他最大胆的企求。

"要是我不成为多余的先生,我将非常乐意见到他们大家。你生病了,我的朋友?"他突然问道,因为乔在挂他的大衣时,脸色暗淡了下来,他注意到了这个变化。

"不是病了,而是疲倦、痛苦。离开你之后我们有了灾难。"

"哦,是的,我听说了,我为你感到心疼。"他又握了握她的手,充满同情,乔感到好像任何安慰都比不了这种仁爱的眼神和温暖大手的紧握。

"爸爸,妈妈,这是我的朋友,巴尔教授。"她的表情与语调带有不可遏止的自豪与快乐,仿佛方才她是吹着喇叭、手舞足蹈地开了门。

倘使那位陌生人对将受到怎样的接待心存疑虑的话,一会儿他受到的热诚欢迎就使他放了心。每个人都客气地和他打招呼,开始是为乔的缘故,很快他们就为他自己的缘故喜欢起他来。

他们情不自禁,因为他像带着法宝,能打开所有人的心。这些纯洁的人们立刻同情起他来,因为他穷,感到更加亲密。贫穷使生活稍好些的人们变得富有起来,贫穷也是真正热情好客精神的担保。巴尔先生坐在那里环顾四周,他的神情像是旅行者敲开了陌生人的房门发现自己回到了家。孩子们围着他,像是蜜蜂围着糖罐。两个孩子一边一个坐在他的腿上,他们以孩子的大胆搜他的口袋,拽他的胡子,检查他的表,想引起他的注意。妇女们则相互传递着赞许的信息。马奇先生感到与他心性相投,便为客人打开了他的话题宝库。寡言的约翰在旁边听着,欣赏着,却不发一言。劳伦斯先生发现不可能回去睡觉了。

要不是乔在忙着别的事,她肯定会被劳里的表现逗乐的。一阵轻微的刺痛,不是出于忌妒,而是出于类似某种怀疑的东西,使得这位先生在开始时带着兄长般的慎重超然地观察着新来者,但是持续不长时间,他还没有反应过来,便不由自主地产生了兴趣,被吸引进那一圈人中。因为,在这愉快的氛围里,巴尔先生充分发挥了他的口才。他侃侃而谈,妙语连珠。他极少对劳里说话,却时常看他。他看着这位风华正茂的年轻人,脸上便会掠过一丝阴影,仿佛为自己失去的青春而遗憾,然后他的眼睛便会渴望地转向乔。假如乔看到了他的眼神,她肯定会回答那无声的询问。可是乔得管住了自己的双眼,因为不能放任它们。她小心地让眼睛盯着正在织的小短袜上，像个模范的独身姨母。

乔不时地偷看一眼教授，这使她神清气爽，就像是在尘土飞扬的路上散步后饮过清泉一样，因为在这悄然的平视中，她看到了某种她渴望的东西。此刻，巴尔教授的脸上丝毫没有心不在焉的表情，他精神抖擞，兴致勃勃。她忘了将他和劳里比较，对陌生人她通常这样做。

这对他们大为不利。此刻，巴尔似乎很有灵感，即便转到了古人葬礼习俗的谈话，不能被看作令人感兴趣的话题。当特迪在一场争论中被驳得哑口无言时，乔得意得脸上放光。

她看着爸爸神情专注的脸，心里想："要是他每天都有教授这样的谈友，该会多快乐啊！"最后一点，巴尔先生穿着一件崭新的黑色西服，这使他看上去比以前更像个绅士。他杂乱浓密的头发剪了，梳理得很整齐，可是保持不了太久，因为他一激动，便像往常一样，把它们弄得蓬乱不堪。比起平整的头发，乔倒更喜欢他的头发乱竖着，因为她认为那样使他漂亮的额头带上了朱比特似的风味。可怜的乔，她是怎样欣赏着那个其貌不扬的人啊！她坐在那儿，那样默默地织着袜子，同时什么也没有逃脱她的眼睛，她甚至注意到巴尔先生洁净的袖口上有颗金光闪闪的扣子。

"亲爱的老兄！他即便是去求婚，也不可能比这更仔细地打扮自己了。"乔心里想着。这句话突然使她心中一动，脸陡然红了起来，只好将线团丢下，弯腰去拣，借机遮蔽一下通红的脸。

然而，这个动作并没有像她所预期的那样成功，因为，用比喻的说法，教授正在为葬礼火堆添火，这时他放下了火把，俯身去捡那小蓝线团。当然，他们两人的头猛地撞在了一起，撞得眼冒金星，两个人红着脸直起身来，都没有捡到线团。他们回到了各自的坐位，心里后悔不该离座。

没有谁意识到夜已经深了，罕娜早就高明地转移了孩子，他们打着盹，就像两朵粉红的罂粟花，劳伦斯先生已回家休息了。

剩下的人围炉而坐，不停地交谈着，完全不顾时间的流逝。后来，梅格母性的心里产生了坚定的信念：黛西肯定摔到床下去了，德米想必在研究着火柴的结构，睡衣肯定是被燃着了。于是她动身回家了。

"让我们来唱歌吧，就像以前那样，因为我们又聚到了一起。"乔说。她觉得只有引吭高歌才能尽情而又稳妥地宣泄她心中的激情。

并不是所有的人都到了，可是没有谁感到乔的话欠缺考虑、不真实，因为贝思似乎仍在他们中间，无形而又无时不在。她比以前更可爱。爱使家庭坚不可摧，死亡也不能将其拆散。那张小椅子放在老地方，小篮子还放在惯常的架子上，篮子里装着她没有完成的针线活，那张心爱的小钢琴没有移动地方，现在很少有人去碰它。贝思安详的笑脸就在钢琴上方，还像以前那样，俯视着他们，仿佛在说："快乐吧，我就在这里。"

"弹点什么吧，艾美，让大家听听你有了多大长进。"劳里说。他对他有出息的学生满怀自豪，这情有可原。

可是艾美热泪盈眶了，她转动着那张褪色的琴凳，低声说："今晚不弹了，亲爱的，今晚我不能炫耀。"然而，她确实显了一手，这一手比才华或弹艺更好，她唱起了贝思常唱的歌来。歌声里充满柔情，即便是最好的老师也教不出来。任何其他的灵感都不能赋予她更美更甜的震撼力量。屋子里非常安静，唱到贝思最喜欢的圣歌中最后一句时，那清亮的歌声突然卡住了，很难说——世间没有天堂治愈不了的痛苦，艾美依在站在身后的丈夫身上，她感到没有贝思的亲吻，她回家受到的欢迎便不完美。

"好了，我们以米娘之歌作结吧，巴尔先生会唱。"没等艾美的停顿使人难受起来，乔赶紧说。巴尔先生喜悦地清下嗓子，哼了一声。他走到乔站着的角落说——"你和我一起唱，好吗？我们俩的配合会非常好。"顺便说一句，这可是个俏皮的谎话，因为，乔和蚱蜢一样对音乐一窍不通。但是，即便教授提议唱整出歌剧，乔也会同意的。她颤声唱了起来，喜悦中也不管是否合拍。

这没多大关系，巴尔先生像个真正的德国人一样起劲地唱着，他唱得不错。很快乔的声音便降为轻柔的低吟了，这样她便可以听着那似乎专为她唱的圆润的歌声。

你知道那个香橼盛开的国度吗？

这是教授最喜欢的一句歌词，因为"那个国度"对他来说，指的就是德国，但是，现在他却似乎故意带着特别热情的调子拖长了下面的歌调——

那里，哦，那里，我愿意和你一起，哦，我亲爱的，去吧。

这深情的邀请使一个听众心中是那样地激动澎湃着，她极想说她真的知道那个国家，只要他愿意，她随时会欣然前往。

歌唱得非常成功，演唱者得到极大的荣誉。可是，几分钟后，他瞪眼看着艾美戴上帽子，完全失了态；因为乔开始只简单地介绍她为"我妹妹"。从他进屋时起，没有谁叫她的新名字。

后来他更加忘乎所以了，因为劳里在告别时，以他最优雅的风度说道——"我和我的妻子为见到您深感荣幸，先生。别忘了，我们随时欢迎您大驾光临。"于是，教授由衷地致以谢意，满怀喜悦而神采飞扬。劳里认为教授是他所见过的最令人愉快、易动感情的老兄。

"我也该回了。不过亲爱的太太，如果您允许的话，我会乐意再来的，因为城里还有点小事务，将让我在这里逗留几天。"他对马奇太太说着话，眼睛却看着乔。母亲的声音和女儿的眼色都真心诚意地表示同意。正如莫法特太太所设想的那样，马奇太太并非不明白她的孩子们的心事。

"我想那是个聪明人。"客人都离去后，马奇先生站在炉边地毯上满意地评论道。

"我知道他是个好人。"马奇太太一边给闹钟上发条，一边带着赞许的口气补充道。

"我想你们会喜欢他的。"乔只说了这一句，便溜开上床去了。

她奇怪是什么事务把巴尔先生带到这个小城来了，最后认定他被委派到某处担任某种非常体面的工作，只是他太谦虚，不愿提及此事。而他回到了自己的住处，安全保险，无人看见了。这时，他看着一个严肃古板的年轻女士的相片。这女士头发很厚，似乎在忧愁地凝视着未来。要是乔看到教授此时的神色，特别是当他关掉了煤气灯，在黑暗中吻着相片时，她也许会更明白一些。

点评：

乔和劳里最终做了好朋友，这也是个很不错的结局。巴尔教授在乔最需要的时候出现，他从她的诗里读懂了她的心。他在来之前并不知道乔并没有选择"她的男孩"，而"她的男孩"也已经结婚。从这里我们能看出教授对乔有多么挚爱，这种爱是不顾一切的。

第四十四章　我的夫君,我的太太

"母亲大人,请将我的妻子借给我半小时行吗? 行李到了,我在找一些我需要的东西,把艾美的漂亮衣服全翻乱了。"第二天,劳里进来说。他发现劳伦斯太太正坐在妈妈的膝上,好像又成了"宝宝"。

"当然行,去吧,亲爱的。我忘了你除了这个家外还有个家。"马奇太太按了按那白皙的戴着结婚戒指的手,仿佛为她母性的贪心请求原谅。

"我要是能应付得了,就不会过来了。可是,没有我的小妻子,我就没法生活,就像一个——"

"没有风的风向标。"劳里停下找比喻的时候,乔提示道。自打特迪回来,乔又恢复了活泼的老样子。

"没错。大部分时候艾美让我向西,只是偶尔朝南,结婚之后我还没有朝向过东,北面我是一无所知。但是我觉得那完全有益于健康,适得其所。嘿,夫人!"

"至今为止天气不错。我不知道这样能持续多久。可是我不怕风暴,因为我在学着怎样驾驶我的船。回家吧,亲爱的,我帮你找脱靴器,我猜你在我的东西里找的就是它。妈妈,真是拿男人们没办法。"艾美带着主妇似的神气说,这使她丈夫相当欢喜。

"这两个孩子在一起多幸福啊!"马奇先生说。小俩口走后,他发现很难再专心于他的亚里士多德了。

"是的,我看这幸福能持久。"马奇太太补充道。她神色恬静,就像领航员将船安全地引入了港口。

"我知道会持久的,好幸福的艾美!"乔叹了口气。然后,随着巴尔教授急躁地推门进屋,她欢快地笑了。

晚上迟些时候,劳里脑子里放下了脱靴器的事。艾美转来转去,摆放着她的新艺术品。突然劳里对妻子说:"劳伦斯太太。"

"先生!"

"那个人意图娶我们的乔!"

"我希望这样,你呢,亲爱的?"

"嗯,宝贝,我看他像个好人,按照那个富有表现力的词语的绝对意义,是这样。但是我真的希望他稍微年轻些,再大大富有些。"

"哎,劳里,别太挑剔,别太世俗。只要他们相爱,不管多老多穷,都没一点儿关系。"

"但愿我们能为那个好人教授做点什么。我们能不能编造个富亲戚,他乐于助人,死在了德国,留给他一大笔遗产?"劳里说。这时他们手挽着手,开始顺着长客厅来回踱步。

他们喜欢这样,来纪念城堡花园。

"乔会查明真相,然后毁了一切的,就像教授现在这样,乔为他非常自豪。昨天她还说,她认为贫穷是件美好的事情。"

"上帝保佑! 要是她有个学者丈夫,还有五六个小男女教授要养活,她就不会这么想了。现在我们别去干涉,等待机会吧。到时我们为她们做点好事。我受到的教育一部分得归功于乔。她相信人们应该诚实地偿还债务,所以我将用那种方法去说服她。"

"能帮助别人多么令人愉快,是不是? 有力量慷慨施舍那一直是我的一个梦想。感谢你,我的梦想现在实现了。"

"哦,我们尽可能地多做善事,好不好? 有一种穷人我特别想帮助。十足的乞丐得到了照顾,可是,有身份的穷人日子却过得很差,因为他们不求人,人们也不敢贸然提供帮助。然而还是有很多办法帮助他们,只要人们知道怎样巧妙地去做,而不至于冒犯他们。我得说,我宁愿为一个破落的绅士效劳,也不愿去帮助一个巧言哄骗的叫花子。我想这样不对。但我就是愿意这样做,虽然它更难做。"

"因为只有一个绅士才能做到这一点。"劳里补充道。

"谢谢,恐怕我不配受到这样的赞美。但是,我正打算说,我在国外游历时,看到许多有天赋的年轻人为了实现他们的梦想做着各种牺牲,忍受着艰难困苦。他们中的一些人非常杰出。他们像勇士般地工作,他们贫穷,却充满勇气、耐心、意志。我为自己惭愧,很想给予他们适当的帮助。我乐于帮助这些人。因为,假如他们有天赋,则得以为他们效劳,不让天才因为缺乏足够的燃料而埋没或者耽搁,这是个能够获得美誉的善举。

假如他们没有天赋，也能够安慰这些可怜的人，在他们发现自己并非天才时免于绝望，总归是件好事。"

"的确如此。你就这样做吧，你这样像个天使！"劳里叫道。他脸上洋溢着干慈善事业的激情，决心专门为有艺术倾向的人们设立一个机构，并捐赠基金。"要是你愿做勇敢的圣马丁，英勇地穿行于人世间，我真心地愿意帮助你。"

"就这么决定了，我们尽量做好。"

于是一对新人为着心灵的交合而紧紧握手，然后又幸福地继续踱起步来。他们感到温馨的小家更加亲切了，因为，他们希望能使别的家庭快乐。他们相信，要是他们为别人踏平了崎岖之路，他们自己走在繁花似锦的小路上，双脚会走得更直；他们感到，爱心能够使他们温柔地记起不如他们幸运的人们，这种爱心使得他俩的心贴得更紧了。

点评：

从学着写遗嘱时开始，艾美的形象是逐渐高大的，在这一章里则达到了极致。爱心为她增添了令人尊敬的色彩，更给她的家庭增添了幸福。

第四十五章　黛西和德米

　　我感到,作为一个恭顺的马奇家族编史家,如果不至少用一个章节的篇幅讲述两个最宝贝、最重要的家庭小成员,我便没有尽到责任。现在黛西和德米已到了懂事年龄。在这个高速发展的时代,三四岁的孩子便懂得维护起自己的权利来,他们也能得到权利,在这方面他们比许多长辈优越。如果说有这么一对双胞胎面临着完全被宠坏的危险,那便是这两个咿呀学语的小布鲁克。当然,他们是所有孩子中最出色的,我提及下面的事实便可证明。他们八个月会走路,十二个月能流利地讲话,两岁时便能上桌子吃饭了,而且行为得体,惹人喜爱。三岁时,黛西便要"针活儿",而且还真的做了一个缝了四条线的袋子。她还在餐具柜上从事家务,技术熟练地操作着一个极小的烹调炉,使罕娜流出了骄傲的眼泪。而德米在跟爷爷学习字母。爷爷发明了一种新的教学方式,用他的胳膊和腿组成字母,这样把头和脚的锻炼并为一体。这男孩很早就显露出了机械方面的天才,使爸爸高兴、妈妈惊喜。因为,他试图仿制所有他见过的机器,使育儿室总是杂乱不堪。

　　虽然双胞胎性格迥异,他们相处得还是非常好,一天中极少有争吵三次以上的。当然,德米虽对黛西横行霸道,却也英勇地护卫着她不受任何别的侵略者的侵犯;而黛西则把自己当成划船的奴隶,她崇拜哥哥,认为他是世上最完美无缺的人。

　　黛西是个面色红润、身体圆胖的快活的小东西,这个有魅力的小家伙似乎生来就是让人亲吻、拥抱、喜爱的,像个小女神。要不是一些小淘气行为使她带着不安分的天性,她就十足是个天使了。她的世界,总是阳光灿烂。

　　每天早晨,她身穿小睡袍,爬到窗口向外张望,不管下雨还是天晴,她总是说:"噢,考(好)天! 噢,考天!"她那样信任地让陌生人亲吻,使得最顽固的单身者也动了怜爱之心,爱孩子的人们更是深情切切。

　　随着她的成长,妈妈开始感觉到,像那个曾使老屋舒适的人一样,鸽屋里存在着这样一个安静可爱的人儿,是上帝的赐福。

她祈祷免受那样的损失。那种损失使他们懂得他们曾那么长时间无意识地拥有一个天使。她的爷爷常常叫她"贝思",奶奶带着不知疲倦的神情专注于她,仿佛试图补偿过去的某种过失。这种过失只有她才能看得见。

德米像个真正的美国人,他生性好奇,对所有的事都想知道。他常常把自己弄得非常不安,因为他无穷的问题经常得不到满意的回答。

他还有着哲学家的倾向,这使爷爷非常高兴。爷爷常和他进行苏格拉底式的谈话,谈话中那位早慧的学生有时向老师提出问题,使妇人们露出掩饰不住的赞赏之情。

"爷爷,是什么使我的腿走路?"一天晚上嬉闹后歇息时,年轻的哲学家带着沉思的表情打量着他身体的那个活跃部分问道。

"是你的小脑袋,德米。"老哲学家抚摸着他那金黄色的脑袋恭敬地回答。

"小脑太(袋)是什么呢?"

"是使你身体活动的东西,就像我手表里的发条能使齿轮转动那样。"

"把我打开吧,我想看着它卷(转)动。"

"那我可做不到,就像你也不能打开手表一样。上帝给你上了发条,你就走着,直到他止住你。"

"是这样吗?"德米接受了这个新的思想,棕色的眼睛变得又大又亮。

"我就像只手表给上了发条?"

"是的,可是我不能告诉你是怎样上的,因为上的时候我们没有看到。"

德米摸着自己的后背,好像期待发现那里就和手表的背面一样,然后他严肃地说道:"我猜抢(想),上帝在我睡着的时候上的发条。"

这些讨论常常会引得罕娜担心不已:"聪明的孩子待在这世上不会久。"可是他转眼就来了一些恶作剧,使她消除了担心。那些可爱、肮脏、淘气的小坏蛋们就用这些恶作剧使他们的父母又是烦恼又是欢喜。

梅格制定了许多道德准则,并试图推行。但是,什么样的母亲经得住他们迷人的诡计、巧妙的辩辞或者镇定的放肆呢?而这些微型的男人、女

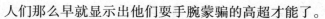

人们那么早就显示出他们要手腕蒙骗的高超才能了。

"不许再吃葡萄干了,德米,那样你会生病的。"妈妈对小伙子说。这一天做葡萄干布丁时他在厨房要求帮忙,无休止地定时来要。

"德米喜欢生病。"

"这里不需要你,你走开去帮黛西做小馅饼吧。"他不情愿地离开了。但是受到的委屈压在心头,不一会儿,弥补的机会来临了,他用精明的交易智胜了妈妈。

"好了,你们都是乖孩子。现在你们喜欢什么,我就来做什么。"这时,布丁已经安全地放在罐子里发着了,梅格领着她的助手厨师们上楼时这么说。

"当真,妈妈?"德米问,他那搓了许多粉的脑袋里冒出了个绝妙的主意。

"是的,当真。你说的任何事。"缺乏远见的母亲回答。她自己准备着把"三只小猫"唱上五六遍,或者豁出去带她的一家子去"买一便士小面包",可是德米却把她逼入绝境,他冷静地回答:"那么,我们去吃光所有的葡萄干。"

乔阿姨是两个孩子的主要玩伴和知心人。这三人总是把小房子弄得乱七八糟。艾美阿姨对他们来说还只不过是个名字。贝思阿姨很快便淡化为令人愉快的模糊记忆。然而,乔阿姨是个活生生的实体,他们充分地利用她,而乔也深深地感激他们表示的敬意。可是,巴尔先生来后,乔便忽视了她的玩伴们。两个小家伙感到不悦、委屈。黛西喜欢到处兜售亲吻,现在失去了她最好的顾客,破产了。德米以那幼儿的观察力很快就发现,与他相比,乔阿姨更喜欢和"大胡子"在一起玩。虽然受了伤害,但他隐藏起他的痛苦,因为他不想侮辱对手。

这个对手的口袋里总是巧克力糖块的宝库,还有块手表,可以拿出盒子,任由热情的欣赏者摇动。有的人可能会把这些看作贿赂,可是德米不这么看。

他继续带着沉着的殷勤惠顾"大胡子"。而黛西则在他第三次来访时便赐予他小小的爱慕之情,把他的肩当作宝座,胳膊当作藏身处,他的礼物当作无价之宝。

青少年课外阅读系列丛书

先生们有时会突然兴起，赞美起女士们的小亲戚们来，这是为了女士们的缘故。但是这种假装的爱心不自然地附加于他们身上，一点儿也骗不了人。巴尔先生的爱心却是真诚的，当然也是有效的——因为，他是那种和孩子在一起无拘束的人，当小脸蛋和他的男子汉脸孔成为有趣的对照时，他看上去特别开心。他的事务，不管那是什么，一天天地留住了他。晚上他很少不来看的——嗯，他总是说来看马奇先生。优秀的爸爸误解了，认定他的确有吸引力。带着类似的情绪，他沉迷于长时间的讨论中，直到他那更具观察力的孙子偶然说出的一句话，才使他突然明白过来。

一天晚上，巴尔先生来访，他停在书房门口，眼前的情形使他大为惊讶。马奇先生躺在地板上，平日里令人尊敬的双腿跷在空中。德米在他身边同样躺着，试图用他那穿着红色长筒袜的短腿模仿爷爷的姿势。两个躺着的人的神情那样严肃专注，竟意识不到有旁观者，直到巴尔先生发出洪亮的笑声。乔带着震惊的神色叫道——"爸爸，爸爸，教授来了!"一双黑腿落了下去，一颗灰色的脑袋抬了起来。导师带着泰然自若的神情说:"晚上好，巴尔先生。请稍等片刻，我们就要结束课程了。好了，德米，摆出这个字母来，说出它的名字。"

拼命地努力了一番，那双红腿摆出了一副圆规的样子，然后聪明的学生得意洋洋地叫道:"这是个 We，爷爷，这是个 We!"

"他是个天生的韦勒。"乔笑道。她的爸爸收回了双腿，侄子则试图倒立，那是他对下课了感到满意的唯一表达方式。

"你今天做什么了?"巴尔先生拉起了地板上的体操运动员，问他。

"去看小玛丽了。"

"在那儿干什么了?"

"我亲了她。"德米天真率直地回答。

"噗! 你开始得太早了。小玛丽怎么说?"巴尔先生问道。他继续听着小罪犯的忏悔。小罪犯站在他的膝上，探索着他的口袋。

"噢，她喜欢那样，她也亲了我。我也喜欢。难道小男孩会不喜欢小女孩吗?"德米补充道。他的嘴巴塞满了，美滋滋地嚼着。

"你这个小坏蛋，是谁把那放到你脑子里的?"乔问。她和教授一样欣赏这个天真的秘密。

"不是放在我脑子里,而是放在我的嘴趴(巴)里。"抠字眼的德米回答。他伸出舌头,上面有一颗巧克力糖,他以为乔指的是糖果,不是指思想。

"你该给小朋友留一些。糖果应该给亲爱的嘛,小大人。"巴尔先生给了乔一些。他的表情使乔怀疑巧克力是不是众神饮用之酒。德米也看到了他的笑容,他率直地询问道——"大男孩也喜欢大女孩吧,教授?"

就像小华盛顿那样,巴尔先生"不能说谎"。于是,他只好含含糊糊地回答了他。他的语调使得马奇先生放下了衣刷,瞥了瞥乔羞怯的面容,然后沉进椅子里,看上去好像那"早熟的孩子"把一个又甜又酸的念头放进了他的脑子。

半小时后,乔阿姨在瓷器橱里捉住了德米,她没有因为他跑进那里而揍他,而是亲切地搂着他的小身体,差点让他透不过气来。做出这种新举动之后,又给了他一个意外的惊喜,一大块涂了果酱的面包。乔阿姨为什么这样做呢?德米的小脑袋百思不得其解,被迫永远放弃这个问题不去解决它了。

点评:

两个淘气的小孩子自出生后就为这个家庭带来了数不清的欢乐,其童真的言行举止总是让人忍俊不禁。在本章里,淘气包德米又误打误撞地捅破了教授与乔之间的那层窗户纸,为二人最终的圆满结局开启了房门。

第四十六章　在雨伞下

　　劳里和艾美夫妻俩在天鹅绒地毯上安然地踱步,为幸福的未来筹划,把个小家料理得井然有序。与此同时,巴尔先生和乔走在泥泞的道路上。潮湿的田野中,享受着一种不同的散步的情趣。

　　到了第二个星期,每个人都完全知道了正在发生的事情。可是,大家都试图做出对乔脸色的变化全然不觉的样子。

　　他们从不问她为什么一边做活儿一边唱歌,一天要梳三遍头,为什么傍晚散步脸会红起来。巴尔教授一边和爸爸谈哲学,一边给女儿上爱情课,似乎没有谁对此有丝毫的怀疑。

　　乔现在已是六神无主,不能保持往日庄重的常态了。她试图对自己的感情采取断然措施,可她做不到,并且愈加心浮气躁。过去她多次强烈宣布要独立,而现在,她非常害怕因为自食其言而被人笑话。她特别怕劳里会笑话她,幸好有人看管着他,他的言行举止倒没有什么出格之处。公开场合他从不称巴尔先生为"极好的老头儿",也不以任何方式暗示乔大有变化。看到教授的帽子几乎每天晚上都出现在马奇家客厅的桌子上,他也没有一点儿大惊小怪。他心中欣喜不已,企盼那个时刻来临,他好送给乔一只馈赠盘,上面画有一个莽汉和一根破权杖,就像是枚盾形纹章,那再合适不过了。

　　两个星期来,教授真像情人那样很有规律地来往不断。后来又整整三天没有露面,音信全无。这使得大家的心情一下子紧张起来。乔开始有些忧心忡忡,然后——唉呀,爱情!——窝火透了。

　　"我敢说,他反感我了。和来时一样突然回家去了。当然,这也没什么。可是我倒认为,他本应该像个绅士那样来向我们道别的。"一个阴天的下午,她失望地看着大门,自言自语道,一边穿戴整齐准备像往常那样出去散步。

　　"你最好带把小雨伞,亲爱的。看来要下雨。"妈妈说。

　　"是的,妈妈。你要买什么吗? 我要进城买些稿纸。"乔回答。她在镜子前拉开下巴上的帽结,不让妈妈看到自己的脸。

　　"要的,我要一些斜纹亚麻布,一盒九号针,还要两码淡紫色丝带。你穿上厚靴子了吗？外套里面有没有穿了些暖和的衣服？"

"我想，穿了。"乔心不在焉地回答道。

"要是你碰巧遇上了巴尔先生，就带他回家来喝茶。我还真想见到那亲切可爱的人呢。"这句话乔听见了，但没作回答。她只是亲了妈妈一下，便迅速走开了。她尽管伤心，还是带着感激的心情想道："她对我有多好啊！那些没有妈妈帮助渡过难关的姑娘们可怎么办啊？"

先生们往往聚集在事务室、银行和批发商品的贮藏室。卖绸缎呢绒的商店和上述地方并不位于一处，乔却发现自己不觉走到了那些地方。她一件差事没干，沿路闲逛，好像在等什么人。她带着非常不适合女性的兴趣浏览着这个橱窗里的机器，那个橱窗里的羊毛样品。她打翻了货桶，几乎被下卸的货包砸到，忙碌着的男人们没礼貌地乱推着她，他们的神情好像奇怪"她究竟怎么会到了这里？"

她脸上感到了一滴雨点，这把她的思绪从受挫的希望拉回到毁了的丝带。雨点继续在下落，她作为女人又作为情人的细心柔肠让她感觉到了雨点。虽然挽救破碎的心为时已晚，但也许还能挽救下她的帽子。现在她想起了那把小雨伞仓促上路时忘了带上它。可是后悔无益。没什么好做的，要么去借一把伞，要么任由雨淋。她抬头望了望阴霾的天空，低头看看已经弄上了点点黑斑的红色帽结，又朝前看看泥泞的街道，然后踌躇地回头久久盯着一家肮脏的货栈，货栈门上写着"霍夫曼斯瓦兹联营公司"。

乔带着自责的神情自言自语道——"我活该如此！我有什么理由要穿戴上最好的衣帽，跑到这里来卖俏，希望见到教授？乔，我为你感到羞耻！不，不能去那里借伞，也不能向他的朋友打听他现在在哪里。就在雨中跋涉，办你的事吧。假如你因为淋雨患重伤风而死，并且淋毁了帽子，也一点儿不冤枉。就这么干吧！"这样想着，她猛地冲往街对面，差一点被一辆飞驰开过的卡车轧死。她一下撞进一个威严的老先生怀里，老先生有些生气，说道："对不起，小姐。"乔有点胆怯了，她站直身，用手帕盖住那注定要遭殃的丝带，慌不择路地走着。她的脚踝越来越湿，头顶上行人的雨伞撞来撞去。一把有些旧的蓝雨伞在她没有保护的帽子上定住不动了，一下子吸引了她的注意力。她抬起头来，看到巴尔先生正在朝下看着她。

"我想知道那个意志坚强的女士是谁，她那么勇敢地在这么多马车前奔走，这么快地在烂泥路上穿行。你来这里做什么，我的朋友？"

青少年课外阅读系列丛书

"我来买东西。"巴尔先生笑了。他的眼光从街道一边的泡菜坊扫到另一边的皮革批发商行。但是他只是礼貌地说道:"你没有伞,我可以和你一起去,帮你拎东西吗?"

"可以,谢谢。"乔的面颊像丝带一般红了,她不知道他怎么想她的,但是她不在乎。一会儿她便发现自己和她的教授在手挽手走。

她感到太阳似乎破云而出,光芒四射,世界又恢复了正常。这个正在涉水而行的妇人幸福透顶。

"我们还以为你已经走了呢。"乔急切地说道,她知道他在看着她。她的帽子够大,能藏得住她的脸,她担心她的脸会泄露出高兴的神情,使他认为缺乏少女气。

"你们对我那么好,你相信我竟会不辞而别吗?"他带着那种责备语气问。

她感到好像那个暗示侮辱了他。她由衷地回答道——"不,我不相信。我知道你在忙着自己的事。可是我们非常想见你——特别是爸爸、妈妈。"

"那你呢?"

"见到你我总是高兴的,先生。"乔极力保持声音的平稳,结果话说得非常冷静,句末那个无情的小单音节似乎使教授很扫兴,他的笑容消失了,他严肃地说道——

"谢谢你。我走之前会再去一次。"

"那么,你要走?"

"我这里没事了,已经办完了。"

"我希望你成功了。"乔说。教授简短的回答里有着失望的痛楚。

"我可以这样想,因为我找到了一条路,可以挣得面包,大大地帮助我的孩子们。"

"请告诉我!我想知道一切——关于孩子们的事。"乔急切地说。

"我乐意告诉你。朋友们为我在大学里谋到个职位,我将在那里和在家一样教书,挣得足够的钱为弗朗兹和埃米尔铺平道路。我为这件事感到高兴,该不该这样?"

"你真的该高兴。你能做你喜欢的事,而我们又能常见到你,还有孩子们,这太妙了!"乔叫着,情不自禁地露出了满意的神色,却拉着孩子们作幌子。

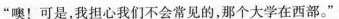

"噢！可是,我担心我们不会常见的,那个大学在西部。"

"那么远啊!"乔放下裙裾,任其听天由命了,好像她不在乎她的衣服和她自己有什么遭遇。

巴尔先生懂得几种语言,可是还不曾学过读懂妇女。他自以为相当了解乔。所以,那天乔的声音、神色、态度相互矛盾,使他大为惊讶。她接二连三地露出矛盾,半个小时内心境变换了五六次。遇到他时她看上去惊喜,虽然不由得使人怀疑她是为那个采买的目的而来的。当他把胳膊伸给她时,她挽上胳膊的表情充满喜悦。可是当他问及她是否想他时,她的回答是那样正式,让人扫兴,以致绝望笼罩了他。获悉他的好运,她几乎拍起手来,那完全是为孩子们而高兴吗? 然后,听说了他的目的地,她又说:"那么远啊!"那绝望的语调将他举到了希望的顶峰。可是,转眼间她又使他掉落了下来。她像完全沉浸在差事中那样说——

"我采买东西的地方到了。你要进来吗? 花不了多长时间。"乔很为她的采买能力自豪。她特别想干净利落地完成差事,给她的陪伴留下深刻印象。可是,由于她心绪不宁,结果事事不如意。她打翻了针盒,忘记了要买的亚麻布是"斜纹的",还找错了零钱。她在印花布柜台要买淡紫色丝带,自己弄得糊里糊涂的。巴尔先生站在一旁,看着她红着脸,犯着错。

看着看着,他感觉自己的困惑似乎减轻了,因为他开始看出,在有的场所,女人们像梦一样,正好相反。

他们出来时,他将包裹夹在胳膊下,脸色开朗起来。他踩着水坑,好像这一切总的说来他很欣赏。

"我们要不要为两个孩子采买点什么? 要是我今晚去你们那个快乐之家,做最后一次拜访,你说好吗?"他停在一个摆满水果和鲜花的橱窗前问。

"我们买什么好呢?"乔问。她忽视了她问话的后一部分,走进店里装作愉快的样子闻着水果和鲜花的混合香味。

"他们吃不吃桔子和无花果?"巴尔先生带着父亲般的神情问。

"有多少吃多少。"

"你喜吃坚果吗?"

"像松鼠一样喜欢。"

"葡萄汉堡包,是的,我们可以用这些东西为祖国干杯,好吗?"乔觉得

青少年课外阅读系列丛书

这有些奢侈而皱起了眉头。她问他为什么不买一篓枣子、一罐葡萄干、一袋扁桃，然后就此打住。于是，巴尔先生没收了她的钱包，掏出了他自己的。他买了几磅葡萄、一盆粉红色雏菊，还有一瓶漂亮的蜂蜜，说它漂亮是从盛它的小颈大瓶看的。这样购买完毕，他的口袋被一些小球形物品撑得变了形。他把花交给乔拿着，自己撑开那把阳伞，两个人继续走路。

"马奇小姐，我有件大事要求你。"在湿地里走了半个街区后，教授开了口。

"说吧，先生。"乔的心跳得那么响，以致她担心他会听见。

"虽然在下雨，我还是得斗胆相求，因为我只剩下这么点时间了。"

"是的，先生。"乔突然捏了下花盆，差点将它弄碎。

"我想为我的蒂娜买件小衣服，可是我太笨，自己去选不好。能请你帮忙参谋一下吗？"

"好的，先生。"乔突然觉得镇定冷静下来，仿佛跨进了冰箱。

"还要为蒂娜的母亲买条披肩。她那么穷，丈夫又是那样的一个拖累。对了，带给那小母亲一条暖和的披肩将会有帮助的。"

"我会乐意效劳的，巴尔先生。"乔接着对自己说，"我很快就要在他的心中消失了，而他却每分钟越来越可爱了。"然后，她带着思想上受到的打击，十足热心地为他参谋起来，好像什么事也没发生。

巴尔先生把一切都交给她办了。于是，她为蒂娜选了一件漂亮的长外衣，然后要店员拿出披肩来看。店员是个已婚的人，他放下架子，对这一对人产生了兴趣，他们似乎是在为自己的家庭采购。

"你夫人也许更喜欢这一条，这条披肩质量上乘，颜色也很好，非常高雅、时髦。"他说着将一条柔软的灰色披肩抖开，披在乔的肩上。

"这条合你意吗，巴尔先生？"她将背转向他询问道，她深深感激这个使她藏起脸的机会。

"非常合意，我们就买这一条吧。"教授回答。他一边付钱一边暗笑着。而乔继续搜捡着一个个柜台，像是个改不了的到处找便宜货的人。

"现在我们该回家了吧？"他问。

"是的，不早了，而且我这么累。"乔的声音不觉感伤起来，她第一次发现，她的双脚冰冷，头也作痛，她的心比脚更冷，心中的痛比头痛更甚。巴尔先生就要离开她了。他喜欢她，只是作为朋友，这一切都是个美丽的错误。结束得越早越好。她脑中这样想着，便叫住了一辆开近的公共马车。

她叫车的手势那样仓促,以致使得雏菊飞出了花盆,糟糕地毁坏了。

"这不是我们要乘的马车。"教授说,他挥手让满载着乘客的马车开走,俯身去拾那些可怜的花儿们。

"请原谅。我没有看清车牌。没关系,我能走,我习惯在泥地里跋涉。"乔回答说。她使劲眨巴着眼,因为她宁肯去死也不愿公开地擦眼泪。

虽然她扭转了头,巴尔先生还是看到了她面颊上的泪珠。

此情此景显然大大感动了他。他突然俯下身来,意味深长地问道:"我最亲爱的,你为什么哭了?"

乔若不是因为初涉爱河,她会说她不是在哭,而是因鼻子有点不适,淌清鼻涕,或者扯个别的适当的借口撒个小谎。可是她没那样说,却控制不住地抽泣着,有损尊严地回答:"因为你要走了。"

"Ach mein Gott,那太好了。"巴尔先生叫了出来。他顾不上雨伞和物品,费劲地拍起手来。"乔,除了全部的爱,我没什么给你的了。我来是看看你是否在乎我的爱的。我等待着能确信这一点,我和你的关系已超出朋友,是不是这样?你能为老弗里茨在心中留个小位置吗?"他一口气说完了这些话。

"哦,好的!"乔说。他非常满足了。她用双手抱住了他的胳膊,脸上的表情清楚地显示出,即使没有了那把旧雨伞的遮蔽,能和他并肩穿越人生,也是她无上的幸福。

这种求婚方式当然很困难,因为,即便巴尔先生愿意下跪,地上的烂泥也使他不能这么做。他也不能伸手给乔向她求婚,因为他双手都拿着东西。更不要说在光天化日之下忘情地表达爱慕之心,尽管他差一点就这样做了。所以,唯一能表达他狂喜心情的方式便是深情款款地看着她,那是种容光焕发的表情。实际上,他胡子上闪着的亮晶晶的泪光里似乎有着小小的彩虹。假若他不是那样深爱着乔,我想,当时他不可能那样的。

路人也许会以为他们是一对没有恶意的神经病,因为,他们完全忘了叫车,忘了渐浓的暮色与雾,从容不迫地步行着。他们根本不在乎别人怎样看他们,他们此刻沉浸在幸福的时光里,这种时光极少来临,一生只有这一次。这个神奇的时刻给老人以青春、给丑人以美貌、给穷人以财富,让人类预先尝到天堂的滋味。教授看上去像是征服了一个王国。他幸福之至,尘世赐予他的没有比这更好的了。乔在他身边沉重地跋涉着,她感觉好像她的位置一直就该在这里,纳闷她以前怎么会选择别的命运。当然,是她先开口说话的——我是说,这可以理解,因为,她先激动地说:"哦,好的!"随后又动情地说:"弗里德里克,你为什么不——"

"哦,天哪,她叫我的那个名字,明娜死后还没有谁那样叫过我!"教授叫着。他在一个水坑边停下,怀着满心欢喜与感激看着她。

"我总是在心里这么叫你——我忘了,但是,除非你喜欢,否则我不会这样叫了。"

"喜欢?我说不上那有多么甜蜜。你也说'卿'好吧,我得说,你们的语言几乎和我的一样美丽。"

"'卿'是不是有点感情用事?"乔问,她暗以为那是个可爱的单音节。

"感情用事?是的,感谢上帝,我们德国人信奉感情用事,用它来使我们保持年轻。你们英语中的'你'那么冷淡,说'卿',我最亲爱的,它对我意义非凡。"巴尔先生恳求道,他更像个谈情说爱的学生,而不像个严肃的教授。

"那么,好吧。卿为什么不早点告诉我这些?"乔有些羞怯地问道。

"现在我让你洞悉了我全部的心思,我也非常乐意这么做,因为从此以后卿得时刻照拂它。明白了吗?我的乔——啊,那可爱、有趣的小名字——那天在纽约和你道别时,我就想对你说点什么。可是,我以为那漂亮的朋友和你订了婚,所以我没说什么。假如我那时说了,卿会回答'好的'吗?"

"我不知道。恐怕我不会说的,那时我一点心思也没有。"

"哦!我不相信。它是睡着了,直到那可爱的王子穿过树林,将它唤醒。啊,是的。'Die erste Liebe ist die beste①,可是我不应那样企盼。"

"是的,初恋确实最珍贵,所以你就知足吧,因为我从未有过另外的恋爱。特迪不过是个男孩,我很快就打消掉了他的幻想。"乔说。她急于纠正教授的错误。

"好!那我就满足了。我确信卿给了我全部的爱。我等待了那么久,卿会发现,我变得自私了,教授夫人。"

"我喜欢那个称呼。"乔叫着,为她的新名字而高兴,"现在告诉你,正在我最需要你的时候,是什么使你来到这里的?"

---

① 德语:初恋最珍贵。

"是这个。"巴尔先生从背心口袋里掏出一张揉皱了的纸片。

乔打开了纸片，神情非常羞怯，因为那是她自己向一家诗歌报刊投的稿件之一。

"那怎么使你来的呢?"她问。她不完全明白他的意思。

"我偶然发现的。我从那些名字和缩写的署名上知道了它。诗中有一小节似乎在召唤我,于是我就来了。"

"这其实是首很蹩脚的诗,但我是有感而作的。那一天,我感到非常孤独,靠在装破布的袋子上大哭了一场,然后写了它。我绝没有想到它能讲述故事。"乔说着,把教授珍藏许久的诗撕碎了。

"让它去吧,它已完成了使命。"教授笑着说。他注视着纸片在风中飞散。"我读了那首诗,心里想,她有了痛苦,她感到孤独,她将在真正的爱情中找寻到安慰。而我心中充满了爱,充满了对她的爱,难道我不应该去对她说:'假如这爱不是太微不足道的话,以上帝的名义,接受它吧,我也希望能接受到爱。'"

"所以你就来查明它是不是微不足道,结果发现那确是我需要的宝贵东西。"乔低声地说。

"虽然你那样客气地欢迎我,开始我却没有勇气那样想。可是不久我就开始希望。然后我就对自己说:'即便是为爱而死我也要得到!'我会那么做的!"巴尔先生叫道,同时挑战似的点着头,仿佛笼罩他们的薄雾便是障碍,要他去克服或勇敢地将之摧毁。

乔想,那太美妙了。她决心无愧于她的骑士,虽然他没有衣着华丽,骑着战马昂然前行。

"什么事让你离开这么久?"过了一会儿,她问。她发现,问一些机密的问题,得到愉快的回答,这多么悦人,所以她保持不了安静。

"让我离开的确不易。但是,我没有勇气将你从那么幸福的家里带走,直到我能有希望为你提供一个幸福的家。那要经过很长时间,也许还得努力工作。我除了一点点学问,没有财产积蓄。我怎能要求你为我这么个又老又穷的人放弃那么多东西呢?"

"你穷我乐意。我忍受不了一个有钱的丈夫。"乔决然地说道。然后她用更柔和的声调补充道:"不要害怕贫穷,我早就尝尽了贫穷的滋味,贫穷不再使我恐惧。为我所爱的人们工作我感到幸福。别说你自己老了——四十正当年。即便你七十岁,我也会真心爱你!"

"这对乔是个很大的牵绊。"梅格说,一边抚摸儿子的头,儿子正全神贯注地听着。

"乔能这么做,她会为之幸福的,这是个绝妙的主意。把一切都告诉我们吧。"劳伦斯叫道。他一直渴望帮助这对情侣,可是他也知道他们会拒绝他的帮助。

"我知道你会支持我的,先生。艾美也会——我从她的眼神看出来了。好啦,我亲爱的人们,"乔认真地说道,"你们得理解这不是我一时心血来潮,而是酝酿已久的计划。在弗里茨来之前,我就常想,等我发了财,家里又没有人需要我时,我就去租间大房子,收养那些没有母亲照顾的、可怜的孤儿,让他们的生活及时得到改善。我看到许多孤儿因为得不到适时的帮助而走向堕落。我非常乐意为他们做些事情。我似乎能感觉到他们的需要,我同情他们的处境。哦,我是多么地希望做他们的母亲啊!"马奇太太向乔伸出了双手,乔也握住妈妈的手。她热泪盈眶了,脸上却挂着笑,像以前那样热情洋溢地说起话来。她们已经很长时间没有看到她这样热烈的情绪了。

"我曾经将我的计划告诉过弗里茨,他说那正是他打算做的,他同意等我富裕了就着手去做。上帝保佑那位好心人!他一生都在这么做——我是说,他帮助穷孩子们,自己却富不起来。钱在他的袋子里搁不长久,积蓄不起来,而现在多亏了我那善良的老婶婶,我不配得到她这样的垂爱。我富有了,至少我这样认为。要是我们成功地开办一个学校,我们能在梅园生活得相当好。那地方正适合男孩子们,宅院很大,家具既结实又简单。有许多屋子可容下十几个孩子,屋外有非常好的场地。孩子们能在花园和果园里帮忙:这样的工作有益健康,是不是,先生?而且弗里茨可以用他的方式教育孩子们。爸爸会帮弗里茨的。我可以照料他们的饮食起居,爱抚他们,管教他们,妈妈会支持我的。我一直盼望能有许多孩子,尽情地和这些可爱的小东西们享受欢乐。想想那是什么样的感受!——我拥有了梅园,还有一大群孩子和我一起共享田庄!"乔兴奋得手舞足蹈,全家人爆发了一阵欢笑。劳伦斯先生大笑着,使得他们不由得担心他会笑出中风来。

"我看不出这有什么好笑的,"笑声停止时,乔神情严肃地说,"我的教

"是这个。"巴尔先生从背心口袋里掏出一张揉皱了的纸片。

乔打开了纸片，神情非常羞怯，因为那是她自己向一家诗歌报刊投的稿件之一。

"那怎么使你来的呢?"她问。她不完全明白他的意思。

"我偶然发现的。我从那些名字和缩写的署名上知道了它。诗中有一小节似乎在召唤我,于是我就来了。"

"这其实是首很蹩脚的诗,但我是有感而作的。那一天,我感到非常孤独,靠在装破布的袋子上大哭了一场,然后写了它。我绝没有想到它能讲述故事。"乔说着,把教授珍藏许久的诗撕碎了。

"让它去吧,它已完成了使命。"教授笑着说。他注视着纸片在风中飞散。"我读了那首诗,心里想,她有了痛苦,她感到孤独,她将在真正的爱情中找寻到安慰。而我心中充满了爱,充满了对她的爱,难道我不应该去对她说:'假如这爱不是太微不足道的话,以上帝的名义,接受它吧,我也希望能接受到爱。'"

"所以你就来查明它是不是微不足道,结果发现那确是我需要的宝贵东西。"乔低声地说。

"虽然你那样客气地欢迎我,开始我却没有勇气那样想。可是不久我就开始希望。然后我就对自己说:'即便是为爱而死我也要得到!'我会那么做的!"巴尔先生叫道,同时挑战似的点着头,仿佛笼罩他们的薄雾便是障碍,要他去克服或勇敢地将之摧毁。

乔想,那太美妙了。她决心无愧于她的骑士,虽然他没有衣着华丽,骑着战马昂然前行。

"什么事让你离开这么久?"过了一会儿,她问。她发现,问一些机密的问题,得到愉快的回答,这多么悦人,所以她保持不了安静。

"让我离开的确不易。但是,我没有勇气将你从那么幸福的家里带走,直到我能有希望为你提供一个幸福的家。那要经过很长时间,也许还得努力工作。我除了一点点学问,没有财产积蓄。我怎能要求你为我这么个又老又穷的人放弃那么多东西呢?"

"你穷我乐意。我忍受不了一个有钱的丈夫。"乔决然地说道。然后她用更柔和的声调补充道:"不要害怕贫穷,我早就尝尽了贫穷的滋味,贫穷不再使我恐惧。为我所爱的人们工作我感到幸福。别说你自己老了——四十正当年。即便你七十岁,我也会真心爱你!"

教授被深深地打动了,要是他能拿出他的手帕,他早就拿出来了。可是他双手抓着东西没法拿,于是乔为他擦去了眼泪。她接过来一两件东西,一边笑着说——"我也许是好胜,可是现在谁也不能说我超出本分了,因为女人的特殊使命就是为人擦眼泪,忍辱负重。我要承受我那一份,弗里德里克,我要帮着挣钱养家。这一点你得接受,否则我绝不去那儿。"她坚定地补充道。

"我们会看到我们的未来的。乔,耐心等待一段时间,好吗? 我得离开去独自工作。我必须要先帮助我的孩子们,因为,即便是为了你,我也不能对明娜失信。你能原谅我吗? 能幸福地盼望、等待着吗?"

"是的,我知道我能,因为我们相互爱着,其他的一切都无足轻重。我也有我的责任和工作。如果是为了你而忽视了它们,我也不会快活。所以没必要慌乱或焦躁。你可以在西部尽你的责任,我在这里干我的。我们俩都幸福地做着最好的打算,把将来交付上帝安排。"

"哦,卿赐予我这么大的希望与勇气。我除了一颗盛满爱的心和一双空手,没有别的可以给予你了。"教授叫道,他完全不能自持了。

乔从来、从来就学不会规规矩矩。他们站在台阶上,他说出那些话,乔只是将双手放进他的手里,温柔地低声说:"现在不空了。"然后,她俯身在雨伞下吻了她的弗里德里克。这真算是出格了。可是,即使那一群栖息在树篱上的麻雀是人类,她也会那样做,因为她真的忘乎所以了。除了她自己的幸福,她完全顾不上其他的事了。这是他们一生中最幸福的时刻,尽管这一刻是以非常简单的形式出现的。暗夜、风暴、孤独已经过去,迎候他们的是家庭的光明、温馨与宁静。乔高兴地说着"欢迎你回家!"将她的恋人领进屋,关上了门。

点评:

如果有真爱,那么年龄不是问题。巴尔教授睿智幽默、平易近人,而且和乔有共同的爱好,从这些方面来说,他确实很适合乔,并能给她成熟的爱情。至于乔,她当然也不可能当一辈子假小子,随着年龄的增长,她迟早也会变成一个小妇人。只是,初涉爱河的他们在彼此猜度对方心意的时候缺乏沟通,因而差点失之交臂。好在雨伞下他们的爱情最终开花结果、水到渠成了。从此,孤独对他们两人来说都已成为过去,迎接他们的将是家庭的温馨与宁静。

第四十七章 收获季节

有一年光景,乔和教授都在工作着、等待着、希望着。他们谈情说爱,偶尔相会。他们写了那么多的情书,以至于一时洛阳纸贵,劳里如是说。第二年开始冷静些了,因为他们还未看到光明的前景,马奇婶婶也突然过世了。他们最初的悲痛过后——虽然老太太尖酸刻薄,他们还是爱她的——他们有理由高兴起来,因为老太太将梅园遗留给了乔,这使得种种欢乐之事成为可能。

"那是个很不错的古式庄园,会带来大笔钱财的,你肯定会打算卖掉它。"劳里这么说。

"不,我不卖。"乔决然回答。她抚弄着那只肥壮的卷毛狗。出于对它原先的主人的尊重,乔领养了它。

"你不会是要住在那儿吧?"

"是的,我要住到那儿去。"

"可是,我亲爱的姑娘,那是间非常大的宅院,管理它要很多很多的钱。光是花园和果园就得两三个人照料。我想巴尔对农活也不在行。"

"要是我提议这么做,他会在那方面努力的。"

"你期待靠那里的农产品过活?噢,听起来其乐无穷,可你会发现农活非常辛苦。"

"我们准备种的庄稼是有利可图的。"乔笑了起来。

"什么样的庄稼这么令你心驰神往,夫人?"

"男孩子,我想为小孩子们办一所学校——一个愉快的、家庭般的好学校。我来照料他们,弗里茨教他们。"

"那可真是乔式计划!这不正是她的行事风格吗?"劳里听着,向其他家庭成员吁求赞同。他们和他一样吃惊不小。

"我喜欢这个计划。"马奇太太决然说道。

"我也喜欢。"她丈夫补充道。一想到有机会对现代青年试行苏格拉底的教育方法,他便十分赞同了。

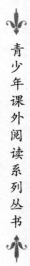

"这对乔是个很大的牵绊。"梅格说,一边抚摸儿子的头,儿子正全神贯注地听着。

"乔能这么做,她会为之幸福的,这是个绝妙的主意。把一切都告诉我们吧。"劳伦斯叫道。他一直渴望帮助这对情侣,可是他也知道他们会拒绝他的帮助。

"我知道你会支持我的,先生。艾美也会——我从她的眼神看出来了。好啦,我亲爱的人们,"乔认真地说道,"你们得理解这不是我一时心血来潮,而是酝酿已久的计划。在弗里茨来之前,我就常想,等我发了财,家里又没有人需要我时,我就去租间大房子,收养那些没有母亲照顾的、可怜的孤儿,让他们的生活及时得到改善。我看到许多孤儿因为得不到适时的帮助而走向堕落。我非常乐意为他们做些事情。我似乎能感觉到他们的需要,我同情他们的处境。哦,我是多么地希望做他们的母亲啊!"马奇太太向乔伸出了双手,乔也握住妈妈的手。她热泪盈眶了,脸上却挂着笑,像以前那样热情洋溢地说起话来。她们已经很长时间没有看到她这样热烈的情绪了。

"我曾经将我的计划告诉过弗里茨,他说那正是他打算做的,他同意等我富裕了就着手去做。上帝保佑那位好心人!他一生都在这么做——我是说,他帮助穷孩子们,自己却富不起来。钱在他的袋子里搁不长久,积蓄不起来,而现在多亏了我那善良的老婶婶,我不配得到她这样的垂爱。我富有了,至少我这样认为。要是我们成功地开办一个学校,我们能在梅园生活得相当好。那地方正适合男孩子们,宅院很大,家具既结实又简单。有许多屋子可容下十几个孩子,屋外有非常好的场地。孩子们能在花园和果园里帮忙:这样的工作有益健康,是不是,先生? 而且弗里茨可以用他的方式教育孩子们。爸爸会帮弗里茨的。我可以照料他们的饮食起居,爱抚他们,管教他们,妈妈会支持我的。我一直盼望能有许多孩子,尽情地和这些可爱的小东西们享受欢乐。想想那是什么样的感受! ——我拥有了梅园,还有一大群孩子和我一起共享田庄!"乔兴奋得手舞足蹈,全家人爆发了一阵欢笑。劳伦斯先生大笑着,使得他们不由得担心他会笑出中风来。

"我看不出这有什么好笑的,"笑声停止时,乔神情严肃地说,"我的教授开办学校，而我宁愿住在自己的田庄，没有什么比这更自然、更适当的了。"

"她已经摆出架式了。"劳里说。他把这个想法当成了一个天大的笑话。"我可以请教你打算用什么来维持学校呢？如果所有的学生都是流浪儿，用世俗的眼光来看，我恐怕你的庄稼不会有利可图的，巴尔夫人。"

"哎呀，特迪，别扫兴，我当然也会收一些有钱的学生——也许就那样开始，然后等到学校开起来了，我就能收下一两个流浪儿，只为增添兴趣。富人的孩子和穷人的孩子一样需要照顾和安慰。我见过一些不幸的小东西们，他们被丢给了仆人管。还有些迟钝的孩子被逼着上进。这真是残忍。一些孩子因为教育不当或被忽视而变得不规矩，还有些孩子失去了母亲。而且，即使最好的孩子也要经过少年时期，那一时期最需要人们耐心友善地对待他们。可是，人们经常嘲笑他们，简单粗暴地对待他们，尽量地让他们处于视线之外，人们期望着他们突然从小孩子一变而成为气质优良的大小伙子。他们极少抱怨——这些胆大的小东西们——但是他们有感觉的。我见识过，也完全了解。对这些小莽汉们我特别有兴趣，我想让他们明白，尽管他们笨手笨脚、头脑不清，我欣赏他们心地善良、热情、诚实。我也有过经验，难道我不是教育了一个男孩，使他的家人为之而感到自豪、光荣吗？"

"我作证，你的确作出过那样的努力。"劳里带着感激的神情说。

"而且，我的成功超出了我所预料的，因为，瞧你，一个稳重、精明的商人，用你的钱财做了无数的好事。你不是在积蓄美元，而是在积蓄穷人的祝福。你不仅仅是个商人，更是个慈善家。特迪，我真为你骄傲，你日见长进，虽然你不让大家说，但大家都感觉到了这一点。是的，等我日后有了一群孩子，我就会指着你对他们说：'孩子们，那就是你们的榜样。'"可怜的劳里眼睛都不知往哪儿看了，因为这一阵赞扬使得所有的眼睛都转向他，大家赞许地看着他，他又产生了以前那种羞怯。

"我说，乔，那太过分了。"他又以从前的那种男孩气语调开了腔，"你为我做了许多，我无法感激你，只能尽力不让你失望。最近你完全抛弃我了，乔，可我还是得到了最好的帮助，因此，要说我有什么长进，你得感谢这两位。"他的一只手轻轻地放在爷爷花白的头上，另一只手放在艾美的金发上,这三个人从来不离开多远。

"我真的认为世界上最美好的就是家庭!"乔脱口而出。

此时她的精神异常高涨。"等我自己成了家后,希望和另外三个家庭一样幸福。我了解也非常喜欢那三个家庭,要是约翰和弗里茨也在这里,那真是地球上的一个小天堂了。"她接着说道,声音放低了些。那天晚上,一家人快乐地谈论着家庭计划、希望、打算,乔回到自己的房间时,心中溢满了幸福。她跪在一直靠近自己的那张空床边,柔情万端地想念着贝思,以此来平静自己的心情。

那一年过得令人十分吃惊,事情似乎发生得非同寻常地迅速顺利。乔几乎还没有反应过来怎么回事,就已经结了婚,在梅园安顿了下来,接着,六七个小男孩如雨后春笋般地冒出来,学校办得兴旺,令人惊奇。学生里有穷孩子,也有富孩子,因为,劳伦斯先生不断地发现引人怜悯的贫苦人家,恳求巴尔夫妇可怜孩子,而他会高兴地付些钱加以资助。

有心的老先生用这种方式智取了高傲的乔,为她带来了她心愿所系的孩子。

这项工作开始时自然费力,乔犯着莫名其妙的错误,然而,教授安全地将她引进平静的水面,最不受管束的流浪儿,最终也被驯服了。乔是多么地欣赏她的"男孩荒野"啊!梅园以前干干净净,井然有序,如今这里成了这种男孩子们的天堂。劳里建议它应叫作"巴尔花院",这对主人是种赞扬,对居住在这里的人们来说也比喻贴切。

令人烦心的小孤儿们身上也有优点,这给了她耐心、技巧,最终使她成功。巴尔爸爸像太阳一样温暖地照耀着他们,巴尔妈妈一天要宽恕他们七七四十九次,在这种情况下,只要那些男孩是凡人,就不可能顽抗到底。这些孩子们对她的友谊,他们做了坏事后悔时鼻子的抽泣声和低声说话声,他们有趣又感人的小悄悄话,他们可爱的热情、希望和计划,甚至他们的不幸,这些对乔来说都是那么的珍贵。这些男孩们有的迟钝,有的腼腆;有的虚弱,有的闹人;有的孩子说话口齿不清,有的说话结结巴巴;有几个孩子跛腿;还有一个快乐的小混血儿,别的地方都不接受他,而"巴尔花院"却真诚地欢迎他,尽管有些人预言接受他会毁了这学校。

的确,尽管工作繁重,还有永无止境的忙乱,乔在那里是个幸福的妇人。她由衷地欣赏着这一切，她感到男孩们对她的称颂要比世间任何赞扬都更令人陶醉。现在，她只对她一群热情的信徒及敬慕者讲故事。随着岁月的流逝，她自己的两个孩子出世了，为她增添了许多幸福——罗布，以爷爷的名字命名；特迪——一个无忧无虑的小家伙，似乎继承了爸爸快活的脾气、妈妈旺盛的精神。在那群混乱的男孩堆里，他们怎样能活泼地成长，这始终是奶奶和几个阿姨的一个谜。然而，他们如同春天的蒲公英般茁壮成长。那些粗鲁的保姆们很爱他们，把他们照顾得相当好。

梅园有许许多多节假日，最快活的节日便是每年一度摘苹果的时候。到了那天，马奇夫妇、劳伦斯夫妇、布鲁克夫妇，还有巴尔夫妇全体出动，干上一整天。乔在那里如鱼得水。她用针别起了身上的长袍，帽子压根儿没戴在头上。她胳膊下夹着儿子，四处奔忙，随时准备应付可能出现的惊险事件。小特迪有着刀枪不入的能耐，他没发生过任何事情。乔从来也没担心过他，无论是他被一个男孩一下弄上树去，还是另一个男孩驮着他飞跑开去，还是当他那溺爱的父亲给他吃酸味的冬季粗苹果时，她都不曾担心。他爸爸带有日耳曼人的幻想，认为孩子们能消化掉任何东西，从腌菜到纽扣、钉子，还有他们的小鞋。她知道她的小特迪最终总会安然无恙，面色红润，脏兮兮却静悄悄地出现的，她总是热情地欢迎他回来，百般柔情地爱她的孩子们。

四点时，劳动暂停。篮子空了，摘苹果的人们休息了，他们互相比着衣服的撕裂处和身上的擦伤。乔，梅格，还有一支大男孩们组成的小分队，在草地上摆开晚餐。这顿户外茶点总是这一天最快乐的时分。在这种场合，毫不夸张地说，地上流淌着牛奶与蜂蜜，因为，他们不要孩子们坐在桌边吃，而是允许他们随意地吃茶点——这种自由是个刺激，男孩子们心中喜欢它。他们最大限度地充分利用了这个难得的特权。一些孩子做着可爱的实验，倒立着喝牛奶，另一些孩子做着蛙跳游戏，中间停顿时便吃着馅饼，使游戏更富有诱惑力。饼干撒遍了田野，吃了一半的苹果栖息在树上，像是一种新来的鸟类。小女孩们私下开着茶会，小特迪在能吃的东西之间随心所欲地徜徉着。

茶点结束后，德米作为长孙，向当天的女士赠送各种礼品。礼品太多了，只好用独轮手推车运到欢庆场地。一些礼品很好笑，然而，在别人眼里看起来有瑕疵的东西,奶奶看着都能用作装饰品——孩子们的礼品都是他们亲手制作的。黛西的小手指耐心地为手帕镶了边,那一针一线在马奇太太看来比刺绣的还要好;德米的鞋盒子是机械技艺的奇迹,虽然那盒子盖不上;罗布的脚凳腿扭动着立不稳,她却说那令人舒服;艾美的孩子在送给她的书上用大写字母东倒西歪地写着——"赠亲爱的奶奶,她的小贝思。"任何贵重的书都比不上这本书好。

在赠礼仪式进行时,那帮男孩子神秘地消失不见了。马奇太太想感谢她的孙儿孙女们,却不能自持,小特迪用他的围裙为奶奶擦去泪水。教授突然唱起歌来。于是,从他们头上方,不同的声音接上了歌词,一棵棵树间回荡着看不见的小合唱队的歌声。男孩子们诚心诚意地唱着。这支小歌是乔作的词,劳里谱的曲,教授训练孩子们唱的。在这个场合演唱的效果极佳。这真是一件新鲜事,结果大获成功,马奇太太抑制不住惊喜,她坚持要和每一只没有父亲的鸟儿握手,从高个儿的弗朗兹和埃米尔到那小混血儿,这些孩子们声音都非常甜美动听。

这一切结束后,孩子们四下散开去做最后的游戏,马奇太太和女儿们留在节日的树下。

"我想,我不应再把自己叫做'不幸的乔'了,我最大的愿望已经这样美妙地得到了满足。"巴尔太太说着,一边将小特迪的拳头拽出了牛奶罐,他正兴高采烈地用手在罐子里搅和呢。

"可是,你的生活和你很久以前设想的大不相同,你可还记得我们的空中楼阁?"艾美问道。她看着劳里和约翰在跟孩子们玩板球。

"是的,我记得。可是那时我向往的生活现在看来似乎自私、孤寂、清冷。然而,我并没有放弃写本好书的愿望,我可以等待,我确信我的生活里有了这样的经验和例证,书会写得更好。"乔指着远处蹦蹦跳跳的孩子们,又指指爸爸。爸爸正倚着教授的胳膊,两人在阳光里走来走去,热烈地谈着什么两人都非常感兴趣的话题。乔接着指了指坐在那里的妈妈。女儿们崇敬地围着她。她膝上、脚边坐着她的孙儿孙女,好像大家都从她那儿得到了帮助和幸福,她的那张脸在他们看来永远不会衰老。

"我的空想几乎都实现了,的确,我那时希求美好的东西,但是,我心中知道,假如我有一个小家,有约翰和一群这样可爱的孩子,我就会满足了。我得到了这一切,感谢上帝。我是世上最幸福的女人。"梅格将手放在她高个子儿子的头上,脸上的表情充满温柔与虔诚的满足。

"我的楼阁和我的计划完全两样。但是,我不会像乔那样更张的。我没放弃我的艺术希望,也没把自己局限于帮助别人实现美梦。我已经开始制作一个孩子塑像。劳里说那是我所做的最好的一件。我自己也这么认为。我打算用大理石制作。这样不管发生什么事情,至少我可以保留住我的小天使的形象。"艾美说着,一大滴泪珠落在了睡在她臂弯里的孩子的金发上,她深爱着的这个女儿,弱不经风,失去她的担心是艾美幸福生活中最大的阴影,这个不幸对父亲母亲都有很大影响,因为爱情与痛苦把两个人更紧密地联结在一起。艾美的性情变得更加甜美、深沉、温柔,劳里变得更加严肃、坚强。

两个人都懂得了,青春、美貌、好运,甚至爱情自身都不能使幸运的人免于焦虑、疼痛、损失与痛苦,因为——每个人的生活中都会有不幸的雨点落下,一些日子会变得黑暗、哀伤、凄凉。

"她身体有起色了呢,我确信这一点,亲爱的,别灰心,要保持希望,保持快乐。"马奇太太说道。心地温和的黛西从奶奶膝上俯过身去,将她红润的脸颊贴在了小表妹苍白的脸上。

"我根本就不应灰心,我有你的鼓励,妈妈,有劳里承担一大半负担。"艾美热情地说,"他从不让我看出他的焦虑。他对我总是那么温柔、耐心,对小贝思又是那么尽心。这对我来说是很大的支持与安慰,我怎么爱他都不过分。所以,尽管我有这么个不幸,我还是能像梅格那样说:'感谢上帝,我是个幸福的女人。'"

"我就没有必要再说了。大家都看得出来,我得到的幸福远远超过了我应享有的。"乔接着说。她扫视她的丈夫和在她身边草地上翻滚着的孩子们。"弗里茨越来越老、越来越胖了,而我却像个影子日渐消瘦了。我已经三十岁了,我们根本富裕不起来!梅园说不上哪天夜里会给烧掉,因为那个不肯悔改的汤米·邦斯非要在被褥下抽香蕨木烟。他已经三次烧着了自己。可是尽管有这些不太好的事情,我也没什么可抱怨的了,我一生中从未有像这样快活过。请原谅我的措辞。和那些男孩子们生活在一起,我时不时禁不住用他们的表述法。"

"是的,乔,我想,你会有个好收成的。"马奇太太开口说,她吓走了一只大黑蟋蟀。它正盯着小特迪看,吓得他脸上变了色。

"收获没有你的一半好,妈妈。你看,你耐心地播下种子,然后收获,为此我们怎么也感谢不够你。"乔带着她那可爱的急躁叫道。她的急躁即使年龄再大也改不了。

"我希望,每年多一些麦子,少一些稗草。"艾美轻轻地说。

"一大捆麦子,但是我知道,你心里有地方装下它的,亲爱的妈妈。"梅格语调温柔地补充道。

马奇太太深深地感动了。她只能伸开双臂,仿佛要把她的儿孙们都搂抱过来。她的表情和声音里充满了母亲的慈爱、感谢与谦让——"哦,我的姑娘们,不管你们今后会怎样,我想,没有什么比这更能给你们巨大幸福的了!"

点评:

马奇姐妹们由天真无邪的小女孩,最终变成了合格的小妇人,她们在这个成长过程中,付出了种种代价,最终也都获得了累累的硕果。自尊、勤奋、知足、感恩贯穿了她们生命的全部,也是她们不断进步的力量之源。马奇夫妇、劳伦斯先生作为他们的长辈兼良师益友,对她们倍加呵护,也对她们的成长起了良好的影响。

全书的结局很圆满,梅格、乔、艾美都找到了彼此的真爱;贝思虽然逝去,但却又无时不在他们的心中;马奇夫妇、劳伦斯先生都安享晚年。并且,他们又齐心合力办起了一所收养、教育孤儿的福利院,让那些不幸的孩子们也能无忧无虑地度过他们的童年。她们现在的生活虽然与少女时代的"空中楼阁"相差很远,但幸福却是一样的。